J.R.R. Tolkien

Nachrichten aus Mittelerde

Mit Einleitung, Kommentar, Register
und Karten herausgegeben von Christopher Tolkien

Aus dem Englischen übersetzt
von Hans J. Schütz

Hobbit Presse/Klett-Cotta

Hobbit Presse
Klett-Cotta
Die Originalausgabe erschien unter dem Titel
»Unfinished Tales of Númenor and Middle-earth«
bei George Allen & Unwin Ltd., London

Published by arrangement with Harper Collins Ltd., London
Für die deutsche Ausgabe

Vierte Auflage dieser Ausgabe, 1998

Printed in Finland
Einbandgestaltung: Klett-Cotta-Design
Bildmotive mit freundlicher Genehmigung der Agenturen
Luserke (Mark Harrisons) und Thomas Schlück (Boris Vallejo)

Die Deutsche Bibliothek – CIP-Einheitsaufnahme
Tolkien, John R. R.:
Nachrichten aus Mittelerde / J. R. R. Tolkien. Mit Einl.,
Kommentar, Reg. und Kt. hrsg. von Christopher Tolkien.
Aus dem Engl. übers. von Hans J. Schütz. – 4. Aufl. dieser Ausg. –
Stuttgart : Klett-Cotta, 1998
(Hobbit-Presse)
Einheitssacht.: Unfinished tales of Númenor and Middle-earth <dt.>
ISBN 3-608-87501-8

Inhalt

TEIL DREI
DAS DRITTE ZEITALTER

TEIL VIER

Die Probleme, denen sich jemand gegenübersieht, dem die Verantwortung für den Nachlaß eines Autors übertragen ist, sind schwer zu lösen. In dieser Situation mag sich mancher dafür entscheiden, überhaupt keine Texte zur Veröffentlichung freizugeben, ausgenommen vielleicht solche, die zum Zeitpunkt des Todes des Autors tatsächlich abgeschlossen waren.

Im Falle der unveröffentlichten Werke J. R. R. Tolkiens könnte dieses Verfahren auf den ersten Blick angemessen erscheinen, zumal Tolkien selbst, als besonders strenger Kritiker des eigenen Werkes, nicht im Traum daran gedacht hätte, der Veröffentlichung selbst nahezu abgeschlossener Erzählungen ohne weitere Überarbeitung zuzustimmen.

Auf der anderen Seite will es mir scheinen, als verliehen die Eigenart und der geistige Horizont seiner Erfindungskraft sogar seinen verworfenen Geschichten eine Sonderstellung. So stand für mich außer Frage, daß *Das Silmarillion* nicht unveröffentlicht bleiben durfte, ungeachtet seines ungeordneten Zustandes und trotz der bekannten, wenn auch nicht ausgeführten Pläne meines Vaters zu seiner Umarbeitung. In diesem Falle wagte ich es nach langem Zögern, das Werk nicht in Form einer historischen Studie, als Komplex voneinander abweichender, durch Kommentare verbundener Texte herauszubringen, sondern als ein vervollständigtes, zusammenhängendes Gebilde. Die Erzählungen dieses Bandes stehen freilich insgesamt in einem anderen Verhältnis zueinander: zusammengenommen ergeben sie kein Ganzes. Dieses Buch ist nichts anderes als eine Sammlung von Texten, unterschiedlich in Form, Intention, Ausführung und Entstehungszeit (und auch in der Bearbeitung durch mich), die Númenor und Mittelerde zum Gegenstand haben. Doch der Grund zu ihrer Veröffentlichung ist für mich im Prinzip der gleiche, der auch die Publikation des *Silmarillion* rechtfertigte, wenn er auch weniger gewichtig ist. Ich denke an jene, die nicht darauf verzichten möchten, die Gestalten Melkors und Ungolianths zu sehen, wie sie vom Gipfel Hyarmentirs hinabblicken auf Yavannas »Wiesen und Felder, Gold unter dem hohen Weizen der Götter«; auf die Schatten, die Fingolfins Heer beim ersten Mondaufgang im Westen wirft; auf Beren, der in Wolfsgestalt unter Morgoths Thron lauert; oder auf das Licht des Silmaril, das plötzlich in der Finsternis des Waldes von Neldoreth aufleuchtet – sie werden, glaube ich, feststellen, daß formale Mängel dieser Geschichten bei weitem aufgewogen werden durch die Stimme Gandalfs (die man hier zum letzten Mal hört), als er beim Treffen des Weißen Rates im Jahre 2851 den hochmütigen Saruman hänselt, oder wie er, nach dem Ende des Krieges um den Ring, in Minas Tirith erzählt, daß er die Zwerge zum berühmten Treffen nach Beutelsend sandte; durch das Auftauchen Ulmos, des Herrn der Wasser, aus dem Meer bei Vinyamar; durch

Mablung aus Doriath, der sich »wie eine Wühlmaus« unter den Trümmern der Brücke bei Nargothrond verbarg; oder durch den Tod Isildurs, als er sich mühsam aus dem Schlamm des Anduin befreite.

Viele Texte dieser Sammlung sind Ausarbeitungen von Themen, die anderswo kürzer behandelt oder zumindest angedeutet wurden. Es muß zugleich gesagt werden, daß einiges in diesem Buch von Lesern des *Herrn der Ringe* als vielleicht kaum lesenswert empfunden werden wird. Sie begreifen die geschichtliche Struktur Mittelerdes nur als Hilfsmittel, nicht als Endzweck und verlieren über der Erzählung die ihr zugrundeliegende Absicht aus dem Auge. Sie spüren wenig Verlangen nach weiteren Untersuchungen um ihrer selbst willen. Sie wollen nicht wissen, wie die Reiter der Mark von Rohan organisiert waren, und belassen die Wilden Menschen aus dem Druadan-Wald ruhig dort, wo sie sie gefunden haben. Sicherlich hätte mein Vater nicht behauptet, diese hätten unrecht. In einem Brief vom März 1955, vor der Veröffentlichung des dritten Teils des *Herrn der Ringe*, schrieb er:

Ich wünsche mir jetzt, es wären keine Anhänge versprochen worden! Ich meine nämlich, daß ihr Erscheinen in gekürzter und gedrängter Form niemanden zufriedenstellen wird, mich selbst gewiß nicht; mit Sicherheit nicht jene – und das zeigt die wachsende Zahl von Briefen, die ich erhalte –, die einen solchen Apparat schätzen, und das sind erstaunlich viele. Jene wiederum, die das Buch nur als eine ›heroisch-phantastische Geschichte‹ genießen und meinen, ›unerklärte Perspektiven‹ seien ein Teil der literarischen Wirkung, werden die Anhänge völlig ignorieren.

Zur Zeit bin ich mir überhaupt nicht sicher, ob die Neigung, das Ganze als eine Art ausgedehnten Spiels zu betrachten, wirklich zu begrüßen ist; gewiß nicht von mir, denn ich finde, daß diese Ansicht eine allzu gefährliche Verlockung ist. Es ist, nehme ich an, ein Tribut an die merkwürdige Wirkung einer Geschichte, die auf ausgiebigen und detaillierten Vorarbeiten zur Geographie, Chronologie und Sprache beruht, daß so viele nach reiner ›Information‹ oder ›überliefertem Wissen‹ verlangen.

In einem Brief aus dem folgenden Jahr schrieb er:

. . . während viele wie Sie Landkarten verlangen, geht es anderen weniger um Orte als um geologische Angaben. Viele wünschen sich Elbische Grammatiken, Lautlehren und Sprachproben, andere Vers- und Silbenlehren . . . Musiker wünschen sich Melodien und Notenschrift, Archäologen sind an Keramik und Hüttenkunde interessiert, Botaniker verlangen nach einer sorgfältigeren Beschreibung von *mallorn, elanor, niphredil, alfirin, mallos* und *symbelmyne.* Historiker wünschen mehr Einzelheiten über die soziale und politische Struktur Gondors; allgemein interessierte Frager wünschen Informationen über die Wagenfahrer, die Haradrim, die Herkunft der Zwerge, die Toten Menschen, die Beorninger und die fehlenden zwei Zauberer (von fünf).

Doch welchen Standpunkt man in dieser Frage immer einnehmen mag, für manche, zu denen ich mich auch zähle, liegt ein höherer Sinn als in der bloßen Enthüllung merkwürdiger Details darin, zu erfahren, daß Veantur aus Númenor sein Schiff Entulesse, die ›Wiederkehr‹, im sechshundertsten Jahr des Zweiten Zeitalters mit den Frühlingswinden zu den Grauen Anfurten brachte, daß das Grabmal Elendil des Langen von seinem Sohn Isildur auf dem höchsten Punkt des Heiligen Berges Halifirien errichtet wurde; daß der Schwarze Reiter, den die Hobbits in der nebligen Dunkelheit an der Bockenburg Fähre sahen, Khamûl war, der Herr der Ringsklaven von Dol Guldur – oder gar, daß die Kinderlosigkeit Tarannons, des zwölften Königs von Gondor (eine Tatsache, die im Anhang zum *Herrn der Ringe* verzeichnet ist), mit den bis dahin völlig geheimnisvollen Katzen der Königin Berúthiel zusammenhängt.

Die Zusammenstellung des Buches ist sehr schwierig gewesen und hat zu einem ziemlich vielschichtigen Ergebnis geführt. Zwar sind die Erzählungen alle im gewissen Sinne ›unvollendet‹, jedoch in unterschiedlichem Maße und in verschiedener Bedeutung des Wortes, und sie haben eine unterschiedliche Behandlung erforderlich gemacht. Weiter unten werde ich der Reihe nach zu jeder von ihnen etwas sagen. An dieser Stelle möchte ich die Aufmerksamkeit lediglich auf ein paar allgemeine Grundzüge lenken.

Die wichtigste Frage ist die des ›inneren Zusammenhangs‹, die sich am besten anhand des »Die Geschichte von Galadriel und Celeborn« überschriebenen Textes illustrieren läßt. Dieses ist eine ›unvollendete Geschichte‹ im weiteren Sinne: keine Erzählung, die plötzlich abbricht wie »Von Tuor und seiner Ankunft in Gondolin«, keine Reihung fragmentarischer Stücke wie »Cirion und Eorl«, und dennoch bildet sie einen elementaren Erzählstrang in der Geschichte Mittelerdes, der nie eine fest umrissene Gestalt erhalten hat und in der letzten Fassung liegenblieb. Die Einbeziehung der unveröffentlichten Erzählungen und Skizzen zu diesem Thema hat deshalb zugleich zur Folge, daß die Geschichte nicht als eine festgelegte, unabhängig existierende Wirklichkeit betrachtet werden darf, über die der Autor (in seiner Rolle als Übersetzer und Herausgeber) ›berichtet‹, sondern als ein in seinem Kopf wachsender und sich verändernder Entwurf. Als der Autor seine Werke nicht mehr selbst herausgab, nachdem er sie seiner eigenen detaillierten Kritik und Vergleichung unterzogen hatte, werden die weiteren Erkenntnisse über Mittelerde, die sich in seinen unveröffentlichten Schriften finden, des öfteren in Gegensatz zu Tatsachen geraten, die bereits ›bekannt‹ sind. In solchen Fällen werden die neuen Elemente, die man in das bereits bestehende Gebäude einfügt, weniger zur Geschichte der erfundenen Welt selbst beitragen als zur Geschichte ihrer Erfindung. In diesem Buch habe ich diese Tatsache von Anfang an akzeptiert. Außer bei geringfügigen Details wie bei unterschiedlicher Nomenklatur (wo eine Beibehaltung der handschriftlichen Form zu unangemessener Verwirrung geführt oder umfangreiche Erläuterungen notwendig gemacht hätte), habe ich im Interesse der Übereinstimmung mit bereits publizierten Werken keine Veränderungen vorgenommen, sondern mein Augenmerk vielmehr auf Widersprüche und Unterschiede gerichtet. In dieser Hinsicht sind die unvollendeten Erzählungen in *Nachrichten aus Mittelerde* folglich vom *Silmarillion* grundsätzlich verschieden. Dort war es die übergeordnete, wenn auch nicht ausschließliche Aufgabe des Herausgebers, einen Zusammenhang zwischen der inneren und äußeren Form herzustellen.

Von einigen besonderen Fällen abgesehen, habe ich die publizierte Form des *Silmarillion* in der Tat wie einen festen Bezugspunkt behandelt und ihr den gleichen Stellenwert zugesprochen wie jenen Werken, die mein Vater selbst ediert hat. Die ungezählten ›unautorisierten‹ Entscheidungen zwischen Varianten und konkurrierenden Versionen, die den Schaffensprozeß begleiteten, habe ich dabei nicht berücksichtigt.

Inhaltlich hat das Buch ausschließlich erzählenden (oder beschreibenden) Charakter: Alle Texte über Mittelerde und Aman, die in erster Linie philosophischer oder spekulativer Natur sind, habe ich ausgeschlossen, und wo solche Gegenstände von Zeit zu Zeit auftauchten, habe ich sie nicht weiter verfolgt. Bei der Einteilung der Texte habe ich ein einfaches und angemessenes Verfahren angewendet, indem ich sie in Abteilungen gliederte, die den ersten drei Zeitaltern der Welt zugeordnet sind, wobei einige Überschneidungen unvermeidlich waren, wie bei der Sage von Amroth und ihrer Entfaltung in der »Geschichte von Galadriel und Celeborn«. Der vierte Teil ist eine Zugabe, denn die darin enthaltenen Texte sind allgemein gehaltene Diskurse, die keine oder nur schwache Elemente einer Geschichte aufweisen. Der Abschnitt über die Drúedain verdient in der Tat eine eigenständige Aufnahme in die Geschichte vom »Getreuen Stein«, die einen kleinen Teil davon bildet. Dieser Abschnitt veranlaßte mich, auch Texte über die Istari und die Palantíri aufzunehmen, weil gerade diese Texte (besonders die frühen) bei vielen Neugier geweckt haben. Dieses Buch schien mir der geeignete Rahmen, um entsprechende Erläuterungen zu geben.

Die Anmerkungen scheinen an manchen Stellen recht umfangreich zu sein, doch man wird feststellen, daß sie dort, wo sie sich besonders häufen (wie in »Das Verhängnis auf den Schwertelfeldern«), weniger dem Herausgeber als dem Autor zuzuschreiben sind. Dieser neigte in seinen späten Werken dazu, verschiedene Handlungsstränge durch eingeschobene

Anmerkungen miteinander zu verbinden. Ich habe durchgehend versucht zu verdeutlichen, welche Anmerkungen vom Herausgeber stammen und welche nicht. Wegen der Fülle des in den Anmerkungen und Anhängen erfaßten Materials, habe ich es für das Beste gehalten, die Seitenverweise im Index nicht auf die Texte selbst zu beschränken, sondern alle Teile des Buches einzubeziehen, diese Einleitung ausgenommen.

Beim Leser habe ich durchaus eine leidliche Kenntnis der veröffentlichten Werke meines Vaters vorausgesetzt (vor allem des *Herrn der Ringe*), denn eine andere Verfahrensweise hätte den editorischen Apparat stark vergrößert, der ohnehin schon manchem recht umfangreich vorkommen mag. Gleichwohl habe ich fast allen wichtigen Stichworten des Index kurze erklärende Angaben hinzugefügt, in der Hoffnung, den Leser vor dauerndem Nachschlagen an anderen Orten zu bewahren.

Verweise auf *Das Silmarillion* beziehen sich auf die Seiten der gebundenen Ausgabe, beim *Herrn der Ringe* werden die Bandnummer, die entsprechenden Bücher und Kapitel angegeben.[1]

Es folgen nun einführende bibliographische Anmerkungen zu den einzelnen Texten.

TEIL EINS

I Von Tuor und seiner Ankunft in Gondolin

Mehr als einmal hat mein Vater gesagt, der »Fall von Gondolin« sei als erste Geschichte des Ersten Zeitalters verfaßt worden, und es gibt keinen Grund, an seiner Erinnerung zu zweifeln. In einem Brief aus dem Jahr 1964 erklärte er, daß er sie »aus dem Kopf« geschrieben habe, »während eines Genesungsurlaubs von der Armee im Jahre 1917«; bei anderen Gelegenheiten gab er die Entstehungszeit mit 1916 oder 1916–1917 an. In einem an mich gerichteten Brief aus dem Jahre 1944 schrieb er: »Mit dem Schreiben [des *Silmarillions*] begann ich erstmals in überfüllten Armee-Baracken, inmitten von Grammophonlärm.« In der Tat sind einige Verszeilen, in denen die sieben Namen Gondolins auftauchen, auf die Rückseite eines Stückes Papier gekritzelt, auf dem die »Bedeutung der Verantwortung in einem Bataillon« dargelegt war. Das früheste Manuskript existiert noch und umfaßt zwei kleine Schulhefte. Es ist schnell mit Bleistift geschrieben, zu einem großen Teil durch Zusätze in Tintenschrift ergänzt und mit zahlreichen Korrekturen versehen. Auf der Grundlage dieses Textes hat meine Mutter offenbar 1917 eine saubere Abschrift angefertigt.

[1] Zitiert wird nach der deutschen dreibändigen Leinenausgabe *Der Herr der Ringe*, die der revidierten vollständigen Fassung der englischen Ausgabe von 1967 entspricht und sowohl die »Anhänge« als auch ein ausführliches Register enthält. (A. d. Ü.)

Doch in der Folge wurde dieses Manuskript weiterhin von Grund auf überarbeitet. Die Zeit, in der dies geschah, kann ich nicht genau bestimmen, doch war es vermutlich zwischen 1919 und 1920, als mein Vater in Oxford zum Mitarbeiterstab des damals noch unvollendeten Wörterbuches gehörte. Im Frühjahr 1920 wurde er vom Essay-Club seines Colleges (Exeter) zu einer Lesung eingeladen, und er las dort den »Fall von Gondolin«. Was er als Einleitung zu seinem »Essay« zu sagen beabsichtigte, geht aus seinen Notizen hervor, die noch erhalten sind. Darin entschuldigt er sich, daß es ihm nicht möglich gewesen sei, einen kritischen Text zu verfassen, und er fährt fort: »Folglich mußte ich etwas bereits Geschriebenes lesen und verfiel in meiner Not auf diese Erzählung, die natürlich bis heute das Licht der Welt noch nicht erblickt hat . . . Vor geraumer Zeit erwuchs in meiner Vorstellung (besser gesagt: wurde entworfen) ein abgeschlossener Zyklus von Ereignissen in einer erfundenen Elbenwelt. Einige dieser Episoden sind flüchtig skizziert worden . . . Die vorliegende Geschichte gehört nicht zu den besten, doch ist sie die einzige, die überhaupt soweit überarbeitet ist, daß ich, so wenig zufriedenstellend die Revision auch war, es wagen kann, sie vorzulesen.«

Die Geschichte von Tuor und dem Auszug aus Gondolin (wie der »Fall von Gondolin« im frühen Manuskript überschrieben ist), blieb viele Jahre liegen, obgleich mein Vater in einem gewissen Stadium, vermutlich zwischen 1926 und 1930, eine kurze, gedrängte Version verfaßte, die einen Teil des *Silmarillion* bilden sollte. (Dieser Titel taucht übrigens erstmals in einem Brief meines Vaters an den *Observer* vom 20. Februar 1938 auf.) Diese Fassung wurde nachträglich weiter überarbeitet, um sie mit veränderten Konzeptionen in anderen Teilen des Buches in Einklang zu bringen. Viel später begann er mit der Arbeit an einer völlig umgestalteten Erzählung mit dem Titel »Von Tuor und dem Fall von Gondolin«. Sie ist sehr wahrscheinlich 1951 verfaßt worden, als der *Herr der Ringe* abgeschlossen, seine Veröffentlichung aber noch zweifelhaft war. Stilistisch und inhaltlich von Grund auf verändert, doch unter Beibehaltung vieler wesentlicher Züge der Jugendfassung, entfaltet sich in der Geschichte »Von Tuor und dem Fall von Gondolin« detailliert ausgearbeitet die gesamte Sage, die dem kurzen XXIII. Kapitel des veröffentlichten *Silmarillion* zugrunde liegt. Es ist jedoch schmerzlich, daß er nur bis zu jenem Punkt gelangte, an welchem Tuor, über die Ebenen Tumladens blickend, Gondolins ansichtig wurde. Es gibt keine Anhaltspunkte, warum er die Geschichte an dieser Stelle abbrach.

Dieser Text wird hier abgedruckt. Um Verwirrung zu vermeiden, habe ich ihn »Von Tuor und seiner Ankunft in Gondolin« betitelt, da über den Fall der Stadt nichts berichtet wird. Wie immer bei den Werken meines Vaters, existieren verschiedene Lesarten und von einem kurzen Abschnitt (in dem sich Tuor und Voronwe dem Sirion nähern und ihn überqueren) mehrere konkurrierende Fassungen, wodurch eine geringfügige editorische Bearbeitung notwendig wurde.

Es bleibt somit die bemerkenswerte Tatsache, daß die einzige vollständige erzählerische Ausformung der Tuor-Geschichte (sein Aufenthalt in Gondolin, seine Ehe mit Idril Celebrindal, die Geburt Earendils, der Verrat Maeglins, die Plünderung der Stadt und das Entkommen der Flüchtlinge), die in seiner Vorstellung vom Ersten Zeitalter einen zentralen Platz einnimmt, bereits in jener Jugenderzählung geleistet wurde. Gleichwohl steht außer Frage, daß diese (höchst bemerkenswerte) frühe Erzählung zur Aufnahme in das vorliegende Buch ungeeignet ist. Sie ist in jenem extrem archaisierenden Stil verfaßt, den mein Vater damals schrieb, und drückt unvermeidlich Tendenzen aus, die mit der Welt des *Herrn der Ringe* und des *Silmarillion* in der vorliegenden Form nicht im Einklang stehen. Sie ist zusammen mit den Texten aus der mythologischen Frühphase einem Buch von *Lost Stories* (»Verlorene Geschichten«) zugehörig; dieses ist selbst ein sehr inhaltsreiches Buch und für jeden, der sich mit der Entstehungsgeschichte Mittelerdes befaßt, von größtem Interesse. Es könnte jedoch nur im Rahmen einer größeren, komplexen Studie veröffentlicht werden.

II Die Geschichte von den Kindern Húrins

Die Entstehungsgeschichte der Sage von Túrin Turambar ist in mancher Hinsicht die verwickeltste und komplizierteste von allen erzählenden Elementen der Geschichte des Ersten Zeitalters. Wie die Geschichte »Von Tuor und dem Fall Gondolins« reicht sie in die ersten Anfänge zurück und ist in einer frühen Prosaerzählung (einer der »Verlorenen Geschichten«) und in einem langen, unvollendeten Gedicht in Stabreimen erhalten. Doch während die spätere ›Langfassung‹ der Tuor-Geschichte niemals sehr weit gedieh, vollendete mein Vater die entsprechende Fassung der Túrin-Geschichte fast ganz. Sie hat den Titel *Narn i Hîn Húrin*, und diese Erzählung ist in die vorliegende Ausgabe aufgenommen worden.

Der Ablauf der langen *Narn* weist freilich große Unterschiede auf, und zwar in dem Maße, in welchem sich der Text einer vollkommenen oder endgültigen Gestalt näherte. Der Schlußabschnitt (von der Rückkehr Túrins nach Dor-lómin bis zu seinem Tod) hat kaum editorische Bearbeitung erfahren. Der erste Abschnitt hingegen (bis zum Weggang Túrins aus Doriath) machte ein gerüttelt Maß an Korrekturen, Aussonderungen und an einigen Stellen eine leichte Straffung notwendig, da die Originaltexte bruchstückhaft und unzusammenhängend waren. Der Mittelabschnitt der Erzählung (Túrin unter den Geächteten, Mîm, der Kleinzwerg, das Land Dor-Cúarthol, der Tod Belegs von Túrins Hand und Túrins Leben in

Nargothrond) stellte ein weit schwierigeres editorisches Problem dar. Die Erzählung ist hier nur zu einem geringen Teil vollendet und stellenweise auf Entwürfe für ihre mögliche Weiterführung reduziert. Mein Vater war noch mit der Ausarbeitung dieses Teils beschäftigt, als er die Arbeit abbrach. Die kürzere Version für *Das Silmarillion* mußte bis zum endgültigen Abschluß der *Narn* liegenbleiben. Bei der Vorbereitung zur Publikation des *Silmarillion* entnahm ich notgedrungen einen großen Teil der entsprechenden Passagen der Túrin-Geschichte diesen Materialien, die sich in ihrer Vielfalt und in ihren Bezügen untereinander außerordentlich vielschichtig darstellen.

Für den ersten Teil dieses zentralen Abschnitts (bis zum Beginn von Túrins Aufenthalt in Mîms Wohnung auf dem Amon Rûdh) habe ich aus dem vorliegenden Material eine zusammenhängende Erzählung kompiliert, die im Umfang mit anderen Teilen der *Narn* vergleichbar ist und die an einer Stelle (Seite 134) eine Lücke aufweist. Jedoch von dort an (Seite 145) bis zu Túrins Ankunft am Ivrin nach dem Fall Nargothronds gab ich diese Methode als unergiebig auf. Die Lücken in der *Narn* waren hier allzu groß und konnten nur durch den entsprechenden, bereits publizierten Text des *Silmarillion* ausgefüllt werden. Dennoch habe ich in einem Anhang (Seite 207) vereinzelte Fragmente aus dem entsprechenden Teil der geplanten längeren Erzählung angeführt.

Im dritten Abschnitt der *Narn* (beginnend mit der Rückkehr Túrins nach Dor-lómin) wird ein Vergleich mit dem *Silmarillion* (Seite 240 f.) zahlreiche (zum Teil sogar wörtliche) Übereinstimmungen zeigen. Dagegen habe ich im ersten Abschnitt des vorliegenden Textes zwei längere Passagen weggelassen (vgl. Seite 82 und Anmerkung 1, sowie Seite 93 und Anmerkung 2), weil es sich um unerhebliche Varianten von Passagen handelt, die in *Das Silmarillion* aufgenommen sind. Diese Überschneidungen und wechselseitigen Beziehungen zwischen einem Werk und einem anderen können unterschiedlich interpretiert und von verschiedenen Standpunkten beurteilt werden. Meinem Vater machte es Freude, den gleichen Stoff in einem anderen Zusammenhang neu zu erzählen; doch einige Teile verlangten nicht nach einer ausführlicheren Behandlung in einer längeren Fassung, und es gab keinen Anlaß, sie um ihrer selbst willen neu zu formulieren. Wenn andrerseits alles noch im Fluß war und die endgültige Anordnung der verschiedenen Erzählstränge in weiter Ferne lag, konnte dieselbe Passage probeweise an verschiedenen Stellen eingefügt werden. Doch auch auf einer anderen Ebene läßt sich eine Erklärung finden: Geschichten wie der von Túrin Turambar war bereits vor langer Zeit eine besondere dichterische Form verliehen worden (in diesem Fall war es die *Narn i Hîn Húrin* des Dichters Dírhavel); Redewendungen oder sogar ganze Passagen (besonders Szenen von großer rhetorischer Eindringlichkeit wie Túrins Ansprache an sein Schwert vor seinem Tod) dieser

Fassungen konnten als Ganzes von jenen beibehalten werden, die später Zusammenfassungen der Geschichte der Altvorderenzeit erstellten (als solche ist *Das Silmarillion* gedacht).

TEIL ZWEI

I Eine Beschreibung der Insel Númenor

Obwohl sie mehr beschreibenden als erzählenden Charakters sind, habe ich Abschnitte aus dem Bericht meines Vaters über Númenor aufgenommen, besonders solche, die die physikalische Beschaffenheit der Insel betreffen, weil diese die Geschichte von Aldarion und Erendis erhellen und selbstverständlich mit ihr verbunden sind. Dieser Bericht hat schon um 1965 existiert und ist vermutlich lange vor dieser Zeit geschrieben worden. Die Karte habe ich nach einer kleinen flüchtigen Skizze neu gezeichnet, der einzigen, wie es scheint, die mein Vater von Númenor angefertigt hat. In die neue Karte haben nur Bezeichnungen und Merkmale Eingang gefunden, die auch im Original zu finden sind. Außerdem zeigt das Original einen weiteren Hafen an der Bucht von Andúnië, der nicht weit westlich von der Stadt Andúnië liegt. Der Name ist schwer zu entziffern, lautet aber mit ziemlicher Sicherheit Almaida. Soweit ich sehe, taucht er nirgendwo anders auf.

II Aldarion und Erendis

Von allen Stücken dieser Sammlung war die Bearbeitung dieser Geschichte am wenigsten fortgeschritten und erforderte stellenweise eine derartig umfangreiche editorische Behandlung, daß ich zweifelte, ob ihre Aufnahme zu rechtfertigen sei. Dennoch verdient sie besonderes Interesse als die einzige Geschichte überhaupt (im Gegensatz zu Registern und Annalen), die aus den langen Zeitaltern Númenors überlebt hat, die Geschichte von seinem Ende, die »Akallabêth«, ausgenommen; da sie überdies unter den Geschichten meines Vaters in ihrer inhaltlichen Geschlossenheit einzigartig ist, kam ich zu der Überzeugung, daß es falsch wäre, sie aus dieser Sammlung auszuschließen.

Um die Notwendigkeit einer so ausgedehnten editorischen Behandlung verständlich zu machen, muß ich erklären, daß mein Vater bei der Abfassung seiner Geschichten ›Handlungsabrisse‹ benutzte und bei der Datierung der Ereignisse mit peinlicher Genauigkeit verfuhr, so daß diese Abrisse geradezu wie annalenähnliche Artikel in einer Chronik erscheinen. Im vorliegenden Fall existieren nicht weniger als fünf solcher Schemata, deren relative Ausführlichkeit an verschiedenen Stellen variiert und die nicht selten weder im Entwurf noch im Detail übereinstimmen. Doch haben diese Schemata immer die Tendenz, in reine Erzählung überzugehen, besonders dort, wo kurze Passagen durch direkte Rede eingeleitet werden. Im fünften und zeitlich spätesten Schema für die Geschichte von Aldarion und Erendis ist das erzählerische Element derart stark ausgeprägt, daß der Text einen Umfang von etwa 60 Manuskript-Seiten erreicht hat.

Der Schritt vom stakkatohaften Annalenstil zum voll entfalteten Erzählen vollzog sich gleichwohl stufenweise, in dem Maße, in dem die Abfassung des Schemas fortschritt. Im älteren Teil der Geschichte habe ich große Teile des Textes umgeschrieben und einen gewissen Grad stilistischer Homogenität im Hinblick auf den gesamten Ablauf der Erzählung zu erreichen gesucht. Die Bearbeitung bezieht sich ausschließlich auf die sprachliche Form; es wurde weder die Bedeutung geändert, noch wurden Elemente eingeführt, die nicht authentisch sind.

Das letzte Schema, auf dem der Text im wesentlichen beruht, trägt den Titel: *Der Schatten des Schatten: Die Geschichte vom Weib des Seefahrers; und die Geschichte der Prinzessin Schäferin.* Das Manuskript endet abrupt, und ich kann keine gesicherte Erklärung dafür geben, warum mein Vater die Arbeit abbrach. Eine maschinenschriftliche Fassung, die bis zu diesem Punkt reicht, wurde im Januar 1965 abgeschlossen. Außerdem existieren zwei Seiten in Maschinenschrift, bei denen es sich nach meinem Urteil um das zuletzt verfaßte Material handelt. Es ist offensichtlich der Anfang einer Fassung, die als abschließende Version der gesamten Geschichte geplant war, und sie liegt dem Text auf den Seiten 235–237 zugrunde (wo die Handlungsabrisse am dürftigsten sind). Dieser Text trägt den Titel *Indis i·Kiryamo »Das Weib des Seefahrers«: Eine Geschichte aus dem alten Númenórë, die von den ersten Gerüchten über den Schatten berichtet.*

An das Ende der Erzählung habe ich jene kargen Hinweise gesetzt, die Aufschluß über ihren Verlauf geben können.

III Die Linie von Elros: Könige von Númenor

Obgleich es sich der Form nach um eine reine dynastische Auflistung handelt, habe ich diesen Text aufgenommen, weil es sich um ein wichtiges Dokument zur Geschichte des Zweiten Zeitalters handelt und einen großen Teil des vorhandenen Materials zu diesem Zeitalter in den Texten und Kommentaren dieses Buches Platz gefunden hat. Es liegt ein durchgearbeitetes Manuskript vor, in dem die Lebens- und Regierungszeiten der Könige und Königinnen von Númenor vollständig erfaßt und auf manchmal unklare Weise korrigiert sind; ich habe mich bemüht, die jeweils letzte Formulierung anzugeben. Der Text stellt einige unwesentliche chronologische Rätsel, erlaubt aber auch die Klärung einiger offensichtlicher Irrtümer in den Anhängen zum *Herrn der Ringe.*

Die genealogische Tabelle der früheren Generationen der Linie von Elros basiert auf verschiedenen, eng zusammenhängenden Tabellen, die aus derselben Periode stammen, in der in Númenor die Diskussion um die Regelung der Nachfolge stattfand (vgl. Seite 281 f.). Es gibt einige kleinere Varianten bei unbedeutenden Namen: so erscheint Vardilme auch als Vardilyë und Yávien als Yáviё. Die in meiner Tabelle angegebene Form halte ich für die spätere.

IV Die Geschichte von Galadriel und Celeborn

Dieser Abschnitt des Buches unterscheidet sich von den anderen (ausgenommen jenen in Teil Vier) dadurch, daß es sich hier nicht um einen einzelnen Text, sondern eher um einen Essay handelt, der Zitate einschließt. Dieses Verfahren wurde durch die Beschaffenheit der Texte erforderlich; im Verlaufe des Essays dürfte deutlich werden, daß eine Geschichte Galadriels nur eine Geschichte der sich wandelnden Konzeptionen meines Vaters sein kann. Der unvollendete Charakter dieser Geschichte kommt in diesem Fall keinem außergewöhnlichen Prosastück zu: Ich habe mich auf die Darbietung seiner unveröffentlichten Texte zu diesem Thema beschränkt und auf jede Auseinandersetzung mit den übergreifenden Fragen verzichtet, die der Entwicklungsgeschichte des Textes zugrunde liegen. Dann nämlich müßte man die Betrachtung des gesamten Verhältnisses zwischen den Valar und den Elben in die Diskussion einbeziehen, und zwar beginnend mit der allerersten Entscheidung, die Eldar nach Valinor zu rufen (beschrieben im *Silmarillion*), und vieler anderer damit zusammenhängender Fragen. Darüber hat mein Vater vieles geschrieben, was nicht in den Rahmen dieses Buches gehört.

Die Geschichte Galadriels und Celeborns ist derart mit anderen Sagen und Historien verwoben (Lothlórien und die Wald-Elben, Amroth und Nimrodel, Celebrimbor, der die drei Elbenringe schmiedete, der Krieg gegen Sauron und das Eingreifen der Númenórer), daß sie nicht losgelöst davon behandelt werden kann. Also faßt dieser Abschnitt des Buches, die fünf Anhänge eingeschlossen, im Grunde genommen das gesamte unveröffentlichte Material zur Geschichte des Zweiten Zeitalters in Mittelerde zusammen (und stellenweise reicht die Erörterung unvermeidlich in das Dritte Zeitalter hinüber). In der »Aufzählung der Jahre«, wie sie sich in Anhang B zum *Herrn der Ringe* findet, heißt es: »Das waren die dunklen Jahre für die Menschen von Mittelerde, aber die Jahre der Glanzzeit von Númenor. Über die Geschehnisse in Mittelerde gibt es nur wenige und kurze Aufzeichnungen, und ihre Daten sind oft unzuverlässig.« Doch sogar jenes kleine Überbleibsel aus den »dunklen Jahren« verändert sich in dem Maße, wie das Nachsinnen meines Vaters darüber sich vertiefte und wandelte. Ich habe nicht versucht, Widersprüche auszugleichen, sondern sie eher aufgedeckt und die Aufmerksamkeit auf sie gelenkt.

Voneinander abweichende Versionen brauchen nicht in jedem Fall unter dem Gesichtspunkt betrachtet zu werden, die Frage der Priorität zu klären; mein Vater als ›Autor‹ oder ›Erfinder‹ kann in solchen Fällen nicht immer vom ›Aufzeichner‹ alter Traditionen unterschieden werden, die in mannigfachen Formen über unterschiedliche Personen und durch lange Zeitalter weitergereicht wurden (als Frodo in Lórien Galadriel traf, waren mehr als sechzig Jahrhunderte vergangen, seit sie nach dem Untergang Beleriands nach Osten über die Blauen Berge ging). »Hierüber gibt es zwei Meinungen, und welche die richtige ist, wissen nur jene Weisen, die jetzt verschwunden sind.«

In seinen letzten Lebensjahren schrieb mein Vater vieles über die Etymologie der Namen in der Elbensprache, und in diese weitgespannten Diskurse ist auch ein großer Anteil an Geschichte und Sage eingebettet. Doch da diese Einschübe der primär philologischen Absicht untergeordnet und beiläufig eingestreut sind, war es notwendig, sie herauszulösen. Deshalb besteht dieser Teil des Buches weitgehend aus kurzen Zitaten, und weiteres Material gleicher Provenienz hat seinen Platz in den Anhängen gefunden.

TEIL DREI

I Das Verhängnis auf den Schwertelfeldern

Dies ist eine ›späte‹ Erzählung, für die es keinen Hinweis auf eine präzise Datierung gibt. Ich neige dazu, sie eher der Endphase der Schriften über Mittelerde zuzuordnen (zusammen mit »Cirion und Eorl«, der »Schlacht an den Furten des Isen«, den Drúedain und den philologischen Aufsätzen in der »Geschichte von Galadriel und Celeborn«) als der Zeit, in der der *Herr der Ringe* veröffentlicht wurde, oder den Jahren danach. Es existieren zwei Fassungen: ein unbearbeitetes Typoskript der ganzen Erzählung (erkennbar das erste Stadium des Entwurfs) und ein zweites, sauberes Typoskript mit vielen Veränderungen, das an dem Punkt abbricht, wo Elendur Isildur zur Flucht überredet (Seite 363). Für den Herausgeber blieb wenig zu tun.

II Cirion und Eorl und die Freundschaft zwischen Gondor und Rohan

Nach meinem Urteil gehören diese Bruchstücke der gleichen Periode an wie »Das Verhängnis auf den Schwertelfeldern«, in der mein Vater überaus an der frühen Geschichte Gondors und Rohans interessiert war. Ohne Zweifel waren sie dazu bestimmt, Bausteine zu einer ausführlicheren Geschichte zu werden, die jene summarischen Berichte in Anhang A zum *Herrn der Ringe* detailliert entwickeln sollte. Das Material ist im ersten Stadium des Entwurfs, sehr ungeordnet mit vielen Varianten und bricht mit schnell hingeworfenen, zum Teil unleserlichen Notizen ab.

III Die Fahrt zum Erebor

In einem Brief aus dem Jahr 1964 schrieb mein Vater:

Ohne Zweifel gibt es zahlreiche Verbindungen zwischen dem *Kleinen Hobbit* und dem *Herrn der Ringe*, die nicht deutlich herausgearbeitet sind. Sie waren zum größten Teil niedergeschrieben oder skizziert, wurden jedoch weggelassen, um den Text nicht zu sehr zu beschweren: Genannt seien Gandalfs Entdeckungsreisen, seine Beziehungen zu Aragorn und Gondor, die Unternehmungen Gollums, bis er in Moria Zuflucht suchte etc. Ich habe sogar eine vollständige Schilderung dessen verfaßt, was vor Gandalfs Besuch bei Bilbo wirklich geschah, sowie über das folgende »Unerwartete Treffen« aus der Sicht Gandalfs. Sie sollte in eine rückblikkende Unterhaltung in Minas Tirith eingebaut werden, doch ich mußte darauf verzichten, und sie erscheint in kurzer Form lediglich in Anhang A, wobei die Auseinandersetzungen zwischen Gandalf und Thorin weggelassen sind.

Gandalfs Schilderung ist hier wiedergegeben. Die schwierige Textsituation ist im Anhang zu der Erzählung erläutert, in den ich wichtige Auszüge aus einer früheren Version aufgenommen habe.

IV Die Jagd nach dem Ring

Es gibt viele Texte, die sich mit den Ereignissen des Jahres 3018 des Dritten Zeitalters befassen, und die ansonsten aus der Geschichte »Die Großen Jahre« und den Berichten, die Gandalf und andere dem Rat von Elrond erstatteten, bekannt sind. Es handelt sich ohne Zweifel um jene »Skizzen«, die im obigen Brief erwähnt werden. Ich habe ihnen den Titel »Die Jagd nach dem Ring« gegeben. Die Manuskripte selbst, in erheblicher, wenn auch nicht ungewöhnlicher Unordnung, habe ich auf Seite 448 f. ausführlich beschrieben. Jedoch mag die Frage ihrer Datierung hier erörtert werden (denn ich glaube, daß sie alle, eingeschlossen »Betreffend Gandalf, Saruman und das Auenland« im dritten Teil dieses Abschnitts, aus der gleichen Zeit stammen). Sie wurden nach der Veröffentlichung des *Herrn der Ringe* geschrieben, denn es finden sich Verweise auf die Seiten der Buchausgabe. Sie unterscheiden sich jedoch in der Datierung bestimmter Ereignisse von den Daten, die in der »Aufzählung der Jahre« (Anhang B) genannt werden. Die Erklärung ist einfach: Diese Texte wurden nach der Veröffentlichung des ersten Bandes, jedoch vor der des dritten geschrieben, der die Anhänge enthält.

V Die Schlacht an den Furten des Isen

Dieser Text, zusammen mit der Beschreibung der militärischen Organisation der Rohirrim und der Geschichte Isengarts, die in einem Anhang zum Text erscheinen, gehört mit anderen späten Stücken in eine Gruppe exakter historischer Analysen. Er bietet verhältnismäßig wenig editorische Schwierigkeiten, sondern ist lediglich im wahrsten Sinne des Wortes unvollendet.

TEIL VIER

I Die Drúedain

Gegen Ende seines Lebens gab mein Vater erheblich mehr Einzelheiten über die Wilden Männer des Druadan-Waldes in Anórien und über die Statuen der Puckelmänner an der Straße nach Dunharg preis. Der hier abgedruckte Text, der von den Drúedain in Beleriand des Ersten Zeitalters berichtet, und die Geschichte »Der Getreue Stein« enthält, ist einem langen beschreibenden und unvollendeten Aufsatz entnommen, der sich hauptsächlich mit den Wechselbeziehungen zwischen den Sprachen Mittelerdes befaßt. Wie man sehen wird, werden die Drúedain bis in die Geschichte der früheren Zeitalter zurückverfolgt, doch hiervon findet sich notwendigerweise im veröffentlichten *Silmarillion* keine Spur.

II Die Istari

Bald nachdem der *Herr der Ringe* zur Veröffentlichung angenommen worden war, entstand der Plan, einen Index an den Schluß des dritten Bandes zu setzen. Es scheint, daß mein Vater im Sommer 1954, als die beiden ersten Bände in Druck gegangen waren, mit dieser Arbeit begann. 1956 schrieb er darüber in einem Brief:

Es mußte ein Namensregister erstellt werden, das auf etymologischer Grundlage einen umfangreichen elbischen Wortschatz erschloß. Monatelang habe ich am Register für die beiden ersten Bände gearbeitet (dies war der Hauptgrund für das Ausbleiben von Band 3), bis schließlich klar wurde, daß Umfang und Kosten jedes vertretbare Maß überschreiten würden.

So gab es schließlich bis zur zweiten (englischen) Ausgabe 1966 kein Register zum *Herrn der Ringe*, doch der ursprüngliche Rohentwurf meines Vaters hat sich erhalten. Auf diesem beruht mein Register zum *Silmarillion* mit Übersetzungen von Namen und kurzen erläuternden Angaben. Er bringt auch, wie der Index zu diesem Buch, einige der Übersetzungen und einige ›Definitionen‹ im Wortlaut. Aus dem ersten Entwurf stammt auch »Über die Istari«, das diesen Abschnitt des Buches eröffnet, ein Auftakt, der durch seinen Umfang ganz uncharakteristisch für den ursprünglichen Index ist, jedoch bezeichnend für die Arbeitsweise, die mein Vater oft bevorzugte.

Für die anderen hier zitierten Textstellen habe ich im Text selbst alle erreichbaren Hinweise auf ihre Datierung hinzugefügt.

III Die Palantíri

Für die zweite Auflage des *Herrn der Ringe* (1966) nahm mein Vater in einer Passage von »Die zwei Türme« (3, Kapitel 11: »Der Palantír«) wesentliche Änderungen vor und im selben Zusammenhang ebenfalls in »Die Rückkehr des Königs« (5, Kapitel 7: »Denethors Scheiterhaufen«). Jedoch erst die zweite Auflage der überarbeiteten Ausgabe (1967) enthielt diese Verbesserungen.

Der entsprechende Abschnitt hier basiert auf Schriften über die Palantíri, die im Zusammenhang mit der derzeitigen Textrevision stehen. Ich habe sie lediglich zu einem fortlaufenden Text zusammengefaßt.

Die Karte von Mittelerde

Zuerst hatte ich die Absicht, diesem Buch die Karte beizugeben, die dem *Herrn der Ringe* beiliegt, und später auftauchende Namen einzufügen. Doch bei genauem Überlegen schien es mir besser, meine ursprüngliche Karte wiederzuverwenden und die Gelegenheit zu nutzen, einige ihrer kleineren Mängel zu beseitigen (die Beseitigung der größeren Mängel liegt nicht in meiner Macht). Ich habe die Karte deshalb ziemlich genau in einem um die Hälfte verkleinerten Maßstab neu gezeichnet (das heißt, meine Karte ist halb so groß wie die alte gedruckte Karte). Der abgebildete

Ausschnitt ist kleiner, doch die einzigen fehlenden Orte sind die Anfurten von Umbar und das Kap Forochel.[2] Dieses erlaubte eine differenziertere und großzügigere Art der Beschriftung und führte zu mehr Klarheit.

Alle wichtigeren Ortsnamen, die in diesem Buch erscheinen, jedoch nicht im *Herrn der Ringe,* sind berücksichtigt: Lond Daer, Drúwaith Jaur, Edhellond, die Biegungen, Grauquell; dazu einige wenige andere, die in der ursprünglichen Karte hätten auftauchen können oder müssen: die Flüsse Harnen und Carnen, Annúminas, Ostfold, Westfold, die Berge von Angmar. Der Fehler, daß nur Rhudaur bezeichnet wurde, wurde durch Hinzufügung von Cardolan und Arthedain korrigiert. Die kleine Insel Himling, weit vor der nordwestlichen Küste gelegen, die auf einer der Kartenskizzen meines Vaters und in meinem eigenen Entwurf erscheint, habe ich aufgenommen. Himling war die frühere Form von Himring (der große Hügel, auf dem Maedhros, Sohn Feanors, im *Silmarillion* seine Burg hatte). Obgleich auf diese Tatsache nirgendwo Bezug genommen wird, ist klar, daß Himrings Berggipfel aus den Fluten ragt, die das versunkene Beleriand bedecken. Ein wenig westlich davon befindet sich eine größere Insel mit Namen Tol Fuin, die der höchstgelegene Teil von Taur-nu-Fuin gewesen sein muß. Im allgemeinen, wenn auch nicht in allen Fällen, habe ich die Sindarin-Form der Namen (falls bekannt) vorgezogen, doch gewöhnlich auch die Übersetzung hinzugefügt, wenn sie oft verwendet wurde. Es mag angemerkt werden, daß das auf meiner ursprünglichen Karte als »Die Nördliche Öde« ausgewiesene Gebiet sicherlich als Gegenstück zu Forodwaith[3] geplant zu sein schien.

Ich hielt es für wünschenswert, den Verlauf der Großen Straße, die Arnor und Gondor verbindet, in voller Länge einzuzeichnen, obgleich ihr Verlauf zwischen Edoras und den Furten des Isen nur vermutet werden kann (ebenso wie die genaue Lokalisierung von Lond Daer und Edhellond).

Zum Schluß möchte ich betonen, daß die genaue Beibehaltung der

---

[2] Inzwischen habe ich wenig Zweifel, daß das Meeresgebiet, das auf meiner ursprünglichen Karte als die »Eisbucht von Forochel« bezeichnet ist, tatsächlich nur ein kleiner Teil jener Bucht ist (die im *Herrn der Ringe,* Anhang A, als »gewaltig« bezeichnet wird), die erheblich weiter in den Nordosten reichte: Ihre nördlichen und westlichen Ufer wurden von der großen Landzunge von Forochel gebildet, deren Spitze auf meiner ersten Karte ohne Namen zu sehen ist. Eine der Kartenskizzen meines Vaters zeigt die nördliche Küste von Mittelerde, die von der Landzunge aus in großem Bogen in ost-nord-östlicher Richtung verläuft. Ihr nördlichster Punkt ist etwa 700 Meilen von Carn Dûm entfernt.

[3] Forodwaith erscheint nur einmal in den Anhängen zum *Herrn der Ringe* (Anhang A), wo die alten Bewohner der Nordländer erwähnt werden, von denen die Schneemenschen von Forochel ein Überbleibsel waren. Das Sindarin-Wort *(g)waith* wurde in beiden Regionen und von den dort wohnenden Völkern verwendet (vgl. *Enedwaith).* Auf einer Kartenskizze meines Vaters scheint Forodwaith ausdrücklich mit der »Nördlichen Öde« gleichgesetzt zu sein. Auf einer anderen Karte ist es mit »Nordland« übersetzt.

gesamten Ausführung wie der Details (anders als bei der Nomenklatur und der Beschriftung) jener alten Karte, die ich in Eile vor 25 Jahren anfertigte, nicht bedeutet, daß die neue Karte hinsichtlich ihrer Konzeption und ihrer Ausführung für vollkommen zu halten sei. Ich habe lange Zeit bedauert, daß mein Vater sie nicht durch eine von ihm selbst angefertigte ersetzt hat. Jedenfalls wurde sie im Laufe der Zeit trotz ihrer Fehler und Ungereimtheiten, ›die Karte‹ schlechthin. Mein Vater benutzte sie später ständig als Grundlage für seine Arbeit (wobei er häufig auf ihre Unzulänglichkeiten hinwies). Die verschiedenen Kartenskizzen, die er anfertigte und auf denen meine Karte beruht, sind Bestandteil der Entstehungsgeschichte des *Herrn der Ringe.* Deshalb habe ich es für das Beste erachtet, soweit es meinen eigenen Beitrag zu diesem Komplex betrifft, meinen ursprünglichen Entwurf beizubehalten, denn er verdeutlicht zumindest mit ziemlicher Treue die Hauptlinien der Konzeptionen meines Vaters.

TEIL EINS
DAS ERSTE ZEITALTER

I VON TUOR UND SEINER ANKUNFT IN GONDOLIN

Rían, die Gemahlin Huors, wohnte beim Volk des Hauses Hador. Als jedoch Gerüchte von der Nirnaeth Arnoediad nach Dor-lómin drangen, und sie gleichwohl keine Nachricht von ihrem Gatten empfing, wurde sie unruhig und machte sich allein auf den Weg in die Wildnis. Dort wäre sie elend zugrunde gegangen, wären ihr nicht die Grau-Elben zur Hilfe gekommen, die in den Bergen westlich des Sees Mithrim wohnten. Dorthin brachten sie Rían, und bevor das Jahr des Jammers vorüber war, wurde sie dort von einem Sohn entbunden.

Und Rían sagte zu den Elben: »Wir wollen ihn Tuor nennen, denn diesen Namen hat sein Vater ausgewählt, bevor der Krieg uns trennte. Ich bitte euch, das Kind aufzuziehen und es sorgsam zu hüten, denn ich sehe voraus, daß es Elben und Menschen viel Gutes bringen wird. Ich aber muß mich auf die Suche nach Huor, meinem Gemahl, begeben.«

Darauf bemitleideten sie die Elben, aber Annael, der von allen, die in den Krieg gezogen waren, als einziger aus der Schlacht zurückgekehrt war, sprach zu ihr: »Hört, Herrin, es ist jetzt bekannt, daß Huor an der Seite seines Bruders Húrin gefallen ist. Sein Leichnam ruht, wie ich glaube, in dem großen Hügel der Gefallenen, den die Orks auf dem Schlachtfeld errichtet haben.«

Deshalb erhob sich Rían, verließ die Behausungen der Elben, durchquerte das Land Mithrim und gelangte schließlich zum Haudh-en-Ndengin in der Öde von Anfauglith. Dort legte sie sich nieder und starb. Die Elben jedoch sorgten für den kleinen Sohn Huors, und er wuchs unter ihnen auf. Wie alle aus seines Vaters Sippe war er schön von Angesicht und goldhaarig, wurde groß, stark und tapfer, und da er von den Elben aufgezogen wurde, gewann er nicht weniger Wissen und Kunstfertigkeit als die Prinzen der Edain, ehe das Verderben über den Norden hereinbrach.

Aber während die Jahre dahingingen, wurde das Leben der ehemaligen Bewohner Hithlums, der übriggebliebenen Elben und Menschen, zunehmend härter und gefährlicher. Denn, wie anderswo erzählt wird, brach Morgoth sein Versprechen gegenüber den Ostlingen, die ihm gedient hatten, und verweigerte ihnen die fruchtbaren Landstriche Beleriands, nach denen es sie gelüstete. Er vertrieb dieses bösartige Volk und bestimmte ihm Hithlum zum Wohnsitz. Obwohl die Ostlinge Morgoth haßten, dienten sie ihm aus Furcht weiterhin, und Haß gegen alle Elbenvölker erfüllte sie. Sie verachteten die Letzten des Hauses Hador (zum größten Teil Alte, Frauen und Kinder), unterdrückten das Volk, zwangen die Frauen zur Heirat, eigneten sich Land und Besitz an und versklavten die Kinder. Orks tauchten auf, durchstreiften nach Belieben das Land, verfolgten die heimatlosen Elben bis in ihre Schlupfwinkel in den Bergen und schleppten viele Gefangene in die Bergwerke von Angband, wo sie als Knechte Morgoths Sklavenarbeit leisten mußten.

Deshalb führte Annael sein kleines Volk in die Höhlen von Androth, wo es, stets auf der Hut, ein mühseliges Leben führte, bis Tuor sechzehn Jahre alt und kräftig genug geworden war, um die Axt und den Bogen der Grau-Elben zu führen. Die Berichte von den Leiden seines Volkes entfachten die Glut seines Herzens, und er wollte hinausziehen und an den Orks und Ostlingen Rache nehmen, doch Annael verbot es ihm.

»An einem Ort, weit von hier, so wähne ich, wird sich dein Weg erfüllen, Tuor, Sohn Huors«, sagte er. »Dieses Land wird nicht eher vom Schatten Morgoths befreit sein, bis die Thangorodrim geschleift sind. Deshalb haben wir uns entschlossen, es endlich zu verlassen und in den Süden zu wandern. Und du wirst mit uns kommen.«

»Aber wie sollen wir den Netzen unserer Feinde entgehen?« fragte Tuor. »Wenn wir uns alle zusammen auf den Weg machen, werden sie es gewiß bemerken.«

»Wir werden das Land nicht ohne Schutz durchqueren«, erwiderte Annael, »und wenn wir Glück haben, werden wir den geheimen Pfad erreichen, den wir Annon-in-Gelydh nennen, Pforte der Noldor, denn dieses kunstreiche Volk hat sie vor langer Zeit in den Tagen Turgons errichtet.«

Als er diesen Namen hörte, befiel Tuor eine unerklärliche Erregung, und er bestürmte Annael mit Fragen nach Turgon.

»Er ist ein Sohn Fingolfins«, antwortete Annael, »und seit Fingon in der Schlacht fiel, gilt er als der Hohe König der Noldor. Er lebt noch immer, der gefürchtetste der Feinde Morgoths, denn er entkam nach dem Unheil der Nirnaeth, als Húrin aus Dor-lómin und Huor, dein Vater, hinter ihm die Pässe von Sirion hielten.«

»Dann will ich mich aufmachen und ihn suchen«, sagte Tuor, »denn er wird mir um meines Vaters willen helfen.«

»Das kannst du nicht«, sagte Annael, »denn seine Festung ist vor den Augen der Elben und Menschen verborgen, und wir wissen nicht, wo sie steht. Vielleicht kennen einige der Noldor den Weg dorthin, aber sie werden ihn niemandem verraten. Doch wenn du mit ihnen sprechen willst, so komme mit mir, wie es mein Wunsch ist, denn in den fernen Häfen des Südens triffst du vielleicht Wanderer aus dem Verborgenen Königreich.«

So geschah es also, daß die Elben die Höhlen von Androth verließen und Tuor mit ihnen ging. Doch die Feinde hatten ihre Behausungen beobachtet und ihren Aufbruch alsbald bemerkt. Sie hatten sich noch nicht weit von den Bergen entfernt, als sie in der Ebene von einem großen Heer der Orks und Ostlinge angegriffen wurden, in die schützende Nacht fliehen mußten und so in alle Winde verstreut wurden.

Doch Tuors Herz entflammte in Kampfeslust, und obgleich er noch ein Knabe war, entfloh er nicht, sondern wehrte sich mit seiner Axt wie einst sein Vater. Lange behauptete er seinen Platz und erschlug zahlreiche Angreifer, aber schließlich wurde er überwältigt, gefangengenommen und vor Lorgan den Ostling geführt. Dieser wurde als Anführer der Ostlinge angesehen, und er erhob den Anspruch, als Lehnsmann Morgoths über ganz Dor-lómin zu herrschen. Er machte Tuor zu seinem Sklaven. Hart und bitter war nun sein Leben, denn Lorgan fand Gefallen daran, ihn besonders grausam zu behandeln, weil Tuor aus dem Geschlecht der früheren Herrscher stammte und Lorgan sich nach Kräften bemühte, den Stolz des Hauses Hador zu brechen. Aber Tuor bewahrte seine Weisheit und ertrug Pein und Hohn mit großer Geduld. So wurde sein Los mit der Zeit ein wenig leichter, und zumindest starb er nicht den Hungertod, wie viele der unglücklichen Sklaven Lorgans. Denn er war kräftig und geschickt, und solange

Lorgans Lasttiere jung und fleißig waren, erhielten sie reichlich Nahrung.

Aber nach dreijähriger Sklaverei witterte Tuor endlich eine Gelegenheit zur Flucht. Er war nun fast zur vollen Mannesgröße herangewachsen und größer und behender als jeder Ostling; und als man ihn und andere Sklaven mit einem Auftrag in die Wälder schickte, wandte er sich plötzlich gegen die Wachen, erschlug sie mit einer Axt und entfloh in die Berge. Die Ostlinge verfolgten ihn mit Hunden, doch ohne Erfolg, denn fast alle Hunde Lorgans waren Tuors Freunde, und als sie ihn eingeholt hatten, wedelten sie mit den Schwänzen und rannten auf seinen Befehl nach Hause. Also kehrte er schließlich zu den Höhlen von Androth zurück und wohnte dort allein. Vier Jahre lang war er ein Geächteter im Land seiner Väter, der in mürrischer Einsamkeit lebte. Sein Name war gefürchtet, denn oft unternahm er weite Streifzüge und erschlug viele Ostlinge, die ihm begegneten. Daraufhin setzte man einen hohen Preis auf seinen Kopf, doch selbst mit Unterstützung der Menschen wagten es die Ostlinge nicht, sich seinem Versteck zu nähern, denn sie fürchteten das Elbenvolk und mieden die Höhlen, in denen es gewohnt hatte. Doch sagte man, daß Tuor seine Streifzüge nicht unternahm, um Rache zu nehmen, sondern daß er vielmehr unablässig nach der Pforte der Noldor suchte, von der Annael gesprochen hatte. Doch er fand sie nicht, zumal er nicht wußte, wo er suchen sollte, und die wenigen Elben, die sich noch in den Bergen aufhielten, hatten nie von ihr gehört.

Jetzt begriff Tuor, obwohl ihm das Glück noch immer günstig war, daß schließlich die Tage eines Geächteten doch gezählt sind, daß seine Zeit immer kurz bemessen und ohne Hoffnung ist. Auch war er nicht willens, einem Wilden gleich, für alle Zeit in den häuserlosen Bergen zu leben, zumal sein Herz ihn fortwährend zu großen Taten trieb. Darin, heißt es, offenbarte sich die Kraft Ulmos. Dieser war über alles unterrichtet, was in Beleriand geschah, und jeder Strom, der von Mittelerde in das Große Meer floß, diente ihm, stromauf und stromab, als Bote. Ulmo pflegte von altersher die Freundschaft mit Círdan und den Schiffbauern im Mündungsgebiet des Sirion.[1] Und Ulmo war es, der zu dieser Zeit vor allem das Schicksal des Hauses Hador verfolgte, denn nach seinem geheimen Entschluß sollte es bei seinen Plänen zur

Unterstützung der Verbannten eine große Rolle spielen. Er kannte Tuors Gelöbnis sehr wohl, denn Annael und viele seiner Gefährten waren in der Tat aus Dor-lómin entkommen und schließlich in den tiefen Süden zu Círdan gelangt.

Es geschah also, daß eines Tages zu Beginn des Jahres dreiundzwanzig nach der Nirnaeth, Tuor an einer Quelle saß, die in der Nähe des Eingangs seiner Behausung aus dem Boden rieselte, und den Sonnenuntergang am bewölkten westlichen Himmel betrachtete. Da überkam ihn plötzlich der Gedanke, nicht mehr länger zu warten, sondern aufzustehen und sich auf den Weg zu machen. »Jetzt werde ich das graue Land meiner Sippe verlassen, die es nicht mehr gibt«, rief er. »Und ich will mich auf die Suche nach meinem Schicksal begeben! Aber wohin soll ich mich wenden? Lange habe ich nach der Pforte gesucht und sie nicht gefunden.«

Mit diesen Worten ergriff er seine Harfe, die er immer bei sich hatte und die er wohl zu spielen wußte. Ungeachtet der Gefahr, die seine klare Stimme in der stillen Ödnis heraufbeschwor, stimmte er ein Elbenlied aus dem Norden an, das das Herz erheben sollte. Und als er sang, begann die Quelle zu seinen Füßen aufzuwallen, sie wurde reicher an Wasser, floß über und ein Bächlein rann geräuschvoll den felsigen Hang vor ihm hinab.

Tuor nahm dies als ein Zeichen, und ohne zu zögern erhob er sich und folgte dem Bach. So stieg er die mächtigen Hügel Mithrims hinab und wanderte in die nördliche Ebene Dor-lómins hinaus. Der Bach, dem er nach Westen folgte, wurde beständig breiter, und nach drei Tagen erblickte Tuor im Westen die langgestreckten grauen Kämme der Ered Lómin, die in dieser Gegend von Norden nach Süden verlaufen und den ausgedehnten Küstenstrichen der Westlichen Gestade vorgelagert sind. Auf allen seinen Reisen war Tuor niemals bis zu diesen Bergen gelangt.

Je näher er den Bergen kam, desto zerklüfteter und steiniger wurde das Land, bald begann es unter seinen Füßen anzusteigen, während der Fluß in ein eingeschnittenes Flußbett hinabströmte. Doch am dritten Tag seiner Wanderung, als eine fahle Dämmerung hereinbrach, sah er sich einer Felswand gegenüber, in der eine große, runde Öffnung wie ein Tor sich auftat; und der Fluß strömte hinein und verschwand.

»Also hat mich meine Hoffnung getrogen«, sagte er voller Verzweiflung. »Das Zeichen, das ich in den Bergen empfing, hat mich nur zu einem dunklen Loch geführt, mitten im Land meiner Feinde!«

In trüben Gedanken saß er zwischen den Felsen auf den steilen Ufern des Flusses und durchwachte eine bittere, feuerlose Nacht. Wenn es auch schon März war, hatte doch der Hauch des Frühlings dieses Land im hohen Norden noch nicht gestreift, und aus dem Osten blies ein schneidender Wind.

Aber gerade als das Licht der aufgehenden Sonne schwach durch die fernen Nebel Mithrims drang, hörte Tuor Stimmen, und als er hinabsah, gewahrte er zu seiner Verwunderung zwei Elben, die durch das seichte Wasser wateten. Und als sie die Stufen hinaufkletterten, die in die Uferböschung geschlagen waren, erhob sich Tuor und rief sie an. Sogleich zogen sie ihre glänzenden Schwerter und sprangen auf ihn los. Er sah, daß sie graue Umhänge, darunter jedoch Harnische trugen, und er erstaunte, denn ein Glanz in ihren Augen ließ sie strahlender und kriegerischer erscheinen als alle Elben, die er bisher zu Gesicht bekommen hatte. Er richtete sich zu seiner vollen Größe auf und wartete. Als sie aber sahen, daß er keine Waffe zückte, daß er allein war und sie in der Elbensprache begrüßte, steckten sie ihre Schwerter in die Scheiden und redeten ihn höflich an. Einer der beiden sagte: »Wir sind Gelmir und Arminas vom Volk Finarfins. Bist du nicht einer der Edain, die vor der Nirnaeth seit altersher in diesem Land lebten? Wahrlich, ich vermute, daß du aus dem Geschlecht Hadors und Turins stammst, denn dein goldfarbenes Haar bezeugt es.«

Tuor antwortete: »Ja, ich bin Tuor, der Sohn Huors, des Sohnes von Galdor, des Sohnes von Hador. Doch jetzt will ich dieses Land verlassen, in dem niemand meines Stammes mehr lebt, und wo ich verfemt bin.«

»Wenn es so ist«, sagte Gelmir, »und du zu den Häfen des Südens fliehen willst, so haben deine Füße dir bereits den rechten Weg gewiesen.«

»Das dachte ich auch«, erwiderte Tuor, »denn in den Bergen folgte ich einer plötzlich sprudelnden Quelle, bis sie sich mit diesem heimtükkischen Fluß vermählte. Aber jetzt weiß ich nicht, wohin ich mich wenden soll, denn er ist im Dunkel verschwunden.«

»Durch Dunkelheit kann man zum Licht gelangen«, sagte Gelmir.

»Doch mancher zieht es vor, im Sonnenlicht zu wandeln, solange er kann«, sagte Tuor. »Doch da ihr hier heimisch seid, sagt mir, wenn ihr könnt, wo die Pforte der Noldor zu finden ist. Denn lange schon suche ich danach, seit mir Annael, mein Ziehvater bei den Grau-Elben, davon erzählt hat.«

Darauf lachten die Elben und sagten: »Deine Suche ist zu Ende: Wir selbst haben diese Pforte gerade durchquert. Dort ist sie, vor dir!« Und sie wiesen auf die runde Öffnung, in die das Wasser strömte. »Komm jetzt! Durch das Dunkel wirst du ans Licht gelangen. Wir werden dich auf den rechten Weg bringen, doch weit können wir dich nicht geleiten, denn unser Auftrag ruft uns in das Land zurück, von dem wir mit einer wichtigen Botschaft ausgesandt worden sind. Habe keine Furcht«, sagte Gelmir. »Auf deiner Stirn lese ich, daß dir ein großes Schicksal bevorsteht, das sich weit fort von hier, ja weit von Mittelerde entfernt, erfüllen wird, wie ich glaube.«

Tuor folgte den beiden Noldor die Stufen hinab. Sie wateten durch das kalte Wasser und traten sodann in das schattige Bogengewölbe ein. Jetzt zog Gelmir eine jener Lampen hervor, für welche die Noldor bekannt sind. Seit altersher wurden sie in Valinor angefertigt, und weder Wind noch Wasser konnten sie auslöschen. Entfernte man ihre Umhüllung, spendete eine in weißen Kristall eingeschlossene Flamme ein klares blaues Licht.[2] Im Schein der Lampe, die Gelmir über seinen Kopf hielt, sah Tuor, daß der Fluß plötzlich einen sanften Abhang hinunter in einen großen Tunnel floß, der in den Fels geschlagen war. Doch am Flußlauf entlang zogen sich lange Treppenfluchten hin, die, wo der Lichtstrahl sie nicht erfaßte, in tiefem Dunkel lagen.

Als sie den tiefsten Punkt der Stromschnellen erreicht hatten, befanden sie sich unter einer mächtigen Felskuppel, und dort rauschte der Fluß mit gewaltigem Getöse, das aus der Tiefe widerhallte, über eine steile Wand hinunter. Dann verschwand er erneut durch einen Steinbogen und in einen zweiten Tunnel. Neben dem Wasserfall blieben die Noldor stehen, um Tuor Lebewohl zu sagen.

»Wir müssen jetzt umkehren«, sagte Gelmir. »Wir müssen uns sputen, denn in Beleriand wachsen große Gefahren.«

»Ist also die Stunde gekommen, da Turgon in Erscheinung treten wird?« fragte Tuor.

Die Elben sahen ihn verwundert an. »Das ist eine Angelegenheit, die die Noldor mehr betrifft als die Söhne der Menschen«, sagte Arminas. »Was weißt du von Turgon?«

»Wenig«, erwiderte Tuor, »außer, daß mein Vater ihm half, aus der Nirnaeth zu entkommen, und daß in seiner verborgenen Festung die Hoffnung der Noldor wohnt. Aber, ohne daß ich weiß warum, bewegt sein Name fortwährend mein Herz und kommt mir auf die Lippen. Wenn ich könnte, würde ich lieber Turgon suchen, als diesem dunklen, grausigen Pfad zu folgen. Oder ist es vielleicht der geheime Weg, der zu seinem Aufenthalt führt?«

»Wer kann das wissen?« antwortete der Elbe. »Seit Turgons Aufenthalt unbekannt ist, sind es auch die Wege, die dorthin führen. Obwohl ich lange nach ihnen gesucht habe, ist es mir nicht gelungen, sie zu finden. Aber auch wenn ich sie kennen würde, verriete ich sie weder dir noch irgendeinem anderen der Menschen.«

Gelmir aber sagte: »Doch ich habe gehört, daß dein Haus die Gunst des Herrn der Wasser genießt. Und wenn er beschlossen hat, dich zu Turgon zu führen, wirst du auch mit Sicherheit zu ihm gelangen, wohin du dich auch wendest. Folge jetzt dem Weg, den dir das Wasser aus den Bergen gewiesen hat, und fürchte dich nicht! Du wirst lange in der Finsternis wandeln. Lebe wohl! Und glaube nicht, daß unser Zusammentreffen ein Zufall war, denn der Bewohner der Tiefe vermag noch immer viel in diesem Land. *Anar kaluva tielyanna*!«[3]

Damit wandten sich die Noldor zum Gehen und kehrten über die langen Treppen ans Tageslicht zurück. Tuor stand still, bis das Licht ihrer Lampe verschwunden war. Dann war er allein in einer Dunkelheit dichter als die Nacht, inmitten des gewaltigen Tosens des herabstürzenden Wasserfalls. Endlich nahm er seinen Mut zusammen, legte eine Hand an die Felswand und ertastete den Weg nach vorn. Zunächst ging es langsam, doch als er sich allmählich an die Dunkelheit gewöhnt hatte und nichts sich ihm in den Weg stellte, kam er schneller voran. Nach einer langen Zeit, wie ihm schien, als Müdigkeit ihn befiel und er dennoch in diesem dunklen Tunnel nicht rasten mochte, sah er weit vor sich ein Licht. Er hastete vorwärts, gelangte an eine hohe, schmale Felsspalte, folgte dem lärmenden Strom zwischen den schrägen Felswänden hindurch, und trat plötzlich in einen goldverklärten Abend hinaus. Er befand sich in einer tiefen Schlucht mit hohen, senkrechten Wänden, die geradewegs nach Westen verlief. Vor ihm an einem klaren Himmel ging die Sonne unter, warf ihre Strahlen in die Schlucht und ließ die Felswände in gelbem Feuer aufflammen. Golden schimmerten die Wasser des Flusses, wenn sie sich an vielen glänzenden Steinen brachen und aufschäumten.

In dieser Tiefe schritt Tuor jetzt freudig und hoffnungsvoll dahin, denn dicht an der südlichen Felswand, an der sich ein langer, schmaler Strand entlangzog, fand er einen Pfad. Als die Nacht hereinbrach, der Fluß unsichtbar rauschte und nur funkelnde Sterne sich in dunklen Lachen spiegelten, machte er Rast, suchte den Schlaf, denn in der Nähe des Wassers, in dem er die Macht Ulmos wußte, spürte er keine Furcht.

Bei Tagesanbruch schritt er ohne Eile weiter. Hinter ihm ging die Sonne auf und am Abend vor ihm unter, und wo das Wasser über Geröll schäumte und über jähe Wasserfälle schoß, spannten sich morgens und abends Regenbogen über den Strom. Deshalb gab er der Schlucht den Namen Cirith Ninniach.

So wanderte er geruhsam drei Tage lang, trank nur kaltes Wasser und verspürte keinen Hunger, obgleich sich im Fluß viele Fische tummelten, die golden und silbern glänzten oder in den Farben der Regenbogen schimmerten, die sich über dem Wasser spannten. Am vierten Tag verbreiterte sich die Schlucht, die Felswände wurden niedriger und flacher, der Fluß jedoch gewann an Tiefe und Strömung, denn zu beiden Seiten begleiteten ihn jetzt hohe Berge, von denen sich neue Wasser über glitzernde Fälle in die Cirith Ninniach ergossen. Dort ruhte Tuor lange, blickte auf den strudelnden Fluß und lauschte der nimmermüden Stimme, bis es wiederum Nacht wurde, und über ihm im dunklen Band des Himmels kalt und weiß die Sterne aufleuchteten. Da erhob er seine Stimme, schlug die Saiten der Harfe, und über das Brausen des Wassers erhob sich sein Lied und das weiche Trillern der Harfe, und die Felsen warfen die Töne zurück und vervielfachten sie. Sie schwebten fort, klangen durch die nachtumkleideten Hügel, bis das ganze verlassene Land von süßer Musik erfüllt war. Denn ohne daß er es wußte, war Tuor zu den Echobergen von Lammoth gekommen, die den Fjord von Drengist umgeben. Hier war vor langer Zeit Feanor an Land gegangen, und die Stimmen seiner Streiter hatten sich an den Küsten des Nordens ehe der Mond aufging zu einem gewaltigen Getöse vereinigt.[4]

Ein wundersames Staunen regte sich in Tuor, ließ sein Lied verstummen, und allmählich verklang die Musik zwischen den Bergen, und es wurde still. Da vernahm er inmitten des Schweigens hoch in der Luft einen seltsamen Schrei; und er wußte nicht, von welch einem Wesen er stammte. Zuerst sagte er: »Es ist eine Feenstimme«, dann meinte er: »Nein, es muß ein kleines Tier sein, das in der Einöde klagt.« Doch als er den Schrei zum dritten Mal hörte, sagte er: »Sicherlich ist es der Schrei eines Nachtvogels, den ich nicht kenne.« Doch obwohl er ihm vorkam wie ein Klageruf, verspürte er das Verlangen, ihm zuzuhören und ihm zu folgen, denn der Schrei galt ihm und rief ihn an einen unbekannten Ort.

Am nächsten Morgen hörte er über sich wieder diesen Ruf, und aufblickend gewahrte er drei große weiße Vögel, die gegen den Westwind in die Schlucht hinabstießen. Ihre mächtigen Schwingen schimmerten im Licht der aufgehenden Sonne, und als sie über ihn hinwegflogen, stießen sie laute Klagerufe aus. So erblickte er zum ersten Mal die großen Möwen, welche die Teleri so liebten. Darauf erhob sich Tuor, um ihnen zu folgen, und um besser erkennen zu können, in welche Richtung sie flogen, erkletterte er die Klippen zu seiner Linken. Er stand auf der Spitze, spürte wie ein kräftiger Westwind ihm ins Gesicht blies und sein Haar um den Kopf flattern ließ. In tiefen Zügen sog er diese prickelnde Luft ein und sagte: »Das erfrischt das Herz wie ein Trunk kühlen Weins.« Doch wußte er nicht, daß dieser frische Wind geradewegs vom Großen Meer kam.

Jetzt brach Tuor wieder auf und folgte den Möwen, die hoch über dem Fluß segelten. Allmählich verengte sich die Schlucht wieder, und er kam zu einem schmalen Kanal, der vom Getöse rauschenden Wassers erfüllt war. Tuor blickte hinunter und sah etwas, das ihm wie ein Wunder vorkam: Eine ungestüme Flutwelle kam durch die Enge, prallte auf den vorwärtstreibenden Fluß, und eine mauergleiche Woge erhob sich fast bis zur Spitze der Klippe, gekrönt von Gischthauben, die im Wind flatterten. Dann wurde der Fluß zurückgeworfen, die Flut schoß dröhnend in den Kanal, überflutete ihn, und als sie hindurchfloß, geriet das Geröll im Flußbett donnernd ins Rollen. Also wurde Tuor durch den Ruf der Möwen vor dem Tod in der Flut bewahrt, die wegen der Jahreszeit und des steifen Windes von See sehr hoch auflief.

Erschreckt durch das Wüten der seltsamen Wasser, änderte er jetzt die Richtung und schlug den Weg nach Süden ein. So gelangte er nicht an die langgestreckten Gestade des Fjordes von Drengist, sondern wanderte noch einige Tage durch ein wildes, baumloses Land. Der Seewind fegte darüber hin, und alles, was dort wuchs, Kraut oder Busch, wurde durch die Übermacht des Westwindes zu Boden gedrückt. Auf diese Weise überschritt er die Grenzen von Nevrast, wo Turgon einst gewohnt hatte. Endlich und unerwartet (denn die Spitzen der Klippen am Rand des Landes waren höher als die Abhänge dahinter), gelangte er unvermittelt an das steil abfallende, schwarze Ufer Mittelerdes und erblickte das Große Meer, Belegaer, das Uferlose. Und in dieser Stunde versank hinter dem äußersten Rand der Welt die Sonne wie ein riesiges Feuer. Tuor stand mit ausgebreiteten Armen allein auf der Klippe, und eine tiefe Sehnsucht erfüllte sein Herz. Es heißt, er sei der erste Mensch gewesen, der bis ans Große Meer vordrang, und niemand, die Eldar ausgenommen, habe jemals tiefer jenes Verlangen verspürt, das von diesem Meer ausging.

Tuor verweilte viele Tage in Nevrast, und es schien ihm gut dort, denn in diesem Land, im Norden und Osten von Bergen abgeschlossen und nahe der See, war das Klima milder und freundlicher als in Hithlum. Seit langem war er daran gewöhnt, als Jäger allein in der Wildnis zu leben, und er hatte an Nahrung keinen Mangel. In Nevrast herrschte Frühling, und die Luft war erfüllt vom Geschrei der Vögel, die in großer Zahl an den Gestaden hausten oder die Linaewen-Marschen in der Mitte der Landsenke bevölkerten. In jenen Tagen aber waren in dieser Einsamkeit weder die Stimmen von Elben noch von Menschen zu hören.

Bis an den Rand dieses großen, flachen Gewässers gelangte Tuor, konnte aber wegen der ausgedehnten Sumpfflecken und pfadlosen

Schilfwälder, die es von allen Seiten umgaben, nicht zum offenen Wasser vordringen. Bald verließ er diese Gegend und kehrte zur Küste zurück, denn das Meer zog ihn an, und er hielt sich nicht gern länger an einem Ort auf, wo er das Geräusch der Wellen nicht hören konnte. Im Küstenland fand Tuor zum ersten Mal Spuren der alten Noldor. Denn zwischen den hochragenden, vom Meer abgeschliffenen Klippen an der Südseite des Drengist lagen viele kleine Buchten und geschützte Einfahrten mit weißen Sandstränden zwischen den schwarzglänzenden Felsen, und dort entdeckte Tuor gewundene, in den Stein geschlagene Treppen, die hinunterführten. Unmittelbar am Wasser fand er verfallene, aus großen, zubehauenen Felsblöcken gefügte Kais, an denen einstmals Elbenschiffe festgemacht hatten. Hier verweilte Tuor lange Zeit und beobachtete das sich unablässig verändernde Meer, während das Jahr durch Frühling und Sommer gemächlich dahinfloß, die Dunkelheit in Beleriand sich vertiefte und mit dem Herbst sich das Verhängnis Nargothrond näherte.

Vielleicht ahnten die Vögel den grausamen Winter, der bevorstand,[5] denn jene, die für gewöhnlich in den Süden zogen, sammelten sich früh zum Abflug, und andere, die im Norden zu Hause waren, kamen aus ihrer Heimat nach Nevrast. Eines Tages, als Tuor am Gestade saß, vernahm er das Rauschen und Sausen großer Flügel, und aufblickend sah er sieben weiße Schwäne, die als schneller Keil nach Süden flogen. Aber als sie genau über ihm waren, beschrieben sie einen Kreis, stießen plötzlich herab und ließen sich gewaltig spritzend und schäumend auf dem Wasser nieder.

Tuor liebte Schwäne und kannte sie von den grauen Teichen Mithrims; überdies war der Schwan das Zeichen Annaels und des Volkes, das ihn aufgezogen hatte. Deshalb stand er auf, um die Vögel zu grüßen und mit ihnen zu reden. Staunend sah er, daß sie größer und prächtiger waren als alle Schwäne, die er jemals zuvor gesehen hatte. Aber sie schlugen mit den Flügeln und stießen rauhe Schreie aus, als seien sie zornig auf ihn und wollten ihn vom Strand vertreiben. Dann erhoben sie sich lärmend in die Lüfte und flogen über seinen Kopf hinweg, so daß ihn das Rauschen der Flügel wie ein pfeifender Wind traf. Sie zogen einen weiten Kreis, stiegen dann hoch in den Himmel und flogen in südlicher Richtung davon.

Da rief Tuor mit lauter Stimme: »Das ist erneut ein Zeichen, daß ich zu lange verweilt habe!« Und auf der Stelle kletterte er empor auf die Klippe und sah, daß die Schwäne noch am Himmel kreisten. Doch als er sich nach Süden wandte, um ihnen zu folgen, flogen sie schnell davon.

Volle sieben Tage wanderte Tuor an der Küste entlang nach Süden, jeden Morgen in der Dämmerung weckte ihn das Flügelrauschen hoch über ihm, und jeden Tag flogen ihm die Schwäne voraus. Während er wanderte, wurden die Klippen niedriger, und ihre Kuppen waren dick mit blühendem Gras bewachsen. Gegen den Osten hin standen Wälder, die sich mit dem schwindenden Jahr gelb färbten. Doch vor sich, immer näher rückend, sah Tuor eine Kette mächtiger Hügel, die ihm den Weg versperrten. Sie verlief in westlicher Richtung und endete in einem hohen Berg; dunkel, wolkengekrönt erhob er sich auf mächtigen Flanken turmhoch über einer breiten grünen Landzunge, die weit in das Meer hinausragte.

Diese grauen Hügel waren in der Tat die westlichen Ausläufer der Ered Wethrin, der Nordbegrenzung Beleriands, und der Berg war Taras, der westlichste der Türme dieses Landes, dessen Spitze der Seemann als erstes von hoher See ausmachen konnte, wenn er sich den todbringenden Gestaden näherte. In vergangenen Zeiten hatte Turgon am Fuß der weiten Hänge in den Hallen Vinyamars gewohnt, dem ältesten aller steinernen Bauwerke, das die Noldor im Land ihrer Verbannung errichtet hatten. Noch immer stand es dort, verlassen, aber die Zeiten überdauernd, hochgelegen auf großen, dem Meer zugekehrten Terrassen. Die Jahre hatten ihm nichts anhaben können, und Morgoths Knechte hatten es unbeachtet gelassen. Doch Wind, Regen und Frost hatten ihre Spuren eingegraben, und auf seinen Mauerkronen und den großen Dachschindeln wucherten üppig graugrüne Pflanzen, die, genährt von der salzigen Meeresluft, sogar in den Spalten geborstener Steine verschwenderisch wuchsen.

Jetzt gelangte Tuor zu den Überresten einer vergessenen Straße, suchte seinen Weg durch grüne Erdwälle, umgestürzte Steine und kam, als der Tag sich neigte, zur alten Halle mit ihren hohen, zugigen Höfen. Kein

Schatten der Furcht oder des Bösen lauerte hier, doch Schmerz befiel ihn, wenn er jener gedachte, die hier gewohnt hatten, und die, niemand wußte wohin, verschwunden waren: jenes stolze Volk, das von weit her über das Meer gekommen war, das unsterblich war und dennoch verdammt. Er wandte sich um und blickte, wie jene es oft getan haben mochten, hinaus auf das glitzernde, bewegte Wasser bis zum Horizont. Dann drehte er sich um und sah, daß die Schwäne sich auf der höchstgelegenen Terrasse niedergelassen hatten und vor dem Westeingang warteten. Sie schlugen mit den Flügeln und schienen ihn zum Eintreten auffordern zu wollen. Tuor stieg die breite Treppe hinauf, die nun von Grasnelken und Feuernelken überwuchert war, schritt unter einem gewaltigen Türbalken hindurch, trat in den Schatten von Turgons Haus und gelangte schließlich in eine hohe Säulenhalle. Hatte diese schon von außen gewaltig gewirkt, so kam ihm jetzt das Innere noch weitläufiger und wunderbarer vor; Wehmut hielt ihn davor zurück, in ihrer Leere ein Echo zu wecken. Nichts war zu sehen, außer einem erhöhten Sitz auf einer Estrade am östlichen Ende, und so leise wie möglich schritt er darauf zu. Doch das Geräusch seiner Schritte auf dem gepflasterten Boden gemahnte ihn an die Schritte des Schicksals, und das Echo lief vor ihm her durch die säulenbegrenzten Gänge.

Im Halbdunkel stand er vor dem großen Sessel und sah, daß er aus einem einzigen Steinblock gehauen und mit seltsamen Zeichen bedeckt war. Die untergehende Sonne stand auf gleicher Höhe mit einem hochgelegenen Fenster im westlichen Giebel, eine Lichtbahn traf auf die Wand vor ihm, und blankpoliertes Metall glänzte auf. Verwundert sah Tuor, daß an der Wand hinter dem Thron ein Schild, eine große Halsberge, ein Helm und ein Schwert, das in einer Scheide steckte, hingen. Die Halsberge schimmerte, als sei sie aus reinem Silber geschmiedet, und der Sonnenstrahl schmückte sie mit goldenen Flekken. Die Form des Schildes war lang und spitz zulaufend, und sie war Tuor fremd. Sein Untergrund war blau, und aus seiner Mitte trat das geschmiedete Emblem eines weißen Schwanenflügels hervor. Da erhob Tuor seine Stimme, und sie hallte in dem Gewölbe wie eine Herausforderung: »Kraft dieses Zeichens werde ich diese Waffen in meinen Besitz nehmen, und ich will jedes Schicksal tragen, das sie in sich bergen.«[6] Er hob den Schild von der Wand und fand ihn überaus leicht und handlich, denn er bestand aus Holz, wie es schien, doch kunstreiche Elbenschmiede hatten ihn mit hauchdünnen, harten Metallplatten überzogen, die ihn vor Holzwurm und Witterung geschützt hatten.

Dann legte Tuor die Halsberge an, setzte den Helm auf und gürtete sich mit dem Schwert, dessen schwarze Scheide und dessen Gürtel von silbernen Schnallen gehalten wurden. Also gewappnet, verließ er Turgons Halle und stand im roten Sonnenlicht auf den hohen Terrassen von Taras. Kein Auge erblickte ihn, als er, golden und silbern schimmernd, nach Westen Ausschau hielt. Er wußte nicht, daß er in dieser Stunde als einer der Mächtigen des Westens in Erscheinung trat, würdig, der Vater jener Könige zu sein, von denen die Könige der Menschen jenseits des Meeres abstammten, und in der Tat war dies sein Schicksal.[7] Aber nachdem er diese Waffen ergriffen hatte, ging eine Veränderung mit ihm vor, und sein Herz füllte sich mit Kraft. Als er die Türstufen hinabschritt, neigten sich die Schwäne vor ihm. Jeder von ihnen zog eine große Feder aus dem Flügel und bot sie ihm dar, indem er den langen Hals auf die Steine zu Tuors Füßen legte. Und Tuor nahm die sieben Federn und befestigte sie an der Spitze des Helmes. Die Schwäne aber hoben sich ohne Verzug in die Luft, flogen, während die Sonne unterging, nach Norden, und er sah sie niemals wieder.

Tuor spürte, wie seine Füße zum Meeresstrand gezogen wurden, und er ging die langen Treppen hinab und betrat ein weites Ufer an der Nordflanke des Taras-ness. Er sah, daß die sinkende Sonne in einer großen schwarzen Wolke verschwand, die am Rande des sich verdunkelnden Meeres aufstieg; es wurde kalt, und das Wasser geriet in eine murmelnde Bewegung, als kündige sich ein Sturm an. Tuor stand am Ufer, und die Sonne loderte wie ein rauchendes Feuer am drohenden Himmel. Es war ihm, als erhebe sich in weiter Ferne eine gewaltige Woge und rolle auf das Land zu, doch wie verzaubert blieb er an seinen Fleck gebannt, und unbeweglich harrte er aus. Und die Welle rollte auf ihn zu, gekrönt von dunstigen Schatten. Als sie näher herangekommen war, kräuselte sie sich, brach und griff mit weißen Schaumarmen nach vorn. Aber dort, wo sie sich gebrochen hatte, stand, dunkel gegen den aufziehenden Sturm, eine lebendige Gestalt, über die Maßen groß und majestätisch.

Tuor verbeugte sich ehrerbietig, denn ihm war, als stünde er einem mächtigen König gegenüber. Er trug eine prächtige, silbrige Krone, unter der das lange Haar, in der Dunkelheit schimmernd, wie Schaum hervorquoll. Er schlug den grauen Umhang zurück, der ihn wie ein Schleier umwallte und enthüllte einen funkelnden Mantel, der eng am Leib anlag wie ein Schuppenkleid eines großen Fisches, und ein tiefgrünes Unterkleid, das blitzte und flackerte, als er gemessen an Land schritt. So zeigte sich der Bewohner der Tiefe, den die Noldor Ulmo nennen, der Herr der Wasser, so erschien er bei Vinyamar vor Tuor, dem Sohn Huors aus dem Hause Hador.

Er setzte seinen Fuß nicht auf den Strand, sondern stand bis zu den Knien im grauen Wasser, während er das Wort an Tuor richtete. Der Glanz seiner Augen und der Klang seiner tiefen Stimme schienen aus dem Inneren der Welt zu kommen, und von Furcht überwältigt warf Tuor sich in den Sand nieder.

»Stehe auf, Tuor, Sohn Huors!« sagte Ulmo. »Fürchte meinen Zorn nicht, obwohl ich dich lange und vergeblich gerufen habe, und du, nachdem du endlich aufgebrochen warst, auf der Reise hierher viel Zeit vergeudet hast. Du hättest im Frühjahr hier sein sollen, doch jetzt naht ein bitterer Winter aus dem Lande des Feindes! Du mußt lernen, dich zu sputen; den angenehmen Weg, den ich dir bestimmt hatte, kannst du jetzt nicht mehr gehen, denn meine Pläne sind durchkreuzt worden,[8] und großes Unheil schleicht durch das Tal des Sirion. Zwischen dir und deinem Ziel lauert bereits ein Heer von Feinden.«

»Was ist mein Ziel, Hoher Herr?« fragte Tuor.

»Das, welches dein Herz immer gesucht hat«, antwortete Ulmo. »Turgon zu finden und die verborgene Stadt mit eigenen Augen zu sehen; denn du bist auserkoren, mein Bote zu sein und jene Waffen zu tragen, die ich vor langer Zeit für dich bestimmt habe. Doch jetzt mußt du schattengleich die Gefahren durchqueren. Deshalb hülle dich in diesen Umhang, und wirf ihn niemals ab, bevor du nicht an das Ziel deiner Reise gelangt bist.«

Tuor schien es, als teile Ulmo seinen Umhang und werfe ihm einen Zipfel zu; als er über ihn fiel, erwies er sich als so groß, daß er sich von Kopf bis Fuß darin einhüllen konnte.

»So sollst du unter meiner Obhut wandeln«, sagte Ulmo. »Doch halte dich nicht länger auf, denn in den Ländern von Anar und in den Feuern Melkors kann ich dich nicht schützen. Willst du meinen Auftrag übernehmen?«

»Ich will, Herr«, antwortete Tuor.

»Dann will ich dir Worte sagen, die du an Turgon weitergeben sollst«, sprach Ulmo. »Doch zunächst will ich dich unterweisen, und du wirst einige Dinge erfahren, von denen kein Mensch weiß, ja, die nicht einmal die Mächtigen der Eldar kennen.« Und Ulmo sprach zu Tuor von der Verhüllung Valinors, der Verbannung der Noldor, von Mandos' Fluch und dem verborgenen Segensreich. »Merke dir aber«, sagte er, »im Panzer des Schicksals (wie die Kinder der Erde sagen) ist immer eine Lücke und in den Mauern des Verhängnisses eine Bresche, bis zu jenem letzten Punkt, den ihr das Ende nennt. Solange ich lebendig bin, wird es eine geheime Stimme geben, die widerspricht, und ein Licht, das dort leuchtet, wo Finsternis sich ausbreiten will. Wenn ich auch in diesen Tagen des Dunkels dem Willen meiner Brüder, den Herren des Westens, scheinbar zuwiderhandle, so ist dies doch meine Aufgabe, zu der ich berufen wurde, bevor die Welt entstand. Doch das Verhängnis lastet schwer, und der Schatten des Feindes wird größer. Ich selbst bin geschwächt und werde in Mittelerde schließlich nur noch ein heimliches Flüstern sein. Die Wasser, die nach Westen fließen, trocknen aus, ihre Quellen sind vergiftet, und meine Macht muß aus dem Lande weichen, denn Elben und Menschen werden durch die Kraft Melkors mir gegenüber blind und taub. Nun geht Mandos' Fluch rasch seiner Erfüllung entgegen, alle Werke der Noldor werden untergehen, und die Hoffnungen, die sie hegten, werden zerbrechen; allein eine letzte ist geblieben, eine Hoffnung, die sie nicht erwarteten und auf die sie nicht vorbereitet sind: Diese Hoffnung liegt in dir, denn so habe ich es beschlossen!«

»Dann wird sich Turgon also nicht gegen Morgoth erheben, wie alle Eldar noch immer glauben?« fragte Tuor. »Und was erwartet Ihr von mir, Herr, wenn ich jetzt zu Turgon komme? Wenn ich auch wahrlich willens bin, es meinem Vater gleichzutun und diesem König in seiner Not beizustehen, wie kann ich ihm von Nutzen sein? Ich bin ein einzelner, sterblicher Mensch unter den vielen tapferen Helden des Hohen Volkes aus dem Westen.«

»Wenn ich mich entschlossen habe, dich zu meinem Boten zu machen, Tuor, Sohn Huors, so glaube nicht, dieses eine Schwert sei es nicht wert, auf die Reise geschickt zu werden. Die Elben werden sich der Tapferkeit der Edain erinnern, solange die Zeiten währen, und sie erstaunen darüber, daß diese ihr Leben, das auf Erden so kurz ist, freiwillig hingeben. Aber nicht nur wegen deiner Tapferkeit habe ich dich gewählt, sondern um eine Hoffnung in die Welt zu tragen, die größer ist als du selbst, und ein Licht, das die Finsternis durchdringen soll.«

Als Ulmo dieses sagte, wuchs das Brausen des Sturms zu einem gewaltigen Aufschrei, der Wind erreichte seine größte Stärke, und der Himmel färbte sich schwarz. Der Umhang des Herrn der Wasser wehte wie eine fliegende Wolke im Wind. »Geh jetzt«, sagte Ulmo, »damit das Meer dich nicht verschlinge! Denn Osse gehorcht dem Willen Mandos', und er ist zornig darüber, ein Werkzeug des Verhängnisses zu sein.«

»Wie Ihr befehlt«, sagte Tuor. »Doch wenn ich dem Unheil entgehe, welche Worte soll ich Turgon sagen?«

»Wenn du zu ihm kommst«, erwiderte Ulmo, »werden dir die Worte von allein auf die Lippen kommen, und dein Mund wird sprechen, als sei ich an deiner Stelle. Sprich und fürchte dich nicht! Und später handle, wie dein Herz und dein Mut es dir befehlen! Vertraue fest auf meinen Mantel, denn er wird dich schützen. Und ich will jemanden zu dir schicken, der Osses Wüten entkam, der dich geleiten wird, fürwahr, den letzten Seefahrer des letzten Schiffes, das nach Westen aufbricht, bevor der Stern aufgeht. Nun kehre ans Land zurück!«

Dann krachte der Donner, Blitze zuckten über dem Meer, und Tuor erblickte Ulmo, der wie ein silberner Turm in den Wogen stand, umgeben von züngelnden Flammen. Und er schrie gegen den Wind:

»Ich gehe, Herr, auch wenn mein Herz nun heftiger nach dem Meer verlangt!«

Darauf hob Ulmo ein riesiges Horn und blies einen einzigen, machtvollen Ton, und gegen diesen war das Tosen des Sturms nur wie ein Windstoß über einem Teich. Als Tuor diesen Ton vernahm, von ihm eingeschlossen und erfüllt wurde, wollte es ihm scheinen, als verschwänden die Küsten Mittelerdes, und wie auf einem gewaltigen Traumgemälde sah er alle Wasser der Erde: von den Wasseradern im Lande bis zu den Flußmündungen, von den Stränden und Buchten bis in die Tiefen des Meeres. Er sah das Große Meer, blickte durch seine unruhigen Sphären, wimmelnd von sonderbaren Gestalten, bis in seine lichtlosen Tiefen, wo inmitten ewiger Finsternis Stimmen widerhallten, schrecklich für die Ohren Sterblicher. Mit dem schweifenden Blick der Valar überschaute er die unermeßlichen Wasserflächen, die unbeweglich unter dem Auge Anars lagen, unter dem Sichelmond glitzerten oder sich zu verderbenbringenden Gebirgen auftürmten, die gegen die Schatteninseln[9] anbrandeten. Fern am Horizont, unzählbare Meilen entfernt, erspähte er einen Berg, der sich zu unfaßbarer Höhe erhob, hineinragend in eine strahlende Wolke, und an dessen Fuß eine langgestreckte Brandung aufschimmerte. Gerade als er sich anstrengte, das Rauschen jener fernen Wellen zu erlauschen und das ferne Licht deutlicher zu erkennen, brach der Klang des Horns ab; er verharrte unter dem Donner des Sturms, und vielarmige Blitze rissen den Himmel über ihm auseinander. Ulmo war verschwunden, die See tobte, und die wilden Wogen Osses brandeten gegen die Mauern Nevrasts.

Darauf floh Tuor vor dem entfesselten Meer, und er hatte große Mühe, auf die hochgelegenen Terrassen zurückzugelangen, denn der Wind drückte ihn gegen die Klippe, und als er ihre freiliegende Spitze erreicht hatte, zwang ihn der Sturm in die Knie. Um Schutz zu suchen, trat er deshalb noch einmal in die dunkle, leere Halle, und, auf dem steinernen Thron Turgons sitzend, verbrachte er die Nacht. Die Säulen erzitterten unter der wilden Gewalt des Sturmes, in den sich, wie es Tuor schien, Gejammer und wildes Geschrei mischten. Da er erschöpft war, versank er zeitweise in Schlaf, der von vielen unruhigen Träumen heimgesucht wurde, doch nur an einen einzigen konnte er sich erwachend erinnern: das Bild einer Insel, in deren Mitte sich ein steiler Berg erhob. Dahinter ging die Sonne unter, Schatten verbreiteten sich über den Himmel, doch hoch darüber stand ein einzelner Stern mit blendendem Licht.

Nach diesem Traum fiel Tuor in tiefen Schlaf, denn noch bevor die Nacht vorüber war, zog der Sturm weiter und trieb die Wolken in den

Osten der Welt. Schließlich erwachte er im grauen Morgenlicht, erhob sich und verließ den Thron. Als er in die schwach erhellte Halle hinabstieg, sah er, daß sie von vielen Seevögeln bevölkert war, die der Sturm hierher verschlagen hatte. Er trat ins Freie, als der Glanz der letzten Sterne im Licht des kommenden Tages verblaßte. Er sah, daß in der Nacht die gewaltigen Wellen hoch auf das Land gerollt waren, und ihre schaumigen Kämme bis zu den Spitzen der Klippen geworfen hatten. Wasserpflanzen und grober Kies waren sogar auf die Terrassen bis vor die Türen geschleudert worden. An die Mauer gelehnt, blickte Tuor von der untersten Terrasse hinunter und erblickte zwischen Steinen und Tang die Gestalt eines Elben, gekleidet in einen grauen, von Seewasser durchweichten Mantel. Schweigend saß er da und starrte über den verwüsteten Strand auf die langgestreckten Wellenrücken. Ringsum war Stille, und außer dem Rauschen der Brandung war kein Laut zu hören.

Als Tuor dastand und die schweigende graue Gestalt ansah, erinnerte er sich der Worte Ulmos, und wie von selbst kam ihm ein Name auf die Lippen, und er rief mit lauter Stimme:

»Willkommen, Voronwe, ich habe dich erwartet!«[10]

Darauf wandte sich der Elbe um, sah auf, und Tuor begegnete dem durchdringenden Blick seiner meergrauen Augen und wußte, daß er einen Noldor vor sich hatte. Furcht und Staunen lagen in diesen Augen, als der Elbe Tuor hoch über sich auf der Mauer stehen sah: in seinen großen Mantel wie in einen Schatten gekleidet, den schimmernden Elben-Harnisch auf der Brust.

Einen Augenblick verharrten sie so, jeder forschte im Gesicht des anderen, und dann verbeugte sich der Elbe tief vor Tuor. »Wer seid Ihr, Herr?« fragte er. »Lange habe ich mit der unerbitterlichen See gekämpft. Sagt mir also, ob sich, seit ich das feste Land verließ, etwas von Bedeutung ereignet hat. Ist der Schatten besiegt? Ist das Verborgene Volk erschienen?«

»Nein«, erwiderte Tuor. »Der Schatten lastet noch immer auf dem Land, und das Verborgene bleibt verborgen.«

Darauf blickte ihn Voronwe lange schweigend an. »Aber wer seid Ihr?« fragte er wieder. »Vor vielen Jahren hat mein Volk dieses Land verlassen, und niemand hat seitdem hier gewohnt. Jetzt begreife ich, daß Ihr trotz Eurer Kleidung nicht meinem Volk angehört, wie ich zuerst annahm, sondern dem menschlichen Geschlecht.«

»So ist es«, sagte Tuor. »Und bist du nicht der letzte Seefahrer des letzten Schiffes, das von den Anfurten Círdans nach Westen segelte?«

»Der bin ich«, antwortete der Elbe. »Ich bin Voronwe, Sohn Aranwes. Aber ich verstehe nicht, wie Ihr meinen Namen und mein Schicksal kennen könnt?«

»Weil der Herr der Wasser am Abend zu mir gesprochen hat«, sagte Tuor, »und er sagte, daß er dich vor dem Zorn Osses gerettet habe, und dich hierher schicken würde, um mein Führer zu sein.«

Erschrocken und verwundert rief Voronwe: »Ihr habt mit Ulmo, dem Mächtigen, gesprochen? Dann müssen Euer Ansehen und Eure Bestimmung in der Tat groß sein! Doch wohin soll ich Euch geleiten, Herr? Sicherlich seid Ihr unter den Menschen ein König, und viele werden auf Euren Befehl warten.«

»Nein, ich bin ein entflohener Sklave«, sagte Tuor, »ein Verfemter, einsam in einem ausgestorbenen Land. Doch ich habe eine Botschaft für Turgon, den Verborgenen König. Weißt du, wie ich ihn finden kann?«

»In diesen schlimmen Zeiten sind viele verfemt und versklavt, denen es bei ihrer Geburt nicht bestimmt war«, erwiderte Voronwe. »Ich schätze, daß Ihr zu Recht ein Mächtiger unter den Menschen seid. Doch wäret Ihr auch der Höchste unter ihnen, hättet Ihr doch kein Recht, nach Turgon zu forschen, und Eure Suche wäre vergeblich. Selbst wenn ich Euch bis vor seine Tore geleiten würde, könntet Ihr sie nicht passieren.«

»Nicht weiter als bis zum Tor, bitte ich dich, mich zu geleiten«, sagte Tuor. »Dort werden das Schicksal und der Wille Ulmos miteinander streiten. Wenn Turgon mich nicht zu sich läßt, ist mein Auftrag beendet, und das Verhängnis wird seinen Lauf nehmen. Aber was mein Recht angeht, Turgon aufzusuchen, höre also: Ich bin Tuor, Huors Sohn und Abkömmling Húrins, deren Namen Turgon nicht vergessen haben wird. Und überdies suche ich ihn auf Befehl Ulmos. Sollte Turgon vergessen haben, was Ulmo einst zu ihm sagte: *Denke daran, daß die letzte Hoffnung der Noldor vom Meer kommen wird?* Oder: *Wenn die Gefahr nahe ist, wird jemand aus Nevrast kommen, um dich zu warnen.*[11] Dieser Mann bin ich, ein Rad im Getriebe, das meinetwegen in Gang gesetzt wurde.«

Verwundert hörte Tuor sich selbst diese Worte sprechen, denn als er von Nevrast aufgebrochen war, hatte er Ulmos Botschaft an Turgon nicht gekannt. Niemand kannte sie, das Verborgene Volk ausgenommen. Deshalb war Voronwe um so überraschter, doch er wandte sich ab, schaute auf das Meer und seufzte: »Wohlan!« sagte er. »Ich habe gewünscht, nie wieder zurückzukehren. Sollte ich jemals wieder einen Fuß an Land setzen, so habe ich mir oft genug in den Tiefen der See gelobt, wollte ich, weit entfernt von den Schatten des Nordens, in Muße leben. Bei den Anfurten Círdans vielleicht, oder in den freundlichen Gefilden Nan-tathrens, wo der Frühling lieblicher ist, als das Herz es sich erträumen kann. Aber während ich wanderte, hat die Macht des Bösen zugenommen, die letzte Gefahr nähert sich meinem Volk, und ich muß zurückkehren.« Er wandte sich wieder gegen Tuor: »Ich will Euch zu den verborgenen Toren führen«, sagte er, »denn ein kluger Mann wird sich den Ratschlüssen Ulmos nicht wiedersetzen.«

»Dann wollen wir zusammen gehen, wie es uns aufgetragen ist«, sagte Tuor. »Doch klage nicht, Voronwe! Denn mein Herz spricht zu dir: möge deine lange Reise dich weit von den Schatten wegführen und deine Hoffnung, an das Meer zurückzukehren, möge sich erfüllen.«[12]

»Die Eure ebenso«, sagte Voronwe. »Aber jetzt müssen wir das Meer verlassen und uns sputen.«

»Ja«, sagte Tuor. »Aber wohin willst du mich führen und wie weit? Sollen wir nicht zuerst darüber nachdenken, wie wir uns in der Wildnis zurechtfinden oder, falls die Reise lange dauert, wie wir ohne Unterschlupf den Winter überstehen werden?«

Aber über ihren Reiseweg wollte Voronwe nichts Genaues sagen. »Was Menschen vermögen, ist Euch wohlbekannt«, sagte er, »was mich freilich angeht, so bin ich ein Noldor, und Hunger und Winterkälte müssen schon lange andauern, ehe sie jemanden aus jenem Stamm töten, der das Malm-Eis überquert hat. Wie, glaubt Ihr, konnten wir ungezählte Tage in den salzigen Wüsten des Meeres überstehen? Habt Ihr nicht von der Wegerichpflanze der Elben gehört? Ich trage noch immer einen Vorrat bei mir, wie es alle Seefahrer bis zuletzt zu tun pflegen.« Darauf ließ er unter seinem Umhang ein versiegeltes Säckchen sehen, das an seinen Gürtel geschnallt war. »Solange es versiegelt ist, können ihm weder Wasser noch Kälte etwas anhaben. Aber nur in größter Not dürfen wir es angreifen. Außerdem wird ein Verfemter und Jäger sicherlich noch andere Nahrung finden, solange es die Jahreszeit zuläßt.«

»Vielleicht«, sagte Tuor. »Doch nicht in jedem Land ist das Jagen ungefährlich, und sei noch so reichlich Beute vorhanden. Außerdem verzögert es die Reise.«

Nun machten sich Tuor und Voronwe zum Aufbruch bereit. Von den Waffen, die er aus der Halle mitgebracht hatte, nahm Tuor den kleinen Bogen und Pfeile mit; den Speer jedoch, der in der Runenschrift der Nord-Elben seinen Namen trug, stellte er an die Wand, zum Zeichen, daß er hier vorübergekommen war. Voronwe führte außer einem kurzen Schwert keine Waffe.

Bevor der Tag anbrach, verließen sie den alten Wohnsitz Turgons, und Voronwe führte Tuor die steilen Hänge des Taras hinab und über die große Landzunge. Dort hatte einst die Straße von Nevrast nach Brithombar entlanggeführt, von der jetzt nur noch eine grüne Spur zwischen grasüberwachsenen Erdwällen übrig war. So gelangten sie nach Beleriand und in den nördlichen Teil der Falas. Dort wandten sie sich nach Osten und suchten Zuflucht im Schatten der überhängenden Felsen des Ered Wethrin; dort rasteten sie versteckt, bis die Dämmerung hereinbrach. Obwohl Brithombar und Eglarest, die alten Wohnstätten der Falathrim, noch weit entfernt waren, hausten dort jetzt die Orks, und das ganze Land wimmelte von Morgoths Spähern; er fürchtete nämlich die Schiffe Círdans, die gelegentlich die Küsten überfielen und sich mit den Bewaffneten vereinigten, die von Nargothrond ausgeschickt wurden.

Als sie nun, eingehüllt in ihre Mäntel, schattengleich im Schutz der Hügel hockten, sprachen Tuor und Voronwe viel miteinander. Tuor stellte viele Fragen nach Turgon, doch sprach Voronwe über ihn nur wenig, sondern erzählte lieber von den Behausungen auf der Insel Balar und von den Lisgardh, den Schilfwäldern an den Mündungen des Sirion.

»Dort nimmt jetzt die Zahl der Elben zu«, sagte er, »denn von beiden Stämmen fliehen immer mehr dorthin, sei es aus Furcht vor Morgoth, oder weil sie des Krieges überdrüssig sind. Ich aber verlasse das Volk nicht, dem ich mich zugehörig fühle. Im Anschluß an die Bragollach, und nachdem der Belagerungsring um Angband gesprengt worden war, überkamen Turgon zum ersten Mal Zweifel, ob Morgoth sich nicht doch als zu stark erweisen würde. In jenem Jahr sandte er eine erste Vorhut seines Volkes durch die Tore nach draußen; es waren nur wenige, und sie hatten einen geheimen Auftrag. Sie zogen den Sirion hinunter bis zu den Küsten an seiner Mündung, und dort bauten sie Schiffe. Doch sie waren nicht sehr erfolgreich: Es gelang ihnen lediglich die Große Insel Balar zu erreichen und dort heimliche Unterschlupfe anzulegen, die außerhalb der Reichweite Morgoths lagen; denn die Noldor verstehen sich nicht auf die Kunst, Schiffe zu bauen, die den Wellen des Großen Belegaer lange standhalten.[13]

Aber als Turgon später davon hörte, daß die Falas verwüstet, die alten Anfurten der Schiffbauer geplündert worden seien, Círdan, wie man sagte, einen Rest seines Volkes gerettet habe und in südlicher Richtung zur Bucht von Balar fortgesegelt sei, schickte er erneut Boten aus. Dies ist noch gar nicht lange her, doch kommt es mir in der Erinnerung vor, als sei es die längste Zeitspanne meines Lebens gewesen. Denn ich war einer von denen, die ausgesandt wurden, und unter den Eldar war ich jung an Jahren. Ich bin hier in Mittelerde im Lande Nevrast geboren. Meine Mutter war eine Grau-Elbe und mit Círdan blutsverwandt – in den ersten Jahren der Herrschaft Turgons vermischten sich die Völker in Nevrast häufig –, und ich habe als mütterliches Erbteil mein Seemannsblut. Aus diesem Grund war ich unter den Ausgewählten, denn wir wurden zu Círdan geschickt, ihn um Rat für unseren Schiffbau zu bitten und um den Herren des Westens eine Botschaft und die Bitte um Beistand zu übermitteln, ehe alles verloren war. Doch ich säumte unterwegs, denn ich hatte bis dahin wenig von den Ländern Mittelerdes gesehen, und es war gerade Frühling, als wir nach Nan-tathren kamen. Lieblich und herzerquikkend ist dieses Land, Tuor, wie Ihr selbst feststellen werdet, wenn Ihr jemals auf den südlichen Straßen den Sirion entlangwandern solltet. Dieses Land ist das Heilmittel gegen die Sehnsucht nach dem Meer, wenn auch nicht für jene, die ihrer Bestimmung nicht entgehen können. Dort ist Ulmo nur der Diener Yavannas, und dort hat die Erde einen Überfluß an Schönheit hervorgebracht, der für jene, die in den rauhen Hügeln des Nordens leben, schier unfaßbar ist. In diesem Land vereinigen sich Narog und Sirion, ihr schneller Lauf mäßigt sich, und sie fließen breit und ruhig zwischen erquickenden Wiesen dahin. Überall am glitzernden Fluß wachsen Schwertlilien wie ein Wald aus Blüten, das Gras ist mit Blumen durchflochten wie mit Edelsteinen, mit Glocken und roten und goldenen Flammen, einer verschwenderischen Pracht vielfarbiger Sterne auf einem grünen Himmel. Doch am schönsten sind die Weidenbäume Nan-tathrens, mattgrün oder silbrig im Wind, und das Rauschen ihrer unzähligen Blätter ist wie bezaubernde Musik. Tage und Nächte trieben unbemerkt dahin, während ich im kniehohen Gras stand und lauschte. Dort erlag ich einem Zauber, und in meinem Herzen vergaß ich das Meer. Ich wanderte umher, gab unbekannten Blumen Namen oder lag träumend unter einer Glocke von Vogelgesang und Bienengesumm. Dort würde ich noch immer in Freuden leben, ohne einen Gedanken an mein Volk, die Schiffe der Teleri oder die Schwerter der Noldor, doch mein Schicksal wollte es anders. Vielleicht war es auch der Herr der Wasser selbst, dessen Macht groß war in jenem Land.

Es kam mir in den Sinn, ein Floß aus Weidenästen zu bauen und mich auf den schimmernden Wassern des Sirion zu ergehen; so geschah es, und der Fluß trug mich. Doch eines Tages, als ich mich in der Flußmitte befand, kam plötzlich Wind auf, ergriff das Floß, trieb mich davon aus dem Land der Weidenbäume und dem Meer zu. Also kam ich als letzter der Boten bei Círdan an. Von den sieben Schiffen, die er auf Turgons Bitte erbaut hatte, waren alle bis auf eines bereits fertig. Und eines nach dem anderen setzten sie Segel, steuerten nach Westen, doch weder kehrten sie jemals zurück, noch hat man irgendeine Nachricht von ihnen empfangen.

Aber jetzt begann mein Seefahrerblut in der salzigen Seeluft schneller zu fließen, ich hatte meine Freude an den Wellen und erlernte das Handwerk der Seeleute, als hätte ich es schon immer beherrscht. So war ich denn, als das letzte und größte Schiff fertiggestellt war, begierig, aufzubrechen und sagte mir selbst: Wenn es zutrifft, was die Noldor sagen, gibt es im Westen Wiesengründe, mit denen sich das

Land der Weidenbäume nicht messen kann. Dort gibt es kein Verwelken, und der Frühling endet niemals, und vielleicht gelange ich, Voronwe, sogar dorthin. Im schlimmsten Fall ist es immer noch besser, sich dem Wasser anheimzugeben als den Schatten im Norden. Ich hatte keine Furcht, denn die Schiffe der Teleri galten als unsinkbar.

Doch die Große See ist furchtbar, Tuor, Sohn Huors, und sie haßt die Noldor, weil sie die Valar verderben will. Sie hält Schlimmeres bereit als den Untergang in ihren Abgründen: Abscheu, Einsamkeit und Wahnsinn, Schrecken des Sturms, Aufruhr und Stille und Schatten, wo jede Hoffnung vergeben ist und jedes Leben erstirbt. Und sie bespült viele sonderbare und verderbenbringende Gestade und wimmelt von Inseln voller Furcht und Gefahr. Ich will Euer Herz nicht trüben, Sohn Mittelerdes, mit der Geschichte meiner siebenjährigen Irrfahrt auf dem Großen Meer, die mich vom Norden bis in den Süden, doch niemals in den Westen verschlug, denn dieser ist uns verschlossen.

Schließlich, in finsterer Verzweiflung, zerfallen mit der Welt, wendeten wir das Schiff und flohen vor dem Verhängnis, das uns so lange verschont hatte, um uns um so grausamer zu treffen. Gerade nämlich, als wir in der Ferne einen Berg erspähten, und ich ausrief: ›Seht, dort liegt Taras, das Land meiner Geburt!‹ – in diesem Augenblick frischte der Wind auf, und aus dem Westen zogen massige, donnerschwangere Wolken herauf. Dann jagten uns die Wellen, als seien sie lebende, bösartige Wesen, und die Blitze zuckten auf uns herab. Und wenn wir wie eine hilflose Nußschale hinabgepreßt worden waren, schleuderten uns die tobenden Seen wieder empor. Aber ich blieb, wie Ihr seht, verschont. Es kam eine Woge herbei, größer und doch ruhiger als die anderen, wie mir schien, und sie packte mich, hob mich vom Schiff, trug mich hoch auf ihren Schultern, rollte an Land und warf mich in das Gras. Dann flutete sie zurück und ergoß sich wie ein Wasserfall über den Klippenrand. Länger als eine Stunde saß ich dort, noch benommen vom Meer, als Ihr auf mich zukamt. Noch immer habe ich die Furcht in mir und spüre den Schmerz über den bitteren Verlust aller meiner Freunde, die an meiner Seite waren auf einer langen und weiten Fahrt, die uns über die Gefilde der Sterblichen hinausgeführt hatte.«

Voronwe seufzte und sprach dann leise wie zu sich selbst: »Doch hell standen die Sterne am Rande der Welt, wenn sich die Wolken im Westen gelegentlich verzogen hatten. Freilich weiß ich nicht, ob wir nur ferne Wolken sahen, oder in der Tat, wie manche glaubten, die Berge der Abwehr, die Pelóri, erblickten, die sich über den ausgestorbenen Stränden unserer alten Heimat erheben. Fern, unendlich fern, standen sie, und ich glaube, kein Sterblicher wird jemals wieder in jene Gegenden kommen.« Danach verstummte er. Die Nacht war hereingebrochen, und die Sterne schimmerten weiß und kalt.

Bald darauf erhoben sich Tuor und Voronwe, kehrten dem Meer den Rücken und brachen zu ihrer langen Reise in die Finsternis auf. Wenig ist darüber zu berichten, denn Ulmos Schatten wachte über Tuor, und niemand erspähte sie auf ihrem Weg durch Wald und Fels, Felder und Auen, zwischen der untergehenden und der aufgehenden Sonne. Doch sie blieben immer auf der Hut, wichen den Jägern Morgoths aus, die auch nachts sehen können, und vermieden die ausgetretenen Pfade der Elben und Menschen. Voronwe bestimmte den Weg, und Tuor folgte ihm. Er stellte keine überflüssigen Fragen, doch bemerkte er wohl, daß sie immer dem aufwärts nach Osten verlaufenden Bergzug folgten und sich niemals nach Süden wandten. Er wunderte sich darüber, denn wie die meisten Elben und Menschen war er der Ansicht, Turgon wohne weit von den Schlachtfeldern des Nordens entfernt.

Im Zwielicht oder in der Nacht kamen sie in der unwegsamen Wildnis langsam voran, und um so rascher zog der rauhe Winter aus Morgoths Reich herbei. Trotz der schützenden Hügel waren die Winde kräftig und beißend, und bald lag tiefer Schnee auf den Höhen, wirbelte über die Pässe und fiel auf die Wälder von Núath, ehe diese noch ihre welken Blätter gänzlich abgeworfen hatten.[14] So kam, obwohl sie in der ersten Hälfte der Narquelië aufgebrochen waren, die Hísime mit beißendem Frost, gerade als sie sich den Quellen des Narog näherten.

Dort, am Ende einer mühseligen Nacht, machten sie im Morgengrauen Halt; Voronwe erschrak und blickte sich furchtsam und schmerzerfüllt um: Wo einst der Weiher von Ivrin in seinem großen, durch die Wasserfälle ausgewaschenen steinernen Becken erglänzte, wo er als eine baumgesäumte Mulde in den Hügeln gelegen hatte, erblickte er jetzt nichts als ein besudeltes und verwüstetes Gelände. Die Bäume waren verbrannt oder herausgerissen, die steinerne Umrandung des Beckens war zerbrochen, so daß die ungebändigten Wasser des Ivrin inmitten der Zerstörung einen armseligen Morast bildeten. Alles war jetzt nur noch eine Wüstenei gefrorenen Schlamms, und ein Gestank von Verwesung lag wie ein widerwärtiger Dunst über dem Ort.

»Wehe! Ist das Böse sogar hierher gekommen?« rief Voronwe. »Einst war dieser Ort weit entfernt von der Bedrohung durch Angband, doch die Klauen Morgoths strecken sich immer weiter aus!«

»Es ist so, wie Ulmo gesagt hat«, sagte Tuor: *»Die Quellen sind vergiftet, und meine Macht zieht sich aus den Wassern des Landes zurück.«*

»In der Tat, hier hat ein böser Geist gewaltet«, sagte Voronwe, »der mächtiger ist als die Orks. Furcht umlauert diesen Ort.« Er prüfte den Rand des Morastes, bis er auf einmal innehielt und aufschrie: »Ja, das Böse war groß!« Er forderte Tuor auf, näherzutreten und dieser sah einen Einschnitt wie eine gewaltige Furche, die nach Süden führte. Zu beiden Seiten verliefen, bald undeutlich, bald durch den Frost hart und klar im Boden ausgeprägt, die Spuren großer, klauenbewehrter Füße. »Seht!« sagte Voronwe, und sein Gesicht war von Furcht und Abscheu bleich, »vor nicht langer Zeit ist der Große Wurm von Angband hiergewesen, die grausamste aller Kreaturen des Feindes! Es kann bereits zu spät sein für unsere Botschaft an Turgon. Eile tut not.«

Gerade als er dies sagte, hörten sie einen Ruf in den Wäldern, und sie verharrten lauschend wie graue Steine. Doch es war eine friedliche Stimme, wenn auch von Schmerz erfüllt; sie schien immer wieder einen Namen zu rufen, als ob sie nach jemandem suche, der verlorengegangen war. Während sie warteten, kam jemand durch die Bäume näher, und sie sahen, daß es ein großer Mann war. Er war bewaffnet, schwarz gekleidet, hatte ein langes Schwert gezogen, und sie wunderten sich, daß dessen Blatt schwarz war, die Kanten aber hell und kalt funkelten. Kummer stand auf seinem Gesicht, und als er den verwüsteten Ivrin sah, schrie er vor Gram laut auf: »Ivrin, Faelivrin! Gwindor und Beleg! Hier wurde ich einst geheilt. Aber jetzt werde ich niemals wieder den Becher des Friedens trinken.«

Darauf schritt er schnell in nördlicher Richtung davon, wie jemand, der auf einer Verfolgungsjagd ist oder eine eilige Botschaft hat. Sie hörten ihn rufen: *Faelivrin, Finduilas!*, bis seine Stimme in den Wäldern verhallte.[15] Doch sie wußten nicht, daß Nargothrond gefallen war, und daß sie Túrin, den Sohn Húrins, gesehen hatten, den Träger des Schwarzen Schwerts. Auf diese Weise kreuzten sich für einen Augenblick und niemals wieder die Wege der Blutsverwandten Túrin und Tuor.

Nachdem das Schwarze Schwert verschwunden war, setzten sie ihren Weg noch eine Weile fort, obwohl es Tag geworden war, denn die Erinnerung an den Schmerz dieses Mannes lastete schwer auf ihnen, und sie konnten es nicht über sich bringen, in der Nähe des verwüsteten Ivrin zu bleiben. Doch bald suchten sie sich ein Versteck, denn jetzt war ringsum das Land von der Vorahnung des Bösen erfüllt. Ihr Schlaf war kurz und unerquicklich, und als der Tag sich neigte und es dunkel wurde, setzte heftiger Schneefall ein, und mit der Nacht kam grimmiger Frost. Von diesem Augenblick an hörten Schnee und Eis überhaupt nicht mehr auf, und fünf Monate lang hielt der Grausame Winter, an den man sich noch lange erinnerte, den Norden in seinem Bann. Nun wurden Tuor und Voronwe von der Kälte gequält, und sie fürchteten, ihre Spuren im Schnee könnten sie jagenden Feinden verraten, oder sie könnten in einen heimtückischen Hinterhalt geraten. Sie marschierten neun Tage lang, immer langsamer und unter wachsenden Qualen, als sich Voronwe ein wenig nach Norden wandte, bis sie die drei Quellflüsse des Teiglin überquerten. Darauf ging es wieder ostwärts, sie verließen die Berge und gingen vorsichtig weiter, bis sie den Glithui überquerten und an den Malduin kamen, dessen Wasser schwarz gefroren war.[16]

Da sprach Tuor zu Voronwe: »Der Frost ist grausam, und der Tod nähert sich uns.« In der Tat war ihre Lage sehr schlimm, denn es war lange her, seit sie in der Wildnis ein wenig Nahrung gefunden hatten, die Wegzehrung schwand dahin, und sie waren durchfroren und erschöpft.

»Es ist bitter«, sagte Voronwe, »zwischen dem Verhängnis der Valar und der Grausamkeit des Feindes gefangen zu sein. Bin ich dem Rachen der See entkommen, um im Schnee begraben zu werden?«

Aber Tuor sagte: »Wie weit müssen wir jetzt noch gehen? Du mußt jetzt endlich dein Geheimnis mit mir teilen, Voronwe. Hast du mich den kürzesten Weg geführt, und wohin führt er? Denn wenn ich meine letzten Kräfte opfern muß, möchte ich wissen, wozu es gut ist.«

»Ich habe Euch, soweit es unsere Sicherheit zuließ, den kürzesten Weg geführt«, sagte Voronwe. »Wisset nun, Tuor, daß Turgon noch immer im Norden des Landes der Eldar wohnt, wenn es auch nur wenige glauben. Wir sind seinem Wohnsitz schon recht nahe, aber es sind immer noch viele Meilen zurückzulegen, selbst wenn man wie ein Vogel fliegen könnte. Immerhin müssen wir noch den Sirion überqueren, und bis dahin kann uns möglicherweise noch viel Böses begegnen. Bald nämlich erreichen wir die Straße, die seit altersher vom Wachtturm König Finrods nach Nargothrond hinunterführt.[17] Dort werden die Knechte unseres Feindes sich aufhalten und auf der Lauer liegen.«

»Ich hielt mich für den abgehärtetsten der Menschen«, sagte Tuor, »und ich habe viele harte Winter in den Bergen überlebt, doch damals hatte ich eine Höhle als Zuflucht und ein wärmendes Feuer. Jetzt aber, hungrig wie ich bin, zweifle ich an meiner Kraft, bei dieser schlimmen Kälte weiterzugehen. Aber laß uns aufbrechen und marschieren, so weit wie wir können, bevor uns die letzte Hoffnung verläßt.«

»Wir haben keine andere Wahl«, sagte Voronwe, »es sei denn, wir legten uns hier nieder, um im Schnee auf den Todesschlaf zu warten.«

Also kämpften sie sich den ganzen bitteren Tag lang vorwärts, und der Winter machte ihnen mehr zu schaffen als die Bedrohung durch Feinde. Doch je weiter sie vordrangen, desto weniger Schnee fanden sie, denn sie stiegen jetzt wieder nach Süden in das Tal des Sirion hinab und hatten die Berge von Dor-lómin weit hinter sich gelassen. Als die Dämmerung sich vertiefte, erreichten sie die Landstraße, die sich am Fuß des dichtbewaldeten, steilen Flußufers entlangzog. Plötzlich hörten sie Stimmen, und als sie vorsichtig hinter den Bäumen hervorspähten, sahen sie in der Tiefe ein rotes Licht. Eine Gruppe von Orks lagerte mitten auf der Straße, zusammengedrängt um ein mächtiges Holzfeuer.

»*Gurth an Glamhoth!*« murmelte Tuor.[18] »Jetzt soll das Schwert unter dem Mantel hervorkommen. Ich will den Tod riskieren, um dieses Feuer in die Hand zu bekommen, und sogar das Fleisch der Orks wäre eine willkommene Beute.«

»Nein!« sagte Voronwe. »Auf dieser Reise hilft uns nur der Mantel. Entweder Ihr schlagt Euch das Feuer aus dem Kopf, oder Ihr müßt Turgon vergessen. Dieser Trupp ist nicht allein in der Wildnis. Sieht denn Euer sterbliches Auge nicht im Norden und Süden den Feuerschein weiterer Wachtposten? Der geringste Lärm würde ein ganzes Heer auf uns hetzen. Hört auf mich, Tuor! Es verstößt gegen das Gesetz des Verborgenen Königreichs, sich seinen Toren zu nähern, wenn einem Feinde auf den Fersen sind. Dieses Gesetz werde ich nicht brechen, weder um Ulmos Auftrag noch um des Todes willen. Wenn Ihr die Orks aufstört, werde ich Euch verlassen.«

»Also lassen wir sie ungeschoren«, erwiderte Tuor. »Doch möge ich den Tag erleben, an dem ich nicht wie ein feiger Hund vor einer Handvoll Orks beiseite zu schleichen brauche.«

»Dann kommt!« sagte Voronwe. »Streitet nicht länger, sonst werden sie uns wittern. Folgt mir!«

Dann kroch er mit dem Wind durch die Bäume nach Süden davon, bis sie sich in der Mitte zwischen dem ersten Ork-Feuer und dem nächsten befanden. Dort stand er lange still und lauschte.

»Ich höre kein Geräusch auf der Straße«, sagte er, »aber wir wissen nicht, was im Dunkel lauert.« Er spähte in die Finsternis vor ihnen und schauerte. »Es liegt etwas Böses in der Luft«, murmelte er. »Vorwärts! Dort vor uns liegt das Ziel unserer Reise, und dazwischen gibt es nur Leben oder Tod.«

»Der Tod umringt uns von allen Seiten«, sagte Tuor. »Doch ich habe nur noch für die kürzeste Strecke Kraft. Hier muß ich die Straße überqueren oder untergehen. Ich will auf Ulmos Mantel vertrauen, und auch dich wird er einhüllen. Jetzt werde ich die Führung übernehmen!«

Mit diesen Worten schlich er zum Straßenrand. Dann warf er den weiten grauen Mantel über sich und Voronwe, den er an sich preßte, und schritt voran.

Ringsum war es still. Der kalte Wind fegte heulend über die uralte Straße. Doch dann verstummte plötzlich auch er, und Tuor spürte eine

Veränderung in der Luft. Es war, als habe Morgoths Land für eine Weile den Atem angehalten, und schwach, wie eine Erinnerung an das Meer, kam eine Brise aus dem Westen herbeigestrichen. Wie ein grauer, vom Wind getragener Nebelfleck überquerten sie die steinige Straße und huschten in ein Dickicht an ihrem östlichen Rand.

Plötzlich erscholl in ihrer Nähe ein wilder Schrei, dem entlang der Straße viele weitere antworteten. Ein Horn heulte mißtönend, und man hörte das Geräusch hastender Füße. Unbeirrt ging Tuor weiter. Während seiner Gefangenschaft hatte er genügend von der Sprache der Orks gelernt, um die Bedeutung der Schreie begreifen zu können: Die Wächter hatten Tuor und Voronwe gewittert und gehört, konnten sie aber nicht sehen. Die Jagd war im Gange. Verzweifelt stolperten sie vorwärts, krochen einen langen Abhang hinauf, wo zwischen verkrüppelten Ebereschen und niedrigen Birken ein dichtes Gestrüpp aus Stechginster und Heidelbeeren wuchs. Auf dem Hügelkamm angelangt, blieben sie stehen und lauschten auf die Rufe in ihrem Rücken und auf die unten durch das Unterholz brechenden Orks.

Neben ihnen war ein Felsblock, dessen oberes Stück aus einem Gewirr von Heidekraut und Brombeeren hervorragte; darunter war ein Lager, wie es ein gejagtes Tier aufsuchen mochte, um der Verfolgung zu entgehen, oder, wenn es nicht anders ging, mit dem Rücken zum Stein sein Leben teuer zu verkaufen. Tuor zog Voronwe in diese schattige Höhle hinein, und unter dem grauen Mantel lagen sie Seite an Seite, keuchend wie zwei junge Füchse. Sie sprachen kein Wort und lauschten mit gespannter Aufmerksamkeit.

Die Rufe der Jäger wurden schwächer, denn die Orks wagten es nie, tiefer in das unwegsame Gelände beiderseits der Straße vorzudringen, doch sie schwärmten auf der Straße auf und ab. Sie machten sich wegen versprengter Flüchtlinge wenig Sorgen, doch sie fürchteten Späher und die Kundschafter bewaffneter Feinde. Morgoth hatte auf der Straße Wachen aufgestellt, nicht um Tuor und Voronwe (von denen er noch nichts wußte) oder jemand anderen zu fangen, der aus dem Westen kam; ihm ging es vielmehr um den Träger des Schwarzen Schwerts, der nicht entkommen, den Gefangenen aus Nargothrond folgen sollte, und der vielleicht Hilfe aus Doriath holen konnte.

Die Nacht ging vorüber, und über dem verlassenen Land lag wieder unheilvolle Stille. Tuor schlief kraftlos und erschöpft unter Ulmos Mantel; Voronwe jedoch kroch bald darunter hervor, stand stumm und unbeweglich wie ein Stein, und sein scharfer Elbenblick drang durch die Schatten. Bei Tagesanbruch weckte er Tuor, und nachdem dieser sich aus dem Mantel geschält hatte, sah er, daß das Wetter sich in der Tat gebessert hatte und die schwarzen Wolken fortgezogen waren. In der Morgendämmerung konnte er weit in der Ferne die Gipfel unbekannter Berge erkennen, die vor dem feurigen Osten aufglühten.

Da sagte Voronwe mit leiser Stimme: »*Alae! Ered en Echoriath, ered e·mbar nín!*«[19] Denn er wußte, daß sie die Umzingelnden Berge und die Mauern von Turgons Reich vor sich liegen sahen. Östlich unter ihnen in einem tiefen, schattigen Tal, lag Sirion, der Schöne, Vielbesungene, und darüber stieg, in Nebel gehüllt, ein graues Land zu den matt getönten Hügeln am Fuß der Berge auf. »Dort drüben liegt Dimbar«, sagte Voronwe. »Wären wir nur dort! Denn nur selten wagen es unsere Feinde, dorthin ihren Fuß zu setzen. Zumindest war es so, als Ulmos Kraft noch im Sirion gegenwärtig war. Aber nun hat sich vielleicht alles geändert[20] – außer der Gefährlichkeit des Flusses: Um diese Zeit ist er bereits tief und reißend, und es ist sogar für die Eldar gefährlich, ihn zu überqueren. Aber ich habe Euch an den rechten Ort geführt, denn dort schimmert die Furt von Brithiach, ein wenig südlich, dort, wo die Oststraße seit altersher von Taras über den Fluß in den Westen führt. Außer in verzweifelter Not wagt jetzt niemand, ob Elbe, Mensch oder Ork, sie zu benutzen, seit sie zum Dungortheb und zum Land des Grauens zwischen den Gorgoroth und dem Gürtel Melians führt; seit langem hat sie sich in der Wildnis verloren oder ist zu einem schmalen Pfad zwischen Kraut und Dornenranken geworden.«[21]

Dann deutete Voronwe nach vorn, und Tuor erspähte in weiter Ferne einen Schimmer wie von offenem Wasser im flüchtigen Licht der Dämmerung, doch darüber türmten sich dunkle Massen; dort stieg der große Wald von Brethil nach Süden auf und zog sich in ein fernes Hochland empor. Jetzt stiegen sie unter großer Vorsicht talabwärts und gelangten schließlich an die alte Straße, die von der Wegscheide an den Grenzen Brethils herunterführt, wo sie die Straße von Nargothrond kreuzte. Tuor sah, daß sie dicht an den Sirion herangekommen waren. Die Ufer seines tiefen Flußbettes traten an dieser Stelle zurück, und seine Fluten, sich brechend in ausgedehntem Steingeröll,[22] verliefen sich in breite, flache Arme, in denen das aufgerührte Wasser murmelte. Kurz danach vereinigten sie sich wieder, flossen in einem neuen Flußbett auf den Wald zu und verschwanden in weiter Ferne in dichtem, undurchdringlichem Nebel. Dort lag, was Tuor nicht wissen konnte, inmitten des überschatteten Gürtels von Melian, die Nordmark von Doriath.

Tuor wollte sofort zur Furt eilen, aber Voronwe hielt ihn zurück und sagte: »Wir dürfen die Brithiach weder am hellen Tag überqueren, noch wenn es Zweifel gibt, daß wir verfolgt werden.«

»Dann sollen wir hier sitzen bleiben und vermodern?« fragte Tuor. »Einen solchen Zweifel wird es geben, solange Morgoths Reich besteht. Komm! Im Schutz von Ulmos Mantel müssen wir es wagen.«

Noch zögerte Voronwe und blickte nach Westen zurück, doch der Pfad hinter ihnen war verlassen, und alles ringsum war ruhig, bis auf das Rauschen des Wassers. Er blickte in die Höhe, und der Himmel war grau und leer, noch nicht einmal ein Vogel flog. Plötzlich erhellte sich sein Gesicht vor Freude, und er rief laut: »Alles ist gut! Die Brithiach wird noch immer von den Widersachern des Feindes bewacht. Hierher werden uns die Orks nicht folgen, und im Schutze des Mantels können wir die Furt ohne Zweifel passieren.«

»Was hast du gesehen?« fragte Tuor.

»Die Augen der Sterblichen reichen nicht weit!« erwiderte Voronwe. »Ich sehe die Adler der Crissaegrim, und sie kommen hierher. Wartet ein wenig!«

Tuor starrte nach oben, und bald sah er in der Luft die Umrisse dreier Vögel, die mit starken Flügelschlägen von den fernen Bergen heranflogen und jetzt wieder von Wolken verhüllt wurden. Langsam, große Kreise beschreibend gingen sie nieder und sanken plötzlich zu den Wanderern herab. Aber bevor Voronwe ihnen etwas zurufen konnte, schwenkten sie flügelrauschend in weitem Bogen ab und flogen, dem Flußlauf folgend, in nördlicher Richtung davon.

»Nun laßt uns gehen«, sagte Voronwe. »Sollte irgendein Ork in der Nähe sein, wird er mit dem Gesicht flach auf dem Boden liegen, bis die Adler weit genug entfernt sind.«

Schnell hasteten sie einen langgestreckten Hang hinunter und passierten die Furt trockenen Fußes über Geröllbänke oder durch das seichte Wasser watend. Das Wasser war sehr kalt und klar, und die seichten Stellen, wo die ziehende Flut sich zwischen Steinen verloren hatte, waren mit Eis bedeckt. Doch niemals, nicht einmal im Grausamen Winter, in dem Nargothrond fiel, konnte der tödliche Hauch des Nordens die Wasser des Sirion gänzlich zum Gefrieren bringen.[23]

Auf der anderen Seite der Furt kamen sie an eine tief eingeschnittene Rinne, die früher ein Flußbett gewesen sein mußte und in der jetzt kein Wasser mehr floß. Doch vor Zeiten, so schien es, hatte sich ein Sturzbach, aus dem Norden von den Echoriath kommend, ein tiefes Bett gegraben und von dort die Steine der Brithiach in den Sirion gespült.

»Endlich!« rief Voronwe. »Wir haben nicht vergeblich gehofft! Seht! Hier ist die Mündung des Trockenen Flusses: Dies ist die Straße, die wir einschlagen müssen.«[24] Sie stiegen in das Flußbett hinab, und als sich dieses nach Norden wandte, stieg der Untergrund steil an, und die Felswände auf beiden Seiten wurden höher. Im dünnen Licht stolperte Tuor zwischen den Steinen hindurch, mit denen das unebene Flußbett übersät war. »Wenn dies der Weg ist«, sagte er, »so ist er ziemlich mühsam für jemanden, der am Ende seiner Kräfte ist.«

»Und doch ist es der Weg, der zu Turgon führt«, sagte Voronwe.

»Dann wundert es mich um so mehr, daß sein Eingang offen und unbewacht daliegt«, sagte Tuor. »Ich hatte erwartet, ein großes, streng bewachtes Tor vorzufinden.«

»Das werdet Ihr noch sehen«, gab Voronwe zur Antwort. »Dies ist nur der Zugang. Ich habe ihn eine Straße genannt, doch mehr als dreihundert Jahre hat sie niemand betreten, ausgenommen wenige Boten mit geheimen Aufträgen. Die ganze Kunstfertigkeit der Noldor ist aufgewendet worden, um diesen Zugang zu tarnen, nachdem das Verborgene Volk ihn passiert hatte. Liegt diese Straße denn offen? Würdet Ihr sie bemerkt haben, wenn Ihr nicht einen Noldor zum Führer gehabt hättet? Oder wäre Euch der Gedanke gekommen, es könnte etwas anderes sein als das Werk von Regen und Wind und dem Wasser der Wildnis? Und waren da nicht die Adler, die Ihr gesehen habt? Sie gehören zur Gefolgschaft Thorondors, der einst auf dem Thangorodrim wohnte, bevor Morgoths Macht wuchs, und die nun seit dem Fall Fingolfins in Turgons Bergen hausen.[25] Sie allein und die

Noldor selbst kennen das Verborgene Königreich und wachen über seinem Himmel, wenn es auch bis jetzt noch kein Knecht des Feindes gewagt hat, sich so hoch in die Lüfte zu erheben. Sie bringen dem König Nachricht von allem, was draußen im Lande vorgeht. Wären wir Orks gewesen, so zweifle nicht, daß sie uns gepackt und aus großer Höhe auf die erbarmungslosen Klippen hinabgeschleudert hätten.«

»Ich zweifle nicht daran«, sagte Tuor. »Doch ich frage mich auch, ob nicht die Nachricht von unserem Kommen schneller zu Turgon gelangen wird als wir selbst. Ob dies gut oder schlecht ist, mußt du am besten wissen.«

»Weder gut noch schlecht«, erwiderte Voronwe. »Das bewachte Tor können wir nicht unbemerkt passieren, ob man uns erwartet oder nicht. Und wenn wir dort angekommen sind, brauchen die Wachen keinen Beweis, daß wir keine Orks sind. Doch um hindurchzugelangen, brauchen wir eine bessere Begründung. Ihr könnt Euch die Gefahren nicht vorstellen, Tuor, denen wir uns dann gegenübersehen. Werft mir nicht vor, ich hätte Euch nicht vor dem gewarnt, was dann geschehen kann. Nur im Vertrauen darauf habe ich eingewilligt, Euch zu führen. Wenn dieses Vertrauen sich nicht bestätigt, werden wir mit größerer Gewißheit sterben, als durch die Gefahren der Wildnis und des Winters.«

Doch Tuor erwiderte: »Prophezeie nichts mehr. Der Tod in der Wildnis ist sicher, und der Tod am Tor scheint mir zweifelhaft, trotz deiner Worte. Führe mich getrost weiter!«

Viele Meilen arbeiteten sie sich durch das Steingeröll des Trockenen Flusses, bis sie nicht mehr weiterkonnten und mit dem Abend Dunkelheit die tiefe Schlucht erfüllte. Sie kletterten am östlichen Ufer hinauf und hatten nun die zerstreuten Hügel erreicht, die den Bergen vorgelagert waren. Hinaufblickend sah Tuor, daß sie von gänzlich anderer Gestalt waren als alle Berge, die er bisher zu Gesicht bekommen hatte: Ihre Wände bestanden aus senkrechten, stufenförmig aufeinandergeschichteten Mauern, so daß sie wie vielstöckige, große Klippentürme aussahen. Der Tag hatte sich geneigt, das Land war grau und verhangen, und das Tal des Sirion war in Schatten gehüllt. Darauf führte Voronwe Tuor in eine kleine Höhle, in einem Abhang gelegen, von der man die einsamen Berghänge Dimbars überblickte. Sie krochen in die Höhle, lagen versteckt, aßen die letzten Bissen Nahrung, sie froren und waren müde, doch sie fanden keinen Schlaf. So gelangten sie im Abenddämmer des achtzehnten Tages des Hísime, am siebenunddreißigsten Tag ihrer Reise zu den Türmen der Echoriath, zur Festung Turgons, und durch die Macht Ulmos entgingen sie dem Verhängnis und der Heimtücke.

Als der erste Tagesschimmer grau durch die Nebel Dimbars sickerte, kehrten sie in den Trockenen Fluß zurück, der bald darauf nach Osten verlief, und sich zu den nackten Bergwänden emporwand. Unmittelbar vor ihnen ragte eine große Klippe auf, die unvermittelt senkrecht aus einem steilen Hang herauswuchs, der mit einem Dickicht von Dornenbäumen bedeckt war. Das Flußbett führte in dieses Dickicht hinein, und es war dort noch dunkel wie in der Nacht. Sie blieben stehen, denn die Dornen reichten seitlich tief in die Rinne hinab. Ihre verflochtenen Zweige bildeten ein dichtes Dach darüber, das so niedrig war, daß Tuor und Voronwe oft wie Tiere, die in ihr Versteck zurückkehren, unter ihm hindurchkriechen mußten.

Aber schließlich, als sie unter großen Mühen den Fuß der Klippe erreicht hatten, fanden sie eine Öffnung, gleichsam den Eingang zu einem Tunnel, den die aus dem Inneren der Berge fließenden Wasser in den harten Fels gegraben hatten. Sie traten ein, und drinnen war es völlig dunkel. Doch Voronwe schritt rüstig vorwärts, und Tuor folgte ihm, die Hand auf Voronwes Schulter und ein wenig gebückt, denn der Gang war niedrig. Eine Zeitlang gingen sie so, Schritt für Schritt und ohne etwas zu sehen, bis sie plötzlich spürten, daß der Boden unter ihren Füßen glatt wurde und frei von Geröll. Sie blieben stehen, atmeten tief und lauschten. Die Luft erschien ihnen frisch und erquikkend, und sie merkten, daß sie sich in einem großen Gewölbe befanden. Doch alles war still, und nicht einmal das Geräusch eines fallenden Wassertropfens war zu hören. Tuor wollte es scheinen, als sei Voronwe besorgt und von Zweifeln geplagt, und er flüsterte ihm zu: »Wo ist das Bewachte Tor? Oder haben wir es schon passiert?«

»Nein«, antwortete Voronwe. »Aber ich wundere mich darüber, daß irgendein Ankömmling so weit vordringen kann, ohne bemerkt zu werden. Ich fürchte einen Angriff aus dem Dunkel.«

Aber ihre geflüsterten Worte weckten die schlafenden Echos, sie wurden verstärkt und vervielfacht, liefen am Gewölbedach und an den unsichtbaren Wänden entlang, zischelten und murmelten, ein Geräusch wie von vielen heimlichen Stimmen. Und just als die Echos von den Felsen verschluckt wurden, hörte Tuor aus dem Herzen der Finsternis eine Stimme, die in der Elbensprache redete: zuerst in der Hochsprache der Noldor, die er nicht kannte, und dann in der Sprache Beleriands; doch sie wurde in einer für ihn merkwürdigen Weise gesprochen, als sei der Sprecher seit langer Zeit von seiner Heimat entfernt.[26]

»Stehenbleiben! Rührt euch nicht vom Fleck, oder ihr werdet sterben, ob ihr Freunde oder Feinde seid.«

»Wir sind Freunde«, sagte Voronwe.

»Dann tut, was wir gebieten«, sagte die Stimme.

Das Echo ihrer Stimmen verklang. Tuor und Voronwe verharrten stumm, und Tuor kam es vor, als schlichen viele Minuten langsam dahin; er empfand eine Furcht, wie er sie während ihres ganzen Weges bei keiner Gefahr erlebt hatte. Dann hörten sie Schritte, die zu festen, hallenden Tritten wurden, als marschierten Trolle durch die weite Höhle. Plötzlich leuchtete eine Elbenlampe auf; ihr heller Lichtstrahl richtete sich auf den vor ihm stehenden Voronwe, doch sonst konnte Tuor nicht mehr erkennen als einen blendenden Stern in der Dunkelheit. Er wußte, daß er sich nicht bewegen konnte, weder vorwärts noch nach rückwärts fliehend, solange der Strahl auf ihn gerichtet war.

Einen Augenblick verharrten sie so im Brennpunkt des Lichts, dann war wieder die Stimme zu hören: »Zeigt eure Gesichter!« Voronwe schlug seinen Umhang zurück, und sein Gesicht tauchte ins Licht, hart und klar, wie aus Stein gemeißelt, und Tuor staunte über die Schönheit seiner Züge. Darauf sagte Voronwe mit stolzer Stimme: »Weißt du nicht, wen du vor dir siehst? Ich bin Voronwe, Sohn Aranwes aus dem Haus Fingolfins. Oder hat man mich nach wenigen Jahren in meinem eigenen Land vergessen? Mein Weg hat mich weit über die Grenzen von Mittelerde hinausgeführt, doch ich erkenne deine Stimme, Elemmakil.«

»Dann wird sich Voronwe auch der Gesetze dieses Landes erinnern«, sagte die Stimme. »Da ihm befohlen wurde, fortzugehen, hat er das Recht zurückzukehren, doch nicht die Befugnis, einen Fremden herzuführen. Dadurch hat er sein Recht verwirkt und muß sich als Gefangener dem Urteilsspruch des Königs unterwerfen. Was den Fremden betrifft, wird er getötet oder, wenn der Wachhabende es so bestimmt, gefangengenommen werden. Führe ihn hierher, damit ich entscheiden kann.«

Darauf führte Voronwe Tuor ans Licht, und als sie sich vorwärts bewegten, traten zahlreiche gerüstete und bewaffnete Noldor aus der Dunkelheit hervor und umringten sie mit gezogenen Schwertern. Elemmakil, Hauptmann der Wache, der die helle Lampe trug, sah sie lange und prüfend an.

»Du befremdest mich, Voronwe«, sagte er. »Wir waren lange befreundet. Warum also hast du mir die grausame Entscheidung zwischen dem Gesetz und unserer Freundschaft zugemutet? Es wäre schon schlimm genug, wenn du ohne Erlaubnis einen Angehörigen der anderen Häuser der Noldor hergeführt hättest. Doch du hast das Geheimnis des Weges einem sterblichen Menschen enthüllt – denn seine Augen verraten mir seine Herkunft. Dadurch kennt er das Geheimnis, und er kann nie mehr frei sein; und als Angehöriger einer andersartigen Sippe, der es gewagt hat, einzudringen, sollte ich ihn töten, wenn er auch dein Freund und dir teuer ist.«

»Draußen, in der weiten Welt«, erwiderte Voronwe, »stoßen einem merkwürdige Dinge zu, und unerwartete Aufgaben werden einem auferlegt. Der Wanderer, der zurückkehrt, ist ein anderer als der, welcher ausgezogen ist. Was ich getan habe, tat ich aufgrund eines Befehls, der schwerer wiegt als das Gesetz der Wache. Der König allein soll über mich urteilen und über diesen Mann, der mit mir gekommen ist.«

Darauf legte Tuor seine Furcht ab und sprach: »Ich bin mit Voronwe, dem Sohn Aranwes, hergekommen, weil der Herr der Wasser ihn dazu bestimmt hat, mein Führer zu sein. Nur deshalb wurde er vor dem Zorn des Meeres und dem Verhängnis der Valar bewahrt. Ich trage mit mir eine Botschaft Ulmos für den Sohn Fingolfins, und ihm will ich sie enthüllen.«

Als er dies hörte, blickte Elemmakil Tuor verwundert an. »Wer also bist du?« fragte er. »Und woher kommst du?«

»Ich bin Tuor, Sohn Huors, aus dem Haus Hador und dem Geschlecht Húrins. Man sagte mir, diese Namen seien im Verborgenen Königreich nicht unbekannt. Unter vielen Gefahren bin ich aus Nevrast hierhergekommen.«

»Aus Nevrast?« fragte Elemmakil. »Man sagt, dort lebe niemand mehr, seit unser Volk es verlassen hat.«

»Das ist wahr«, entgegnete Tuor. »Leer und kalt stehen die Höfe Vinyamars. Doch von dort komme ich. Bringe mich nun zu dem, der jene Hallen einst erbaut hat.«

»In solch wichtigen Angelegenheiten steht mir kein Urteil zu«, sagte Elemmakil. »Deshalb werde ich euch ans Licht führen, wo sich mehr enthüllen mag. Ich werde euch dem Hüter des Großen Tores übergeben.«

Auf seinen Befehl wurden Tuor und Voronwe von großgewachsenen Wachen in die Mitte genommen, zwei vor und drei hinter ihnen, und der Hauptmann führte sie aus der Höhle der Äußeren Wache. Wie es schien, betraten sie einen gerade verlaufenden Durchgang, schritten lange über ebenen Untergrund, bis ein mattes Licht vor ihnen aufschien. Schließlich gelangten sie zu einem weitgespannten Bogen mit großen Säulen auf jeder Seite, die in den Fels gehauen waren. Dazwischen hing ein großes Fallgatter aus gekreuzten Holzstäben, die wunderbar geschnitzt und mit Eisennägeln beschlagen waren.

Elemmakil berührte es, es glitt lautlos in die Höhe, und sie gingen hindurch; Tuor sah, daß sie sich am Ende einer Schlucht befanden. Obwohl er lange in den wilden Bergen des Norden umhergewandert war, hatte er niemals zuvor etwas gesehen oder sich ausmalen können, was dieser Schlucht gleichkam: Die Cirith Ninniach war neben der Orfalch Echor nicht mehr als ein Spalt im Felsen. Hier waren die Valar selbst am Werk gewesen: Während längst vergangener Kriegszeiten am Anfang der Welt hatten sie die großen Berge auseinandergezwungen; die Seitenwände der Schlucht waren so glatt wie mit der Axt behauen, und sie ragten in unvorstellbare Höhen empor. Hoch oben erkannte man einen schmalen Himmelsstreifen, und gegen seine tiefe Bläue standen schwarze Bergspitzen und zerklüftete Gipfel, entrückt, doch hart und grausam wie Speere. Die mächtigen Felswände waren zu hoch, als daß ein Strahl der winterlichen Sonne auf den Grund hätte herunterdringen können, und obwohl der Morgen fortgeschritten war, schimmerten Sterne schwach über den Bergspitzen, während tief unten alles im Dämmer lag, das vom matten Schein der Lampen, die längs des ansteigenden Pfades angebracht waren, kaum erhellt wurde. Der Boden der Schlucht stieg steil an, sie verlief nach Osten, und zu seiner Linken sah Tuor neben dem Flußbett einen breiten Weg, geglättet und mit Steinen gepflastert, der sich emporwand, bis er im Schatten verschwand.

»Ihr habt das erste Tor passiert«, sagte Elemmakil. »Es war das Tor aus Holz. Dort ist der Weg. Wir müssen uns beeilen.«

Wie lange sie diesem tiefen Weg folgten, konnte Tuor nicht sagen, und als er nach vorn blickte, überkam ihn eine große Müdigkeit wie eine Wolke. Ein scharfer Wind pfiff die Felsen entlang, und er zog den Mantel dichter um seinen Leib. »Aus dem Verborgenen Königreich bläst ein kalter Wind!« sagte er.

»Ja, in der Tat«, erwiderte Voronwe. »Einem Fremden mag es vorkommen, als habe der Stolz die Diener Turgons erbarmungslos gemacht. Dem Hungrigen und Erschöpften erscheint die Strecke zwischen den Sieben Toren unendlich lang.«

»Wären unsere Gesetze weniger streng, wären Arglist und Haß längst eingedrungen und hätten uns zugrundegerichtet. Das weißt du wohl«, sagte Elemmakil, »aber wir sind nicht ohne Mitleid. Hier gibt es freilich keine Nahrung, und kein Fremder darf zu einem Tor zurückkehren, das er bereits einmal passiert hat. Haltet also noch ein wenig aus, und am Zweiten Tor sollt ihr erquickt werden.«

»Es ist gut«, sagte Tuor und schritt vorwärts wie befohlen. Nach einer kleinen Weile wandte er sich um und sah, daß Elemmakil allein mit Voronwe folgte. »Wachen sind jetzt überflüssig«, sagte Elemmakil die Frage erratend. »Aus der Orfalch gibt es kein Entkommen und keine Rückkehr, weder für Elben noch für Menschen.«

Also stiegen sie weiter den steilen Weg hinauf, manchmal über lange Treppen, dann wieder über gewundene Schrägen unter dem bedrohlichen Schatten der Klippe. Als sie ungefähr eine halbe Meile vom Hölzernen Tor entfernt waren, sah Tuor, daß der Weg durch eine große Mauer versperrt war, die quer durch die Schlucht verlief, flankiert von zwei gedrungenen steinernen Türmen. In der Mauer tat sich über dem Weg ein großer Torbogen auf, doch es schien, daß Steinmetze ihn mit einem einzigen gewaltigen Steinblock gesperrt hatten. Als sie näherkamen, erglänzte seine dunkle, polierte Oberfläche im Licht der weißen Lampe, die in der Mitte des Torbogens hing.

»Dieses ist das Zweite Tor«, sagte Elemmakil, »das Tor aus Stein.« Er ging darauf zu und schlug leicht dagegen. Es drehte sich um eine unsichtbare Angel, bis seine Schmalseite ihnen zugekehrt und der Weg nach beiden Seiten frei war. Sie schritten hindurch und gelangten in einen Hof, in dem zahlreiche graugekleidete und bewaffnete Wachen standen. Man sprach kein Wort, doch Elemmakil führte seine Schützlinge in eine Kammer unter dem Nordturm, wo man ihnen Speisen und Wein brachte und ihnen erlaubte, eine Weile auszuruhen.

»Die Kost mag Euch karg erscheinen«, sagte Elemmakil zu Tuor, »aber wenn sich bewahrheitet, was Ihr behauptet, werdet Ihr reichlich entschädigt werden.«

»Es ist ausreichend«, antwortete Tuor. »Kleinmütig wäre ein Herz, das nach mehr verlangte.« In der Tat erfrischten ihn die Speisen und der Trank der Noldor so sehr, daß er sich bald kräftig genug fühlte, um weiterzugehen.

Nach einer kleinen Weile kamen sie an eine Mauer, die noch höher und stärker war als die vorherigen, und darin befand sich das Dritte Tor, das Tor aus Bronze. Es war eine große, zweiflügelige Tür, behangen mit Schilden und Bronzetafeln, die mit vielen Figuren und seltsamen Zeichen geschmückt waren. Auf der Mauer standen oberhalb der Brüstung drei rechteckige Türme. Sie waren mit Kupfer überdacht und verkleidet, das durch einen Kunstgriff der Schmiede immer glänzend blieb und im Schein der roten Lampen, die wie Fackeln längs der Mauer aufgereiht waren, wie Feuer aufleuchtete. Erneut passierten sie schweigend das Tor und erblickten im dahinterliegenden Hof eine noch größere Anzahl von Wachen, deren Harnische wie düsteres Feuer aufglühten. Die Blätter ihrer Äxte waren rot. Der größte Teil der Männer, die dieses Tor bewachten, gehörte der Sippe der Sindar aus Nevrast an.

Jetzt kam die beschwerlichste Wegstrecke, denn in der Mitte der Orfalch war die Steigung am größten, und als sie aufstiegen, sah Tuor die gewaltigsten der Mauern sich hoch über ihm im Dunkel verlieren. So kamen sie schließlich an das Vierte Tor, das Tor aus Schmiedeeisen. Die Mauer stand hoch und schwarz und von keiner Lampe erhellt. Über ihr erhoben sich vier eiserne Türme, und zwischen den beiden inneren war eine aus Eisen geschmiedete große Adlerfigur angebracht, ein Bildnis des Königs Thorondor selbst, als habe er sich aus den höchsten Lüften auf einem Berg niedergelassen. Doch als Tuor vor dem Tor stand, erstaunte er, weil er durch die Stämme und Äste unvergänglicher Bäume in den fahlen Glanz des Mondes zu blicken schien, denn es kam ein Licht durch das Filigran des Tores, dem Schmiedekunst die Form von Bäumen mit verschlungenen Wurzeln und verflochtenen Zweigen gegeben hatte, die mit Blättern und Blüten übersät waren. Als er das Tor durchschritt, begriff er, daß es nicht nur ein Türgitter gab, sondern, da die Mauer sehr dick war, deren drei. Diese waren so hintereinander angeordnet, daß sich demjenigen, der sich ihnen in der Mitte der Straße näherte, jedes als ein Teil des kunstreichen Entwurfs darstellte.

Das Licht jedoch hinter dem Tor war das Licht des Tages, denn sie waren inzwischen so weit emporgestiegen, daß sie sich hoch über den Niederungen befanden, von denen sie aufgebrochen waren. Hinter dem Eisernen Tor verlief die Straße beinahe waagrecht; überdies hatten sie das Herzstück und den Scheitelpunkt der Echoriath überschritten, und die Bergtürme fielen nun rasch zu den inneren Hügeln ab, die Schlucht wurde breiter und ihre Seitenwände flacher. Die breiten Felsvorsprünge waren mit Schnee bedeckt, und das Licht des Himmels, vom Schnee widergespiegelt, fiel weiß wie Mondlicht durch einen schimmernden Dunst, der die Luft erfüllte.

Sie schritten jetzt durch die Reihen der Eisernen Wachen, die hinter dem Tor standen. Ihre Mäntel, Panzer und Schilde waren schwarz und ihre Gesichter hinter Visieren verborgen, die Adlerschnäbel trugen. Dann setzte sich Elemmakil an die Spitze, sie folgten ihm in das bleiche Licht, und Tuor entdeckte neben dem Weg einen Streifen Gras, in dem sternengleich die weiße Blume *uilos* aufblühte, das Immertreu, das keine Jahreszeiten kennt und nie verwelkt.[27] Und so, erfüllt von Staunen und Erleichterung, wurde Tuor zum Silbernen Tor geführt.

Die Mauer des Fünften Tores war aus weißem Marmor, sie war breit und niedrig, und ihre Brustwehr war ein silbernes Gatter zwischen fünf großen Marmorkugeln, und viele weißgekleidete Bogenschützen hielten dort Wache. Das Tor, dem Mond nachgebildet, hatte die Form eines dreigeteilten Kreises, war aus Silber geschmiedet und mit Perlen aus Nevrast verziert. Oberhalb des Tores stand auf der mittelsten Kugel ein Bildnis des Weißen Baumes Telperion aus Silber und Malachit, und mit Blüten aus den weißen Perlen Balars geschmückt.[28] Hinter dem Tor, in einem weiträumigen, mit weißem und grünem Marmor ausgelegten Hof, standen auf jeder Seite hundert Bogenschützen, die silberne Panzer und Helme mit weißen Kämmen trugen. Elemmakil führte Tuor und Voronwe durch ihre stummen Reihen, und sie betraten eine lange weiße Straße, die geradewegs auf das Sechste Tor zuführte. Während sie dahinschritten, wurde der Grasstreifen breiter, und neben den weißen Sternen des Immertreu schlugen viele kleine Blumen ihre goldenen Augen auf.

So gelangten sie an das Goldene Tor, das letzte der alten Tore Turgons, die vor der Nirnaeth erbaut worden waren. Es war dem Silbernen Tor sehr ähnlich, doch bestand seine Mauer aus gelbem Marmor, und die Kugeln und die Brustwehr waren aus rotem Gold. Die Mauer trug sechs Kugeln, und in der Mitte stand auf einer goldenen Pyramide ein Bild des Laurelin, dem Baume der Sonne, mit Blüten aus Topasen, die in langen Trauben an goldenen Ketten hingen. Das Tor selbst war mit sonnenähnlichen, vielstrahligen goldenen Scheiben geschmückt, eingefügt in ein Filigran aus Granaten, Topasen und gelben Diamanten. Im Hof waren dreihundert Bogenschützen mit langen Bögen aufgestellt. Ihre Panzer waren vergoldet, von ihren Helmen wehten große goldene Federn, und ihre großen runden Schilde waren flammend rot.

Von jetzt an lag die Straße im Sonnenlicht, denn die Hügel zu beiden Seiten waren niedrig und begrünt, und nur auf ihren Kuppen lag Schnee. Elemmakil hastete vorwärts, denn die Entfernung zum Siebten Tor war gering. Es wurde das Große Tor genannt, das Tor aus Stahl, das Maeglin nach der Rückkehr aus der Nirnaeth geschmiedet hatte und das den breiten Eingang zur Orfalch Echor sperrte.

Hier gab es keine Mauer, doch auf beiden Seiten standen zwei sehr hohe, runde, vielfenstrige Türme, deren sieben Stockwerke sich nach oben verjüngten und in einem Türmchen aus hellem Stahl ausliefen.

Zwischen den Türmen spannte sich ein mächtiger stählerner Zaun, der nicht rostete, sondern in weißer Kälte glitzerte. Dort standen sieben große, stählerne Säulen von der Größe und dem Umfang starker, junger Bäume, jedoch auslaufend in einen dünnen Stift, der sich bis zur Schärfe einer Nadel zuspitzte. Zwischen den Säulen waren sieben stählerne Querstangen, und jeder Zwischenraum wies siebenundsiebzig aufrecht stehende Stahlstäbe auf, die am oberen Ende wie die Blätter von Speeren geformt waren. Aber in der Mitte, über der innersten und größten Säule, prangte eine gewaltige Nachbildung von Turgons Königshelm, der diamantenbesetzten Krone des Verborgenen Königreichs.

In diesem mächtigen stählernen Gehege konnte Tuor weder ein Tor noch eine Tür entdecken, als er aber näherkam, wollte es ihm scheinen, als sähe er zwischen den Stäben ein blendendes Licht. Er beschattete die Augen und blieb vor Ehrfurcht und Erstaunen stehen. Doch Elemmakil ging weiter; unter seiner Berührung öffnete sich kein Tor, als er aber gegen die Stäbe schlug, begann der Zaun wie eine vielsaitige Harfe zu erklingen, erhob sich eine reine, vieltönige Harmonie, die von Turm zu Turm lief.

Sogleich setzten sich von den Türmen aus Reiter in Bewegung, doch vor ihnen langte vom Nordturm ein einzelner Reiter auf einem weißen Pferd an. Er stieg ab und schritt auf sie zu. War schon Elemmakil erhaben und vornehm gewesen, so zeigte sich Ecthelion noch beeindruckender und herrscherlicher, er, der Herr der Brunnen und zu dieser Zeit der Oberste Hüter des Großen Tores.[29] Er war ganz in Silber gekleidet, und seinen schimmernden Helm zierte eine mit einem Diamanten gekrönte Spitze. Als sein Knappe ihm den Schild abnahm, funkelte dessen Oberfläche, als sei sie mit Regentropfen betaut, doch in Wahrheit waren es Tausende von Kristallsplittern.

Elemmakil grüßte ihn und sagte: »Hier bringe ich Voronwe Aranwion, der von Balar zurückkehrt. Und hier ist ein Fremder, den er hierher geleitet hat und der den König zu sehen wünscht.«

Darauf wandte sich Ecthelion Tuor zu, dieser aber schlug den Umhang um sich, stand schweigend da und blickte Ecthelion an. Voronwe kam es vor, als sei Tuor in einen Schleier gehüllt; seine Gestalt schien zu wachsen, so daß die Spitze seiner hohen Kapuze den

Helm des Elbenfürsten überragte, als sei sie der Kamm einer grauen Meereswoge, die an Land rollt. Doch Ecthelion richtete seinen durchdringenden Blick auf Tuor, und nach einem Schweigen sprach er ernst:[30] »Du stehst vor dem Letzten Tor. Wisse denn, daß kein Fremder, der es durchschritten hat, es jemals wieder verlassen wird, es sei denn durch die Tür des Todes.«

»Sprich nicht von Unheil! Wenn der Bote des Herrn der Wasser durch die Tür des Todes geht, werden ihm alle folgen, die hier wohnen. Herr der Brunnen, halte den Boten des Herrn der Wasser nicht auf!«

Voronwe und alle, die in der Nähe standen, blickten Tuor verwundert an und erstaunten über seine Stimme und seine Worte. Voronwe meinte eine gewaltige Stimme zu hören, als riefe jemand aus weiter Ferne. Tuor schien es aber, als höre er sich selbst beim Sprechen zu, und ein anderer bediene sich seines Mundes.

Eine Weile verharrte Ecthelion schweigend, den Blick auf Tuor gerichtet, und allmählich überzog Wehmut sein Gesicht, als erblicke er im grauen Schatten von Tuors Mantel Bilder aus entlegenen Fernen. Dann verbeugte er sich, ging zum Zaun und legte seine Hände darauf. In der gekrönten Säule öffneten sich die beiden Flügel eines Tores nach innen. Darauf schritt Tuor hindurch, und als er eine hochgelegene Rasenfläche betrat, die Ausblick auf das sich hinbreitende Tal bot, tat sich das Zauberbild des schneeumgebenen Gondolin vor ihm auf. Und lange war er so entrückt, daß er den Blick nicht abwenden konnte, denn vor ihm lag, in Wunschträumen geahnt, die Erfüllung seiner Sehnsucht.

So stand er und sagte kein Wort. Zu beiden Seiten standen schweigend die Heere der Streitmacht Gondolins. Die Wachtruppen aller sieben Tore waren vertreten, die Hauptleute und Truppführer auf weißen und grauen Pferden. Eben als sich alle Blicke staunend auf Tuor richteten, fiel dessen Mantel zu Boden, und er stand mächtig vor ihnen, gewappnet wie er Vinyamar verlassen hatte. Und viele waren unter ihnen, die gesehen hatten, wie Turgon selbst diese Stücke an der Wand hinter dem Thron befestigt hatte.

Darauf sagte Ecthelion schließlich: »Nun ist keine weitere Prüfung vonnöten. Selbst der Name, den er als Sohn Huors beansprucht, ist weniger von Bedeutung als der klare Augenschein, der beweist, daß er von Ulmo selbst gesandt ist.«[31]

1 Im *Silmarillion* (Seite 219) wird berichtet, daß nach der Zerstörung der Anfurten von Brithombar im Jahr nach der Nirnaeth Arnoediad, diejenigen Elben der Falas, die entkamen, mit Círdan zur Insel Balar fuhren und dort eine Zuflucht schufen »für alle, die sich dorthin retten konnten; sie unterhielten nämlich auch an den Mündungen des Sirion einen Posten, und viele leichte und schnelle Schiffe lagen in den Buchten und Wasserläufen versteckt, wo die Riedfelder dicht wie ein Wald waren«.

2 Die blauleuchtenden Lampen der Noldor-Elben sind an anderer Stelle erwähnt, obwohl sie im veröffentlichten Text des *Silmarillion* nicht genannt werden. In früheren Fassungen der Geschichte von Túrin besitzt der Elbe Gwindor aus Nargothrond, der aus Angband entkam und von Beleg im Wald von Taur-nu-Fuin gefunden wurde, eine dieser Lampen (auf dem Gemälde meines Vaters, das dieses Treffen darstellt, ist sie zu sehen: vgl. Pictures by J. R. R. Tolkien, 1979, Nr. 37). Es war Gwindors Lampe, die umkippte, deren Umhüllung sich löste, und in deren Schein Túrin das Gesicht Belegs erkennen konnte, den er getötet hatte. In einer Anmerkung zur Geschichte Gwindors werden sie »feanorische Lampen« genannt, deren Geheimnis die Noldor selbst nicht kannten. Sie werden beschrieben als »Kristalle, die in einem feinen Netz aus Ketten hingen und aus ihrem Innern ständig einen blauen Glanz verbreiteten«.

3 »Die Sonne soll über deinem Pfad scheinen« – In der sehr viel kürzeren Fassung der Geschichte im *Silmarillion* gibt es keinen Hinweis darauf, wie Tuor die Pforte der Noldor fand, und auch die Elben Gelmir und Arminas werden nicht erwähnt. Gleichwohl erscheinen sie in der Geschichte von Túrin (*Das Silmarillion*, Seite 236) als jene Boten, die Ulmos Warnung nach Nargothrond brachten. Es wird von ihnen gesagt, daß sie aus dem Volk von Finarfins Sohn Angrod stammen, das nach der Dagor Bragollach mit Círdan dem Schiffbauer im Süden lebte. In einer längeren Version der Geschichte ihrer Ankunft in Nargothrond, zieht Arminas einen wenig schmeichelhaften Vergleich zwischen Túrin und seinen Verwandten und spricht davon, Tuor in den »Öden Dor-lómins« getroffen zu haben (vgl. Seite 220).

4 Im *Silmarillion* (Seite 93) wird erzählt, daß während Morgoth und Ungolianth in dieser Gegend um den Besitz des Silmarils stritten, Morgoth einen Schrei ausstieß, »der in den Bergen widerhallte. Jene Gegend wurde daher Lammoth geheißen, denn das Echo seiner Stimme hauste für immer dort, so daß jeder, der in diesem Land laut schrie, es weckte und die ganze Öde zwischen den Bergen und der See mit einem Lärm wie von gepeinigten Stimmen erfüllte«. Hier wird die Auffassung deutlich, daß jeder Laut, der dort ausgestoßen wurde, sich aus sich selbst vergrößerte. Dies wird auch zu Beginn des 13. Kapitels des *Silmarillion* (Seite 120) in einer Passage

deutlich (die der vorliegenden sehr ähnlich ist): »Und als die Noldor den Strand betraten, da drangen ihre Rufe zwischen die Hügel hinauf und wurden vervielfacht, so daß ein Geschrei wie von unzähligen kraftvollen Stimmen alle Küsten des Nordens erfüllte . . .« Es scheint unter Bezug auf die eine ›Überlieferung‹, daß Lammoth und Ered Lómin (Echoberge) ihre Namen wegen ihrer Eigenschaft erhielten, die grauenhaften Schreie Morgoths im Kampf gegen Ungolianth aufzubewahren. Der anderen ›Überlieferung‹ folgend beschreiben die Namen lediglich die besondere Natur der Geräusche in dieser Gegend.

5 Vgl. *Das Silmarillion,* Seite 240: »Und Túrin eilte die Wege nach Norden entlang, durch die nun verwüsteten Lande zwischen Narog und Teiglin; und der Grausame Winter kam ihm entgegen, denn in jenem Jahr fiel der Schnee, ehe der Herbst noch vorüber war, und der Frühling kam verspätet und kalt.«

6 Im *Silmarillion* (Seite 142) spricht Ulmo, als er Turgon bei Vinyamar erscheint und ihn auffordert nach Gondolin zu gehen, folgende Worte: »So mag es geschehen . . ., daß der Fluch der Noldor vor dem Ende auch dich ereilt und Verrat in deinen Mauern erwacht. Dann werden sie in Feuersgefahr sein. Doch wenn diese Gefahr dir naherückt, dann wird von hier, aus Nevrast, einer kommen, dich zu warnen, und Hoffnung für Elben und Menschen wird er aus Brand und Trümmern retten. Laß daher Waffen und ein Schwert in diesem Hause, daß er sie in künftigen Jahren finden möge, und daran sollst du ihn erkennen und nicht betrogen sein.« Und Ulmo erklärte Turgon, von welcher Art und Größe Helm und Panzer und Schwert sein sollten, die er zurücklassen sollte.

7 Tuor war der Vater Earendils, und dieser war der Vater von Elros Tar-Minyatur, dem ersten König von Númenor.

8 Dies muß sich auf jene Warnung Ulmos beziehen, die von Gelmir und Arminas nach Nargothrond gebracht wurde (Seite 218 f.).

9 Die Schattigen Inseln sind sehr wahrscheinlich die Verzauberten Inseln, die am Schluß des XI. Kapitels des *Silmarillion* (Seite 116) erwähnt werden und die zur Zeit der Verhüllung Valinors »wie ein Netz von Norden nach Süden im Schattigen Meer« lagen.

10 Vgl. *Das Silmarillion,* Seite 219: »Auf Turgons Wunsch baute Círdan sieben schnelle Schiffe, und sie fuhren hinaus in den Westen; doch keine Nachricht von ihnen kam je wieder nach Balar, nur von einem, dem letzten. Die Seeleute auf diesem Schiff kämpften lange mit der See, und als sie zuletzt verzweifelt umkehrten, gingen sie in einem großen Sturm in Sichtweite der Küsten von Mittelerde unter; und einen von ihnen rettete Ulmo vor dem Zorn Osses, und die Wellen trugen ihn und warfen ihn in Nevrast an den Strand. Sein Name war Voronwe, und er war einer der Boten, die Turgon aus Gondolin entsandt hatte.« Vgl. auch *Das Silmarillion,* Seite 265.

11 Die Worte, die Ulmo an Turgon richtete, erscheinen im XV. Kapitel des *Silmarillion* in folgender Form: ». . . und dessen sei eingedenk, daß die wahre Hoffnung der Noldor im Westen liegt und vom Meere kommt.« Und: »Doch wenn diese Gefahr dir naherückt, dann wird von hier, von Nevrast, einer kommen, dich zu warnen . . .« (Seite 142)

12 Im *Silmarillion* wird über das weitere Schicksal Voronwes, nachdem er mit Tuor nach Gondolin zurückgekehrt war, nichts berichtet. Doch in der ursprünglichen Geschichte (»Von Tuor und dem Auszug aus Gondolin«) gehört er zu denen, die aus der geplünderten Stadt entkommen, wie es Tuors Worte hier andeuten.

13 Vgl. *Das Silmarillion*, Seite 178 f.: [Turgon glaubte] »daß mit dem Ende der Belagerung der Sturz der Noldor beginne, wenn keine Hilfe käme; und insgeheim schickte er Gesandtschaften der Gondolindrim zu den Mündungen des Sirion und auf die Insel Balar. Dort bauten sie Schiffe und setzten Segel und fuhren in Turgons Auftrag in den äußersten Westen, Valinor suchend, um Vergebung und Hilfe von den Valar zu erbitten; und sie flehten die Vögel des Meeres an, ihnen den Weg zu zeigen. Doch die Meere waren weit und wild, und Schatten und Zauberwerk lagen auf ihnen, und Valinor blieb verborgen. So gelangte keiner von Turgons Boten in den Westen, viele gingen verloren, und wenige kehrten wieder . . .«

14 Die Wälder von Núath werden im *Silmarillion* nicht erwähnt und sind auf der beigefügten Karte nicht eingezeichnet. Sie erstreckten sich westlich vom Oberlauf des Narog bis zur Quelle des Nenning.

15 Vgl. *Das Silmarillion*, Seite 234: ». . . doch erkannte ihn [Gwindor] Finduilas, König Orodreths Tochter, und sie begrüßte ihn, denn vor der Nirnaeth hatte sie ihn geliebt; und so sehr liebte Gwindor ihre Schönheit, daß er sie Faelivrin nannte, was das Glitzern der Sonne auf den Weihern von Ivrin bedeutet.«

16 Der Fluß Glithui wird im *Silmarillion* nicht erwähnt und ist auf der Karte zwar verzeichnet, aber nicht mit einem Namen versehen: ein Nebenfluß des Teiglin, der ein wenig nördlich vom Malduin in den Teiglin fließt.

17 Diese Straße wird im *Silmarillion* erwähnt (vgl. Seite 229): »Die alte Straße . . . die durch den langen Engpaß des Sirion führte, an der Insel vorbei, wo Finrods Minas Tirith gestanden hatte, und weiter durch das Land zwischen Malduin und Sirion, am Rand von Brethil entlang zu den Teiglin-Stegen.«

18 »Tod den *Glamhoth!*« Dieser Name, obgleich weder im *Silmarillion* noch im *Herrn der Ringe* erwähnt, war in der Sindar-Sprache eine allgemeine Bezeichnung für Orks. Ihre Bedeutung ist »lärmende Herde«, »Heer des Tumults«. Vgl. Gandalfs Schwert *Glamdring* und *Tol-in-Gaurhoth*, die Insel der Werwölfe.

19 *Echoriath:* Die Umzingelnden Berge um die Ebene von Gondolin; *ered e·mbar nín:* die Berge meiner Heimat.

20 Im *Silmarillion* (Seite 224) sagt Beleg aus Doriath zu Túrin (einige Jahre vor der Zeit, in der vorliegende Geschichte spielt), die Orks hätten eine Straße angelegt über den Paß von Anach nach »Dimbar, einst ein friedliches Land«, das »unter die Schwarze Hand« fiele.

21 Über diese Straße fliehen Maeglin und Aredhel nach Gondolin, verfolgt von Eol (*Das Silmarillion*, Kapitel XVI). Später benutzen sie Celegorm und Curufin, als sie aus Nargothrond vertrieben werden (ebd., Seite 196). Nur der vorliegende Text enthält einen Hinweis auf ihre weitere Ausdehnung nach Westen bis zu Turgons altem Wohnsitz Vinyamar am Berg Taras. Ihr weiterer Verlauf vom Punkt ihrer Verbindung mit der alten südlichen Straße nach Nargothrond am nordwestlichen Rand Brethils ist in der Karte nicht eingezeichnet.

22 Der Name ›Brithiach‹ enthält das Element *brith* ›Kies‹, ebenso der Fluß Brithon und die Anfurt von Brithombar.

23 In einer Parallel-Fassung dieser Textstelle, der mit ziemlicher Sicherheit die hier abgedruckte vorgezogen worden wäre, passieren die Wanderer den Sirion nicht durch die Furt von Brithiach, sondern stoßen mehrere Meilen nördlich davon an den Fluß: »Sie gingen auf einem mühseligen Pfad, der zum Flußufer führte, und plötzlich rief Voronwe: ›Welches Wunder! Es kann Gutes oder Böses bedeuten. Der Sirion ist zugefroren; seit die Eldar aus dem Osten gekommen sind, hat man dergleichen nicht erzählen hören. Also können wir hinübergehen und ersparen uns viele anstrengende Meilen, für die unsere Kraft nicht ausreicht. Aber auf diese Weise können auch andere hinübergelangt sein oder werden uns folgen.« Sie überqueren unbehindert den Fluß auf dem Eis und »so hatte die vorausschauende Klugheit Ulmos die bösen Pläne des Feindes zu seinem Vorteil gewendet, denn der Weg war dadurch verkürzt. Am Ende ihres Mutes und ihrer Kräfte gelangten Tuor und Voronwe schließlich zum Ausgang des Trockenen Flusses am Rand der Berge.«

24 Vgl. *Das Silmarillion,* Seite 141: »Tief unter den Bergen hindurch führte ein Weg, den die Wasser, die dem Sirion zuströmten, im Dunkel der Welt gebahnt hatten; und diesen Weg fand Turgon und kam so auf die grüne Ebene zwischen den Bergen, und er sah den Hügel, der dort stand wie eine Insel aus hartem, glattem Stein; das Tal war nämlich in alten Zeiten ein See gewesen.«

25 Im *Silmarillion* wird nicht gesagt, daß die großen Adler immer auf den Thangorodrim hausten. Im XIII. Kapitel (Seite 125) hat Manwe »das Volk der Adler ausgesandt, mit dem Auftrag, in den Felsen des Nordens zu nisten und auf Morgoth Obacht zu geben«. Im XVIII. Kapitel kommt Thorondor »aus seinem Horst in den Gipfeln der Crissaegrim herbeigeeilt« (Seite 173), um Fingolfins Leichnam vor den Toren Angbands in Sicherheit

zu bringen. Vgl. auch »Die Rückkehr des Königs« (6. Kapitel 4): [Der Alte Thorondor] »der seine Horste auf den unzugänglichen Gipfel des Umgebenden Gebirges gebaut hatte, als Mittelerde jung war.« Alles deutet darauf hin, daß die Konzeption, nach der Thorondor zuerst auf den Thangorodrim nistete, und die sich auch in einem frühen *Silmarillion*-Text findet, später fallengelassen wurde.

26 Im *Silmarillion* wird nichts Spezifisches über die Sprache der Elben in Gondolin ausgesagt, doch legt diese Passage die Vermutung nahe, daß einige von ihnen gewöhnlich die Hoch-Sprache (Quenya) gebrauchten. In einem späten linguistischen Aufsatz wird erklärt, daß in Turgons Haus gewöhnlich Quenya gesprochen wurde, und daß es die Sprache war, mit der Earendil aufwuchs. Aber: »Für die meisten Leute in Gondolin war sie eine Sprache der Bücher geworden, und wie bei den übrigen Noldor war Sindarin ihre Umgangssprache.« Vgl. *Das Silmarillion*, Seite 146: »Und es geschah, wie Thingol gesagt hatte . . . die Verbannten aber nahmen für alle täglichen Belange das Sindarin an, und die Hochsprache des Westens sprachen nur mehr die Fürsten der Noldor, wenn sie unter sich waren. Doch lebte ihre Sprache fort als eine Sprache der Wissenschaft, wo immer noch einer aus ihrem Volk lebte.«

27 Dieses waren die Blumen, die in verschwenderischer Fülle auf den Grabhügeln der Könige von Rohan unterhalb von Edoras blühten. Gandalf nannte sie in der Sprache der Rohirrim (ins Altenglische übersetzt) *simbelmyne*, das heißt ›Immertreu‹, »denn sie blühen zu allen Jahreszeiten und wachsen, wo tote Männer ruhen« (»Die Zwei Türme«, 3, Kapitel 6). Der Elbenname *uilos* findet sich nur an dieser Stelle, jedoch auch in Amon Uilos, wie der Quenya-Name ›Oiolosse‹ (›Immer-Schneeweiß‹, der Berg Manwes) ins Sindarin übersetzt lautet. In »Cirion und Eorl« trägt die Blume den anderen Elbennamen *alfirin* (Seite 401).

28 Im *Silmarillion* heißt es, daß Thingol die Zwerge von Belegost mit vielen Perlen belohnte: »Diese gab ihm Círdan, denn sie fanden sich in großer Anzahl in den flachen Gewässern um die Insel Balar . . .« (Seite 105).

29 Ecthelion von der Quelle wird im *Silmarillion* als einer der Hauptleute Turgons erwähnt, die die Flanken des Heeres von Gondolin schützten, als es sich nach der Nirnaeth Arnoediad am Sirion entlang zurückzog. Des weiteren als derjenige, der bei der Vernichtung der Stadt den Fürsten der Balrogs Gothmog erschlug und von diesem erschlagen wurde.

30 An dieser Stelle endet das sauber geschriebene, wenngleich oft korrigierte Manuskript, und der Rest der Erzählung ist flüchtig auf ein Stückchen Papier gekritzelt.

31 Hier endet die Erzählung endgültig, und es sind lediglich einige hastige Notizen erhalten, die den weiteren Verlauf der Handlung andeuten: Tuor fragt nach dem Namen der Stadt, und man nennt ihm ihre sieben

Namen. (Es ist bemerkenswert, und ohne Zweifel beabsichtigt, daß der Name Gondolin nirgends sonst in der Erzählung benutzt wird, außer an ihrem Ende; immer wird sie ›das Verborgene Königreich‹ oder ›die Verborgene Stadt‹ genannt.) Ecthelion gab Befehl, Signal zu blasen, und von den Türmen des Großen Tores erschollen Trompetenklänge, die von den Hügeln widerhallten. Nach einer Stille hörten sie aus weiter Ferne die Antwort der Trompeten von den Mauern der Stadt. Pferde wurden gebracht (für Tuor ein graues), und sie ritten nach Gondolin.

Eine Beschreibung der Stadt sollte folgen: die Treppen, die auf ihre hochgelegenen Terrassen führten, und ihr großes Tor; die Hügel (dieses Wort ist unsicher) der Mallorn, Birken und immergrüner Bäume; der Platz der Quelle, der Königsturm über einem Säulengang, das Haus des Königs und das Banner Fingolfins. Jetzt sollte Turgon selbst erscheinen, »das größte aller Kinder dieser Welt, Thingol ausgenommen«, mit einem weißen und goldenen Schwert in einer Elfenbeinscheide, und Tuor begrüßen. Maeglin stand auf der rechten Seite des Throns und Idril, die Tochter des Königs, saß zu seiner Linken. Tuor überbrachte die Botschaft Ulmos, entweder »im Beratungszimmer« oder »vor aller Ohren«.

Andere unzusammenhängende Notizen zeigen, daß eine Beschreibung Gondolins geplant war, wie es Tuor aus der Ferne sah, und daß Ulmos Mantel beim Überbringen der Nachricht verschwand. Es sollte erklärt werden, warum es keine Königin von Gondolin gab. Es sollte hier oder zu einem früheren Zeitpunkt ausdrücklich betont werden, daß Tuor, bevor er Idril zum ersten Mal erblickte, in seinem Leben nur wenige Frauen gekannt oder auch nur gesehen hatte. Die meisten Frauen und alle Kinder der Gefolgschaft Annaels aus Mithrim waren in den Süden geschickt worden; als Sklave hatte Tuor nur die hochmütigen und rohen Frauen der Ostlinge gesehen, die ihn wie ein Tier behandelten, oder die unglücklichen Sklavinnen, die von Kindesbeinen an zur Arbeit gezwungen wurden und für die er nur Mitleid empfand.

Es sei darauf hingewiesen, daß spätere Erwähnungen von Mallorn in Númenor, Lindon und Lothlórien nicht unbedingt bedeuten, daß diese Bäume zur Altvorderenzeit in Gondolin gediehen, wenn dies auch nicht gänzlich auszuschließen ist (Seite 228f.). Turgons Gemahlin Elenwe war bereits vor langer Zeit ums Leben gekommen, als Fingolfins Heer über die Helcaraxe setzte (vgl. *Das Silmarillion,* Seite 103).

II NARN I HÎN HÚRIN: DIE GESCHICHTE DER KINDER HÚRINS

Túrins Kindheit

Hador Goldscheitel war ein Fürst der Edain, und die Eldar liebten ihn sehr. Zeit seines Lebens lebte er unter der Herrschaft Fingolfins, der ihm ausgedehnte Ländereien in jener Gegend Hithlums zum Lehen gab, die Dor-lómin genannt wurde. Seine Tochter Glóredhel heiratete Haldir, den Sohn Halmirs, Fürst der Menschen von Brethil; und auf demselben Fest heiratete sein Sohn Galdor der Lange Hareth, die Tochter Halmirs.

Galdor und Hareth hatten zwei Söhne, Húrin und Huor. Húrin war drei Jahre älter, doch er war weniger groß gewachsen als andere Männer seines Stammes. Darin schlug er dem Volk seiner Mutter nach, doch in allen anderen Belangen glich er seinem Großvater: Er war schön von Angesicht, goldhaarig, von großer Körperkraft und feurigem Gemüt. Doch sein inneres Feuer loderte ständig, und groß waren seine Ausdauer und seine Willenskraft. Von allen Menschen im Norden wußte er am meisten über die Absichten der Noldor. Sein Bruder Huor war großgewachsen; er war der größte aller Edain mit Ausnahme seines Sohnes Tuor, und ein schneller Läufer. Doch war die Rennstrecke lang und anstrengend, war es Húrin, der als erster zu Hause anlangte, denn er lief am Ende der Strecke mit der gleichen Kraft wie am Anfang. Die beiden Brüder liebten sich sehr, und in ihrer Jugend sah man den einen selten ohne den anderen.

Húrin heiratete Morwen, die Tochter Baragunds, Sohn des Bregolas aus dem Haus Beor, und war auf diese Weise mit Beren dem Einhänder eng verwandt. Morwen war dunkelhaarig und großgewachsen, und wegen ihres strahlenden Blicks und der Schönheit ihres Angesichtes wurde sie von den Menschen Eledhwen, Elbenschein, genannt. Doch sie war stolz und von ernstem Sinn. Das Unglück des Hauses Beor betrübte sie, denn nach der Niederlage in der Bragollach kam sie als eine Vertriebene von Dorthonion nach Dor-lómin.

Das älteste Kind Húrins und Morwens hieß Túrin, und es wurde in dem Jahr geboren, in dem Beren nach Doriath kam und Lúthien Tinúviel fand, Thingols Tochter. Morwen gebar Húrin auch eine Tochter, die den Namen Urwen erhielt; doch von allen, die sie in ihrem kurzen Leben kannten, wurde sie Lalaith genannt, das Lachen.

Huor heiratete Rían, die Base Morwens. Sie war die Tochter Belegunds, Sohn des Bregolas. Ein hartes Schicksal ließ sie in solch harten Zeiten geboren werden, denn ihr Gemüt war sanft, und sie liebte weder die Jagd noch den Krieg. Ihre Liebe galt den Bäumen und Blumen der Wildnis, sie sang und erfand Lieder. Nur zwei Monate war sie mit Huor verheiratet, als er mit seinem Bruder in die Nirnaeth Arnoediad zog, und sie sah ihn niemals wieder.[1]

In den Jahren nach der Dagor Bragollach und dem Fall Fingolfins wurden die Schatten der Furcht länger, die Morgoth über das Land warf. Aber im vierhundertneunundsechzigsten Jahr nach der Rückkehr der Noldor nach Mittelerde rührte sich Hoffnung unter den Elben und Menschen, denn es gab Gerüchte über die Taten Berens und Lúthiens, und wie man Morgoth sogar auf seinem Thron in Angband Schande zugefügt habe. Einige sagten, daß Beren und Lúthien noch lebten oder von den Toten auferstanden seien. In diesem Jahr waren auch die großen Pläne Maedhros' beinahe ausgereift, und die wieder auflebende Kraft der Eldar und Edain brachte den Vormarsch Morgoths zum Stehen, und die Orks wurden aus Beleriand zurückgedrängt. Darauf begannen manche von kommenden Siegen zu sprechen: Die Niederlage in der Bragollach sollte wettgemacht werden, Maedhros die vereinigten Heere in den Kampf führen, und Morgoth sollte unter die Erde getrieben und die Tore Angbands versiegelt werden.

Die Klügeren jedoch blieben beunruhigt und fürchteten, Maedhros könne seine eigene Stärke zu früh offenbaren und Morgoth dadurch Zeit geben, Gegenmaßnahmen zu ergreifen. Sie sagten: »Es wird immer so sein, daß neue arglistige Pläne, die Elben und Menschen nicht erahnen können, in Angband ausgeheckt werden.« Und im Herbst dieses Jahres, wie um ihre Worte zu bestätigen, zog unter bleiernem Himmel aus dem Norden ein übler Wind heran. Er wurde der Verfluchte Wind genannt, denn er trug die Pest mit sich, und in diesem Herbst erkrankten und starben viele in den nördlichen Ländern, die an die Anfauglith grenzten. Und zum größten Teil traf es die Kinder und Heranwachsenden in den Häusern der Menschen.

In jenem Jahr zu Beginn des Frühlings waren Húrins Sohn Túrin erst fünf und seine Schwester Urwen drei Jahre alt. Urwens Haar war gelb wie die Lilien im Gras, wenn sie durch die Felder tollte, und ihr Lachen war wie das heitere Plätschern des Baches, der aus den Hügeln kam und an den Mauern ihres Vaterhauses vorbeifloß. Der Bach hieß Nen Lalaith, und nach ihm wurde das Kind von allen Hausbewohnern Lalaith genannt, denn immer, wenn es unter ihnen weilte, machte es ihre Herzen froh.

Túrin hingegen war weniger beliebt. Wie seine Mutter war er dunkelhaarig, und er schien auch ihr ernstes Gemüt geerbt zu haben. Er war nicht heiter, sprach wenig, obgleich er das Sprechen früh erlernte und immer älter wirkte, als er wirklich war. Túrin vergaß Ungerechtigkeit und Spott nur allmählich, doch das Feuer seines Vaters brannte auch in ihm, und er konnte wild und unbesonnen sein. Doch ebenso schnell empfand er Mitleid; Schmerz und Trauer lebender Wesen konnten ihn zu Tränen rühren, und auch darin glich er seinem Vater. Morwen hingegen war streng gegen sich selbst und gegen andere. Túrin liebte seine Mutter, denn sie sprach ehrlich und offen mit ihm, während er seinen Vater nur selten sah, denn Húrin war mit dem Heer Fingons, das die östlichen Grenzen Hithlums bewachte, oft lange von zu Hause fort. Kam er heim, beunruhigte und verwirrte er den Sohn durch seine schnelle Redeweise und seine Sprache, die mit fremdartigen Wörtern, Andeutungen und Spötteleien durchsetzt war. Zu dieser Zeit galt Túrins ganze zärtliche Zuneigung seiner Schwester Lalaith, doch er spielte nur selten mit ihr und zog es vor, sie ungesehen zu beschützen und sie zu beobachten, wenn sie auf dem Gras oder unter den Bäumen entlanglief. Dabei sang sie Lieder, wie sie sich die Kinder der Edain vor langer Zeit auszudenken pflegten, als die Sprache der Elben ihnen noch leicht von der Zunge ging.

»Lalaith ist schön wie ein Elbenkind«, sagte Húrin zu Morwen, »doch, wahrlich, Elben leben länger. So hübsch sie ist, desto empfindlicher ist sie vielleicht.«

Túrin, der diese Worte gehört hatte, grübelte darüber nach, aber er konnte sie nicht verstehen, denn Elbenkinder hatte er nie gesehen. Zu dieser Zeit lebte keiner der Eldar im Land seines Vaters, und nur ein einziges Mal hatte Túrin sie gesehen, als König Fingon mit vielen seiner Fürsten durch Dor-lómin geritten war, und sie in silbernem und weißem Glanz die Brücke über den Nen Lalaith passiert hatten.

Doch bevor das Jahr vorüber war, erwies sich, daß sein Vater die Wahrheit gesagt hatte, denn der Verfluchte Wind kam nach Dor-lómin, Túrin wurde krank und lag lange in Fieber und dunklen Träumen darnieder. Aber als er wieder gesund wurde, weil sein Schicksal es wollte und die Lebenskraft in ihm stark war, fragte er nach Lalaith. Doch die Kinderfrau antwortete: »Sprich nicht mehr von Lalaith, Sohn Húrins, doch nach deiner Schwester Urwen mußt du deine Mutter fragen.«

Und als Morwen zu ihm kam, sagte er zu ihr: »Ich bin nicht mehr krank und will Urwen sehen; aber warum darf ich nicht mehr Lalaith sagen?«

»Weil Urwen tot ist und das Lachen in diesem Hause verstummt ist«, antwortete sie. »Doch du lebst, mein Sohn, und ebenso der Feind, der uns dies angetan hat.«

Sie versuchte weder ihn noch sich selbst zu trösten, sondern ertrug stumm ihren Schmerz und wappnete ihr Herz mit Eis. Húrin jedoch trauerte offen, und er nahm seine Harfe, um ein Klagelied anzustimmen. Doch es gelang ihm nicht, und er zerbrach die Harfe, ging hinaus, reckte die Hand gen Norden und rief: »Verderber Mittelerdes, geschähe es, daß ich dir von Angesicht zu Angesicht gegenüberstünde, so würde ich dich verderben, wie es mein Herr Fingolfin getan hat!«

In der Nacht aber, als er allein war, weinte Túrin bitterlich, wenn er auch seiner Mutter gegenüber den Namen seiner Schwester niemals wieder aussprach. Nur einem Freund vertraute er sich in dieser Zeit an, erzählte ihm von seinem Kummer und der Leere des Hauses. Dieser Freund hieß Sador und war ein Knecht im Dienst Húrins; der war lahm und wurde nur gering geachtet. Er war Holzfäller gewesen, der, weil das Unglück es wollte oder er die Axt nicht recht führte, sich den rechten Fuß abgeschlagen hatte. Das fußlose Bein war verkrüppelt, und deshalb nannte Túrin ihn Labadal, was ›Hüpf-Fuß‹ bedeutete. Gleichwohl mißfiel Sador dieser Beiname nicht, denn er war Túrins Mitleid entsprungen, und nicht seinem Spott. Sador arbeitete auf den Vorwerken, wo er kleine Gegenstände von geringem Wert herstellte oder Dinge ausbesserte, die im Hause gebraucht wurden, denn in der Bearbeitung von Holz war er sehr geschickt. Um Sadors Bein zu schonen, brachte ihm Túrin, was er für seine Arbeit brauchte. Manchmal trug er heimlich einige Werkzeuge und Holzstücke herbei, auf die niemand achtgab, denn er glaubte, sein Freund könne etwas damit anfangen. Dann lächelte Sador und gebot ihm, die Geschenke an ihren Platz zurückzubringen. »Habe eine offene Hand«, sagte er, »aber verschenke nur, was dir selber gehört.« So gut er konnte, belohnte er die Freundlichkeit des Kindes und schnitzte ihm Menschen- und Tierfiguren. Doch am meisten Freude hatte Túrin an Sadors Geschichten. Dieser war nämlich in den Tagen der Bragollach ein junger Mann gewesen und liebte es, sich der Erinnerung an jene kurze Zeit zu überlassen, in der er ein vollwertiger Mann gewesen war, bevor er zum Krüppel wurde.

»Es war eine große Schlacht, sagt man, Sohn Húrins. In der großen Not jenes Jahres wurde ich von meiner Arbeit in den Wäldern fortgerufen. Aber ich habe an der Bragollach nicht teilgenommen, wo ich vielleicht auf ehrenhaftere Weise eine Verwundung erlitten hätte. Wir kamen zu spät, konnten nur noch die Bahre mit dem Leichnam des alten Fürsten Hador vom Schlachtfeld tragen, der gefallen war, als er König Fingolfin schützte. Dann wurde ich Soldat und diente viele Jahre in Eithel Sirion, der großen Festung der Elbenkönige. So kommt es mir jedenfalls heute vor, und die dunklen Jahre, die darauf folgten, haben nichts Bemerkenswertes. Ich war in Eithel Sirion, als der Schwarze König es bestürmte und Galdor, dein Großvater, dort Hauptmann in des Königs Diensten war. In jenem Gefecht wurde er erschlagen, und ich sah deinen Vater seine Nachfolge antreten und die Befehlsgewalt übernehmen, obgleich er noch ein sehr junger Mann war. Ein Feuer brenne in ihm, sagte man, von dem das Schwert in seiner Hand erglühe. In seinem Gefolge trieben wir die Orks in die Sandwüste, und seit jenen Tagen haben sie es nicht gewagt, sich in Sichtweite der Mauern blicken zu lassen. Doch genug davon! Meine Kampfeslust war gestillt, denn ich hatte genug vergossenes Blut und Wunden gesehen. Ich erhielt die Erlaubnis, in die Wälder zurückzukehren, nach denen ich mich sehnte. Dort trug ich meine Verwundung davon, denn ein Mann, der vor seiner eigenen Furcht flieht, wird feststellen, daß er nur den Weg abgekürzt hat, der erneut zu ihr führt.«

So sprach Sador zu Túrin, als dieser älter wurde und viele Fragen zu stellen begann, deren Beantwortung Sador schwerfiel; außerdem fand er, daß andere, die Túrin verwandtschaftlich näherstanden, diese Aufgabe übernehmen sollten. Eines Tages sagte Túrin zu ihm: »War Lalaith wirklich einem Elbenkind ähnlich, wie mein Vater sagte? Und was meinte er, als er sagte, sie lebe nicht so lange wie eine Elbe?«

»Sie war den Elbenkindern sehr ähnlich«, sagte Sador, »denn in ihrer ersten Jugend scheinen die Kinder von Elben und Menschen eng miteinander verwandt zu sein. Doch die Kinder der Menschen wachsen schneller, ihre Jugend geht bald vorbei, das ist ihr Schicksal.«

Darauf fragte ihn Túrin: »Was bedeutet Schicksal?«

»Was das Schicksal der Menschen angeht«, erwiderte Sador, »mußt du jene fragen, die klüger sind als Labadal. Doch wie jedermann sehen kann, welken wir bald und sterben, und durch einen unglücklichen Zufall ereilt manche der Tod sogar früher. Doch die Elben welken nicht, und sie sterben nicht, außer durch schwere Wunden. Von Verwundungen und Schmerzen, denen Menschen zum Opfer fallen, können sie geheilt werden. Sogar wenn ihre Körper zugrundegegangen sind, können sie eines Tages zurückkehren. Mit uns ist es nicht so.«

»Dann wird Lalaith nicht zurückkehren?« fragte Túrin. »Wohin ist sie gegangen?«

»Sie wird nicht zurückkehren«, sagte Sador, »aber wohin sie gegangen ist, weiß niemand, zumindest ich weiß es nicht.«

»Ist das immer so gewesen? Oder müssen wir einen Fluch des verruchten Königs erdulden so wie den Verfluchten Wind?«

»Ich weiß es nicht. Hinter uns liegt eine Finsternis, aus der nur wenige Geschichten überliefert sind. Die Väter unserer Väter hätten vieles erzählen können, doch sie haben es nicht getan. Zwischen uns und dem Leben, aus dem sie kamen, stehen Berge, und niemand weiß heute, wovor die Vorväter geflohen sind.«

»Haben sie sich gefürchtet?« fragte Túrin.

»Es kann sein«, antwortete Sador. »Vielleicht sind wir vor der furchteinflößenden Finsternis geflohen, nur um ihr hier gegenüberzustehen, wo uns nur noch die Flucht zum Meer bleibt.«

»Wir fürchten uns nicht mehr«, sagte Túrin, »jedenfalls nicht alle. Mein Vater hat keine Furcht, und auch ich nicht, zumindest werde ich mich so verhalten wie meine Mutter und meine Furcht nicht zeigen.«

Als Túrin dies sagte, kam es Sador vor, als seien Túrins Augen nicht die Augen eines Kindes, und er dachte: Für einen unbeugsamen Geist ist Kummer nur ein Wetzstein, an dem er sich härtet. Aber laut sagte er: »Sohn Húrins und Morwens, wie es um dein Herz bestellt sein wird, kann Labadal nicht sagen, doch du wirst nur selten und nur wenigen offenbaren, was in ihm vorgeht.«

Darauf entgegnete Túrin: »Vielleicht ist es besser, nicht auszusprechen, was man sich wünscht, wenn man es nicht erreichen kann. Aber ich wünschte, Labadal, ich wäre einer der Eldar. Dann könnte Lalaith zurückkehren, und ich wäre noch immer hier, selbst wenn sie lange fort wäre. Sobald ich kann, werde ich als Soldat zu einem Elbenkönig gehen, wie du es getan hast, Labadal.«

»Du könntest viel von ihnen lernen«, sagte Sador und seufzte. »Sie sind ein wunderbares und gerechtes Volk, und sie besitzen Macht über die Herzen der Menschen. Und doch denke ich manchmal, daß es besser gewesen wäre, wenn wir sie niemals getroffen hätten, sondern bescheidenere Wege gewandelt wären, denn ihr Wissen ist uralt, und sie sind stolz und festen Sinnes. In ihrem Licht werden wir undeutlich oder brennen mit allzu heißer Flamme, und das Gewicht des Verhängnisses lastet schwer auf uns.«

»Aber mein Vater liebt sie«, sagte Túrin, »und ohne sie ist er nicht glücklich. Er sagt, fast alles, was wir wissen, hätten wir von ihnen gelernt und seien durch sie zu einem edleren Volk geworden. Und er sagt auch, daß die Menschen, die vor kurzem über die Berge gekommen sind, kaum besser sind als Orks.«

»Das trifft zu«, erwiderte Sador, »zumindest auf einige von uns. Doch der Aufstieg ist qualvoll, und aus großer Höhe fällt man leicht herab.«

Zu dieser Zeit war Túrin fast acht Jahre alt, und nach dem Kalender der Elben war es im Monat Gwaeron des Jahres, das unvergeßlich bleiben wird. Schon munkelten die Älteren über eine große Sammlung und

Musterung von Waffen, doch der Junge hörte nichts davon. Húrin, der den Mut und die Verschwiegenheit seiner Frau kannte, sprach oft mit ihr über die Pläne der Elben-Könige und was geschehen könne, wenn sie gut oder schlecht ausgingen. Sein Herz war voller Hoffnung, und er hatte wenig Furcht vor dem Ausgang der Schlacht, denn er glaubte nicht daran, daß irgendeine Macht in Mittelerde die Eldar in ihrer Kraft und Größe würde besiegen können. »Sie haben das Licht im Westen gesehen«, sagte er, »und am Ende muß die Finsternis vor ihren Gesichtern fliehen.« Morwen widersprach ihm nicht, denn in seiner Gegenwart erschien die Hoffnung immer glaubwürdiger als anderswo. Aber in ihrem Geschlecht war auch die Kenntnis des Elbenwissens überliefert worden, und sie sagte zu sich selbst: Haben sie nicht doch das Licht verlassen, und sind sie nicht jetzt von ihm ausgeschlossen? Es kann sein, daß die Herren des Westens sie aus ihren Gedanken verbannt haben, und wie können gerade die Älteren Kinder eine der Mächte besiegen?

Auf Húrin Thalion schien kein Hauch eines solchen Zweifels zu liegen. Doch eines Morgens im Frühling erwachte er nach unruhigem Schlaf, und an diesem Tag lag ein Schatten auf seiner strahlenden Zuversicht. Am Abend sagte er plötzlich: »Wenn ich zu den Waffen gerufen werde, Morwen Eledhwen, werde ich den Erben des Hauses Hador in deiner Obhut zurück lassen. Das menschliche Leben ist kurz, und sogar in Friedenszeiten ist man gegen böse Zufälle nicht immer gefeit.«

»Das ist immer so gewesen«, antwortete sie, »doch was verbirgt sich hinter deinen Worten?«

»Vorsicht, nicht Zweifel«, entgegnete Húrin, jedoch er sah sorgenvoll aus. »Aber jemand, der nach vorn blickt, muß folgendes bedenken: Die Dinge bleiben nicht, wie sie waren. Was vor uns liegt, ist ein großer Wurf, und eine Seite wird dabei zu Fall kommen. Sind es die Elben-Könige, die fallen, dann muß es mit den Edain ein böses Ende nehmen, und wir sind es, die dem Feind am nächsten wohnen. Doch wenn die Dinge schlecht ausgehen, werde ich nicht zu dir sagen: *Habe keine Furcht!* Denn du fürchtest nur, wovor man sich fürchten sollte, und nur dieses allein. Furcht bringt dich nicht zur Verzweiflung. Aber ich rate dir: *Warte nicht!* Ich werde zu dir zurückkehren, wenn ich kann, doch warte nicht auf mich! Ziehe in den Süden, so schnell du kannst. Ich werde folgen, und ich werde dich finden, müßte ich auch ganz Beleriand absuchen.«

»Beleriand ist groß und bietet keinen Unterschlupf für Vertriebene«, sagte Morwen. »Wohin soll ich fliehen, mit wenigen oder mit vielen Begleitern?«

Darauf dachte Húrin eine Weile schweigend nach. »Die Familie meiner Mutter lebt in Brethil«, sagte er. »Das ist etwa dreißig Meilen von hier, wenn man dem Flug des Adlers folgt.«

»Wenn eine solch schlimme Zeit wirklich kommt, welche Hilfe können Menschen gewähren?« sagte Morwen. »Das Haus Beor ist gefallen. Wenn das mächtige Haus Hador fällt, in welche Löcher soll sich das kleine Volk von Haleth verkriechen?«

»Sie sind nur sehr wenige und unerfahren, doch zweifle nicht an ihrer Tapferkeit«, sagte Húrin. »Wo sonst ist Hoffnung?«

»Du sprichst nicht von Gondolin«, sagte Morwen.

»Nein, dieser Name ist niemals über meine Lippen gekommen«, erwiderte Húrin. »Doch es trifft zu, was dir zu Ohren gekommen ist: Ich bin dortgewesen. Aber ich sage dir jetzt die Wahrheit. Ich habe sie keinem anderen gesagt und werde es auch künftig nicht tun: Ich weiß nicht, wo es liegt.«

»Aber du ahnst es, du hast eine bestimmte Vermutung, denke ich«, sagte Morwen.

»Kann sein«, erwiderte Húrin, »doch wenn nicht Turgon selbst mich von meinem Eid entbindet, darf ich diese Vermutung nicht aussprechen, selbst dir gegenüber nicht. Deshalb würde deine Suche vergeblich sein. Würde ich aber, zu meiner eigenen Schande, den Mund auftun, gelangtest du im besten Fall an ein verschlossenes Tor. Niemand wird es durchschreiten, es sei denn Turgon käme heraus, um in den Krieg zu ziehen (und dafür gibt es keine Hinweise, und man hoffe nicht darauf).«

»Wenn deine Familie wenig Hoffnung bietet und deine Freunde dich abweisen«, sagte Morwen, »muß ich mit mir selbst zu Rate gehen, und dabei kommt mir Doriath in den Sinn. Als letzte Verteidigung wird der Gürtel Melians zerbrochen werden, denke ich, und das Haus Beor wird in Doriath nicht gering geschätzt. Bin ich nicht mit dem

König verwandt? Immerhin war mein Vater ebenso ein Enkelsohn Bregors wie Beren, der Sohn Barahirs.«

»Mein Herz ist Thingol nicht geneigt«, sagte Húrin. »Er wird König Fingon seine Unterstützung versagen, und ich weiß nicht, warum sich mein Gemüt verdüstert, wenn ich den Namen Doriath höre.«

»Beim Namen Brethil wird mir ebenso schwer ums Herz«, sagte Morwen.

Plötzlich lachte Húrin und sagte: »Da sitzen wir nun, reden über die Dinge, auf die wir keinen Einfluß haben, und über Schatten, die aus Träumen aufsteigen. Alles wird nicht so schlimm werden. Geschieht es aber doch, dann ist alles deinem Mut und deiner Klugheit anvertraut. Dann handle so, wie dein Herz es dir gebietet, aber handle schnell. Und wenn wir unsere Ziele erreichen, sind die Elben-Könige entschlossen, alle Lehen des Hauses Beor an die Erben zurückzugeben, und unserem Sohn wird eine prächtige Erbschaft zufallen.«

Als Túrin in der Nacht im Halbschlaf lag, kam es ihm vor, als stünden seine Eltern neben seinem Bett, hielten brennende Kerzen in den Händen und blickten auf ihn herab. Doch ihre Gesichter konnte er nicht sehen.

Am Morgen von Túrins Geburtstag überreichte Húrin seinem Sohn ein Elbenmesser zum Geschenk, dessen Griff und Scheide silbern und schwarz waren, und er sagte: »Erbe des Hauses Hador, hier ist ein Geburtstagsgeschenk. Aber gib darauf acht! Es ist eine furchtbare Klinge, und Stahl ist nur denen von Nutzen, die mit ihm umgehen können. Er ist gleichermaßen dazu bereit, die eigene Hand zu verletzen als irgend etwas anderes.« Und indem er Túrin auf einen Tisch setzte, küßte er ihn und sagte: »Du überragst mich schon, Sohn Morwens. Bald wirst du so groß sein wie ich und dabei auf eigenen Füßen stehen. An diesem Tag werden viele deine Klinge fürchten.«

Darauf rannte Túrin aus dem Zimmer, ging allein umher und verspürte in seinem Herzen eine Wärme wie die Sonnenwärme, die in der kalten Erde alles zum Wachsen bringt. Er wiederholte für sich die Worte seines Vaters: Erbe von Hador. Aber auch andere Worte kamen ihm in den Sinn: Habe eine offene Hand, doch verschenke nur, was dir gehört. Und er lief zu Labadal und rief: »Labadal, es ist mein Geburtstag, der Geburtstag des Erben von Hador! Ich habe dir ein Geschenk gebracht zur Erinnerung an diesen Tag. Hier ist ein Messer, gerade so eines, wie du es brauchst. Es schneidet alles, was du willst, haarfein.«

Darauf war Sador betrübt, denn er wußte wohl, daß Túrin an diesem Tag das Messer selbst zum Geschenk bekommen hatte; doch es galt unter Männern als kränkend, ein aus freiem Willen gegebenes Geschenk zurückzuweisen, aus welcher Hand es auch immer kam. Darauf sagte er ernst zu Túrin: »Du entstammst einer großherzigen Familie, Túrin, Sohn Húrins, und ich habe nichts getan, was dein Geschenk wettmachen könnte. Ich kann auch nicht hoffen, es in den Tagen, die mir geblieben sind, besser zu machen. Aber was in meiner Macht steht, werde ich tun.« Als Sador das Messer aus der Scheide zog, sagte er: »Das ist ein wirkliches Geschenk: eine Klinge aus Elbenstahl. Ich hatte schon fast vergessen, wie er sich anfühlt.«

Húrin bemerkte alsbald, daß Túrin das Messer nicht trug und fragte ihn, ob seine warnenden Worte ihm Furcht eingeflößt hätten. Túrin antwortete darauf: »Nein. Aber ich habe es Sador, dem Holzschnitzer gegeben.«

»Schätzt du das Geschenk deines Vaters so gering?« fragte Morwen, und Túrin sagte: »Nein, doch ich habe Sador gern und empfinde Mitleid mit ihm.«

Darauf sagte Húrin: »Es gehörte alles dir, Túrin, was du verschenkt hast: Liebe, Mitleid, und das Messer ist dabei das wenigste.«

»Jedoch zweifle ich, ob Sador dieses Geschenk verdient«, sagte Morwen. »Er ist durch eigene Ungeschicklichkeit verkrüppelt, und er kommt seinen Pflichten schleppend nach, weil er viel Zeit auf überflüssige Dinge verschwendet, um die ihn niemand gebeten hat.«

»Habe dennoch Mitleid mit ihm«, entgegnete Húrin. »Eine ehrliche Hand und ein aufrichtiges Herz können danebenschlagen, und ein solches Leid ist schwerer zu tragen als eine Wunde, die ein Feind geschlagen hat.«

»Aber jetzt mußt du dich mit einer zweiten Klinge gedulden«, versetzte Morwen, »damit das Geschenk auch ein wahres Geschenk ist, und einen Verlust für dich bedeutet.«

Nichtsdestoweniger bemerkte Túrin, daß Sador in der Folge freundlicher behandelt wurde und jetzt den Auftrag erhielt, einen großen Sessel anzufertigen, auf dem der Hausherr in seiner Halle sitzen sollte.

Es war an einem strahlenden Morgen des Monats Lothron, als Túrin von plötzlichem Trompetenschall geweckt wurde. Als er zur Tür rannte, sah er im Hof ein großes Gedränge von Männern zu Fuß und zu Pferde und in voller Kriegsausrüstung. Auch Húrin stand dort, erteilte Befehle, und Túrin erfuhr, daß sie heute nach Barad Eithel aufbrechen würden. Diese Männer waren Húrins Wachmannschaften und Hausknechte, doch alle Männer des Landes waren aufgeboten. Einige waren bereits mit Huor, dem Bruder seines Vaters, aufgebrochen, viele andere wollten sich unterwegs zum Fürsten von Dor-lómin gesellen und sich hinter seinem Banner zur großen Heerschau vor dem König begeben.

Ohne Tränen nahm Morwen von Húrin Abschied und sagte: »Ich will beschützen, was du in meiner Obhut zurückläßt, was auch immer sein und geschehen wird.«

Húrin antwortete: »Lebe wohl, Herrin von Dor-lómin. Wir reiten jetzt fort, und unsere Hoffnungen sind größer als jemals zuvor. Wir wollen daran glauben, daß die Feier zu dieser Wintersonnenwende fröhlicher sein wird als in allen anderen Jahren, und daß ihr ein Frühling ohne Furcht folgt!« Darauf hob er Túrin auf seine Schulter und rief seinen Männern zu: »Laßt den Erben des Hauses Hador den Glanz eurer Schwerter sehen!« Und die Sonne ließ die Klingen fünfzig gezückter Schwerter aufblitzen, und der Hof hallte wider vom Schlachtruf der Edain des Nordens: *Lacho calad! Drego morn!* Licht, flamme auf! Nacht entfliehe!

Dann sprang Húrin schließlich in den Sattel, sein goldenes Banner wurde entrollt, und wieder tönten die Trompetenklänge in den Morgen. So ritt Húrin Thalion davon in die Nirnaeth Arnoediad.

Morwen und Túrin aber verharrten schweigend in der Tür, bis sie in weiter Ferne den schwachen, vom Wind getragenen Klang eines einzelnen Horns vernahmen: Húrin hatte den Hügelrücken überquert, und von dort konnte er sein Haus nicht mehr sehen.

Der Wortstreit zwischen Húrin und Morgoth

Die Elben singen viele Lieder und erzählen viele Geschichten von der Nirnaeth Arnoediad, der Schlacht der Ungezählten Tränen, in der Fingon fiel und die Blüte der Eldar dahinwelkte. Erzählte man sie alle, würde das Leben eines Menschen nicht ausreichen, sie anzuhören.[2] Aber jetzt soll nur erzählt werden, was Húrin widerfuhr, dem Sohn Galdors und Herrn Dor-lómins, als er schließlich an den Ufern des Rivil auf Befehl Morgoths lebend ergriffen und nach Angband geschleppt wurde.

Húrin wurde vor Morgoth gebracht, denn durch seine geheimen Künste und seine Kundschafter wußte dieser, daß Húrin die Freundschaft des Königs von Gondolin besaß, und er versuchte, ihn mit seinen Augen einzuschüchtern. Doch Húrin ließ sich nicht erschrecken und widerstand ihnen. Deshalb ließ ihn Morgoth in Ketten legen und einer langsamen Folter unterwerfen. Nach einer Weile jedoch ging er zu ihm und machte ihm ein Angebot: Er ließ ihm die Wahl, entweder frei zu gehen, wohin er wolle, oder den Rang und die Befehlsgewalt als einer seiner mächtigsten Hauptleute anzunehmen. Er brauche nur zu enthüllen, wo sich Turgons Festung befinde, und alles zu erzählen, was er über die Pläne des Königs wisse. Doch Húrin, der Standhafte, verspottete ihn und sagte: »Du bist blind, Morgoth Bauglir, du wirst es immer sein und nur das Dunkle sehen. Du weißt nicht, welchen Gesetzen die Herzen der Menschen folgen, und wenn du es wüßtest, könntest du sie nicht beeinflussen. Ein Narr, wer ein Angebot Morgoths annimmt. Zuerst wirst du einheimsen, was man dir bietet, und dann dein Versprechen nicht halten. Ich würde nur den Tod empfangen, wenn ich dir sagte, was du wissen willst.«

Darauf lachte Morgoth und sagte: »Du wirst den Tod noch wie eine Gnade von mir erflehen.« Dann brachte er Húrin auf den Haudh-en-Nirnaeth, der damals neu errichtet wurde und über dem der Gestank des Todes lastete. Morgoth setzte Húrin auf die höchste Spitze, befahl ihm nach Westen zu schauen, nach Hithlum, und an sein Weib, seinen Sohn und seine Familie zu denken. »Sie wohnen jetzt in meinem

Herrschaftsbereich und sind meiner Barmherzigkeit ausgeliefert«, sagte er.

»Du kennst kein Erbarmen«, entgegnete Húrin. »Doch über diese Menschen wirst du den Weg zu Turgon nicht finden, denn sie kennen seine Geheimnisse nicht.«

Darauf überkam Morgoth großer Zorn, und er sprach: »Und ich werde doch über dich triumphieren und über dein verfluchtes Haus, und mein Wille wird euch zerbrechen, und wäret ihr alle aus Stahl.« Er ergriff ein langes Schwert, das dort lag, zerbrach es vor Húrins Augen, daß ein Splitter ihn im Gesicht verwundete, doch Húrin erbleichte nicht. Darauf streckte Morgoth seinen langen Arm gegen Dor-lómin aus, verfluchte Húrin, Morwen und ihre Nachkommen und schrie: »Merke also! Der Schatten meines Trachtens wird über ihnen lasten, wo immer sie sind, und mein Haß wird sie bis ans Ende der Welt verfolgen!«

Aber Húrin antwortete: »Umsonst sind deine Worte, denn du kannst diese Menschen nicht sehen und sie aus der Ferne nicht beherrschen, nicht, solange du diese Gestalt hast und noch danach verlangst, ein König zu sein, der auf Erden sichtbar ist.«

Darauf wandte sich Morgoth Húrin zu und sagte: »Narr, winzig unter den Menschen, die die Geringsten sind unter allen, die ihre Stimme erheben! Hast du die Valar gesehen, oder die Macht Manwes und Vardas ermessen? Weißt du, wie weit ihr Einfluß reicht? Oder glaubst du vielleicht, daß du in ihrer Hut bist, daß sie dich aus weiter Ferne beschirmen können?«

»Ich weiß es nicht«, sagte Húrin. »Doch es könnte so sein, wenn sie es wollten, denn der Älteste König wird nicht entthront werden, solange Arda besteht.«

»Du sagst es«, erwiderte Morgoth. »Der Älteste König bin ich. Ich bin Melkor, der erste und mächtigste aller Valar, der bereits vor der Welt da war und der sie erschuf. Der Schatten meiner Vorhaben liegt auf Arda und alles, was in ihr ist, beugt sich langsam und sicher meinem Willen. Über allen, denen deine Liebe gilt, wird mein Schatten liegen wie eine Wolke des Unheils, das sie in Finsternis und Verzweiflung stürzen wird. Wo sie auch immer gehen, wird das Böse vor ihnen aufstehen. Wann immer sie sprechen, werden ihre Worte schlimme

Folgen haben. Was immer sie tun, es wird sich gegen sie selbst richten. Sie werden ohne Hoffnung sterben, und sie werden ihr Leben und ihren Tod verfluchen!«

Aber Húrin gab ihm zur Antwort: »Vergißt du, mit wem du sprichst? Diese Worte hast du schon vor langer Zeit unseren Vätern gesagt, doch wir sind deinem Schatten entkommen. Und jetzt haben wir dich durchschaut, denn wir haben die Gesichter erblickt, die das Licht gesehen haben. Und wir haben die Stimmen gehört, die mit Manwe gesprochen haben. Ja, du bist vor Arda dagewesen, doch andere waren es auch. Du hast Arda nicht geschaffen. Auch der Mächtigste bist du nicht, denn du hast deine Kraft für dich selbst verzehrt und sie in der eigenen Leere vergeudet. Du bist nicht mehr als ein entsprungener Sklave der Valar, und ihre Ketten erwarten dich schon!«

»Du hast recht gut auswendig gelernt, was deine Lehrmeister dir beigebracht haben«, sagte Morgoth. »Aber dieses kindische Wissen wird dir nicht helfen, jetzt, wo sie alle geflohen sind.«

»Dann will ich dir ein Letztes sagen, Sklave Morgoth,« erwiderte Húrin. »Es entstammt nicht der Weisheit der Eldar, sondern wird in dieser Stunde in mein Herz gelegt: Du bist nicht der Herr der Menschen, und du wirst es nicht sein, obwohl du über ganz Arda und Menel herrschst. Außerhalb der Weltkreise wirst du jene nicht verfolgen, die sich dir widersetzen!«

»Außerhalb der Weltkreise werde ich sie in der Tat nicht verfolgen«, erwiderte Morgoth, »denn außerhalb der Welt ist nichts. Doch innerhalb der Welt sollen sie nicht hoffen, mir zu entfliehen, bis sie in das Nichts eintreten.«

»Du lügst«, sagte Húrin.

»Du wirst es sehen, und du wirst es eingestehen, daß ich nicht lüge«, sagte Morgoth. Er brachte Húrin nach Angband zurück, setzte ihn auf einen steinernen Sessel hoch oben auf den Thangorodrim, von wo aus er in der Ferne das Land Hithlum im Westen und die Länder Beleriands im Süden einsehen konnte. Dort blieb er durch Morgoths Macht an seinen Platz gefesselt, und dieser stand neben ihm, verfluchte ihn erneut und belegte ihn mit einem Bann, so daß er sich weder fortbewegen noch sterben konnte, bevor Morgoth ihn nicht erlöste.

»Hier bleibe nun«, sagte Morgoth, »und schaue über die Länder, in denen Elend und Verzweiflung über alle kommen wird, die du mir ausgeliefert hast. Denn du hast es gewagt, mich zu verspotten und die Allmacht Melkors anzuzweifeln, der Herr über Ardas Geschicke ist. Deshalb sollst du mit meinen Augen sehen, mit meinen Ohren hören, und nichts soll dir verborgen bleiben.«

Túrins Abreise

Nur drei Männer fanden am Ende den Weg durch den schrecklichen Taur-nu-Fuin zurück nach Brethil, und als Glóredhel, Hadors Tochter, erfuhr, daß Haldir gefallen war, brach ihr der Kummer das Herz.

Nach Dor-lómin drangen keine Nachrichten. Rían, Huors Gemahlin, floh in ihrer Verzweiflung in die Wildnis, doch Grau-Elben aus den Bergen von Mithrim standen ihr bei, und als ihr Sohn Tuor geboren wurde, zogen sie ihn auf. Rían jedoch begab sich zum Haudh-en-Nirnaeth, legte sich nieder und starb.

Morwen Eledhwen blieb in Hithlum in stummem Schmerz. Ihr Sohn Túrin war erst neun Jahre alt, und sie war erneut schwanger. Sie erlebte schlimme Zeiten. Die Ostlinge kamen in großer Zahl ins Land, sie verfuhren grausam mit dem Volk Hadors, raubten ihm seinen Besitz und versklavten es. Alle Bewohner der Heimatländer Húrins, die arbeiten konnten oder zu irgend etwas nütze waren, schleppten sie fort, sogar junge Mädchen und Knaben; die Alten töteten sie oder ließen sie in der Wildnis Hungers sterben. Aber sie wagten es nicht, Hand an die Herrin von Dor-lómin zu legen oder sie aus ihrem Haus zu stoßen, denn es liefen Gerüchte um, sie sei gefährlich und eine Hexe, die mit den Weiß-Furien Umgang habe; so nannten sie die Elben, die sie haßten, aber mehr noch fürchteten.[3] Aus diesem Grund fürchteten und mieden sie auch die Berge, in denen viele der Eldar Zuflucht gesucht hatten, vor allem im Süden des Landes. Nachdem sie das Land geplündert und verheert hatten, zogen sich die Ostlinge nach Norden zurück. Húrins Haus befand sich im Südosten Dor-lómins in der Nähe der Berge. Der Ursprung des Nen Lalaith war eine Quelle unterhalb des Amon Darthir, über dessen Rücken ein steiler Pass führte. Wer waghalsig genug war, konnte hier die Ered Wethrin überqueren und an den Quellen des Glithui nach Beleriand hinabsteigen. Dieser Weg aber war weder den Ostlingen noch Morgoth bekannt, weshalb jener ganze Landstrich, solange das Haus Fingolfin bestand, vor Morgoth sicher war; keiner seiner Knechte war jemals hierher gekommen. Er vertraute darauf, daß die Ered Wethrin eine unüberwindliche Mauer bildeten, sowohl für Flüchtlinge aus dem Norden wie auch für Angreifer aus dem Süden. Und es gab in der Tat für alle, die keine Flügel hatten, keine andere Verbindung zwischem dem Serech und dem äußersten Westen, wo Dor-lómin an Nevrast grenzte. So konnte es geschehen, daß Morwen nach den ersten Überfällen unbehelligt blieb, obwohl Männer in den umliegenden Wäldern herumlungerten und es gefährlich war, sich zu weit vom Haus zu entfernen. Dort lebten unter Morwens Schutz Sador, der Holzschnitzer, einige alte Männer und Frauen und Túrin, den Morwen nur im Hof umherlaufen ließ.

Aber Húrins Hauswesen geriet bald in Verfall, und obgleich Morwen hart arbeitete, lebte man in Armut. Man hätte Hunger leiden müssen, wäre nicht die Unterstützung gewesen, die Aerin, Húrins Verwandte, Morwen heimlich zukommen ließ. Ein gewisser Brodda, ein Ostling, hatte Aerin gewaltsam zu seiner Ehefrau gemacht. Es war bitter für Morwen, Almosen annehmen zu müssen, doch Túrins und ihres ungeborenen Kindes wegen nahm sie die Hilfe an; überdies, so sagte sie, stammten die Gaben aus ihrem Besitz. Nämlich es war eben dieser Brodda, der sich der Menschen, der Güter und des Viehs von Túrins Heimatländern bemächtigt und sie zu seinem eigenen Wohnsitz geschleppt hatte. Er war ein unerschrockener Mann, der freilich unter seinen Landsleuten wenig gegolten hatte, bevor sie nach Hithlum kamen. Da er den Reichtum suchte, war er immer bereit, sich Ländereien anzueignen, auf die sonst keiner seiner Rasse Anspruch erhob. Er hatte Morwen einmal gesehen, als er auf einem Raubzug zu ihrem Haus ritt, doch bei ihrem Anblick hatte ihn große Furcht ergriffen. Er glaubte in die grausamen Augen einer Weiß-Furie geblickt zu haben, und ihn überkam ein tödlicher Schrecken, der böse Geist könne über ihn kommen. Da er ihr Haus nicht durchsuchte, entdeckte er auch Túrin nicht, sonst wären die Tage des Erben des wahren Fürsten gezählt gewesen.

Brodda machte die Strohköpfe, wie er die Leute von Hador nannte, zu Sklaven und ließ sich von ihnen in der Gegend nördlich von Húrins Haus eine hölzerne Halle erbauen. Seine Sklaven waren wie eine Viehherde in einem Gehege zusammengepfercht, doch sie wurden nachlässig bewacht. Unter ihnen fanden sich einige, die trotz aller Gefahr mutig und bereitwillig waren, der Herrin von Dor-lómin zu helfen. Durch sie erhielt Morwen geheime Nachrichten aus dem Land, wenn diese auch zu Hoffnungen kaum Anlaß gaben.

Brodda hatte Aerin zu seiner Frau gemacht und nicht zu seiner Sklavin, denn in seinem eigenen Gefolge gab es nur wenige Frauen und keine, die mit den Töchtern der Edain zu vergleichen gewesen wäre. Er hegte die Hoffnung, sich zur Herrschaft in diesem Land aufzuschwingen, einen Erben zu haben und die Herrschaft an diesen weiterzugeben.

Darüber, was geschehen war und was in zukünftigen Tagen geschehen konnte, sprach Morwen mit Túrin nur wenig, und er selbst fürchtete durch Fragen an ihr Schweigen zu rühren. Als die Ostlinge zum ersten Mal in Dor-lómin einfielen, sagte er zu seiner Mutter: »Wann kommt mein Vater zurück, um diese garstigen Diebe aus dem Land zu jagen? Warum kommt er nicht?«

»Ich weiß es nicht«, antwortete Morwen. »Es kann sein, daß er gefallen ist oder daß man ihn gefangen hält. Vielleicht hat es ihn auch sehr weit verschlagen, und er kann nicht zurückkehren, weil die Feinde uns eingeschlossen haben!«

»Dann denke ich, daß er tot ist«, sagte Túrin und hielt vor der Mutter seine Tränen zurück. »Niemand könnte ihn davon abhalten heimzukommen, wenn er noch lebte.«

»Ich glaube nicht, daß irgendeine dieser Vermutungen zutrifft, mein Sohn«, sagte Morwen.

Mit fortschreitender Zeit schlich sich Sorge um ihren Sohn Túrin in Morwens Herz, denn sie sah voraus, daß ihm nichts anderes übrigbleiben würde, als Sklave der Ostlinge zu werden, bevor er viel älter geworden war. Deshalb entsann sie sich ihres Gespräches mit Húrin, und ihre Gedanken richteten sich wieder auf Doriath. Endlich entschloß sie sich, Túrin heimlich fortzuschicken, wenn es ihr möglich war, und König Thingol zu bitten, ihm Zuflucht zu gewähren. Und während sie dasaß und darüber nachgrübelte, wie sie es anfangen solle, hörte sie deutlich die Stimme Húrins in ihrem Inneren sagen: »*Geh ohne Säumen! Warte nicht auf mich!*« Doch die Geburt des Kindes rückte näher, und der Weg würde beschwerlich und gefährlich sein. Je länger sie zauderte, desto geringer wurden die Aussichten, zu entkommen. In ihrem Herzen nährte sie noch immer eine uneingestandene Hoffnung, denn eine geheime Stimme sagte ihr, daß Húrin nicht tot sei. In ihren durchwachten Nächten horchte sie auf das Geräusch seiner Schritte, oder sie wachte auf, weil sie im Hof das Wiehern seines Pferdes zu hören glaubte. Obwohl sie dazu bereit war, ihren Sohn in den Hallen eines anderen aufziehen zu lassen, wie es zu jener Zeit Sitte war, wollte sie ihren Stolz dennoch nicht demütigen und Empfängerin von Almosen sein, kämen sie auch von einem König. Deshalb widerstand sie der Stimme Húrins oder der Erinnerung daran, und der erste Faden zu Túrins Schicksal war gesponnen.

So rückte der Herbst des Jahres des Jammers heran, bevor Morwen zu ihrer Entscheidung gelangte, und jetzt mußte sie rasch handeln. Sollte er abreisen, durfte man keine Zeit verlieren, denn sie fürchtete, man könne ihn abholen, wenn sie auch noch den Winter verstreichen ließ. Ostlinge schlichen um den Hof und kundschafteten das Haus aus. Also sagte sie unvermittelt zu Túrin: »Dein Vater kommt nicht. Also mußt du gehen, und zwar bald. Es wäre auch sein Wunsch.«

»Gehen?« rief Túrin. »Wohin sollen wir gehen? Über die Berge?«

»Ja«, sagte Morwen. »Über die Berge nach Süden. Dort könnte es noch Hoffnung geben. Doch ich habe nicht uns beide gemeint, mein Sohn. Du mußt allein gehen, ich aber muß hierbleiben!«

»Ich kann nicht allein gehen!« sagte Túrin. »Ich will dich nicht verlassen. Warum gehen wir nicht zusammen?«

»Ich kann nicht«, sagte Morwen. »Doch du wirst nicht allein gehen. Ich werde dir Gethron mitgeben, und vielleicht auch Grithnir.«

»Warum nicht Labadal?« fragte Túrin.

»Weil er lahm ist«, antwortete Morwen, »und weil ein schwieriger Weg euch erwartet. Und weil du mein Sohn bist und die Zeiten grausam sind, will ich dir nichts vormachen: Auf diesem Weg kannst du sterben. Es ist spät im Jahr, doch wenn du hierbleibst, wartet

Schlimmeres auf dich, nämlich ein Sklave zu werden. Wenn du ein Mann sein willst und dich wie ein Mann verhalten willst, wirst du tapfer sein und tun, was ich dir gebiete.«

»Aber ich werde dich nur mit Sador, dem blinden Ragnir und den alten Frauen zurücklassen«, sagte Túrin. »Sagte nicht mein Vater, ich sei der Erbe von Hador? Der Erbe sollte in Hadors Haus sein, um es zu verteidigen. Jetzt wünschte ich, ich hätte mein Messer noch!«

»Der Erbe sollte hier sein, aber er kann nicht bleiben«, erwiderte Morwen. »Doch er kann eines Tages zurückkehren. Nun fasse dir ein Herz! Ich werde dir folgen, wenn ich kann, falls alles noch schlimmer wird.«

»Aber wie willst du mich finden, irgendwo in der Wildnis?« rief Túrin, und plötzlich verlor er die Beherrschung und weinte ungehemmt.

»Wenn du jammerst, wird man dich sofort finden«, sagte Morwen. »Aber ich weiß, wohin du gehst, und wenn du dort ankommst und dort bleibst, werde ich dich finden, wenn ich kann. Denn ich schicke dich zu König Thingol in Doriath. Möchtest du nicht lieber Gast eines Königs sein als ein Sklave?«

»Ich weiß es nicht«, antwortete Túrin. »Ich weiß nicht, was ein Sklave ist.«

»Ich schicke dich fort, damit du es nicht zu lernen brauchst«, erwiderte Morwen. Dann setzte sie Túrin vor sich hin und sah ihm in die Augen, als versuche sie ein Rätsel zu lösen, das in ihnen verborgen war. »Es ist schwer, Túrin, mein Sohn«, sagte sie schließlich. »Nicht nur für dich. Es lastet schwer auf mir, in schlimmen Tagen entscheiden zu müssen, was für uns das Beste ist. Doch ich glaube, daß ich richtig handle, denn warum sonst sollte ich mich von dem Teuersten trennen, das mir geblieben ist?«

Sie sprachen nicht mehr darüber miteinander, und Túrin war betrübt und verwirrt. Am Morgen machte er sich auf, um Sador zu suchen, der Feuerholz geschlagen hatte, von dem sie nur wenig hatten, weil sie es nicht wagten, in den Wäldern umherzustreifen. Jetzt stützte er sich auf seine Krücke und betrachtete den großen Sessel für Húrin, der unvollendet in eine Ecke geworfen worden war. »Er muß dran glauben«, sagte er, »in diesen Zeiten braucht man keine überflüssigen Dinge.«

»Zerschlag ihn noch nicht«, bat Túrin. »Vielleicht kommt mein Vater heim, und dann wird er sich freuen, wenn er sieht, was du während seiner Abwesenheit für ihn gemacht hast.«

»Falsche Hoffnungen sind gefährlicher als falsche Ängste«, sagte Sador, »und sie werden uns in diesem Winter nicht warmhalten.« Er betastete die Schnitzerei des Sessels und seufzte. »Verschwendete Zeit«, sagte er, »wenn mir die Stunden auch angenehm vergangen sind. Aber solche Dinge sind von kurzer Dauer, und was zählt, glaube ich, ist einzig die Freude, die man hat, während man daran arbeitet. Und jetzt könnte ich dir ebensogut dein Geschenk zurückgeben.«

Túrin streckte seine Hand aus und zog sie schnell wieder zurück. »Ein Mann nimmt seine Geschenke nicht zurück«, sagte er.

»Aber es gehört mir«, wandte Sador ein, »darf ich es nicht geben, wem ich will?«

»Doch«, erwiderte Túrin, »jedermann, nur nicht mir. Aber warum solltest du es wegschenken?«

»Ich habe keine Hoffnung, es für Aufgaben zu verwenden, die seiner würdig sind«, sagte Sador. »Künftig wird es für Labadal keine Arbeit mehr geben als Sklavenarbeit.«

»Was ist ein Sklave?« fragte Túrin.

»Ein Mann, der einmal ein Mann war, aber wie ein Tier behandelt wird. Er wird ernährt, damit er am Leben bleibt, am Leben erhalten, damit er schuftet, und er schuftet nur aus Furcht vor Schmerzen und Tod. Und je nachdem, wonach es diese Räuber gelüstet, empfängt er von ihnen Pein oder Tod. Ich höre, daß sie einige der Schnellfüßigen auswählen und sie mit Hunden hetzen. Sie haben von den Orks schneller gelernt als wir vom Elbenvolk.«

»Jetzt verstehe ich die Dinge besser«, sagte Túrin.

»Es ist eine Schande, daß du solche Dinge so früh erfahren mußt«, sagte Sador. Als er den seltsamen Ausdruck auf Túrins Gesicht bemerkte, fragte er: »Was verstehst du jetzt besser?«

»Warum meine Mutter mich fortschickt«, sagte Túrin, und seine Augen füllten sich mit Tränen.

»Ach so«, sagte Sador und murmelte vor sich hin: »Warum erst so spät?« Dann wandte er sich an Túrin und sagte: »Mir scheint, das ist keine Nachricht, über die man Tränen vergießen sollte. Aber du solltest über die Pläne deiner Mutter weder mit Labadal noch mit irgendeinem anderen laut sprechen. In diesen Zeiten haben alle Mauern und Zäune Ohren, und zwar Ohren, die nicht an ehrlichen Köpfen wachsen.«

»Aber ich muß mit jemandem reden!« sagte Túrin. »Ich habe dir immer alles erzählt. Ich will dich nicht verlassen, Labadal. Ich will dieses Haus nicht verlassen, und schon gar nicht meine Mutter.«

»Aber wenn du es nicht tust«, antwortete Sador, »wird es bald für immer mit dem Haus Hador zu Ende sein, das mußt du verstehen. Labadal will nicht, daß du gehst, doch Sador, der Knecht Húrins, wird glücklich sein, wenn er Húrins Sohn außerhalb der Reichweite der Ostlinge weiß. Nun gut, es hilft nichts, wir müssen uns Lebewohl sagen. Willst du jetzt mein Messer als Abschiedsgeschenk annehmen?«

»Nein«, sagte Túrin. »Ich gehe zu den Elben, sagt meine Mutter, zum König von Doriath. Dort kann ich vielleicht ähnliche Dinge bekommen. Aber ich werde dir keine Geschenke schicken können, Labadal. Ich werde weit weg sein und ganz allein.« Darauf weinte er, doch Sador sagte zu ihm: »Kopf hoch! Wo ist Húrins Sohn geblieben, den ich noch vor kurzem sagen hörte: *Ich werde als Soldat mit einem Elbenkönig ziehen, sobald ich kann?*«

Darauf trocknete Túrin seine Tränen und erwiderte: »Gut! Wenn dies die Worte von Húrins Sohn waren, so muß er sich daran halten und gehen. Aber jedesmal, wenn ich sage, daß ich dieses oder jenes tun werde, sieht es ganz anders aus, wenn es soweit ist. Jetzt habe ich keine Lust. Ich muß darauf achten, solche Dinge nicht noch einmal zu sagen.«

»Es wäre in der Tat das Beste«, sagte Sador. »Die meisten Menschen leben mit guten Vorsätzen, und nur wenige beherzigen sie. Warum an die ferne Zukunft denken? Das Morgen ist mehr als genug.«

Jetzt wurde Túrin für die Reise gerüstet, er sagte seiner Mutter Lebewohl und brach in aller Verschwiegenheit mit seinen beiden Gefährten auf. Doch als sie ihn aufforderten, sich noch einmal umzuwenden und auf das Haus seines Vaters zurückzublicken, traf ihn der Abschiedsschmerz wie ein Schwertstreich, und er schrie: »Morwen, Morwen, wann werde ich dich wiedersehen?« Morwen, die auf der Türschwelle stand, hörte das Echo dieses Schreis in den waldigen Hügeln, und sie umklammerte den Türpfosten so heftig, daß ihre Finger bluteten. Dies war das erste der Leiden Túrins.

Im Frühjahr des Jahres nach Túrins Abreise schenkte Morwen einer Tochter das Leben, die sie Nienor nannte, was Trauer bedeutet; doch bei der Geburt war Túrin bereits weit fort. Sein Weg war lang und gefährlich, denn Morgoths starker Arm reichte weit. Doch er hatte Gethron und Grithnir als Führer, die in den Tagen Hadors jung gewesen waren und trotz ihres Alters von ihrer Tapferkeit nichts eingebüßt hatten. Sie kannten sich im Land gut aus, denn in früheren Tagen waren sie oft durch Beleriand gezogen. Also überquerten sie mit Glück und Geschick das Schattengebirge, stiegen in das Tal des Sirion hinab, wanderten in die Wälder von Brethil hinein und erreichten endlich, erschöpft und abgezehrt, die Grenzen Doriaths. Dort jedoch verloren sie den Weg, verstrickten sich in den Irrgärten der Königin und irrten so lange zwischen den pfadlosen Bäumen umher, bis ihre Lebensmittel aufgebraucht waren. Sie waren dem Tod nahe, denn aus dem Norden nahte der kalte Winter. Doch Túrins Schicksal wollte es anders, denn gerade als die Verzweiflung sie übermannen wollte, hörten sie den Klang eines Horns. Beleg Langbogen, der größte Jäger jener Tage, war in dieser Gegend auf der Jagd, denn er hatte in den Grenzmarken Doriaths seine ständige Behausung. Er hörte ihre Rufe, kam zu ihnen, und nachdem er ihnen zu essen und zu trinken gegeben hatte, erfuhr er ihre Namen, woher sie kamen, und Staunen und Mitleid erfüllten ihn. Er blickte mit Wohlgefallen auf Túrin, denn dieser besaß die Schönheit seiner Mutter, die Augen seines Vaters und war derb und stark.

»Welches Anliegen hast du an König Thingol?« fragte Beleg den Jungen. »Ich möchte einer seiner Ritter werden, gegen Morgoth ziehen und meinen Vater rächen«, sagte Túrin.

»Das kann wohl möglich sein«, sagte Beleg, »wenn die Jahre dich zu einem Mann gemacht haben. Obwohl du noch ein schmächtiger Junge bist, hast du die Anlage zu einem tapferen Mann, würdig, ein Sohn Húrins des Standhaften zu sein, wenn dies möglich wäre.« Der Name Húrins wurde nämlich in allen Elbenländern in Ehren gehalten. Deshalb nahm sich Beleg der Wanderer mit Freuden an, führte sie zu seiner Behausung, wo er zu jener Zeit mit anderen Jägern lebte, und gab ihnen dort Obdach, während sich ein Bote nach Menegroth begab. Als die Antwort eingetroffen war, daß Thingol und Melian den Sohn

Húrins und seine Begleiter empfangen wollten, führte sie Beleg auf geheimen Pfaden in das Verborgene Königreich.

So kam Túrin zur großen Brücke über den Esgalduin, schritt durch die Tore von Thingols Hallen und, Kind, das er war, bestaunte er die Wunder Menegroths, die kein Sterblicher mit Ausnahme Berens zuvor erblickt hatte. Vor dem Angesicht Thingols und Melians überbrachte Gethron die Botschaft Morwens. Thingol nahm sie wohlwollend entgegen und setzte Túrin auf sein Knie zu Ehren Húrins, des Mächtigsten der Menschen, und Berens, seines Verwandten. Diejenigen, die Zeugen waren, wunderten sich, denn es war ein Zeichen, daß Thingol Túrin als Pflegesohn annahm. In jenen Zeiten pflegten Könige dies nicht zu tun, und niemals wieder behandelte ein Elbenfürst einen Menschen so zuvorkommend. Dann sprach Thingol zu ihm: »Hier, Sohn Húrins, soll deine Heimat sein, und dein Leben lang sollst du wie mein eigener Sohn behandelt werden, wenn du auch ein Mensch bist. Du wirst Weisheit erlangen, die sterblichen Menschen verschlossen ist, und die Waffen der Elben werden in deine Hände gelegt werden. Vielleicht kommt die Zeit, daß du die Länder deines Vaters in Hithlum zurückgewinnst. Doch nun lebe hier im Hort der Liebe.«

So begann Túrins Aufenthalt in Doriath. Gethron und Grithnir, seine Führer, blieben eine Weile bei ihm, obwohl es sie danach verlangte, zu ihrer Herrin nach Dor-lómin zurückzukehren. Doch Grithnir machten Krankheit und Alter zu schaffen, und er blieb bis zu seinem Tode bei Túrin. Gethron jedoch machte sich auf den Rückweg, und Thingol gab ihm eine Eskorte mit, die ihn führte und beschützte und die eine Botschaft Thingols an Morwen überbringen sollte. Schließlich kamen sie in Morwens Haus an, und als diese erfuhr, daß ihr Sohn ehrenvoll in Thingols Hallen aufgenommen worden war, wurde ihr kummervolles Herz leichter. Neben reichen Geschenken überbrachten die Elben auch eine Botschaft Melians, in der Morwen gebeten wurde, gemeinsam mit Thingols Abgesandten nach Doriath zurückzukehren. Melian nämlich war klug und vorausschauend, und sie hoffte, auf diese Weise das Unheil, das Morgoth ausbrütete, abzuwenden. Doch Morwen wollte ihr Haus nicht verlassen, denn ihre innerste Überzeugung hatte sich nicht geändert, und ihr Stolz war ungebrochen; außerdem war

Nienor noch ein Säugling. Doch entließ sie die Elben aus Doriath mit Dank und schenkte ihnen die letzten goldenen Gegenstände, die ihr geblieben waren, um ihre Armut zu verbergen; und sie bat die Boten, den Helm Hadors zu Thingol zurückzubringen. Túrin aber wartete unausgesetzt auf die Rückkehr der Boten, und als sie allein eintrafen, floh er in die Wälder und weinte, denn er wußte von Melians Bitte und hatte gehofft, Morwen würde ihr Folge leisten. Dies war das zweite der Leiden Túrins.

Als die Boten Morwens Antwort überbrachten, wurde Melian von Mitleid ergriffen, und sie verstand Morwens Gründe. Sie erkannte, daß das böse Schicksal, das sie voraussah, nicht so leicht aus dem Weg geräumt werden konnte.

Hadors Helm wurde in Thingols Hände gelegt. Er war aus grauem Stahl geschmiedet, mit Gold verziert und trug eingravierte Siegesrunen. Ihm wohnte eine Kraft inne, die jeden, der ihn trug, vor Verwundung und Tod bewahrte, denn Schwerter, die ihn trafen, zerbrachen, und Pfeile prallten von ihm ab. Telchar hatte ihn angefertigt, der Schmied von Nogrod, dessen Arbeiten berühmt waren. Der Helm hatte ein Visier (es war den Schirmen ähnlich, welche die Zwerge beim Schmieden trugen, um ihre Augen zu schützen), und das Gesicht seines Trägers schickte Furcht in die Herzen aller, die es sahen; er selbst aber blieb vor Pfeilen und Feuer geschützt. Der Helmkamm trug wie zum Spott das vergoldete Bild eines Drachenkopfes; der Helm war nämlich bald nach jenem Tag geschmiedet worden, an dem Glaurung zum ersten Mal aus den Toren Morgoths hervorgekommen war. Hador und nach ihm Galdor hatten diesen Helm oft im Krieg getragen. Wenn die Streiter von Hithlum ihn hoch über dem Kampfgetümmel aufragen sahen, schlugen ihre Herzen höher, und sie riefen: »Höher steht der Drachen von Dor-lómin als der Gold-Wurm von Angband!«

Aber in Wahrheit war dieser Helm nicht für Sterbliche gemacht, sondern für Azaghâl, Fürst von Belegost, der von Glaurung im Jahr des Jammers getötet wurde.[4] Azaghâl gab ihn Maedhros zur Belohnung, weil dieser ihm das Leben und seinen Schatz gerettet hatte, als ihm Orks auf der Zwergenstraße in Ost-Beleriand auflauerten.[5] Maedhros gab ihn später als Geschenk an Fingon, mit dem er des öfteren Zeichen der Freundschaft austauschte, zur Erinnerung an den Tag, an dem

Fingon Glaurung nach Angband zurückgetrieben hatte. Doch in ganz Hithlum fanden sich außer Hador und seinem Sohn Galdor kein Kopf und keine Schulter, die kräftig genug waren, den Zwergenhelm mühelos zu tragen. Deshalb übergab Fingon ihn Hador, als dieser die Herrschaft in Dor-lómin übernahm. Das Unglück wollte es, daß Galdor den Helm bei der Verteidigung Eithel Sirions nicht trug, denn der Angriff erfolgte plötzlich, so daß er barhäuptig auf die Mauern rannte, wo ihm ein Ork-Pfeil das Auge durchbohrte. Húrin dagegen trug den Helm ungern und hätte ihn auf keinen Fall im Kampf benutzt, denn er sagte: »Ich ziehe es vor, meinen Feinden mit meinem wahren Gesicht gegenüberzutreten.« Gleichwohl zählte er den Helm zu den bedeutsamsten Erbstücken seines Hauses.

Es verhielt sich nun so, daß Thingol in Menegroth über wohlbestückte Waffenkammern verfügte, angefüllt mit einer Vielzahl von Waffen: Metalle, geschmiedet wie die Panzer von Fischen und schimmernd wie Wasser im Mondlicht, Schwerter, Äxte, Schilde, Helme, angefertigt von Telchar selbst oder von seinem Lehrmeister Gamil Zirak, dem Alten, oder von Elbenschmieden, deren Arbeiten noch kunstreicher waren. Einige Stücke hatte er als Geschenke erhalten, sie stammten aus Valinor und waren der Meisterhand Feanors zu verdanken, den in allen Zeitaltern kein Kunstschmied übertraf. Aber Thingol erwies dem Helm Hadors eine solche Ehre, als seien seine eigenen Waffenkammern armselig, und bedachte ihn mit liebenswürdigen Worten: »Stolz wäre das Haupt, das diesen Helm tragen dürfte, den die Vorfahren Húrins trugen.«

Dann kam ihm ein Gedanke, er berief Túrin zu sich und erzählte ihm, daß Morwen ihrem Sohn eine prächtige Gabe habe zukommen lassen, nämlich das Erbstück seiner Vorväter. »Nimm den Drachenhelm des Nordens«, sagte er, »und wenn die Zeit kommt, so trage ihn in Ehren.« Doch Túrin war noch zu jung, um den Helm hochzuheben, und er beachtete ihn nicht, weil tiefer Kummer sein Herz erfüllte.

In den Jahren seiner Kindheit im Königreich Doriath stand Túrin unter der Obhut Melians, obwohl er sie selten zu Gesicht bekam. Doch ein Mädchen namens Nellas, das in den Wäldern lebte, folgte ihm auf Melians Geheiß, wenn er im Wald umherstreifte, und oft traf sie dort wie zufällig mit ihm zusammen. Von Nellas lernte er viel über die Eigenart des wilden Landes, und sie lehrte ihn Sindarin, wie es im alten Reich gesprochen wurde, urtümlicher, liebenswürdiger und reicher an prächtigen Wörtern.[6] Auf diese Weise hellte sich seine Stimmung für eine Weile auf, bis sie sich wieder verdüsterte und diese Freundschaft vorüberging wie ein Frühlingsmorgen. Nellas nämlich mied Menegroth und weigerte sich, jemals unter steinernen Dächern entlangzugehen. Als sich also seine Knabenzeit ihrem Ende näherte und seine Gedanken sich auf männliche Taten richteten, sah er sie immer seltener, und zum Schluß fragte er nicht mehr nach ihr. Doch wachte sie noch immer über ihn, wenn sie jetzt auch im Verborgenen blieb.[7]

Neun Jahre lebte Túrin in den Hallen Menegroths. Sein Sinnen und Trachten galt immer seiner Familie, und von Zeit zu Zeit erhielt er zu seinem Trost Nachrichten von daheim. Denn Thingol sandte, so oft er konnte, Boten zu Morwen, und sie wiederum ließ ihrem Sohn auf diesem Wege Nachrichten zukommen. So erfuhr er, daß seine Schwester Nienor zu einem schönen Mädchen heranwächst, einer Blume im grauen Norden, und daß Morwens Lage sich gebessert hatte. Túrin wuchs kräftig, bis er die Menschen an Körpergröße übertraf, und seine Kraft und Kühnheit waren im Reiche Thingols berühmt. In diesen Jahren eignete er sich viel Wissen an, indem er mit Fleiß den Schilderungen aus alten Zeiten zuhörte, er wurde nachdenklich und wortkarg. Beleg Langbogen kam oft nach Menegroth, um ihn zu besuchen, führte ihn tief in die Wildnis, wo er ihn das Holzschnitzen lehrte, das Bogenschießen und (was Túrin am meisten liebte) den Umgang mit dem Schwert. Im Handwerklichen war er freilich weniger geschickt, denn er unterschätzte seine eigene Kraft, und oft verdarb er sein Werk durch einen unüberlegten Hieb. Auch in anderen Belangen schien ihm das Glück nicht günstig, so daß seine Pläne oft scheiterten und er nicht erreichte, was er sich vorgenommen hatte. Auch Freundschaft schloß er nicht leicht, denn er war nicht heiter, lachte selten, und ein Schatten lag über seiner Jugend. Dennoch bezeugten ihm die, die ihn gut kannten, Liebe und Wertschätzung, und er wurde als Pflegesohn des Königs geehrt.

Doch einen gab es, der ihm dies neidete, je mehr, desto näher Túrin dem Mannesalter kam. Er hieß Saeros, und war der Sohn Ithilbors. Er gehörte zu den Nandor und war einer von denen, die, nachdem ihr Fürst Denethor in der ersten Schlacht Beleriands auf dem Amon Ereb gefallen war, in Doriath Zuflucht gesucht hatten. Die Nandor-Elben lebten zum größten Teil in Arthórien, zwischen Aros und Celon, und wanderten zuweilen über den Celon in die jenseitigen wilden Länder. Seit dem Durchzug der Edain durch Ossiriand und ihrer Niederlassung in Estolad waren sie diesen nicht freundlich gesinnt. Saeros freilich verbrachte die meiste Zeit in Menegroth und gewann die Achtung des Königs. Er war stolz und behandelte jedermann mit Hochmut, den er für niedriger gestellt und weniger würdig hielt als sich selbst. Er schloß Freundschaft mit Daeron, dem Sänger,[8] denn er beherrschte ebenfalls die Sangeskunst. Er empfand für Menschen keine Neigung, und schon gar nicht für jene, welche zum Geschlecht Beren Erchamions gehörten. »Ist es nicht merkwürdig«, sagte er, »daß dieses Land noch einem zweiten Angehörigen dieser unglücklichen Rasse geöffnet wurde? Hat nicht der andere schon genug Unheil in Doriath angerichtet?« Deshalb sah er Túrin scheel an, und über alles, was dieser tat, sagte er das Schlechteste, doch seine Worte waren doppeldeutig und seine Boshaftigkeiten verhüllt. Traf er mit Túrin allein zusammen, sprach er herablassend mit ihm und machte aus seiner Geringschätzung kein Hehl. Túrin wurde ihm gegenüber mißmutig, obgleich er bösen Worten lange Zeit mit Schweigen begegnete, denn Saeros genoß Ansehen beim Volk von Doriath und war Berater des Königs. Aber Túrins Schweigen mißfiel Saeros ebenso wie seine Worte.

In dem Jahr, in dem Túrin siebzehn Jahre alt war, wurde sein Schmerz aufs neue entfacht, denn zu dieser Zeit versiegten die Nachrichten aus seiner Heimat. Die Macht Morgoths war von Jahr zu Jahr gewachsen, und ganz Hithlum lag jetzt unter seinem Schatten. Ohne Zweifel wußte er viel über das Treiben von Húrins Familie und hatte sie eine

Zeitlang nicht behelligt, damit seine Pläne heranreifen konnten. Doch jetzt ließ er in Verfolgung seiner Ziele alle Pässe der Schattenberge streng überwachen, so daß niemand Hithlum verlassen oder hineingelangen konnte, außer unter größter Gefahr. Die Orks umschwärmten die Quellen von Narog und Teiglin und den Oberlauf des Sirion. Auf diese Weise ergab es sich, daß Thingols Boten nicht zurückkehrten, worauf er keine neuen aussandte. Er hatte Ausflügen über die bewachten Grenzen hinaus immer ablehnend gegenübergestanden, und nichts zeigte seinen Großmut gegenüber Túrin und dessen Familie besser, als daß er Männer seines Volkes über die gefährlichen Pfade zu Morwen nach Dor-lómin gesandt hatte.

Jetzt wurde Túrins Herz schwer, weil er nicht wußte, welches neue Unheil im Gange war, und er fürchtete, über Morwen und Nienor sei Schlimmes hereingebrochen. Viele Tage lang verharrte er schweigend und zerbrach sich den Kopf über den Untergang des Hauses Hador und der Menschen des Nordens. Dann erhob er sich und suchte Thingol auf. Er fand ihn mit Melian unter der Hírilorn sitzend, der gewaltigen Rotbuche Menegroths.

Thingol sah ihn erstaunt an, denn plötzlich erblickte er statt seines Pflegekindes einen Mann und einen Fremdling, großgewachsen, dunkelhaarig, aus dessen weißem Gesicht ihn unergründliche Augen anblickten. Alsdann bat Túrin Thingol um Panzer, Schwert und Schild und erhob jetzt Anspruch auf den Drachenhelm Dor-lómins. Der König gewährte ihm, was er verlangte, und sprach: »Ich werde dir einen Platz unter meinen Rittern des Schwerts zuweisen, denn das Schwert wird immer dein Wappen sein. Mit ihnen magst du dich in den Marken im Krieg erproben, wenn dies dein Begehr ist.«

Aber Túrin antwortete: »Mein Herz zieht mich mit Gewalt über die Grenzmarken Doriaths hinaus. Mich verlangt eher nach einem Angriff auf den Feind als nach der Verteidigung der Grenzen.«

»In diesem Falle mußt du allein gehen«, sagte Thingol darauf, »über die Teilnahme meines Volkes am Krieg mit Angband befinde ich, wie es mir die Klugheit gebietet, Túrin, Sohn Húrins. Soweit ich voraussehen kann, werde ich weder jetzt noch zu irgendeiner anderen Zeit eine Streitmacht aussenden.«

»Dennoch bist du frei, zu tun, was du willst«, sagte Melian. »Der

Gürtel Melians hindert niemanden zu gehen, der mit unserer Erlaubnis gekommen ist.«

»Falls ein kluger Rat dich nicht zurückhält«, sagte Thingol.

»Was rätst du mir, Herr?« fragte Túrin.

»Der Größe nach wirkst du wie ein Mann«, sagte Thingol, »aber dennoch hast du die volle männliche Reife, die notwendig ist, noch nicht erreicht. Wenn diese Zeit gekommen ist, dann kannst du vielleicht an deine Familie denken. Doch es gibt wenig Hoffnung, daß ein Mann allein mehr gegen den Fürsten der Finsternis tun kann, als den Elbenfürsten bei ihrem Abwehrkampf zu helfen, wie lange er auch dauern mag.«

»Beren, mein Blutsverwandter, hat mehr getan«, sagte Túrin darauf.

»Beren und Lúthien«, sagte Melian. »Aber du bist vermessen, so zum Vater Lúthiens zu sprechen. Für solche Höhen hat dich das Geschick nicht bestimmt, denke ich, Túrin, Morwens Sohn, obwohl dein Schicksal im Guten wie im Bösen mit dem des Elbenvolkes verflochten ist. Gib auf dich selbst acht, damit es nicht böse ausgeht.« Nach einer Weile des Schweigens wandte sie sich noch einmal an ihn und sagte: »Geh jetzt, Pflegesohn, und beachte den Rat des Königs. Doch ich glaube nicht, daß du lange bei uns in Doriath bleiben wirst, wenn du erst ein Mann geworden bist. Wenn du dich in den kommenden Tagen der Worte Melians erinnerst, bedenke, daß ich dein Bestes will. Fürchte beides: die Hitze wie die Kälte deines Herzens.«

Darauf verneigte sich Túrin und ging. Bald danach setzte er den Drachenhelm auf, nahm seine Waffen, begab sich in die nördlichen Marken und wurde unter die Elbenkrieger eingereiht, die dort einen immerwährenden Kampf gegen Orks und gegen alle Knechte und Kreaturen Morgoths führten. Auf diese Weise wurden, wo er doch kaum dem Knabenalter entwachsen war, seine Kraft und sein Mut erprobt. Eingedenk des Unrechts, das man seinem Geschlecht angetan hatte, tat er sich bei wagemutigen Unternehmungen stets hervor und empfing viele Wunden von Speeren, Pfeilen oder den gekrümmten Klingen der Orks. Doch sein Schicksal hielt den Tod von ihm fern. Durch die Wälder aber lief die Kunde und drang weit über Doriaths Grenzen hinaus, daß der Drachenhelm wieder aufgetaucht sei. Viele wunderten sich darüber und sagten: »Kann der Geist Hadors oder

Galdors des Langen von den Toten zurückgekehrt sein, oder ist Húrin aus Hithlum wahrhaftig den Fallgruben Angbands entflohen?«

Einer nur war zu dieser Zeit unter den Grenzwachen Thingols Túrin im Waffenhandwerk überlegen, und das war Beleg Cúthalion. Die beiden wurden Gefährten in jeder Gefahr, und sie drangen zusammen weit in die Tiefen der wilden Wälder vor.

So vergingen drei Jahre, und während dieser Zeit kam Túrin selten in Thingols Hallen. Er kümmerte sich nicht mehr um sein Äußeres und um seine Kleidung, sein Haar war zerzaust, und über seinem Panzer trug er einen grauen, wettergegerbten Umhang. Doch im dritten Sommer, als Túrin zwanzig Jahre alt war, traf es sich, daß ihn nach Ruhe verlangte, seine beschädigten Waffen eines Schmiedes bedurften und er deshalb eines Abends unerwartet nach Menegroth kam und in die Halle ging. Thingol war nicht anwesend, denn er und Melian ergingen sich im Wald, denn dort hielten sie sich im Hochsommer gern eine Zeitlang auf. Túrin strebte ahnungslos einem Sitzplatz zu, denn er war müde und in Gedanken verloren. Zum Unglück setzte er sich unter die Ältesten des Reiches an einen Tisch und auf einen Platz, auf dem gewöhnlich Saeros zu sitzen pflegte. Saeros, verspätet eintretend, glaubte, Túrin habe in der Absicht ihn zu kränken und im Übermut so gehandelt, und wurde wütend. Sein Zorn wurde noch dadurch gesteigert, als er feststellte, daß die dort Sitzenden Túrin deswegen nicht zurechtwiesen, sondern ihn in ihrer Mitte willkommen hießen.

Deshalb heuchelte er eine Weile Gleichmut, nahm einen anderen Platz ein und musterte Túrin über den Tisch hinweg. »Der Wächter der Mark beehrt uns selten mit seiner Gesellschaft«, sagte er, »und für den Vorzug, mit ihm sprechen zu dürfen, stelle ich ihm gern meinen angestammten Platz zur Verfügung.« In dieser Art sagte er manches zu Túrin, befragte ihn nach Neuigkeiten von den Grenzen und nach seinen Heldentaten in der Wildnis. Doch obwohl seine Worte ohne Falsch zu sein schienen, war der Spott in seiner Stimme nicht zu überhören. Danach wurde Túrin müde, er blickte in die Runde, und die Bitterkeit des Heimatlosen überkam ihn. Seine Gedanken wanderten weit weg vom Gelächter und all dem Licht in den Elben-Hallen zu Beleg, zu ihrem gemeinsamen Leben in den Wäldern und weiter zu

Morwen und seinem Vaterhaus in Dor-lómin. Diese trüben Gedanken ließen ihn die Stirn runzeln, und er gab Saeros keine Antwort. Darauf, im Glauben, das Stirnrunzeln beziehe sich auf ihn, hielt Saeros seinen Zorn nicht länger zurück. Er zog einen goldenen Kamm hervor, warf ihn vor Túrin auf den Tisch und sagte: »Ohne Zweifel, Mann aus Hithlum, bist du in Eile an diesen Tisch gekommen, und das mag deinen zerfetzten Mantel entschuldigen. Doch besteht kein Grund, dein Haar so ungepflegt zu lassen wie ein Gestrüpp von Brombeerranken. Außerdem würdest du vielleicht besser verstehen, was man dir sagt, wenn deine Ohren unbedeckt wären.«

Túrin entgegnete nichts, doch er richtete seine Augen auf Saeros, und auf ihrem dunklen Grunde begann ein Funken zu glimmen. Saeros jedoch beachtete diese Warnung nicht, erwiderte Túrins Blick voll Hohn und sagte, daß es alle hören konnten: »Wenn die Männer von Hithlum so wild und grausam sind, welcher Art mögen wohl die Frauen in diesem Lande sein? Laufen sie wie Tiere umher, nur mit ihren Haaren bekleidet?«

Darauf ergriff Túrin einen Trinkbecher und schleuderte ihn Saeros ins Gesicht, so daß dieser böse verletzt zu Boden fiel. Túrin zog sein Schwert, und er wäre auf ihn losgegangen, wenn ihn nicht der Jäger Mablung, der neben ihm saß, zurückgehalten hätte. Saeros erhob sich, spie Blut auf den Tisch und mühsam formte sein zerschlagener Mund die Worte: »Wie lange sollen wir diesen wilden Menschen aus den Wäldern beherbergen?[9] Wer vertritt hier heute abend das Recht. Schwer trifft das Gesetz des Königs jeden, der in dieser Halle seine Vasallen verletzt, und für den, der das Schwert zieht, ist Ächtung die geringste Strafe. Außerhalb der Halle könnte ich dir die gebührende Antwort erteilen, Mensch aus den Wäldern!«

Aber als Túrin das Blut auf dem Tisch sah, kehrte seine Beherrschung zurück, er befreite sich aus Mablungs Griff und verließ wortlos die Halle. Darauf sagte Mablung zu Saeros: »Welcher Teufel reitet dich heute abend? Du bist verantwortlich für diesen bösen Auftritt. Es kann sein, daß das königliche Gesetz befindet, daß ein zerschlagener Mund die verdiente Belohnung für deinen Spott gewesen ist.«

»Falls der Flegel Grund zur Klage hat, soll er sie vor das Gericht des Königs bringen«, antwortete Saeros. »Doch an diesem Ort aus einem solchen Anlaß das Schwert zu ziehen, ist nicht zu entschuldigen. Wenn der Mensch aus den Wäldern außerhalb der Halle das Schwert gegen mich zieht, werde ich ihn töten.«

»Das scheint mir nicht so gewiß«, sagte Mablung, »doch wenn einer von euch erschlagen werden sollte, wäre das eine schändliche Tat, die Angband mehr nützt als Doriath und die viel Böses nach sich ziehen wird. Mich dünkt, irgendein Schatten aus dem Norden hat sich heute abend auf uns gelegt. Gib acht, Saeros, Sohn Ithilbors, daß du in deinem Hochmut nicht zum Werkzeug Morgoths wirst. Und denke daran: Du bist einer der Eldar.«

»Ich vergesse es nicht«, erwiderte Saeros, doch mäßigte er seinen Zorn nicht, und im Laufe der Nacht, während er seine Wunde pflegte, wuchs sein Groll.

Am nächsten Morgen, als Túrin Menegroth verließ, um zu den nördlichen Marken zurückzukehren, lauerte Saeros ihm auf und stürmte schildbewehrt und mit gezogenem Schwert von hinten auf ihn los. Aber Túrin, in der Wildnis zur Wachsamkeit erzogen, erspähte ihn aus einem Augenwinkel, sprang beiseite, zog rasch sein Schwert und stellte sich dem Feind entgegen. »Morwen«, rief er, »jetzt soll dein Spötter für seinen Hohn bezahlen!« Er zerhieb Saeros' Schild, und dann gingen sie mit blitzenden Klingen aufeinander los. Doch Túrin war lange durch eine harte Schule gegangen, er war ebenso behende geworden wie jeder Elbe und kraftvoller dazu. So gewann er bald die Oberhand, und nachdem er Saeros' Schwertarm verwundet hatte, war dieser in seiner Gewalt. Darauf setzte er den Fuß auf das Schwert, das Saeros hatte fallen lassen, und sagte: »Saeros, du hast einen langen Lauf vor dir, und Kleider könnten dich dabei hindern. Deine Haare mögen dir genügen.« Und indem er ihn plötzlich zu Boden warf, entkleidete er ihn. Saeros spürte Túrins überlegene Kraft und fürchtete sich, doch Túrin ließ ihn aufstehen und rief: »Lauf! Lauf! Und wenn du nicht rennst, so schnell wie ein Hirsch, werde ich dich von hinten anspornen!« Saeros floh in die Wälder, wild um Hilfe rufend, doch Túrin folgte ihm wie ein Jagdhund. Mochte Saeros geradeaus rennen oder seitlich ausbrechen, immer war Túrins Schwert hinter ihm, um ihn anzutreiben.

Saeros' Schreie machten viele andere auf die Hetzjagd aufmerksam, und sie folgten ihr, doch nur die Schnellsten konnten es mit den beiden Läufern aufnehmen. Einer davon war Mablung. Dieser war sehr besorgt, und obwohl ihm Saeros' Spott bösartig erschienen war, glaubte er, daß »Niedertracht, die am Morgen erwacht, sich in Morgoths Freude verwandelt, wenn es Nacht wird«. Außerdem galt es als ein ernster Verstoß, jemandem aus Eigensinn Schande zuzufügen, ohne daß der Streit vor ein Gericht gebracht worden wäre. Zu dieser Zeit wußte niemand, daß Saeros Túrin zuerst und mit der Absicht, ihn zu töten, angegriffen hatte.

»Halt ein, Túrin!« schrie Mablung. »Alles ist ein Werk der Orks in den Wäldern!« Doch Túrin rief zurück: »Ork-Werke im Wald für Ork-Worte in der Halle!« und sprang erneut hinter Saeros her. Dieser, an jeder Hilfe verzweifelnd und im Glauben, der Tod sei ihm dicht auf den Fersen, rannte ungestüm weiter. Plötzlich kam er an eine Felskante, wo ein Zufluß des Esgalduin durch hohe Felsen in einen tiefen Spalt floß, der so breit war, daß ein Hirsch hätte hinübersetzen können. Von übergroßer Furcht getrieben, versuchte Saeros den Sprung, doch auf der anderen Seite des Spalts verlor er den festen Halt, aufschreiend fiel er zurück, und sein Körper wurde beim Aufprall auf einen großen Stein im Wasser zerschmettert. So endete sein Leben in Doriath, und Mandos würde ihn lange bei sich behalten.

Túrin blickte auf den im Fluß liegenden Leichnam hinab und dachte: »Unglücklicher Narr! Von hier aus hätte ich ihn nach Menegroth zurückgehen lassen. Nun hat er mir eine Schuld aufgeladen, die ich nicht verdient habe.« Er wandte sich um und sah finster Mablung und dessen Gefährten entgegen, die nun herbeikamen und neben ihm an der Felskante standen. Nach einem Schweigen sagte Mablung: »Wohlan! Kehre mit uns zurück, Túrin, denn der König muß über diese Vorfälle Gericht halten.« Doch Túrin erwiderte: »Wäre der König gerecht, würde er mich freisprechen. Aber war nicht dieser hier einer seiner Ratgeber? Warum sollte ein gerechter König ein böswilliges Herz einem Freund vorziehen? Ich schwöre seinem Gesetz und seinem Urteil ab.«

»Deine Worte sind unklug«, sagte Mablung, obwohl er insgeheim Mitleid mit Túrin empfand. »Du sollst nicht davonlaufen. Ich bitte dich, mit mir zurückzukehren, als ein Freund. Wenn der König die

Wahrheit erfährt, kannst du auf seine Verzeihung hoffen. Außerdem gibt es noch andere Zeugen.«

Aber Túrin war der Elben-Hallen überdrüssig, er fürchtete, man könne ihn zum Gefangenen machen, und er sagte zu Mablung: »Ich schlage dir deine Bitte ab. Um nichts in der Welt werde ich nach der Vergebung König Thingols streben. Ich werde dorthin gehen, wo sein Urteilsspruch mich nicht finden wird. Du hast nur zwei Möglichkeiten: Entweder du läßt mich unbehelligt gehen, oder du erschlägst mich, wenn eurem Gesetz dadurch Genüge getan ist. Um mich lebend in die Hände zu bekommen, seid ihr zu wenige.«

Seine Augen verrieten ihnen, daß er es ernst meinte, sie ließen ihn gehen, und Mablung sprach: »Ein Tod ist genug.«

»Ich habe ihn nicht gewollt«, sagte Túrin, »aber ich beklage ihn nicht. Möge Mandos ein gerechtes Urteil über Saeros sprechen. Sollte er jemals zu den Gefilden der Lebenden zurückkehren, möge er sich klüger zeigen. Lebt wohl!«

»Fahre dahin!« sagte Mablung. »Denn es ist dein Wille. Aber wenn du weiterhin so handelst, erwarte ich nichts Gutes. Ein Schatten liegt auf deinem Herzen. Wenn wir uns wiedertreffen, möge er, so hoffe ich, nicht dunkler geworden sein.«

Darauf erwiderte Túrin nichts, sondern verließ sie und ging rasch davon. Niemand wußte, wohin.

Es wird erzählt, daß, als Túrin nicht zu den nördlichen Marken zurückkehrte und man nichts von ihm hörte, Beleg Langbogen selbst nach Menegroth kam, um ihn dort zu suchen. Das Herz wurde ihm schwer, als er von Túrins Taten und von seiner Flucht erfuhr. Bald danach kehrten Thingol und Melian nach Menegroth zurück, denn der Sommer neigte sich seinem Ende zu. Als man dem König berichtete, was geschehen war, setzte er sich auf seinen Thron in der großen Halle, und alle Fürsten und Ratgeber Doriaths waren um ihn versammelt.

Darauf wurde alles untersucht und vorgetragen, auch jene letzten Worte, die Túrin bei seinem Weggang gesprochen hatte. Schließlich seufzte Thingol und sprach: »Wohlan! Wie konnte sich ein solcher Schatten in mein Reich einschleichen? Ich habe Saeros für verläßlich und klug gehalten. Aber wenn er noch lebte, würde er meinen Zorn zu spüren bekommen, denn sein Spott war niederträchtig, und ich gebe ihm die Schuld an allem, was in der Halle vorgefallen ist. Bis dahin vergebe ich Túrin. Daß er aber Schande über Saeros brachte und ihn zu Tode hetzte, ist ein Unrecht, das schwerer wiegt als die Kränkung, die er erfuhr. Diese Tat kann ich nicht ungesühnt lassen. Sie offenbart ein hartes und hochmütiges Herz.« Darauf verfiel er in Schweigen, doch schließlich sprach er betrübt weiter: »Er ist ein undankbarer Pflegesohn und ein Mensch, der sich über den Rang erhebt, der ihm zugewiesen ist. Wie soll ich jemanden beherbergen, der meiner selbst und meinem Gesetz spottet, oder jemandem verzeihen, der nicht bereuen will? Deshalb verbanne ich Túrin, Húrins Sohn, aus dem Königreich Doriath. Sollte er Zutritt zu Doriath suchen, soll er zu mir geführt werden, damit ich über ihn richte. Und solange er nicht zu meinen Füßen um Vergebung nachsucht, ist er mein Sohn nicht mehr. Falls irgend jemand diesen Spruch für ungerecht hält, möge er sprechen.«

Schweigen breitete sich darauf in der Halle aus, und Thingol hob die Hand, um seinen Schuldspruch feierlich zu verkünden. Doch in diesem Augenblick betrat Beleg eilig die Halle und rief: »Herr, darf ich noch etwas sagen?«

»Du kommst spät«, sagte Thingol. »Warst du nicht mit den anderen zusammen hergebeten?«

»Gewiß, Herr«, antwortete Beleg, »aber ich verlor Zeit, weil ich jemanden suchte, den ich kannte. Jetzt bringe ich im letzten Augenblick einen Zeugen, der gehört werden sollte, bevor du dein Urteil endgültig sprichst.«

»Alle sind vorgeladen worden, die etwas auszusagen hatten«, sagte der König. »Was kann dieser Zeuge jetzt noch Gewichtigeres vorbringen als jene, die ich bereits gehört habe?«

»Urteile selbst, wenn du gehört hast«, sagte Beleg. »Gewähre mir diese Gunst, wenn ich deine Gnade jemals verdient habe.«

»Ich gewähre sie dir«, erwiderte Thingol. Darauf ging Beleg hinaus und führte an seiner Hand Nellas in den Saal, das Mädchen, das in den Wäldern lebte und nie nach Menegroth kam. Sie fürchtete sich angesichts der gewaltigen Säulenhalle, des steinernen Daches und der vielen Augenpaare, die auf sie gerichtet waren. Als Thingol sie zu sprechen aufforderte, sagte sie: »Herr, ich saß in einem Baum.« Doch dann ließ die Ehrfurcht vor dem König ihre Stimme versagen, und sie konnte nicht weitersprechen. Darüber mußte der König lächeln, und er sagte: »Das haben andere auch schon getan, aber sie haben nicht das Bedürfnis verspürt, mir davon zu berichten.«

Das Lächeln des Königs machte Nellas Mut, und sie erwiderte: »So ist es. Sogar Lúthien! Und an sie dachte ich an jenem Morgen, und an Beren dachte ich, den Menschen.«

Thingol sagte nichts dazu, hörte auf zu lächeln und wartete, daß sie fortfahren würde.

»Túrin erinnerte mich an Beren«, sagte sie schließlich. »Sie sind miteinander verwandt, sagte man mir, und solche, die genau hinsehen, können ihre Verwandtschaft erkennen.«

Thingol wurde ungeduldig. »Mag sein«, sagte er. »Aber Túrin, Húrins Sohn, ist mit Spott von mir gegangen, und du wirst ihn nie mehr sehen, um über seine Abstammung nachzudenken. Denn nun will ich mein Urteil sprechen.«

»Hoher König!« rief sie daraufhin. »Habe Nachsicht mit mir, und laß mich erst sprechen. Ich saß in einem Baum, um Túrin fortgehen zu sehen. Und ich sah Saeros, wie er mit Schwert und Schild aus dem Wald kam und auf den ahnungslosen Túrin lossprang.«

Bei diesen Worten ging ein Raunen durch die Halle, und der König erhob die Hand und sagte: »Die Neuigkeiten, die du mich hören läßt, sind ernster als zu erwarten war. Doch was du jetzt sagst, wäge genau ab, denn dies ist ein Gerichtshof.«

»Das hat Beleg mir gesagt«, erwiderte sie. »Und nur deshalb habe ich es gewagt herzukommen, damit Túrin nicht zu Unrecht verurteilt werde. Er ist rauh, aber er ist auch barmherzig. Die beiden kämpften, bis Túrin Saeros seines Schwertes und seines Schildes beraubte, doch er erschlug ihn nicht. Deshalb glaube ich nicht, daß er Saeros' Tod wollte. Falls man diesem Schande antat, so hatte er sie verdient.«

»Das Urteil ist meine Sache«, entgegnete Thingol. »Doch was du berichtet hast, soll dabei den Ausschlag geben.« Dann befragte er Nellas eindringlich und wandte sich schließlich an Mablung. »Ich kann nicht verstehen«, sagte er, »daß Túrin dir von alldem nichts gesagt hat.«

»Aber er tat's nicht«, antwortete Mablung. »Hätte er's getan, wären meine Worte anders ausgefallen, die ich ihm bei unserer Trennung sagte.«

»Auch mein Urteil wird jetzt anders lauten«, sagte Thingol. »Hört denn! Eine derartige Schuld, wie man sie Túrin anlasten kann, vergebe ich ihm jetzt, denn man tat ihm Unrecht, und er wurde herausgefordert. Und weil es in der Tat, wie er sagte, ein Mitglied meines Rates war, das ihn so schlecht behandelt hat, braucht er nicht um Verzeihung nachzusuchen, sondern ich will sie ihm übermitteln, wo immer man ihn auch findet. Und ich werde ihn mit allen Ehren wieder in meine Halle aufnehmen.«

Als aber das Urteil gesprochen war, begann Nellas plötzlich zu weinen. »Wo sollen wir ihn finden«, schluchzte sie. »Er hat unser Land verlassen, und die Welt ist groß.«

»Man wird ihn suchen«, sagte Thingol und erhob sich. Beleg führte Nellas aus Menegroth fort und sagte zu ihr: »Weine nicht, denn wenn Túrin lebt oder sich noch außerhalb der Grenzen aufhält, werde ich ihn finden, selbst wenn alle anderen keinen Erfolg haben.«

Am nächsten Tag kam Beleg zu Thingol und Melian, und der König sagte zu ihm: »Gib mir einen Rat, Beleg, denn ich bin betrübt. Ich habe Túrin als meinen Sohn angenommen, und er soll es bleiben, es sei denn, Húrin käme aus dem Schattenland zurück und beanspruchte sein Fleisch und Blut. Ich möchte nicht, daß jemand behauptet, Túrin sei durch einen ungerechten Spruch in die Wildnis getrieben worden. Mit Freuden würde ich ihn wieder hier willkommen heißen, denn ich liebte ihn sehr.«

Und Beleg antwortete: »Ich werde nach Túrin suchen, bis ich ihn finde, und ich werde ihn nach Menegroth zurückbringen, denn auch ich liebe ihn.« Damit ging er fort. Und unter vielen Gefahren suchte er kreuz und quer in Beleriand nach einer Spur Túrins, aber vergeblich. Darüber vergingen der Winter und das folgende Frühjahr.

Nun wendet sich die Erzählung wieder Túrin zu. Dieser, im Glauben, er sei ein Geächteter, den der König verfolge, kehrte nicht zu Beleg in die nördlichen Marken von Doriath zurück, sondern wandte sich nach Westen. Heimlich verließ er das Land des Zauns und kam in die Waldgebiete südlich des Teiglin. Dort hatten vor der Nirnaeth viele Menschen in verstreuten Gehöften gewohnt. Zum größten Teil gehörten sie zu Haleths Volk, doch sie hatten keinen Herrn und lebten von der Jagd und von der Landwirtschaft. Sie mästeten Schweine, und in den Wäldern beackerten sie die Lichtungen, die sie mit Zäunen gegen das Wild schützten. Aber inzwischen waren die meisten von ihnen getötet worden oder nach Brethil geflohen; über der ganzen Gegend lastete die Furcht vor den Orks und vor den Geächteten. In jener Zeit des Untergangs irrten nämlich viele Menschen heimatlos umher: Überlebende der Schlacht und der Niederlagen, Flüchtlinge aus verwüsteten Landstrichen, und es waren auch einige darunter, die böseste Taten verübt hatten und deshalb in die Wildnis getrieben worden waren. Sie jagten und erbeuteten jegliche Nahrung, derer sie habhaft werden konnten, doch im Winter, wenn der Hunger sie plagte, fürchtete man sie wie die Wölfe. Diejenigen, die Haus und Hof noch immer verteidigten, nannten sie Gaurwaith, die Wolfsmänner. Ungefähr fünfzig dieser Männer hatten sich zu einer Bande zusammengeschlossen, die die Wälder jenseits der westlichen Marken Doriaths unsicher machte. Sie wurden kaum weniger gehaßt als die Orks, denn unter ihnen waren hartherzige Ausgestoßene, die Groll gegen ihre eigene Art in sich trugen. Der grausamste unter ihnen war ein Mann namens Andróg, der aus Dor-lómin fortgejagt worden war, weil er eine Frau erschlagen hatte; auch andere stammten von dort: Algund, der Älteste der Bande, der aus der Nirnaeth geflohen war; oder Forweg, wie er sich selbst nannte, der Anführer, ein großer, starker Mann mit hellem Haar und glitzernden unsteten Augen, der sich weit entfernt hatte von den ehrlichen Wegen der Edain aus Hadors Volk. Sie waren sehr wachsam, sandten, ob sie umherzogen oder lagerten, Kundschafter aus und stellten Wachen auf. Auf diese Weise wurden sie Túrin schnell gewahr, als er sich ihren Schlupfwinkeln näherte. Sie schlichen hinter ihm her, zogen einen Ring um ihn, und als er auf eine Lichtung in der Nähe eines Flusses trat, fand er sich plötzlich von Männern mit gespannten Bogen und gezückten Schwertern eingekreist.

Túrin blieb stehen, doch er zeigte keine Furcht. »Wer seid ihr?« fragte er. »Ich war der Meinung, nur Orks lauerten Menschen auf, doch ich sehe, daß ich mich geirrt habe.«

»Diesen Irrtum könntest du bereuen«, sagte Forweg, »denn dies sind unsere Schlupfwinkel, und wir erlauben anderen Menschen nicht, sie zu betreten. Wir nehmen ihr Leben als Pfand, damit sie sich freikaufen.«

Darüber lachte Túrin. »Von mir werdet ihr kein Lösegeld bekommen. Ich bin ein Ausgestoßener und Geächteter. Ihr könnt mich durchsuchen, wenn ich tot bin, aber es wird euch teuer zu stehen kommen, die Wahrheit meiner Worte nachzuprüfen!«

Dennoch schien ihm der Tod gewiß, denn viele Pfeile waren auf die Kerben gelegt und erwarteten den Befehl des Hauptmanns. Keinen der Feinde konnte er mit einem schnellen Sprung und gezücktem Schwert erreichen, doch am Flußufer sah Túrin vor seinen Füßen einige Steine. Plötzlich bückte er sich, und in diesem Augenblick ließ einer der Männer, durch Túrins Worte gereizt, den Pfeil von der Sehne schnellen. Doch er flog über Túrin hinweg, und aufspringend warf dieser mit großer Kraft und sicherer Hand einen Stein auf den Bogenschützen. Dieser fiel mit zertrümmertem Schädel zu Boden.

»Lebend könnte ich euch von größerem Nutzen sein und den Platz dieses unglücklichen Mannes einnehmen«, sagte Túrin, und sich an Forweg wendend fügte er hinzu: »Wenn du hier der Hauptmann bist, solltest du diesen Männern nicht erlauben, ohne Befehl zu schießen.«

»Ich habe es ihm nicht erlaubt«, antwortete Forweg, »aber er ist rasch genug dafür bestraft worden. Ich will dich an seiner Stelle aufnehmen, wenn du meine Befehle besser achtest.«

Darauf erhoben zwei der Geächteten ein Geschrei gegen ihren Anführer, von denen einer, Ulrad genannt, ein Freund des Getöteten war. »Eine merkwürdige Art, sich Zutritt zu einer Kameradschaft zu verschaffen«, sagte er, »indem man einen ihrer besten Männer tötet.«

»Ich bin herausgefordert worden«, gab Túrin zur Antwort, »aber kommt nur heran! Ich will es mit euch beiden aufnehmen, mit Waffen oder mit bloßen Händen. Dann werdet ihr sehen, daß ich geeignet bin, einen eurer besten Männer zu ersetzen.« Mit diesen Worten ging er kampfbereit auf sie zu, aber Ulrad zog sich zurück und wollte nicht kämpfen. Der zweite Mann warf seinen Bogen zu Boden und musterte Túrin von Kopf bis Fuß. Dieser Mann war Andróg aus Dor-lómin.

»Ich kann es mit dir nicht aufnehmen«, sagte er endlich kopfschüttelnd. »Ich denke, keiner von uns kann es. Für meinen Teil kannst du dich uns anschließen. Aber du hast etwas Rätselhaftes an dir. Du bist ein gefährlicher Mann. Wie heißt du?«

»Neithan, der Gekränkte, nenne ich mich«, sagte Túrin, und so wurde er später auch von den Geächteten genannt. Aber obwohl er ihnen erzählte, daß er eine Ungerechtigkeit erlitten hätte (und jedem, der dasselbe von sich behauptete, lieh er jederzeit bereitwillig sein Ohr), enthüllte er doch nichts weiter über sein Leben oder über seine Heimat. Doch es blieb ihnen nicht verborgen, daß er einem höheren Stand angehört hatte und von ihm herabgesunken war, und wenn er auch nichts als seine Waffen besaß, waren diese doch von Elbenschmieden gemacht. Bald gewann er ihre Achtung, denn er war stark und tapfer und fand sich in den Wäldern besser zurecht als sie. Sie vertrauten ihm, denn er war nicht habgierig und dachte kaum an sich selbst. Aber sie fürchteten ihn auch wegen seiner plötzlichen Wutausbrüche, die sie selten verstanden. Nach Doriath konnte er nicht zurückkehren, oder wollte es nicht, weil er stolz war; zu Nargothrond war nach dem Fall Felagunds niemandem der Zutritt erlaubt. Er mochte sich nicht dazu herablassen, zu dem niederen Volk Haleths nach Brethil zu gehen, und nach Dor-lómin wagte er sich nicht, denn es war völlig eingeschlossen, und ein einzelner Mann konnte in diesen Zeiten, wie er glaubte, nicht darauf hoffen, über die Pässe des Schattengebirges zu gelangen. Deshalb blieb Túrin bei den Geächteten, weil menschliche Gesellschaft die Mühsal des Lebens in den Wäldern leichter ertragen ließ. Weil er sein eigenes Leben führen wollte und er sich nicht an jedem ihrer Streifzüge beteiligen konnte, unternahm er wenig, um sie von bösen Taten abzuhalten. Doch manchmal erwachten Mitleid und Scham in ihm, und dann war er in seinem Zorn gefährlich. So lebte er bis zum Ende des Jahres, durchlitt Hunger und Not, bis die Zeit der Regung kam, der ein lieblicher Frühling folgte.

Wie schon erzählt wurde, gab es in den Wäldern südlich des Teiglin noch einige Gehöfte, auf denen zwar nur wenige, aber verwegene und wachsame Menschen lebten. Obwohl sie die Geächteten nicht im geringsten liebten und wenig Mitleid mit ihnen hatten, ließen sie ihnen im bitteren Winter dennoch Nahrung zukommen, indem sie diese an Orten niederlegten, die den Wolfsmännern bekannt waren. Auf diese Weise hofften sie Überfällen durch die Rotten der Hungernden zu entgehen. Aber von den Geächteten ernteten sie dafür weniger Dank als vom Wild und den Vögeln, und ihre Hunde und Zäune schützten sie besser. Jedes Gehöft verfügte nämlich über hohe Hecken, die das bebaute Land umgaben, jedes Haus hatte zudem Gräben und Palisaden, und von Haus zu Haus führten Pfade, über die die Menschen durch Hornsignale Hilfe und Unterstützung bei Gefahren herbeirufen konnten.

Mit dem Anbruch des Frühlings war es für die Wolfsmänner gefährlich, sich in der Nähe der Häuser der Waldmenschen herumzutreiben, die sich zusammentun und sie zu Tode hetzen konnten. Deshalb wunderte sich Túrin, daß Forweg seine Männer nicht in den Süden führte. Dort gab es nämlich keine Menschen mehr und deshalb mehr Nahrung und Kurzweil und keine Gefahr. Bald darauf vermißte er eines Tages Forweg und dessen Freund Andróg. Er fragte, wo sie sich aufhielten, doch seine Gefährten lachten.

»Unterwegs in eigenen Geschäften, glaube ich«, sagte Ulrad. »Sie werden bald zurück sein, und dann werden wir aufbrechen. In aller Eile vermutlich, denn wir können von Glück sagen, wenn ihnen der Bienenschwarm nicht auf den Fersen ist.«

Die Sonne schien, und die jungen Blätter waren grün. Der Anblick des verwahrlosten Lagers der Geächteten verdroß ihn, und Túrin wanderte allein tief in die Wälder. Gegen seinen Willen erinnerte er sich an das Verborgene Königreich, und ihm war, als höre er den Widerhall der Blumennamen Doriaths, gesprochen in einer alten, fast vergessenen Sprache. Doch plötzlich hörte er Schreie, und aus einem Haseldickicht rannte eine junge Frau hervor. Ihre Kleider waren von Dornen zerrissen, sie war in großer Angst, und strauchelnd fiel sie keuchend zu Boden. Sogleich sprang Túrin mit gezogenem Schwert in das Dickicht und hieb einen Mann nieder, der, die Frau verfolgend, durch die Zweige brach. Und im gleichen Augenblick, als er den Streich führte, sah er, daß dieser Mann Forweg war.

Aber als er noch dastand und verwundert auf das blutige Gras blickte, stürzte Andróg hinzu und blieb ebenso erstaunt stehen. »Eine böse Tat, Neithan«, sagte er und zog sein Schwert. Doch Túrin bezwang seinen Ärger und sagte ruhig zu Andróg: »Wo also sind die Orks? Hast du sie hinter dir gelassen, um der Frau zu helfen?«

»Orks?« fragte Andróg. »Narr! Nennst du dich nicht selbst einen Geächteten? Geächtete kennen kein Gesetz außer ihrem eigenen. Geh deine eigenen Wege, Neithan, und laß uns die unseren gehen.«

»Das will ich tun«, versetzte Túrin. »Aber heute haben sich unsere Wege gekreuzt. Du wirst diese Frau mir überlassen oder Forwegs Schicksal teilen.«

Andróg lachte. »Ich bin nicht darauf erpicht, mich allein mit dir zu messen. Aber unsere Kameraden könnten dir übelnehmen, daß du Forweg erschlagen hast.«

Die Frau stand auf und legte ihr Hand auf Túrins Arm. Sie sah auf das Blut, sie blickte Túrin an, und ihre Augen glänzten vor Freude. »Tötet ihn, Herr!« sagte sie. »Tötet auch ihn! Und dann kommt mit mir. Wenn ich meinem Vater Larnach ihre Köpfe bringe, wird er erfreut sein. Andere Männer hat er für zwei ›Wolfsköpfe‹ gut belohnt.«

Aber Túrin sagte zu Andróg: »Ist es weit bis zu ihrem Haus?«

»Ungefähr eine Meile«, antwortete dieser. »Ein umzäuntes Gehöft dort drüben. Sie trieb sich außerhalb herum.«

»Geh jetzt schnell«, sagte Túrin, sich wieder der Frau zuwendend. »Sage deinem Vater, er soll besser auf dich aufpassen. Aber die Köpfe meiner Kameraden werde ich ihm zu Gefallen nicht abschlagen noch irgend etwas anderes tun.«

Mit diesen Worten steckte er sein Schwert in die Scheide. »Komm!« sagte er zu Andróg. »Wenn du freilich deinen Hauptmann begraben willst, mußt du es selber tun. Aber beeile dich. Bald könnte sich großes Geschrei erheben. Bringe seine Waffen mit!« Dann ging er wortlos seines Weges. Andróg sah ihm nach und runzelte die Stirn, als grüble er über einem Rätsel.

Als Túrin zum Lager der Geächteten zurückkam, fand er sie unruhig und übel gelaunt, denn sie waren schon zu lange an einem Ort nahe den gut bewachten Gehöften gewesen, und sie murrten gegen Forweg. »Er spielt gefährliche Spiele auf unsere Kosten«, sagten sie. »Andere müssen für sein Vergnügen bezahlen.«

»Dann wählt einen neuen Hauptmann!« sagte Túrin, der vor ihnen stand. »Forweg kann euch nicht länger anführen, denn er ist tot.«

»Woher weißt du das?« fragte Ulrad. »Hast du beim selben Bienenstock Honig gesucht? Haben ihn die Bienen gestochen?«

»Nein«, erwiderte Túrin. »Ein Stich war genug. Ich habe ihn erschlagen. Aber Andróg habe ich verschont, und er wird bald hier sein.« Darauf erzählte er, was geschehen war, und tadelte alle Männer auf das Schärfste, die solche Taten begingen. Während er noch sprach, kam Andróg zurück und trug Forwegs Waffen. »Siehst du, Neithan!« rief er. »Es hat kein Geschrei gegeben. Vielleicht hofft sie, dich wiederzutreffen.«

»Wenn du deinen Scherz mit mir treibst«, sagte Túrin, »werde ich bedauern, daß ich ihr deinen Kopf verweigert habe. Jetzt erzähle deine Geschichte, und fasse dich kurz.«

Darauf erzählte Andróg wahrheitsgemäß, was vorgefallen war. »Ich möchte wissen«, sagte er, »was Neithan dort zu suchen hatte. Gewiß nicht das, was wir suchten. Als ich dazukam, hatte er Forweg schon erschlagen. Der Frau gefiel das wohl, sie bot an, mit ihm zu gehen, und bat um unsere Köpfe als Brautgeschenk. Doch er wollte sie nicht und schickte sie fort. Ich weiß nicht, warum er einen solchen Groll gegen den Hauptmann hatte. Er ließ mir den Kopf auf meinen Schultern, wofür ich dankbar bin, wenn ich es auch nicht ganz begreifen kann.«

»Ich bestreite hiermit, daß du zum Volk Hadors gehörst«, sagte Túrin, »du gehörst eher zu Uldor dem Verfluchten und solltest dich in Angband verdingen.« Dann wandte er sich an alle: »Aber jetzt hört mir zu! Ich stelle euch vor die Wahl, mich entweder an Forwegs Stelle zu eurem Anführer zu machen, oder mich ziehen zu lassen. Diese Kameradschaft soll jetzt unter meinem Befehl stehen, oder ich werde sie verlassen. Wenn ihr mich aber töten wollt, so fangt an! Ich werde gegen euch alle kämpfen, bis ich tot bin – oder ihr!«

Viele Männer griffen zu den Waffen, doch Andróg rief: »Nein! Der

Kopf, den er verschont hat, ist nicht ohne Verstand. Wenn wir miteinander kämpfen, wird mehr als einer umsonst sterben, bevor wir den besten Mann unter uns getötet haben.« Dann lachte er. »So wie es war, als er zu uns kam, so ist es jetzt wieder. Er tötet, um Platz zu schaffen. Hat es sich vorher bewährt, wird es das auch jetzt tun. Er könnte uns ein besseres Los bescheren, und wir brauchten nicht mehr um die Kehrichthaufen anderer Menschen herumzuschnüffeln.«

Algund der Alte sagte: »Er ist der beste Mann unter uns. Es gab eine Zeit, in der wir dasselbe getan hätten, wären wir mutig genug gewesen, doch wir haben sie vergessen. Er könnte uns am Ende nach Hause führen.«

Bei diesen Worten keimte in Túrin der Gedanke auf, daß er diese kleine Bande nutzen könnte, um sich eine eigene, freie Herrschaft zu errichten. Doch er blickte Algund und Andróg an und sagte: »Nach Hause, sagt ihr? Riesenhaft und kalt steht das Schattengebirge davor. Hinter ihm haust das Volk Uldors, und dahinter stehen die Armeen Angbands. Wenn euch das nicht entmutigt, euch siebenundsiebzig Männer, dann könnte ich euch heimführen. Aber wie weit werden wir kommen, bevor wir sterben?«

Alle schwiegen. Dann sprach Túrin weiter. »Nehmt ihr mich zu eurem Anführer? Dann werde ich euch von den Häusern der Menschen wegführen in die tiefe Wildnis. Vielleicht wird uns dort ein neues Glück beschieden sein, oder auch nicht. Zumindest werden wir dort lernen, unsere eigene Rasse weniger zu hassen.«

Darauf sammelten sich alle, die zum Volk Hadors gehörten, um ihn und machten ihn zu ihrem Anführer. Die übrigen, die weniger guten Willens waren, fügten sich. Und ohne weiteren Verzug führte sie Túrin aus diesem Land fort.[10]

Viele Boten waren von Thingol ausgesandt worden, um Túrin innerhalb Doriaths oder in den Ländern nahe seinen Grenzen zu suchen. Doch im Jahr seiner Flucht suchten sie vergeblich, denn niemand wußte oder ahnte, daß er sich bei den Geächteten aufhielt, den Feinden der Menschen. Als der Winter anbrach, kehrten die Boten zum König zurück, ausgenommen Beleg. Nachdem alle anderen die Suche beendet hatten, setzte er sie noch immer auf eigene Faust fort.

Aber in Dimbar und entlang der Nordmarken Doriaths hatten die Dinge eine üble Wendung genommen. In den Gefechten dort sah man den Drachenhelm nicht mehr, und auch der Langbogen wurde vermißt. Die Knechte Morgoths wurden ermutigt, ständig wuchs die Zahl, und ihr Wagemut nahm zu. Der Winter kam und ging, und im Frühling erneuerten sie ihren Angriff: Dimbar wurde überrannt, und die Menschen in Brethil gerieten in Angst, denn außer im Süden trieb das Böse jetzt an allen ihren Grenzen sein Unwesen.

Es war jetzt fast ein Jahr seit Túrins Flucht vergangen, und noch immer war Beleg auf der Suche nach ihm, und seine Hoffnung wurde immer geringer. Auf seiner Wanderung stieß er nach Norden zu den Teiglin-Stegen vor. Dort vernahm er die schlechte Nachricht vom erneuten Eindringen der Orks aus Taur-nu-Fuin, kehrte um und gelangte zufällig zu den Siedlungen der Waldmenschen, kurz nachdem Túrin diese Gegend verlassen hatte. Dort hörte er eine merkwürdige Geschichte, die sich die Leute erzählten. Ein großgewachsener, herrischer Mann, ein Elbenkrieger, wie manche sagten, sei in den Wäldern aufgetaucht, habe einen der Gaurwaiths erschlagen und die Tochter Larnachs gerettet, die von den Wolfsmännern verfolgt worden sei. »Er war sehr stolz«, erzählte Larnachs Tochter Beleg, »mit hellen Augen, die mir kaum einen Blick gönnten. Doch er nannte die Wolfsmänner seine Kameraden und weigerte sich, einen zweiten Mann zu töten, der dabei war. Dieser nannte ihn Neithan.«

»Kannst du dieses Rätsel lösen?« fragte Larnach den Elben.

»Ich kann's, fürwahr«, sagte Beleg. »Der Mann, von dem ihr sprecht, ist jemand, den ich suche.« Doch mehr von Túrin erzählte er den Waldmenschen nicht. Doch warnte er sie vor dem Unheil, das sich im Norden zusammenbraute. »Bald werden die Orks raubend und plündernd in dieses Land einfallen, und ihre Zahl wird so groß sein, daß ihr ihnen nicht werdet widerstehen können«, sagte er zu ihnen. »In diesem Jahr ist es soweit: Ihr müßt entweder eure Freiheit aufgeben oder euer Leben. Geht nach Brethil, ehe es zu spät ist.«

Dann machte er sich eilig auf den Weg, suchte nach den Lagerplätzen der Geächteten und nach Spuren, aus denen er erkennen konnte, wohin sie gezogen waren. Zwar fand er bald Spuren, doch Túrin hatte bereits mehrere Tage Vorsprung und zog rasch weiter. Er fürchtete die

Verfolgung der Waldmenschen, und er wandte alle Kunstgriffe an, die er kannte, um jemanden, der ihm folgte, zu täuschen und irrezuführen. Nur selten blieben sie länger als zwei Tage an einem Lagerplatz, und ob sie unterwegs waren oder rasteten, sie hinterließen nur wenige Spuren. So geschah es, daß sogar Beleg sie vergeblich jagte. Spuren, die er deuten konnte, oder Gerüchte, die er von Leuten hörte, die durch die Wildnis streiften, halfen ihm und ließen ihn oft dicht an die Geächteten herankommen. Doch immer war ihr Lager schon verlassen, wenn er es erreichte, denn sie hatten Tag und Nacht Wachen aufgestellt, und beim geringsten sich nähernden Geräusch waren sie auf und davon. »Potztausend!« rief er aus. »Allzu gut habe ich dieses Menschenkind die Kniffe gelehrt, sich in Wald und Feld zu bewegen! Man könnte fast glauben, es handle sich um eine Schar von Elben!« Doch die Geächteten ihrerseits wurden gewahr, daß ihnen ein unermüdlicher Verfolger auf den Fersen war, den sie zwar nicht zu Gesicht bekamen, den sie aber dennoch nicht abschütteln konnten; sie begannen sich unbehaglich zu fühlen.[11]

Nicht lange danach überschritten, wie Beleg befürchtet hatte, die Orks die Brithiach, und während ihnen Handir aus Brethil mit allen Streitkräften, die er aufbringen konnte, Widerstand leistete, drangen sie auf der Suche nach Beute über die Teiglin-Stege nach Süden vor. Viele der Waldmenschen waren Belegs Rat gefolgt und hatten ihre Frauen und Kinder nach Brethil gesandt, mit der Bitte, ihnen Zuflucht zu gewähren. Dieser Trupp und seine Eskorte passierte die Teiglin-Stege rechtzeitig und entkam. Die nachfolgenden bewaffneten Männer jedoch trafen auf die Orks und wurden besiegt. Einigen gelang es, sich durchzukämpfen und nach Brethil zu gelangen, doch viele andere wurden getötet oder gefangengenommen. Die Orks zogen weiter zu den Siedlungen, plünderten sie und setzten sie in Brand. Danach wandten sie sich plötzlich nach Westen und suchten die Straße, denn jetzt wollten sie so schnell wie möglich mit der Beute und den Gefangenen in den Norden zurückkehren.

Aber die Kundschafter der Geächteten hatten sie bald ausgemacht. Die Gefangenen erweckten kaum ihr Interesse, doch das geplünderte Gut der Waldmenschen stachelte ihre Habgier an. Túrin erschien es gefährlich, den Orks offen entgegenzutreten, bevor er nicht ihre Anzahl kannte. Aber die übrigen Geächteten wollten nicht auf ihn hören, denn für das Leben in der Wildnis ermangelten ihnen viele notwendige Dinge, und sie begannen bereits zu bedauern, daß sie ihn zum Anführer gemacht hatten. Deshalb brach Túrin mit einem Gefährten namens Orleg auf, um die Orks auszukundschaften. Er übertrug Andróg das Kommando und schärfte ihnen ein, während seiner Abwesenheit dicht zusammenzubleiben und sich gut versteckt zu halten.

Nun war zwar das Heer der Orks weit größer als der Trupp der Geächteten, doch es befand sich in einem Land, das Orks selten zu betreten gewagt hatten. Außerdem wußten sie, daß sich jenseits der Straße die Talath Dirnen, die Bewachte Ebene, erstreckte, auf der Kundschafter und Späher aus Nargothrond Wache hielten. Da sie die Gefahr fürchteten, waren sie sehr vorsichtig, und auf jeder Seite des marschierenden Heerwurms schlichen ihre Kundschafter durch die Bäume. So geschah es, daß Túrin und Orleg entdeckt wurden, denn sie wurden von drei Kundschaftern aufgestöbert, als sie in einem Versteck lagen. Und obwohl sie zwei davon erschlugen, entkam der dritte und schrie davonrennend: *Golug! Golug!* Mit diesem Namen bezeichneten sie die Noldor. Im Nu wimmelte es im Wald von Orks, die sich geräuschlos verteilten und das Gelände nach allen Richtungen durchkämmten. Als Túrin erkannte, daß sie kaum Hoffnung hatten, zu entkommen, entschloß er sich, sie zu täuschen und zumindest vom Lagerplatz seiner Männer wegzulocken. Aus dem *Golug*-Geschrei schloß er, daß sie die Kundschafter aus Nargothrond fürchteten, und deshalb floh er mit Orleg nach Westen. Die Verfolger waren ihnen dicht auf den Fersen, und obwohl sie alle Kniffe und Listen anwandten, wurden sie schließlich aus dem Wald herausgetrieben. Sogleich wurden sie erspäht, und beim Versuch, die Straße zu überqueren, wurde Orleg von einem Pfeil tödlich getroffen. Túrin jedoch rettete sein Elbenpanzer das Leben, und er entkam in die Wildnis jenseits der Straße. Durch seine Schnelligkeit und Geschicklichkeit entzog er sich den Feinden und floh tief in das Land, in dem er sich nicht auskannte. Die Orks, die fürchteten, die Elben von Nargothrond könnten auf sie aufmerksam werden, erschlugen daraufhin ihre Gefangenen und zogen eilig in nördlicher Richtung davon.

Als nunmehr drei Tage verstrichen waren und Túrin und Orleg dennoch nicht zurückkehrten, wollten einige der Geächteten die Höhle verlassen, in der sie sich versteckt hielten, doch Andróg sprach sich dagegen aus. Während sie noch darüber stritten, stand plötzlich eine graue Gestalt vor ihnen. Es war Beleg, der sie schließlich gefunden hatte. Er trat ein ohne Waffen in den Händen, die er ihnen geöffnet entgegenstreckte. Doch sie sprangen erschreckt auf, und Andróg, sich Beleg von hinten nähernd, warf eine Schlinge über ihn, so daß seine Arme gefesselt wurden.

»Wenn ihr keine Gäste wünscht, solltet ihr besser Wache halten«, sagte Beleg. »Warum heißt ihr mich so willkommen? Ich komme als Freund, und ich suche einen Freund, den ihr Neithan nennt, wie ich hörte.«

»Er ist nicht da«, sagte Ulrad. »Wie kannst du diesen Namen kennen, wenn du uns nicht lange gefolgt bist?«

»Er hat uns lange ausgekundschaftet«, sagte Andróg. »Er ist der Schatten, der uns auf den Fersen war. Jetzt werden wir vielleicht seine wahren Absichten erfahren.« Dann befahl er, Beleg an einen Baum neben der Höhle zu binden, und als er an Händen und Füßen schmerzhaft gefesselt war, verhörten sie ihn. Doch auf alle ihre Fragen gab Beleg nur die eine Antwort: »Seit ich ihn zum ersten Mal in den Wäldern traf, bin ich ein Freund Neithans gewesen, und er war damals noch ein Kind. Ich suche ihn aus Freundschaft und um ihm gute Nachrichten zu bringen.«

»Laßt ihn uns töten und uns von seiner Schnüffelei befreien«, sagte Andróg zornig und warf, da er ein Bogenschütze war, begehrliche Blicke auf Belegs großen Bogen. Aber einige weniger Verdorbene wandten sich dagegen, und Algund sagte zu ihm: »Der Hauptmann könnte doch noch zurückkehren, und dann wirst du es bereuen, wenn er erfährt, daß er durch dich plötzlich einen Freund verloren hat, der ihm gute Nachrichten bringen wollte.«

»Ich glaube der Geschichte dieses Elben nicht«, sagte Andróg. »Er ist ein Spion des Königs von Doriath. Aber wenn er wirklich irgendwelche Nachrichten hat, soll er sie uns mitteilen. Dann werden wir darüber entscheiden, ob sie wichtig genug sind, um ihn leben zu lassen.«

»Ich werde auf euren Hauptmann warten«, sagte Beleg.

»Du wirst so lange hier stehenbleiben, bis du sprichst«, entgegnete Andróg. Auf seinen Befehl ließen sie ihn an den Baum gebunden und ohne Nahrung und Wasser stehen, während sie selbst in der Nähe saßen und aßen und tranken. Doch Beleg sagte kein Wort mehr.

Als auf diese Weise zwei Tage und zwei Nächte vergangen waren, wurden sie ärgerlich, bekamen Angst und gerieten in Aufbruchsstimmung; die meisten waren jetzt dazu bereit, den Elben zu töten. Als die Nacht hereinbrach, waren alle um ihn versammelt, und Ulrad brachte eine Fackel herbei, die er an dem kleinen Feuer, das am Höhleneingang brannte, entzündet hatte. Doch in diesem Augenblick kehrte Túrin zurück. Nach seiner Gewohnheit war er geräuschlos gekommen, stand im Schatten außerhalb des Kreises der Männer und erblickte im Schein der Fackel Belegs abgezehrtes Gesicht.

Er stand wie vom Donner gerührt, und wie wenn Eis plötzlich schmilzt, schossen ihm Tränen in die Augen, die er lange nicht mehr vergossen hatte. Er sprang hervor und eilte auf den Baum zu. »Beleg! Beleg!« schrie er. »Wie bist du hierher gekommen? Und warum bist du gefesselt?« Im Nu durchschnitt er die Fesseln seines Freundes, und Beleg fiel nach vorn in seine Arme.

Als Túrin hörte, was die Männer erzählten, überkamen ihn Zorn und Schmerz, doch zuerst kümmerte er sich um Beleg. Während er ihn mit all seiner Geschicklichkeit pflegte, überdachte er sein Leben in den Wäldern, und er wurde zornig über sich selbst. Oft waren nämlich Fremde getötet worden, wenn sie nahe der Lager der Geächteten ergriffen wurden, oder man hatte ihnen aufgelauert und sie überfallen, ohne daß er es verhindert hätte. Oft hatte er selbst böse Worte über König Thingol und die Grau-Elben gesagt, und er trug seinen Teil der Schuld daran, daß man sie als Feinde behandelte. Von Bitterkeit übermannt, wandte er sich an die Männer: »Ihr wart grausam«, sagte er, »grundlos grausam. Niemals bis heute haben wir einen Gefangenen gefoltert. Doch das Leben, wie wir es führen, hat uns dahin gebracht, uns zu verhalten wie Orks. Gesetzlos und sinnlos sind alle unsere Handlungen gewesen, sie haben uns nur selbst genützt und den Haß in unseren Herzen genährt.«

Aber Andróg sagte darauf: »An wen sonst sollen wir denken, außer an uns selbst? Wen sollen wir lieben, wenn uns alle hassen?«

»Zumindest werde ich meine Hand nicht mehr gegen Elben und Menschen erheben«, sagte Túrin. »Angband hat Helfershelfer genug. Wenn andere dieses Versprechen nicht ebenfalls geben wollen, werde ich allein weiterziehen.«

Darauf öffnete Beleg die Augen und hob den Kopf. »Nicht allein!« sagte er. »Jetzt kann ich endlich meine Nachricht überbringen. Du bist kein Geächteter, und Neithan ist kein zutreffender Name. Ein Jahr lang bist du gesucht worden, um dir deine Ehre wiederzugeben und dich heimzuholen in den Dienst des Königs. Man vermißt den Drachenhelm schon lange.«

Aber Túrin zeigte keine Freude über diese Neuigkeit und saß lange schweigend da, denn bei Belegs Worten überfiel ihn erneut Düsterkeit. »Lasse diese Nacht vorübergehen«, sagte er endlich. »Dann werde ich meine Entscheidung treffen. Wie auch immer sie ausfällt, morgen müssen wir dieses Lager verlassen. Nicht alle, die nach uns suchen, sind uns wohlgesinnt.«

»Nein, niemand ist es«, fügte Andróg hinzu und warf einen bösen Blick auf Beleg.

Am Morgen nahm Beleg, dessen Schmerzen schnell abgeklungen waren, Túrin beiseite und sprach mit ihm in der alten Elbensprache.

»Ich habe bei dir mehr Freude über meine Nachricht erwartet«, sagte er. »Jetzt willst du sicherlich nach Doriath zurückkehren?« Und er suchte auf jede mögliche Weise Túrin zur Heimkehr zu bewegen, doch je mehr er in ihn drang, desto mehr zauderte Túrin. Nichtsdestoweniger befragte er Beleg eingehend nach Thingols Urteil. Darauf berichtete ihm Beleg alles, was er wußte. Schließlich sagte Túrin: »Dann hat sich Mablung als der Freund erwiesen, der er einst zu sein schien?«

»Eher als ein Freund der Wahrheit«, entgegnete Beleg. »Und das war am Ende das Beste. Aber warum, Túrin, hast du ihm nicht erzählt, daß Saeros dich überfallen hat? Alles hätte einen anderen Verlauf genommen.« Mit einem Seitenblick auf die Männer, die in der Nähe des Höhleneingangs herumlungerten, fügte er hinzu: »Und du hättest deinen Helm weiterhin in Ehren tragen können und wärst nicht so tief gesunken.«

»Kann sein, wenn du es ein Absinken nennst«, erwiderte Túrin. »Kann sein. Aber so ging es nun einmal, und die Worte blieben mir im Halse stecken. Ohne daß er mich fragte, war in Mablungs Augen ein Vorwurf wegen einer Tat, die ich nicht begangen hatte. Wie der Elbenkönig sagte: Mein Menschenherz war stolz. Und stolz ist es noch immer, Beleg Cúthalion. Es kann noch nicht ertragen, nach Menegroth heimzukehren und dort die mitleidigen und entschuldigenden Blicke zu spüren, wie man sie einem unartigen Kind zuwirft, das sich gebessert hat. Ich bin kein Knabe mehr, sondern ein Mann gemäß meiner Art. Das Schicksal hat mich hart gemacht.«

Diese Worte betrübten Beleg.

»Was also willst du tun?« fragte er.

»Frei leben«, gab Túrin zur Antwort. »Eben dieses wünschte mir Mablung, als wir uns trennten. Ich denke, die Gnade Thingols wird nicht so weit reichen, um diese Gefährten meines Falls mit einzuschließen. Ich aber will mich jetzt nicht von ihnen trennen, falls sie bei mir bleiben wollen. Ich habe sie auf meine Weise gern, ein wenig sogar die Verworfensten unter ihnen. Sie sind Menschen wie ich, und in jedem von ihnen schlummert etwas Gutes, das wachsen kann. Ich glaube, daß sie bei mir bleiben wollen.«

»Du siehst sie mit anderen Augen als ich«, sagte Beleg. »Wenn du versuchst, sie vom Bösen abzubringen, werden sie dich enttäuschen; vor allem einer von ihnen.«

»Wie kann ein Elbe über Menschen urteilen?« fragte Túrin.

»So wie er über alle Taten urteilt, wer sie auch immer begangen hat«, erwiderte Beleg, doch mehr sagte er nicht und schwieg über Andrógs Bösartigkeit, der er seine üble Behandlung in erster Linie verdankte. Da er Túrins Gemütszustand durchschaute, fürchtete er, dieser werde ihm nicht glauben. Er fürchtete auch, ihre alte Freundschaft zu verletzen und Túrin auf seinen bösen Weg zurückzutreiben.

»Ein freies Leben, sagtest du, Túrin, mein Freund«, fuhr er fort. »Was verstehst du darunter?«

»Über meine eigenen Männer zu befehlen und auf meine Weise Krieg zu führen«, gab Túrin zur Antwort. »Aber zumindest was den Krieg betrifft, hat meine Meinung sich geändert: Ich bereue jeden Schwertstreich, außer denen, die gegen den Feind der Elben und

Menschen geführt wurden. Aber vor allem anderen wollte ich, du wärst an meiner Seite. Bleib bei mir!«

»Wenn ich bei dir bliebe, würde ich der Freundschaft gehorchen und nicht der Klugheit«, sagte Beleg. »Mein Herz sagt mir, daß es besser wäre, wir kehrten nach Doriath zurück.«

»Trotzdem, ich werde nicht dorthin gehen«, sagte Túrin.

Darauf bemühte Beleg sich noch einmal, ihn zu überreden, in den Dienst König Thingols zurückzukehren. Er sprach davon, wie sehr man seiner Kraft und seines Mutes in den Nordmarken Doriaths bedürfe, berichtete vom neuerlichen Einfall der Orks, die aus Taur-nu-Fuin über den Paß von Anach nach Dimbar hinuntergekommen seien. Aber alle seine Worte waren vergeblich, so daß er schließlich sagte: »Du hast dich selbst einen harten Mann genannt, Túrin. In der Tat: Du bist hart und verstockt. Jetzt bin ich an der Reihe: Wenn du den Langbogen wirklich an deiner Seite haben willst, suche ihn in Dimbar, denn dorthin werde ich zurückkehren.«

Darauf verfiel Túrin in Schweigen, kämpfte mit seinem Stolz, der ihm die Rückkehr verbot, und ließ die Jahre an sich vorüberziehen, die hinter ihm lagen. Mitten aus dem Grübeln heraus sagte er plötzlich zu Beleg: »Dem Elbenmädchen, das du erwähnt hast, habe ich wegen seiner rechtzeitigen Aussage viel zu verdanken, doch ich kann mich nicht an sie erinnern. Warum hat sie mich beobachtet?«

Beleg blickte ihn befremdet an: »Warum wohl?« sagte er. »Túrin, hast du während der ganzen Zeit mit deinem Herzen und der Hälfte deines Gedächtnisses weit weg gelebt? Du bist mit Nellas durch die Wälder Doriaths gestreift, als du ein Knabe warst!«

»Das ist lange her«, erwiderte Túrin. »Auch meine Kindheit, wie mir nun scheint, liegt weit zurück, und ein Schleier bedeckt sie, ausgenommen die Erinnerung an mein Vaterhaus in Dor-lómin. Aber warum hätte ich mit einem Elbenmädchen umherziehen sollen?«

»Vielleicht um zu lernen, was sie dir beibringen konnte«, sagte Beleg. »Nun denn, Kind der Menschen, es gibt in Mittelerde noch anderes Leid als das deine und Wunden, die nicht von Waffen herrühren. Wahrlich, ich beginne zu glauben, daß Elben und Menschen sich nicht begegnen oder sich miteinander abgeben sollten.«

Túrin schwieg, doch lange betrachtete er Belegs Gesicht, als sei darin die Lösung seiner rätselhaften Worte zu lesen. Nellas aus Doriath jedoch sah ihn niemals wieder, und seine Gestalt verflüchtigte sich vor ihr.[12]

Von Mîm, dem Zwerg

Nachdem Beleg fortgegangen war (dies war im zweiten Sommer nach Túrins Flucht aus Doriath),[13] kamen für die Geächteten schlechte Zeiten. Der Jahreszeit unangemessen begann es zu regnen, und in größerer Zahl als zuvor kamen Orks aus dem Norden und entlang der alten Südstraße herbei und sorgten für Unruhe an den Westgrenzen Doriaths. Es gab dort wenig Sicherheit und Ruhe, und die Geächteten waren viel öfter Gejagte als Jäger.

Eines Nachts, als sie halb schlummernd und ohne Feuer in der Dunkelheit lagen, überdachte Túrin sein Leben, und es schien ihm, als könne er ihm eine Wendung zum Besseren geben. »Ich muß irgendeine sichere Zuflucht finden«, dachte er, »und Vorbereitungen gegen Winter und Hunger treffen«; und am nächsten Tag führte er seine Männer weit fort, weiter als sie sich bisher vom Teiglin und den Marken Doriaths entfernt hatten. Nachdem sie drei Tage lang gewandert waren, machten sie am westlichen Rand der Wälder im Tal des Sirion halt. Dort, wo das Land zu den Moorgebieten aufzusteigen begann, war es trockener und kahler.

Bald danach, als das graue Licht eines regnerischen Tages verblaßte, geschah es, daß Túrin und seine Männer in einem Dickicht von Hulstbäumen Schutz suchten; dahinter erstreckte sich eine baumlose Fläche, auf der viele große Steine in ungeordneten Haufen beisammenlagen. Es war still, nur der Regen tropfte von den Blättern. Plötzlich stieß eine der Wachen einen Ruf aus, und aufspringend sahen sie drei grauvermummte Gestalten, die sich verstohlen zwischen den Steinen zu schaffen machten. Jede war mit einem großen Sack beladen, bewegte sich aber dennoch schnell.

Túrin schrie ihnen zu, stehenzubleiben, und seine Männer rannten wie Jagdhunde auf sie los; aber sie setzten ihren Weg fort, und obwohl Andróg Pfeile auf sie abschoß, verschwanden sie in der Dämmerung. Einer blieb zurück, weil er ein schlechter Läufer oder schwerer beladen war, und wurde rasch gepackt und niedergeworfen. Obwohl er um sich schlug und biß wie ein Tier, hielten viele kräftige Hände ihn am Boden fest. Doch Túrin kam hinzu und schalt seine Männer. »Was habt ihr da?« fragte er. »Warum so grob? Er ist alt und schmächtig. Was ist gefährlich an ihm?«

»Er beißt«, sagte Andróg und zeigte seine blutende Hand. »Es ist ein Ork oder einer aus ihrer Sippe. Tötet ihn!«

»Er verdient nichts Besseres«, sagte ein anderer, der den Sack geöffnet hatte, »denn er hat unsere Hoffnungen enttäuscht: nichts als Wurzeln und kleine Steine.«

»Nein«, sagte Túrin, »seht den Bart. Ich glaube, es ist nur ein Zwerg. Laßt ihn aufstehen und sprechen.«

Auf diese Weise geriet Mîm in die Geschichte von den Kindern Húrins. Mühsam richtete er sich auf, kniete zu Túrins Füßen und bat um sein Leben. »Ich bin alt«, sagte er, »und arm. Ich bin nur ein Zwerg, wie du gesagt hast, und kein Ork. Mein Name ist Mîm. Lasse mich nicht grundlos töten, Herr, wie die Orks es tun würden.«

Túrin empfand Mitleid mit ihm, doch er sagte: »Arm scheinst du zu sein, Mîm, obgleich mich dies bei einem Zwerg wundert. Doch ich denke, wir sind noch ärmer: heimatlose Menschen ohne Freunde. Wenn ich dir sagte, daß wir niemanden aus Mitleid verschonen, wenn wir in großer Not sind, was würdest du uns anbieten, um dich freizukaufen?«

»Ich weiß nicht, was du verlangst, Herr«, sagte Mîm vorsichtig.

»Im Augenblick wenig genug!« sagte Túrin und sah ihn verbittert an, während ihm der Regen in die Augen lief. »Einen sicheren Platz zum Schlafen außerhalb der nassen Wälder. Ohne Zweifel nennst du einen solchen Platz dein eigen?«

»Ich habe einen solchen Platz«, erwiderte Mîm, »aber ich kann ihn als Auslöse nicht hergeben. Ich bin zu alt, um unter offenem Himmel zu leben.«

»Du brauchst dich um dein Alter nicht zu sorgen«, sagte Andróg und trat vor, in der unverwundeten Hand ein Messer. »Ich kann dir diese Sorge abnehmen.«

»Herr!« schrie Mîm darauf in großer Angst. »Wenn ich mein Leben verliere, verliert ihr auch euren Unterschlupf, denn ohne mich werdet ihr ihn nicht finden. Ich kann ihn euch nicht überlassen, aber ich will ihn mit euch teilen. Es ist jetzt mehr Platz darin als früher, denn viele haben uns für immer verlassen.« Und er begann zu weinen.

»Dein Leben sei dir geschenkt, Mîm«, sagte Túrin.

»Zumindest bis wir zu seinem Schlupfwinkel kommen«, sagte Andróg.

Doch Túrin wandte sich an ihn und sagte: »Wenn uns Mîm ohne Betrug zu seiner Wohnung bringt und diese für uns geeignet ist, dann hat er sein Leben freigekauft. Und er soll von keinem Mann getötet werden, der zu mir gehört. Das schwöre ich.«

Darauf umklammerte Mîm Túrins Knie und sagte: »Mîm wird dein Freund sein, Herr. Zuerst dachte ich, du seist ein Elbe, wegen deiner Sprache und deiner Stimme. Aber wenn du ein Mensch bist, ist es besser. Mîm liebt die Elben nicht.«

»Wo ist deine Wohnung?« fragte Andróg. »Sie muß wirklich vortrefflich sein, wenn Andróg sie schon mit einem Zwerg teilen muß. Andróg mag nämlich keine Zwerge. Von dieser Rasse aus dem Osten sind meinem Volk nur wenige gute Geschichten zu Ohren gekommen.«

»Urteile über mein Heim, wenn du es siehst«, erwiderte Mîm. »Aber auf dem Weg dorthin werdet ihr Licht brauchen, ihr Stolper-Menschen. Ich werde rechtzeitig zurück sein und euch führen.«

»Nein, nein!« sagte Andróg. »Das wirst du nicht erlauben, nicht wahr, Hauptmann? Du würdest den alten Halunken niemals wiedersehen.«

»Es wird dunkel«, sagte Túrin. »Er soll uns ein Pfand dalassen. Sollen wir deinen Sack und seinen Inhalt hierbehalten, Mîm?«

Aber als er dies hörte, fiel der Zwerg mit kummervoller Miene erneut auf die Knie.

»Wenn Mîm vorhätte, nicht zurückzukommen, würde er dann wegen eines Sackes mit alten Wurzeln zurückkommen?« sagte er. »Ich werde zurückkommen. Laß mich gehen!«

»Das werde ich nicht tun«, antwortete Túrin. »Wenn du dich von deinem Sack nicht trennen willst, mußt du bei ihm bleiben. Eine Nacht unter Blättern wird vielleicht dein Mitleid mit uns wecken.« Doch

Túrin und auch andere Männer bemerkten, daß für den Zwerg der Inhalt des Sackes wertvoller war, als er es auf den ersten Blick zu sein schien.

Sie führten den alten Zwerg zu ihrem armseligen Lager, und während er ging, murmelte er in einer fremdartigen, rauhen Sprache vor sich hin, die ein uralter Haß mißtönend zu machen schien. Als sie ihm jedoch die Beine fesselten, verstummte er plötzlich. Diejenigen, welche Wache hielten, sahen ihn die ganze Nacht wie einen Stein still und stumm dahocken. Nur seine schlaflosen Augen glitzerten, wenn er sie durch die Dunkelheit schweifen ließ.

Bevor es Tag wurde, hörte der Regen auf, und Wind regte sich in den Bäumen. Die Morgendämmerung war heller als an vielen anderen Tagen, und eine leichte Brise aus dem Süden machte den Himmel um die aufgehende Sonne weit, hell und klar. Mîm saß noch immer unbeweglich da, als sei er tot, denn jetzt waren seine schweren Lider geschlossen, und das Morgenlicht enthüllte, wie zusammengeschrumpft und altersschwach er war. Túrin stand vor ihm und blickte auf ihn herab. »Jetzt haben wir Licht genug«, sagte er.

Mîm öffnete die Augen, deutete auf seine Fesseln, und als er von ihnen befreit war, sagte er: »Merkt euch, ihr Narren! Legt einem Zwerg keine Fesseln an! Er wird es nicht verzeihen. Ich wünsche mir den Tod nicht, aber mein Herz ist voll Zorn über das, was ihr mir angetan habt. Ich bereue mein Versprechen.«

»Aber ich nicht«, sagte Túrin. »Du wirst mich zu deiner Wohnung führen. Bis wir dort sind, wollen wir nicht vom Tod sprechen. Dies ist *mein* Wille.« Er blickte dem Zwerg unverwandt in die Augen, und dieser konnte den Blick nicht ertragen. In der Tat konnten nur wenige der gesammelten Willenskraft oder dem Zorn in Túrins Augen standhalten; nach kurzer Zeit wandte Mîm seinen Kopf zur Seite und erhob sich. »Folgt mir, Herr!« sagte er.

»Gut!« sagte Túrin. »Doch ich will jetzt noch eines hinzufügen: Ich verstehe deinen Stolz. Vielleicht mußt du sterben, aber du sollst nicht wieder gefesselt werden.«

Darauf führte sie Mîm zu dem Platz zurück, an dem er gefangengenommen worden war, und er deutete nach Westen. »Dort liegt meine

Heimat!« sagte er. »Ihr habt sie oft gesehen, schätze ich, denn sie ist groß genug. Wir nannten sie Scharbhund, bevor die Elben alle Namen änderten.« Da sahen sie, daß er auf den Amon Rûdh deutete, den Kahlen Berg, dessen nackte Kuppe sich über der meilenweiten Wildnis erhob.

»Wir haben ihn gesehen«, sagte Andróg, »doch niemals aus der Nähe. Wie kann es dort einen sicheren Unterschlupf geben, oder Wasser und all die anderen Dinge, die wir brauchen? Ich dachte es mir, daß Betrug im Spiel sei. Wie sollen sich Männer auf der Kuppe eines Hügels verstecken?«

»Ein weiter Ausblick kann sicherer sein als umherzuschleichen«, sagte Túrin. »Amon Rûdh liegt in weiter Ferne. Wohlan, Mîm, ich werde kommen und sehen, was du uns zu zeigen hast. Wie lange werden wir Stolper-Menschen brauchen, um dorthin zu gelangen?«

»Den ganzen Tag bis zur Abenddämmerung«, erwiderte Mîm.

Der Trupp setzte sich in westlicher Richtung in Bewegung, und Túrin ging an der Spitze, Mîm an seiner Seite. Als sie die Wälder verließen, bewegten sie sich vorsichtig, doch das Land ringsum war leer und ruhig. Sie stiegen über die herumliegenden Steine und begannen den Aufstieg, denn Amon Rûdh lag am östlichen Rand der Hochmoore, die sich zwischen den Tälern von Sirion und Narog erhoben, und sein Gipfel ragte mehr als tausend Fuß über dem steinigen Heideland zu seinen Füßen empor. An seiner östlichen Flanke stieg der zerklüftete Boden zwischen Gruppen von felsenverwurzelten Birken, Ebereschen und uralten Dornenbäumen allmählich zu den hohen Kämmen hinauf. Auf den niedrigen Hängen des Amon Rûdh wuchsen Dickichte von *aeglos*; doch seine steile graue Kuppe war bis auf das rote *seregon*,[14] das den Stein überzog, kahl.

Als der Nachmittag zu Ende ging, kamen die Geächteten dicht an den Fuß des Berges heran. Sie näherten sich ihm von Norden her, denn so hatte Mîm sie geführt, und das Licht der sinkenden Sonne fiel auf den Berggipfel, wo das *seregon* in voller Blüte stand.

»Seht! Es ist Blut auf dem Gipfel«, sagte Andróg.

»Noch nicht«, gab Túrin zur Antwort.

Die Sonne sank, und das Licht in den Mulden wurde schwächer. Der Berg ragte nun vor und über ihnen auf, und sie fragten sich, welchen Nutzen ein Führer bei einem so unübersehbaren Ziel haben konnte. Aber als Mîm sie weiterführte und sie die letzten steilen Hänge zu erklettern begannen, begriffen sie, daß er, alter Gewohnheit oder geheimen Markierungen folgend, einen bestimmten Pfad benutzte. Dieser wand sich jetzt hin und her, und wenn sie zur Seite blickten, sahen sie, daß sich zu beiden Seiten dunkle Täler und Grate auftaten oder der Hang in Wüsten großer Steine auslief, die mit Abstürzen und Gruben durchsetzt waren, die unter Brombeerranken und Dorngestrüpp verborgen waren. Hier hätten sie sich ohne einen Führer tagelang abmühen und umherklettern müssen, um überhaupt einen Weg zu finden.

Schließlich stieg der Untergrund steiler an, wurde aber glatter. Sie tauchten in die Schatten uralter Ebereschen und traten in die Schneisen langbeiniger *aeglos* wie in eine mit süßem Duft geschwängerte Düsternis.[15] Plötzlich stand eine Felswand vor ihnen, glatt und kerzengerade, die hoch in die Dämmerung über ihnen hinaufragte.

»Ist dies die Tür zu deinem Haus?« fragte Túrin. »Zwerge lieben Stein, sagt man«, sagte er und trat dicht an Mîm heran, damit dieser ihnen nicht noch zu guter Letzt einen Streich spielte.

»Nicht die Tür des Hauses, sondern das Tor zu seinem Hof«, antwortete Mîm. Dann wandte er sich nach rechts, ging am Fuß des Berges entlang und blieb nach zwanzig Schritten plötzlich stehen. Túrin sah, daß durch geschickte Hände oder durch die Natur eine Spalte in der Felswand so geformt war, daß zwei Felsschichten sich übereinanderschoben, zwischen denen eine Öffnung nach links verlief. Ihr Eingang war mit lang wuchernden Pflanzen verhängt, die über ihm in Felsenrissen wurzelten, doch drinnen war ein steiler, steiniger Pfad, der nach oben in die Dunkelheit führte. Wasser tropfte herab, und es war feuchtkalt. Einer nach dem anderen betraten sie den Gang. An seinem oberen Ende bog der Pfad nach rechts, führte wieder nach Süden und brachte sie durch ein Dornengestrüpp auf eine grüne, ebene Fläche hinaus, über die der Pfad in die Schatten weiterlief. Sie hatten Mîms Haus erreicht, Bar-en-Nibin-noeg,[16] von dem nur in uralten Geschichten aus Doriath und Nargothrond die Rede ging, und das niemals ein Mensch gesehen hatte. Doch die Nacht war hereingebrochen, der Himmel im Osten von Sternen erleuchtet, und sie konnten noch nicht erkennen, wie dieser merkwürdige Ort beschaffen war.

Der Amon Rûdh trug gleichsam eine Krone: eine gewaltige Steinmasse, geformt wie eine steile Kappe mit einer kahlen, abgeflachten Oberseite. Auf ihrer nördlichen Seite ragte eine ebene, fast rechteckige Felsplatte heraus, die von unten nicht zu sehen war, denn hinter ihr erhob sich die Hügelkrone wie eine Mauer, und von ihrem Rand stürzten nach Westen und Osten nackte Klippen hinab. Nur von Norden her, auf dem Weg, den sie benutzt hatten, war dieser Ort von Wegekundigen bequem zu erreichen.[17] Ein Pfad verließ die Felsspalte und führte nach kurzer Zeit in einen kleinen Hain von Zwergbirken, die am Rand eines klaren Weihers wuchsen, der in ein steinernes Becken gefaßt war. Er wurde durch eine Quelle gespeist, die am Fuß der rückwärtigen Felswand entsprang, durch eine Rinne floß und sich wie ein weißer Faden über den westlichen Rand der Felsplatte ergoß. Hinter dem Schirm der Bäume nahe der Quelle, zwischen zwei mächtigen Felsvorsprüngen, befand sich eine Höhle. Sie ähnelte eher einer flachen Grotte mit einer niedrigen, sanften Wölbung. Doch weiter im Inneren war sie in den langen Jahren, die die Kleinzwerge, unbehelligt von den Grau-Elben der Wälder, hier verbracht hatten, durch ihre behutsamen Hände vertieft und weit in das Berginnere vorgetrieben worden.

Durch die tiefe Dämmerung führte Mîm sie am Weiher vorbei, in dem sich jetzt die matt schimmernden Sterne zwischen den Schatten der Birkenzweige spiegelten. Am Eingang der Höhle wandte er sich um und verbeugte sich vor Túrin. »Tritt ein«, sagte er, »in Bar-en-Danwedh, in das Haus der Auslöse, denn diesen Namen soll es tragen.«

»Möge es so sein«, sagte Túrin. »Ich will als erster einen Blick hineinwerfen.« Dann trat er mit Mîm ein, und die übrigen, die ihn furchtlos sahen, folgten nach, sogar Andróg, der dem Zwerg am meisten mißtraute. Sogleich umgab sie pechschwarze Finsternis, doch Mîm klatschte in die Hände, und hinter einer Biegung leuchtete ein schwacher Lichtschein auf: Aus einem Gang an der Rückseite der Grotte kam ein zweiter Zwerg hervor, der eine kleine Fackel trug.

»Ha! Ich habe ihn verfehlt, wie ich befürchtet habe«, sagte Andróg. Mîm wechselte mit dem anderen Zwerg schnelle Worte in ihrer eigenen rauhen Sprache; er schien über das, was er hörte, betrübt oder erzürnt, und pfeilschnell stürzte er in den Gang und verschwand. Andróg brannte darauf, weiterzugehen. »Sofort angreifen!« sagte er. »Ein ganzer Haufen von ihnen könnte dort sein, doch sie sind klein.«

»Nur drei, schätze ich«, sagte Túrin und setzte sich an die Spitze, während sich hinter ihm die anderen mit den Händen an den rauhen Wänden des Ganges vorwärtstasteten. Der Verlauf des Ganges wies viele scharfe Biegungen auf, doch schließlich schimmerte ein dünnes Licht vor ihnen auf; sie kamen in eine kleine, aber hohe Halle, von Lampen schwach erhellt, die an dünnen Ketten aus dem Schatten der Gewölbekuppel herabhingen. Mîm war nicht zu sehen, doch sie hörten seine Stimme, welcher Túrin folgte, bis er vor der Tür eines Gemaches an der rückwärtigen Wand der Halle stand. Er blickte hinein und sah Mîm, der am Boden kniete. Neben ihm stand schweigend der Zwerg mit der Fackel, doch an der entfernten Wand lag auf einer Liegestatt aus Stein ein dritter Zwerg. »Khîm, Khîm, Khîm!« jammerte der alte Zwerg und raufte sich den Bart.

»Nicht alle deine Pfeile gingen fehl«, sagte Túrin zu Andróg. »Doch dieser Treffer kann böse Folgen haben. Du gehst zu leichtfertig mit deinen Pfeilen um, doch du wirst nicht lange genug leben, um klug zu werden.« Dann trat er leise ein, stellte sich hinter Mîm und sagte zu ihm: »Was fehlt ihm, Mîm? Ich kenne mich ein wenig in der Heilkunst aus. Kann ich dir helfen?«

Mîm wandte den Kopf, und seine Augen waren rot unterlaufen. »Nein«, antwortete er, »es sei denn, du könntest die Zeit zurückdrehen und die grausamen Hände deiner Männer abschlagen. Dies ist mein Sohn, durchbohrt von einem Pfeil. Nun erreichen ihn keine Worte mehr. Er starb bei Sonnenuntergang. Eure Fesseln hinderten mich daran, ihn zu heilen.«

Wieder quoll Mitleid, lange unter Stein begraben, in Túrins Herz auf, wie Wasser, das durch einen Fels dringt. »Wahrlich!« sagte er. »Wenn ich könnte, würde ich den Pfeil zurückrufen. Jetzt trägt Bar-en-Danwedh, das Haus der Auslöse, seinen Namen zu Recht. Denn ob wir hier wohnen oder nicht, ich werde mich in deiner Schuld fühlen. Und sollte ich jemals zu Reichtum gelangen, werde ich dir eine Auslöse in schwerem Gold für deinen Sohn zahlen, auch wenn es dein Herz nicht mehr froh machen wird.«

Darauf erhob sich Mîm und blickte Túrin lange an. »Ich habe es vernommen«, sagte er. »Du sprichst wie ein Zwergenfürst von einst, und das wundert mich. Deshalb will ich meine eigene Auslöse zahlen: Ihr mögt, wenn ihr wollt, hier wohnen. Aber dies füge ich hinzu: Derjenige, der diesen Pfeil abgeschossen hat, soll seinen Bogen und seine Pfeile zerbrechen und sie zu den Füßen meines Sohnes niederlegen; und er soll niemals wieder Pfeil und Bogen zur Hand nehmen. Tut er es dennoch, soll er durch sie sterben. Diesen Fluch lege ich auf ihn.«

Andróg packte die Furcht, als er von diesem Fluch hörte, und trotz heftigen Widerwillens zerbrach er Pfeile und Bogen und legte sie zu Füßen des toten Zwerges nieder. Als er aber aus dem Gemach trat, warf er einen bösen Blick auf Mîm und murmelte: »Der Fluch eines Zwerges, sagt man, gilt auf ewig, aber auch der eines Menschen kann sein Ziel erreichen. Möge er mit dem Pfeil in der Kehle sterben!«[18]

In jener Nacht lagen sie in der Halle, und wegen der Klagen von Mîm und Ibun, seinem anderen Sohn, schliefen sie unruhig. Sie konnten sich nicht erinnern, wann es aufgehört hatte, aber als sie schließlich erwachten, waren die Zwerge verschwunden, und das Gemach war mit einem Stein verschlossen. Der Tag war wiederum schön, und in der Morgensonne wuschen sich die Geächteten im Weiher und bereiteten sich ein Mahl aus ihren letzten Vorräten.

Während sie aßen, trat Mîm vor sie und verbeugte sich vor Túrin. »Er ist bestattet, und alles ist getan«, sagte er. »Er liegt bei seinen Vätern. Wenden wir uns nun dem Leben zu, das uns geblieben ist, obwohl die Tage, die vor uns liegen, kurz sein können. Hat Mîms Haus dir gefallen? Ist die Auslöse bezahlt und angenommen?«

»Sie ist es«, antwortete Túrin.

»Sodann bleibt es euch überlassen, eure Wohnung nach euren Wünschen einzurichten. Ausgenommen sei das Gemach, das verschlossen ist: Niemand außer mir soll es öffnen.«

»Wir verstehen dich«, sagte Túrin. »Was unser Leben hier betrifft, sind wir in Sicherheit, oder zumindest scheint es so. Aber wir brauchen

Lebensmittel und andere Dinge. Wie werden wir hinausgelangen und, was noch wichtiger ist, wie kommen wir zurück?«

Zu ihrem Mißvergnügen hörten sie Mîm tief in der Kehle lachen. »Fürchtet ihr, einer Spinne in die Mitte ihres Netzes gefolgt zu sein?« fragte er. »Mîm verspeist keine Menschen! Und eine Spinne kann schlecht mit dreißig Wespen auf einmal fertig werden. Seht, ihr seid bewaffnet, und ich stehe waffenlos vor euch. Nein, ihr und ich, wir müssen alles miteinander teilen: Haus, Nahrung, Feuer und vielleicht noch andere nützliche Dinge. Das Haus, denke ich, werdet ihr zu eurem eigenen Vorteil beschützen und geheimhalten, auch wenn ihr die Wege kennen werdet, die hinein und hinaus führen. Mit der Zeit werdet ihr über sie Bescheid wissen. Doch in der Zwischenzeit muß Mîm euer Führer sein oder Ibun, sein Sohn.«

Damit war Túrin einverstanden, er dankte Mîm, und die meisten seiner Männer waren froh, denn im Schein der Morgensonne und mitten im Hochsommer, erschien ihnen das Haus des Zwerges als ein schöner Ort, um dort zu wohnen. Allein Andróg war unzufrieden. »Je eher wir selbst über unser Kommen und Gehen bestimmen, desto besser«, sagte er. »Niemals zuvor haben wir einen Gefangenen, der uns übel gesinnt war, zu unseren Unternehmungen mitgenommen und wieder zurückgebracht.«

An diesem Tag ruhten sie aus, reinigten ihre Waffen und setzten ihre Ausrüstung in Stand; freilich besaßen sie nur noch Lebensmittel für einen oder zwei Tage, und Mîm ergänzte ihre Vorräte. Er überließ ihnen drei große Kochtöpfe und Brennmaterial und brachte auch den Inhalt des Sackes herbei. »Wertloses Zeug«, sagte er. »Das Stehlen nicht wert. Nur wilde Wurzeln.«

Doch als sie gekocht waren, erwiesen sie sich als eine nahrhafte Speise, die fast wie Brot schmeckte. Die Geächteten waren sehr froh darüber, denn Brot hatten sie lange entbehrt, wenn sie es nicht gerade hatten stehlen können. Mîm sagte: »Wilde Elben kennen diese Wurzeln nicht, Grau-Elben haben sie nicht gefunden, und die Stolzen jenseits des Meeres lassen sich zum Graben nicht herab.«

»Wie heißen sie?« fragte Túrin.

Mîm sah ihn von der Seite an. »Sie haben keinen Namen«, sagte er,

»außer in der Zwergensprache, in die wir niemanden einweihen. Und wir zeigen den Menschen nicht, wie man sie findet, denn die Menschen sind habgierig und verschwenderisch und würden nicht eher Ruhe geben, bis alle Pflanzen ausgerottet wären, während sie jetzt an ihnen vorbeigehen, wenn sie durch die Wildnis stolpern. Mehr wirst du von mir nicht erfahren. Doch solange eure Worte ohne Falsch sind und ihr weder stehlt noch spioniert, sollt ihr ausreichend an meiner Beute teilhaben.« Dann stieß er erneut ein kehliges Lachen hervor. »Sie sind von großem Wert«, fuhr er fort. »Wertvoller als Gold in der Hungerzeit des Winters, weil man sie aufspeichern kann, wie es Eichhörnchen mit Nüssen tun; wir waren bereits dabei, von den ersten reifen Wurzeln einen Vorrat anzulegen. Doch ihr seid Narren, wenn ihr glaubt, daß ich mich nicht von einer kleinen Ausbeute trennen wollte, selbst als es um mein Leben ging.«

»Ich hab's vernommen«, sagte Ulrad, der in den Sack geschaut hatte, als Mîm ergriffen worden war. »Doch du wolltest dich nicht von ihr trennen, und deshalb erstaunen mich deine Worte jetzt um so mehr.«

Mîm drehte sich herum und sah ihn finster an. »Du bist einer der Narren, die man im Frühling nicht beklagt, wenn sie im Winter zugrunde gegangen sind«, sagte er. »Ich hatte mein Wort gegeben, also mußte ich zurückkommen, ob ich wollte oder nicht, mit oder ohne Sack, was immer ein gesetzloser und treuloser Mann darüber denken mag. Aber ich mag es nicht, wenn ich durch Gewalt oder Trug meines Eigentums beraubt werde, und sei es nur ein Schuhriemen. Wie könnte ich vergessen, daß du unter jenen warst, deren Hände mich in Fesseln legten und die mich so daran hinderten, noch einmal mit meinem Sohn zu sprechen! Immer, wenn ich das Brot der Erde aus meinem Vorrat austeile, sollst du leer ausgehen, und wenn du es doch ißt, sollst du es nur der Freigebigkeit der Kameraden zu verdanken haben und nicht der meinen!«

Mit diesen Worten ging Mîm fort, Ulrad jedoch, den Mîms Zorn in Furcht versetzt hatte, sagte hinter seinem Rücken: »Große Worte. Nichtsdestotrotz hatte der alte Schurke andere Dinge in seinem Sack, ähnlich geformt wie Wurzeln, aber härter und schwerer. Vielleicht gibt es außer dem Erdenbrot andere Dinge in der Wildnis, die die Elben nicht gefunden haben, und von denen die Menschen nichts wissen sollen.«[19]

»Das ist möglich«, sagte Túrin. »Trotzdem hat der Zwerg zumindest in einem Punkt die Wahrheit gesprochen, als er dich nämlich einen Narren nannte. Warum mußt du aussprechen, was du denkst? Wenn dir schöne Worte schon nicht über die Lippen wollen, so dient Schweigen unseren Absichten besser.«

Der Tag verlief friedlich, und keiner der Geächteten hatte das Verlangen, das Versteck zu verlassen. Túrin erging sich ausgiebig auf dem grünen Rasen der Felsplatte, indem er von einem zum anderen Ende hin und zurückschritt. Er schaute nach Osten, Westen und Norden hinaus und war erstaunt, wie weit der Blick in der klaren Luft reichte. Im Norden erkannte er den Wald von Brethil und den Amon Obel, der grün in seiner Mitte anstieg, und dorthin wurden seine Augen wieder und wieder gezogen, er wußte nicht, warum; sein Herz zog es nämlich eher in den Nordwesten, wo er, viele Meilen entfernt an den Rändern des Himmels, das Schattengebirge zu erkennen glaubte, die Berge seiner Heimat. Abends jedoch sah Túrin nach Westen in die untergehende Sonne, wie sie rot im Dunst über den fernen Küsten versank, und das Tal des Narog dazwischen lag tief in Schatten. So begann der Aufenthalt Túrins, Húrins Sohn, in den Hallen Mîms, in Bar-en-Danwedh, dem Haus der Auslöse.

(Zum Verlauf der Geschichte von Túrins Ankunft im Bar-en-Danwedh bis zum Fall Nargothronds, siehe *Das Silmarillion*, Seite 227–240 und Anhang zu *Narn i Hîn Hûrin*, Seite 207.)

Die Rückkehr Túrins nach Dor-lómin

Schließlich kam Túrin, erschöpft von der Eile und von der Länge des Weges (denn er war vierzig Meilen und mehr gereist, ohne zu rasten), zugleich mit dem ersten Eis des Winters zu den Weihern von Ivrin, die ihn schon einmal geheilt hatten. Doch jetzt waren sie nur noch ein gefrorener Sumpf, und er konnte dort nicht mehr trinken.

Von dort gelangte er zu den Pässen, die nach Dor-lómin führten,[20] bitterkalter Schnee kam aus dem Norden, und die Wege waren vereist und gefährlich. Obwohl dreiundzwanzig Jahre vergangen waren, seit er diesen Pfad gegangen war, hatte er sich ihm tief eingeprägt, so groß war der Schmerz bei jedem Schritt gewesen, mit dem er sich von Morwen entfernt hatte. So kehrte er schließlich in das Land seiner Kindheit zurück. Es war öde und kahl, und die wenigen Menschen waren unwirsch und sprachen die rauhe Sprache der Ostlinge; die alte Sprache war die von Sklaven und Feinden geworden.

Deshalb war Túrin auf der Hut, bewegte sich unauffällig, vermummte sich und kam schließlich zu dem Haus, das er suchte. Es stand leer und dunkel, und nichts Lebendiges war in seiner Nähe. Morwen war fort, und Brodda, der Eindringling (der Aerin, Húrins Verwandte, gezwungen hatte, sein Weib zu werden), hatte ihr Haus geplündert und alles geraubt, was ihr an Gütern und Dienerschaft geblieben war. Broddas Haus stand dem alten Hause Húrins am nächsten; dorthin kam Túrin, von der Reise erschöpft und von Schmerz verzehrt, und bat um Obdach. Es wurde ihm gewährt, denn einige der freundlichen Sitten von einst hatte Aerin sich noch bewahrt. Man wies ihm einen Platz am Feuer unter den Dienern und einigen Landstreichern an, die beinahe ebenso düster und zerschunden aussahen wie Túrin; und er fragte sie nach Neuigkeiten aus dem Land.

Da verfiel die Gesellschaft in Schweigen, einige wandten sich ab und blickten den Fremdling mißtrauisch an. Aber ein alter Landstreicher mit einer Krücke sagte: »Wenn du unbedingt die alte Sprache sprechen mußt, Meister, sprich leiser und frage nicht nach Neuigkeiten. Willst du wie ein Gauner geschlagen oder als Spion gehängt werden? Deinen Blicken nach könntest du nämlich beides sein.« Er rückte näher und sprach leise in Túrins Ohr: »Sie könnten aber auch bedeuten, daß du zu dem freundlichen Volk von einst gehörst, das in den goldenen Tagen mit Hador kam, bevor Wolfshaar auf den Köpfen sproß. Einige aus diesem Volk sind hier, wenn sie jetzt auch zu Bettlern und Sklaven gemacht worden sind, und ohne Frau Aerin hätten sie weder dieses Feuer noch dieses Brot. Woher kommst du, und welche Auskünfte begehrst du?«

»Es gab eine Frau namens Morwen«, erwiderte Túrin, »und vor langer Zeit habe ich in ihrem Haus gelebt. Nach langer Wanderschaft bin ich hierher gekommen, um freundliche Aufnahme zu finden, doch weder ihr Feuer noch ihre Hausbewohner sind jetzt hier.«

»Und sind auch während der langen Jahre vorher nicht hiergewesen«, sagte der alte Mann. »Seit dem todbringenden Krieg war in jenem Haus das Feuer kärglich und die Zahl der Menschen klein; die Herrin gehörte nämlich zum alten Volk und war, was du sicherlich weißt, die Witwe unseres Herrn Húrin, Hadors Sohn. Dennoch wagte man nicht, sie anzurühren, denn man fürchtete sie. Sie war stolz und schön wie eine Königin, bevor der Kummer sie zugrunde richtete. Sie nannten sie Hexenweib und wichen ihr aus, und dieses Wort bedeutet in der neuen Sprache nichts anderes als Elbenfreundin. Doch man raubte sie aus. Sie und ihre Tochter hätten oft Hunger gelitten, wenn nicht Frau Aerin gewesen wäre. Man sagte, sie unterstütze sie heimlich und wurde dafür oft von Brodda, diesem Schuft, geprügelt, den sie in ihrer Bedrängnis geheiratet hatte.«

»Und dieses lange Jahr und später?« fragte Túrin. »Sind sie tot oder versklavt? Oder haben die Orks sie erschlagen?«

»Man weiß es nicht mit Sicherheit«, erwiderte der alte Mann. »Aber sie ist mit ihrer Tochter fortgegangen, und dieser Brodda hat ihr Haus geplündert und alles geraubt, was noch übrig war. Nicht einmal ein Hund wurde verschmäht, und ihr kleines Gesinde wurde versklavt, außer einigen, die betteln gingen wie ich. Ich habe ihr viele Jahre gedient, und zuvor dem großen Meister Sador Einfuß: Hätte es nicht vor langer Zeit in den Wäldern eine verfluchte Axt gegeben, läge ich jetzt im Großen Grab. Ich erinnere mich gut an den Tag, an dem Húrins Sohn fortgeschickt wurde, wie er weinte; und seine Mutter auch, nachdem er gegangen war. Man sagte, er ging ins Verborgene Königreich.«

Nach diesen Worten verstummte der alte Mann und blickte Túrin unsicher an. »Ich bin ein alter Mann, und ich schwätze viel«, sagte er. »Nimm nicht ernst, was ich sage! Aber wenn es auch Freude macht, in der alten Sprache mit jemandem zu reden, der sie so rein spricht wie in vergangenen Tagen, so sind doch die Zeiten schlecht, und man muß auf der Hut sein. Nicht alle, die die reine Sprache sprechen, sind auch reinen Herzens.«

»Wahrlich«, sagte Túrin. »Mein Herz ist düster. Wenn du aber fürchtest, ich sei ein Spion aus dem Norden oder Osten, dann besitzt du weniger Klugheit, als du sie vor langer Zeit hattest, Sador Labadal.«

Der alte Mann starrte ihn entgeistert an. Dann sagte er mit zitternder Stimme: »Komm nach draußen! Es ist dort kälter, aber sicherer. Für die Halle eines Ostlings sprichst du zu laut und ich zu viel.«

Als sie auf den Hof getreten waren, umklammerte Sador Túrins Mantel. »Vor langer Zeit habt Ihr in jenem Haus gewohnt, sagt Ihr? Fürst Túrin, Sohn Húrins, warum seid Ihr zurückgekommen? Endlich öffnen sich mir Augen und Ohren. Ihr habt die Stimme Eures Vaters. Doch der junge Túrin gab mir als einziger den Namen Labadal, und er hatte dabei nichts Böses im Sinn, denn in jenen Tagen waren wir fröhliche Freunde. Was sucht er jetzt hier? Wir Übriggebliebenen sind wenige, wir sind alt und ohne Waffen. Jene im Großen Grab sind glücklicher.«

»Ich bin nicht mit dem Gedanken an Kampf hergekommen«, sagte Túrin, »obwohl deine Worte ihn jetzt in mir geweckt haben, Labadal. Aber das muß warten. Ich bin gekommen, um Frau Morwen und Nienor zu suchen. Was kannst du mir über sie sagen?«

»Wenig, Herr«, sagte Sador. »Sie gingen heimlich weg. Unter uns flüsterte man sich zu, Fürst Túrin habe sie gerufen. Wir zweifelten nämlich nicht daran, daß er mit den Jahren mächtig geworden war, ein König oder ein Fürst in irgendeinem Land des Südens. Doch es scheint, daß es nicht so ist.«

»Es ist nicht so«, entgegnete Túrin. »Zwar war ich in einem Land des Südens ein Fürst, doch jetzt bin ich ein Landstreicher. Aber gerufen habe ich sie nicht.«

»Dann weiß ich nicht, was ich Euch sagen soll«, sagte Sador. »Doch zweifle ich nicht, daß Frau Aerin es wissen wird. Sie kannte alle Pläne Eurer Mutter.«

»Wie kann ich zu ihr gelangen?«

»Das weiß ich nicht. Es würde ihr viel Leid eintragen, wenn man sie dabei ertappen würde, wie sie zwischen Tür und Angel mit einem wandernden Vagabunden flüstert, der dem mit Füßen getretenen Volk angehört; sogar eine Botschaft könnte sie nicht aus der Halle locken. Und ein Bettler, wie Ihr einer seid, wird nicht weit in diese Halle und zur vornehmen Tafel vordringen, denn vorher werden die Ostlinge ihn packen, verprügeln oder noch schlimmer mit ihm verfahren.«

Da rief Túrin in hellem Zorn: »Ich soll Broddas Halle nicht betreten dürfen, und sie werden mich prügeln? Komm und sieh selbst!«

Darauf ging er in die Halle, warf seine Vermummung ab, und indem er alles beiseite stieß, was sich ihm in den Weg stellte, schritt er auf die Tafel zu, an welcher der Herr des Hauses, sein Weib und vornehme Ostlinge saßen. Da rannten einige herzu, um ihn zu packen, doch er schleuderte sie zu Boden und rief: »Gebietet niemand in diesem Haus, oder ist es eine Festung der Orks? Wo ist der Hausherr?«

Darauf erhob sich Brodda zornig. »Ich gebiete in diesem Haus«, sagte er.

Doch bevor er fortfahren konnte, sagte Túrin: »Dann hast du die Ritterlichkeit nicht gelernt, die vor deiner Zeit in diesem Lande zu Hause war. Ist es jetzt bei Männern Sitte geworden, zuzulassen, daß Lakaien die Verwandten der Ehefrauen mißhandeln? Ich bin ein solcher Verwandter, und ich habe ein Anliegen an Frau Aerin. Darf ich ungehindert nähertreten, oder soll ich kommen, wie es mir behagt?«

»Tritt näher«, sagte Brodda stirnrunzelnd, doch Aerin erbleichte.

Darauf schritt Túrin an die vornehme Tafel, stand davor und verbeugte sich. »Ich bitte um Vergebung, Frau Aerin«, sagte er, »daß ich auf diese Weise bei Euch eindringe, doch mein Anliegen ist dringend und hat mich von weit hergeführt. Ich suche Morwen, Herrin von Dor-lómin, und Nienor, ihre Tochter. Doch ihr Haus ist leer und ausgeplündert. Was könnt Ihr mir darüber sagen?«

»Nichts«, sagte Aerin in großer Furcht, denn Brodda beobachtete sie scharf. »Nichts, außer, daß sie verschwunden ist.«

»Das glaube ich nicht«, sagte Túrin.

Da sprang Brodda vor, und sein Gesicht war rot vor Zorn und Trunkenheit. »Kein Wort mehr!« schrie er. »Soll mein Weib vor meinen Augen der Lüge geziehen werden, von einem Bettler, der die Sprache der Sklaven spricht? Hier gibt es keine Herrin von Dor-lómin. Was aber Morwen betrifft, so gehört sie zum Sklavenvolk und ist geflohen, wie es Sklaven tun. Tue das gleiche, und tue es schnell, oder ich werde dich an einem Baum aufhängen lassen!«

Da sprang Túrin auf ihn los, zog sein schwarzes Schwert, packte ihn bei den Haaren und zwang seinen Kopf in den Nacken. »Niemand soll sich rühren«, sagte er, »oder dieser Kopf wird seine Schultern verlassen! Frau Aerin, ich würde Euch ein zweites Mal um Vergebung bitten, wenn ich glaubte, daß dieser Lump Euch jemals etwas anderes als Schlechtes angetan hat. Doch jetzt sprecht, und weist mich nicht zurück! Bin ich nicht Túrin, Fürst von Dor-lómin? Soll ich es Euch befehlen?«

»Gebietet über mich«, antwortete sie.

»Wer plünderte Morwens Haus?«

»Brodda«, sagte sie.

»Wann floh sie und wohin?«

»Vor einem Jahr und drei Monaten. Herr Brodda und andere Ostlinge aus dieser Gegend unterdrückten sie aufs schlimmste. Vor langer Zeit war sie aufgefordert worden, in das Verborgene Königreich zu kommen, und schließlich ging sie fort. Die dazwischenliegenden Länder waren nämlich eine Zeitlang vom Bösen frei, dank der Tapferkeit des Schwarzes Schwertes aus dem südlichen Land, wie man sagte; doch das ist jetzt vorbei. Sie hoffte, ihren Sohn dort zu finden, der sie erwartete. Doch wenn Ihr Túrin seid, dann, fürchte ich, ist alles schief gegangen.«

Da lachte Túrin bitter. »Schief gegangen?« schrie er. »Ja, immer ging alles schief: so schief wie Morgoth gewachsen ist!« Und plötzlich schüttelte ihn schwarze Wut, denn ihm wurden die Augen geöffnet, die Fesseln von Glaurungs Bann fielen von ihm ab, und er erkannte die Lügen, mit denen er getäuscht worden war. »Bin ich hergekommen, durch Arglist getäuscht, um hier entehrt zu sterben, ich, der ich zumindest mutig vor den Toren Nargothronds hätte sterben können?« Und es war ihm, als höre er aus der Nacht rings um die Halle die Rufe Finduilas'.

»Ich werde hier nicht als erster sterben!« rief er. Er ergriff Brodda und mit der Kraft, die ihm Qual und Zorn verliehen, hob er ihn in die Höhe und schüttelte ihn wie einen Hund. »Morwen aus dem Sklavenvolk, hast du gesagt? Du Sohn gemeiner Feiglinge, Dieb, Sklave von Sklaven!« Mit diesen Worten schleuderte er Brodda mit dem Kopf voran über seinen eigenen Tisch, so daß er genau in das Gesicht eines Ostlings flog, der aufstand, um Túrin anzugreifen.

Bei diesem Sturz brach Brodda sich das Genick; und Túrin sprang hinterdrein und erschlug drei weitere Männer, die sich duckten, weil sie waffenlos waren. Die Halle geriet in Aufruhr. Die Ostlinge, die dort saßen, wollten auf Túrin losgehen, doch viele Männer des alten Volkes sammelten sich um ihn: Lange waren sie zahme Knechte gewesen, doch jetzt erhoben sie sich schreiend zum Aufstand. Im Nu tobte in der Halle ein heftiger Kampf; obwohl die Sklaven den Dolchen und Schwertern nichts entgegenzusetzen hatten als Fleischmesser und ähnliche Dinge, die sie erhaschen konnten, gab es auf beiden Seiten viele Tote, ehe noch Túrin mitten in das Getümmel sprang und die letzten Ostlinge erschlug, die in der Halle übriggeblieben waren.

Dann lehnte er sich an eine Säule, schöpfte Atem, und das Feuer seines Zorns wurde zu Asche. Aber Sador, der Alte, kroch zu ihm und umklammerte seine Knie, denn er war tödlich verwundet. »Dreimal sieben Jahre und mehr! Lange haben wir auf diese Stunde gewartet«, sagte er. »Aber jetzt geht, Herr, geht! Geht und kehrt nicht zurück, es sei denn mit einer großen Streitmacht. Sie werden das Land gegen Euch aufhetzen. Viele sind aus der Halle geflohen. Geht, oder Ihr werdet hier sterben. Lebt wohl!« Dann sank er zu Boden und starb.

»Der Tod verleiht seinen Worten Wahrheit«, sagte Aerin. »Ihr habt erfahren, was Ihr wissen wolltet. Jetzt geht rasch! Aber geht zuerst zu Morwen und tröstet sie, sonst wird es mir schwerfallen, all die Zerstörung, die Ihr hier angerichtet habt, zu verzeihen. Wenn mein Leben auch schlecht war, so habt Ihr mir durch Eure Gewalt den Tod gebracht. Die Ostlinge werden für diese Nacht an allen, die dabei waren, Rache nehmen, Eure Taten sind unbesonnen, Sohn Húrins, als wäret Ihr noch das Kind, das ich kannte.«

»Und dein Herz ist furchtsam, Aerin, Tochter Indors, so wie einst, als ich dich Tante nannte, und ein garstiger Hund dich erschreckte«, erwiderte Túrin. »Du warst für eine freundlichere Welt bestimmt. Aber nun komm fort von hier! Ich werde dich zu Morwen bringen.«

»Der Schnee liegt auf dem Land, doch höher noch auf meinem Haupt«, gab sie zur Antwort. »In der Wildnis mit Euch würde ich ebenso schnell sterben wie hier durch die grausamen Ostlinge. Ihr könnt nicht wiedergutmachen, was Ihr getan habt. Geht! Hierzubleiben würde alles noch schlimmer machen und Morwen sinnlos berauben. Geht, ich bitte Euch!«

Darauf verbeugte sich Túrin tief vor ihr, wandte sich um und verließ Broddas Halle; doch die Aufrührer, die noch bei Kräften waren, folgten ihm. Sie flohen auf die Berge zu, denn einige unter ihnen kannten die Pfade der Wildnis, und sie waren glücklich über den Schnee, der hinter ihnen fiel und ihre Spuren auslöschte. So entkamen sie, wenn man sie auch mit vielen Männern, Hunden und wiehernden Pferden alsbald verfolgte, nach Süden in die Berge. Als sie von dort zurückblickten, sahen sie weit in der Ferne des Landes, das sie verlassen hatten, einen roten Lichtschein.

»Sie haben die Halle in Brand gesetzt«, sagte Túrin. »Zu welchem Zweck?«

»Die Ostlinge? Nein, Herr, Aerin hat es getan, glaube ich«, sagte einer namens Asgon. »Mancher Mann der Waffen mißdeutet Geduld und Ruhe. Sie hat uns zu ihrem eigenen Schaden viel Gutes getan. Ihr Herz war nicht furchtsam, und zum Schluß hatte die Geduld ein Ende.«

Jetzt blieben einige der abgehärtetsten Männer, die dem Winter standhalten konnten, bei Túrin, und sie führten ihn über unbekannte Pfade zu einer Zuflucht in den Bergen, die Ausgestoßenen und Landstreichern bekannt war, und wo sich ein Vorrat an Lebensmitteln befand. Dort warteten sie, bis es zu schneien aufhörte; dann gaben sie ihm Wegzehrung und führten ihn zu einem kaum begangenen Paß, der nach Süden in das Tal des Sirion führte, wohin der Schnee nicht gekommen war. Dort, wo der Pfad hinunterführte, schieden sie voneinander.

»Nun lebt wohl, Herr von Dor-lómin«, sagte Asgon. »Aber vergeßt uns nicht. Wir sind jetzt Männer, die man jagt, und wegen Eures Kommens wird das Wolfsvolk noch grausamer sein. Deshalb geht und kehrt zurück, wenn Ihr stark genug seid, um uns zu befreien. Lebt wohl!«

Túrins Ankunft in Brethil

Nun stieg Túrin zum Sirion hinab, und sein Herz war zerrissen. Hatte er früher die bittere Wahl zwischen zwei Entscheidungen gehabt, so wollte ihm nunmehr scheinen, es seien drei geworden und sein unterdrücktes Volk riefe ihn, dessen Leiden er noch vermehrt hatte. Er hatte nur den einen Trost, daß Morwen und Nienor vor langem nach Doriath gelangt waren und daß es die Tapferkeit des Schwarzen Schwertes von

Nargothrond gewesen war, die ihren Weg sicher gemacht hatte. Und in Gedanken sagte er zu sich selbst: »Wo sonst hätte ich sie besser unterbringen können, wäre ich wirklich früher gekommen? Wenn der Gürtel Melians zerbrochen wird, dann ist alles zu Ende. Nein, es bleibt am besten, wie es ist, denn durch meinen Jähzorn und meine unbesonnenen Taten werfe ich einen Schatten, wo immer ich wohne. Mag Melian sie behüten! Und ich will sie für eine Weile im schattenlosen Frieden lassen.«

Doch jetzt suchte Túrin zu spät nach Finduilas, die Wälder durchstreifend unterhalb des Ered Wethrin, wild und scheu wie ein Tier. Er lauerte an allen Straßen, die nach Norden zum Sirion-Paß führten. Es war zu spät, denn alle Spuren waren durch Regen und Schnee verwischt. Aber so geschah es, daß Túrin, als er den Teiglin abwärts zog, auf einige Männer vom Volk Haleths aus dem Wald von Brethil stieß. Durch den Krieg war es zu einem kleinen Häufchen zusammengeschmolzen, das zum größten Teil tief im Wald verborgen hinter einem Palisadenzaun auf dem Amon Obel wohnte. Dieser Ort wurde Ephel Brandir genannt; denn Brandir, der Sohn Handirs, war nun ihr Fürst, seit sein Vater erschlagen worden war. Brandir war ein friedliebender Mann, der seit einem Unglücksfall in seiner Kindheit lahmte. Überdies war er von sanftem Gemüt, liebte Holz mehr als Metall, und die Kenntnis der Dinge, die in der Erde wuchsen, zog er anderem Wissen vor.

Aber einige der Waldmenschen jagten noch immer die Orks an ihren Grenzen. Und so geschah es, daß Túrin den Lärm eines Handgemenges hörte, als er dorthin kam. Er eilte hinzu, und vorsichtig durch die Bäume näherschleichend, sah er eine kleine Gruppe von Männern, die von Orks umringt war. Sie wehrten sich verzweifelt mit dem Rücken gegen eine Baumgruppe, die für sich allein auf einer Lichtung stand. Doch die Orks waren in der Überzahl, und die Waldmenschen hatten kaum Hoffnung, zu entfliehen, wenn nicht Hilfe kam. Deshalb vollführte Túrin trampelnd und polternd im Unterholz einen großen Lärm, und rief dann, als führe er viele Männer an, mit lauter Stimme: »Ha! Dort sind sie! Folgt mir alle! Heraus jetzt und zugeschlagen!«

Darauf wandten sich die Orks bestürzt um, und dann sprang Túrin hervor, tat so, als winke er Männern zu, die ihm folgten, und die

Schneide Gurthangs flackerte in seiner Hand wie eine Flamme. Diese Klinge war den Orks allzugut bekannt, und noch bevor er mitten zwischen sie sprang, zerstreuten sie sich und flohen. Dann eilten die Waldmenschen zu seiner Unterstützung herbei, gemeinsam jagten sie die Feinde in den Fluß, und nur wenige von ihnen gelangten ans andere Ufer.

Schließlich machten sie am Flußufer halt und Dorlas, Anführer der Waldmenschen, sagte: »Du jagst sehr schnell, Herr, doch deine Männer lassen sich Zeit, dir zu folgen.«

»Nein«, erwiderte Túrin. »Wir handeln alle zusammen wie ein Mann, und so werden wir nicht voneinander getrennt.«

Da lachten die Männer aus Brethil und sagten: »Nun, ein solcher Mann wiegt viele Männer auf. Wir schulden dir großen Dank. Aber wer bist du, und was tust du hier?«

»Ich tue nichts, außer daß ich meinem Handwerk nachgehe, Orks zu erschlagen«, sagte Túrin. »Und ich wohne dort, wohin mein Handwerk mich führt. Ich bin der Wilde Mann aus den Wäldern.«

»Dann komm mit und wohne bei uns«, sagten sie, »denn wir wohnen in den Wäldern, und wir brauchen solche Handwerker. Du würdest willkommen sein.«

Túrin blickte sie sonderbar an und sagte: »Sind denn noch Menschen übrig, die es dulden, daß ich ihre Türen verdunkle? Aber, Freunde, ich habe noch ein ernstes Anliegen: Ich muß Finduilas finden, Orodreths Tochter aus Nargothrond, oder wenigstens Neuigkeiten über sie erfahren. Ach, viele Wochen sind vergangen, seit sie aus Nargothrond weggeführt wurde, aber ich suche sie noch immer.«

Darauf blickten sie ihn voll Mitleid an, und Dorlas sagte: »Suche nicht länger. Ein Ork-Heer kam nämlich von Nargothrond zu den Teiglin-Stegen, was uns schon lange bekannt war. Wegen der großen Zahl von Gefangenen, die mitgeführt wurden, marschierte es sehr langsam. Da dachten wir, unseren kleinen Teil zum Krieg beizutragen; mit allen Bogenschützen, die wir aufbieten konnten, lauerten wir den Orks auf und hofften, einige Gefangene zu retten. Aber, ach! Sobald sie angegriffen wurden, erschlugen die abscheulichen Orks zuerst die Frauen unter ihren Gefangenen. Und die Tochter Orodreths spießten sie mit einem Speer an einen Baum.«

Túrin stand da wie jemand, der tödlich getroffen ist. »Woher weißt du das?« fragte er.

»Weil sie zu mir sprach, bevor sie starb«, sagte Dorlas. »Sie sah uns an, als ob sie jemanden suche, den sie erwartete, und sie sagte: ›Sagt es dem Mormegil, daß Finduilas hier ist.‹ Mehr sagte sie nicht. Doch wegen ihrer letzten Worte betteten wir sie dort zur Ruhe, wo sie starb. Sie liegt in einem Grab unweit des Teiglin. Es ist nun ein Monat seitdem vergangen.«

»Bringt mich dorthin«, sagte Túrin, und sie führten ihn zu einem kleinen Hügel an den Teiglin-Stegen. Dort legte er sich nieder, und ein Dunkel befiel ihn, daß sie dachten, er sei tot. Doch Dorlas blickte auf den daliegenden Túrin nieder, wandte sich dann an seine Männer und sagte: »Zu spät! Welch jämmerliches Mißgeschick. Denn seht: Hier liegt der Mormegil selbst, der große Hauptmann von Nargothrond. Wir hätten ihn an seinem Schwert erkennen müssen, wie die Orks es taten.« Der Ruhm des Schwarzen Schwertes aus dem Süden hatte sich nämlich überall verbreitet, sogar in den Tiefen der Wälder.

Darum hoben sie ihn jetzt ehrerbietig auf und trugen ihn nach Ephel Brandir. Und Brandir, der ihnen entgegenkam, wunderte sich über die Bahre, die sie trugen. Dann zog er den Überwurf beiseite, blickte in Túrins Gesicht, und ein dunkler Schatten fiel ihm aufs Herz.

»Oh, grausame Männer Haleths!« rief er. »Warum habt ihr den Tod von diesem Mann ferngehalten. Was ihr mit großer Mühe hierhergebracht habt, ist das letzte Verderben unseres Volkes.«

Doch die Waldmenschen sagten: »Nein, es ist der Mormegil aus Nargothrond[21], ein gewaltiger Ork-Töter, und wenn er am Leben bleibt, wird er uns eine große Hilfe sein. Und wenn es auch nicht so wäre, hätten wir einen vom Leid niedergestreckten Mann wie ein Stück Aas am Wege liegen lassen sollen?«

»Gewiß nicht«, antwortete Brandir. »Das Schicksal wollte es nicht so.« Und er nahm Túrin in sein Haus und pflegte ihn sorgsam.

Aber als Túrin endlich dieses Dunkel abschüttelte, war der Frühling zurückgekehrt, und er erwachte und sah die Sonne auf den grünen Knospen. Da regte sich auch der Lebensmut des Hauses Hador in ihm, er stand auf und sprach zu sich selbst: »Alle meine Taten und vergangenen Tage waren dunkel und böse. Aber es ist ein neuer Tag angebrochen. Hier will ich in Frieden leben, und mich von meinem Namen und von meiner Sippe lossagen. Und so will ich meinen Schatten hinter mir lassen, und ihn zumindest nicht auf jene legen, die ich liebe.«

Darum nahm er einen neuen Namen an und nannte sich selbst Turambar, was in der Sprache der Hoch-Elben »Meister des Schicksals« bedeutet. Und er lebte bei den Waldmenschen, wurde von ihnen geliebt, und er verpflichtete sie, seinen alten Namen zu vergessen und ihn als jemanden zu betrachten, der in Brethil geboren war. Doch wenn er seinen Namen auch geändert hatte, so konnte er sein reizbares Gemüt dennoch nicht völlig bezähmen und seinen Gram nie ganz verwinden, den er gegen die Knechte Morgoths hegte. Und er fuhr fort, mit wenigen Gleichgesinnten die Orks zu jagen, obwohl Brandir dies nicht behagte. Dieser hoffte nämlich, sein Volk durch Stille und Heimlichkeit besser vor dem Verderben zu schützen.

»Den Mormegil gibt es nicht mehr«, sagte er, »doch trage Sorge, daß die Tapferkeit Turambars nicht eine ähnliche Strafe für Brethil heraufbeschwört!«

Deshalb legte Turambar sein Schwert beiseite, nahm es nicht mehr in den Kampf mit und benutzte nunmehr Bogen und Speer. Doch er wollte es nicht leiden, daß die Orks die Teiglin-Stege benutzten oder dem Grab Finduilas' zu nahe kamen. Der Ort wurde Haudh-en-Elleth genannt, Grabhügel des Elbenmädchens. Bald lernten die Orks diesen Ort fürchten, und sie mieden ihn. Und Dorlas sagte zu Turambar: »Du hast den Namen abgelegt, doch du bist noch immer das Schwarze Schwert; und gibt es nicht Gerüchte, die sagen, hinter diesem Namen verberge sich in Wirklichkeit der Sohn Húrins aus Dor-lómin, Fürst aus dem Hause Hador?«

Turambar erwiderte: »Ich habe davon gehört. Doch ich bitte dich, nicht öffentlich davon zu sprechen, wenn du mein Freund bist.«

Die Reise Morwens und Nienors nach Nargothrond

Als der Grausame Winter sich zurückzog, kamen neue Nachrichten aus Nargothrond nach Doriath. Einige Menschen waren nämlich aus der geplünderten Stadt entkommen, hatten den Winter in der Wildnis überlebt und kamen schließlich zu Thingol, um ihn um Zuflucht zu bitten. Die Grenzwächter brachten sie zum König. Und die einen sagten, die Feinde seien allesamt nach Norden abgezogen, andere dagegen sagten, Glaurung hause noch in Felagunds Hallen; und die einen sagten, der Mormegil sei tot, andre wiederum, er sei unter einen Bann des Drachen gefallen und stehe noch dort wie versteinert. Alle aber erklärten, daß vor dem Ende in Nargothrond bekannt war, das Schwarze Schwert sei niemand anderer als Túrin, der Sohn Húrins aus Dor-lómin.

Da waren Morwens und Nienors Kummer groß, und Morwen sagte: »Solche Ungewißheit ist allein Morgoths Werk! Sollen wir die Wahrheit nicht erfahren und keine Gewißheit über das Schicksal erhalten, das uns erwartet?«

Nun hatte Thingol selbst großes Verlangen, mehr über das Schicksal Nargothronds zu erfahren, und bereits erwogen, einige Männer heimlich dorthin zu schicken. Er aber glaubte, daß Túrin wirklich tot oder rettungslos verloren war, und der Gedanke an die Stunde, in der Morwen die Wahrheit erfahren würde, war ihm verhaßt. Deshalb sagte er zu ihr: »Dies ist ein gefährliches Unternehmen, Herrin von Dor-lómin, das man wohl erwägen muß. Eine solche Ungewißheit könnte wahrhaftig von Morgoth geplant sein, um uns zur Unbesonnenheit zu verleiten.«

Doch Morwen war erregt und rief: »Unbesonnenheit, Herr! Wenn mein Sohn hungrig in den Wäldern umherirrte, wenn er in Fesseln geschlagen wäre, wenn sein Körper unbestattet daläge, dann würde ich unbesonnen sein. Ich würde keine Stunde verlieren, und mich auf die Suche nach ihm machen.«

»Herrin von Dor-lómin«, erwiderte Thingol, »dies würde der Sohn Húrins sicherlich nicht wünschen. Er würde finden, daß du hier besser aufgehoben bist als in irgendeinem anderen verbliebenen Land: in der Obhut Melians. Um Húrins und Túrins willen werde ich dich in der dunklen Gefahr dieser Tage nicht draußen umherwandern lassen.«

»Du hast Túrin nicht vor der Gefahr bewahrt, mich aber willst du von ihm fernhalten«, rief Morwen. »In der Obhut Melians! Ja, als eine Gefangene des Gürtels. Lange habe ich gezögert, bevor ich ihn betrat, und jetzt bereue ich es.«

»Genug, Herrin von Dor-lómin«, sagte Thingol. »Wenn du so

sprichst, so sollst du eines wissen: Der Gürtel ist offen. Aus freiem Willen bist du hierher gekommen, und es steht dir frei, zu bleiben oder zu gehen.«

Darauf sagte Melian, die bisher geschwiegen hatte: »Gehe nicht von hier fort, Morwen. Du hast ein wahres Wort gesagt: Diese Ungewißheit stammt von Morgoth. Wenn du gehst, vollstreckst du seinen Willen.«

»Furcht vor Morgoth wird mich nicht hindern, wenn mein Fleisch und Blut mich ruft«, antwortete Morwen. »Doch wenn du um mich fürchtest, Herr, dann überlasse mir einige deiner Leute.«

»Über dich gebiete ich nicht«, sagte Thingol. »Aber meine Männer unterstehen allein meinem Befehl. Ich werde sie nach meinem eigenen Gutdünken aussenden.«

Darauf sagte Morwen nichts mehr und ging hinweg. Thingol war es schwer ums Herz, denn ihm schien, als sei Morwens Gemüt von Todesahnungen überschattet. Er fragte Melian, ob sie Morwen nicht durch ihre Macht zurückhalten könne.

»Gegen Böses, das sich nähert, vermag ich etwas auszurichten«, gab sie zur Antwort, »aber nichts gegen solche, die um jeden Preis fortgehen wollen. Dies ist deine Aufgabe. Wenn sie hierbleiben soll, mußt du sie mit Gewalt zurückhalten. Doch vielleicht kannst du auf diese Weise ihren Starrsinn besiegen.«

Morwen ging nun zu Nienor und sagte: »Lebe wohl, Tochter Húrins, ich gehe, um meinen Sohn zu suchen oder Gewißheit über sein Schicksal zu erlangen, weil niemand hier etwas tun, sondern abwarten will, bis es zu spät ist. Warte hier auf mich, bis ich – vielleicht – zurückkehre.«

Da wollte sie Nienor, von Furcht und Kummer gepackt, zurückhalten, aber Morwen gab keine Antwort, ging in ihre Kammer, und als der Morgen graute, war sie fortgegangen.

Nun hatte Thingol befohlen, daß niemand sie aufhalten oder ihr auf irgendeine Weise nachstellen sollte. Aber sobald sie fort war, stellte er eine Abteilung seiner verwegensten und geschicktesten Männer zusammen und berief Mablung zu ihrem Führer.

»Folgt ihr nun rasch«, sagte er, »doch achtet darauf, daß sie euch nicht bemerkt. Wenn sie sich aber in der Wildnis befindet und ihr Gefahr droht, gebt euch zu erkennen. Wenn sie nicht umkehren will, beschützt sie, so gut ihr könnt. Doch ich möchte, daß einige von euch so weit wie möglich vordringen und nach bestem Vermögen alles auskundschaften.«

So geschah es also, daß Thingol eine größere Truppe aussandte, als er anfangs beabsichtigt hatte, und darunter waren zehn Reiter mit Ersatzpferden. Die Männer folgten Morwen, und sie ging durch Region nach Süden und gelangte oberhalb der Dämmerseen an die Ufer des Sirion. Dort machte sie halt, denn der Sirion war breit und reißend, und sie kannte den Weg nicht. Deshalb mußten die Wächter sich notgedrungen zu erkennen geben; und Morwen sagte: »Will Thingol mich aufhalten? Oder schickt er mir spät noch die Hilfe, die er mir verweigerte?«

»Beides«, antwortete Mablung. »Du willst nicht zurückkehren?«

»Nein!« sagte sie.

»Dann muß ich dir helfen«, sagte Mablung, »wenn auch gegen meinen Willen. Der Sirion ist breit und tief, und es ist gefährlich für Mensch und Tier, ihn zu durchschwimmen.«

»Dann bringe mich hinüber, auf welche Weise das Elben-Volk ihn auch immer zu überqueren pflegt«, sagte Morwen, »sonst werde ich versuchen, ihn zu durchschwimmen.«

Deshalb führte Mablung sie zu den Dämmerseen. Dort waren zwischen den Wasserläufen und dem Ried des östlichen Ufers Boote und Wachmannschaften versteckt, denn auf diesem Wege verkehrten Boten zwischen Thingol und seinen Verwandten in Nargothrond.[22] Sie warteten nun, bis die sternenhelle Nacht sich neigte, und setzten in den weißen Nebeln vor der Morgendämmerung über den Fluß. Und gerade als die Sonne rot über den Blauen Bergen aufging, ein kräftiger Morgenwind blies und die Nebel zerstreute, stiegen die Bootswachen zum westlichen Ufer hinauf und verließen den Gürtel Melians. Es waren großgewachsene Elben aus Doriath, und sie trugen Mäntel über ihren Panzern. Morwen beobachtete sie vom Boot aus, während sie schweigend an ihnen vorbeizogen, und plötzlich stieß sie einen Schrei aus und deutete auf den letzten Mann des Trupps, der an ihr vorbeiging.

»Woher ist er gekommen?« fragte sie. »Zuerst sah ich dreimal zehn. Und jetzt steigen dreimal zehn und einer ans Ufer!«

Da drehten sich die anderen Wachen um und sahen, daß die Sonne auf goldfarbenem Haar glänzte, denn der letzte Mann war Nienor, deren Kapuze der Wind zurückgeschlagen hatte. So wurde offenbar, daß sie dem Trupp gefolgt war und sich ihm in der Dunkelheit angeschlossen hatte, bevor er den Fluß überquerte. Die Männer waren entsetzt, und Morwen nicht weniger. »Kehre zurück! Kehre zurück! Ich befehle es dir!« rief sie.

»Wenn Húrins Weib gegen jeden guten Rat allein fortgehen kann und dem Ruf ihrer Sippe folgt«, sagte Nienor, »dann kann es auch Húrins Tochter. Trauer, so hast du mich genannt, doch ich will nicht allein um Vater, Mutter und Bruder trauern; denn von allen diesen habe ich nur dich gekannt, und dich liebe ich mehr als die anderen. Und nichts, was du nicht fürchtest, will ich fürchten.«

Tatsächlich waren in ihrem Gesicht und in ihrer Haltung kaum Furcht zu erkennen. Sie erschien groß und kräftig, denn die Nachfahren Hadors waren großgewachsen; da sie zudem Elbenkleidung trug, konnte sie es mit den Wächtern wohl aufnehmen und war nur wenig kleiner als der größte unter ihnen.

»Was hattest du vor?« fragte Morwen.

»Dorthin zu gehen, wo du hingehst«, antwortete Nienor. »Ich stelle dich freilich vor die Wahl: Entweder du führst mich zurück in die sichere Hut Melians, weil es nicht klug ist, ihren Rat zu mißachten, oder, wenn du es nicht tust, sollst du wissen, daß ich wie du die Gefahr suchen werde.« In Wahrheit war Nienor nämlich vor allem in der Hoffnung gekommen, Furcht und Mutterliebe könnten Morwen zur Umkehr bewegen. Und in der Tat war Morwen in ihrem Entschluß schwankend geworden.

»Es ist eine Sache, einen Rat zu mißachten«, sagte sie. »Es ist eine andere, einem Befehl deiner Mutter zuwiderzuhandeln. Kehre jetzt zurück!«

»Nein«, entgegnete Nienor. »Es ist lange her, daß ich ein Kind war. Ich habe meinen eigenen Willen und Verstand, obwohl sie sich bis jetzt nicht mit den deinigen gekreuzt haben. Ich gehe mit dir. Lieber nach Doriath, aus Achtung vor denen, die dort herrschen; doch wenn nicht, dann gehe ich nach Westen. Wahrlich, wenn einer von uns beiden weitergehen sollte, käme es eher mir zu, denn ich bin im vollen Besitz meiner Kraft.«

Da erkannte Morwen in Nienors grauen Augen die Standhaftigkeit Húrins. Sie war unschlüssig, doch sie konnte ihren Stolz nicht überwinden und es nicht über sich bringen (ungeachtet der freundlichen Worte) auf diese Weise von ihrer Tochter zurückgeführt zu werden, als sei sie alt und schwach.

»Ich gehe weiter, wie ich es mir vorgenommen habe«, sagte sie. »Komme also mit, aber gegen meinen Willen.«

Darauf sagte Mablung zu seinen Männern: »Wahrlich, es ist der Mangel an nüchterner Überlegung, nicht der an Mut, durch den Húrins Familie anderen so viel Kummer bereitet. Mit Túrin ist es das gleiche, doch nicht mit seinen Vorvätern. Jetzt aber sind sie alle todgeweiht, und das gefällt mir nicht. Diesen Auftrag des Königs fürchte ich mehr als die Jagd auf den Wolf. Was ist zu tun?«

Aber Morwen, die ans Ufer gelangt und nun nähergekommen war, hörte seine letzten Worte. »Tue, was der König dir aufgetragen hat«, sagte sie. »Forsche nach Nachrichten aus Nargothrond und von Túrin. Zu diesem Zweck sind wir alle zusammengekommen.«

»Dennoch ist es ein langer und gefährlicher Weg«, sagte Mablung. »Wenn ihr weiterwollt, setzt euch beide zu Pferde, haltet euch zwischen den Reitern, und entfernt euch keinen Fußbreit von ihnen.«

So geschah es, daß sie sich bei Tagesanbruch aufmachten, langsam aus dem Lande des Rieds und der niedrigen Weiden hinausritten und zu den grauen Wäldern kamen, die einen großen Teil der südlichen Ebene vor Nargothrond bedeckten. Den ganzen Tag lang ritten sie stracks nach Westen, sahen nichts als entvölkerte Räume und hörten keinen Laut, denn die Lande waren verstummt; und Mablung schien es, als sei eine Furcht über ihnen allgegenwärtig. Den gleichen Weg hatte Jahre zuvor Beren zurückgelegt, und damals waren die Wälder voll von den verborgenen Augen der Jäger. Jetzt aber waren alle Menschen aus Narog verschwunden, und die Orks streiften noch nicht so weit südlich umher. In dieser Nacht lagerten sie ohne Feuer und Licht in dem grauen Wald.

Während der folgenden beiden Tage setzten sie ihren Weg fort, und am Abend des dritten Tages seit ihrem Aufbruch vom Sirion, hatten sie die Ebene durchquert und waren nahe an das östliche Ufer des Narog herangekommen. Dann überkam Mablung eine so starke Unruhe, daß er Morwen bat, nicht weiterzureiten. Jedoch sie lachte und sagte: »Du wirst bald froh sein, uns los zu sein, das ist mehr als wahrscheinlich. Aber eine kleine Weile mußt du uns noch ertragen. Wir sind nun zu weit geritten, um aus Furcht umzukehren.«

Da schrie Mablung: »Todgeweiht und tollkühn seid ihr beide! Ihr seid keine Hilfe, sondern hindert uns daran, Nachrichten zu sammeln. Hört mich also: Ich habe den Auftrag, euch nicht mit Gewalt festzuhalten, doch ich bin auch gehalten, euch nach Möglichkeit zu beschützen. In dieser Lage kann ich nur eines von beiden tun: Ich werde euch beschützen. Morgen werde ich euch auf den Amon Ethir führen, den Hügel der Späher, der in der Nähe ist. Dort werdet ihr unter Bewachung bleiben und keinen Schritt tun, so lange ich hier befehle.«

Amon Ethir war eine Erhebung, hoch wie ein Hügel, den Felagund einst unter großen Mühen in der Ebene vor den Toren hatte aufwerfen lassen, und er lag eine Meile vom Ostufer des Narog entfernt. Er war mit Bäumen bewachsen, ausgenommen sein höchster Punkt. Von dort hatte man jederzeit einen weiten Ausblick nach allen Richtungen, auf die Straßen, die zur großen Brücke von Nargothrond führten, und auf das Land ringsumher. Zu diesem Hügel kamen sie am späten Morgen und erstiegen ihn von Osten her. Mablung, der nach dem Hoch-Faroth hinübersah, der sich braun und kahl über dem Fluß erhob,[23] erkannte mit seinem Elbenblick auf den steilen westlichen Uferbänken die Terrassen Nargothronds, und als kleine schwarze Öffnung in der Bergwand die gähnenden Tore Felagunds. Doch er hörte kein Geräusch und konnte weder irgendeinen Feind erblicken noch ein Anzeichen für die Anwesenheit des Drachen; er sah nur die verbrannten Tore, gegen die Glaurung am Tage der Plünderung sein Feuer geblasen hatte. Alles lag stumm unter bleichem Sonnenlicht.

Darum befahl nun Mablung, wie er es angekündigt hatte, seinen zehn Reitern, Morwen und Nienor auf der Spitze des Hügels in Gewahrsam zu halten und sich nicht vom Fleck zu rühren, bis er zurückkehre, außer es ergebe sich eine große Gefahr. Trete diese ein, sollten die Reiter Morwen und Nienor in ihre Mitte nehmen und so schnell wie möglich ostwärts nach Doriath fliehen; einen Reiter sollten sie vorausschicken, der die Nachricht überbringen und Hilfe holen sollte.

Dann nahm Mablung den anderen Teil seines Trupps zu sich, und sie kletterten vom Hügel herab, und als sie in die Felder auf der Westseite kamen, wo es wenige Bäume gab, zerstreuten sie sich; kühn und verstohlen suchte sich jeder seinen eigenen Weg zu den Ufern des Narog. Mablung selbst schlug den mittleren Weg ein, ging auf die Brücke zu, kam an ihr diesseitiges Ende und sah, daß sie völlig zerstört war. Regenfälle im fernen Norden hatten den Fluß anschwellen lassen; er raste wild durch sein tief eingeschnittenes Bett dahin und schäumte und brauste zwischen den herabgefallenen Steinen.

Aber dort lag Glaurung, mitten im Schatten des großen Durchgangs, der von den zerstörten Toren in das Innere führte; er hatte die Späher längst bemerkt, obwohl es in Mittelerde nur wenige andere Augen gab, die sie ausgemacht haben würden. Aber seine grausamen Augen sahen schärfer als die der Adler und übertrafen den Fernblick der Elben. Und so wußte er auch, daß einige zurückgeblieben waren und sich auf dem kahlen Gipfel des Amon Ethir aufhielten.

Gerade als Mablung zwischen den Felsen kriechend nach einer Möglichkeit suchte, den Fluß auf den herabgefallenen Steinen der Brücke zu überqueren, kam Glaurung plötzlich hervor, mächtig Feuer speiend, und kroch in den Fluß hinein. Das Wasser begann auf der Stelle zu zischen, ungeheure Dämpfe stiegen auf, und Mablung und seine Gefährten, die in der Nähe lauerten, wurden in dichten Dunst und üblen Gestank gehüllt; und die meisten hielten es für das Beste, zum Hügel der Späher zu fliehen. Als aber Glaurung den Narog überquerte, wich Mablung seitlich aus, legte sich unter einen Felsen und blieb zurück; er glaubte nämlich, seinen Auftrag dennoch erfüllen zu müssen. Er wußte jetzt mit Sicherheit, daß Glaurung sich in Nargothrond aufhielt, doch er hatte überdies den Auftrag, nach Möglichkeit auch die Wahrheit über Húrins Sohn in Erfahrung zu bringen. Deshalb beschloß er tapferen Herzens, sobald Glaurung verschwunden war, den Fluß zu überqueren und die Hallen Felagunds zu durchstöbern. Er war nämlich im Glauben, daß alles, was möglich war, für die

Sicherheit Morwens und Nienors getan worden war: Man würde Glaurungs Auftauchen bemerkt haben, und in diesem Augenblick würden sich die Reiter so schnell sie nur konnten auf den Weg nach Doriath machen.

Darum ließ Mablung Glaurung an sich vorbeikriechen: ein gewaltiger Umriß im Nebel, der sich schnell bewegte, denn Glaurung war zwar ein riesiger Wurm, aber dennoch behende. Dann überquerte Mablung unter großer Gefahr den Narog; jedoch die Wachen auf dem Amon Ethir bemerkten das Auftauchen des Drachen und waren entsetzt. Sogleich geboten sie Morwen und Nienor ohne Widerrede aufzusitzen, und machten sich bereit, nach Osten zu fliehen. Doch gerade als sie vom Hügel herab in die Ebene kamen, blies ihnen ein übler Wind die dichten Dünste entgegen, die einen Gestank mit sich trugen, den kein Pferd ertragen konnte. Die Pferde, vom Nebel blind gemacht und vom Gestank des Drachen in rasenden Schrecken versetzt, waren bald nicht mehr zu halten und rasten ungebärdig hin und her. Die Wachen wurden zersprengt, gegen Bäume geschmettert, wobei sie sich schwer verletzten, oder sie suchten einander vergeblich. Das Wiehern der Pferde und die Schreie der Reiter drangen an Glaurungs Ohren, und er freute sich darüber.

Einer der Elben-Reiter, der sich im Nebel mit seinem Pferd abmühte, sah Frau Morwen in seiner Nähe vorbeihuschen: ein graues Gespenst auf einem tobenden Pferd; doch sie verschwand im Nebel, nach Nienor rufend, und sie sahen sie niemals wieder.

Als der blinde Schrecken über die Reiter kam, ging Nienors Pferd durch, strauchelte, und sie wurde abgeworfen. Sie fiel weich in das Gras und blieb unverletzt; doch als sie wieder auf die Füße kam, war sie allein, verloren im Nebel, ohne Pferd und ohne Gefährten. Ihr Mut war ungebrochen, und es schien ihr nutzlos, diesem oder jenem Schrei zu folgen, denn überall im Umkreis waren Schreie, die aber immer schwächer wurden. In dieser Lage schien es ihr besser, die Rückkehr zum Hügel zu versuchen, denn Mablung würde zweifellos dorthin kommen, bevor er fortging, und sei es nur, um sich zu vergewissern, daß keiner seiner Gefährten zurückgeblieben war.

Sie schlug deshalb die Richtung ein, in der sie den Hügel vermutete, der in der Tat in der Nähe war und zu dem der aufsteigende Boden unter ihren Füßen sie hinführte. Langsam erstieg sie den Pfad, der von Osten hinaufführte. Während des Aufstieges wurde der Nebel lichter, bis sie schließlich auf dem kahlen Gipfel ins Sonnenlicht trat. Sie schritt vorwärts und blickte nach Westen. Und dort, unmittelbar vor ihr, war der gewaltige Kopf Glaurungs, der gerade von der anderen Seite heraufgekrochen war; und bevor sie es sich versah, blickten ihre Augen in die seinen, die furchtbar waren, erfüllt vom grausamen Geist seines Meisters Morgoth.

Doch Nienor wehrte sich heftig gegen seinen Blick, denn ihr Wille war stark, aber er legte seine Macht auf sie.

»Was suchst du hier?« fragte er. Und wie unter einem Zwang antwortete sie: »Ich suche nur einen gewissen Túrin, der sich hier eine zeitlang aufhielt. Aber vermutlich ist er tot.«

»Ich weiß nicht«, sagte Glaurung. »Er wurde hier zurückgelassen, um die Frauen und Schwächlinge zu verteidigen. Aber als ich kam, ließ er sie im Stich und floh. Ein Großmaul, aber ein Feigling, wie es scheint. Warum suchst du einen solchen Mann?«

»Du lügst«, sagte Nienor. »Die Kinder Húrins sind zumindest keine Feiglinge. Wir fürchten dich nicht.«

Da lachte Glaurung, denn auf diese Weise hatte sich Húrins Tochter seiner Bosheit zu erkennen gegeben. »Dann seid ihr Narren, du und dein Bruder«, sagte er. »Und deine Prahlerei soll vergeblich sein, denn ich bin Glaurung!«

Dann zwang er sie, in seine Augen zu blicken, und ihre Willenskraft schwand dahin. Und ihr war, als werde die Sonne schwächer und ringsum alles düster; allmählich überkam sie ein großes Dunkel, und in diesem Dunkel war Leere: Sie wußte nichts, hörte nichts und erinnerte sich an nichts.

Lange erkundete Mablung die Hallen Nargothronds, so gut er es bei der Dunkelheit und dem Gestank vermochte; aber er fand kein lebendiges Wesen dort: Nichts rührte sich inmitten der Knochen, und niemand antwortete auf seine Rufe. Niedergedrückt durch den grauenhaften Anblick des Ortes und aus Furcht, Glaurung könne zurückkehren, gelangte er schließlich wieder zu den Toren zurück. Im Westen sank die Sonne, und die Schatten der Faroth im Hintergrund lagen schwarz auf den Terrassen und dem tosenden Fluß in der Tiefe. Doch in der Ferne, unterhalb des Amon Ethir, glaubte er die widerwärtige Gestalt des Drachen erkennen zu können. Da Eile und Furcht ihn trieben, war die Rückkehr über den Narog schwieriger und gefährlicher, und kaum hatte er das Ostufer erreicht und war in ein Versteck gekrochen, als Glaurung nahte. Doch jetzt kam er langsam und verstohlen, denn die Feuer in seinem Innern waren heruntergebrannt: Seine große Kraft hatte ihn verlassen, und es verlangte ihn nach Ruhe und Schlaf in der Dunkelheit. So wand er sich durch das Wasser und schlich wie eine ungeheure aschgraue Schlange zu den Toren hinauf, und sein Bauch überzog den Boden mit Schleim.

Doch bevor er hineinglitt, wandte er sich um, blickte nach Osten zurück, und es entrang sich ihm das Gelächter Morgoths, schwach, aber entsetzlich wie ein bösartiges Echo aus den schwarzen Tiefen in weiter Ferne. Und dem Lachen folgte diese kalte und leise Stimme: »Da liegst du wie ein Maulwurf unter dem Ufer, Mablung, du Mächtiger! Du hast Thingols Aufträge schlecht ausgeführt. Eile nun zum Hügel zurück und sieh, was aus deinen Schützlingen geworden ist.«

Dann zog Glaurung sich in sein Versteck zurück, die Sonne ging unter, und ein grauer Abend legte sich frostig auf das Land. Mablung aber hastete zum Amon Ethir zurück, und als er zum Gipfel hinaufkletterte, gingen im Osten die Sterne auf. Oben sah er gegen die Sterne eine dunkle, reglose Gestalt stehen, als sei sie ein Bildnis aus Stein. So verharrte Nienor, und sie hörte nichts von dem, was er sagte, und sie gab ihm keine Antwort. Aber als er sie schließlich bei der Hand nahm, bewegte sie sich und ließ es zu, daß er sie wegführte; und solange er sie hielt, folgte sie, ließ er sie aber los, stand sie still.

Da waren Mablungs Kummer und Verwirrung groß, doch er hatte keine andere Wahl, als Nienor auf diese Weise, ohne Hilfe und Begleitung, auf den langen Weg nach Osten zu führen. So gingen sie denn fort, schreitend wie Träumende, hinaus auf die nachtüberschattete Ebene. Und als der Morgen dämmerte, strauchelte Nienor, fiel und lag stumm da; und verzweifelt saß Mablung neben ihr.

»Ich habe diesen Auftrag nicht ohne Grund gefürchtet«, sagte er. »Er wird auch mein letzter sein, wie es scheint. Gemeinsam mit diesem unglücklichen Kind der Menschen werde ich in der Wildnis zugrundegehen, und in Doriath wird man meines Namens im Zorn gedenken, falls man wirklich jemals Nachricht von unserem Schicksal erhalten wird. Alle übrigen sind ohne Zweifel erschlagen; Nienor ist als einzige verschont geblieben, aber nicht aus Barmherzigkeit.«

So wurden sie von drei Männern des Kundschaftertrupps gefunden; diese waren, als Glaurung sich näherte, vom Narog geflohen, und als nach langem Umherirren der Nebel sich gelichtet hatte, zum Hügel zurückgekehrt. Als sie ihn verlassen fanden, hatten sie begonnen, den Weg nach Hause zu suchen. Da schöpfte Mablung neue Hoffnung, und jetzt gingen sie zusammen weiter, ihren Weg einmal nach Norden, dann nach Osten lenkend, denn es gab keine Straße, die von Süden her zurück nach Doriath führte; überdies war es den Bootswachen seit dem Fall Nargothronds untersagt, jemanden überzusetzen, ausgenommen solche, die aus dem Landesinneren kamen.

Ihre Reise ging langsam vonstatten, denn es war, als führten sie ein ermüdetes Kind mit sich. Doch je weiter sie sich von Nargothrond entfernten und sich Doriath näherten, so kehrten auch Nienors Kräfte nach und nach zurück, und sie marschierte folgsam, an der Hand geführt, Stunde um Stunde. Doch ihre weit offenen Augen nahmen nichts wahr, ihre Ohren hörten keine Worte, und über ihre Lippen kam kein Wort.

Und dann kamen sie nach vielen Tagen endlich in die Nähe der Westgrenze Doriaths, ein wenig südlich des Teiglin. Sie hatten nämlich vor, die Zäune von Thingols kleinem Land jenseits des Sirion zu passieren, und so die bewachte Brücke nahe der Einmündung des Esgalduin zu erreichen. Dort machten sie eine Weile halt. Sie betteten Nienor auf ein Lager aus Gras, und sie schloß die Augen, wie sie es bisher noch nicht getan hatte, und schien zu schlafen. Dann ruhten auch die Elben, und wegen ihrer völligen Erschöpfung waren sie unachtsam. So wurden sie unerwartet von einer Bande jagender Orks überfallen, die nun in dieser Gegend umherstreiften und sich nahe an die Zäune Doriaths heranwagten. Mitten im Kampfgetümmel sprang Nienor plötzlich von ihrem Lager auf wie jemand, der durch einen nächtlichen Lärm aus dem Schlaf gerissen wird; und mit einem Schrei stob sie fort in den Wald. Darauf drehten sich die Orks um und verfolgten sie, und die Elben jagten sie ihrerseits. Aber mit Nienor ging eine seltsame

Veränderung vor: Jetzt lief sie allen davon, flog wie ein Reh zwischen den Bäumen dahin, so schnell, daß ihr Haar im Luftzug wehte. Mablung und seine Gefährten holten die Orks rasch ein, erschlugen sie alle und rannten weiter. Doch inzwischen war Nienor wie ein Gespenst verschwunden, und obgleich sie viele Tage suchten, bekamen sie sie weder zu Gesicht noch fanden sie eine Spur von ihr.

Da kehrte Mablung schließlich nach Doriath zurück und verbeugte sich vor Thingol, Kummer und Scham im Herzen. »Sucht Euch einen neuen Anführer für Eure Jäger, Herr«, sagte er zum König, »denn ich bin entehrt.«

Doch Melian sagte: »Das stimmt nicht, Mablung. Du hast alles getan, was du konntest, und keiner unter den Dienern des Königs hätte so viel getan. Aber durch ein böses Geschick mußtest du dich mit einer Macht messen, die zu groß für dich war: Zu groß, wahrlich, für alle, die jetzt in Mittelerde wohnen.«

»Ich habe dich ausgeschickt, um Nachrichten einzuholen, und das hast du getan«, sagte Thingol. »Es ist nicht deine Schuld, wenn jene, die von ihnen am meisten berührt werden, sie jetzt nicht mehr hören können. Wahrlich, bitter ist dieses Ende von Húrins Sippe, aber dir kann man es nicht zur Last legen.«

Nunmehr war nicht nur Nienor wie von Sinnen in die Wildnis gerannt, sondern auch Morwen war verschwunden. Weder zu dieser Zeit noch später kam irgendeine verläßliche Nachricht von ihrem Schicksal nach Doriath oder Dor-lómin. Dennoch gab Mablung keine Ruhe, und er brach mit einem kleinen Trupp in die Wildnis auf. Und drei Jahre lang wanderten sie weit umher, von den Ered Wethrin bis gar zu den Mündungen des Sirion, und suchten nach Zeichen oder Nachrichten von den Verschwundenen.

Nienor in Brethil

Was aber Nienor betraf, so rannte sie weiter in den Wald hinein und hörte hinter sich die Rufe der Verfolger. Sie riß sich die Kleider herunter, warf sie während der Flucht fort, bis sie ganz nackt war. Und sie lief noch den ganzen Tag wie ein Tier, das gejagt wird bis ihm das Herz versagt und das nicht wagt, innezuhalten und Atem zu schöpfen. Aber gegen Abend verging plötzlich ihre Tollheit. Einen Augenblick blieb sie wie verwundert stehen, und dann fiel sie aufs äußerste erschöpft, wie vom Schlag getroffen, ohnmächtig in ein Farndickicht. Und dort, zwischen den vorjährigen Farnwedeln und den frischen Trieben des Frühjahrs, lag sie, ohne sich um ihre Umwelt zu kümmern.

Am Morgen erwachte sie und begrüßte das Licht wie jemand, der zum ersten Mal ins Leben gerufen wird; alle Dinge, die sie sah, erschienen ihr neu und fremd, und sie hatte keine Namen für sie. Denn hinter ihr lag eine leere Finsternis, und keine Erinnerung durchdrang sie an etwas, das sie gekannt hatte, und nicht das Echo eines einzigen Wortes. Sie erinnerte sich nur an einen Schatten von Furcht, und darum war sie auf der Hut und hielt immer nach Verstecken Ausschau: Wenn irgendein Geräusch oder Schatten sie erschreckte, kletterte sie auf einen Baum oder schlüpfte ins Dickicht, hurtig wie ein Eichhörnchen oder ein Fuchs; und von dort spähte sie lange Zeit durch die Blätter, ehe sie ihren Weg fortsetzte.

Indem sie so den Weg verfolgte, den sie zuerst eingeschlagen hatte, kam sie zum Teiglin, wo sie ihren Durst stillte. Aber sie fand nichts Eßbares und wußte auch nicht, wo sie etwas finden sollte; sie war hungrig, und sie fror. Weil ihr die Bäume auf der anderen Seite des Flusses dichter und dunkler vorkamen (das waren sie tatsächlich, denn sie bildeten die Säume des Waldes von Brethil), überquerte sie ihn schließlich, kam auf eine grüne Anhöhe und warf sich auf den Boden: Sie war am Ende ihrer Kraft, und es schien ihr, als hole das Dunkel sie wieder ein, das hinter ihr lag, und die Sonne verdunkele sich.

Doch in Wahrheit war es ein schwarzer Sturm, der aus dem Süden heraufzog, mit Blitzen geladen und regenschwer; und sie lag dort zusammengekauert auf der Anhöhe, und der dunkle Regen prasselte auf ihren nackten Körper.

Es geschah nun zufällig, daß einige der Waldmenschen von Brethil, um diese Zeit von einem Zug gegen Orks heimkehrend, vorbeikamen und über die Teiglin-Stege zu einer nahegelegenen Schutzhütte hasteten. Und es leuchtete ein gewaltiger Blitz auf, so daß der Haudh-en-Elleth wie eine weiße Flamme strahlte. Da wich Turambar, der die Männer anführte, zurück, bedeckte seine Augen und zitterte. Ihm war nämlich, als sehe er die geisterhafte Gestalt eines toten Mädchens auf dem Grabhügel Finduilas' liegen.

Aber einer der Männer rannte zur Anhöhe und rief ihm zu: »Hierher, Herr! Hier liegt eine junge Frau, und sie lebt!« Turambar kam hinzu, hob sie hoch, und das Wasser rann aus ihren durchweichten Haaren, doch sie hielt die Augen geschlossen, zitterte und wehrte sich nicht. Über ihre Nacktheit verwundert, warf Turambar seinen Umhang über sie und trug sie zur Jagdhütte in den Wäldern. Dort entzündeten sie ein Feuer, wickelten sie in Decken, und sie öffnete ihre Augen und blickte die Männer an. Und als ihr Blick auf Turambar fiel, trat ein Glanz auf ihr Gesicht, und sie streckte eine Hand nach ihm aus. Es war ihr, als habe sie endlich etwas gefunden, das sie in der Dunkelheit gesucht hatte, und sie war getröstet. Turambar nahm ihre Hand, lächelte und sagte: »Nun, junge Frau, willst du uns nicht deinen Namen sagen, den deiner Sippe, und uns erzählen, was dir Böses zugestoßen ist?«

Da schüttelte sie den Kopf und sagte nichts, sondern begann zu weinen. Sie bedrängten sie nicht weiter, bis sie sich, ausgehungert wie sie war, an den Speisen, die sie ihr geben konnten, gesättigt hatte. Dann seufzte sie, legte ihre Hand wieder in Turambars Hand, und er sagte: »Bei uns bist du sicher. Hier magst du den Rest der Nacht ruhen, und am Morgen werden wir dich zu unseren Wohnungen oben im Hochwald bringen. Aber wir würden gern deinen Namen wissen und aus welcher Familie du stammst, damit wir sie finden und ihr Nachricht von dir geben können. Willst du nicht zu uns sprechen?«

Aber wiederum gab sie keine Antwort und weinte.

»Sei unbesorgt«, sagte Turambar. »Vielleicht ist die Geschichte zu schlimm, um sie jetzt zu erzählen. Doch einen Namen will ich dir geben, und so nenne ich dich Níniel, das Tränenmädchen.« Und bei diesem Namen sah sie auf, schüttelte den Kopf, wiederholte aber den Namen. Dies war das erste Wort, das sie nach ihrer Dunkelheit sprach, und es blieb für immer ihr Name unter den Waldmenschen.

Am Morgen trugen sie Níniel nach Ephel Brandir, und der Weg stieg steil zum Amon Obel hinauf, bis sie an die Stelle kamen, wo sie den herabstürzenden Celebros überqueren mußten. Dort hatte man eine hölzerne Brücke gebaut, und unter ihr floß der Strom über die

Rundung eines ausgewaschenen Steins, fiel über viele schäumende Stufen tief nach unten in ein felsiges Becken, und die ganze Luft war mit Dunst wie von einem feinen Regen erfüllt. Am oberen Ende der Fälle, wo Birken wuchsen, war eine weite Rasenfläche; von dort hatte man einen weiten Blick bis zu den ungefähr zwei Meilen entfernten Schluchten des Teiglin. Die Luft war dort kühl, und sommers rasteten hier die Reisenden und tranken von dem kalten Wasser. Dimrost, die Regentreppe, wurden diese Fälle genannt, aber seit diesem Tag nannte man sie Nen Girith, das Schauderwasser; Turambar und seine Gefährten machten nämlich dort halt, und sobald Níniel an diesen Platz kam, wurde ihr kalt, und sie schauderte, und man konnte sie weder wärmen noch ihr sonst helfen.[24] Deshalb beeilten sie sich auf ihrem Weg, doch bevor sie nach Ephel Brandir kamen, war Níniel bereits an einem Fieber erkrankt.

Lange lag sie krank danieder, und Brandir wandte seine ganze Kunst auf, ihr zu helfen, und die Frauen der Waldmenschen wachten Tag und Nacht bei ihr. Doch nur wenn Turambar in der Nähe blieb, ruhte sie friedlich oder schlief ohne zu stöhnen ein. Eines aber bemerkten alle, die bei ihr wachten: während der ganzen Zeit, da sie im Fieber lag und oft arge Qualen litt, murmelte sie niemals ein Wort, weder in der Sprache der Elben noch der Menschen. Und als ihre Gesundheit allmählich zurückkehrte, sie aufstehen konnte und wieder zu essen anfing, da mußten die Frauen von Brethil Níniel wie einem Kind Wort für Wort das Sprechen lehren. Doch sie lernte schnell und hatte Freude daran, wie jemand, der große und kleine Schätze wiederfindet, die er verlegt hatte. Als sie endlich genug gelernt hatte, um sich mit ihren Freunden zu verständigen, sagte sie: »Wie heißt dieser Gegenstand? In meiner Dunkelheit habe ich seinen Namen nämlich vergessen.« Als sie wieder umhergehen konnte, suchte Níniel Brandir in seinem Haus auf, denn sie war sehr begierig, die Namen aller Lebewesen kennenzulernen, und in diesen Dingen kannte er sich gut aus; und sie gingen zusammen im Garten und auf den Waldlichtungen spazieren.

Da begann Brandir sie lieb zu gewinnen; und als sie zu Kräften kam, stützte sie ihn, den Lahmen, und nannte ihn ihren Bruder. Ihr Herz aber hatte sie an Turambar verloren, und nur wenn er nahte, lächelte sie, und nur wenn er scherzte, lachte sie.

An einem goldumrandeten Herbstabend saßen sie beisammen, die Sonne ließ den Berghang und die Häuser Ephel Brandirs aufglühen, und eine tiefe Stille herrschte. Da sagte Níniel zu Turambar: »Ich habe nun nach dem Namen aller Lebewesen gefragt, nur nach dem deinen nicht. Wie nennt man dich?«

»Turambar«, antwortete er.

Da hielt sie inne, als lausche sie auf ein Echo; doch sie sagte: »Und was bedeutet das, oder ist es nichts weiter als ein Name?«

»Es bedeutet Meister des Dunklen Schattens«, sagte er. »Denn auch ich, Níniel, hatte meine Dunkelheit, in der manches verschwunden ist, das mir lieb war. Aber jetzt habe ich es überwunden, denke ich.«

»Und bist du auch davor geflohen und gerannt, bis du in diese lieblichen Wälder kamst?« fragte sie. »Und wann bist du entkommen, Turambar?«

»Ja«, sagte er. »Ich bin viele Jahre lang geflohen. Und ich entrann, als du kamst. Denn es war dunkel, bevor du kamst, Níniel, aber seitdem ist es immer hell gewesen. Und es scheint mir, daß endlich zu mir gekommen ist, was ich so lange vergeblich gesucht habe.«

Als er in der Abenddämmerung zu seinem Haus zurückging, sagte er zu sich selbst: »Haudh-en-Elleth! Sie kam von der grünen Anhöhe. Wenn dies ein Zeichen ist – wie soll ich es deuten?«

Nun neigte sich das goldene Jahr, ging in einen milden Winter über, dem ein weiteres strahlendes Jahr folgte. In Brethil war Frieden, die Waldmenschen selbst verhielten sich ruhig, verließen ihre Gegend nicht und empfingen keine Nachrichten aus den Ländern ringsum. Denn die Orks, die zu dieser Zeit nach dem Süden in Glaurungs dunkles Reich kamen oder als Späher an die Grenzen Doriaths gesandt wurden, mieden die Teiglin-Stege und hielten sich weit im Westen jenseits des Flusses auf.

Und nunmehr war Níniel gänzlich geheilt, und sie war blühend und kräftig geworden, und Turambar hielt sich nicht länger zurück und bat sie, seine Frau zu werden. Níniel war darüber froh, als aber Brandir davon erfuhr, wurde das Herz ihm schwer, und er sagte zu ihr: »Übereile nichts! Halte mich nicht für unfreundlich, wenn ich dir rate, zu warten.«

»Nichts, was du tust, geschieht aus böser Absicht«, erwiderte sie. »Aber warum gibst du mir dann einen solchen Rat, kluger Bruder?«

»Kluger Bruder?« fragte er. »Eher lahmer Bruder, ungeliebt und nicht liebenswert. Und ich weiß kaum, warum. Aber auf diesem Mann liegt ein Schatten, und ich habe Furcht.«

»Es hat einen Schatten gegeben«, sagte Níniel. »Er hat es mir erzählt. Aber er ist ihm entronnen, genau wie ich. Und ist er der Liebe nicht wert? Wenn er sich jetzt auch friedlich verhält, war er nicht einst der größte Hauptmann, vor dem all unsere Feinde flohen, wenn sie ihn sahen?«

»Wer hat dir das erzählt?« fragte Brandir.

»Dorlas«, erwiderte sie. »Hat er nicht die Wahrheit gesagt?«

»Es ist in der Tat wahr«, sagte Brandir, doch er war mißgestimmt, denn Dorlas war der Anführer jener Gruppe, die Krieg mit den Orks wollte. Dennoch suchte er weiter nach Gründen, um Níniel zum Aufschub zu bewegen, und er sagte: »Es ist die Wahrheit, freilich nicht die ganze, denn er war der Hauptmann von Nargothrond und vorher aus dem Norden gekommen, und er war (wie man sagt) der Sohn Húrins aus Dor-lómin, aus dem kriegerischen Hause Hador.« Brandir, der den Schatten sah, der sich bei diesem Namen auf ihr Gesicht legte, mißdeutete ihre Miene und sprach weiter: »Wahrlich, Níniel, bedenke wohl, daß ein solcher Mann wahrscheinlich in Kürze zum Kriegshandwerk zurückkehren muß, vielleicht weit von diesem Land entfernt. Und wenn dies eintritt, wie willst du es ertragen? Sei auf der Hut, denn ich sehe voraus, wenn Turambar wieder in die Schlacht zieht, daß nicht er, sondern der Schatten die Oberhand behalten wird.«

»Ich würde es nicht ertragen«, entgegnete sie, »doch unverheiratet ebensowenig wie verheiratet. Und seine Frau könnte ihn vielleicht davon abhalten und die Schatten verscheuchen.« Trotzdem war sie über Brandirs Worte betrübt, und sie bat Turambar, noch eine Zeitlang zu warten. Und er wunderte sich darüber und war niedergeschlagen, doch als er von ihr erfuhr, daß Brandir ihr dazu geraten hatte, nahm er es übel auf.

Aber als der nächste Frühling kam, sagte er zu Níniel: »Die Zeit vergeht. Wir haben gewartet, und länger will ich nun nicht warten. Tu, was dein Herz dir befiehlt, Níniel, Liebste, doch bedenke: Ich muß wählen. Ich werde zum Krieg in den Wäldern zurückkehren, oder ich werde dich heiraten und niemals mehr in den Krieg ziehen, außer um dich zu verteidigen, wenn irgendein Bösewicht dein Heim angreift.«

Da war Níniel wirklich glücklich, sie gelobte ihm Treue, und am Tag der Sommersonnenwende wurden sie miteinander vermählt. Die Waldmenschen veranstalteten ein großes Fest und schenkten ihnen ein schönes Haus, das sie für die Eheleute auf dem Amon Obel erbaut hatten. Dort wohnten sie und waren glücklich, aber Brandir war betrübt, und der Schatten, der auf seinem Herzen lag, wurde dunkler.

Die Ankunft Glaurungs

Nun wuchsen die Kraft und die Bosheit Glaurungs schnell, er wurde fett, sammelte Orks um sich, herrschte als ein Drachenkönig, und alles, was zum Reich von Nargothrond gehört hatte, wurde von ihm unterworfen. Und bevor dieses Jahr zu Ende ging, das dritte Jahr von Turambars Aufenthalt bei den Waldmenschen, begann Glaurung deren Land anzugreifen, das eine Zeitlang Frieden gehabt hatte; in der Tat war es Glaurung und seinem Meister sehr wohl bekannt, daß in Brethil noch ein Überrest freier Menschen wohnte, die letzten Angehörigen der Drei Häuser, die der Macht des Nordens trotzten. Und dies wollten sie nicht hinnehmen, denn es war Morgoths Ziel, ganz Beleriand zu unterjochen, jeglichen Winkel des Landes zu durchstöbern, damit in keinem Loch oder Versteck noch ein einziger lebe, der nicht sein Sklave war. Deshalb war es kaum von Bedeutung, ob Glaurung erriet, wo Turambar sich versteckt hielt, oder ob (wie manche glaubten) er wirklich zu jener Zeit aus dem Gesichtskreis des Bösen, das ihn verfolgte, geschlüpft war. Denn am Ende mußten sich Brandirs Pläne als vergeblich erweisen, und für Turambar selbst konnte es schließlich nur zwei Möglichkeiten geben: tatenlos abzuwarten, bis man ihn fand und wie eine Ratte aufscheuchte, oder umgehend den Kampf zu suchen und sich offen zu zeigen.

Aber als erstmals Nachrichten vom Kommen der Orks nach Ephel Brandir gebracht wurden, zog er nicht hinaus und fügte sich den flehentlichen Bitten Níniels. Denn sie sagte: »Unsre Häuser sind noch nicht angegriffen worden, und dies hast du zur Bedingung gemacht.

Man sagt, daß die Orks nicht zahlreich sind. Und Dorlas hat mir erzählt, daß, bevor du kamst, solche Vorstöße häufig vorkamen und die Waldmenschen sie abwehren konnten.«

Aber die Waldmenschen wurden geschlagen, denn diese Orks gehörten einer grausamen Rasse an, waren wild und wagemutig; und sie kamen in der Tat mit der Absicht, in den Wald von Brethil einzufallen, und nicht wie zuvor, um mit anderen Aufträgen seine Randgebiete zu durchziehen oder in kleinen Trupps zu jagen. Darum wurden Dorlas und seine Männer unter Verlusten zurückgetrieben, die Orks kamen über den Teiglin und drangen tief in die Wälder vor. Dorlas kam zu Turambar, zeigte ihm seine Wunden und sagte: »Sieh, Herr, jetzt ist nach einem falschen Frieden für uns die Zeit der Not gekommen, genau wie ich es vorausgesagt habe. Hast du nicht darum gebeten, als Angehöriger unseres Volkes betrachtet zu werden und nicht als ein Fremdling? Unsere Wohnungen werden nicht unentdeckt bleiben, wenn die Orks tiefer in unser Land eindringen.«

Aus diesem Grunde erhob sich Turambar, nahm wieder sein Schwert Gurthang zur Hand und zog in den Kampf; und als die Waldmenschen davon erfuhren, schöpften sie großen Mut, sammelten sich um ihn, bis er über eine Streitmacht von vielen hundert Männern verfügte. Dann jagten sie durch den Wald, erschlugen alle Orks, die sich dort herumtrieben, und hängten sie an die Bäume in der Nähe der Teiglin-Stege. Und als ein neues Heer gegen sie vorrückte, lockten sie es in eine Falle, und die Orks, überrascht durch die Zahl der Waldmenschen und durch die Rückkehr des Schwarzen Schwerts erschreckt, wurden vertrieben, und eine große Anzahl von ihnen wurde erschlagen. Darauf errichteten die Waldmenschen große Scheiterhaufen und verbrannten die Leichname von Morgoths Kriegern zuhauf; der Rauch der Vergeltung stieg schwarz in den Himmel, und der Wind trug ihn nach Westen fort. Die wenigen überlebenden Orks kehrten mit diesen Nachrichten nach Nargothrond zurück.

Darüber wurde Glaurung ernstlich wütend; doch eine Weile verhielt er sich ruhig und dachte über das nach, was er gehört hatte. So ging der Winter in Frieden vorbei, und die Männer sagten: »Gewaltig ist das Schwarze Schwert aus Brethil, denn alle unsere Feinde sind besiegt.« Níniel war zufrieden und freute sich über Turambars Ruhm.

Er aber saß tief in Gedanken da und sagte bei sich: »Die Würfel sind gefallen. Jetzt kommt die Prüfung, in der ich mich mit meinem Stolz bewähren oder völlig versagen werde. Ich werde nicht fliehen. Turambar will ich nunmehr bleiben, und durch meinen eigenen Willen und durch meinen Mut will ich mein Verhängnis überwinden – oder fallen. Aber ob ich falle oder steige, wenigstens will ich Glaurung töten.«

Dennoch war er unruhig, und er schickte wagemutige Männer als Kundschafter weit ins Land hinaus. Obwohl ihn niemand damit beauftragt hatte, handhabte er die Dinge jetzt nämlich nach seinem Willen, als sei er Herr über Brethil; und niemand beachtete Brandir.

Der Frühling kam voller Hoffnung, und die Menschen sangen bei der Arbeit. Doch in diesem Frühling wurde Níniel schwanger, sie wurde blaß und kraftlos, und alle ihre Fröhlichkeit schwand dahin. Und bald trafen von den Männern, die in das Land jenseits des Teiglin gezogen waren, merkwürdige Nachrichten ein: Weit draußen in den Wäldern, auf der Ebene vor Nargothrond, brenne ein riesiges Feuer, und die Männer fragten sich, was dies wohl sein könnte.

Kurz darauf kamen weitere Berichte: daß die Feuer immer weiter nach Norden vordrangen und daß in Wirklichkeit Glaurung ihr Urheber war. Er hatte nämlich Nargothrond verlassen und war wieder mit einem Auftrag unterwegs. Darauf sagten die Törichten und Hoffnungsvollen: »Sein Heer ist zerstört, und er ist jetzt endlich klug geworden und geht dorthin zurück, wo er hergekommen ist.« Andere sagten: »Laßt uns hoffen, daß er an uns vorüberzieht.« Doch Turambar hegte solche Hoffnung nicht und wußte, daß Glaurung kam, um ihn zu suchen. Deshalb grübelte er Tag und Nacht darüber, welchen Entschluß er fassen sollte, doch um Níniels willen verbarg er seine Gedanken. Darüber wurde es allmählich Sommer.

Es kam ein Tag, an dem zwei Männer schreckerfüllt nach Ephel Brandir zurückkehrten, denn sie hatten den Großen Wurm gesehen. »Es ist die Wahrheit, Herr«, sagten sie zu Turambar, »er kommt nun nahe an den Teiglin heran und behält seine Richtung bei. Er liegt inmitten eines großen Brandes, und rings um ihn rauchen die Bäume. Sein Gestank ist kaum zu ertragen. Und von Nargothrond her zieht er meilenweit eine stinkende Schneise, die in einer geraden Linie verläuft und geradewegs auf uns zuführt. Was ist zu tun?«

»Wenig«, antwortete Turambar, »aber über dieses Wenige habe ich schon nachgedacht. Die Nachrichten, die ihr bringt, flößen mir eher Hoffnung als Furcht ein. Wenn er nämlich wirklich geradeaus weiterkriecht, wie ihr sagt, und nicht abweicht, dann habe ich einen Plan für entschlossene Männer.« Die Männer wunderten sich, denn zu dieser Stunde sagte er nichts weiter, aber sein standhaftes Auftreten ließ sie neuen Mut schöpfen.[25]

Der Verlauf des Teiglin war nun folgender: Schnell wie der Narog floß er von den Ered Wethrin herab, doch zunächst zwischen niedrigen Ufern, bis er hinter den Stegen durch weitere Zuflüsse Kraft gewann und sich am Fuß der Hochländer, auf denen sich der Wald von Brethil erhob, seinen Weg durch den Felssockel grub. Danach strömte er durch tiefe Schluchten, deren gewaltige Seitenwände wie Steinmauern aufragten, und an deren Grund das eingeschlossene Wasser mit großer Gewalt lärmend dahinströmte. Und gerade auf dem Weg Glaurungs lag nun eine dieser Schluchten, keineswegs die tiefste, aber die schmalste, genau nördlich von der Einmündung des Celebros. Darum sandte Turambar drei wagemutige Männer aus, die vom Rand der Schlucht die Bewegungen des Drachen beobachten sollten; er selbst jedoch wollte zum hohen Wasserfall Nen Girith reiten, wo Nachrichten ihn rasch erreichen konnten und von wo er weit die Lande überschauen konnte.

Doch zuerst rief er die Waldmenschen in Ephel Brandir zusammen und sprach zu ihnen: »Männer von Brethil, eine tödliche Gefahr ist über uns gekommen, und nur große Kühnheit wird sie abwenden. Doch hierbei würde ein großes Aufgebot wenig nützen; wir müssen eine List anwenden und hoffen, daß wir Glück haben. Wenn wir mit unserer gesamten Streitmacht gegen den Drachen anrücken wie gegen ein Heer von Orks, würden wir uns bloß dem Tod ausliefern, und unsere Frauen und Kinder wehrlos zurücklassen. Deshalb sage ich, daß ihr hierbleiben und euch auf die Flucht vorbereiten sollt. Denn wenn Glaurung kommt, müßt ihr diesen Ort aufgeben und euch in alle Richtungen zerstreuen: So könnten einige entkommen und überleben. Wenn es ihm irgend möglich ist, wird er nämlich mit Sicherheit zu unserer Feste und Wohnstätte kommen, und er wird sie vernichten und alle Menschen, die er zu Gesicht bekommt. Doch anschließend wird er nicht hierbleiben. In Nargothrond liegt sein ganzer Schatz, dort sind die tiefen Hallen, in denen er sicher ruhen und wachsen kann.«

Da waren die Männer entsetzt und völlig niedergeschlagen, denn sie vertrauten auf Turambar und hatten hoffnungsvollere Worte erwartet. Aber er sagte weiter: »Nun, dies ist der schlechteste Fall. Und er wird nicht eintreten, wenn mein Plan gut und das Glück uns hold ist. Ich glaube nämlich nicht daran, daß dieser Drache unbesiegbar ist, obwohl im Laufe der Jahre seine Stärke und seine Bösartigkeit gewachsen sind. Ich weiß etwas über ihn. Seine Macht beruht eher auf dem bösen Geist, der in ihm wohnt, als auf seiner reinen Körperkraft, so groß diese auch sei. Vernehmt nun diese Geschichte, die mir einige Männer erzählten, die im Jahre der Nirnaeth fochten, als ich und die meisten meiner Zuhörer Kinder waren. Auf jenem Schlachtfeld widerstanden ihm die Zwerge, und Azaghâl aus Belegost verletzte ihn durch einen tiefen Stich so sehr, daß Glaurung zurück nach Angband floh. Doch ich habe hier einen Dorn, der schärfer und länger ist als Azaghâls Messer.«

Und Turambar zog Gurthang aus der Scheide und führte damit einen Stoß über seinen Kopf aus; denen, die zusahen, schien es, als springe aus Turambars Hand eine Flamme viele Fuß hoch in die Luft. Da stießen sie einen lauten Schrei aus: »Der Schwarze Dorn von Brethil!«

»Der Schwarze Dorn von Brethil«, wiederholte Turambar, »möge er ihn wohl fürchten. Denn wisset: Es ist das Verhängnis dieses Drachen (und all seiner Brut, sagt man), daß, so mächtig sein Hornpanzer auch immer sein mag und härter als Eisen, er auf seiner Unterseite den Bauch einer Schlange besitzt. Darum, Männer von Brethil, ich gehe jetzt, um den Bauch Glaurungs zu suchen, auf welche Art auch immer. Wer will mit mir kommen? Ich brauche nur wenige starke Arme und noch stärkere Herzen.«

Da trat Dorlas vor und sagte: »Ich will mit dir gehen, Herr; denn ich würde es immer vorziehen, dem Feind entgegenzugehen, als auf ihn zu warten!«

Doch keine weiteren Männer hatten es so eilig, dem Ruf zu folgen, denn die Furcht vor Glaurung lag auf allen; überdies hatte die Erzählung der Kundschafter, die ihn gesehen hatten, die Runde gemacht und war dabei noch ausgeschmückt worden. Da rief Dorlas aus: »Hört,

Männer von Brethil, es liegt nun klar zutage, daß die Pläne Brandirs vergeblich waren, um in unserer Zeit des Böse zu bekämpfen. Man entgeht ihm nicht, indem man sich versteckt. Will niemand von euch den Platz des Sohnes von Handir einnehmen, damit nicht Schande über das Haus Haleth komme?« So wurde Brandir, der in der Tat den erhöhten Sitz des Oberhauptes dieser Versammlung einnahm, aber unbeachtet blieb, dem Spott preisgegeben; und sein Herz füllte sich mit Bitterkeit, denn Turambar wies Dorlas nicht zurecht. Doch einzig Hunthor, ein Verwandter Brandirs, stand auf und sagte: »Es war böswillig, Dorlas, so zu sprechen und unseren Herrn zu beschämen, dessen Glieder durch einen bösen Zufall nicht ausführen können, was sein Herz verlangt. Gib acht, daß nicht durch irgendeine Wendung sich an dir das Gegenteil erweist! Und wie kann jemand behaupten, diese Pläne seien vergeblich, wenn sie niemals ausgeführt wurden? Du, sein Lehnsmann, hast sie immer für nichts geachtet. Ich sage dir: Glaurung kommt jetzt zu uns, wie er zuvor nach Nargothrond gekommen ist, weil unsere Taten uns verraten haben, wie Brandir es befürchtete. Aber weil dieses Elend nun näherrückt, werde ich, mit deiner Erlaubnis, Sohn Handirs, und mit Rücksicht auf Haleths Haus mit euch gehen.«

Da sagte Turambar: »Drei sind genug! Euch beide nehme ich mit. Jedoch, Brandir, ich spotte deiner nicht. Sieh! Wir müssen in aller Eile aufbrechen, und unsere Aufgabe erfordert starke Glieder. Ich meine, dein Platz ist bei deinem Volk. Denn du bist klug und kannst Menschen gesund machen.« Aber diese Worte, obwohl freundlich gesprochen, verbitterten Brandir nur noch mehr, und er sagte zu Hunthor: »Gehe denn, aber nicht mit meiner Erlaubnis. Denn es liegt ein Schatten auf diesem Mann, und er wird euch zu einem bösen Ende führen.«

Jetzt hatte es Turambar mit dem Aufbruch sehr eilig; als er aber zu Níniel kam, um ihr Lebewohl zu sagen, klammerte sie sich an ihn und weinte bitterlich. »Geh nicht fort, Turambar, ich bitte dich«, sagte sie. »Fordere den Schatten nicht heraus, vor dem du geflohen bist. Nein, nein, fliehe weiter und nimm mich mit dir, weit weg von hier.«

»Níniel, Liebste«, sagt er, »wir können nicht weiterhin fliehen, du und ich. Wir sind in diesem Land umzingelt. Und selbst wenn ich fortginge und diese Menschen im Stich ließe, die uns geholfen haben, ich könnte dich doch nur in die häuserlose Wildnis führen, die deinen

Tod und den unseres Kindes bedeuten würde. Hundert Meilen liegen zwischen uns und irgendeinem Land, das vom Schatten noch nicht erreicht wird. Doch fasse dir ein Herz, Níniel, denn ich sage dir: Weder werden du noch ich von diesem Drachen getötet werden, noch von irgendeinem anderen Feind aus dem Norden.« Da hörte Níniel zu weinen auf und verfiel in Schweigen, doch beim Abschiedskuß waren ihre Lippen kalt.

Dann gingen Turambar, Dorlas und Hunthor fort, und sie begaben sich eilig zum Nen Girith, und als sie dort anlangten, stand die Sonne tief im Westen, und die Schatten waren lang; die letzten beiden der Kundschafter erwarteten sie.

»Du kommst nicht zu früh, Herr«, sagten sie, »denn der Drache ist herangekommen und hatte, als wir fortgingen, den Rand der Teiglin-Schlucht schon erreicht und starrte voll Haß ins Wasser. Er bewegt sich bei Nacht vorwärts, und morgen vor Tagesanbruch können wir an einen Angriff denken.«

Turambar blickte über die Wasserfälle des Celebros, sah die Sonne sinken und von den Uferrändern des Flusses schwarze Rauchspiralen aufsteigen. »Es ist keine Zeit zu verlieren«, sagte er, »doch diese Nachrichten sind günstig. Ich fürchtete nämlich, er würde in der Gegend herumschnüffeln; wenn er nach Norden ziehen würde und zu den Stegen und zur alten Straße in die Niederungen käme, dann wären unsere Hoffnungen zunichte. Aber jetzt treiben ihn sein rasender Zorn und seine Boshaftigkeit Hals über Kopf vorwärts.« Doch als er diese Worte eben ausgesprochen hatte, wunderte er sich und wurde nachdenklich: Konnte es sein, daß ein so bösartiges und grausames Wesen die Teiglin-Stege ebenso mied wie die Orks es taten? Haudh-en-Elleth! Lag nicht Finduilas noch immer zwischen ihm und seinem Schicksal?

Dann wandte er sich an seine Gefährten und sagte: »Folgende Aufgabe liegt vor uns: Wir müssen noch ein wenig warten, denn in diesem Fall zu früh zu handeln, wäre ebenso schlimm wie zu spät zu handeln. Wenn es dämmert, müssen wir in aller Heimlichkeit zum Teiglin hinabkriechen. Aber nehmt euch in acht! Glaurungs Ohren sind ebenso scharf wie seine Augen – und sie sind tödlich. Wenn wir den Fluß unbemerkt erreichen, müssen wir in die Schlucht hinunterklettern, den Fluß überqueren und so auf den Weg gelangen, den er einschlagen wird, wenn er weiterzieht.«

»Aber wie will er das bewerkstelligen?« fragte Dorlas. »Er mag ja geschmeidig sein, aber er ist ein großer Drache, und wie soll er die eine Klippe hinunter und die andere wieder hinaufklettern, wenn doch der vordere Teil schon wieder hochklettern muß, während der hintere noch hinabsteigt? Und wenn ihm dies gelingt, was nützt es uns, wenn wir uns unten im reißenden Wasser befinden?«

»Vielleicht gelingt es ihm«, antwortete Turambar, »und wenn er es wirklich tut, wird es uns schlecht ergehen. Aber das, was wir von ihm wissen, und der Ort, an dem er jetzt liegt, geben mir die Hoffnung, daß seine Absicht eine andere ist. Er ist zum Rand der Cabed-en-Aras gekommen, über die, wie ihr sagt, einst ein Hirsch auf der Flucht vor den Jägern Haleths hinwegsetzte. Glaurung ist jetzt so groß, daß er versuchen wird, denke ich, sich über die Schlucht zu schnellen. Dies ist unsere ganze Hoffnung, und auf sie müssen wir vertrauen.«

Bei diesen Worten sank Dorlas der Mut, denn besser als jeder andere kannte er das Land Brethil, und Cabed-en-Aras war in der Tat ein furchtbarer Ort. Auf ihrer Westseite war eine senkrechte, nackte, ungefähr vierzig Fuß hohe Klippe, doch auf ihrem Scheitel von Bäumen bestanden; auf der anderen Seite war das Flußufer weniger steil und hoch, mit hängenden Bäumen und Buschwerk bedeckt, doch dazwischen schoß der Fluß tobend durch die Felsen; obwohl ein unerschrokkener und seines Tritts sicherer Mann ihn bei Tage überqueren konnte, war es gefährlich, dies bei Nacht zu wagen. Doch eben dies war Turambars Plan, und es war sinnlos, ihm zu widersprechen.

Also brachen sie in der Dämmerung auf; sie gingen nicht geradewegs auf den Drachen los, sondern schlugen den Pfad zu den Stegen ein; bevor sie diese erreichten, wandten sie sich nach Süden und kamen über einen schmalen Weg in das Dämmerlicht der Wälder oberhalb des Teiglin.[26] Und als sie sich der Cabed-en-Aras näherten, Schritt für Schritt und oft stehenbleibend, um zu lauschen, zog ihnen Brandgeruch entgegen und ein Gestank, der ihnen Übelkeit bereitete. Doch alles war tödlich still, und kein Lüftchen regte sich. Die ersten Sterne schimmerten hinter ihnen im Westen, und dünne Rauchspiralen standen kerzengerade und unbeweglich gegen das letzte Licht im Westen.

Als Turambar nun gegangen war, stand Níniel stumm wie ein Stein, doch Brandir kam zu ihr und sagte: »Fürchte nicht das Schlimmste, Níniel, bevor du Anlaß dazu hast. Aber habe ich dir nicht geraten, zu warten?«

»Das hast du«, antwortete sie. »Doch was soll das jetzt nützen? Auch wenn man unverheiratet ist, dauern Liebe und Schmerz fort.«

»Das weiß ich«, sagte Brandir, »dennoch ist eine Heirat nichts Geringes.«

»Ich trage sein Kind seit zwei Monaten«, sagte Níniel. »Aber es kommt mir nicht so vor, als sei meine Furcht, ihn zu verlieren, schwerer zu ertragen. Ich verstehe dich nicht.«

»Ich verstehe mich selbst nicht«, sagte er. »Und doch habe ich Angst.«

»Welch ein Tröster bist du!« rief sie. »Aber, Brandir, mein Freund, ob er verheiratet oder nicht, ob Mutter oder Jungfrau, meine Furcht übersteigt das, was ich ertragen kann. Der Meister des Schicksals ist ausgezogen, um weit weg von hier sein Schicksal herauszufordern. Wie soll ich hier ausharren und darauf warten, daß allmählich Nachrichten eintreffen, gute oder schlechte? Es kann sein, daß er in dieser Nacht mit dem Drachen zusammentrifft, und wie soll ich die schrecklichen Stunden überstehen, soll ich dasitzen oder gehen?«

»Ich weiß es nicht«, antwortete er, »aber irgendwie müssen diese Stunden vorübergehen, für dich und für die Frauen derer, die mit ihm gegangen sind.«

»Laß sie tun, was ihre Herzen ihnen befehlen!« rief sie. »Was aber mich betrifft, so werde ich gehen. Zwischen mir und der Gefahr meines Herrn sollen keine Meilen liegen. Ich will den Nachrichten entgegengehen!«

Bei ihren Worten verwandelte sich Brandirs Furcht in nachtschwarzen Groll, und er rief: »Das wirst du nicht tun, wenn ich es verhindern kann! Denn dadurch wirst du alle Pläne gefährden. Die Meilen, die zwischen euch liegen, können uns Zeit geben, zu entkommen, falls Schlimmes geschieht.«

»Wenn etwas Schlimmes geschieht, werde ich nicht wünschen zu entkommen«, erwiderte sie. »Und jetzt verschwendest du nutzlos deine Klugheit. Du wirst mich nicht aufhalten.« Und sie trat vor das Volk, das sich auf dem freien Platz des Ephel versammelt hatte und rief: »Leute von Brethil! Ich werde nicht hier warten. Falls mein Herr scheitert, dann ist all unsere Hoffnung eine Täuschung gewesen. Euer Land und eure Wälder werden restlos verbrannt und eure Häuser in Asche gelegt werden, und keiner, kein einziger, wird entkommen. Weshalb also säumen wir hier? Ich gehe jetzt den Nachrichten entgegen, was immer das Schicksal uns bescheren mag. Alle, die mit mir der gleichen Meinung sind, mögen mit mir kommen!«

Da waren viele willens mit ihr zu gehen: die Frauen von Dorlas und Hunthor, weil die, die sie liebten, mit Turambar gegangen waren; andere aus Mitleid mit Níniel und aus dem Wunsch, ihr zu helfen; und viele andere, die das bloße Hörensagen vom Drachen lockte und die in ihrer Frechheit und Torheit (sie wußten wenig vom Bösen) merkwürdige und ruhmreiche Taten zu sehen gedachten. In Wahrheit war das Schwarze Schwert in ihrer Vorstellung nämlich zu einer solchen Größe gewachsen, daß die meisten glaubten, nicht einmal Glaurung könne es besiegen. Darum brachen sie eilig auf, eine große Menschenmenge, die einer Gefahr entgegenging, von der sie keine Vorstellung hatte. Da sie sich kaum eine Rast gönnten, kamen sie endlich gerade bei Anbruch der Nacht am Nen Girith an, jedoch kurz nach Turambars Aufbruch von dort. Doch die Nacht kühlte die Gemüter, und viele waren jetzt über ihre eigene Unbesonnenheit erstaunt. Und als sie von den zurückgebliebenen Kundschaftern erfuhren, wie nahe Glaurung gekommen war, und sie von dem verzweifelten Plan Turambars hörten, überlief sie ein kalter Schauer, und sie wagten es nicht, weiterzugehen. Einige sahen mit ängstlichen Blicken zur Cabed-en-Aras hinüber, doch sie konnten nichts erkennen, und außer dem teilnahmslosen Rauschen der Fälle war nichts zu hören. Und Níniel saß abseits, und ein heftiges Zittern überkam sie.

Als Níniel und ihre Begleitung verschwunden waren, sagte Brandir zu den Zurückgebliebenen: »Seht, wie man mich zum Gespött gemacht hat und alle meine Ratschläge in den Wind geschlagen hat. Laßt Turambar auch dem Namen nach euer Herr sein, denn meine Amtsgewalt hat er bereits übernommen. Hiermit entsage ich meiner Herrschaft und meinem Volk. Möge niemand jemals wieder bei mir Rat oder Heilung suchen!« Und er zerbrach seinen Stab. Bei sich selbst dachte er: »Jetzt ist mir nichts geblieben, außer meiner Liebe zu Níniel. Darum muß ich dorthin gehen, wohin sie geht, ob aus Klugheit oder Torheit. In dieser dunklen Stunde kann man nichts voraussehen, doch es könnte sich sehr wohl fügen, daß gerade ich Schlimmes von ihr abwenden könnte, wenn ich in ihrer Nähe bin.«

Deshalb umgürtete er sich mit einem kurzen Schwert, was er zuvor selten getan hatte, nahm seine Krücke, ging so rasch er konnte durch das Tor des Ephels und humpelte den anderen nach den langen Pfad entlang, der zur Westmark Brethils führte.

Glaurungs Tod

Endlich, gerade als tiefe Nacht über das Land hereinbrach, gelangten Turambar und seine Gefährten zur Cabed-en-Aras. Sie waren froh über den gewaltigen Lärm des Wassers, denn wenn sich dahinter auch Gefahren verbargen, so übertönte er doch alle anderen Geräusche. Dann führte sie Dorlas ein wenig in südlicher Richtung beiseite, und sie kletterten durch eine Spalte zum Fuß der Klippe hinab; jedoch dort verließ Dorlas der Mut, denn im Fluß lagen viele Felsen und große Steine, zwischen denen das Wasser ungestüm hindurchschoß, als schärfe es seine Zähne an ihnen.

»Es ist der einzige Weg, er führt zum Leben oder in den Tod«, sagte Turambar, »und ein Aufschub wird ihn nicht hoffnungsvoller erscheinen lassen. Deshalb folgt mir!« Und er ging voran, und durch Geschicklichkeit und Mut, oder weil das Schicksal es wollte, gelangte er hinüber. In der tiefen Dunkelheit wandte er sich um, um zu sehen, wer ihm folgte. Eine dunkle Gestalt stand neben ihm. »Dorlas?« fragte er.

»Nein, ich bin es«, sagte Hunthor. »Beim Übergang hat Dorlas der Mut verlassen. Ein Mann kann wohl den Krieg lieben und doch viele Dinge fürchten. Er sitzt zitternd am Ufer, glaube ich. Möge Schande über ihn kommen wegen der Worte, die er zu meinem Verwandten gesagt hat.«

Turambar und Hunthor ruhten sich jetzt ein wenig aus, doch bald ließ die Kühle der Nacht sie frösteln, denn sie waren vom Wasser durchweicht, und sie begannen einen Weg den Strom entlang nach Norden zum Aufenthalt des Drachen zu suchen. Dort wurde die Schlucht dunkler und schmäler, und während sie sich vorwärtstasteten, sahen sie über sich ein Flackern wie von einem schwelenden Feuer und hörten das Schnarchen des Drachen in seinem halbwachen Schlaf. Dann suchten sie tastend einen Weg nach oben, um dicht unter den Rand des Abgrundes zu gelangen, denn ihre ganze Hoffnung lag darin, in die Nähe der ungeschützten Unterseite ihres Feindes zu kommen. Doch der Gestank war jetzt so ekelerregend, daß ihnen schwindlig wurde, sie glitten beim mühsamen Klettern aus, klammerten sich an die Baumstämme und Wurzeln; in ihrem Elend vergaßen sie jede Furcht, außer jener, in den Rachen des Teiglin zu fallen.

Da sagte Turambar zu Hunthor: »Wir vergeuden nutzlos unsere schwindenden Kräfte. Bis wir nämlich nicht wissen, an welcher Stelle der Drachen die Schlucht überquert, ist es sinnlos zu klettern.«

»Aber wenn wir es wissen«, erwiderte Hunthor, »wird keine Zeit mehr sein, einen Aufstieg aus der Schlucht zu suchen.«

»Das ist wahr«, sagte Turambar, »doch wo alles vom Zufall abhängt, müssen wir auf diesen vertrauen.« Deshalb machten sie halt und warteten; und aus der Tiefe der Schlucht beobachteten sie einen weißen Stern, der sich hoch oben über den undeutlichen Streifen Himmel bewegte. Allmählich sank Turambar in einen Traum, worin er all seinen Willen aufwandte, um sich festzuhalten, obwohl eine schwarze Flut an seinen Gliedern sog und nagte.

Plötzlich entstand ein gewaltiger Lärm, und die Wände der Schlucht erzitterten und hallten wider. Turambar raffte sich auf und sagte zu Hunthor: »Er rührt sich. Die Stunde ist gekommen. Stoße tief zu, denn jetzt führen nur zwei statt drei Männer den Stoß.«

Und damit begann Glaurung seinen Angriff gegen Brethil, und alles vollzog sich beinahe so, wie Turambar es erhofft hatte. Der Drache kroch nämlich jetzt mit träger Wucht zum Klippenrand; er wich nicht seitlich aus, sondern schickte sich an, mit seinen großen Vorderbeinen sich über den Abgrund zu schnellen und dann seinen Rumpf nachzuziehen. Damit kam Entsetzen über sie, denn Glaurung vollführte seinen Übergang nicht direkt über ihnen, sondern ein wenig nördlicher, und Turambar und Hunthor sahen von unten den ungeheuren Schattenriß seines Kopfes gegen die Sterne; seine Kiefer waren gähnend aufgerissen, und er hatte sieben feurige Zungen. Dann entfuhr ihm ein Feuerstrahl, so daß die Schlucht in rotes Licht getaucht war und schwarze Schatten über die Felsen flogen. Doch die Bäume vor ihm verdorrten, gingen in Rauch auf, und Steine krachten in den Fluß hinab. Und denn schleuderte er sich nach vorn, packte die gegenüberliegende Klippe mit seinen Klauen und begann sich hinüberzuziehen.

Nun galt es kühn und schnell zu handeln. Wenn Turambar und Hunthor dem Feuerstrahl auch entgangen waren, weil sie sich außerhalb seiner Reichweite befanden, mußten sie dennoch an Glaurung herankommen, bevor er gänzlich hinübergelangt war, oder alle ihre Hoffnung war vergebens gewesen. Ungeachtet der Gefahr kletterte Turambar am Wasser entlang, um unter den Drachen zu gelangen; doch dort waren Hitze und Gestank so tödlich, daß er taumelte und gestürzt wäre, hätte nicht Hunthor, der ihm standhaft folgte, seinen Arm gepackt und ihm Halt gegeben.

»Tapferes Herz!« sagte Turambar. »Welch glückliche Wahl, die dich zum Helfer machte!« Doch gerade als er dies sagte, stürzte ein großer Stein von oben herab, traf Hunthor am Kopf, und er fiel ins Wasser; und so endete Hunthor, nicht der Furchtsamste aus dem Volk Haleths. Da schrie Turambar: »Wehe, es bringt Unglück, in meinem Schatten zu wandeln! Warum habe ich Hilfe gesucht? Jetzt bist du allein, oh, Meister des Schicksals; du hättest es wissen müssen, daß es so sein würde. Jetzt mußt du das Schicksal allein bezwingen!«

Da nahm er all seine Willenskraft und seinen Haß gegen den Drachen und dessen Meister zusammen, und es schien, als gewinne er plötzlich eine Stärke des Herzens und des Leibes, die er vorher nicht gekannt hatte. Und von Stein zu Stein erkletterte er die Klippe, von Wurzel zu Wurzel, bis er endlich ein schlankes Bäumchen zu fassen bekam, das ein wenig unterhalb des Randes der Schlucht wuchs; und obwohl seine Krone verbrannt war, hielt es sich noch mit seinen Wurzeln fest. Und gerade als er in einer Astgabel einen festen Halt suchte, schob sich das Mittelstück des Drachenkörpers über ihn, das durch seine Schwere fast bis auf Turambars Kopf durchhing, bevor Glaurung es hochheben konnte. Die Unterseite war bleich und runzlig und überall feucht von grauem Schleim, von dem sich allerlei anklebender Unrat ablöste, und sie stank wie der Tod. Da zog Turambar das Schwarze Schwert Belegs, und mit der gesammelten Kraft seines Armes und seines Hasses stieß er es nach oben, und die tödliche Klinge drang lang und gefräßig bis zum Heft in den Bauch Glaurungs.

Darauf stieß Glaurung, Todesqual spürend, einen Schrei aus, der alle Wälder erschütterte, und die Wächter am Nen Girith mit Entsetzen erfüllte. Turambar taumelte wie unter einem Schlag, glitt nach unten, sein Schwert riß sich aus seiner Hand und blieb im Bauch des Drachen stecken. Denn Glaurung schleuderte in einem gewaltigen Krampf seinen zitternden Rumpf in die Höhe, warf sich über die Schlucht hinweg; und dort auf der anderen Seite krümmte er sich im Todeskampf, schreiend, um sich schlagend und zuckend, bis er weit um sich herum alles zerschlagen hatte und er schließlich in Rauch und Zerstörung still dalag.

Nun klammerte sich Turambar an die Baumwurzeln, betäubt und beinahe übermannt. Doch er rang mit sich selbst und trieb sich an, und halb gleitend, halb kletternd kam er zum Fluß hinab; noch einmal, jetzt auf Händen und Füßen kriechend und sich festklammernd, wagte er den gefährlichen Übergang, vom Dunst geblendet, bis er endlich hinübergelangte, und mühsam stieg er durch den Felsspalt, durch den sie hinabgeklettert waren. So kam er schließlich an den Ort, wo der sterbende Drache lag, blickte ohne Mitleid auf seinen zu Tode getroffenen Feind und empfand tiefe Freude.

Dort lag Glaurung nun mit aufgesperrtem Maul, doch alle seine Feuer waren erloschen und seine Augen geschlossen. Er war der Länge nach ausgestreckt, auf eine Seite gerollt, und Gurthangs Heft stak in seinem Bauch. Da ging Turambars Herz vor Freude über, und obwohl der Drache noch lebte, wollte er das Schwert aus seinem Leib ziehen. Wenn er auch Gurthang schon vorher immer gepriesen hatte, war es ihm jetzt so viel wert wie alle Schätze Nargothronds. Die Worte, die gefallen waren, als es geschmiedet wurde, erwiesen sich als wahr: Nichts, ob groß ob klein, sollte überleben, das einmal einen Streich von ihm empfing.

Darum ging er auf seinen Feind zu, setzte den Fuß auf Glaurungs Bauch, ergriff Gurthangs Heft und nahm seine ganze Kraft zusammen, um es herauszuziehen. Und er rief, Glaurungs Worte bei Nargothrond verspottend: »Heil, Wurm Morgoths! Gut getroffen! Stirb nun, und die Finsternis nehme dich auf! So ist Túrin, Húrins Sohn gerächt!« Damit riß er das Schwert heraus, doch in diesem Augenblick schoß ein Strahl schwarzen Blutes hervor, traf seine Hand, und sein Fleisch wurde durch das Gift verbrannt, so daß er vor Schmerz laut aufschrie. Darüber rührte sich Glaurung, öffnete seine unheilvollen Augen und blickte Túrin mit solcher Bosheit an, daß diesem war, als habe ihn ein Pfeil getroffen. Dieser Blick und der rasende Schmerz in seiner Hand ließen ihn in Ohnmacht sinken, daß er wie tot neben dem Drachen lag, sein Schwert unter sich begraben.

Nun drangen die Schreie Glaurungs zu den Leuten am Nen Girith und erfüllten sie mit Entsetzen. Als die Wächter aus der Ferne die Verwüstungen und den Brand sahen, die der Drache in seinem Todeskampf anrichtete, glaubten sie, daß er seine Angreifer niedertrample und vernichte. Da wünschten sie wirklich, es lägen noch mehr Meilen zwischen ihnen und jenem Ort. Aber sie wagten es nicht, diesen hochgelegenen Platz, auf dem sie sich zusammendrängten, zu verlassen, denn sie erinnerten sich, daß Turambar gesagt hatte, falls der Drache siegreich bleibe, werde er zuerst nach Ephel Brandir ziehen. Deshalb hielten sie ängstlich Ausschau nach dem geringsten Anzeichen einer Bewegung, aber niemand war so mutig, zum Kampfplatz hinunterzusteigen, um Genaues zu erfahren. Und Níniel saß bewegungslos da, außer daß Schauer sie überliefen und sie ihre Glieder nicht zur Ruhe bringen konnte. Als sie Glaurungs Stimme hörte, erstarrte ihr Herz, und sie spürte, wie das Dunkel wieder über sie kroch.

So fand sie Brandir, der schließlich langsam und müde zur Brücke über den Celebros kam; den ganzen langen Weg war er allein mit seiner Krücke gehumpelt, und es waren von seinem Haus mindestens fünf Meilen zu gehen. Angst um Níniel hatte ihn vorwärtsgetrieben, und die Neuigkeiten, die er jetzt erfuhr, waren nicht schlimmer, als er befürchtet hatte. »Der Drache hat den Fluß überquert«, erzählten ihm die Männer, »und das Schwarze Schwert und seine Begleiter sind sicher tot.« Dann stand er neben Níniel, begriff ihren Kummer, und er hatte Mitleid mit ihr. Doch zugleich dachte er: »Das Schwarze Schwert ist tot, und Níniel lebt.« Und ihn schauderte, denn plötzlich schienen die

Wasser des Nen Girith Kälte zu verströmen, und er warf Níniel seinen Mantel über. Doch Worte fand er nicht, und sie schwieg.

Die Zeit verging, noch immer stand Brandir stumm neben ihr, spähte in die Nacht und lauschte. Doch er konnte nichts sehen und nichts hören, außer dem Geräusch der stürzenden Wasser Nen Giriths, und er dachte: »Jetzt ist der Drache gewiß verschwunden und in Brethil eingedrungen.« Doch er hatte mit seinem Volk kein Mitleid mehr, es war ein Volk von Narren, das seinen Rat verlacht und ihn verspottet hatte. »Mag der Drache zum Amon Obel ziehen, dann wird Zeit genug sein, zu entfliehen und Níniel wegzuführen.«

Er wußte kaum, wohin, denn er war niemals über die Grenzen Brethils hinausgelangt.

Schließlich beugte er sich nieder, berührte Níniels Arm und sagte: »Die Zeit vergeht, Níniel. Komm! Es ist Zeit, zu gehen. Wenn du willst, so laß mich dich führen.«

Darauf stand sie schweigend auf, nahm seine Hand, und sie gingen über die Brücke und den Pfad hinunter, der zu den Teiglin-Stegen führte. Jene aber, die sie sahen, wie sie sich schattengleich durch das Dunkel bewegten, wußten nicht, wer sie waren und beachteten sie nicht. Und als sie ein kleines Stück durch die stillen Bäume gegangen waren, stieg hinter dem Amon Obel der Mond auf, und die Waldlichtungen füllten sich mit einem grauen Licht. Da blieb Níniel stehen und sagte zu Brandir: »Ist dies der Weg?« Und er antwortete: »Was heißt Weg? All unsere Hoffnung in Brethil ist zu Ende. Wir haben keinen Weg, es gilt nur, dem Drachen zu entgehen und aus seiner Reichweite zu fliehen, solange noch Zeit dazu ist.«

Níniel blickte ihn verwundert an und sagte: »Hast du dich nicht bereit erklärt, mich zu ihm zu führen? Oder wolltest du mich täuschen? Das Schwarze Schwert war mein Geliebter und mein Gatte, und nur ihn will ich suchen. Tu du jetzt, was du willst, ich muß mich beeilen.«

Und während Brandir noch einen Augenblick erstaunt dastand, eilte sie von ihm fort; und er schrie ihr nach: »Warte, Níniel! Geh nicht allein! Du weißt nicht, was dich erwartet. Ich will mit dir kommen!« Doch sie achtete seiner nicht und rannte hinweg, als sei ihr Blut auf einmal in Hitze geraten, das vorher kalt gewesen war. Und obwohl er ihr nachlief, so schnell er konnte, verlor er sie bald aus den Augen. Da verfluchte er sein Schicksal und seine Schwäche, aber er wollte dennoch nicht umkehren.

Jetzt ging der Mond weiß am Himmel auf, und er war fast voll; und als Níniel vom Hochland in das Land in der Nähe des Flusses kam, war ihr, als riefe die Gegend Erinnerungen in ihr wach, und sie fürchtete sie. Sie war nämlich zu den Teiglin-Stegen gekommen, und vor ihr erhob sich Haudh-en-Elleth, fahl im Mondlicht und mit einem schwarzen Schatten, der schräg darüber geworfen wurde; und etwas Furchtbares ging von diesem Grabhügel aus.

Da wandte sie sich mit einem Schrei ab und floh südwärts am Fluß entlang, im Laufen warf sie ihren Mantel fort, als werfe sie damit die Dunkelheit ab, die sie umklammerte; darunter trug sie ein weißes Gewand, und es schimmerte im Mondlicht, als sie durch die Bäume huschte. So sah sie Brandir vom Abhang des Hügels, und er wandte sich seitwärts, um ihr den Weg abzuschneiden, wenn es möglich war. Durch einen glücklichen Zufall fand er den schmalen Pfad, den Turambar benutzt hatte, und da er den ausgetretenen Weg verließ und in südlicher Richtung steil zum Fluß hinabführte, konnte sich Brandir wieder dicht an ihre Fersen heften. Doch sie achtete nicht auf seine Rufe, oder sie hörte sie nicht, und bald hatte sie wiederum einen Vorsprung. Und so näherten sie sich den Wäldern an der Cabed-en-Aras und dem Schauplatz von Glaurungs Todeskampf.

Der Mond zog am wolkenlosen südlichen Himmel seine Bahn, und sein Licht war kalt und klar. Als Níniel an den Rand der Verwüstung kam, die Glaurung angerichtet hatte, sah sie dort den Körper des Drachen liegen und seinen grauen Bauch im Mondschein, doch daneben lag ein Mann. Da vergaß sie ihre Furcht, rannte mitten durch die schwelende Verwüstung und kam zu Turambar. Er war auf die Seite gefallen, und sein Schwert lag unter ihm, doch sein Gesicht war im weißen Licht totenbleich. Da warf sie sich weinend bei ihm nieder und küßte ihn. Ihr war, als atme er schwach, doch sie dachte, es sei nur ein Trugbild falscher Hoffnung, denn er war kalt, bewegte sich nicht und antwortete nicht. Als sie ihn liebkoste, bemerkte sie, daß seine Hand geschwärzt war, als sei sie versengt, und sie wusch sie mit ihren Tränen und verband sie mit einem Streifen von ihrem Gewand. Als sie ihn dabei berührte, bewegte er sich noch immer nicht, und sie küßte ihn erneut und rief laut: »Turambar, Turambar, komm zurück! Höre mich! Wach auf! Níniel ist hier. Der Drache ist tot, tot, und ich allein bin hier bei dir.« Doch er antwortete nicht.

Brandir hörte ihren Schrei, denn er hatte den Rand der Zerstörung erreicht. Doch während er auf Níniel zuging, hielt er inne und stand still. Denn, geweckt durch Níniels Schrei regte sich Glaurung ein letztes Mal, und ein Zittern lief durch seinen ganzen Körper. Und er öffnete seine unheilvollen Augen einen Spaltbreit, und das Mondlicht schimmerte in ihnen, als er keuchend sagte: »Gegrüßt seist du, Nienor, Húrins Tochter. So sehen wir uns wieder vor dem Ende. Dir gönn' ich's, daß du endlich deinen Bruder gefunden. Und nun lerne ihn kennen: Ein Meuchler im Dunkeln, Verräter an Freund und Feind, und ein Fluch für seine Sippe, Túrin, Húrins Sohn! Die schlimmste von allen Taten aber spüre du im eignen Leibe!«

Da saß Nienor wie eine Betäubte da, aber Glaurung starb; und mit seinem Tod fiel der Schleier seiner Tücke von ihr, und die Erinnerung an all ihre Tage lag klar vor ihr, und sie wußte alles, was mit ihr geschehen war, seit sie auf dem Haudh-en-Elleth lag. Ihr ganzer Körper schüttelte sich vor Entsetzen und Qual. Brandir aber, der alles mit angehört hatte, war im Innersten getroffen und lehnte sich an einen Baum.

Da sprang Nienor plötzlich auf die Füße, stand fahl wie ein Gespenst im Mondlicht, und auf Túrin niederblickend rief sie: »Lebwohl, o zweifach Geliebter! *A Túrin Turambar turún' ambartanen:* Meister des Schicksals, vom Schicksal gemeistert! O Glück, tot zu sein!« Und von Grauen und Schmerz überwältigt, verließ sie diesen Ort in wilder Flucht, und Brandir stolperte hinter ihr her und schrie: »Warte! Warte, Níniel!«

Einen Augenblick hielt sie inne und sah starren Blickes zurück. »Warten?« schrie sie. »Das war immer dein Rat. Hätte ich ihn nur befolgt! Aber nun ist es zu spät. Und jetzt will ich in Mittelerde nicht länger warten.« Und sie rannte von ihm fort.[27]

Rasch kam sie zum Rand der Cabed-en-Aras, und dort stand sie, blickte in das tosende Wasser und schrie: »Wasser, Wasser! Nimm nun Níniel Nienor, Tochter Húrins, zu dir; nimm Trauer, Trauer, die Tochter Morwens! Nimm mich und trage mich zum Meer!« Mit diesen

Worten warf sie sich über den Rand: Ein weißer Blitz, den der dunkle Abgrund verschlang, ein Schrei, verloren im Brausen des Flusses. Die Wasser des Teiglin flossen weiter, doch die Cabed-en-Aras gab es nicht mehr: Von jetzt an wurde sie von den Menschen Cabed Naeramarth genannt, denn kein Hirsch übersprang sie mehr, alle Lebewesen mieden sie, und kein Mensch ging an ihrem Ufer entlang. Der letzte Mensch, der in ihre Dunkelheit hinabblickte, war Brandir, Sohn Handirs; und voll Entsetzen wandte er sich ab, denn sein Herz zitterte, und wenn er sein Leben jetzt auch haßte, brachte er es doch nicht über sich, den ersehnten Tod an diesem Ort zu suchen.[28] Dann kehrten seine Gedanken zu Túrin Turambar zurück, und er rief: »Hasse ich dich, oder habe ich Mitleid mit dir? Aber du bist tot. Ich schulde dir keinen Dank, der du mir alles genommen hast, was ich hatte oder haben wollte. Doch mein Volk ist in deiner Schuld. Es ziemt sich, daß es durch mich erfährt, was geschehen ist.«

Und also begann er zum Nen Girith zurückzuhumpeln, wobei er schaudernd den Ort vermied, wo der Drache lag. Als er den steilen Pfad erneut hinabkletterte, stieß er auf einen Mann, der durch die Bäume lugte und sich zurückzog, als er Brandir erblickte. Brandir aber hatte das Gesicht im Schein des sinkenden Monds erkannt.

»Ha, Dorlas!« rief er. »Welche Neuigkeiten kannst du mir erzählen? Wie bist du lebend davongekommen? Was geschah mit meinem Verwandten?«

»Ich weiß es nicht«, sagte Dorlas mürrisch.

»Das ist merkwürdig«, erwiderte Brandir.

»Wenn du es wissen willst«, sagte Dorlas, »so vernimm, daß das Schwarze Schwert uns in der Dunkelheit die Stromschnellen des Teiglin überqueren lassen wollte. Ist es verwunderlich, daß ich es nicht konnte? Ich kann besser mit der Axt umgehen als mancher andere, aber habe ich die Füße einer Ziege?«

»Also gingen sie ohne dich weiter und auf den Drachen los?« sagte Brandir. »Doch was geschah, als sie drüben waren? Zumindest bist du doch in der Nähe gewesen und hast sehen können, was geschah?«

Aber Dorlas gab keine Antwort und starrte Brandir mit haßerfüllten Augen nur an. Da verstand Brandir und wußte plötzlich, daß dieser Mann seine Gefährten im Stich gelassen und sich, von Scham übermannt, in den Wäldern versteckt hatte. »Schande über dich, Dorlas!« sagte er. »Du hast unsere Feinde auf uns gezogen: Du hast das Schwarze Schwert angestachelt, du hast den Drachen über uns gebracht, mich hast du dem Spott ausgesetzt, Hunthor in den Tod gelockt, und dann bist du als Feigling in die Wälder geflohen!« Und während er sprach, kam ihm ein zweiter Gedanke, und er sagte in großer Wut: »Warum brachtest du keine Nachricht? Es war die letzte Buße, die du tun konntest. Hättest du Nachrichten gebracht, hätte Frau Níniel sie nicht selbst suchen müssen. Sie hätte den Drachen niemals zu sehen brauchen. Sie könnte noch leben. Dorlas, ich hasse dich!«

»Behalte deinen Haß für dich!« erwiderte Dorlas. »Er ist so schwach wie alle deine Pläne. Doch wäre es nach mir gegangen, hätten die Orks kommen und dich wie eine Vogelscheuche in deinen Garten hängen können. Du bist selbst ein Feigling!« Und mit diesen Worten, durch seine Scham zum Zorn entflammt, holte er mit seiner großen Faust zu einem Schlag gegen Brandir aus, und so endete sein Leben, bevor der Blick des Erstaunens seine Augen verließ: Brandir zog sein Schwert und versetzte ihm einen tödlichen Stoß. Einen Augenblick stand er zitternd da, vom Blut angeekelt, dann warf er sein Schwert zu Boden, wandte sich ab und ging, auf die Krücke gestützt, seines Weges.

Als er zum Nen Girith kam, war der bleiche Mond untergegangen, und die Nacht schwand vor dem Morgen, der im Osten aufstieg. Die Leute, die sich noch immer bei der Brücke zusammendrängten, sahen ihn wie einen grauen Schatten durch die Dämmerung kommen, und einige fragten ihn erstaunt: »Wo bist du gewesen? Hast du Níniel gesehen. Frau Níniel ist nämlich verschwunden.«

»Ja, sie ist verschwunden«, sagte er, »verschwunden, fortgegangen, um nie zurückzukehren! Doch ich bin gekommen, um euch Neuigkeiten zu bringen. Hört denn, Leute von Brethil, und sagt selbst, ob es jemals eine solche Geschichte gab, wie ich sie mitbringe! Der Drache ist tot, doch auch Turambar ist tot und liegt an seiner Seite. Und das sind gute Nachrichten, ja, es sind wahrlich beides gute Nachrichten.«

Da murrten die Leute, wunderten sich über seine Worte, und einige sagten, er rede irre. Aber Brandir rief: »Hört mich bis zu Ende an! Auch Níniel ist tot, die ihr liebtet und die mir das Teuerste war. Sie sprang vom Rand des Hirschsprunges[29] hinab, und der Rachen des

Teiglin hat sie verschlungen. Sie ist fort, und sie haßte das Tageslicht. Bevor sie aber entfloh, erfuhr sie dies: Beide waren sie Húrins Kinder, Bruder und Schwester. Mormegil wurde er genannt, Turambar nannte er sich selbst und verbarg seine Vergangenheit: Túrin, Húrins Sohn. Wir nannten sie Níniel und kannten ihr Vergangenheit nicht: Sie war Nienor, Húrins Tochter. Beide brachten sie den Schatten ihres dunklen Schicksals nach Brethil. Hier hat es sich erfüllt, und niemals wieder wird dieses Land von Leid frei sein. Nennt es nicht Brethil, das Land der Halethrim, sondern nennt es *Sarch nia Hîn Húrin,* das Grab der Kinder Húrins.«

Obgleich die Leute nicht verstehen konnten, wie solch Böses hatte geschehen können, weinten sie, und einige sagten: »Dort im Teiglin ist ein Grab für Níniel, die geliebte, und dort soll ein Grab für Turambar sein, den kühnsten der Menschen. Wir wollen unseren Befreier nicht unter bloßem Himmel liegen lassen. Laßt uns zu ihm gehen.«

Túrins Tod

Gerade als Níniel entfloh, regte sich Túrin, und es kam ihm vor, als höre er sie aus seiner tiefen Dunkelheit und aus weiter Ferne nach ihm rufen; als aber Glaurung starb, wich die schwarze Ohnmacht von ihm, er atmete wieder tief, seufzte und sank in einen Schlummer großer Erschöpfung. Aber ehe der Morgen kam, wurde es bitter kalt, und im Schlaf drehte er sich um, und das Heft Gurthangs drückte ihm in die Seite, so daß er plötzlich erwachte. Die Nacht schwand, und der Hauch des Morgens lag in der Luft. Er sprang auf, entsann sich seines Sieges und spürte das brennende Gift an seiner Hand. Er hob sie hoch, sah sie an und wunderte sich, denn sie war mit einem Streifen weißen Stoffes verbunden; er war noch feucht und tat ihm wohl. Da sprach er zu sich selbst: »Warum sollte mich jemand so pflegen und mich doch in der Kälte hier liegenlassen, mitten in der Verwüstung und im Gestank des Drachen? Welch seltsame Dinge haben sich zugetragen?« Dann rief er laut, aber niemand antwortete. Ringsum war alles schwarz und trostlos, und der Hauch des Todes schwebte über dem Ort. Er bückte sich, hob sein Schwert auf, und es war unversehrt und der Glanz seiner Schneiden ungetrübt. »Verpestet war das Gift Glaurungs«, sagte er,

»aber du bist stärker als ich, Gurthang! Du trinkst jedes Blut. Dein ist der Sieg. Doch komm! Ich brauche Hilfe. Mein Körper ist erschöpft, und Kälte kriecht mir durchs Gebein!«

Dann wandte er Glaurung den Rücken und überließ ihn der Verwesung; als er aber diesen Ort verließ, kam ihm jeder Schritt doppelt schwer vor, und er dachte: »Vielleicht finde ich am Nen Girith einen Kundschafter, der auf mich wartet. Wäre ich doch bald in meinem eigenen Haus, spürte die zärtlichen Hände Níniels und die wohltuende Geschicklichkeit Brandirs.« Er bewegte sich mühsam vorwärts, stützte sich auf Gurthang und kam so im grauen Licht des jungen Tages endlich zum Nen Girith; gerade wollten die Leute aufbrechen, um seinen Leichnam zu suchen, als er vor ihnen stand.

Da wichen sie entsetzt zurück, im Glauben Turambars ruheloser Geist sei gekommen, und die Frauen jammerten und bedeckten die Augen mit ihren Händen. Doch er sagte: »Nein, weint nicht, sondern freut euch! Seht! Bin ich nicht am Leben? Und habe ich nicht den Drachen getötet, den ihr gefürchtet habt?«

Da wandten sie sich gegen Brandir und schrien: »Narr, mit deinen falschen Geschichten hast du uns weisgemacht, er sei tot. Haben wir nicht gesagt, du redest irre?« Doch Brandir war entgeistert, starrte Túrin mit furchtsamen Augen an und konnte nichts sagen.

Aber Túrin sagte zu ihm: »Dann bist du es gewesen, der dort war und meine Hand verbunden hat? Ich danke dir. Aber deine Kunst ist unvollkommen, wenn du Ohnmacht nicht vom Tod zu unterscheiden weißt.« Dann wandte er sich an die Leute: »Sprecht nicht so zu ihm, ihr Narren! Wer von euch hätte es besser machen können? Zumindest hatte er den Mut, zum Kampfplatz zu kommen, während ihr jammernd dagesessen habt. Doch nun, Sohn Handirs, sprich! Es gibt noch mehr, was ich erfahren möchte: Warum sehe ich dich hier, und alle diese Menschen, die ich in Ephel Brandir zurückgelassen habe? Wenn ich mich um euretwillen in Todesgefahr begebe, kann ich nicht Gehorsam erwarten, wenn ich fort bin? Und wo ist Níniel? Ich hoffe zumindest, daß ihr sie nicht mit hierhergebracht habt, sondern sie dort gelassen habt, wo ich sie behütet wußte, in meinem Haus, beschützt von treuen Männern!«

Als ihm aber niemand antwortete, schrie er: »Sprecht, sagt mir, wo

Níniel ist! Sie wollte ich als erste sehen, und ihr will ich zuerst von den Taten in der Nacht berichten.«

Doch sie wandten die Gesichter von ihm ab, und endlich sagte Brandir: »Níniel ist nicht hier.«

»Dann ist es gut«, erwiderte Túrin. »Dann will ich zu meinem Haus gehen. Gibt es hier ein Pferd für mich, oder besser noch eine Trage? Die Anstrengungen haben mich geschwächt.«

»Nein, nein!« rief Brandir voll Pein. »Dein Haus ist leer. Níniel ist nicht dort. Sie ist tot.«

Aber eine der Frauen – das Weib Dorlas', das Brandir nicht wohlgesonnen war – kreischte: »Achte nicht auf ihn, Herr, denn er ist wahnsinnig. Er kam her und schrie, du wärest tot und nannte es eine gute Nachricht. Doch du lebst. Warum soll wahr sein, was er von Níniel erzählt hat: sie sei tot, und das sei eine schlimme Nachricht?«

Da ging Túrin auf Brandir zu: »Mein Tod war eine gute Nachricht?« schrie er. »Ja, du hast sie mir immer geneidet, das wußte ich. Jetzt sei sie tot, sagst du. Und das sei schlimmer? Welche Lüge hast du dir in deiner Bosheit ausgedacht, Klumpfuß? Wolltest du uns denn mit üblen Worten töten, weil du keine anderen Waffen gebrauchen kannst?«

Da wurde das Mitleid in Brandirs Herz durch Wut vertrieben, und er schrie: »Wahnsinnig? Nein, der Wahnsinnige bist du, Schwarzes Schwert des schwarzen Schicksals! Und dieses ganze schwachsinnige Volk. Ich lüge nicht. Níniel ist tot, tot, tot! Suche sie im Teiglin!«

Da stand Túrin stumm und kalt. »Woher weißt du das?« fragte er leise. »Wie hast du das zustande gebracht?«

»Ich weiß es, weil ich sie springen sah«, antwortete Brandir. »Doch der Urheber warst du. Sie floh vor dir, Túrin, Sohn Húrins, und warf sich selbst in die Cabed-en-Aras, damit sie dich nie wieder zu sehen brauchte. Níniel! Níniel? Nein, Nienor, Húrins Tochter!«

Da packte ihn Túrin und schüttelte ihn, denn durch diese Worte vernahm er die Schritte seines Verhängnisses, die ihn einholten; doch in Entsetzen und Raserei leugnete er sie, so wie ein zu Tode gehetztes Tier alles in seiner Nähe verwunden will, bevor es stirbt.

»Ja, ich bin Túrin, Húrins Sohn«, schrie er. »Du hast es seit langem geahnt. Doch von Nienor, meiner Schwester, weißt du nichts. Nichts!

Sie lebt im Verborgenen Königreich und ist in Sicherheit. Es ist eine Ausgeburt deiner eigenen gemeinen Seele, mein Weib um seinen Verstand zu bringen, und jetzt mich. Du humpelnder Bösewicht – wolltest du uns beide in den Tod treiben?«

Doch Brandir machte sich los. »Rühr mich nicht an!« sagte er. »Hör auf mit dem tollen Gerede. Sie, die du dein Weib nennst, kam zu dir und pflegte dich, und du antwortetest nicht auf ihren Ruf. Doch ein anderer tat es für dich. Glaurung der Drache, dessen Zauberwerk, wie ich glaube, für euer beider Verhängnis verantwortlich ist. Und bevor er starb, sagte er: ›Nienor, Tochter Húrins, hier ist dein Bruder, Verräter an seinen Feinden, treulos gegen Freunde, ein Fluch für seine Sippe, Túrin, Húrins Sohn.‹« Da ergriff Brandir plötzlich ein entrücktes Gelächter. »Auf dem Totenbett, sagt man, sprechen die Menschen die Wahrheit«, kicherte er. »Und ein Drache ebenfalls, wie es scheint! Túrin, Sohn Húrins, ein Fluch für deine Sippe und für alle, die dich beherbergen!«

Da griff Túrin nach Gurthang, und ein grausames Leuchten war in seinen Augen. »Und was soll man von dir sagen, Klumpfuß?« sagte er langsam. »Wer hat ihr heimlich hinter meinem Rücken meinen richtigen Namen genannt? Wer brachte sie zu dem bösartigen Drachen? Wer stand dabei und ließ sie sterben? Wer kam hierhier, um diese entsetzliche Nachricht schnellstens zu verbreiten? Wer weidet sich jetzt an meinem Anblick? Sprechen die Menschen die Wahrheit, bevor sie sterben? Dann sprich sie jetzt aus, rasch!«

Brandir, der in Túrins Gesicht seinen eigenen Tod las, stand still und zitterte nicht, obwohl er außer seiner Krücke keine Waffe hatte, und er sagte: »Es wäre eine lange Geschichte, wollte ich alles erzählen, was sich ereignet hat, und ich bin deiner überdrüssig. Aber du hast mich verleumdet, Sohn Húrins. Hat Glaurung dich verleumdet? Wenn du mich erschlägst, dann werden alle sehen, daß er es nicht getan hat. Doch ich fürchte mich nicht vor dem Tod, denn dann werde ich Níniel suchen gehen, die ich liebte, und vielleicht finde ich sie jenseits des Meeres wieder.«

»Níniel suchen!« schrie Túrin. »Nein, Glaurung wirst du finden und mit dieser Brut zusammenliegen. Du wirst mit dem Wurm schlafen, deinem Seelenfreund, und in einer Finsternis mit ihm verwesen!« Dann hob er Gurthang, hieb nach Brandir und traf ihn tödlich. Die Menschen aber bedeckten ihre Augen vor dieser Tat, und als Túrin sich umwandte und Nen Girith verließ, flohen sie vor ihm voller Schrecken.

Dann wandelte er wie jemand, der seines Verstandes beraubt ist, durch die wilden Wälder, verfluchte nun Mittelerde und das menschliche Leben und beschwor Níniel. Als aber die Raserei seines Schmerzes ihn schließlich verließ, ruhte er eine Weile, überdachte alle seine Taten und hörte sich selbst rufen: »Sie wohnt im Verborgenen Königreich und ist in Sicherheit!« Und er dachte, daß er jetzt, da sein Leben gänzlich zerstört war, dorthin gehen mußte, denn aller Trug Glaurungs hatte ihn immer vom rechten Weg weggeführt. Deshalb machte er sich auf, ging zu den Teiglin-Stegen, und als er am Haudh-en-Elleth vorüberkam, rief er: »Bitter habe ich dafür bezahlt, o Finduilas, daß ich mich jemals mit dem Drachen einließ! Gib mir jetzt einen Rat!«

Doch als er gerade diese Worte rief, sah er zwölf wohlbewaffnete Jäger über die Stege kommen, und es waren Elben. Und als sie näherkamen, erkannte er einen von ihnen, denn es war Mablung, der Führer der Jäger Thingols. Und Mablung begrüßte ihn und sagte: »Túrin! Endlich habe ich dich doch noch gefunden. Ich suche dich und bin froh, dich lebend zu sehen, obwohl die Jahre schwer auf dir gelastet haben.«

»Schwer!« erwiderte Túrin. »Ja, schwer wie die Füße Morgoths. Doch wenn du froh bist, mich lebend zu sehen, bist du der letzte in Mittelerde, der das meint. Warum?«

»Weil dein Name bei uns in Ehren gehalten wurde«, antwortete Mablung. »Obwohl du vielen Gefahren entronnen bist, fürchtete ich zuletzt um dich. Ich sah Glaurung hervorkommen, und ich dachte, er habe seinen verruchten Zweck erfüllt und kehre zu seinem Meister zurück. Doch er wandte sich gegen Brethil, und zur gleichen Zeit erfuhr ich von Wanderern im Lande, daß das Schwarze Schwert von Nargothrond dort wieder aufgetaucht sei und die Orks die Grenzen Brethils wie den Tod scheuten. Da überkam mich Furcht, und ich sagte: Wehe. Um Túrin zu suchen, zieht Glaurung in eine Gegend, die seine Orks nicht zu betreten wagen. Deshalb kam ich so schnell wie möglich hierher, um dich zu warnen und dir beizustehen.«

»Schnell, aber nicht schnell genug«, sagte Túrin. »Glaurung ist tot.«

Da schauten die Elben ihn voll Staunen an und sagten: »Du hast den Großen Wurm getötet! Dein Name wird unter den Elben und Menschen auf immer gepriesen werden!«

»Das kümmert mich nicht«, sagte Túrin. »Denn auch mein Herz ist tot. Aber weil ihr aus Doriath kommt, gebt mir Nachricht von den Meinen. Man sagte mir nämlich in Dor-lómin, sie seien ins Verborgene Königreich geflohen.«

Die Elben gaben keine Antwort, doch schließlich sagte Mablung: »Das haben sie in der Tat getan, in dem Jahr, bevor der Drache kam. Doch sie sind jetzt leider nicht mehr dort!« Da stand Túrins Herz still, und er hörte die Schritte des Verhängnisses, das ihn bis zum Ende verfolgen wollte. »Sprich weiter!« rief er. »Und beeile dich!«

»Sie gingen in die Wildnis, um dich zu suchen«, sagte Mablung. »Es geschah gegen jede Vernunft, doch sie wollten nach Nargothrond ziehen, als bekannt wurde, du seiest das Schwarze Schwert: und Glaurung kam hervor, und alle ihre Wachen wurden zerstreut. Niemand hat Morwen seit jenem Tag gesehen, Nienor aber fiel unter einen Bann dumpfen Vergessens, sie floh wie ein wildes Reh nach Norden in die Wälder und verschwand.« Da fing Túrin zum Erstaunen der Elben laut und schrill zu lachen an. »Ist es nicht zum Lachen?« schrie er. »Oh, die schöne Nienor. Sie lief von Doriath zum Drachen und vom Drachen zu mir. Welch liebliche Gnade des Schicksals! Sie war braun wie eine Nuß, dunkel war ihr Haar, klein und schlank war sie wie ein Elbenkind, und niemand konnte sie verwechseln!«

Darüber wunderte sich Mablung, und er sagte: »Aber das ist ein Irrtum. Deine Schwester sah anders aus. Sie war groß, ihre Augen blau, ihr Haar reines Gold, ganz das Abbild ihres Vaters Húrin in weiblicher Gestalt. Du kannst sie nicht gesehen haben!«

»Kann ich nicht, kann ich nicht, Mablung?« schrie Túrin. »Aber warum nicht! Denn siehe: Ich bin blind! Weißt du das nicht? Blind, blind, seit meiner Kindheit taste ich im dunklen Nebel Morgoths umher! Deshalb verlaßt mich! Geht! Geht nach Doriath zurück, und möge der Winter es verwelken lassen! Einen Fluch über Menegroth! Und über eure Botschaft. Dies fehlte noch. Jetzt kommt die Nacht!«

Und schnell wie der Wind entlief er ihnen, und Staunen und Furcht erfüllten sie. Doch Mablung sagte: »Etwas Seltsames und Schreckliches hat sich zugetragen, von dem wir nichts wissen. Laßt uns ihm folgen und ihm beistehen, wenn wir können, denn jetzt ist er entrückt und ohne Verstand.«

Aber Túrin war ihnen weit voraus und kam zur Cabed-en-Aras und stand still; und er hörte das Wasser toben und sah, daß alle Bäume dort, nah und fern, verwelkten und ihre Blätter abwarfen, als sei es in den ersten Tagen des Sommers Winter geworden.

»Cabed-en-Aras, Cabed Naeramarth!« schrie er. »Ich will deine Wasser nicht besudeln, die Níniel reingewaschen haben. Denn alle meine Taten sind schlecht gewesen, und die letzte war die schlimmste.«

Dann zog er sein Schwert und sagte: »Gegrüßt seist du, Gurthang, Stahl des Todes, der du allein mir noch geblieben bist. Keinen Herrn kennst du und keine Treue, nur gegen die Hand, die dich führt. Kein Blut verschmähst du. Ist also auch Túrin dir genehm, und wirst du mir ein rasches Ende bereiten?«

Und aus der Klinge sprach eine kalte Stimme und gab ihm Antwort: »Fürwahr, freudig trinken will ich dein Blut, daß ich das Blut Belegs, meines Herrn, vergesse und Brandirs, des zu Unrecht Erschlagenen. Ich will dich rasch töten.«

Da setzte Túrin das Heft auf den Boden und stürzte sich in Gurthangs Spitze, und die schwarze Klinge nahm ihm das Leben.

Mablung aber kam, sah die scheußliche Gestalt Glaurungs, der tot dalag, und er sah Túrin, und Trauer erfüllte ihn; er dachte an Húrin, wie er ihn in der Nirnaeth Arnoediad gesehen hatte, und an das schreckliche Verhängnis seiner Sippe. Als die Elben dort standen, kamen Menschen von dem Nen Girith herab, um den toten Drachen anzusehen, und als sie sahen, welches Ende Túrin Turambar genommen hatte, weinten sie. So erfuhren die Elben schließlich den Grund für die Worte, die Túrin zu ihnen gesprochen hatte, und sie waren entgeistert. Da sagte Mablung bitter: »Auch ich war verstrickt in das Schicksal von Húrins Kindern, und so habe ich mit meiner Nachricht einen, den ich liebte, getötet.«

Dann hoben sie Túrin auf und sahen, daß sein Schwert zerbrochen war. So ging alles dahin, was er besessen hatte.

Viele Hände mühten sich, sie trugen Holz zusammen, türmten es hoch auf, machten ein großes Feuer und verbrannten den Leichnam des Drachen, bis er nur noch schwarze Asche war und sein Gebein zu Staub zerfiel. Doch der Ort dieses Feuers blieb für alle Zeiten kahl und unfruchtbar. Túrin aber begruben sie auf einer Anhöhe, wo er gestorben war, und die Hälften von Gurthang legten sie ihm an die Seite. Und als alles getan war und die Sänger der Elben und Menschen ein Klagelied gesungen hatten über Túrins Tapferkeit und Níniels Schönheit, wurde ein großer grauer Stein gebracht und auf dem Hügel aufgestellt, und darauf meißelten die Elben in der Runenschrift von Doriath:

TÚRIN TURAMBAR DAGNIR GLAURUNGA

und darunter schrieben sie auch

NIENOR NÍNIEL

Sie lag aber nicht dort, noch wurde je bekannt, wohin die kalten Wasser des Teiglin sie getragen hatten.

So endete die Geschichte von Húrins Kindern, das längste aller Lieder Beleriands.

In einer einführenden Anmerkung, die in verschiedenen Fassungen existiert, heißt es, die *Narn i Hîn Húrin* sei, obgleich sie in der Elbensprache verfaßt sei und viel elbische Überlieferung (besonders aus Doriath) verwende, das Werk Dírhavels, eines Dichters der Menschen. Er lebte in den Tagen Earendils an den Anfurten des Sirion und sammelte dort alle Nachrichten über das Haus Hador, deren er habhaft werden konnte, ob von Menschen oder Elben, Überlebenden und Flüchtlingen aus Dor-lómin, Nargothrond, Gondolin und Doriath. In einer Version dieser Anmerkung ist davon die Rede, Dírhavel stamme selbst aus dem Hause Hador. Dieses Lied, das längste aller Lieder aus Beleriand, war alles, was er geschaffen hat, doch es wurde von den Eldar gerühmt, weil Dírhavel die Elbensprache verwendete, die er ausgezeichnet beherrschte. Er benutzte jene Art elbischen Verses, der *Minlamed thent/estent* genannt wurde, und der von altersher der *Narn* (eine Erzählung in Versen, die jedoch gesprochen, nicht gesungen wurde) ihr eigenes Gepräge gab. Dírhavel kam beim Überfall der Söhne Feanors auf die Anfurten des Sirion ums Leben.

1 An dieser Stelle des Textes der *Narn* folgt eine Beschreibung von Húrins und Huors Aufenthalt in Gondolin. Diese lehnt sich eng an eine Geschichte an, die in einem der »konstituierenden Texte« des *Silmarillion* erzählt wird. Die Übereinstimmung ist so groß, daß es sich lediglich um eine Variante handelt, die ich hier nicht wiedergegeben habe. Die Geschichte kann man im *Silmarillion*, Seite 177–178, lesen.

2 Hier folgt im Text der *Narn* ein Bericht über die Nirnaeth Arnoediad, den ich aus dem gleichen Grund nicht aufgenommen habe, den ich in Anmerkung 1 angeführt habe. Vgl. *Das Silmarillion*, Seite 210–220.

3 In einer zweiten Version des Textes wird deutlich, daß Morwen in der Tat Kontakte zu den Eldar unterhielt, die unweit ihres Hauses in den Bergen geheime Wohnungen besaßen: »Doch sie konnten ihr keine Neuigkeiten berichten. Niemand hatte Húrins Fall gesehen. ›Er war nicht bei Fingon‹, sagten sie; ›er wurde mit Turgon nach Süden abgedrängt, doch wenn irgend jemand aus seinem Volk entkam, geschah es im Gefolge des Heeres aus Gondolin. Aber wer will das wissen? Denn die Orks haben alle Erschlagenen zu einem Haufen aufgetürmt, eine Suche ist vergeblich, sogar wenn es jemand wagte, sich zum Haudh-en-Nirnaeth zu begeben.‹«

4 Mit dem hier beschriebenen Helm Hadors sind die »großen Masken, die gräßlich anzuschauen waren«, zu vergleichen, welche die Zwerge aus Belegost in der Nirnaeth Arnoediad trugen und die ihnen »aber gut zustatten kamen gegen die Drachen« (*Das Silmarillion*, Seite 216). Túrin trug später eine Zwergenmaske, als er in die Schlacht bei Nargothrond zog:

»und die Feinde flohen bei seinem Anblick« (ebd., Seite 234). Vgl. auch den Anhang zur *Narn*, Seite 212f.

5 Der Einfall der Orks nach Ost-Beleriand, bei dem Maedhros Azaghâl rettete, ist an keiner anderen Stelle erwähnt.

6 An anderer Stelle hat mein Vater angemerkt, daß die Sprache Doriaths, sowohl die des Königs als auch anderer, selbst zur Zeit Túrins altertümlicher war als die anderswo gesprochene; er bemerkt auch, daß Mîm beobachtete (obwohl die vorhandenen Schriften dies nicht erwähnen), daß Túrin trotz seines Grolls gegen Doriath sich niemals von der Sprache trennen konnte, mit der er aufgewachsen war.

7 Eine Randnotiz in einem Text sagt hier: »Immer suchte er in allen Frauengesichtern das Gesicht Lalaiths.«

8 In einer anderen Textfassung dieses Abschnitts der Erzählung wird von Saeros gesagt, er sei ein Verwandter Daerons gewesen, in einer anderen Version ist er der Bruder; die vorliegende Fassung ist vermutlich die letzte.

9 *Waldmensch:* »wilder Mensch aus den Wäldern«. Vgl. unten Anmerkung 14 zu »Die Drúedain«, Seite 504.

10 In einer anderen Textvariante dieses Teils der Geschichte teilt Túrin in diesem Augenblick den Geächteten seinen wirklichen Namen mit. Er behauptet weiter, daß er ja von Rechts wegen Herr und Richter über das Volk von Hador sei, und deshalb Forweg zu Recht erschlagen habe, weil dieser Mann aus Dor-lómin stamme. Darauf sagt Algund, der alte Bandit, der den Sirion entlang aus der Nirnaeth Arnoediad geflohen war, daß Túrins Augen ihn lange an einen anderen Mann erinnert hätten, den er sich nicht ins Gedächtnis zurückrufen könne, und daß er jetzt den Sohn Húrins in ihm erkenne: ›Aber er war ein kleinerer Mann, klein für seine Sippe, doch voll Feuer, und sein Haar war goldrot. Du bist großgewachsen und dunkel. Ich erkenne deine Mutter in dir, wenn ich genauer hinsehe; sie stammte aus Beors Haus. Ich möchte wissen, was mit ihr geschah!‹ ›Ich weiß es nicht‹, sagte Túrin. ›Es gibt keine Nachrichten aus dem Norden.‹ In dieser Version werden die ursprünglich aus Dor-lómin kommenden Geächteten dazu veranlaßt, Túrin als Anführer anzuerkennen, weil sie wissen, daß Neithan Húrins Sohn ist.

11 Die zuletzt geschriebenen Fassungen dieses Teils der Geschichte stimmen darin überein, daß Túrin, als er Anführer der Geächteten-Bande wurde, sie fort von den Siedlungen der Waldmenschen in den Wald südlich des Teiglin führte; und daß Beleg bald nach ihrem Aufbruch dorthin kam. Aber die geographischen Details sind unklar und die Schilderungen der Bewegungen der Bande widersprüchlich. Im Hinblick auf den anschließenden Verlauf der Geschichte scheint es notwendig, anzunehmen, daß sie im Tal des Sirion blieben und daß sie in Wahrheit von ihren früheren Schlupfwinkeln zur Zeit des Ork-Überfalls auf die Siedlungen der Wald-

menschen nicht weit entfernt waren. In einer vorläufigen Version gingen sie nach Süden und kamen in das Land »oberhalb der Aelin-uial und der Fenne des Sirion«; doch in diesem »Land ohne Zuflucht« wurden die Männer unzufrieden und überredeten Túrin, sie in die Waldgebiete südlich des Teiglin zurückzuführen, wo er ihnen zum ersten Mal begegnet war. Dies würde den Anforderungen der Geschichte entsprechen.

12 Im *Silmarillion* (Seite 224) geht die Geschichte weiter mit Belegs Abschied von Túrin, dessen merkwürdiger Vorahnung, daß sein Schicksal ihn zum Amon Rûdh führen werde, Belegs Ankunft in Menegroth (wo er von Thingol das Schwert Anglachel und von Melian *lembas* erhielt) und seiner Rückkehr in den Krieg gegen die Orks in Dimbar. Einen anderen ergänzenden Text gibt es nicht, und diese Passage ist hier weggelassen.

13 Túrin floh im Sommer aus Doriath; er verbrachte Herbst und Winter bei den Geächteten, im folgenden Frühjahr erschlug er Forweg und wurde Anführer der Bande. Die hier beschriebenen Ereignisse fanden im darauffolgenden Sommer statt.

14 *Aeglos,* »Schneedorn«, soll dem Ginster (Stechginster) ähnlich gewesen sein, er war jedoch größer und blühte weiß. *Aeglos* war auch der Name des Speers von Gil-galad. *Seregon,* »Blut des Steines«, war eine Pflanze jener Gattung, die man gewöhnlich »Mauerpfeffer« nennt. Die Pflanze hatte tiefrote Blüten.

15 Auch die gelb blühenden Ginsterbüsche, die Frodo, Sam und Gollum in Ithilien entdeckten, waren »dürr und langbeinig unten, aber oben dicht«, so daß sie aufrecht unter ihnen hindurchgehen konnten »wie durch lange, trockene Schneisen«, und sie trugen Blüten, »die in der Dämmerung schimmerten und einen schwachen, süßen Duft ausströmten« (»Die Zwei Türme«, 4, Kapitel 7).

16 An anderer Stelle ist der Sindarin-Name der Kleinzwerge mit *Noegyth Nibin* (so im *Silmarillion,* Seite 227) und *Nibin-Nogrim* angegeben. Die »Hochmoore, die sich zwischen den Tälern Sirion und Narog erhoben«, und zwar nordöstlich von Nargothrond (vgl. oben Seite 138), sind des öfteren als die Moore der Nibin-noeg (oder Varianten dieses Namens) erwähnt.

17 Die große Klippe, auf die sie von Mîm durch eine Felsspalte geführt werden und die er das »Tor zum Hof« nennt, war (wie es scheint) der Nordrand der Felsplatte; die Klippen auf der östlichen und westlichen Seite waren sehr viel abschüssiger.

18 Andrógs Fluch ist auch in folgender Form erhalten: »Möge er bis zu seinem Ende keinen Bogen haben, wenn er ihn braucht.« Letztlich fand Mîm vor den Toren Nargothronds durch Túrins Schwert den Tod. (*Das Silmarillion,* Seite 257).

19 Das Geheimnis um die anderen Gegenstände in Mîms Sack wird nicht enthüllt. Die einzige andere Aussage darüber findet sich in einer

flüchtig gekritzelten Notiz, die darauf hinweist, daß es sich um als Wurzeln getarnte Goldbarren handle; dies bezieht sich auf Mîms Suche »nach alten Schätzen in einem Zwergenhaus in der Nähe der ›flachen Steine‹«. Hierbei handelt es sich zweifellos um die im Text (Seite 134) erwähnten Steine, die »in ungeordneten Haufen beisammenlagen« und bei denen Mîm gefangengenommen wurde. Doch es gibt nirgendwo einen Hinweis darauf, welche Rolle dieser Schatz in der Geschichte von Bar-en-Danwedh eigentlich spielen sollte.

20 Auf Seite 97 wird gesagt, daß der Paß über den Rücken des Amon Darthir die einzige Verbindung gewesen sei »zwischen dem Serech und dem äußersten Westen, wo Dor-lómin an Nevrast grenzte«.

21 In der Geschichte, wie sie im *Silmarillion* (Seite 242) erzählt wird, »sank eine Wolke von Vorahnungen« auf Brandirs Herz, nachdem er gehört hatte, »was Dorlas meldete«, und er deshalb (wie es scheint), nachdem er im Mann auf der Bahre das Schwarze Schwert von Nargothrond erkannt hatte, das Gerücht verbreitete, es handle sich um den Sohn Húrins aus Dor-lómin.

22 Vgl. unten Seite 210. Dort findet sich ein Hinweis auf den gegenseitigen Austausch von Nachrichten, der auf »geheime Weise« zwischen Orodreth und Thingol stattfand.

23 Im *Silmarillion* (Seite 137) sind die Hohen Faroth oder Taur-en-Faroth »große, bewaldete Hochflächen«. Daß sie hier als »braun und kahl« beschrieben werden, bezieht sich auf die blattlosen Bäume im beginnenden Frühling.

24 Man könnte annehmen, daß Dimrost erst in Nen Girith umbenannt wurde, als alles vorüber war, Túrin und Nienor tot waren, die Leute sich ihres Schauderanfalles erinnerten und seine Bedeutung klar wurde. Doch in der Sage wird Nen Girith durchgehend als Name verwendet.

25 Wenn es wirklich Glaurungs Absicht gewesen wäre, nach Angband zurückzukehren, wäre es denkbar, daß er die alte Straße zu den Teiglin-Stegen benutzt hätte, deren Verlauf sich nicht wesentlich von dem Weg unterschied, der ihn zur Cabed-en-Aras brachte. Vielleicht nahm man an, er würde auf jenem Weg nach Angband zurückkehren, der ihn aus dem Süden nach Nargothrond geführt hatte (den Narog aufwärts zum Ivrin). Vgl. auch Mablungs Worte (Seite 198): »Ich sah Glaurung hervorkommen, und ich dachte, er . . . kehre zu seinem Meister zurück. Doch er wandte sich gegen Brethil . . .«

Als Túrin von seiner Hoffnung sprach, Glaurung werde sich geradeaus bewegen und nicht abweichen, meinte er, wenn der Drache den Teiglin entlang zu den Stegen zöge, könnte er Brethil betreten, ohne die Schlucht zu überqueren, wo er angreifbar war. (Vgl. seine Worte zu den Leuten am Nen Girith, Seite 180f.).

26 Ich habe keine Karte gefunden, welche die Vorstellung meines

Vaters von der Lage des Landes im einzelnen hätte verdeutlichen können. Doch die folgende Skizze dürfte zumindest mit den Angaben in der Geschichte übereinstimmen:

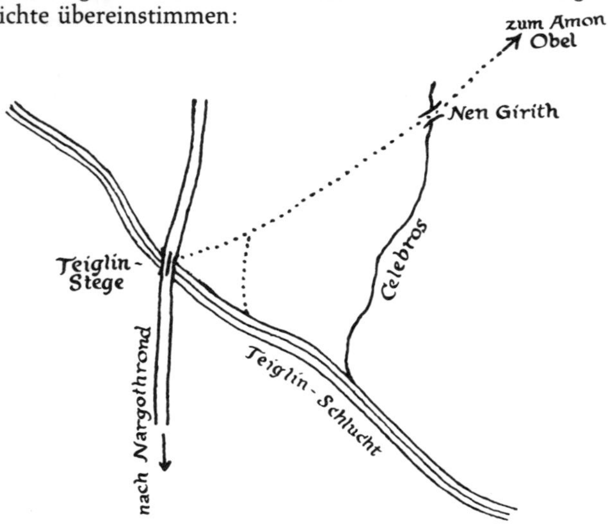

27 Die Wendungen »in wilder Flucht verließ sie diesen Ort« und »sie rannte von ihm fort« deuten darauf hin, daß zwischen der Stelle, wo Túrin neben Glaurungs Leichnam lag, und dem Rand des Abgrundes einige Entfernung war. Es kann sein, daß der Todessprung des Drachen ihn ein Stück vom äußersten Rand hinweggetragen hat.

28 An einer späteren Stelle der Erzählung (Seite 200) nennt Túrin selbst vor seinem Tod den Ort Cabed Naeramarth, und man darf annehmen, daß man den späteren Namen aus der Überlieferung seiner letzten Worte ableitete.

Es besteht ein offensichtlicher Widerspruch, wenn von Brandir gesagt wird (sowohl hier als auch im *Silmarillion*), er sei der letzte Mensch gewesen, der in die Cabed-en-Aras geblickt habe, bald darauf jedoch Túrin dorthin kam, sowie die Elben und alle, die den Grabhügel aufwarfen. Er kann vielleicht erklärt werden, wenn man die Brandir betreffenden Worte der *Narn* in einem engen Sinn auslegt: er war eigentlich der letzte Mensch, »der in ihre Finsternis hinabblickte«. In der Tat war es die Absicht meines Vaters, die Erzählung so zu ändern, daß Túrin sich nicht an der Cabed-en-Aras tötete, sondern auf dem Grabhügel Finduilas' an den Teiglin-Stegen; doch es kam nie zu einer geschriebenen Fassung.

29 Hieraus scheint hervorzugehen, daß »Hirschsprung« der ursprüngliche Name dieses Orts war, und so auch der wirklichen Bedeutung von »Cabed-en-Aras« entspricht.

Von dem Punkt der Geschichte an, wo Túrin und seine Männer sich im alten Wohnsitz der Kleinzwerge auf dem Amon Rûdh niederlassen, gibt es keine vollständige, bis ins einzelne ausgeführte Erzählung mehr; die *Narn* setzt erst mit Túrins Reise in den Norden nach dem Fall Nargothronds wieder ein. Aus zahlreichen vorläufigen und probeweisen Entwürfen und Notizen lassen sich jedoch weitere Aufschlüsse gewinnen, die über die summarische Schilderung im *Silmarillion* hinausgehen. Es gibt sogar einige zusammenhängende Erzählstränge im Stil der *Narn*.

Ein vereinzeltes Bruchstück beschreibt das Leben der Geächteten auf dem Amon Rûdh in der Zeit nach ihrer Niederlassung, und liefert eine nähere Beschreibung Bar-en-Danwedhs:

Lange Zeit verlief das Leben der Geächteten ganz nach ihrem Geschmack. Es war kein Mangel an Nahrung, sie hatten einen warmen und trockenen Unterschlupf und ausreichend Raum zur Verfügung; sie hatten nämlich entdeckt, daß die Höhlen zur Not hundert und mehr Männer beherbergen konnten. Weiter im Höhleninnern gab es eine zweite kleinere Halle. Sie hatte an einer Seite eine Feuerstelle, von der ein Kamin nach oben durch den Fels zu einem Abzugsloch führte, das geschickt in einer Spalte des Berghanges verborgen war. Außerdem gab es zahlreiche weitere Gemächer, die sich zu den Hallen oder dem Gang dazwischen öffneten; einige dienten als Wohnräume, andere als Werkstätten oder Vorratskammern. Was das Lagern von Vorräten anbetraf, war Mîm weitaus findiger als sie selbst, und er besaß viele Gefäße und Kisten aus Stein und Holz, die sehr alt zu sein schienen. Doch die meisten der Kammern standen jetzt leer: In den Waffenkammern hingen verrostete und staubige Äxte und anderes Gerät, die Borde und Schränke waren leer und die Schmieden unbenutzt. Außer einer: Es war ein kleiner Raum, der an die innere Halle grenzte und dessen Feuerstelle den Kamin mit jener in der Halle gemeinsam hatte. Dort arbeitete Mîm zuweilen, doch erlaubte er anderen nicht, dabeizusein.

Für den Rest des Jahres unternahmen sie keine Raubzüge mehr, und wenn sie sich draußen aufhielten, um zu jagen oder Vorräte zu sammeln, teilten sie sich meist in kleine Gruppen auf. Aber lange fiel es ihnen schwer, den Rückweg zu finden, und außer Túrin waren es nur sechs Männer, die sich jederzeit des Weges sicher waren. Da sie freilich sahen, daß andere, die einigermaßen geschickt waren, ihr Versteck ohne Mîms Hilfe finden konnten, ließen sie dennoch jeden Tag und jede Nacht einen Mann bei der Felsspalte in der Nordwand Wache halten. Aus dem Süden erwarteten sie keine Feinde und fürchteten auch nicht, daß jemand aus dieser Richtung kommend, Amon Rûdh erklettern könnte; aber tagsüber befand sich die meiste Zeit ein Wachtposten auf der Spitze der Bergkrone, der nach überallhin weite Sicht hatte. Obgleich die Hänge der Krone steil waren, konnte man ihre Spitze besteigen, denn östlich vom Höhleneingang waren große Stufen in den Fels geschlagen, die zu Hängen hinaufführten, über die Männer ungesehen emporklettern konnten.

So verging das Jahr ohne Unheil oder Unruhe. Doch als die Tage kürzer wurden, der Teich erkaltete und sich grau färbte, die Birken kahl wurden und die großen Regen sich einstellten, mußten sie mehr Zeit unter Dach zubringen. Da wurden sie bald mißmutig über die Dunkelheit im Bergin-nern oder über den trüben Halbdämmer in den Hallen; und den meisten schien es, als würde es sich besser leben lassen, wenn sie diesen Ort nicht würden mit Mîm teilen müssen. Allzu oft tauchte er plötzlich aus einer schattigen Ecke oder in einem Türeingang auf, wenn sie ihn irgendwo anders vermutet hatten. Sie gingen dazu über, nur noch im Flüsterton miteinander zu sprechen.

Zugleich kam es ihnen merkwürdig vor, daß es Túrin anders erging, daß er ihn immer freundlicher behandelte und zunehmend auf dessen Rat hörte. Im folgenden Winter verbrachte Túrin lange Stunden mit Mîm, hörte zu, wenn dieser ihn an seinen Kenntnissen teilhaben ließ oder Geschichten aus seinem Leben erzählte, und ihn noch nicht einmal zurechtwies, wenn er schlecht von den Eldar sprach. Mîm schien darüber erfreut und erwies Túrin seinerseits manche Gunst; ihm allein gestattete er manchmal, seine Schmiede zu betreten, und dort sprachen sie leise mitein-ander. Die Männer waren darüber weniger froh, und Andróg sah es mit mißgünstigen Blicken.

Der nun im *Silmarillion* folgende Text gibt keinen Hinweis darauf, wie Beleg den Weg zum Bar-en-Danwedh fand; er »erschien an einem trüben Wintertag plötzlich unter ihnen«. In anderen Entwürfen war es die Sorglosigkeit der Geächteten, die dazu führte, daß im Bar-en-Danwedh im Winter die Lebensmittel knapp wurden und Mîm ihnen die genießbaren Wurzeln aus seinem Vorrat mißgönnte; deshalb verließen sie zu Jahresbe-ginn die Festung zu einem Beutezug. Beleg, der sich dem Amon Rûdh näherte, kam auf ihre Spur; entweder folgte er ihnen zu einem Lager, das sie wegen eines plötzlichen Schneesturms aufschlagen mußten, oder er folgte ihnen auf dem Rückweg zum Bar-en-Danwedh und schlüpfte hinter ihnen hinein.

Um diese Zeit verirrte sich Andróg in den Höhlen, als er nach Mîms geheimer Vorratskammer suchte, und fand eine verborgene Treppe, die auf die flache Kuppe des Amon Rûdh hinausführte (über diese Treppe entflo-hen einige der Geächteten aus dem Bar-en-Danwedh, als es von den Orks angegriffen wurde; (*Das Silmarillion,* Seite 230). Und entweder während des erwähnten Angriffs oder bei einer späteren Gelegenheit wur-de Andróg – der Mîms Fluch zum Trotz wieder zu Pfeil und Bogen gegriffen hatte – von einem vergifteten Pfeil verwundet. Nur in einem einzigen der verschiedenen Hinweise auf diesen Vorfall wird gesagt, es habe sich um einen Ork-Pfeil gehandelt.

Andróg wurde durch Beleg von seiner Wunde geheilt, doch es scheint, daß seine Abneigung und sein Mißtrauen gegen den Elben dadurch nicht besänftigt wurden. Um so größer wurde Mîms Haß auf Beleg, denn dieser hatte Mîms Fluch über Andróg »übergangen«. Er sagte: »Der Fluch wird wieder über ihn kommen.« Es kam Mîm in den Sinn, er könne seine Jugend zurückgewinnen und wieder stark werden, wenn er ebenfalls von den *lembas* äße; und weil er sie durch List nicht erhalten konnte, täuschte er Krankheit vor, um sie von seinem Feinde zu erbitten. Als Beleg sie ihm verweigerte, war sein Haß besiegelt und erstreckte sich in noch stärkerem Maße auf Túrin, weil dieser den Elben liebte.

Es mag an dieser Stelle erwähnt werden, daß Túrin die *lembas* zurückwies, als Beleg sie aus seinem Pack hervorzog. (Vgl. auch *Das Silmarillion*, Seite 225 und 228)

Die silbernen Blätter waren rot im Licht des Feuers, und als Túrin das Siegel sah, verdunkelten sich seine Augen.

»Was hast du da?« fragte er.

»Das größte Geschenk, das jemand machen kann, der dich noch immer liebt«, antwortete Beleg. »Das ist *lembas*, die Wegzehrung der Eldar, die noch niemals ein Mensch gekostet hat.«

»Den Helm meiner Väter habe ich angenommen«, sagte Túrin, »aus Wohlwollen für deine gute Hut; aber Geschenke aus Doriath nehme ich nicht an.«

»Dann schicke dein Schwert und deine Waffen zurück«, sagte Beleg. »Und auch die Erziehung und Fürsorge, die dir in deiner Jugend zuteil wurden. Und laß diese Männer in der Einöde sterben, um deiner Laune willen. Außerdem war die Wegzehrung ein Geschenk an mich und nicht an dich, und ich kann damit verfahren, wie ich will. Verschmähe es, wenn es dir in der Kehle steckenbleibt; aber andere hier sind vielleicht hungriger und weniger stolz.«

Da war Túrin beschämt, und in diesem Fall besiegte er seinen Stolz.

Es finden sich weitere flüchtige Hinweise auf Dor-Cúarthol, das Land von Helm und Bogen, in dem Beleg und Túrin von ihrem Stützpunkt auf dem Amon Rûdh aus eine Zeitlang Anführer einer starken Streitmacht in den Ländern südlich des Teiglin wurden. (Vgl. auch *Das Silmarillion*, Seite 229)

Túrin nahm mit Freuden alle auf, die zu ihm kamen, doch auf Rat Belegs gewährte er keinem Neuankömmling Zutritt zu seinem Versteck auf dem

Amon Rûdh (der nun Echad i Sedryn, Lager der Getreuen genannt wurde); den Weg dorthin kannten nur die Mitglieder der Alten Kameradschaft, und kein anderer wurde eingeweiht. Doch in der Umgebung wurden weitere bewachte Lager und Außenposten angelegt: im Wald auf der Ostseite, in den Hochländern oder in den südlichen Fennen, vom Methed-en-Glad (»das Wald-Ende«) bis zum Bar-erib, einige Meilen südlich vom Amon Rûdh. Von allen diesen Plätzen konnten die Männer den Gipfel des Amon Rûdh sehen und durch Signale Nachrichten empfangen.

Noch ehe der Sommer vorüber war, war Túrins Gefolgschaft auf diese Weise zu einer großen Streitmacht herangewachsen, und der Ansturm Angbands wurde zurückgeworfen. Davon drang die Kunde sogar bis nach Nargothrond, und viele wurden unzufrieden und sagten, wenn schon ein Geächteter dem Feind solche Verluste zufügen könne, was könne dann erst der Herr von Narog tun. Aber Orodreth wollte seine Pläne nicht ändern. In allen Belangen folgte er Thingol, mit dem er auf geheime Weise durch Boten Verbindung hielt; und er war ein weiser Herrscher, der sich an die Klugheit jener hielt, die zuerst an ihr eigenes Volk dachten und wie lange es sich Leben und Wohlstand gegen den lüsternen Norden erhalten konnte. Deshalb erlaubte er niemandem aus seinem Volk, sich Túrin anzuschließen; und er sandte Boten zu ihm, durch die er ihm sagen ließ, er solle bei allem, was er in seinem Krieg tue oder plane, den Fuß nicht nach Nargothrond setzen oder die Orks dorthintreiben. Doch für Notlagen bot er den beiden Anführern andere als bewaffnete Hilfe an (und dazu wurde er, wie man glaubte, durch Thingol und Melian bewogen).

Es ist verschiedene Male betont worden, daß Beleg den weitgespannten Plänen Túrins ablehnend gegenüberstand, obgleich er ihn unterstützte; es schien ihm, als habe der Drachenhelm eine andere Wirkung auf Túrin, als er erhofft hatte; und daß er mit Trübsal im Herzen voraussah, was die kommenden Tage bringen würden. Bruchstücke der Gespräche, die er mit Túrin darüber führte, sind erhalten. So saßen sie einmal in der Festung Echad i Sedryn beisammen, und Túrin sagte zu Beleg:

»Warum bist du so traurig und nachdenklich? Hat nicht alles einen guten Verlauf genommen, seit du zu mir zurückgekehrt bist? Hat sich mein Plan nicht als erfolgreich erwiesen?«

»Im Augenblick ist alles gut«, sagte Beleg. »Noch sind unsere Feinde überrascht und eingeschüchtert. Und es liegen noch gute Tage vor uns – für eine gewisse Zeit.«

»Und was dann?«

»Dann ist es Winter. Und danach kommt ein neues Jahr, zumindest für jene, die noch am Leben sind.«

»Und dann?«

»Dann kommt der Zorn Angbands. Wir haben nur die Fingerspitzen der Schwarzen Hand versengt – nicht mehr. Sie wird sich nicht zurückziehen.«

»Aber ist der Zorn Angbands nicht das, was wir und unsere Freunde wollen«, sagte Túrin. »Was sonst möchtest du, daß ich tue?«

»Das weißt du sehr wohl«, erwiderte Beleg, »doch du hast mir verboten, über diese Möglichkeit zu sprechen. Doch höre mich nun an: Der Führer eines großen Heeres braucht mancherlei: Er muß einen sicheren Rückzugspunkt haben; er muß begütert sein und braucht viele Hände, deren Tätigkeit nicht im Kriegführen besteht. Mit der wachsenden Zahl steigt der Bedarf an Nahrung, man braucht mehr, als die Wildnis liefern kann; und schließlich ist es mit der Geheimhaltung vorbei. Amon Rûdh ist ein guter Platz für wenige Männer – er hat Augen und Ohren. Aber er steht für sich allein, ist von weitem zu sehen, und man braucht keine große Streitmacht, um ihn einzuschließen.«

»Dennoch will ich Anführer meines eigenen Heeres sein«, antwortete Túrin, »und wenn ich falle, so falle ich. Ich stehe mitten auf der Marschlinie Morgoths, und solange ich hier stehe, kann er die südliche Straße nicht benutzen. Man sollte mir dafür in Nargothrond dankbar sein und mir überdies mit notwendigen Dingen beistehen.«

In einer anderen kurzen Gesprächspassage antwortet Túrin auf Belegs Warnungen vor der Zerbrechlichkeit seiner Macht mit folgenden Worten:

»Ich will über ein Land herrschen, doch nicht über dieses. Hier will ich nur Kräfte sammeln. Mein Herz zieht es nach Dor-lómin, dem Land meines Vaters, und dorthin werde ich gehen, wenn ich kann.«

Es wird auch gesagt, daß Morgoth sich für eine gewisse Zeit zurückzog und nur Scheinangriffe durchführte, »damit durch leichte Siege das Selbstvertrauen dieser Rebellen ins Übertriebene wuchs; was sich in der Tat als richtig erwies«.

Andróg taucht in einem Entwurf jener Passage wieder auf, die den Angriff auf den Amon Rûdh schildert. Erst hier enthüllte er Túrin, daß es im Inneren des Berges eine Treppe gab; und er war einer derjenigen, die über diese Treppe auf die Bergspitze gelangten. Es wird gesagt, er habe dort tapferer gekämpft als jeder andere, doch er wurde schließlich durch einen Pfeil tödlich getroffen: So hatte sich Mîms Fluch erfüllt.

Der Erzählung im *Silmarillion* (Belegs Reise auf den Spuren Túrins, sein Treffen mit Gwindor in Taur-nu-Fuin, die Rettung Túrins und Belegs Tod von Túrins Hand) ist nichts von Bedeutung hinzuzufügen. Zur Tatsache, daß Gwindor eine jener blauleuchtenden »Feanorischen Lampen« besaß, und welche Rolle diese Lampe in einer Version der Geschichte spielte, siehe oben Seite 75, Anmerkung 2.

Es sei hier angemerkt, daß mein Vater die Absicht hatte, die Geschichte vom Drachenhelm aus Dor-lómin bis in die Zeit von Túrins Aufenthalt in Nargothrond und sogar darüber hinaus fortzuführen, doch fand dies in den Erzählungen niemals Niederschlag. In der vorliegenden Version verschwindet der Helm mit dem Ende Dor-Cúarthols und der Zerstörung der Festung der Geächteten auf dem Amon Rûdh; aber auf irgendeine Weise taucht er bei Nargothrond wieder in Túrins Besitz auf. Er kann nur dorthin gelangt sein, indem die Orks ihn mitnahmen, als sie Túrin nach Angband verschleppten; doch die Geschichte seiner Rückeroberung zur Zeit der Rettung Túrins durch Beleg und Gwindor hätte eine Weiterentwicklung der Geschichte an diesem Punkt notwendig gemacht.

Ein einzelnes handschriftliches Fragment erzählt, daß Túrin in Nargothrond den Helm nicht wieder tragen wollte, »damit er nicht sichtbar wurde«, daß er ihn aber trug, als er in die Schlacht bei Tumhalad zog. (Vgl. *Das Silmarillion,* Seite 212, wo es heißt, daß er jene Zwergenmaske trug, die er in den Waffenkammern Nargothronds fand.) In diesem Fragment heißt es weiter:

Aus Furcht vor diesem Helm gingen ihm alle Feinde aus dem Weg, und so geschah es, daß er dieses todbringende Schlachtfeld unverletzt verließ. Es trug sich aber nun zu, daß er nach Nargothrond zurückkam und den Drachenhelm trug. Glaurung, der den Wunsch hatte, ihn um dessen Beistand und Schutz zu bringen (die er selbst fürchtete), verhöhnte ihn und sagte, Túrin beanspruche sicherlich sein Vasall und Lehnsmann zu werden, weil er das Ebenbild seines Meisters auf dem Helmkamm trage.

Doch Túrin antwortete: »Du lügst, und du weißt es. Denn dieses Bild wurde gemacht, um dich zu verhöhnen; und solange es diesen Helm gibt und jemanden, der ihn trägt, wird immer die Furcht an dir nagen, er könne dir dein Verhängnis bescheren.«

»Dann muß der Helm auf einen Meister warten, der einen anderen Namen trägt«, sagte Glaurung, »denn Túrin, Húrins Sohn, fürchte ich nicht. Im Gegenteil: Er hat noch nicht einmal die Kühnheit, mir offen ins Gesicht zu blicken.«

Und in der Tat war der Anblick des Drachen so entsetzlich, daß Túrin es nicht wagte, geradewegs nach oben in dessen Auge zu blicken; doch er hatte des Visier des Helms geschlossen, um sein Gesicht zu schützen, und während des Gesprächs nicht höher als bis zu Glaurungs Füßen hinaufgeschaut. Als er aber so verspottet wurde, öffnete er außer sich vor Stolz und Tollkühnheit das Visier und sah Glaurung ins Auge.

An anderer Stelle gibt es eine Anmerkung zu Morwen: Als sie in Doriath hörte, daß der Drachenhelm in der Schlacht bei Tumhalad aufgetaucht war, wußte sie, daß das Gerücht zutraf, bei Mormegil handle es sich um ihren Sohn Túrin.

Schließlich darf man vermuten, daß Túrin den Helm tragen sollte, als er Glaurung tötete; und daß er den sterbenden Drachen mit dessen eigenen, bei Nargothrond gesprochenen Worten vom »Meister mit dem anderen Namen« verspotten sollte; es gibt jedoch keine Hinweise darauf, wie dies erzählerisch gelöst werden sollte.

Es gibt einen Bericht über Art und Inhalt von Gwindors Widerstand gegen Túrins Taktik in Nargothrond, der im *Silmarillion* nun sehr kurz angedeutet wird (vgl. dort Seite 236). Dieser Bericht ist nicht gänzlich zu einer Erzählung ausgeformt, mag aber dennoch hier wiedergegeben werden:

Im Rat des Königs sprach Gwindor fortwährend gegen Túrin und sagte, daß er in Angband gewesen sei und einiges über Morgoths Macht und seine Pläne wisse. »Kleine Siege werden sich am Ende als nutzlos erweisen«, sagte er, »denn auf diese Weise erfährt Morgoth, wo die Kühnsten seiner Feinde zu finden sind, und kann genügend Kräfte zusammenziehen, um sie zu vernichten. Zusammengenommen reichte die Macht der Elben und der Menschen nur aus, ihn im Zaum zu halten und den Frieden eines Belagerungszustandes zu gewinnen; er dauerte wahrlich eine lange Zeit, doch freilich nur so lange, bis Morgoth im rechten Augenblick den Belagerungsring sprengte. Und niemals wieder wird man einen solchen Zusammenschluß zustandebringen. Nur in der Heimlichkeit liegt jetzt jede Hoffnung, bis die Valar kommen.«

»Die Valar!« sagt Túrin. »Sie haben euch verlassen, und sie halten die Menschen zum Narren. Wozu nach Westen schauen über das endlose Meer? Es gibt nur einen Vala, mit dem wir es zu tun haben, und das ist Morgoth; und wenn wir ihn letztlich nicht besiegen können, dann können wir ihn zumindest verwunden und aufhalten. Denn ein Sieg ist ein Sieg, sei er noch so klein, und sein Wert liegt nicht nur darin, was aus ihm folgt, sondern er hat auch einen Wert in sich selbst: Wenn ihr nichts tut, um Morgoth aufzuhalten, wird ganz Beleriand über kurz oder lang unter seinen Schatten fallen, und er wird euch einen nach dem anderen in euren Verstecken ausräuchern. Und was dann? Ein erbärmlicher Rest wird nach Süden oder Westen fliehen, um sich an den Ufern des Meeres zu verkriechen, gefangen zwischen Morgoth und Osse. Da ist es besser, sich eine Zeit des Ruhms zu erwerben, sei sie auch von kurzer Dauer; das Ende wird nämlich kein schlimmeres sein. Du sprichst von Heimlichkeit und sagst, darin liege die einzige Hoffnung; aber könnt ihr jeden, auch den letzten und geringsten Kundschafter und Spion Morgoths überfallen und abfangen, damit niemals einer mit Nachrichten nach Angband zurückkehrt? Wird Morgoth nicht doch erfahren, daß ihr lebt, und sich ausrechnen können, wo ihr euch aufhaltet? Und auch dies sage ich euch: Mit dem Maßstab der Elben gemessen, haben die sterblichen Menschen nur ein kurzes Leben, und doch würden sie es lieber in der Schlacht verlieren, als fliehen oder sich unterwerfen. Der Widerstand Húrin Thalions ist eine große Tat, und obwohl Morgoth den tötete, der sie vollbrachte, kann er die Tat nicht auslöschen. Sogar die Herren des Westens werden ihr Hochachtung zollen; und ist sie nicht aufgezeichnet in Ardas Geschichte, die weder Morgoth noch Manwe ungeschrieben machen können?«

»Du sprichst von großen Dingen«, entgegnete Gwindor, »und es ist offenkundig, daß du unter den Eldar gelebt hast. Aber mit Blindheit bist du geschlagen, wenn du Morgoth und Manwe in einem Atemzug nennst und von den Valar als den Feinden der Elben und Menschen sprichst; die Valar verspotten wahrlich niemanden, am wenigstens von allen die Kinder Ilúvatars. Auch kennst du nicht alle Hoffnungen der Eldar. Es gibt bei uns eine Prophezeiung, daß eines Tages ein Bote von Mittelerde durch die Schatten nach Valinor kommen wird, und Manwe wird ihn erhören und Mandos sich erbarmen. Sollten wir uns nicht nach Kräften bemühen, die Nachkommen der Noldor für diese Zeit zu erhalten und die der Edain ebenso? Und Círdan wohnt jetzt im Süden, und Schiffe werden dort gebaut; doch was weißt du von Schiffen oder vom Meer? Du denkst an dich selbst und an deinen eigenen Ruhm und verlangst, daß jeder von uns ebenso handelt; aber wir müssen an andere denken, nicht nur an uns selbst, denn nicht alle können kämpfen und fallen, und diese müssen wir vor Krieg und Untergang bewahren, solange wir können.«

»Dann schickt sie zu euren Schiffen, solange noch Zeit ist«, sagte Túrin.

»Wir werden uns nicht von ihnen trennen«, sagte Gwindor, »auch könnte Círdan sie nicht ernähren. Solange wir können, müssen wir gemeinsam ausharren, anstatt den Tod zu suchen.«

»All diesem habe ich Genüge getan«, erwiderte Túrin. »Tapfere Verteidigung der Grenzen und harte Schläge, bevor der Feind sich sammelt: das bietet die beste Gewähr, daß ihr lange zusammenbleiben könnt. Und die, von denen du sprichst – gilt ihre Liebe eher den Drückebergern, die in den Wäldern wie Wölfe jagen, oder dem, der sich mit seinem Helm und verzierten Schild wappnet und die Feinde verjagt, seien sie auch weit zahlreicher als sein ganzes Heer? Zumindest die Frauen der Edain taten es nicht. Sie hielten ihre Männer nicht vor der Nirnaeth Arnoediad zurück!«

»Wäre diese Schlacht nicht geschlagen worden, hätten sie weniger Kummer gelitten«, sagte Gwindor.

Auch die Liebe Finduilas' zu Túrin sollte ausführlicher dargestellt werden:

Finduilas, die Tochter Orodreths, war wie alle aus dem Haus Finarfins goldhaarig, und Túrin begann Gefallen an ihrem Anblick und ihrer Gesellschaft zu finden; sie erinnerte ihn nämlich an seine Sippe und an die Frauen Dor-lómins in seinem Vaterhaus. Zuerst traf er sie nur, wenn Gwindor dabei war, doch nach einer Weile suchte sie seine Wege zu kreuzen, und sie trafen sich zuweilen allein, obgleich es zufällig zu geschehen schien. Dann befragte sie ihn nach den Edain, von denen sie selten einige gesehen hatte, nach seiner Heimat und seiner Sippe.

Túrin sprach denn freimütig mit ihr über diese Dinge, obwohl er ihr weder den Namen seines Geburtslandes noch irgendeinen Namen aus seiner Familie nannte. Einmal sagte er zu ihr: »Ich hatte eine Schwester, Lalaith – jedenfalls nannte ich sie so, und du erinnerst mich an sie. Aber Lalaith war ein Kind, eine gelbe Blume im grünen Gras des Frühlings; wäre sie am Leben geblieben, hätte sich ihr Gemüt vielleicht vor Kummer verdunkelt. Aber du bist wie eine Königin, wie ein goldener Baum; ich wollte, ich hätte eine so schöne Schwester.«

»Aber du bist königlich«, erwiderte sie, »genauso wie die Fürsten des Volkes von Fingolfin: Ich wollte, ich hätte einen so tapferen Bruder. Und ich glaube nicht, daß Agarwaen dein richtiger Name ist, und er paßt nicht zu dir, Adanedhel. Ich nenne dich Thurin, den Geheimnisvollen.«

Bei diesen Worten fuhr Túrin zusammen, doch er sagte: »Das ist nicht mein Name; und ich bin kein König, denn unsere Könige kommen aus den Reihen der Eldar, ich hingegen nicht.«

Nun bemerkte Túrin, daß Gwindors Freundschaft zu ihm abkühlte; er wunderte sich auch darüber, daß Gwindor wieder in Sorge und Leid zurückzusinken schien, nachdem zunächst das Elend und der Schrecken Angbands begonnen hatten, von ihm zu weichen. Und Túrin dachte, daß Gwindor vielleicht gekränkt sei, weil er sich seinen Vorschlägen widersetzt und die Oberhand behalten hatte. Denn er liebte Gwindor, weil dieser ihn behütet und geheilt hatte, und empfand großes Mitleid für ihn. Doch in diesen Tagen trübte sich auch Finduilas' strahlende Heiterkeit, ihr Schritt wurde langsamer und ihr Gesicht ernst; Túrin, der es gewahrte, argwöhnte, Gwindors Worte über das, was geschehen könne, habe ihrem Herzen Furcht eingeflößt.

In Wahrheit war Finduilas mit sich selbst uneins. Denn sie schätzte Gwindor und bemitleidete ihn und wollte seine Leiden nicht um eine Träne vermehren; aber gegen ihren Willen wuchs ihre Liebe zu Túrin von Tag zu Tag, und sie dachte an Beren und Lúthien. Aber Túrin war nicht wie Beren! Er verspottete sie nicht und war glücklich, wenn er mit ihr zusammen war; und doch wußte sie, daß seine Liebe nicht von der Art war, die sie sich wünschte. Mit den Gedanken und mit dem Herzen war er woanders, verweilte an Flüssen in längst vergangenen Frühlingszeiten.

Dann sagte Túrin zu Finduilas: »Laß dich durch Gwindors Worte nicht erschrecken. Er hat in der Finsternis Angbands gelitten; und es ist hart für einen so tapferen Mann, nur der Schatten seiner selbst zu sein, und dies ohne eigenes Zutun. Er braucht jeden Trost und eine längere Zeit, um gesund zu werden.«

»Ich weiß es wohl«, sagte Finduilas.

»Aber wir werden ihm diese Zeit verschaffen!« sagte Túrin. »Nargothrond soll Bestand haben! Niemals wieder wird der Feigling Morgoth aus Angband hervorkommen, und in allem muß er sich auf seine Knechte verlassen; so spricht Melian aus Doriath. Sie sind die Finger seiner Hand, und wir werden sie packen und abschlagen, bis er seine Klauen zurückzieht. Nargothrond soll Bestand haben!«

»Vielleicht«, entgegnete Finduilas. »Es wird bestehen, wenn du es vollbringen kannst. Aber gib acht, Adanedhel, mein Herz ist schwer, wenn du in die Schlacht ziehst, denn es fürchtet, Nargothrond könnte einen Verlust erleiden.«

Und danach suchte Túrin Gwindor auf und sagte zu ihm: »Gwindor, teurer Freund, du fällst zurück in Trübsal; lasse das nicht zu! Denn in den Häusern deiner Sippe und im Licht Finduilas' wirst du gesunden.«

Da starrte Gwindor Túrin an, doch er sagte kein Wort, und sein Gesicht war umwölkt.

»Warum siehst du mich so an?« fragte Túrin. »In der letzten Zeit haben deine Augen mich öfter so angeblickt. Wodurch habe ich dich verletzt? Ich habe deinen Ansichten widersprochen, aber ein Mann muß so reden, wie er die Dinge sieht, und nicht aus persönlichen Gründen mit der Wahrheit zurückhalten, an die er glaubt. Ich wünschte, wir wären einer Meinung, denn ich stehe tief in deiner Schuld, und ich werde es nicht vergessen.«

»Wirklich nicht?« fragte Gwindor. »Trotzdem haben deine Taten und deine Ratschläge meine Heimat und meine Sippe verändert. Dein Schatten liegt auf ihnen. Warum sollte ich froh sein, der ich alles an dich verloren habe!«

Aber Túrin verstand diese Worte nicht, sondern er glaubte, Gwindor neide ihm seinen Platz im Herzen des Königs und seinen Einfluß auf dessen Entscheidungen.

Es folgt eine Passage, in der Gwindor Finduilas vor ihrer Liebe zu Túrin warnte; diese ist eng an den entsprechenden Text im *Silmarillion* (Seite 235) angelehnt. Doch am Ende der Rede Gwindors antwortete ihm Finduilas ausführlicher als in der anderen Version:

»Deine Augen sind getrübt, Gwindor«, sagte sie. »Du siehst oder verstehst nicht, was hier geschehen ist. Muß ich nun zweifach beschämt werden, wenn ich dir die Wahrheit enthülle? Ich habe dich nämlich lieb, Gwindor, und ich schäme mich, daß ich dich nicht noch mehr liebe; aber mich hat eine größere Liebe ergriffen, vor der ich nicht fliehen kann. Ich habe sie nicht gesucht, und lange habe ich sie beiseite geschoben. Doch so wie ich Mitleid mit deinen Verletzungen habe, so auch mit den meinen: Túrin liebt mich nicht, und er wird mich nicht lieben.«

»Du sagst das«, antwortete Gwindor, »um die Schande von dem Mann zu nehmen, den du liebst. Warum hat er gerade dich auserwählt, verweilt lange bei dir und kommt immer glücklicher zurück?«

»Weil auch er Trost braucht«, sagte Finduilas, »und seiner Sippe beraubt ist. Ihr habt beide eure Nöte. Doch was ist mit mir? Schlimm genug, daß ich dir gegenüber bekennen muß, nicht geliebt zu werden – auch ohne daß du hinzufügst, ich spräche so, um dich zu täuschen?«

»Nein, in einem solchen Fall lassen sich Frauen nicht leicht täuschen«, sagte Gwindor. »Du wirst auch nicht viele finden, die leugnen, daß sie geliebt werden, wenn es doch wahr ist.«

»Wenn einer von uns dreien treulos ist, dann bin ich es«, sagte Finduilas, »aber gegen meinen Willen. Aber wie steht es mit deinem Schicksal und den Gerüchten aus Angband? Was ist mit Tod und Zerstörung? Der Adanedhel hat eine große Bedeutung in der Geschichte der Welt, und eines fernen Tages wird er Morgoth an Größe erreichen.«

»Er ist stolz«, sagte Gwindor.

»Aber er ist auch barmherzig. Er ist sich dessen noch nicht bewußt«, sagte Finduilas, »aber noch kann Mitleid jederzeit sein Herz verwunden, und er wird sich dem nie verweigern. Mitleid wird vielleicht immer der einzige Zugang zu seinem Herzen sein. Aber mich bemitleidet er nicht. Er behandelt mich mit Ehrfurcht, als wäre ich zugleich seine Mutter und seine Königin!«

Vielleicht waren Finduilas' Worte richtig, und sie sah alles mit dem scharfen Blick der Eldar. Túrin, der nicht wußte, was zwischen ihr und Gwindor gesprochen worden war, benahm sich jetzt immer liebenswürdiger, je trauriger sie zu sein schien. Doch einmal sagte Finduilas zu ihm: »Thurin Adanedhel, warum verbirgst du deinen Namen vor mir? Hätte ich gewußt, wer du bist, hätte ich dich nicht weniger geschätzt, aber deinen Kummer hätte ich besser verstanden.«

»Was willst du damit sagen?« fragte er. »Für wen hältst du mich?«

»Für Túrin, den Sohn Húrin Thalions, Hauptmann des Nordens.«

Darauf tadelte Túrin Gwindor, weil dieser seinen wahren Namen preisgegeben hat. (*Das Silmarillion*, Seite 235)

Eine andere Passage in diesem Teil der Erzählung existiert in einer ausführlicheren Fassung. (Von der Schlacht bei Tumhalad und der Plünderung Nargothronds gibt es keine andere Schilderung; die Reden Túrins und des Drachen sind im *Silmarillion* so ausführlich niedergeschrieben, daß es unwahrscheinlich scheint, sie sollten noch breiter ausgeführt werden.) Diese Passage ist eine ausführliche Beschreibung der Ankunft der Elben Gelmir und Arminas in Nargothrond im Jahr seines Falls. (Vgl. *Das Silmarillion,* Seite 236f.) Zu ihrer früheren Begegnung mit Tuor in Dor-lómin, die hier erwähnt wird, vgl. oben Seite 34f.

Im Frühling kamen zwei Elben, die sich Gelmir und Arminas aus dem Volk Finarfins nannten, und sagten, sie hätten eine Botschaft für den Fürsten von Nargothrond. Sie wurden vor Túrin gebracht, doch Gelmir sagte: »Es ist Orodreth, Finarfins Sohn, den wir zu sprechen wünschen.«

Und als Orodreth kam, sagte Gelmir zu ihm: »Herr, wir gehörten zu den Leuten Angrods, und wir sind seit der Dagor Bragollach weit gewandert, doch bis vor kurzem haben wir bei Círdans Gefolgschaft an den Mündungen des Sirion gewohnt. Und eines Tages rief er uns und gebot uns, zu Euch zu gehen. Denn Ulmo selbst, der Herr der Wasser, war ihm erschienen und hatte ihn vor einer großen Gefahr gewarnt, die sich Nargothrond nähere.«

Aber Orodreth verhielt sich abwartend, und er erwiderte: »Warum kommt ihr dann aus dem Norden hierher? Oder hattet ihr vielleicht noch andere Aufträge?«

Darauf antwortete Arminas: »Herr, seit der Nirnaeth habe ich unablässig nach dem Verborgenen Königreich Turgons gesucht, und ich habe es nicht gefunden; und bei dieser Suche, so fürchte ich jetzt, bin ich mit dem Auftrag, hierherzugehen, über Gebühr in Verzug geraten. Um den Auftrag geheimzuhalten und schnell durchzuführen, sandte uns Círdan nämlich mit dem Schiff die Küste entlang und ließ uns in Drengist an Land setzen. Doch unter den Seeleuten waren einige, die in vergangenen Jahren als Boten Turgons nach Süden gekommen waren, und aus ihrer vorsichtigen Ausdrucksweise glaubte ich schließen zu können, daß Turgon vielleicht noch immer im Norden wohne und nicht im Süden, wie die meisten glauben. Aber wir fanden weder ein Zeichen noch eine Spur dessen, was wir suchten.«

»Warum sucht ihr Turgon?« fragte Orodreth.

»Weil man sagt, daß sein Königreich Morgoth am längsten widerstehen wird«, antwortete Arminas. Diese Worte erschienen Orodreth wie ein böses Zeichen, und er war ungehalten.

»Dann säumt nicht länger in Nargothrond«, sagte er, »denn hier werdet ihr keine Nachrichten über Turgon erhalten. Und ich brauche niemanden, der mich darüber aufklärt, daß Nargothrond sich in Gefahr befindet.«

»Seid nicht verärgert, Herr«, sagte Gelmir, »wenn wir Eure Fragen wahrheitsgemäß beantworten. Und unser Abweichen vom geraden Weg hierher ist nicht unnütz gewesen, denn den Bereich, der Euren Kundschaftern bekannt ist, haben wir weit überschritten. Wir haben Dor-lómin durchquert und alle Länder unter den Säumen der Ered Wethrin, wir haben den Sirion-Paß erkundet und die Wege des Feindes ausgespäht. In jenen Gegenden gibt es eine große Anzahl von Orks und bösen Kreaturen, und bei Saurons Insel sammelt sich ein Heer.«

»Das weiß ich«, sagte Túrin. »Eure Neuigkeit ist alt. Hätte die Botschaft Círdans irgendeinen Zweck haben sollen, hätte sie früher kommen müssen.«

»Ihr sollt die Botschaft wenigstens hören, Herr«, sagte Gelmir zu Orodreth. »Vernehmt denn die Worte des Herrn der Wasser! Also sprach er zu Círdan, dem Schiffbauer: ›Das Böse aus dem Norden hat die Quellen des Sirion besudelt, und meine Macht zieht sich aus den Armen des fließenden Wassers zurück. Doch jetzt wird Schlimmes hervorkommen. Deshalb sage jetzt dem Fürsten von Nargothrond: Schließe die Tore der Festung und verlasse sie nicht. Wirf die Steine deines Stolzes in den lärmenden Fluß, damit der kriechende Unhold das Tor nicht finde!‹«

Diese Worte erschienen Orodreth rätselhaft, und nach seiner Gewohnheit wandte er sich um Rat an Túrin. Doch dieser mißtraute den Boten, und er sagte voller Spott: »Was weiß Círdan von unseren Kriegen, die wir in der Nähe des Feindes wohnen? Laßt den Seemann auf seine Schiffe achtgeben! Aber wenn der Herr der Wasser uns wirklich einen Rat geben wollte, hätte er verständlicher sprechen sollen. So erscheint es in unserem Fall besser, unsere Kräfte zu sammeln und unseren Feinden tapfer zu begegnen, ehe sie uns allzu nahe kommen.«

Darauf verbeugte sich Gelmir vor Orodreth und sagte: »Ich habe gesprochen, wie es mir aufgetragen wurde, Herr.« Und er wandte sich ab. Arminas jedoch sagte zu Túrin: »Stammst du wirklich aus dem Haus Hador, wie ich habe sagen hören?«

»Hier werde ich Agarwaen genannt, das Schwarze Schwert von Nargothrond«, erwiderte Túrin. »Wie es scheint, verstehst du dich recht gut auf die vorsichtige Sprache, Freund Arminas; und es ist gut, daß Turgons Geheimnis dir verborgen geblieben ist, sonst würde man bald in Angband darum wissen. Der Name eines Mannes gehört nur ihm selbst, und sollte Húrins Sohn erfahren, daß du ihn ausgeplaudert hast, während er ihn geheimhalten wollte, dann möge Morgoth dich packen und dir deine Zunge herausbrennen!«

Da war Arminas über Túrins finsteren Zorn erschrocken, doch Gelmir sagte: »Er wird von uns nicht verraten werden, Agarwaen. Sind wir nicht im Ratszimmer hinter verschlossenen Türen, wo die Sprache offener sein darf? Und Arminas fragte dies, glaube ich, weil allen bekannt ist, die am

Meer wohnen, daß Ulmo dem Haus Hador sehr zugetan ist; und manche sagen, daß Húrin und sein Bruder einst in das Verborgene Reich kamen.«

»Wenn es so gewesen wäre, hätte er zu keinem darüber gesprochen, weder zu Großen noch zu Geringeren, am wenigsten zu seinem Sohn im Kindesalter«, antwortete Túrin. »Deshalb glaube ich nicht, daß Arminas mich das in der Hoffnung gefragt hat, etwas über Turgon zu erfahren. Ich mißtraue solchen Unglücksboten.«

»Spare dir dein Mißtrauen!« sagte Arminas wütend. »Gelmir hat mich falsch verstanden; denn in Wahrheit erinnerst du mich wenig an die Sippe Hadors, wie immer dein Name sein mag.«

»Und was weißt du von ihr?« fragte Túrin.

»Ich habe Húrin gesehen«, erwiderte Arminas, »und seine Väter vor ihm. Und in den Einöden Dor-lómins habe ich Tuor getroffen, Huors Sohn, Húrins Bruder; und er ist wie seine Vorväter, du bist es nicht.«

»Das mag sein«, sagte Túrin, »obwohl ich bis zu diesem Augenblick von Tuor nicht das geringste gehört habe. Doch ich schäme mich dessen nicht, daß mein Haar dunkel und nicht goldfarben ist. Denn ich bin nicht der erste Sohn, der seiner Mutter ähnlich sieht, und durch Morwen Eledhwen stamme ich aus dem Hause Beor und bin mit Beren Camlost verwandt.«

»Ich sprach nicht vom Unterschied zwischen schwarz und goldfarben«, sagte Arminas. »Doch andere aus dem Haus Hador, unter ihnen Tuor, benehmen sich anders. Sie befleißigen sich nämlich der Höflichkeit, folgen einem guten Rat und bezeugen Ehrfurcht vor den Herren des Westens. Aber du willst, wie es scheint, nur von deiner eigenen Weisheit einen Rat annehmen oder von deinem Schwert. Und ich sage dir, Agarwaen Mormegil, wenn du dich so verhältst, könnte dich ein anderes Schicksal erwarten als sonst jemanden aus den Häusern Hador und Beor.«

»Es ist immer anders gewesen«, antwortete Túrin. »Und wenn ich schon, wie es scheint, wegen der Tapferkeit meines Vaters den Haß Morgoths auf mich nehmen muß, soll ich auch noch die spöttischen und unheilverkündenden Worte eines Entlaufenen ertragen, wenn er auch für sich in Anspruch nimmt, mit Königen verwandt zu sein? Ich rate euch: Schert euch zurück zu den sicheren Ufern des Meeres!«

Darauf gingen Gelmir und Arminas fort und kehrten in den Süden zurück: Aber trotz Túrins Hohn hätten sie mit Freuden Seite an Seite mit ihren Verwandten die Schlacht erwartet; sie gingen nur, weil Círdan ihnen auf Befehl Ulmos geboten hatte, ihm so schnell wie möglich eine Antwort aus Nargothrond zu bringen. Orodreth war über die Worte der Boten sehr besorgt; doch Túrins Stimmung wurde um so unversöhnlicher, und er wollte um keinen Preis auf ihren Rat hören; am allerwenigsten wollte er zulassen, daß die große Brücke eingerissen wurde. Zumindest was das betraf, wurden die Worte Ulmos richtig gedeutet.

Es ist nirgendwo erklärt, warum Gelmir und Arminas mit einer dringenden Botschaft für Nargothrond von Círdan die Küste entlang zum Fjord von Drengist gesandt wurden. Arminas sagte, es sei aus Gründen der Schnelligkeit und Geheimhaltung geschehen; aber größere Geheimhaltung wäre sicherlich erreicht worden, wenn sie von Süden her den Narog aufwärts gereist wären. Es darf angenommen werden, daß Círdan in dieser Frage Ulmos Wünschen folgte (damit sie Tuor in Dor-lómin treffen und ihn durch die Pforte der Noldor geleiten konnten), doch dies wird nirgendwo angedeutet.

TEIL ZWEI
DAS ZWEITE ZEITALTER

Der hier folgende Bericht über die Insel Númenor stammt aus Beschreibungen und einfachen Karten, die lange in den Archiven der Könige von Gondor aufbewahrt wurden. Diese stellen freilich nur einen Teil dessen dar, was einst aufgeschrieben wurde, denn in Númenor wurden von gelehrten Männern zahlreiche naturgeschichtliche und geographische Werke verfaßt; doch diese, wie fast alle anderen Schriften aus der Blütezeit Númenors, verschwanden mit dessen Untergang.

Sogar solche Dokumente, wie sie in Gondor oder in Imladris (wo unter der Obhut Elronds die übriggebliebenen Schätze der Nördlichen Númenórischen Könige gelagert waren) aufbewahrt wurden, gingen durch Unwissenheit verloren oder wurden zerstört. Denn obwohl sich die Überlebenden nach der Akallabêth, der Versunkenen, »sehnten«, wie sie sagten, hörten sie selbst nach langen Zeitaltern nie auf, sich gewissermaßen als Vertriebene zu betrachten; und als feststand, daß das Land des Geschenkes weggenommen worden und Númenor für immer verschwunden war, so betrachteten alle, mit Ausnahme weniger, das Studium dessen, was von seiner Geschichte übriggeblieben war, als überflüssig, da es nur vergebliche Trauer zur Folge hatte. Die Geschichte von Ar-Pharazôn und seiner ruchlosen Flotte war alles, was in späteren Zeitaltern allgemein bekannt war.

Das Land Númenor ähnelte in seinem Umriß einem fünfzackigen Stern oder einem Fünfeck mit einem Mittelteil von etwa zweihundertfünfzig Meilen Durchmesser von Norden nach Süden und von Osten nach Westen, von dem fünf große, halbinselartige Vorgebirge ausgingen. Diese Vorgebirge wurden als selbständige Regionen angesehen und trugen die Namen Forostar (Nordland), Andustar (Westland), Hyarnustar (Südwestland), Hyarrostar (Südostland) und Orrostar (Ostland). Der Mittelteil wurde Mittalmar (Inland) genannt und hatte keine Küste, ausgenommen das Land um Rómenna und die Spitze seines Fjords. Ein kleiner Teil Mittalmars war indes vom Rest abgetrennt und wurde Arandor, das Königsland, genannt. In Arandor befanden sich die Häfen von Rómenna, der Meneltarma und Armenelos, die Stadt der

Könige; und es war zu allen Zeiten die am dichtesten besiedelte Region Númenors.

Mittalmar erhob sich über die Vorgebirge (die Höhe seiner Berge und Hügel nicht gerechnet); es war eine Region des Graslands und der sanften Hügel, wo nur wenige Bäume wuchsen. Nahe der Mitte von Mittalmar stand der mächtige Berg Meneltarma, der Himmelspfeiler, der Verehrung Eru Ilúvatars geweiht. Obgleich die niedrigeren Hänge des Berges sanft und grasbewachsen waren, wurde er später immer steiler, und seine Spitze konnte nicht mehr erstiegen werden; doch man hatte eine spiralförmig gewundene Straße angelegt, die auf der Südseite am Fuße des Berges begann und unter dem Rand der Bergspitze im Norden endete. Die Spitze war nämlich ein wenig abgeflacht und nach innen gewölbt, und konnte eine große Menschenmenge aufnehmen; doch während der gesamten Geschichte Númenors betrat sie kein menschlicher Fuß. Kein Gebäude, kein erhöhter Altar, nicht einmal ein Pfeiler aus nacktem Stein stand jemals dort; und in all den Tagen ihrer Gnade, bis zum Kommen Saurons, besaßen die Númenórer keine andere Form eines Tempels. Niemals wurden dort Werkzeuge oder Waffen getragen, und niemand durfte dort ein Wort sprechen, der König ausgenommen. Nur dreimal in jedem Jahr sprach der König: In den ersten Tagen des Frühlings, am *Erukyerme*, betete er für das kommende Jahr, am *Erulaitale* im Mittsommer sprach er ein Lobgebet für Eru Ilúvatar, und am Ende des Herbstes, am *Eruhantale*, richtete er ein Dankgebet an ihn. An diesen Tagen bestieg der König zu Fuß den Berg, gefolgt von einer großen Menschenmenge, weiß gekleidet und bekränzt, doch schweigend. Zu anderen Zeiten stand es den Menschen frei, den Berg allein oder in Begleitung zu ersteigen; doch man sagt, das Schweigen sei so umfassend gewesen, daß selbst ein Fremder, den man dorthin gebracht hätte, und dem Númenor und seine Geschichte unbekannt waren, es nicht gewagt haben würde, ein lautes Wort zu sprechen. Niemals kam ein Vogel dorthin, Adler ausgenommen. Wenn sich jemand dem Gipfel näherte, erschienen plötzlich drei Adler und ließen sich auf drei Felsen in der Nähe des Westrandes nieder; doch zu den Zeiten der Drei Gebete kamen sie nicht herab, sondern blieben in der Luft und schwebten über den Menschen. Sie wurden die Zeugen Manwes genannt, und man glaubte, Manwe habe sie von Aman hergesandt, damit sie über den Heiligen Berg und das ganze Land wachen sollten.

Der Fuß Meneltarmas lief sanft in die umliegende Ebene aus, doch nach der Art von Wurzeln streckte er in die Richtung der fünf Vorgebirge fünf langgestreckte, niedrige Hügelrücken aus, und diese wurden Tarmasundar genannt, die Wurzeln des Pfeilers. Über den Kamm des südwestlichen Hügelrückens führte die aufsteigende Straße zum Berg; und zwischen diesem und dem südöstlichen Hügelrücken senkte sich das Land in ein flaches Tal. Dieses wurde Noirinan genannt, das Tal der Grabstätten, denn am Talausgang waren am Fuß des Berges Kammern in den Felsen geschlagen, in denen sich die Grabstätten der Könige und Königinnen von Númenor befanden.

Doch Mittalmar war zum größten Teil eine Weidelandschaft. Im Südwesten gab es grasbedeckte, wellige Hügel und dort, in Emeriё, war das Hauptgebiet der Schäfer.

Forostar war der am wenigsten fruchtbare Landesteil; er war steinig und fast baumlos; nur an den Westhängen der mit Heidekraut bedeckten Hochmoore gab es Wälder von Tannen und Lärchen. Gegen das nördliche Kap erhob sich das Land zu felsigen Höhen, und dort stieg der gewaltige Sorontil mit seinen ungeheuren Klippen steil aus dem Meer hervor. Hier waren die Horste vieler Adler; und in dieser Gegend erbaute Tar-Meneldur den mächtigen Turm Elentirmo, von dem aus er die Bewegungen der Sterne beobachten konnte.

Auch Andustar war in den nördlichen Teilen felsig, und die hohen Tannenwälder blickten auf das Meer hinaus. Es gab drei kleine, nach Westen offene Buchten, die in die Hochländer eingeschnitten waren. Doch reichten die Klippen an vielen Stellen nicht bis an den Rand des Meeres, und dort fiel das Land zu ihren Füßen sanft ab. Die nördlichste dieser Buchten wurde die Bucht von Andúniё genannt, denn dort war der große Hafen von Andúniё (Sonnenuntergang) mit seiner dicht am Strand gelegenen Stadt und vielen anderen Häusern, die sich an den rückwärtigen steilen Hängen emporschachtelten. Aber ein großer Teil des nördlichen Andustar war unfruchtbar; dort gab es in den Hochlagen ebenfalls große Wälder von Birken und Buchen, und in den untersten Tälern wuchsen Eichen und Ulmen. Zwischen den Vorgebirgen von Andustar und Hyarnustar lag die große Bucht, die Eldanna genannt wurde, weil sie der Insel Eressea gegenüberlag; die Lande ringsum, gegen Norden abgeschirmt und offen zum westlichen Meer, waren warm, und dort fiel der meiste Regen. In der Mitte der Bucht von Eldanna lag der schönste aller Häfen Númenors, Eldalonde, der Grüne; und hierher kamen in den früheren Tagen am häufigsten die schnellen weißen Schiffe der Eldar von Eressea. Überall an den Hängen der Seeseite und weit ins Land hinein wuchsen die immergrünen und wohlriechenden Bäume, welche die Eldar aus dem Westen mitgebracht hatten. Sie gediehen so gut, daß die Eldar sagten, es sei hier beinahe ebenso schön wie in einem Hafen Eresseas. Sie waren das größte Entzücken Númenors, und noch lange, nachdem sie für immer vergangen waren, erinnerte man sich ihrer in vielen Liedern, denn nur wenige blühten immerwährend in den Ländern östlich des Landes des Geschenkes: *oiolaire* und *lairelosse, nessamelda, vardarianna, taniquelasse* und *yavannamíre* mit seinen kugeligen, purpurfarbenen Früchten. Blüten, Blätter und Rinde dieser Bäume strömten süße Düfte aus, und das ganze Land war von einem reich gemischten Wohlgeruch erfüllt; darum nannte man es Nísimaldar, die Duftenden Bäume. Viele von ihnen wurden in anderen Gegenden Númenors gepflanzt und gediehen dort, doch längst nicht so üppig. Nur hier wuchs der mächtige, goldene Baum *malinorne*, der nach fünf Jahrhunderten fast so hoch wurde wie in Eressea selbst. Seine Rinde war silbrig und glatt und seine Äste nach Art der Buche ein wenig gekrümmt, doch er brachte immer nur einen einzigen Stamm hervor. Seine Blätter, denen der Buche ähnlich, doch größer, waren auf der Oberseite mattgrün, auf der Unterseite silbrig und gleißten in der Sonne; im Herbst fielen sie nicht ab, sondern färbten sich mattgolden. Im Frühling trug er goldene, büschelartige Blüten wie ein Kirschbaum, die während des ganzen Sommers blühten; sobald die Blüten sich öffneten, fielen die Blätter ab, so daß ein Hain von *malinorni* im Frühling und im Sommer wie mit goldenen Teppichen ausgelegt und golden überdacht war, während die Baumsäulen silbergrau waren.[1] Seine Frucht war eine Nuß mit einer silbernen Schale; einige davon wurden von Tar-Aldarion, dem 6. König von Númenor, König Gil-galad von Lindon zum Geschenk gemacht. Sie schlugen in dessen Land keine Wurzeln, doch Gil-galad gab einige seiner Verwandten Galadriel, und dank ihrer Macht wuchsen und blühten sie im geschützten Land Lothlórien dicht am Fluß Anduin, bis die Hoch-Elben Mittelerde schließlich verließen; doch die Bäume erreichten weder die Höhe noch den Umfang derer in den großen Hainen Númenors.

Der Fluß Nunduine floß bei Eldalonde ins Meer, und auf seinem Weg bildete er den kleinen See Nísinen, der seinen Namen von den süßduftenden Sträuchern und Blumen erhielt, die im Überfluß auf seinen Uferbänken wuchsen.

Hyarnustar war im westlichen Teil eine gebirgige Gegend, mit großen Klippen an ihren westlichen und südlichen Küsten; doch nach Osten hin lagen im warmen und fruchtbaren Land ausgedehnte Weinberge. Die Vorgebirge von Hyarnustar und Hyarrostar waren weit auseinandergespreizt, und an diesen Küsten gingen Land und Meer so sanft ineinander über, wie nirgendwo sonst in Númenor. Hier floß der Siril hinab, der Hauptfluß des Landes (denn alle anderen, mit Ausnahme des Nunduine im Westen, waren kurze, schnellfließende Sturzbäche, die dem Meer zueilten), der in Quellen unterhalb des Meneltarma entsprang; er floß durch Mittalmar nach Süden und wurde in seinem Unterlauf ein gemächlicher, gewundener Strom. Er mündete schließlich inmitten weiter Marschen und schilfriger Niederungen ins Meer, und seine vielen kleinen Mündungsarme suchten sich ihren ständig wechselnden Weg durch ausgedehnte Sandflächen. Auf beiden Seiten zogen sich meilenweit breite weiße Kiesstrände hin. Hier lebten hauptsächlich Fischerleute, die in Dörfern auf dem festen Land zwischen Marschen und Sümpfen und in der größten Siedlung Nindamos wohnten.

In Hyarrostar wuchsen Bäume vieler Arten im Überfluß, darunter der *laurinquë,* dessen Blüten die Menschen erfreuten, denn er hatte sonst keinen Nutzen. Sie gaben ihm diesen Namen wegen seiner gelben, lang herabhängenden Blütenbüschel, und einige Leute, die durch die Eldar vom Laurelin, dem Goldenen Baum Valinors, gehört hatten, glaubten, daß der *laurinquë* von diesem großen Baum abstamme, und als Samen von den Eldar hierhergebracht worden war; doch es verhielt sich nicht so. Seit den Tagen Tar-Aldarions gab es in Hyarrostar große Pflanzungen, um Holz für den Schiffbau zu gewinnen.

In Orrostar war es kühler, doch es war vor den kalten Nordostwinden durch Hochländer geschützt, die sich zur Spitze des Vorgebirges vorschoben; im Binnenland Orrostars wurde viel Getreide angebaut, besonders in den Gebieten, die an Arandor grenzten.

Das ganze Land Númenor sah so aus, als sei es nach oben aus dem Meer herausgeschleudert, dabei jedoch ein wenig nach Süden und Osten gekippt worden; den Süden ausgenommen, fiel das Land beinahe überall über steile Klippen zum Meer ab. Vögel, die am Meer lebten, darin schwammen oder tauchten, gab es in Númenor in unzählbaren Mengen. Die Seeleute sagten, selbst wenn sie blind wären, würde der gewaltige Lärm der Vögel an der Küste ihnen immer noch verraten, daß ihr Schiff sich Númenor nähere; und wenn ein Schiff auf die Küste zukam, stiegen große Schwärme von Seevögeln auf und flogen als fröhlicher Willkommensgruß über ihm dahin, denn sie wurden niemals getötet oder absichtlich belästigt. Einige Vögel begleiteten Schiffe auf ihren Reisen, sogar wenn diese nach Mittelerde segelten. Auch im Binnenland von Númenor gab es unzählige Vogelarten; von den *kirinki*, nicht größer als Zaunkönige, doch purpurfarben, deren pfeifende Stimme das menschliche Ohr gerade noch vernehmen konnte, bis zu den gewaltigen Adlern, die Manwe geweiht waren und niemals belästigt wurden, bevor die bösen und haßerfüllten Tage der Valar begannen. Zweitausend Jahre lang, von den Tagen des Elros Tar-Minyatur bis in die Zeiten Tar-Ancalimons, Sohn des Tar-Atanamir, befand sich ein Adlerhorst auf der Turmspitze des Königspalastes in Armenelos; dort wohnte immer ein Adlerpärchen und lebte von den Gaben des Königs.

In Númenor wurden alle Reisen von Ort zu Ort zu Pferde gemacht, denn die númenórischen Männer und Frauen hatten am Reiten Freude, und alle Menschen des Landes liebten die Pferde, behandelten sie mit Achtung und hielten sie in großzügigen Ställen. Die Pferde wurden dazu abgerichtet, Rufe aus weiter Entfernung zu hören und zu beantworten; und in alten Geschichten wird erzählt, daß in Fällen, wo zwischen Menschen und ihren bevorzugten Reitpferden eine große Zuneigung bestand, diese das Tier zur Not allein durch die Kraft ihrer Gedanken herbeirufen konnten. Deshalb waren die Straßen von Númenor zum größten Teil nicht gepflastert; sie waren zum Reiten bestimmt und angelegt, weil in früheren Jahrhunderten Kutschen und Frachtwagen wenig benutzt, und schwere Frachten durch Schiffe befördert wurden. Die wichtigste, älteste und für Wagen bestimmte Straße verlief vom größten Hafen Rómenna im Osten zur königlichen Stadt Armenelos, und von dort weiter zum Tal der Grabstätten und zum Meneltarma; und diese Straße wurde in früherer Zeit innerhalb der Grenzen von Forostar bis Ondosto fortgeführt, und von dort nach Andúnië im Westen. Sie wurde von Wagen befahren, die mit Steinen aus den Nordländern, die für Bauten am meisten geschätzt wurden, oder mit Bauholz beladen waren, an denen die Westländer reich waren.

Die Edain brachten die Kenntnis vieler Handwerke mit nach Númenor, und dazu viele Handwerker, die von den Eldar gelernt hatten und sich überdies eigene Kenntnisse und Überlieferungen bewahrt hatten. Doch sie konnten zwar Werkzeuge und ihre Geschicklichkeit, aber nur wenige Rohstoffe mitbringen; und lange Zeit waren in Númenor alle Metalle sehr kostbar. Sie brachten viele Schätze an Gold und Silber und auch an Edelsteinen mit, doch in Númenor selbst fand sich dergleichen nicht. Sie liebten diese Dinge ihrer Schönheit wegen, und es war diese Liebe, die zuerst Habgier in ihnen aufkeimen ließ in späteren Tagen, als sie unter den Schatten fielen und im Umgang mit dem geringeren Volk Mittelerdes stolz und ungerecht wurden. In den Tagen ihrer Freundschaft mit den Elben von Eressea erhielten sie von diesen manchmal Gold, Silber und Edelsteine zum Geschenk, doch diese Dinge waren selten und wurden in allen früheren Jahrhunderten hoch geschätzt, ehe sich die Macht der Könige bis zu den Küsten des Ostens ausdehnte.

Einige Metalle fanden sie in Númenor, und als ihre Geschicklichkeit im Fördern, Schmelzen und Schmieden rasch wuchs, kamen Gegenstände aus Eisen und Kupfer allgemein in Gebrauch. Unter den Handwerkern der Edain waren Waffenschmiede, die sich unter Anleitung der Noldor eine große Kunstfertigkeit im Schmieden von Schwertern, Axtblättern, Speerspitzen und Messern angeeignet hatten. Die Gilde der Waffenschmiede stellte Waffen nur noch her, um sich das handwerkliche Können zu bewahren, doch der größte Teil ihrer Arbeit war der Fertigung von Werkzeugen gewidmet, die friedlichen Zwecken dienten. Der König und die meisten seiner hohen Anführer besaßen Schwerter als Erbstücke ihrer Väter;[2] und manchmal machten sie ihren

Erben noch ein Schwert zum Geschenk. Für den Nachfolger des Königs wurde ein neues Schwert angefertigt, das ihm an dem Tage ausgehändigt wurde, an dem dieser Titel auf ihn übertragen wurde. Aber im Land selbst trug kein Mann eine Waffe, und für lange Jahre gab es in der Tat nur wenige Waffen für kriegerische Zwecke, die im Land angefertigt wurden. Sie hatten Äxte, Speere und Bogen, und das Bogenschießen zu Fuß oder zu Pferde war der wichtigste Sport und Zeitvertreib der Númenórer. In späteren Tagen, während der Kriege in Mittelerde, waren es die Bogen der Númenórer, die am allermeisten gefürchtet wurden. »Die Männer vom Meer«, pflegte man zu sagen, »schicken eine große Wolke voraus wie einen Regen, der sich in Schlangen verwandelt hat oder in einen schwarzen Hagel mit stählernen Spitzen«; und in jenen Tagen benutzten die großen Scharen der königlichen Bogenschützen hohle Stahlbögen und schwarzgefiederte Pfeile, die von der Spitze bis zur Kerbe eine volle Elle lang waren.

Aber lange Zeit traten die Mannschaften der großen númenórischen Schiffe unbewaffnet unter die Menschen Mittelerdes; und obwohl sie Äxte und Bögen an Bord hatten, um Holz zu fällen oder an wilden, niemandem zugehörigen Küsten auf die Jagd zu gehen, trugen sie diese Waffen nicht bei sich, wenn sie die Menschen an Land aufsuchten. Als der Schatten die Küste entlangkroch und Menschen, mit denen sie gut Freund gewesen waren, ängstlich oder feindselig wurden, sahen sie mit echtem Kummer, daß jene, denen sie das Eisen gebracht hatten, es gegen sie benutzten.

Mehr als alle anderen Beschäftigungen bereitete das Meer den kräftigen Männern Númenors Vergnügen, das Schwimmen und Tauchen sowie Ruder- und Segelwettkämpfe mit kleinen Booten. Am ausdauerndsten waren die Fischer; an allen Küsten gab es Fisch im Überfluß, und er war in Númenor zu allen Zeiten die Hauptquelle der Ernährung; und alle Städte, in denen viele Menschen zusammenlebten, lagen an der Küste. Dem Volk der Fischer entstammten zum größten Teil die Seeleute, deren Bedeutung und Wertschätzung mit den Jahren beträchtlich wuchs. Als die Edain, sagt man, zum ersten Mal das Große Meer befuhren, um dem Stern nach Númenor zu folgen, wurde jedes der Elbenschiffe von einem der Eldar befehligt und gesteuert, der von Círdan damit beauftragt worden war; und nachdem die elbischen

Steuerleute fortgesegelt und den größten Teil ihrer Schiffe mitgenommen hatten, war das lange bevor die Númenórer sich selbst weit aufs Meer hinauswagten. Doch unter ihnen waren Schiffbauer, die von den Eldar unterrichtet worden waren; und durch eigenes Forschen und Erfinden vervollkommneten sie ihre Kunst, bis sie es wagten, immer weiter in tiefere Gewässer zu segeln. Als sechshundert Jahre seit dem Beginn des Zweiten Zeitalters vergangen waren, gelang Veantur, Kapitän der königlichen Schiffe unter Tar-Elendil, als erstem die Überfahrt nach Mittelerde. Er brachte sein Schiff *Entulesse* (was ›Wiederkehr‹ bedeutet) mit den westlichen Frühlingswinden nach Mithlond und kehrte im Herbst des folgenden Jahres zurück. Danach wurde die Seefahrt für wagemutige und verwegene Männer unter den Númenórern das wichtigste Betätigungsfeld. Aldarion, Meneldurs Sohn, der mit Veanturs Tochter verheiratet war, begründete die Gilde der Wagemutigen, in der alle erprobten Seefahrer Númenors zusammengeschlossen waren, wie in der folgenden Geschichte erzählt wird.

1 Die Beschreibung des Mallorn ist jener sehr ähnlich, die Legolas seinen Gefährten gab, als sie sich Lothlórien näherten (»Die Gefährten«, 2, Kapitel 6).

2 Das Königsschwert war in Wahrheit Aranrúth, das Schwert Elu Thingols aus Doriath in Beleriand, das Elros von seiner Mutter Elwing vererbt worden war. Außerdem gab es noch andere Erbstücke: der Ring Barahirs; die große Axt Tuors, des Vaters von Earendil, und der Bogen Bregors aus dem Haus Beor. Nur der Ring Barahirs, des Vaters von Beren, dem Einhänder, überdauerte den Untergang; denn Tar-Elendil gab ihn seiner Tochter Silmarien, und er wurde im Haus der Fürsten von Andúnië aufbewahrt, deren letzter Elendil der Getreue war, der vor dem Verderben Númenors nach Mittelerde floh. [Anmerkung des Autors] – Die Geschichte vom Ring Barahirs wird im *Silmarillion*, Kapitel XIX, erzählt, und seine spätere Geschichte in den Anhängen zum *Herrn der Ringe* (A, 3 und 5). Die große Axt Tuors ist im *Silmarillion* nicht erwähnt, doch wird sie in der Urfassung »Der Fall von Gondolin« (1916/17, vgl. oben, Seite 13) genannt und beschrieben. Dort wird gesagt, daß Tuor in Gondolin lieber eine Axt als ein Schwert trug, und daß er sie in der Sprache der Leute von Gondolin *Dramborleg* nannte. In einer Liste von Namen, die der Geschichte beigegeben ist, wird *Dramborleg* mit »Schlagschärfe« übersetzt: »Mit Tuors Axt konnte man einen schweren Schlag wie mit einer Keule führen und wie mit einem Schwert spalten.«

II ALDARION UND ERENDIS:

Das Weib des Seefahrers

Meneldur war der Sohn Tar-Elendils, des vierten Königs von Númenor. Er war das dritte Kind des Königs, denn er hatte zwei Schwestern namens Silmarien und Isilme. Die ältere der beiden war mit Elatan aus Andúnië verheiratet, und ihr Sohn war Valandil, Fürst von Andúnië, von dem sich viel später die Linien der Könige von Gondor und Arnor in Mittelerde herleiteten.

Meneldur war ein Mann sanften Gemüts und ohne Hochmut, und er widmete sich lieber geistigen als körperlichen Tätigkeiten. Das Land Númenor und alles, was zu ihm gehörte, liebte er von ganzem Herzen, doch das Meer, das Númenor von allen Seiten umgab, bedeutete ihm wenig, denn sein Geist strebte über Mittelerde hinaus: Ihn fesselten die Sterne und die Himmelsgewölbe. Er vertiefte sich in alle gelehrten Schriften der Eldar und Edain, derer er habhaft werden konnte, und die sich mit Ea und den Himmelsräumen um das Königreich Arda befaßten; und sein größtes Vergnügen war die Beobachtung der Sterne. In Forostar (dem nördlichsten Gebiet der Insel), wo das Wetter am klarsten war, erbaute er einen Turm, von dem aus er bei Nacht die Himmel überblicken und alle Bewegungen der Sterne am Firmament beobachten konnte.[1]

Als Meneldur das Szepter nahm, begab er sich fort aus Forostar, wie es seine Pflicht war, und wohnte in Armenelos im großen Haus der Könige. Er erwies sich als guter und weiser König, obwohl er nie aufhörte, jenen Tagen nachzutrauern, in denen er seine Kenntnis des Himmels vervollständigen konnte. Seine Gattin Almarian war eine Frau von großer Schönheit. Sie war die Tochter Veanturs, unter Tar-Elendil Befehlshaber der königlichen Schiffe, und obwohl sie selbst Schiffe und Meere nicht mehr liebte als die meisten Frauen des Landes, schlug ihr Sohn eher ihrem Vater Veantur als ihrem Gatten Meneldur nach.

Der Sohn Meneldurs und Almarians war Anardil, später unter den Königen von Númenor als Tar-Aldarion bekannt. Er hatte zwei jüngere Schwestern: Ailinel und Almiel, von denen die ältere Orchaldor heiratete, einen Abkömmling des Hauses Hador, Sohn Hatholdirs, der Meneldur in enger Freundschaft verbunden war. Der Sohn Orchaldors und Ailinels war Soronto, der später in dieser Geschichte eine Rolle spielen wird.[2]

Aldarion, denn so wird er in allen Geschichten genannt, wuchs schnell zu einem großgewachsenen, an Leib und Seele starken und tatkräftigen Mann heran. Er war goldhaarig wie seine Mutter, zum Frohsinn neigend, großzügig, doch stolzer als sein Vater und von jeher stärker seinem eigenen Willen folgend. Von Anfang an liebte er das Meer, und sein Sinn richtete sich auf die Kunst des Schiffbaus. Für das Nordland bezeigte er wenig Neigung und verbrachte alle Zeit, die sein Vater ihm zugestand, an den Meeresküsten, besonders in der Nähe von Rómenna, wo sich der wichtigste Hafen und die größten Schiffswerften Númenors befanden und wo die geschicktesten Schiffbauer sich aufhielten. Viele Jahre lang tat sein Vater wenig, ihn davon abzuhalten, denn es freute ihn, daß Aldarion seine Kühnheit erproben und körperliche und geistige Arbeit kennenlernen konnte.

Aldarion wurde von seinem Großvater Veantur sehr geliebt, und oft wohnte er in dessen Haus auf der Südseite des Fjords von Rómenna. Dieses Haus hatte einen eigenen Anleger, an dem immer viele kleine Boote festgemacht hatten, denn Veantur nahm niemals den Landweg, wenn er zu Schiff reisen konnte; dort erlernte Aldarion als Kind das Rudern und später das Segeln. Bevor er ganz erwachsen war, konnte er ein Schiff, das viele Seeleute erforderte, führen und von Hafen zu Hafen segeln.

Es trug sich zu, daß Veantur eines Tages zu seinem Enkelsohn sagte: »Anardilya, der Frühling kommt heran und damit auch der Tag deiner Volljährigkeit« (denn in diesem Monat April erreichte Aldarion sein fünfundzwanzigstes Jahr). »Ich habe mir etwas ausgedacht, um diesem Tag auf geeignete Weise Bedeutung zu verleihen. Ich bin viel älter an Jahren, und ich glaube nicht, daß ich oft wieder das Herz haben werde, mein schönes Haus und die gesegneten Strände Númenors zu verlassen; aber noch einmal wenigstens möchte ich das Große Meer befahren und den Winden aus Norden und Osten die Stirn bieten. In diesem Jahr sollst du mit mir kommen, und wir werden nach Mithlond segeln, die hohen blauen Berge Mittelerdes sehen und die grünen

Lande der Eldar zu ihren Füßen. Círdan, der Schiffbauer, und König Gil-galad werden dich herzlich willkommen heißen. Sprich mit deinem Vater darüber.«[3]

Als Aldarion von diesem Abenteuer sprach und um die Erlaubnis bat, aufbrechen zu dürfen, sobald die Frühlingswinde günstig wären, war Meneldur wenig geneigt, es zu gestatten. Ein Schauer überlief ihn, als erriete sein Herz, daß von diesem Unternehmen mehr abhing, als er in Gedanken voraussehen konnte. Als er aber das ungeduldige Gesicht seines Sohnes sah, ließ er sich nichts davon anmerken. »Folge dem Ruf deines Herzens, *onya*«, sagte er. »Ich werde dich schmerzlich vermissen; doch du fährst mit Veantur als Kapitän und mit dem Segen der Valar, und so werde ich mit der guten Hoffnung leben, daß du zurückkehrst. Doch laß dich nicht von den Großen Ländern bezaubern, der du eines Tages der König und der Landesvater dieser Insel sein mußt!«

So geschah es, daß an einem Tag im strahlenden Frühling des Jahres siebenhundertfünfundzwanzig des Zweiten Zeitalters der Sohn des Erben des Königsthrons von Númenor[4] bei hellem Sonnenschein und freundlichem Wind vom Land fortsegelte; und ehe der Tag vorüber war, sah er es schimmernd im Meer versinken, zuletzt die Bergspitze des Meneltarma, der wie ein dunkler Finger vor dem Sonnenuntergang stand.

Man erzählt sich, daß Aldarion über alle seine Reisen nach Mittelerde selbst Aufzeichnungen machte, die lange in Rómenna aufbewahrt wurden, doch später alle verloren gingen. Über seine erste Reise ist wenig bekannt, außer daß er mit Círdan und Gil-galad Freundschaft schloß, weite Reisen nach Lindon und in den Westen Eriadors unternahm und ihm alles, was er sah, wunderbar erschien. Er blieb mehr als zwei Jahre fort, und Meneldur war sehr unruhig. Man sagt, daß diese Verzögerung durch Aldarions Begierde verursacht wurde, von Círdan so viel wie möglich über den Bau und die Führung von Schiffen und den Bau von Deichen, die dem Meer standhielten, zu lernen.

In Rómenna und Armenelos herrschte Jubel, als die Menschen das große Schiff *Númerrámar* (was ›Flügel des Westens‹ bedeutet), dessen goldene Segel vom Sonnenuntergang gerötet wurden, auf das Land zuhalten sahen. Der Sommer war beinahe vorüber, und der *Eruhantale* stand bevor.[5] Als er seinen Sohn im Hause Veanturs willkommenhieß, schien es Meneldur, daß dieser stattlicher und der Blick seiner Augen strahlender geworden war; doch sie waren in die Ferne gerichtet.

»Was hast du auf deinen weiten Reisen gesehen, *onya,* das nun am stärksten in der Erinnerung lebt?«

Doch Aldarion war schweigsam und blickte nach Osten in die Nacht. Schließlich antwortete er, doch leise, als spreche er zu sich selbst: »Das freundliche Volk der Elben? Die grünen Küsten? Die in Wolken gehüllten Berge? Die unvorstellbaren Gegenden von Nebel und Schatten? Ich weiß es nicht.« Er verstummte, und Meneldur wußte, daß er seine wahren Gedanken nicht ausgesprochen hatte. Denn Aldarion war dem Zauber des Großen Meeres erlegen: dort einsam mit einem Schiff zu segeln, ohne Land zu sehen, getragen von den Winden und mit Gischt vor dem Bug ungeahnten Küsten und Häfen entgegenzufahren. Und diese Liebe und diese Sehnsucht verließen ihn nie bis an das Ende seines Lebens.

Veantur segelte nicht mehr von Númenor fort, aber die *Númerrámar* machte er Aldarion zum Geschenk. Nach drei Jahren bat Aldarion um die Erlaubnis, erneut auslaufen zu dürfen, und segelte in Richtung Lindon davon. Er war drei Jahre fort; und nicht lange danach unternahm er eine weitere Reise, die vier Jahre dauerte, denn er war nicht mehr damit zufrieden, heißt es, nach Mithlond zu segeln, sondern er begann die Küsten im Süden zu erkunden, jenseits der Mündungen von Baranduin, Gwathló und Angren; er umrundete das dunkle Kap Ras Morthil, sah die Große Bucht von Belfalas und die Berge von Amroths Land, in dem die Nandor-Elben noch immer wohnen.[6]

Im Alter von neununddreißig Jahren kehrte Aldarion nach Númenor zurück und brachte Geschenke von Gil-galad für seinen Vater mit. Im folgenden Jahr überließ Tar-Elendil, wie er es lange verkündet hatte, das Szepter seinem Sohn, und Tar-Meneldur wurde König. Da bezähmte Aldarion sein Verlangen und blieb zur Zufriedenheit seines Vaters eine Weile daheim. In dieser Zeit machte er sich die Kenntnisse über den Schiffbau zunutze, die er von Círdan erlangt hatte, und fügte ihnen manches Neue hinzu, das er selber erdacht hatte. Er begann auch, Männer mit der Verbesserung der Hafenanlagen und Kais zu beauftragen, denn er war unablässig bemüht, größere Schiffe zu bauen.

Aber das Verlangen nach dem Meer überkam ihn aufs neue, und er verließ Númenor wieder und wieder. Jetzt richteten sich seine Gedanken auf Unternehmungen, die mit einer Schiffsbesatzung allein nicht zu bewältigen waren. Deshalb begründete er die Gilde der Wagemutigen, die später berühmt wurde; dieser Brüderschaft schlossen sich die wagemutigsten und unternehmungslustigsten Seeleute an, und sogar Männer aus dem Landesinneren suchten um Aufnahme nach; und sie nannten Aldarion den Großen Kapitän. Zu dieser Zeit, da sein Sinn nicht danach stand, in Armenelos auf festem Land zu leben, ließ er ein Schiff bauen, das ihm als Wohnstätte dienen sollte; deshalb nannte er es *Eambar*, und manchmal segelte er damit von einem Hafen Númenors zum anderen; doch die meiste Zeit lag es vor Tol Uinen vor Anker: dies war eine kleine Insel in der Bucht von Rómenna, die dort von Uinen, der Herrin der Meere, angelegt worden war.[7] Auf der *Eambar* befand sich das Gildenhaus der Wagemutigen, und dort wurden die Aufzeichnungen ihrer großen Reisen aufbewahrt.[8] Tar-Meneldur stand nämlich den Unternehmungen seines Sohnes mit Kühle gegenüber und hatte nicht den Wunsch, die Geschichten seiner Reisen zu hören, denn er glaubte, Aldarion streue die Saat der Ruhelosigkeit aus und wecke die Begierde, andere Länder zu sehen.

In dieser Zeit entfremdete sich Aldarion von seinem Vater, und er hörte auf, offen über seine Pläne und Wünsche zu sprechen; doch die Königin Almarian unterstützte ihren Sohn in allem, was er tat, und Meneldur ließ den Dingen notgedrungen ihren Lauf. Denn die Zahl der Wagemutigen nahm zu und ebenso ihre Wertschätzung unter den Menschen, und man nannte sie ›Uinendili‹, die Geliebten Uinens; und ihr Kapitän wurde immer weniger geneigt, die Dinge aufzuhalten oder einzuschränken.

Die Schiffe der Númenórer wurden in jenen Tagen immer größer, erhielten mehr Tiefgang, bis sie weite Reisen ausführen und viele Männer und Frachten befördern konnten; und Aldarion war oft lange Zeit von Númenor abwesend. Tar-Meneldur leistete seinem Sohn unentwegt Widerstand, und er ließ in Númenor das Fällen der Bäume für den Schiffbau einschränken; darum kam Aldarion der Einfall, daß er in Mittelerde Bauholz finden würde und man dort nach einem Hafen suchen müsse, in dem die Schiffe instandgesetzt werden konnten. Auf seinen Reisen entlang der Küsten blickte er mit Staunen auf die großen Wälder; und an der Mündung des Flusses, den die Númenórer Gwathir, den Schattenfluß, nannten, gründete er Vinyalonde, den Neuen Hafen.[9]

Aber als nahezu achthundert Jahre seit dem Beginn des Zweiten Zeitalters vergangen waren, befahl Tar-Meneldur seinem Sohn, nunmehr in Númenor zu bleiben und seine Reisen in den Osten für einige Zeit aufzugeben. Er wünschte nämlich Aldarion zum Nachfolger des Königs auszurufen, wie es in jedem Zeitalter schon die Könige vor ihm getan hatten. Für diese Zeit versöhnten sich Meneldur und sein Sohn miteinander, und zwischen ihnen herrschte Frieden. Inmitten von Jubel und Festlichkeit wurde Aldarion in seinem hundertsten Lebensjahr zum Erben ausgerufen und empfing von seinem Vater den Titel eines Oberbefehlshabers der Schiffe und Häfen von Númenor. Zu den Festlichkeiten in Armenelos kam von seinem Wohnsitz im Westen der Insel ein gewisser Beregar, und mit ihm seine Tochter Erendis. Königin Almarian bemerkte ihre Schönheit, die von einer Eigenart war, wie man sie in Númenor selten fand; Beregar war nämlich ein später Nachkomme des Hauses Beor, obwohl er nicht der königlichen Linie von Elros entstammte, und Erendis war dunkelhaarig, von schlanker Anmut und hatte die klaren grauen Augen ihrer Sippe.[10] Doch Erendis erblickte Aldarion, als er vorüberritt, und seine Schönheit und sein herrscherliches Auftreten ließen sie kaum Augen für etwas anderes haben. Später wurde Erendis in die Hofhaltung der Königin aufgenommen und erwarb auch die Gunst des Königs. Doch sie sah Aldarion nur selten, der sich mit Eifer der Pflege der Wälder widmete, da er es für wichtig hielt, daß Númenor in den kommenden Tagen keinen Mangel an Bauholz habe. Bald wurden die Seeleute der Gilde der Wagemutigen unruhig, denn sie waren nicht zufrieden damit, weniger oft auszulaufen und unter weniger bedeutenden Kapitänen kürzere Reisen zu unternehmen. Und als sechs Jahre seit der Ausrufung des Königserben vergangen waren, beschloß Aldarion wieder nach Mittelerde zu segeln. Vom König erhielt er nur grollend die Erlaubnis, denn er widersetzte sich dem Drängen des Königs, in Númenor zu bleiben und sich ein Weib zu suchen; und im Frühling des Jahres setzte er Segel.

Doch als er kam, um seiner Mutter Lebewohl zu sagen, erblickte er Erendis im Gefolge der Königin; und als er ihre Schönheit sah, ahnte er die Willenskraft, die in ihr verborgen war.

Darauf sagte Almarian zu ihrem Sohn: »Mußt du wieder fortgehen, Aldarion, mein Sohn? Gibt es nichts im schönsten aller irdischen Länder, das dich hält?«

»Noch nicht«, antwortete er, »doch in Armenelos gibt es schönere Dinge, als sie ein Mann anderswo finden könnte, selbst in den Ländern der Eldar. Doch Seefahrer haben zwei Seelen in der Brust, die miteinander im Streit liegen, und noch hält mich das Verlangen nach dem Meer gefangen.«

Erendis glaubte, daß diese Worte auch für ihre Ohren gesprochen waren, und von dieser Zeit an wandte sie Aldarion ihr Herz gänzlich zu, wenn auch nicht mit Hoffnung. Weder Sitte noch Gesetz schrieben in jenen Tagen vor, daß Angehörige des königlichen Hauses, nicht einmal der Königserbe, sich ausschließlich mit Abkömmlingen des Elros Tar-Minyatur verheiraten mußten; dennoch glaubte Erendis, daß Aldarion von zu hoher Geburt sei. Doch in der Folgezeit schenkte sie keinem Mann ihre Gunst und wies jeden Freier ab.

Sieben Jahre vergingen, ehe Aldarion zurückkam, und er brachte kostbare Metalle, Silber und Gold mit; und er sprach mit seinem Vater über seine Reise und seine Taten. Aber Meneldur sagte: »Ich hätte dich lieber an meiner Seite gehabt, als Nachrichten oder Geschenke aus den Dunklen Ländern zu bekommen. Das ist Sache der Kaufleute und Forscher, und nicht die des Königserben. Wozu brauchen wir mehr Silber und Gold, außer um es voll Stolz zu benutzen, wo andere Dinge den Zweck ebenso erfüllen? Das Königshaus braucht einen Mann, der dieses Land und sein Volk kennt und liebt, das er einmal beherrschen wird.«

»Habe ich mich nicht mein Leben lang mit Menschen beschäftigt?« fragte Aldarion. »Ich kann sie führen und regieren, wie ich will.«

»Sage lieber: einige Menschen, die mit dir gleichen Sinnes sind«, antwortete der König. »Es gibt auch Frauen in Númenor, kaum weniger als Männer; was weißt du von ihnen, abgesehen von deiner Mutter, die du wahrlich führen kannst, wie du willst? Doch eines Tages mußt du dir eine Frau nehmen.«

»Eines Tages!« erwiderte Aldarion. »Doch nicht, bevor ich nicht muß; und später, wenn jemand versucht, mich zur Heirat zu drängen. Ich habe andere Dinge zu tun, die mir dringlicher scheinen und denen mein Trachten gilt. ›Kalt ist das Leben einer Seemannsfrau‹; und der Seefahrer, der nur für eines Sinn hat und nicht an die Küsten gefesselt ist, segelt weiter und lernt immer besser, mit dem Meer fertigzuwerden.«

»Segelt weiter? Aber nicht mit mehr Gewinn«, sagte Meneldur. »Und nicht du bist es, Aldarion, mein Sohn, der mit dem Meer ›fertig wird‹. Hast du vergessen, daß die Edain hier unter der Gnade der Herren des Westens wohnen, daß Uinen uns freundlich gesinnt und Osse gebändigt ist? Unsre Schiffe werden behütet, und andere Hände als die unsrigen lenken sie. Deshalb überhebe dich nicht in deinem Stolz, oder der Segen könnte schwinden; und glaube nicht, er erstrecke sich auch auf jene, die auf den Felsen fremder Küsten oder in den Ländern der Menschen der Dunkelheit sich selbst ohne Not aufs Spiel setzen.«

»Warum sind unsere Schiffe dann gesegnet«, fragte Aldarion, »wenn sie nicht zu fernen Küsten segeln und nicht suchen dürfen, was man nie zuvor gesehen hat?«

Er sprach mit seinem Vater nicht mehr von diesen Dingen, sondern er verbrachte seine Tage auf dem Schiff *Eambar* in der Gesellschaft der Wagemutigen und mit dem Bau eines Schiffes, größer als jedes andere, das zuvor angefertigt worden war: Dieses Schiff nannte er *Palarran*, die Fern-Wanderin. Doch nun traf er Erendis oft (das geschah, weil die Königin es so einzurichten wußte); und als der König von ihren Treffen erfuhr, war er beunruhigt, doch nicht ungehalten. »Es wäre günstiger«, sagte er, »Aldarion von seiner Ruhelosigkeit zu heilen, bevor er das Herz einer Frau gewinnt.« – »Wodurch sonst willst du ihn heilen, wenn nicht durch die Liebe?« erwiderte die Königin. »Erendis ist noch jung«, sagte Meneldur. Doch Almarian antwortete: »Erendis' Sippe hat kein so langes Leben, wie es den Abkommen Elros' vergönnt ist; und ihr Herz ist bereits gewonnen.«[11]

Als nun das große Schiff *Palarran* fertiggestellt war, wollte Aldarion ein weiteres Mal auslaufen. Darüber wurde der König zornig, wenn er auch, von der Königin überredet, nicht die königliche Gewalt benutzen wollte, um ihn zum Bleiben zu zwingen. An dieser Stelle muß von einem Brauch berichtet werden: Wenn ein Schiff Númenor verließ, um über das Große Meer nach Mittelerde zu segeln, schmückte eine Frau, meist aus der Familie des Kapitäns stammend, den Bug des Schiffes mit dem Grünen Zweig der Wiederkehr; und dieser wurde vom Baum *oiolaire* geschnitten, was ›Immer-Sommer‹ bedeutet; die Eldar hatten ihn den Númenórern geschenkt[12] und gesagt, daß sie den Zweig an ihren eigenen Schiffen als Zeichen der Freundschaft mit Osse und Uinen befestigten. Die Blätter dieses Baumes waren immer grün, glänzend und duftend, und er gedieh in der Meeresluft. Aber Meneldur verbot der Königin und Aldarions Schwestern, den Zweig der *oiolaire* nach Rómenna zu bringen, wo die *Palarran* lag; und er sagte, daß er Aldarion, der gegen seinen Willen in See steche, seinen Segen verweigere. Aldarion, der dies hörte, sagte: »Wenn ich ohne Segen oder Zweig fahren muß, werde ich eben ohne fahren.«

Da war die Königin traurig, doch Erendis sprach zu ihr: »*Tarinya*, wenn du den Zweig vom Elbenbaum schneiden willst, werde ich ihn, mit deiner Erlaubnis, zum Hafen bringen; denn mir hat es der König nicht verboten.«

Die Matrosen hielten es für ein schlimmes Zeichen, daß der Kapitän ohne Zweig auslaufen wollte; aber als alles bereit war und die Männer sich anschickten, den Anker zu lichten, kam Erendis dorthin, so wenig sie den Lärm und die Geschäftigkeit des großen Hafens und das Kreischen der Möwen auch liebte. Aldarion begrüßte sie mit Verwunderung und Freude, und sie sagte: »Ich habe dir den Zweig der Wiederkehr gebracht, Herr: von der Königin.« – »Von der Königin?« fragte Aldarion in verändertem Ton. »Ja, Herr«, sagte sie, »doch ich habe sie um Erlaubnis dazu gebeten. Nicht nur deine Familie wird sich bei deiner Rückkehr freuen. Möge es bald sein.«

In diesem Augenblick sah Aldarion sie zum ersten Mal mit den Augen der Liebe an; und lange stand er am Achtersteven und blickte zurück, während die *Palarran* die hohe See gewann. Man sagt, daß er seine Rückkehr beschleunigte und kürzere Zeit fortblieb, als er geplant hatte. Als er zurückkam, brachte er für die Königin und die Hofdamen Geschenke mit, doch die wertvollste Gabe war für Erendis bestimmt: ein Diamant. Kühl war nun die Begrüßung zwischen dem König und seinem Sohn. Meneldur tadelte ihn und sagte, ein solches Geschenk sei unschicklich für den Nachfolger des Königs, außer es sei ein Verlobungsgeschenk, und er forderte, Aldarion möge erklären, was es damit auf sich habe.

»Als Dank habe ich es gebracht«, sagte Aldarion, »als Dank an ein warmes Herz inmitten der Kälte anderer.«

»Kalte Herzen entzünden keine anderen Herzen, ihnen bei ihrem Kommen und Gehen Wärme entgegenzubringen«, sagte Meneldur und drängte Aldarion erneut, an Heirat zu denken, wenn er auch nicht von Erendis sprach. Aber dieser wollte nichts davon hören, denn je mehr die, die um ihn waren, ihn bedrängten, desto ausdauernder und eindeutiger widersetzte er sich. Er begegnete Erendis nun mit größerer Kühle und beschloß, Númenor zu verlassen und seine Pläne in Vinyalonde weiterzuverfolgen. Das Leben an Land fiel ihm lästig, denn an Bord seines Schiffes mußte er sich keinem anderen Willen unterordnen, und die Wagemutigen, die ihm folgten, kannten für den Großen Kapitän nur Liebe und Bewunderung. Doch jetzt verbot ihm Meneldur, fortzugehen; und bevor der Winter ganz vorüber war, stach Aldarion dem König zum Trotz mit einer Flotte von sieben Schiffen und dem größeren Teil der Wagemutigen in See. Die Königin wagte es nicht, den Zorn des Königs auf sich zu laden, aber in der Nacht kam eine vermummte Frau mit einem grünen Zweig zum Hafen, legte ihn in Aldarions Hände und sagte: »Dies kommt von der Herrin des Westlandes« (denn so nannte man Erendis), und ging fort in die Dunkelheit.

Angesichts der offenen Empörung Aldarions widerrief Meneldur Aldarions Machtbefugnis als Oberbefehlshaber der Schiffe und Häfen Númenors. Er veranlaßte, daß das Gildenhaus der Wagemutigen auf der *Eambar* geschlossen wurde, die Werften von Rómenna stillgelegt wurden, und er verbot das Fällen jeglicher Bäume für den Schiffbau.

Fünf Jahre vergingen, dann kehrte Aldarion mit neun Schiffen zurück, denn zwei waren in Vinyalonde gebaut worden, und sie waren mit dem vorzüglichsten Bauholz aus den Wäldern der Küsten Mittelerdes beladen. Aldarions Zorn war groß, als er entdeckte, was geschehen war, und er sagte zu seinem Vater: »Wenn ich in Númenor keine freundliche Aufnahme finde, keine Arbeit für meine Hände, und meine Schiffe in dessen Häfen nicht instandgesetzt werden dürfen, dann werde ich wieder fortsegeln, und zwar bald. Die Winde sind nämlich rauh gewesen[13] und die Schiffe müssen neu ausgerüstet werden. Hat nicht ein Königssohn anderes zu tun, als die Gesichter der Frauen zu mustern, um ein Weib zu finden? Ich habe mich in das Forstwesen vertieft, und inzwischen kenne ich mich darin aus. In Númenor wird es, bevor meine Zeit abläuft, mehr Bauholz geben als unter deinem Szepter.« Und getreu seinen Worten stach Aldarion im selben Jahr mit drei Schiffen und den erprobten Wagemutigen erneut in See, und er fuhr ohne Segen und Zweig; denn Meneldur belegte alle Frauen seines Hauses und die der Wagemutigen mit einem Bann und ließ Rómenna rundum bewachen.

Auf dieser Reise blieb Aldarion so lange fort, daß die Leute um ihn fürchteten, und selbst Meneldur war unruhig, ungeachtet der Gnade der Valar, die die Schiffe von Númenor immer beschützt hatte.[14] Als seit der Abreise zehn Jahre vergangen waren, verzweifelte Erendis schließlich und glaubte, daß Aldarion ein Unglück zugestoßen sei oder er sich entschlossen habe, in Mittelerde zu wohnen. Nicht zuletzt um den Freiern zu entkommen, bat sie die Königin, sie zu entlassen, verließ Armenelos und kehrte zu ihrer Sippe in das Westland zurück. Doch nach vier weiteren Jahren kam Aldarion schließlich zurück, und seine Schiffe waren von den Meeren böse zugerichtet und beschädigt worden. Er war zunächst zum Hafen Vinyalonde gesegelt, und von dort hatte er längs der Küste eine große Reise nach Süden begonnen, weiter über jeden Ort hinaus, den die Schiffe der Númenórer zuvor erreicht hatten. Als er nach Norden zurückgekehrt war, traf er auf Gegenwinde, starke Stürme, und nachdem er in der Harad knapp dem Schiffbruch entgangen war, fand er Vinyalonde durch gewaltige Fluten zerstört und von feindseligen Menschen geplündert vor. Dreimal hinderten ihn starke Winde aus dem Westen, das Große Meer zu überqueren, und trieben ihn zurück, sein eigenes Schiff wurde vom Blitz getroffen, verlor den Mast, und nur mit gewaltiger Anstrengung und großer Mühe auf den weiten Wassern erreichte er schließlich Númenor und machte fest.

Meneldur war über Aldarions Rückkehr erfreut, doch er tadelte ihn wegen seines Aufruhrs gegen den König und Vater; dadurch habe er der Obhut der Valar entsagt und es auf den Zorn Osses ankommen lassen, der sich nicht nur gegen ihn selbst, sondern auch gegen die Männer richte, die er in ihrer Ergebenheit an sich gebunden habe. Da dämpfte sich Aldarions Hochstimmung, und er empfing Meneldurs Verzeihung, der ihm den Oberbefehl über die Schiffe und Häfen wiedergab und ihm zusätzlich noch den Titel eines Meisters der Forste übertrug.

Aldarion war betrübt, als er erfuhr, daß Erendis von Armenelos fortgegangen war, doch er war zu stolz, um sie aufzusuchen; er konnte dies in der Tat nicht tun, ohne sie um ihre Hand zu bitten, und er war noch nicht willens, sich zu binden. Er widmete sich der Aufgabe, die Versäumnisse, die während seiner langen Abwesenheit begangen worden waren, wieder wettzumachen, denn er war immerhin fast zwanzig Jahre fortgewesen. Um diese Zeit wurden große Hafenarbeiten in Angriff genommen, besonders bei Rómenna. Er stellte fest, daß man sowohl für Bauholz als auch für andere Zwecke viele Bäume gefällt, doch alles ohne Voraussicht betrieben hatte, und daß nur wenige Bäume neu gepflanzt worden waren, um die geschlagenen zu ersetzen; und er reiste kreuz und quer durch Númenor, um die vorhandenen Baumbestände in Augenschein zu nehmen.

Als er eines Tages durch die Wälder der Westlande ritt, sah er eine Frau, deren dunkles Haar im Wind flatterte, und sie war in einen grünen Mantel gekleidet, der am Hals von einem strahlenden Edelstein zusammengehalten wurde. Er hielt sie für eine der Eldar, die zuweilen in diese Gegend der Insel kamen. Doch sie kam näher, und er erkannte Erendis und sah, daß der Edelstein derjenige war, den er ihr geschenkt hatte. Da spürte er plötzlich in seinem Herzen die Liebe, die er für sie empfand, und er wurde der Leere seiner Tage inne. Als Erendis ihn erblickte, wurde sie blaß und wollte davonreiten, doch er war schneller als sie und sagte: »Ich habe es allzusehr verdient, daß du vor mir fliehst, der ich selbst so oft und so weit geflohen bin! Doch vergib mir und bleibe.« Dann ritten sie gemeinsam zum Haus ihres Vaters Beregar, und dort sprach Aldarion offen seinen Wunsch aus, sich mit Erendis zu verloben. Doch jetzt zögerte Erendis, obgleich es gemäß dem Brauch und dem Lebensalter ihres Volkes für ihre Heirat höchste Zeit war. Ihre Liebe zu ihm war nicht geringer geworden, und es war auch nicht List, die sie zurückweichen ließ; doch jetzt fürchtete sie, im

Krieg zwischen ihr und dem Meer um Aldarions Herz nicht zu siegen. Um nicht alles zu verlieren, würde sie sich niemals mit weniger zufrieden geben. Sie fürchtete das Meer, und weil sie allen Schiffen die Bäume mißgönnte, die sie liebte und die um der Schiffe willen gefällt wurden, kam sie zu dem Entschluß, daß sie entweder das Meer und die Schiffe völlig besiegen, oder selbst ganz und gar unterliegen müsse.

Doch Aldarion umwarb Erendis ernstlich, und wo immer sie hinging, folgte er ihr. Er vernachlässigte die Häfen und Werften und alle Angelegenheiten der Gilde der Wagemutigen; er ließ keine Bäume fällen, sondern kümmerte sich um ihre Neupflanzung und fand in diesen Tagen mehr Befriedigung als zu anderen Zeiten seines Lebens, obwohl er dies nicht wußte, sondern dessen erst viel später im Alter eingedenk wurde. Schließlich suchte er Erendis dazu zu überreden, mit der *Eambar* eine Schiffsreise um die Insel zu unternehmen, denn es waren nun einhundert Jahre vergangen, seit Aldarion die Gilde der Wagemutigen gegründet hatte, und in allen Häfen Númenors sollten Feste veranstaltet werden. Erendis verbarg ihre Abneigung und Furcht und willigte ein; und sie gingen in Rómenna in See und kamen nach Andúnië im Westen der Insel. Dort gab Valandil, Fürst von Andúnië, der mit Aldarion eng verwandt war,[15] ein großes Fest. Während dieses Festes trank er Erendis zu und nannte sie *Uinéniel*, Tochter Uinens, die neue Herrin der See. Doch Erendis, die neben Valandils Gattin saß, sagte laut: »Nenne mich nicht bei einem solchen Namen! Ich bin keine Tochter Uinens: Sie ist eher meine Feindin.«

Danach befielen Erendis für eine Weile wieder Zweifel, denn Aldarion richtete seinen Sinn erneut auf die Arbeiten in Rómenna, beschäftigte sich mit dem Bau großer Deiche und ließ auf Tol Uinen einen großen Turm errichten, der Calmindon, der Licht-Turm, genannt wurde. Doch als diese Arbeiten getan waren, kehrte er zu Erendis zurück und bat sie dringlich, in die Ehe einzuwilligen; doch sie zögerte immer noch und sagte: »Ich habe mit dir eine Schiffsreise gemacht, Herr. Bevor ich dir meine Antwort gebe, willst du nicht mit mir zu Lande zu jenen Plätzen reisen, die ich liebe? Für jemanden, der König dieses Landes sein wird, kennst du es zu wenig.« Darum reisten sie gemeinsam ab und kamen nach Emerië, wo es wogende, grasbedeckte Hügel gab, und das die für Númenor wichtigste Weidelandschaft für

Schafe war. Und sie sahen die weißen Häuser der Schäfer und Bauern und hörten das Blöken der Schafe.

Da sagte Erendis zu Aldarion: »Hier könnte ich mich wohlfühlen!«

»Als Gattin des Königssohnes wirst du wohnen, wo du willst«, sagte Aldarion. »Und als Königin in vielen schönen Häusern, ganz nach deinen Wünschen.«

»Wenn du König bist, werde ich alt sein«, erwiderte Erendis. »Wo wird der Erbe des Königs in der Zwischenzeit wohnen?«

»Bei seinem Weib«, sagte Aldarion, »wenn seine Aufgaben es erlauben, es sei denn, sie wollte daran teilhaben.«

»Ich will meinen Gatten nicht mit Frau Uinen teilen«, sagte Erendis.

»Was du sagst, hat zwei Seiten«, sagte Aldarion. »Ebensogut könnte ich sagen, daß ich meine Gattin nicht mit Orome, dem Herrn der Forste, teilen würde, weil sie Bäume liebt, die wild wachsen.«

»Das würdest du wahrlich nicht«, entgegnete Erendis, »denn du würdest jeden Wald schlagen lassen, um Uinen ein Geschenk zu machen, wenn dir der Sinn danach steht.«

»Nenne mir irgendeinen Baum, den du liebst, und er soll stehenbleiben, bis er stirbt!« sagte Aldarion.

»Ich liebe alles, was auf dieser Insel wächst«, sagte Erendis.

Dann ritten sie lange Zeit schweigend; und nach diesem Tag trennten sie sich, und Erendis kehrte in ihr Vaterhaus zurück. Ihrem Vater sagte sie nichts, doch ihrer Mutter erzählte sie von ihrem Gespräch mit Aldarion.

»Alles oder nichts, Erendis«, sagte Núneth. »So warst du als Kind. Doch du liebst diesen Mann, und er ist ein großer Mann, von seinem Rang gar nicht zu reden; und so leicht wirst du dir deine Liebe nicht aus dem Herzen reißen können, ohne dir selbst großen Schmerz zuzufügen. Eine Frau muß mit ihrem Gatten die Liebe zu seinem Werk und das Feuer seines Geistes teilen, oder ihn dazu bringen, daß ihm etwas nicht liebenswert erscheint. Doch ich zweifle, ob du einen solchen Rat jemals verstehen wirst. Aber ich bin betrübt, denn es ist höchste Zeit, daß du verheiratet wirst, und nachdem ich ein schönes Kind geboren habe, hatte ich auf schöne Enkelkinder gehofft. Und es würde mir auch nicht mißfallen, wenn ihre Wiege im Haus des Königs stünde.«

In der Tat fiel dieser Rat bei Erendis nicht auf fruchtbaren Boden;

gleichwohl fand sie, daß ihr Herz ihrem Willen nicht gehorchte, und ihre Tage waren leer: leerer noch als in den Jahren, da Aldarion fortgewesen war. Denn er hielt sich noch immer in Númenor auf, und dennoch gingen die Tage dahin, und er kam nicht wieder in den Westen.

Die Königin Almarian, die von Núneth davon unterrichtet wurde, was geschehen war, und die nun fürchtete, Aldarion könne in neuerlichen Reisen Trost suchen (denn er war lange an Land gewesen), sandte Erendis eine Nachricht und bat sie, nach Armenelos zurückzukehren. Erendis, von Núneth und ihrem eigenen Herzen dazu gedrängt, folgte dem Geheiß. Dort versöhnte sie sich mit Aldarion, und im Frühling des Jahres, als die Zeit des *Erukyerme* gekommen war, erstiegen sie im Gefolge des Königs den Meneltarma, den Heiligen Berg der Númenórer.[16] Als alle wieder hinuntergegangen waren, blieben Aldarion und Erendis zurück. Sie schauten in die Runde, sahen unter sich die ganze Insel des Westens grün im Frühling liegen, sahen den Schimmer von Licht im Westen, wo in weiter Ferne Avallóne lag[17] und im Osten die Schatten über dem Großen Meer; und der Menel ragte blau über ihnen auf. Sie sprachen kein Wort, denn niemand, der König ausgenommen, spricht auf der Höhe des Meneltarma. Doch als sie hinunterkamen, blieb Erendis einen Augenblick stehen und blickte nach Emeriё und weiter zu den Wäldern ihrer Heimat.

»Liebst du Yôzâyan nicht?« fragte sie.

»Ich liebe es wirklich«, erwiderte er, »obwohl ich glaube, daß du zweifelst. Ich denke freilich auch daran, was in den kommenden Zeiten daraus werden könnte, und aus der Hoffnung und dem Glanz seines Volkes. Und ich glaube, daß ein Geschenk nicht ungenutzt im Hort liegen sollte.«

Doch Erendis widersprach und sagte: »Solche Geschenke, wie sie von den Valar kommen, und durch diese von dem Einen, sollen um ihrer selbst willen geliebt werden, in diesem Augenblick und in allen Augenblicken. Sie wurden nicht geschenkt, um sie gegen größere oder bessere zu tauschen. Die Edain bleiben sterbliche Menschen, Aldarion, so groß sie auch sind: Und wir können nicht in der Zeit leben, die kommen soll, damit wir nicht unsere Gegenwart an ein Trugbild unserer eigenen Zukunftspläne verlieren.« Dann nahm sie plötzlich den

Edelstein von ihrem Hals und fragte Aldarion: »Würdest du wollen, daß ich diesen Stein eintausche, um mir andere Dinge zu kaufen, nach denen mich verlangt?«

»Nein!« sagte er. »Aber du verschließt ihn nicht in der Schatzkammer. Doch ich glaube, du überschätzt den Stein, denn er verblaßt vor dem Glanz deiner Augen.« Darauf küßte er sie auf die Augen, und in diesem Augenblick legte sie ihre Furcht ab und nahm seinen Antrag an; und ihr Verlöbnis wurde auf dem steilen Pfad des Meneltarma besiegelt.

Dann gingen sie nach Armenelos zurück, und Aldarion stellte Tar-Meneldur Erendis als die Verlobte des Königserben vor. Der König war hocherfreut, und in der Stadt und auf der ganzen Insel wurden Freudenfeste gefeiert. Meneldur gab Erendis als Verlobungsgeschenk ein schönes Fleckchen Land in Emeriё und ließ dort für sie ein weißes Haus bauen. Doch Aldarion sagte zu ihr: »In meiner Schatzkammer habe ich andere Edelsteine, Geschenke von Königen in fernen Ländern, denen die Schiffe von Númenor Beistand geleistet haben. Ich besitze Steine, grün wie das Licht der Sonne auf den Blättern der Bäume, die du liebst.«

»Nein!« sagte Erendis. »Ich habe mein Verlobungsgeschenk bekommen, obwohl ich es im voraus erhielt. Es ist der einzige Edelstein, den ich habe und den ich haben wollte; und ich will seinen Wert noch erhöhen.« Da sah er, daß sie den weißen Stein als Stern in einen silbernen Stirnreif hatte fassen lassen, und auf ihre Bitte legte er ihn ihr um die Stirn. So trug sie ihn viele Jahre, bevor die Zeit des Leidens begann; und so war sie weit und breit als Tar-Elestirne bekannt, die Frau mit der Sternen-Stirn.[18]

Also herrschte für eine Zeit Frieden und Freude im Hause des Königs zu Armenelos und auf der ganzen Insel. Und in alten Büchern ist aufgezeichnet, daß es in jenem Jahr einen goldenen Sommer von üppiger Fruchtbarkeit gab, welches das achthundertachtundfünfzigste Jahr des Zweiten Zeitalters war.

Aber von allen Leuten waren allein die Seeleute der Gilde der Wagemutigen nicht gänzlich zufrieden. Denn Aldarion war fünfzehn Jahre in Númenor geblieben und hatte keine Fahrt befehligt; und obgleich es mutige Kapitäne gab, die von ihm ausgebildet worden waren, waren ihre Reisen ohne den Reichtum und das Ansehen des Königssohnes weniger zahlreich, kürzer und führten selten weiter als bis zum Land Gil-galads. Außerdem war das Bauholz auf den Werften knapp geworden, denn Aldarion schonte die Wälder; und die Wagemutigen bestürmten ihn, die Holzfäller ihre Arbeit wieder aufnehmen zu lassen. Aldarion folgte ihrer Bitte, und zuerst wollte Erendis mit ihm in die Wälder gehen, doch der Anblick der Bäume, die man in ihrer Blüte fällte, behaute und zersägte, machte sie traurig. Bald zog Aldarion deshalb allein hinaus, und sie waren weniger oft beisammen.

Nun kam das Jahr heran, für das alle die Heirat des Königserben erwarteten, denn es war nicht Sitte, daß die Verlobung länger als drei Jahre dauerte. An einem Frühlingsmorgen dieses Jahres ritt Aldarion vom Hafen Andúnië hinauf, um die Straße zum Hause Beregars zu erreichen, denn dorthin war er zu Gast geladen, und Erendis war ihm von Armenelos aus über die Straßen im Landesinneren vorausgeritten. Als er den höchsten Punkt des mächtigen Steilufers erreichte, das weit aus dem Land vortrat und den Hafen vor den Nordwinden schützte, wandte er sich um und blickte aufs Meer zurück. Wie oft zu dieser Jahreszeit wehte ein Westwind, von denen geliebt, die im Sinn hatten, nach Mittelerde zu segeln, und weißkämmige Wogen rollten ans Ufer. Da packte ihn plötzlich das Verlangen nach dem Meer, als habe sich eine große Hand um seine Kehle gepreßt, sein Herz schlug heftig, und der Atem stockte ihm. Er rang um seine Selbstbeherrschung, wandte sich endlich ab und setzte seine Reise fort; und mit Absicht nahm er den Weg durch den Wald, in dem er vor fünfzehn Jahren Erendis wie eine der Eldar hatte reiten sehen. Er erwartete beinahe, sie noch einmal so zu sehen; doch sie war nicht da, und der Wunsch, ihr Gesicht wiederzusehen, trieb ihn zur Eile, so daß er vor dem Abend zu Beregars Haus kam.

Dort hieß sie ihn freudig willkommen, und er war heiter; doch er sagte nichts über ihre Heirat, obwohl alle gedacht hatten, diese sei einer der Gründe für seine Reise in das Westland. Als die Tage vergingen, bemerkte Erendis, daß er nun in Gesellschaft, wenn andere fröhlich waren, in Schweigen verfiel; und als sie zu ihm hinüberschaute, sah sie plötzlich, daß seine Augen auf ihr ruhten. Da wurde ihr Herz schwankend, denn Aldarions blaue Augen erschienen ihr jetzt grau und kalt, doch hatte sie das Gefühl, als läge ein heftiges Verlangen in seinem Blick. Diesen Blick hatte sie vorher allzu oft gesehen und gefürchtet, was er ahnen ließ, doch sie sagte nichts. Núneth, die auf alles achtgab, was geschah, war darüber froh, denn »Worte können Wunden aufreißen«, wie sie zu sagen pflegte. Bald darauf ritten Aldarion und Erendis fort und kehrten nach Armenelos zurück, und als sie sich weiter vom Meer entfernten, wurde er wieder heiterer. Noch immer sagte er ihr nichts von seinem Kummer, denn er lag ernstlich mit sich selbst im Krieg und war unentschlossen.

So lief das Jahr dahin, und Aldarion sprach weder vom Meer noch von Heirat, doch er war oft in Rómenna und in der Gesellschaft der Wagemutigen. Schließlich, zu Beginn des nächsten Jahres, rief der König ihn in seine Gemächer, und sie begegneten sich unbefangen, und die gegenseitige Liebe war nicht mehr überschattet.

»Mein Sohn«, sagte Tar-Meneldur, »wann willst du mir die Tochter schenken, die ich so lange ersehnt habe? Mehr als drei Jahre sind nun vergangen, und das ist lange genug. Ich wundere mich, daß du eine so lange Wartezeit ertragen konntest.«

Da schwieg Aldarion, doch schließlich sagte er: »Es ist wieder über mich gekommen, Atarinya. Achtzehn Jahre sind eine lange Fastenzeit. Ich kann kaum noch im Bett liegen oder mich auf einem Pferd halten, und der harte Grund aus Stein verwundet meine Füße.«

Da wurde Meneldur betrübt, und er hatte Mitleid mit seinem Sohn. Doch dessen Kummer verstand er nicht, denn er selbst hatte Schiffe niemals geliebt, und er sagte: »Das tut mit leid! Doch du bist verlobt. Und nach den Gesetzen Númenors und nach der rechten Lebensart der Eldar und Edain soll ein Mann nicht zwei Frauen haben: Du kannst das Meer nicht heiraten, denn du bist mit Erendis verlobt.«

Da verhärtete sich Aldarions Herz, denn diese Worte riefen ihm das Gespräch mit Erendis während ihres Ritts durch die Wälder ins Gedächtnis; und er glaubte (aber zu Unrecht), daß sie seinen Vater zu Rate gezogen habe. Wenn er das Gefühl hatte, daß andere sich zusammentaten, um ihn auf einen ihnen genehmen Weg zu zwingen, war er immer geneigt, sich von diesem Weg abzuwenden.

»Schmiede dürfen schmieden, Reiter dürfen reiten und Bergleute graben, wenn sie verlobt sind«, sagte er. »Warum also dürfen Seeleute nicht segeln?«

»Wenn Schmiede fünf Jahre lang am Amboß blieben, würden nur wenige Frauen Schmiede heiraten«, entgegnete der König. »Es gibt nur wenige Seemannsfrauen, und diese tragen ihr Los, denn es ist notwendig und sichert ihren Lebensunterhalt. Der Erbe des Königs ist weder Seemann des Geschäftes wegen, noch ist es eine Notwendigkeit für ihn.«

»Es gibt andere Bedürfnisse als den Lebensunterhalt«, sagte Aldarion. »Und es bleiben noch viele Jahre übrig.«

»Nein, nein«, sagte Meneldur. »Dir ist diese Gnade zum Geschenk gemacht worden, doch Erendis hat ein kürzeres Leben zu erwarten als du, und sie altert schneller. Sie stammt nicht aus der Linie von Elros, und sie hat dich nun viele Jahre geliebt.«

»Sie hat sich wohl beinahe zwölf Jahre geduldet, als ich ruhelos war«, sagte Aldarion. »Ich bitte noch nicht einmal um den dritten Teil dieser Zeit.«

»Damals war sie nicht verlobt«, sagte Meneldur. »Doch jetzt ist keiner von euch frei. Und wenn sie sich geduldet, so zweifle ich nicht, geschah es aus Furcht vor dem, was nun wahrscheinlich geschehen wird, wenn du dich nicht selbst bezähmst. Auf irgendeine Weise mußt du diese Furcht besänftigt haben; und obwohl du kein deutliches Wort gesprochen haben dürftest, bist du nach meinem Dafürhalten gebunden.«

Da sagte Aldarion zornig: »Es wäre besser, ich spräche selbst mit meiner Verlobten und führte das Gespräch nicht mit einem Stellvertreter.« Und er verließ seinen Vater. Nicht lange danach sprach er mit Erendis von seinem Verlangen, wieder über die großen Wasser zu fahren, und sagte, er sei all seines Schlafs und seiner Ruhe beraubt. Doch sie saß bleich und stumm da. Endlich sagte sie: »Ich dachte, du wärest gekommen, um über unsere Heirat zu sprechen.«

»Das will ich«, antwortete Aldarion. »Sobald ich zurückkehre, wird es geschehen, wenn du warten willst.« Als er jedoch den Schmerz auf ihrem Gesicht sah, rührte sie ihn, und ihm kam ein Gedanke. »Es soll jetzt geschehen«, sagte er. »Es soll geschehen, ehe dieses Jahr vorüber ist. Und dann werde ich ein solches Schiff ausrüsten lassen, wie es die

Wagemutigen noch nicht gebaut haben. Und du sollst mit mir segeln, Erendis, mit dem Segen der Valar, Yavannas und Oromes, den du liebst. Du wirst zu Ländern segeln, wo ich dir Wälder zeigen werde, wie du sie nie gesehen hast, wo gerade jetzt die Eldar singen; oder Wälder, größer als Númenor, seit Anbeginn der Tage frei und wild, wo du noch das mächtige Horn Oromes, des Herrn, hören kannst.«

Doch Erendis weinte. »Nein«, sagte sie. »Ich freue mich, daß die Welt noch solche Dinge birgt, von denen du sprichst, aber ich werde sie nie sehen. Denn es verlangt mich nicht danach: Mein Herz gehört den Wäldern Númenors. Und, ach, wenn ich aus Liebe zu dir zu Schiff ginge, würde ich nicht heimkehren. Es geht über meine Kraft, es zu ertragen; und wenn ich das Land aus den Augen verlöre, würde ich sterben. Das Meer haßt mich, und jetzt wird es mir vergelten, daß ich dich von ihm ferngehalten habe und doch von dir fliehe. Gehe, mein Geliebter! Doch habe Mitleid, und nimm dir nicht so viele Jahre Zeit, wie ich sie damals verloren habe.«

Da war Aldarion beschämt, denn so wie er in unbesonnenem Zorn zu seinem Vater gesprochen hatte, so sprach er jetzt aus Liebe. In diesem Jahr segelte er nicht, doch er hatte wenig Frieden oder Freude. »Wenn sie das Land aus den Augen verliert, wird sie sterben!« sagte er. »Und ich werde bald sterben, wenn ich es noch länger sehen muß. Wenn wir denn einige Jahre zusammen verbringen sollen, muß ich allein gehen, und zwar bald.«

Deshalb machte er sich endlich im Frühjahr segelfertig; und die Wagemutigen waren glücklich, wiewohl niemand sonst auf der Insel wußte, was abgemacht war. Drei Schiffe wurden bemannt, und im Monat Víresse stachen sie in See. Erendis selbst schmückte den Bug der *Palarran* mit dem grünen Zweig der *oiolaire*, und sie verbarg ihre Tränen, als das Schiff durch die großen neuen Hafenmauern aufs Meer fuhr.

Mehr als sechs Jahre gingen vorüber, ehe Aldarion nach Númenor zurückkam. Er bemerkte, daß sogar die Königin Almarian ihn kühler willkommen hieß und die Wagemutigen an Ansehen verloren hatten, denn man glaubte, daß er Erendis schlecht behandelt habe. Aber er war wirklich länger ausgeblieben, als er beabsichtigt hatte, weil er den Hafen von Vinyalonde jetzt völlig zerstört vorgefunden hatte und große Flutwellen alle seine Mühen, ihn wiederherzurichten, zunichte gemacht hatten. Die Küstenbewohner traten den Númenórern mit größerer Furcht oder mit offener Feindschaft gegenüber; und Aldarion hörte Gerüchte von einem Fürsten in Mittelerde, der die Männer von den Schiffen haßte. Als er dann zurücksegeln wollte, kam aus dem Süden ein starker Wind, und er wurde weit in den Norden getragen. Er hielt sich eine Weile in Mithlond auf, doch als seine Schiffe der hohen See zustrebten, wurden sie erneut nach Norden gezwungen und in gefährliche, eisbedeckte Gewässer getrieben, wo die Männer unter der Kälte litten. Endlich ließen Seegang und Wind nach, doch als Aldarion gerade sehnsüchtig vom Bug der *Palarran* Ausschau hielt und vorab in weiter Ferne den Meneltarma erspähte, fiel sein Blick auf den grünen Zweig, und er sah, daß dieser verwelkt war. Da erschrak Aldarion, denn dergleichen war mit dem Zweig des *oiolaire* noch niemals geschehen, solange er von der Gischt besprüht wurde. »Er ist gefroren, Kapitän«, sagte ein Matrose, der neben ihm stand. »Es ist zu kalt gewesen. Ich bin glücklich, den Pfeiler zu sehen.«

Als Aldarion Erendis aufsuchte, blickte sie ihn durchdringend an, doch sie ging ihm nicht zur Begrüßung entgegen; und er verharrte eine Weile und fand gegen seine Gewohnheit keine Worte. »Setze dich, mein Gebieter«, sagte Erendis, »und erzähle mir zuerst von allen deinen Taten. Du mußt in diesen langen Jahren vieles gesehen und vollbracht haben!«

Da begann Aldarion zögernd zu erzählen, und sie saß schweigend da und hörte zu, während er die ganze Geschichte seiner Heimsuchungen und Verzögerungen erzählte, und als er schloß, sagte sie: »Ich danke den Valar, durch deren Gnade du schließlich zurückgekehrt bist. Aber ich danke ihnen auch, daß ich dich nicht begleitet habe, denn ich wäre eher verwelkt als ein grüner Zweig.«

»Dein grüner Zweig hat sich nicht absichtlich der bitteren Kälte ausgesetzt«, erwiderte er. »Doch wenn du willst, schicke mich nun fort; die Leute, denke ich, werden dich deswegen nicht schelten. Doch darf ich nicht hoffen, daß deine Liebe sich als stärker und dauerhafter erweisen wird als sogar der Zweig des *oiolaire*?«

»Sie hat sich wirklich als stärker erwiesen«, sagte Erendis. »Sie ist noch nicht zu Tode erstarrt, Aldarion. Ach, wie könnte ich dich fortschicken, wenn ich dich wieder ansehe, der du zurückgekehrt bist wie die Sonne nach dem Winter!«

»Dann laß jetzt Frühling und Sommer beginnen«, sagte er.

»Und laß den Winter nicht zurückkehren«, fügte sie hinzu.

Dann wurde zur Freude Meneldurs und Almarinas die Heirat des Königserben für das nächste Frühjahr angekündigt; und so geschah es. Im achthundertsiebzigsten Jahr des Zweiten Zeitalters wurden Aldarion und Erendis miteinander verheiratet, in jedem Haus erklang Musik, und Männer und Frauen sangen in allen Straßen. Und danach ritten der Königssohn und seine Braut mit Muße über die ganze Insel, bis sie zur Sommersonnenwende nach Andúnië kamen, wo das letzte Fest von Fürst Valandil vorbereitet wurde. Alle Menschen aus dem Westland strömten dort zusammen, weil sie Erendis liebten und stolz darauf waren, daß eine Königin von Númenor aus ihrem Kreis kommen würde.

Am Morgen vor dem Fest hielt Aldarion Ausschau vom Fenster des Schlafzimmers, das auf das westliche Meer blickte. »Schau, Erendis!« rief er. »Dort hält ein Schiff schnell auf den Hafen zu. Und es ist kein Schiff aus Númenor, sondern eines, auf das weder du noch ich jemals einen Fuß setzen werden, selbst wenn wir wollten.« Da blickte Erendis hinaus und sah ein großes weißes Schiff, das im Sonnenlicht von einer Wolke weißer Vögel umkreist wurde und dessen Segel silbern glänzten, als es mit Schaum vor dem Bug in den Hafen einlief. So segneten die Eldar Erendis' Hochzeit, aus Liebe zum Volk der Westlande, das ihnen in engster Freundschaft verbunden war.[19] Ihr Schiff war mit Blumen zur Ausschmückung des Festes beladen, so daß alle, die dabei waren, bei Anbruch des Abends mit *elanor*[20] und süßen *lissuin* bekränzt waren, deren Duft das Herz erquickte. Auch Spielleute hatten sie mitgebracht, Sänger, die Lieder von Elben und Menschen aus den längst vergangenen Tagen Nargothronds und Gondolins im Gedächtnis behalten hatten; und viele der edlen und freundlichen Eldar saßen unter den Menschen an den Tischen. Doch die Leute von Andúnië, die diese freudevolle Gesellschaft sahen, sagten, niemand sei schöner als Erendis. Und sie sagten auch, ihre Augen seien ebenso strahlend wie einst die Augen Morwen Eledhwens[21] oder gar die Avallónes.

Die Eldar brachten auch viele Geschenke. Aldarion überreichten sie einen Baumschößling, dessen Rinde schneeweiß war; und sein Stamm war gerade, kräftig und geschmeidig wie aus Stahl, doch er trug noch keine Blätter. »Ich danke euch«, sagte Aldarion zu den Elben. »Das Holz eines solchen Baumes muß wirklich kostbar sein.«

»Vielleicht. Wir wissen es nicht«, sagten sie. »Es ist niemals einer gefällt worden. Er trägt kühle Blätter im Sommer und im Winter Blüten. Darum schätzen wir ihn so hoch.«

Erendis gaben sie ein Vogelpärchen, grau und mit goldenen Schnäbeln und Füßen. Die beiden Vögel sangen lieblich miteinander, und die vielen Verzierungen ihrer langgesponnenen Melodien wiederholten sich nie. Wurde jedoch einer vom anderen getrennt, flogen sie sogleich wieder zueinander, und keiner sang ohne den anderen.

»Wie soll ich sie halten?« fragte Erendis.

»Laß sie frei fliegen«, antworteten die Elben. »Denn wir haben sie gelehrt, auf deinen Namen zu hören, und wo immer du bist, dort werden sie bleiben. Sie bleiben ein Leben lang beieinander, und es ist ein langes Leben. Vielleicht werden in den Gärten eurer Kinder viele solcher Vögel singen.«

In dieser Nacht erwachte Erendis, und ein süßer Duft zog durch das Gitterfenster, und die Nacht war hell, denn der volle Mond wanderte nach Westen. Dann verließ Erendis ihr Bett, blickte hinaus und sah das ganze Land silberüberflossen daliegen; doch die beiden Vögel saßen Seite an Seite auf dem Fenstersims.

Als die Zeit der Feste vorüber war, zogen Aldarion und Erendis für eine Weile in ihr Haus, und die beiden Vögel setzten sich wieder auf das Sims ihres Fensters. Schließlich sagten sie Beregar und Núneth Lebewohl und ritten endlich nach Armenelos zurück. Nach dem Wunsche des Königs sollte sein Erbe nämlich dort wohnen, und inmitten eines Baumgartens stand ein Haus für sie bereit. Dort wurde der Elbenbaum eingepflanzt, und in seinen Zweigen sangen die Elbenvögel.

Zwei Jahre später wurde Erendis schwanger, und im Frühling des folgenden Jahres gebar sie Aldarion eine Tochter. Sie war von Geburt an ein hübsches Kind und wurde zusehends schöner: die schönste

Frau, so sagen alte Geschichten, die jemals in der Linie von Elros geboren wurde, die letzte Königin Ar-Zimraphel ausgenommen. Als ihre erste Namengebung fällig war, nannten sie das Mädchen Ancalime. In ihrem Herzen war Erendis froh, denn sie dachte: »Gewiß wird sich Aldarion jetzt einen Sohn als Erben wünschen, und er wird noch lange bei mir bleiben.« Doch insgeheim fürchtete sie das Meer noch immer und die Macht, die es über sein Herz hatte. Obwohl sie sich bemühte, ihre Furcht zu verbergen, und mit ihm über seine einstigen Abenteuer, Hoffnungen und Pläne sprach, beobachtete sie argwöhnisch, wenn er zu seinem Haus-Schiff ging oder viel Zeit bei den Wagemutigen verbrachte. Einmal bat er sie, auf die *Eambar* zu kommen, doch schnell sah er in ihren Augen, daß sie nur halbherzig dazu bereit war, und er bedrängte sie niemals wieder. Erendis' Furcht war nicht grundlos. Nachdem Aldarion fünf Jahre an Land gewesen war, begann er mit großem Eifer die Aufsicht über die Forste wieder zu übernehmen, und er war oft viele Tage von zu Hause fort. Es gab jetzt in Númenor in der Tat ausreichend Nutzholz (und dies war hauptsächlich seiner Umsicht zu verdanken); aber weil die Bevölkerung mittlerweile zugenommen hatte, gab es immer Bedarf an Holz, nicht nur zum Bauen, sondern auch zur Anfertigung vieler anderer Dinge. Mochten auch in jenen alten Tagen viele großes Geschick in der Bearbeitung von Stein und Metallen besessen haben (weil die Edain einst viel von den Noldor gelernt hatten), hegten die Númenórer gleichwohl eine Liebe zu Gegenständen aus Holz, ob sie nun für den täglichen Gebrauch bestimmt oder einfach nur schön geformt waren. Zu dieser Zeit wandte sich Aldarions Aufmerksamkeit wieder der Zukunft zu, und er ließ dort, wo gefällt wurde, sogleich neu pflanzen, und wo immer Raum war, freies Land, das für Bäume verschiedener Arten geeignet war, ließ er neue Wälder anlegen. In dieser Zeit wurde er weithin als Aldarion bekannt, und unter denen, die in Númenor das Szepter hielten, erinnerte man sich seiner unter diesem Namen. Doch außer Erendis wollte es auch vielen anderen scheinen, daß er die Bäume kaum um ihrer selbst willen liebte, denn er sah in ihnen in erster Linie das Bauholz, das seinen Plänen dienlich war.

Nicht viel anders verhielt es sich mit dem Meer. Núneth hatte nämlich schon vor langer Zeit zu Erendis gesagt: »Er mag die Schiffe wohl lieben, meine Tochter, weil die Köpfe und Hände der Menschen sie gemacht haben; aber ich glaube, es sind nicht die Winde oder die endlosen Wasser, nach denen sein Herz brennt; es ist auch nicht der Anblick fremder Länder, sondern eine innere Hitze oder ein unbestimmter Traum, der ihn nicht losläßt.« Und es kann sein, daß sie damit von der Wahrheit nicht weit entfernt war; denn Aldarion war ein weitblickender Mann und sah jenen Tagen entgegen, in denen das Volk mehr Raum und Wohlstand brauchen würde. Ob er sich darüber gänzlich klar war oder nicht, er träumte jedenfalls vom Ruhm Númenors und von der Macht seiner Könige, und er suchte nach Stützpunkten, von wo aus sie ihren Herrschaftsbereich erweitern konnten. So dauerte es nicht lange, bis er sich von der Forstwirtschaft wieder dem Schiffbau zuwendete: Das Wunschbild eines gewaltigen Schiffes tauchte vor ihm auf, groß wie eine Burg, mit hohen Masten und Segeln wie Wolken, das Menschen und Ausrüstung tragen konnte, ausreichend für eine Stadt. Dann begannen auf den Werften von Rómenna Sägen und Hämmer ihre emsige Arbeit, und neben vielen kleineren Bauten nahm ein gewaltiger gerippter Schiffsrumpf Gestalt an, über den die Menschen staunten. *Turuphanto* nannten sie das Schiff, den Hölzernen Wal, doch dies war nicht sein Name.

Obgleich Aldarion nicht mit ihr über dieses Vorhaben gesprochen hatte, erfuhr Erendis davon, und sie war unruhig. Daher sagte sie eines Tages zu ihm: »Was bedeutet diese Geschäftigkeit beim Schiffbau, Herr der Häfen? Haben wir nicht genug Schiffe? Wie viele schöne Bäume sind in diesem Jahr um ihr Leben gebracht worden?« Sie sprach leichthin und lächelte dabei.

»Ein Mann an Land muß eine Arbeit haben«, antwortete er, »sogar wenn er eine liebreizende Frau hat. Bäume wachsen und Bäume fallen. Ich habe mehr angepflanzt, als gefallen sind.« Auch er sprach in leichtem Ton, doch er sah ihr nicht ins Gesicht. Und sie sprachen nicht wieder über diese Dinge.

Doch als Ancalime fast vier Jahre alt war, erklärte Aldarion Erendis schließlich offen, daß er den Wunsch habe, wieder von Númenor fortzusegeln. Sie saß schweigend da, denn er sagte nichts, was sie nicht schon wußte, und Worte waren überflüssig. Er wartete noch bis zum Geburtstag Ancalimes und widmete sich ihr an diesem Tag besonders.

Sie lachte und war fröhlich, während anderen im Hause keineswegs so zumute war. Als sie zu Bett ging, sagte sie zu ihrem Vater: »Wohin wirst du mich in diesem Sommer mitnehmen, *tatanya?* Ich möchte das Weiße Haus im Schaf-Land sehen, von dem *mamil* erzählt.« Aldarion gab keine Antwort; und am nächsten Tag verließ er das Haus und war einige Tage verschwunden. Als alles bereit war, kehrte er zurück und sagte Erendis Lebewohl. Da traten gegen ihren Willen Tränen in ihre Augen. Sie schmerzten und verdrossen ihn, denn sein Entschluß stand fest, und sein Herz verhärtete sich. »Ich bitte dich, Erendis!« sagte er. »Acht Jahre bin ich hiergeblieben. Du kannst den Sohn des Königs, der aus dem Geschlecht Tuors und Earendils stammt, nicht für immer mit sanften Banden fesseln. Und ich gehe nicht in meinen Tod. Ich werde bald zurückkehren.«

»Bald?« sagte sie. »Aber die Jahre sind unerbittlich, und du wirst sie nicht mit dir zurückbringen. Und meine Jahre sind kürzer als die deinen. Meine Jugend eilt hinweg; und wo sind die Kinder, und wo ist dein Erbe? Allzu lange und allzu oft in der letzten Zeit ist mein Bett kalt.«[22]

»Oft in der letzten Zeit dachte ich, daß es dir so lieber sei«, sagte Aldarion. »Aber laß uns einander nicht zürnen, selbst wenn wir nicht der gleichen Meinung sind. Sieh in deinen Spiegel, Erendis. Du bist schön, und kein Schatten des Alters liegt auf dir. Du hast genügend Zeit, um etwas davon meinem tiefen Verlangen zu opfern. Zwei Jahre! Zwei Jahre, sind alles, worum ich dich bitte!«

Doch Erendis antwortete: »Sag lieber: ›Zwei Jahre werde ich mir nehmen, ob du es willst oder nicht.‹ So nimm dir denn zwei Jahre! Aber nicht mehr. Ein Königssohn aus dem Geschlecht Earendils sollte auch ein Mann sein, der sein Wort hält.«

Am nächsten Morgen eilte Aldarion fort. Er hob Ancalime hoch und küßte sie; doch obwohl sie sich an ihn klammerte, setzte er sie rasch auf den Boden und ritt davon. Bald darauf verließ das große Schiff den Hafen Rómenna. Er nannte es *Hirilonde*, Hafen-Finder, doch er segelte ohne den Segen Tar-Meneldurs von Númenor fort, und Erendis war weder am Hafen, um das Schiff mit dem grünen Zweig der Wiederkehr zu schmücken, noch sandte sie einen. Aldarions Gesicht war düster und besorgt, als er am Bug der *Hirilonde* stand, wo die Gattin seines

Kapitäns einen großen Ast des *oiolaire* befestigt hatte; er aber blickte nicht zurück, bis der Meneltarma weit in der Ferne im Zwielicht stand.

Den ganzen Tag verbrachte Erendis allein in ihrem Gemach, von Kummer erfüllt. Doch tief in ihrem Herzen spürte sie einen neuen Schmerz: kalten Zorn, und ihre Liebe zu Aldarion war aufs tiefste verwundet. Sie haßte das Meer, und selbst auf die Bäume, die sie einmal geliebt hatte, wollte sie nun keinen Blick werfen, denn sie erinnerten sie an die Masten großer Schiffe. Darum verließ sie Armenelos bald und begab sich nach Emeriё in der Mitte der Insel, wo immer, von nah oder fern, das Blöken der Schafe vom Wind herbeigetragen wurde. »Es klingt süßer in meinen Ohren als das Kreischen der Möwen«, sagte sie, als sie an der Tür ihres weißen Hauses stand, dem Geschenk des Königs. Das Haus stand am Westhang eines Hügels, und von allen Seiten umgaben es ausgedehnte Rasenflächen, die ohne Mauer oder Hecke in das Weideland übergingen. Dorthin nahm sie Ancalime mit, und die beiden hatten nur sich selbst zur Gesellschaft. Erendis wollte nämlich in ihrem Haushalt nur Dienstboten haben, und diese waren alle Frauen. Sie suchte immer, ihre Tochter nach ihren eigenen Vorstellungen zu erziehen und ihre eigene Bitterkeit gegen Männer auch in Ancalime zu nähren. In der Tat sah Ancalime Männer selten, denn Erendis hielt nicht Hof, und ihre wenigen Landarbeiter und Schäfer wohnten in einiger Entfernung. Andere Männer kamen nicht dorthin, ausgenommen ein seltener Bote des Königs; und dieser ritt rasch wieder fort, denn Männer schien dieses Haus frösteln zu machen und sie zur Flucht zu treiben, und solange sie dort waren, fühlten sie sich gezwungen, in halbem Flüsterton zu sprechen.

Eines Morgens, kurz nachdem Erendis nach Emeriё gekommen war, weckte sie Vogelgesang, und auf ihrem Fenstersims saßen die Elbenvögel, die lange in ihrem Garten in Armenelos gewohnt hatten, die sie aber aus Vergeßlichkeit zurückgelassen hatte. »Süße Närrchen, fliegt fort!« sagte sie. »Hier ist kein Ort für Frohsinn wie den euren.«

Da verstummte der Gesang, und die Vögel flogen hinauf über die Bäume. Dreimal kreisten sie über den Dächern, und dann flogen sie nach Westen davon. An diesem Abend ließen sie sich auf dem Fenstersims des Zimmers im Hause ihres Vaters nieder, in dem Erendis mit Aldarion auf dem Rückweg vom Fest in Andúniё geruht hatte; und dort fanden sie Beregar und Núneth am nächsten Morgen. Jedoch als Núneth die Hand nach ihnen ausstreckte, flogen sie steil in die Höhe und flogen davon. Sie folgte ihnen mit den Augen, bis sie nur noch Punkte im Sonnenlicht waren, die dem Meer entgegeneilten, zurück in das Land, aus dem sie gekommen waren.

»Dann ist er also wieder fortgegangen und hat sie zurückgelassen«, sagte Núneth.

»Warum hat sie uns nicht benachrichtigt?« fragte Beregar. »Oder warum ist sie nicht nach Hause gekommen?«

»Ist diese Nachricht nicht deutlich genug?« fragte Núneth. »Denn sie hat die Elbenvögel fliegen lassen, und das war eine schlimme Tat. Das bedeutet nichts Gutes. Warum, warum meine Tochter? Weißt du mit Gewißheit, was auf dich zukommt? Doch lasse sie allein, Beregar, wo immer sie sein mag. Dies ist ihre Heimat nicht mehr, und hier wird sie nicht geheilt werden. Er wird zurückkommen. Und dann mögen die Valar ihr Klugheit schenken – oder zumindest List!«

Als das zweite Jahr nach Aldarions Abreise heranrückte, gab Erendis auf Wunsch des Königs Anweisung, das Haus in Armenelos in Ordnung zu bringen und bereit zu machen; sie selbst jedoch traf keine Vorkehrungen für die Rückkehr Aldarions. Dem König sandte sie eine Nachricht, welche lautete: »Ich werde kommen, wenn du es mir befiehlst, *atar aranya*. Aber habe ich jetzt die Pflicht, mich zu beeilen? Ist nicht noch Zeit genug, wenn sein Segel im Osten auftaucht?« Und zu sich selbst sagte sie: »Will der König mich auf den Kais warten lassen wie das Liebchen eines Matrosen? Ich wollte, ich wäre es, doch ich bin es nicht mehr. Ich habe diese Rolle bis zum Überdruß gespielt.«

Doch dieses Jahr verging, und kein Segel wurde gesichtet; und das nächste Jahr kam und neigte sich gegen den Herbst. Darauf wurde Erendis hart und schweigsam. Sie befahl, das Haus in Armenelos zu verschließen, und von ihrem Haus in Emeriё aus unternahm sie niemals mehr Reisen, die länger als ein paar Stunden dauerten. Die Liebe, die in ihr war, schenkte sie ihrer Tochter, sie klammerte sich an sie und wollte sie nicht von ihrer Seite lassen, nicht einmal dann, wenn Ancalime Núneth oder ihre Sippe im Westland besuchen wollte. Ancalime erhielt ihren gesamten Unterricht von ihrer Mutter; und sie lernte leicht schreiben und lesen und sich in der Elbensprache mit ihrer Mutter zu unterhalten, nach der Weise, in der hochgestellte Personen in Númenor sie sprachen. Denn in den Westlanden war das Elbische in Häusern wie dem Beregars Umgangssprache, und Erendis benutzte die Sprache Númenors selten, die Aldarion um so mehr liebte. Ancalime lernte auch vieles über Númenor und die alten Tage aus Büchern und Schriftrollen, die sich im Haus befanden und die sie verstehen konnte; und auch Wissen anderer Art, vom Volk und dem Land, schnappte sie zuweilen von den Frauen des Haushaltes auf, obgleich Erendis davon nichts wußte. Doch die Frauen waren aus Furcht vor ihrer Herrin vorsichtig, wenn sie mit dem Kind sprachen; und für Ancalime gab es in dem weißen Haus in Emerië wenig Gelegenheit zum Lachen. Es war grabesstill, ohne Musik, als ob im Haus vor nicht langer Zeit jemand gestorben sei; es fiel nämlich in jenen Tagen in Númenor den Männern zu, auf Instrumenten zu spielen, und die Musik, die Ancalime in ihrer Kindheit hörte, war der Gesang der Frauen draußen bei der Arbeit, außer Hörweite der Weißen Herrin von Emerië. Doch nun war Ancalime sieben Jahre alt, und so oft sie die Erlaubnis erhielt, verließ sie das Haus und erging sich in der weiten Hügellandschaft, wo sie frei umherlaufen konnte. Manchmal schloß sie sich einer Schäferin an, hütete die Schafe und verzehrte ihre Mahlzeit unter freiem Himmel.

An einem Tag im Sommer dieses Jahres kam ein Knabe, älter als Ancalime, mit einer Nachricht von einem der entfernten Bauernhöfe zum Haus. Ancalime kam hinzu, wie er an der Rückseite des Bauernhauses im Hof saß, Brot aß und Milch trank. Er blickte sie ohne Ehrerbietung an und trank weiter. Dann stellte er seinen Becher hin.

»Starr mich an, wenn du mußt, Großauge!« sagte er. »Du bist ein hübsches Mädchen, aber zu mager. Willst du essen?« Er zog einen Brotlaib aus seinem Beutel.

»Troll dich, Îbal!« rief eine alte Frau, aus der Tür der Molkerei tretend. »Und nimm deine langen Beine in die Hand, oder du wirst die Botschaft vergessen, die ich dir für deine Mutter aufgetragen habe, bevor du heimkommst!«

»Wo du bist, braucht man keinen Wachhund, Mutter Zamîn!« schrie er, und mit einem Gebell und einem Schrei setzte er über das Tor und rannte den Hügel hinunter. Zamîn war eine alte Landfrau mit kecker Zunge und nicht leicht einzuschüchtern, selbst von der Weißen Herrin nicht.

»Was war das für ein lautes Wesen?« fragte Ancalime.

»Ein Junge«, sagte Zamîn, »wenn du weißt, was das ist. Aber wie solltest du? Sie sind meistens frech und verfressen. Dieser hier ist immer beim Essen – doch nicht ohne Grund. Sein Vater wird einen sauberen Burschen vorfinden, wenn er zurückkommt. Aber wenn er nicht bald kommt, wird er ihn kaum wiedererkennen. Ich könnte das auch von anderen sagen.«

»Hat der Junge auch einen Vater?« fragte Ancalime.

»Gewiß«, erwiderte Zamîn. »Es ist Ulbar, einer der Schäfer des mächtigen Herrn im Süden. Wir nennen ihn den Fürsten der Schafe, und er ist ein Verwandter des Königs.«

»Warum ist denn der Vater des Jungen nicht daheim?« wollte Ancalime wissen.

»Warum, *hérinke,*« sagte Zamîn, »weil er von diesen Wagemutigen gehört hat und mit ihnen losgezogen ist, fortgesegelt mit deinem Vater, dem Fürsten Aldarion. Nur die Valar wissen, wohin und wozu.«

An diesem Abend sagte Ancalime plötzlich zu ihrer Mutter: »Wird mein Vater auch der Fürst Aldarion genannt?«

»Er wurde so genannt«, sagte Erendis. »Doch warum fragst du?« Ihre Stimme war ruhig und kühl, aber sie war verwundert und besorgt, denn niemals zuvor war zwischen ihnen ein Wort über Aldarion gewechselt worden.

Ancalime beantwortete die Frage nicht. »Wann wird er zurückkommen?« fragte sie.

»Frage mich nicht!« erwiderte Erendis. »Ich weiß es nicht. Vielleicht niemals. Aber mache dir deshalb keine Sorgen, denn du hast eine Mutter, und diese wird nicht fortlaufen, solange du sie lieb hast.«

Ancalime sprach nicht wieder von ihrem Vater.

Die Tage vergingen, ein neues Jahr brach an, und dann ein weiteres, und in diesem Frühling war Ancalime neun Jahre alt. Lämmer wurden geboren und wuchsen heran, die Zeit der Schur kam und ging vorüber, ein heißer Sommer verbrannte das Gras, der Herbst ging in Regen über. Dann kam aus dem Osten von einem wolkentreibenden Wind

Hirilonde zurück über die grauen Seen und trug Aldarion nach Rómenna. Man benachrichtigte Erendis, doch sie antwortete nicht. Niemand fand sich ein, um Aldarion auf den Kais zu begrüßen. Er ritt durch den Regen nach Armenelos und fand sein Haus verschlossen. Er war bestürzt, doch er wollte niemanden nach Neuigkeiten fragen; er wollte zuerst den König aufsuchen, denn er dachte, daß dieser ihm viel zu sagen haben würde.

Man empfing ihn mit nicht mehr Wärme, als er erwartet hatte. Meneldur sprach zu ihm wie ein König zu einem Kapitän, dessen Verhalten in Frage steht. »Du bist lange fortgewesen«, sagte er kalt. »Es sind jetzt mehr als drei Jahre seit dem Zeitpunkt vergangen, den du für deine Rückkehr festgesetzt hast.«

»Leider!« sagte Aldarion. »Sogar ich bin der See überdrüssig geworden, und schon lange hat mein Herz sich nach dem Westen gesehnt. Aber ich bin gegen meinen Willen zurückgehalten worden: Es gibt dort viel zu tun. Und während meiner Abwesenheit geht alles schief.«

»Das bezweifle ich nicht«, sagte Meneldur. »Das wirst du, fürchte ich, auch in deinem eigenen Land bestätigt finden.«

»Dem hoffe ich abzuhelfen«, sagte Aldarion. »Aber die Welt verändert sich wieder. Draußen sind beinahe eintausend Jahre vergangen, seit die Herren des Westens ihre Macht gegen Angband eingesetzt haben; und jene Tage sind in Vergessenheit geraten oder sind unter den Menschen Mittelerdes zu undeutlichen Sagen geworden. Sie sind wieder voller Unruhe, und Furcht plagt sie. Ich habe den dringenden Wunsch, mich mit dir zu beraten, einen Bericht von meinen Taten zu geben und dir meine Überlegungen vorzutragen, was getan werden sollte.«

»Das wirst du tun«, erwiderte Meneldur. »Ich erwarte in der Tat nichts weniger. Doch es gibt Dinge, die ich für vordringlicher halte. ›Ein König soll zuerst sein eigenes Haus wohl bestellen, ehe er andere tadelt‹, sagt man. Dies gilt für alle Menschen. Ich will dir nun einen Rat geben, Sohn Meneldurs. Du hast auch ein eigenes Leben. Eine Hälfte deiner selbst hast du immer mißachtet. Ich sage jetzt zu dir: geh heim!«

Aldarion stand plötzlich still, und sein Gesicht war ernst. »Wenn du es weißt, sage es mir«, sagte er. »Wo ist mein Heim?«

»Wo dein Weib ist«, sagte Meneldur. »Du hast ihr gegenüber dein Wort gebrochen, ob durch eine Zwangslage oder nicht. Sie wohnt nun in Emeriё, in ihrem eigenen Haus, fern vom Meer. Du mußt sofort dorthingehen.«

»Wäre irgendeine Nachricht für mich hinterlassen worden, wäre ich sogleich vom Hafen aus aufgebrochen«, sagte Aldarion. »Doch jetzt brauche ich wenigstens nicht Fremde um Auskunft zu bitten.« Dann wandte er sich zum Gehen, hielt jedoch inne und sagte: »Kapitän Aldarion hat etwas vergessen, das zu seiner anderen Hälfte gehört und das er in seinem Eigensinn ebenfalls für sehr wichtig hält. Er hat einen Brief bei sich und ist damit beauftragt worden, ihn dem König in Armenelos auszuhändigen.« Indem er Meneldur den Brief überreichte, verbeugte er sich, verließ den Raum, und binnen einer Stunde saß er zu Pferde und ritt fort, obwohl die Nacht hereinbrach. Er hatte nur zwei Gefährten, Männer von seinem Schiff, bei sich: Henderch aus dem Westland und Ulbar aus Emeriё.

Sie ritten scharf und kamen am nächsten Tag bei Einbruch der Nacht in Emeriё an. Das Haus auf dem Hügel sah im letzten Schimmer des umwölkten Sonnenuntergangs kalt und weiß aus. Sobald er es aus der Ferne erblickte, ließ er ein Hornsignal blasen.

Als er im Vorhof vom Pferd sprang, sah er Erendis: Weißgekleidet stand sie auf den Stufen, die zu den Säulen vor dem Eingang hinaufführten. Ihre Haltung war hoheitsvoll, doch als er näherkam, sah er, daß ihr Gesicht bleich war und ihre Augen unnatürlich glänzten.

»Du kommst spät, mein Gebieter«, sagte sie. »Ich hatte es längst aufgegeben, dich zu erwarten. Ich fürchte, zu deinem Willkommen ist nicht alles so vorbereitet, wie ich es veranlaßt hätte, wärest du zur verabredeten Zeit gekommen.«

»Seefahrer sind nicht schwer zufriedenzustellen«, sagte er.

»Das ist gut«, erwiderte sie, wandte sich zum Haus zurück und ließ ihn stehen. Dann traten zwei Frauen heraus, und ein altes Weib kam die Stufen herab. Als Aldarion eintrat, sagte die Alte mit lauter Stimme zu den Männern, so daß Aldarion es hören konnte: »Für euch gibt es hier keine Unterkunft. Geht hinab zum Gehöft am Fuß des Hügels!«

»Nein, Zamîn«, sagte Ulbar. »Ich bleibe nicht. Mit Erlaubnis des Fürsten Aldarion darf ich nach Hause. Ist dort alles in Ordnung?«

»Mehr als das«, erwiderte sie. »Dein Sohn hat sich aus deiner Erinnerung selbst herausgefressen. Doch gehe und überzeuge dich selbst! Du wirst eine wärmere Aufnahme finden als euer Kapitän!«

Während seines späten Abendessens leistete Erendis ihm bei der Tafel keine Gesellschaft, und Frauen bedienten ihn im Nebenzimmer. Doch bevor er fertig war, trat sie ein und sagte in Gegenwart der Frauen: »Du wirst müde sein, mein Gebieter, nach einem solchen Gewaltritt. Ein Gastzimmer ist für dich vorbereitet, wenn es dir recht ist. Meine Frauen werden dir aufwarten. Wenn dir kalt ist, laß Feuer machen.«

Aldarion gab keine Antwort. Er suchte früh das Schlafzimmer auf, und da er jetzt wirklich erschöpft war, warf er sich auf das Bett und vergaß bald die Schatten Mittelerdes und Númenors in einem tiefen Schlaf. Doch beim Hahnenschrei erwachte er mit Unruhe und Zorn. Auf der Stelle erhob er sich und gedachte, ohne Lärm das Haus zu verlassen: Er wollte seinen Gefolgsmann Henderch mit den Pferden ausfindig machen und zu seinem Verwandten Hallatan reiten, dem Herrn der Schafe in Hyarastorni. Später wollte er Erendis auffordern, Ancalime nach Armenelos zu bringen, und mit ihr auf ihrem eigenen Grund und Boden weiter keinen Umgang haben. Als er sich jedoch den Türen näherte, kam Erendis hinzu. Sie war in dieser Nacht nicht im Bett gewesen, und sie stand vor ihm auf der Türschwelle.

»Du verläßt uns schneller, als du gekommen bist, mein Gebieter«, sagte sie. »Ich hoffe, daß dir (als Seemann) dieses Haus der Frauen nicht bereits so lästig ist, daß du fortgehst, bevor dein Geschäft erledigt ist. Nun also, was hat dich hierher geführt? Darf ich es erfahren, bevor du gehst?«

»Man sagte mir in Armenelos, mein Weib sei hier und habe meine Tochter hierher gebracht«, antwortete er. »Was mein Weib betrifft, irre ich mich, wie es scheint, doch habe ich nicht eine Tochter?«

»Vor einigen Jahren hattest du eine«, sagte sie. »Aber meine Tochter ist noch nicht aufgestanden.«

»Dann laß sie aufstehen, während ich nach meinem Pferd sehe«, sagte Aldarion.

Erendis hätte ein Treffen zwischen Ancalime und Aldarion zu diesem Zeitpunkt verhindert, doch sie fürchtete, ginge sie so weit, die Gunst des Königs zu verlieren, zumal auch der Rat[23] bereits seit langem sein Mißfallen darüber bezeigt hatte, daß das Kind auf dem Lande erzogen wurde. Darum zeigte sich Ancalime neben ihrer Mutter in der Tür, als Aldarion in Begleitung Henderchs zurückritt. Sie stand steif und aufrecht wie ihre Mutter und erwies ihm keine Höflichkeit, als er absaß und über die Treppenstufen auf sie zukam. »Wer bist du?« fragte sie. »Und warum hast du darauf bestanden, daß ich so früh aufstehe, bevor das Haus aufwacht?«

Aldarion sah sie scharf an, und obwohl sein Gesicht ernst war, lächelte er innerlich, denn er sah ein Kind vor sich, das stärker ihm nachschlug als Erendis, ungeachtet all ihrer Erziehung.

»Du hast mich einmal gekannt, Fräulein Ancalime«, sagte er, »aber das tut nichts zur Sache. Ich bin nur ein Bote aus Armenelos, dich daran zu erinnern, daß du die Tochter des Königserben bist. Und du wirst (soweit ich es jetzt überblicke) seine Erbin sein, wenn die Reihe an dich kommt. Du wirst nicht immer hier wohnen. Doch wenn du willst, kehre jetzt in dein Bett zurück, mein Fräulein, bis deine Zofe aufwacht. Ich muß eilen, den König aufzusuchen. Lebewohl!« Er küßte Ancalime die Hand und schritt die Stufen hinab. Dann bestieg er sein Pferd und ritt mit der Hand winkend davon.

Allein am Fenster beobachtete Erendis, wie er den Hügel hinabritt und bemerkte, daß er nach Hyarastorni und nicht nach Armenelos ritt. Da weinte sie vor Kummer, aber mehr noch aus Wut. Sie hatte ein wenig Reue erwartet, die sie noch hatte vertiefen wollen, indem sie die erbetene Verzeihung zurückwies; er jedoch hatte sie behandelt, als sei sie selbst die Missetäterin, und sie vor ihrer Tochter gedemütigt. Zu spät entsann sie sich der Worte, die Núneth vor langer Zeit gesprochen hatte. Nunmehr erblickte sie in Aldarion etwas Großes, das nicht zu zähmen war, das von einem verbissenen Willen getrieben wurde und das um so gefährlicher war, je kälter es war. Sie erhob sich, wandte sich vom Fenster ab und dachte über ihre Fehler nach. »Gefährlich!« sagte sie. »Ich bin aus Stahl und schwer zu brechen. Das wird er zu spüren bekommen, und wäre er auch der König von Númenor.«

Aldarion ritt nach Hyarastorni zum Hause seines Vetters Hallatan, denn er hatte vor, sich dort ein wenig auszuruhen und nachzudenken. Als er näherkam, hörte er Musik und sah, daß die Schäfer die Rückkehr Ulbars feierten, der mit wunderbaren Geschichten und vielen Geschenken angekommen war. Ulbars Weib, geschmückt mit Kränzen, tanzte mit ihrem Gatten zum Klang der Flöten. Zuerst bemerkte ihn niemand, und er saß auf seinem Pferd und sah lächelnd zu, aber dann rief Ulbar plötzlich aus: »Der Große Kapitän!« Îbal, sein Sohn, rannte auf ihn zu und faßte seinen Steigbügel. »Herr Kapitän!« sagte er eifrig.

»Was gibt es? Ich habe es eilig«, sagte Aldarion, denn nun war seine gute Laune verflogen, und er empfand Zorn und Bitterkeit.

»Ich wollte nur fragen«, sagte der Junge, »wie alt ein Mann sein muß, ehe er wie mein Vater mit einem Schiff übers Meer fahren kann?«

»So alt wie die Berge und mit keiner anderen Erwartung an das Leben«, sagte Aldarion. »Oder wann immer es ihm in den Sinn kommt! Doch was ist mit deiner Mutter, Sohn Ulbars: Will sie mich nicht begrüßen?«

Als Ulbars Weib herbeikam, ergriff Aldarion ihre Hand. »Willst du dies von mir annehmen?« fragte er. »Es ist nur eine kleine Belohnung für sechs Jahre, die du mir geopfert hast, damit ich einen guten Mann an meiner Seite hatte.« Dann nahm er aus einer Tasche unter seinem Umgang einen roten Edelstein an einem goldenen Band, der wie Feuer leuchtete, und drückte ihn in ihre Hand. »Er kommt vom König der Elben«, sagte er. »Doch er wird finden, daß er gut aufgehoben ist, wenn ich es ihm erzähle.« Dann sagte Aldarion den Menschen dort Lebewohl und ritt davon, denn er hatte jetzt keine Lust mehr, in diesem Haus zu bleiben. Als Hallatan von seinem merkwürdigen Kommen und Gehen erfuhr, wunderte er sich, bis weitere Neuigkeiten über Aldarion und Erendis durch das Land liefen.

Aldarion ritt nur ein kurzes Stück von Hyarastorni fort, dann zügelte er sein Pferd und sagte zu Henderch, seinem Gefährten: »Welches Willkommen auch immer dich erwartet, Freund aus dem Westen, ich will dich davon nicht abhalten. Reite nun heim, und nimm meinen Dank. Ich werde allein reiten.«

»Das ist nicht angemessen, Herr Kapitän«, sagte Henderch.

»Das ist es nicht«, erwiderte Aldarion. »Aber so sind die Dinge nun einmal. Lebwohl.«

Dann ritt er allein weiter nach Armenelos und setzte niemals wieder einen Fuß nach Emeriё.

Als Aldarion das Zimmer verließ, blickte Meneldur verwundert auf den Brief, den sein Sohn ihm gegeben hatte, denn er sah, daß er von König Gil-galad aus Lindon kam. Er war versiegelt und trug des Königs Zeichen: weiße Sterne in einem blauen Rund.[24] Auf den äußeren Umschlag war geschrieben:

Gegeben zu Mithlond zu den Händen des Fürsten Aldarion, Königserbe von Númenor, zur Übergabe an den Hochkönig in Armenelos selbst. Darauf erbrach Meneldur das Siegel und las:

Ereinion Gil-galad, Fingons Sohn, grüßt Tar-Meneldur aus der Linie von Elros: die Valar mögen Dich behüten, und kein Schatten möge auf die Insel der Könige fallen.

Lange schulde ich Dir Dank, denn Du hast mir so viele Male Deinen Sohn Aldarion gesandt, den größten Elbenfreund, der nun unter den Menschen ist, wie ich glaube. Dieses Mal bitte ich Dich um Verzeihung, daß ich ihn überlang in meinem Dienst festgehalten habe; denn ich bedurfte dringend des Wissens der Menschen und ihrer Sprache, das er allein besitzt. Er hat viele Gefahren auf sich genommen, um mir Rat zu bringen. Er wird zu Dir von meiner Not sprechen, doch er ahnt nicht, wie groß sie ist, weil er jung und voller Hoffnung ist. Darum schreibe ich dies, das nur für die Augen des Königs von Númenor bestimmt ist.

Ein neuer Schatten erhebt sich im Westen. Es ist nicht die Tyrannei böser Menschen, wie Dein Sohn glaubt, sondern es ist ein Knecht Morgoths, der sich rührt, und viele schlimme Dinge erwachen aufs neue. Jedes Jahr gewinnt er neue Kraft, denn die meisten Menschen sind seinen Plänen geneigt. Nach meiner Überzeugung ist der Tag nicht fern, an dem er für die Eldar zu mächtig geworden sein wird, um ihm ohne Beistand zu widerstehen. Darum wird mir immer leichter ums Herz, wenn ich ein großes Schiff der Könige der Menschen sehe. Und nun erlaube mir, um Deine Hilfe nachzusuchen. Wenn Du irgendwelche Streitkräfte übrig hast, bitte ich Dich, sie mir zu überlassen.

Dein Sohn wird Dir, wenn Du willst, über all unsere Gründe Auskunft geben. Mit einem Wort aber lautet sein Rat (und der ist immer klug), daß wir, wenn der Angriff erfolgt, versuchen sollten, die Westlande zu halten, wo noch Eldar und Menschen Eurer Rasse wohnen, deren Herzen noch nicht verdunkelt sind. Zumindest müssen wir Eriador verteidigen, entlang der großen Flüsse westlich der Berge, die wir Hithaeglir nennen. Dies ist unsere wichtigste Verteidigungslinie. Doch in diesem Bergwall klafft im Süden, im Land Calenardhon, eine große Lücke, durch welche der Einfall aus dem Osten erfolgen muß. Schon kriecht die Feindseligkeit entlang der Küste auf sie zu. Diese Lücke könnte verteidigt und der Angriff verhindert werden, wenn wir einen Stützpunkt in der Nähe der Küste besäßen.

Dies hat Fürst Aldarion seit langem vorausgesehen. Bei Vinyalonde an der Mündung des Gwathló hat er lange daran gearbeitet, einen solchen Hafen anzulegen, der gegen Meer und Land gesichert ist; aber seine gewaltigen Anstrengungen sind vergeblich gewesen. Er besitzt in diesen Dingen große Kenntnisse, denn er hat viel von Círdan gelernt, und weiß besser als irgendeiner um die Erfordernisse Eurer großen Schiffe. Aber niemals hat er genug Männer gehabt, da Círdan keine Schiffbauer oder Steinmetzen übrig hat.

Der König wird Seine eigenen Bedürfnisse kennen; doch wenn Er den Fürsten Aldarion mit Wohlwollen anhört und ihn, so gut er kann, unterstützt, dann wird die Hoffnung in der Welt größer sein. Die Erinnerungen an das Erste Zeitalter sind schwach, und alles in Mittelerde wird kälter. Laß nicht auch die uralte Freundschaft zwischen Eldar und Dúnedain dahinschwinden.

Bedenke! Die Finsternis, die kommen wird, ist voll von Haß gegen uns, doch Euch haßt sie nicht weniger. Das Große Meer ist für ihre Flügel nicht groß genug, wenn man ihr erlaubt, zu voller Größe heranzuwachsen.

Manwe behüte Euch unter dem Einen, und sende Euren Segeln günstigen Wind.

Meneldur ließ das Pergament in seinen Schoß fallen. Riesige Wolken, getragen von einem Wind aus dem Osten, brachten frühe Dunkelheit, und die hohen Kerzen an seiner Seite schienen in der Düsternis zusammenzuschrumpfen, die das Gemach erfüllte.

»Rufe mich zu dir, May Eru, bevor diese Zeit anbricht!« rief er laut. Dann sagte er zu sich selbst: »Wehe! Daß sein Stolz und meine Kälte unsere Herzen so lange voneinander getrennt haben. Doch jetzt, früher als vorgesehen, wird es eine Handlung der Klugheit sein, ihm das Szepter zu übergeben. Denn diese Dinge übersteigen meine Kraft. Als die Valar uns das Land des Geschenkes gaben, machten sie uns nicht zur ihren Stellvertretern: Sie verliehen uns die königliche Herrschaft über Númenor: nicht über die Welt. Sie sind die Herren. Wir waren eingesetzt, um Haß und Krieg zu verbannen, denn der Krieg war zu Ende und Morgoth aus Arda vertrieben. Daran glaubte ich, und so wurde es gelehrt. Doch wenn es in der Welt wieder dunkel wird, müssen die Herren es wissen, und sie haben mir kein Zeichen gesandt. Wenn nicht dieser Brief ein Zeichen ist. Was dann? Unsere Väter wurden für die Hilfe belohnt, die sie bei der Niederwerfung des Großen Schatten leisteten. Sollen ihre Söhne abseits stehen, wenn das Böse einen neuen Anführer findet? Ich habe zu viele Zweifel, um zu regieren. Sich vorbereiten oder nicht? Sich auf einen Krieg vorbereiten, der doch nur vermutet wird: mitten im Frieden Handwerker und Bauern für Schlacht und Blutvergießen ausbilden: Eisen in die Hände habgieriger Hauptleute legen, die nur den Sieg lieben und die Erschlagenen als Teil ihres Ruhmes betrachten werden? Werden sie zu Eru sagen: *Zumindest waren deine Feinde unter ihnen?* Oder die Hände falten, während Freunde ungerechterweise sterben: Menschen in trügerischem Frieden belassen, bis der Räuber vor dem Tor ist? Was werden sie dann tun: mit bloßen Händen gegen Eisen kämpfen und umsonst sterben, oder fliehen mit den Schreien der Frauen im Rücken? Werden sie zu Eru sagen: *Zumindest habe ich kein Blut vergossen?*

Wenn beide Wege ins Unheil führen, welchen Wert hat es dann, eine Wahl zu treffen? Laß die Valar herrschen! Ich werde Aldarion das Szepter übergeben. Doch auch dies ist eine Entscheidung, denn ich weiß, welchen Weg er beschreiten wird. Es sei denn, Erendis . . .«

Dann schweiften Meneldurs Gedanken voll Unruhe zu Erendis in

Emeriё. »Doch dort ist wenig Hoffnung (wenn man es Hoffnung nennen kann). Er wird sich in solch schwerwiegenden Angelegenheiten nicht beugen. Ich kenne ihre Entscheidung – selbst wenn sie lange genug zuhören würde, um zu verstehen, denn ihr Herz hat keine Flügel, die es über Númenor hinaustragen, und sie hat keine Vorstellung, was sein Verlust bedeuten würde. Wenn ihre Entscheidung zum Tode in ihrer eigenen Lebensspanne führte, würde sie tapfer sterben. Doch wie wird sie mit dem Leben und den Ansprüchen anderer verfahren? Selbst die Valar werden, gleich mir, warten müssen, um dies zu erfahren.«

Vier Tage nachdem die *Hirilonde* in den Hafen eingelaufen war, kehrte Aldarion nach Rómenna zurück. Er war schmutzig vom Straßenstaub und müde und begab sich sogleich auf die *Eambar*, wo er zu wohnen beabsichtigte. In diesen Tagen liefen, wie er zu seiner Erbitterung bemerkte, in der Stadt bereits zahlreiche Gerüchte um. Am nächsten Tag sammelte er Männer in Rómenna und brachte sie nach Armenelos. Dort befahl er einigen von ihnen, mit Ausnahme eines einzigen, alle Bäume seines Gartens zu fällen und zu den Werften zu schaffen; anderen befahl er, sein Haus niederzureißen. Nur den weißen Elbenbaum verschonte er; und als die Holzfäller gegangen waren, stand er inmitten der Verwüstung und betrachtete ihn. Und er sah zum ersten Mal, daß der Baum in sich selbst schön war. Bei seinem langsamen Elbenwuchs war er trotzdem schon zwölf Fuß hoch, gerade gewachsen, schlank, jugendlich und trug seine Winterblüten auf seinen aufgebogenen Zweigen, die zum Himmel wiesen. Er erinnerte ihn an seine Tochter, und er sagte: »Ich werde dich ebenfalls Ancalime nennen. Möget ihr beide in einem langen Leben so aufrecht stehen, nicht gebeugt durch Wind und Gewalt und nicht gestutzt!«

Am dritten Tag nach seiner Rückkehr aus Emeriё suchte Aldarion den König auf. Tar-Meneldur saß stumm in seinem Sessel und wartete. Als er seinen Sohn erblickte, erschrak er: Sein Gesicht war grau, kalt und feindselig geworden, wie das Meer, wenn die Sonne plötzlich von dunklen Wolken verhüllt wird. Vor seinem Vater stehend sprach er langsam, und eher im Ton der Verachtung als des Zorns.

»Welche Rolle du dabei gespielt hast, weißt du selbst am besten«, sagte er. »Aber ein König sollte sich überlegen, wieviel ein Mann zu ertragen bereit ist, wenn er auch ein Untertan oder gar dein Sohn ist. Wenn du mich an diese Insel fesseln wolltest, so hast du deine Kette schlecht gewählt. Nun ist mir weder mein Weib noch die Liebe meines Landes geblieben. Ich werde von dieser Insel des falschen Zaubers und der Tagträume fortgehen, wo Frauen in ihrer Überheblichkeit Männer zu Kriechern machen möchten. Ich will meine Tage einem anderen Zweck widmen, irgendwo, wo ich nicht verspottet werde und man mich mit mehr Achtung willkommen heißt. Mögest du einen anderen Erben finden, der sich besser zum Hausknecht eignet. Von meinem Erbe fordere ich nur dies: das Schiff *Hirilonde* und so viele Männer, wie es aufnehmen kann. Ich würde auch meine Tochter zu mir nehmen, wenn sie älter wäre, doch ich will sie meiner Mutter anvertrauen. Falls du nicht in Schafe vernarrt bist, wirst du dem nichts in den Weg legen und nicht zulassen, daß das Kind verkümmert, das unter stummen Frauen und in kalter Verachtung und Geringschätzung seiner Sippe aufgezogen wird. Es stammt aus der Linie von Elros, und durch deinen Sohn wirst du keine anderen Nachkommen haben. Ich bin zu Ende. Nun will ich mich einem nützlicheren Geschäft zuwenden.«

Bis dahin hatte Meneldur geduldig und mit niedergeschlagenen Augen dagesessen und sich nicht gerührt. Jetzt jedoch seufzte er und sah auf. »Aldarion, mein Sohn«, sagte er betrübt, »der König könnte erwidern, daß auch du deiner Sippe kalte Anmaßung und Geringschätzung bezeigst und daß du selbst andre ungehört verdammst. Aber dein Vater, der dich liebt und sich über dich grämt, will es dir nachsehen. Der Fehler liegt nicht bei mir; ich hätte nur deine Ziele früher verstehen sollen. Doch was das angeht, was du erlitten hast (über das nun, fürwahr, zu viele tuscheln), so bin ich daran schuldlos. Ich habe Erendis lieb gehabt, und weil wir uns in unseren Neigungen ähneln, war ich der Ansicht, daß sie vieles zu ertragen hatte, das hart war. Nun sind mir deine Absichten klar geworden, und obwohl du in einer Stimmung bist, nichts als Lob zu hören, möchte ich dir sagen, daß es zuerst auch dein eigenes Vergnügen war, das dich leitete. Und es könnte sein, daß die Dinge anders verlaufen wären, wenn du vor langer Zeit mit mehr Offenheit darüber gesprochen hättest.«

»Der König mag darüber einigen Kummer empfinden«, rief Aldarion, jetzt hitziger, »aber nicht diejenige, von der du sprichst! Wenigstens ihr gegenüber habe ich mich ausgiebig und häufig ausgesprochen: Ich predigte kaltsinnigen Ohren, die nicht begriffen. Genausogut könnte ein unartiger Junge einem Kindermädchen vom Klettern in den Bäumen erzählen, das sich nur darum sorgt, daß er sich nicht die Kleider zerreißt und die festgesetzten Essenszeiten nicht versäumt! Ich liebe sie, sonst würde es mich weniger kümmern. Die Vergangenheit will ich in meinem Herzen bewahren; die Zukunft ist tot. Sie liebt weder mich noch irgend etwas sonst. Sie liebt sich selbst mit Númenor als Hintergrund und mich wie einen zahmen Hund, der neben dem Herd döst, bis es ihr gefällt, in ihren eigenen Feldern spazierenzugehen. Doch weil ihr Hunde jetzt als zu unfein erscheinen, will sie Ancalime in einem Käfig singen lassen. Doch genug davon. Habe ich die Erlaubnis des Königs, abzureisen? Oder hat er einen Befehl?«

»Der König«, antwortete Tar-Meneldur, »hat viel über diese Dinge nachgedacht und in welchem Licht die langen Tage erscheinen, seit du zum letzten Mal in Armenelos warst. Er hat den Brief Gil-galads gelesen, dessen Ton ernst und bedenklich ist. Nun also! Auf des Königs Bitte und auf deine Wünsche muß der König mit *Nein* antworten. Er kann nicht anders, entsprechend seinem Verständnis der Gefahren, die beide Wege in sich bergen: sich entweder auf einen Krieg vorzubereiten, oder nicht.«

Aldarion zuckte die Achseln und tat einen Schritt, als wolle er gehen. Doch Meneldur streckte seine Hand Aufmerksamkeit erheischend aus und fuhr fort: »Gleichwohl besitzt der König, obwohl er das Land von Númenor nunmehr hundertzweiundvierzig Jahre regiert hat, keine Gewißheit, ob seine Auffassung der Dinge geeignet ist, um zu einer gerechten Entscheidung in Angelegenheiten von so großer Bedeutung und Gefahr zu kommen.« Er hielt inne, nahm ein Pergament zur Hand, das seine eigenen Schriftzüge trug, und las mit klarer Stimme davon ab:

»Folglich: zum ersten zu Ehren seines geliebten Sohnes; und zum zweiten zur besseren Führung des Reiches in Zeitläuften, die sein Sohn klarer durchschaut, hat der König beschlossen: daß er hiermit das Szepter seinem Sohn übergibt, der nun Tar-Aldarion, der König, werden soll.

Dies«, sagte Meneldur, »wird, wenn es verkündet wird, allen bekannt machen, wie ich über das denke, was gegenwärtig geschieht. Es wird dich dem Spott entrücken; und es wird deine Kräfte beflügeln, so daß andere Verluste sich vielleicht leichter ertragen lassen. Den Brief Gil-galads sollst du beantworten, wenn du König bist, wie es dem Inhaber des Szepters zukommt.«

Aldarion stand einen Augenblick vor Überraschung still. Er hatte sich gewappnet, um dem Zorn des Königs entgegenzutreten, den er willentlich zu entzünden gesucht hatte. Dann fiel er, wie jemand, der von einem plötzlichen Windstoß aus einer unerwarteten Richtung umgeweht wird, vor seinem Vater auf die Knie. Doch nach einer Weile hob er den gebeugten Kopf und lachte – wie er es immer tat, wenn er von einer sehr großzügigen Handlung hörte, denn daran erfreute sich sein Herz.

»Vater«, sagte er, »bitte den König, meine Überheblichkeit gegen ihn zu vergessen. Denn er ist ein großer König, und seine Bescheidenheit erhebt ihn weit über meinen Stolz. Ich bin besiegt: Ich unterwerfe mich gänzlich. Daß ein solcher König, der noch im Besitz von Kraft und Weisheit ist, sein Szepter abgibt, ist nicht zu glauben.«

»Und doch ist es so beschlossen«, sagte Meneldur. »Der Rat soll unverzüglich einberufen werden.«

Als der Rat zusammentrat, nachdem sieben Tage vergangen waren, machte Tar-Meneldur dessen Mitglieder mit seinem Beschluß bekannt und legte ihnen das Schriftstück vor. Darauf waren alle sehr erstaunt, denn sie kannten die Beweggründe noch nicht, von denen der König sprach. Und alle, außer Hallatan aus Hyarastorni, erhoben Einwände und baten ihn, seine Entscheidung aufzuschieben. Hallatan freilich hatte seinen Verwandten Aldarion seit langem hoch geschätzt, obgleich sein eigenes Leben und seine Neigungen gänzlich anders waren; und er hielt den Entschluß des Königs für großmütig und den Zeitpunkt, wenn es schon sein mußte, für klug gewählt.

Aber denen, die dies oder das gegen seinen Entschluß vorbrachten, antwortete Meneldur: »Nicht ohne genaue Abwägung bin ich zu dieser Entschließung gekommen, und ich habe dabei alle Gründe, die ihr voll Klugheit ins Feld führt, wohl erwogen. Jetzt, und nicht später, ist der geeignetste Zeitpunkt, meinen Willen öffentlich bekanntzumachen, und zwar aus Gründen, die ihr hier freilich nicht angeführt habt, die aber alle dennoch ahnen müssen. Laßt denn diese Verfügung unverzüglich bekanntgeben. Wenn ihr aber wollt, soll sie nicht eher wirksam werden, bis die Zeit des *Erukyerme* im Frühling kommt. Bis dahin will ich das Szepter behalten.«

Als die Nachricht von der Verkündung des Erlasses nach Emerië gelangte, war Erendis erschrocken, denn sie entdeckte darin einen Tadel des Königs, auf dessen Wohlwollen sie vertraut hatte. Darin irrte sie nicht; daß sich jedoch etwas von größerer Bedeutung dahinter verbergen könnte, begriff sie nicht. Bald darauf kam eine Botschaft von Tar-Meneldur, die eigentlich ein Befehl war, wenn er auch in huldvolle Worte gekleidet war. Sie wurde gebeten, nach Armenelos zu kommen und Frau Ancalime mitzubringen und sich dort zumindest bis zum *Erukyerme* und der Ausrufung des neuen Königs aufzuhalten.

»Er schlägt schnell zu«, dachte sie. »Ich hätte es vorhersehen sollen. Er will mir alles wegnehmen. Doch mir selbst soll er nicht befehlen, auch wenn es durch den Mund seines Vaters geschieht.«

Deshalb schrieb sie Tar-Meneldur zurück: »König und Vater, meine Tochter Ancalime muß wirklich kommen, wenn du es befiehlst. Ich bitte dich, ihr Alter zu berücksichtigen und dafür Sorge zu tragen, daß sie ein ruhiges Quartier erhält. Was mich betrifft, bitte ich dich, mich zu entschuldigen. Ich erfahre, daß mein Haus in Armenelos zerstört worden ist; und ich möchte zu dieser Zeit nicht gern ein Gast sein, zu allerletzt auf einem Hausschiff unter Seeleuten. Erlaube mir denn also, in meiner Abgeschiedenheit zu verbleiben, es sei denn, es wäre des Königs Wille, auch dieses Haus zurückzunehmen.«

Tar-Meneldur las diesen Brief mit Besorgnis, doch verfehlte er sein Ziel in seinem Herzen. Er zeigte ihn Aldarion, an den er in erster Linie gerichtet zu sein schien. Darauf las dieser den Brief. Der König, der das Gesicht seines Sohnes aufmerksam beobachtete, sagte: »Du bist gewiß betrübt. Doch worauf sonst hast du gehofft?«

»Zumindest nicht auf dies«, sagte Aldarion. »Es ist weit weniger als das, was ich von ihr erwartet habe. Sie ist gesunken, und falls ich dies bewirkt habe, dann ist meine Schuld schändlich. Doch werden die Großen im Unglück kleiner? Dies war nicht der rechte Weg, nicht einmal aus Haß oder Rache! Sie hätte verlangen sollen, daß ein großes Haus für sie hergerichtet werde, nach einer Eskorte für die Königin rufen und nach Armenelos zurückkommen sollen, geschmückt mit ihrer Schönheit, königlich, mit dem Stern auf ihrer Stirn; dann hätte sie beinahe ganz Númenor auf ihre Seite gezaubert und mich als einen Verrückten und Flegel erscheinen lassen. Die Valar mögen meine Zeugen sein, daß ich es lieber so gehabt hätte: lieber eine schöne Königin, die gegen mich arbeitet und mich verspottet, als die Freiheit, zu regieren, während Frau Elestirne trübe in ihr eigenes Zwielicht hinabfällt.«

Dann gab er mit einem bitteren Lachen dem König den Brief zurück. »Nun gut: Es ist, wie es ist«, sagte er. »Doch wenn der eine Abscheu davor empfindet, zwischen Seeleuten auf einem Schiff zu wohnen, mag ein anderer entschuldigt sein, der einen Bauernhof mit Schafen und Dienstmädchen nicht leiden kann. Aber ich will nicht, daß meine Tochter so erzogen wird. Zumindest soll sie wählen, wenn sie genügend Erfahrung hat.« Er erhob sich und bat, sich entfernen zu dürfen.

Der weitere Verlauf der Erzählung

Von diesem Punkt an, als Aldarion den Brief von Erendis las, in dem sie sich weigerte, nach Armenelos zurückzukehren, kann die Geschichte nur in den kurzen Eindrücken und Bruchstücken weiterverfolgt werden, die Bemerkungen und Notizen vermitteln: Und selbst diese machen nicht einmal die Fragmente einer gänzlich zusammenhängenden Geschichte aus, da sie zu verschiedenen Zeiten verfaßt sind und oft im Widerspruch zueinander stehen.

Es scheint, daß Aldarion, als er im Jahr 883 König von Númenor wurde, beschloß, Mittelerde umgehend wieder aufzusuchen, und entweder im selben oder im nächsten Jahr abfuhr. Es wird berichtet, daß er keinen Zweig des *oiolaire* an den Bug setzte, sondern das Bild eines Adlers mit goldenem Schnabel und Augen aus Edelstein, ein Geschenk Círdans.

»Dort saß er, und dank der Kunst seines Schöpfers sah er so aus, als sei er zum Abflug gerüstet, irgendeinem fernen Ziel entgegen, das er erspähte. ›Dieses Zeichen soll uns zu unserem Ziel führen‹, sagte Aldarion. ›Für unsere Rückkehr laßt die Valar sorgen – falls unsere Taten ihnen nicht mißfallen.‹«

Es wird auch festgestellt, daß »sich nun keine Aufzeichnungen über die späteren Reisen erhalten haben, die Aldarion unternahm«, aber daß »es bekannt ist, daß er sich ebenso häufig an Land wie auf See aufhielt, den Gwathló bis nach Tharbad hinauffuhr und dort Galadriel traf«. Dieses Treffen wird sonst nirgends erwähnt; doch um diese Zeit wohnten Galadriel und Celeborn in Eregion, nicht weit von Tharbad entfernt (vgl. S. 315).

»Doch alle Anstrengungen Aldarions wurden zunichte gemacht. Die Arbeiten, die er in Vinyalonde wieder aufnahm, wurden niemals abgeschlossen, und das Meer zernagte sie.[25] Gleichwohl schuf Aldarion die Grundlagen für die Leistung Tar-Minastirs im ersten Krieg gegen Sauron viele Jahre später; ohne seine Vorarbeit hätten die Flotten Númenors ihre Kampfkraft nicht rechtzeitig und am rechten Ort einsetzen können – wie er es vorausgesehen hatte. Schon begann die Feindseligkeit zuzunehmen, und dunkle Menschen aus den Bergen drängten nach Enedwaith hinein. Doch in Aldarions Tagen verlangten die Númenórer noch nicht mehr Raum, und seine Wagemutigen blieben ein kleines Volk, das man bewunderte, dem man aber wenig nacheiferte.«

Weder die weitere Entwicklung des Bündnisses mit Gil-galad findet Erwähnung noch die Entsendung jener Hilfstruppen, die er in seinem Brief an Tar-Meneldur verlangt hatte. Tatsächlich heißt es, daß »Aldarion zu spät kam oder zu früh. Zu spät: weil die Macht, die Númenor haßte, bereits erwacht war. Zu früh: weil für Númenor die Zeit noch nicht reif war, seine Kraft zu zeigen oder in die Schlacht um die Welt zurückzukehren.«

Es gab einige Aufregung in Númenor, als Aldarion 883 oder 884 beschloß, nach Mittelerde zurückzukehren, denn kein König hatte jemals zuvor die Insel verlassen. Es scheint, daß Meneldur die Regentschaft angetragen wurde, er sie aber ablehnte, und daß Hallatan aus Hyarastorni Herrscher wurde, entweder vom Rat oder von Tar-Aldarion selbst ernannt. Die Geschichte der Jahre, in denen Ancalime aufwuchs, hat keine gesicherte Form gefunden. Weniger Unsicherheit gibt es über ihren ein wenig problematischen Charakter. Sie war weniger spröde als Erendis, liebte von Geburt an Prunk, Edelsteine, Musik, Bewunderung und Unterwerfung; doch sie liebte alles ganz nach ihrer Laune und nicht stetig, und als Entschuldigung für ihre Vergnügungssucht führte sie ihre Mutter und das weiße Haus in Emerië an. Sie ließ die Dinge gelten, wie sie waren: sowohl die Behandlung Aldarions durch Erendis bei seiner verspäteten Rückkehr, als auch dessen Zorn, Verstocktheit und die spätere rücksichtslose Verstoßung Erendis' aus seinem Herzen und Denken. Sie hatte eine grundsätzliche Abneigung gegen eine verbindliche Ehe, die ihrem eigenen Willen Zwang auferlegte. Ihre Mutter hatte unausgesetzt gegen die Männer gepredigt, und in der Tat ist ein bemerkenswertes Beispiel ihrer Erziehung in dieser Hinsicht erhalten:

»Die Männer in Númenor sind Halb-Elben (sagte Erendis), besonders die von hoher Geburt; sie sind weder das eine noch das andere. Das lange Leben, das ihnen gewährt ist, täuscht sie, und sie tollen kindlichen Gemüts in der Welt umher, bis das Alter sie einholt – und dann geben viele das Spiel mit der Welt nur auf, um es zu Hause weiterzuspielen. Sie verwandeln ihr Spiel in große Dinge und große Dinge in Spiel. Sie wollen Künstler, Gelehrte und Helden auf einmal sein; und Frauen sind für sie nur wie ein Feuer auf dem Herd, auf das andre achtgeben, bis sie am Abend des Spiels müde sind. Alle Dinge sind nur dafür gemacht, ihnen zu Nutzen zu sein: Berge für Steinbrüche, Flüsse, um Wasser zu liefern und Räder anzutreiben, Bäume für Bretter, Frauen dienen den Bedürfnissen ihres Körpers oder, wenn sie schön sind, der Zierde ihrer Tafel und ihres Heims; Kinder sind gut, um sie zu liebkosen, wenn sonst nichts anderes zu tun ist – doch sie würden ebensogut mit den Welpen ihrer Jagdhunde spielen. Allen gegenüber sind sie gütig, freundlich, vergnügt wie Lerchen am Morgen (wenn die Sonne scheint), denn sie sind niemals wütend, wenn sie es vermeiden können. Männer sollen heiter sein, glauben sie, großzügig wie die Reichen und verschenken, was sie nicht brauchen. Wut zeigen sie nur dann, wenn sie plötzlich gewahr werden, daß es neben der ihren noch andere Willenskräfte in der Welt gibt. Dann werden sie so unbarmherzig wie der Meereswind, wenn ihnen irgend etwas zu trotzen wagt.

So verhält es sich, Ancalime, und wir können es nicht ändern. Männer nämlich haben Númenor sein Gesicht gegeben: Männer, jene Helden von einst, von denen sie Lieder singen – von ihren Frauen hören wir weniger, außer daß sie weinten, als ihre Männer getötet wurden. Númenor sollte ein Ort der Ruhe nach dem Krieg sein. Aber wenn sie der Ruhe und der Spiele des Friedens überdrüssig sind, werden sie zu ihrem großen Spiel zurückkehren, Menschen zu töten und Krieg zu führen. So ist es; und wir sind hier mitten unter sie gepflanzt. Doch wir brauchen keine Zustimmung. Weil wir Númenor ebenso lieben, wollen wir uns seiner erfreuen, ehe sie es zerstören. Auch wir sind Töchter der Großen, und wir haben unseren eigenen Willen und Mut. Deshalb beuge dich nicht, Ancalime. Beuge dich ein einziges Mal ein wenig, und sie werden dich weiter unterwerfen, bis du zu Boden gedrückt bist. Senke deine Wurzeln in den Fels und biete dem Wind die Stirn, wenn er auch alle deine Blätter fortweht.«

Außerdem hatte Erendis Ancalime immer stärker an die Gesellschaft von Frauen gewöhnt: das gelassene, stille, zarte Leben in Emerië, ohne Störungen und Aufregungen. Jungen wie Îbal machten Lärm. Männer ritten herbei, bliesen zu ungewöhnlichen Stunden Hornsignale und wurden mit großem Getöse verpflegt. Sie zeugten Kinder und überließen sie der Obhut der Frauen, wenn sie lästig waren. Obwohl die Geburt weniger Krankheit und Gefahr in sich barg, war Númenor kein »irdisches Paradies«, und die Mühsal der Arbeit oder jeglicher Tätigkeit war nicht von ihm genommen.

Ancalime ging wie ihr Vater bei der Verfolgung ihrer Ziele entschlossen zu Werke; und wie er war sie eigensinnig und tat das Gegenteil von dem, was ihr geraten wurde. Sie besaß etwas von der Kühle ihrer Mutter und von ihrer Empfindlichkeit gegen persönliche Kränkungen. Tief in ihrem Herzen, beinahe, doch nicht völlig vergessen, war die Festigkeit, mit der Aldarion ihre Hand ergriffen und sie auf den Boden gesetzt hatte, als er es beim Aufbruch eilig hatte. Sie liebte die Hügellandschaft ihrer Heimat von ganzem Herzen, und niemals (wie sie sagte) konnte sie in ihrem Leben friedlich schlafen, wenn sie weit entfernt war vom Blöken der Schafe. Das Erbe jedoch wies sie nicht zurück und beschloß, wenn ihr Tag kam, eine mächtige regierende Königin zu sein. Dann wollte sie leben, wo und wie es ihr gefiel.

Es scheint, daß Aldarion, nachdem er König geworden war, etwa achtzehn Jahre lang öfter von Númenor abwesend war; während dieser Zeit verbrachte Ancalime ihre Tage sowohl in Emeriё als auch in Armenelos, denn Königin Almarian fand großen Gefallen an ihr und verwöhnte sie ebenso, wie sie es mit Aldarion in seiner Jugend getan hatte. In Armenelos wurde sie von allen mit Ehrerbietung behandelt, und nicht zuletzt von Aldarion; und obgleich sie sich anfangs unbehaglich fühlte, weil sie die luftigen Weiten ihrer Heimat vermißte, legte sie ihre Befangenheit mit der Zeit ab, und sie bemerkte, daß Männer ihre Schönheit, die sich nun voll entfaltete, mit Bewunderung betrachteten. Als sie älter wurde, wuchs ihre Eigenwilligkeit immer mehr, und sie fand Erendis' Gesellschaft langweilig, weil diese sich wie eine Witwe aufführte und nicht Königin sein wollte. Doch weiterhin kehrte sie nach Emeriё heim, weil es vor Armenelos Zuflucht bot und sie Aldarion damit ärgern wollte. Sie war gescheit und mutwillig und betrachtete den Kampf zwischen Vater und Mutter als einen, bei dem es jedem nur um sein eigenes Vergnügen ging.

Im Jahr 892, als Ancalime neunzehn Jahre alt war, wurde sie zum Königserben ausgerufen (in einem weit jüngeren Alter, als es früher der Fall war; vgl. Seite 240); und zu dieser Zeit veranlaßte Tar-Aldarion, daß das Recht der Nachfolge in Númenor geändert wurde. Im einzelnen wird ausgeführt, daß er dies »eher aus privaten als aus politischen Gründen tat« und »aufgrund seines langen gehegten Vorsatzes, Erendis eine Niederlage zu bereiten«. Auf diese Änderung des Gesetzes wird im *Herrn der Ringe* (Anhänge A, I) Bezug genommen:

»Der sechste König [Tar-Aldarion] hinterließ nur ein Kind, eine Tochter. Sie wurde die erste [Regierende] Königin; denn damals wurde ein Gesetz des Königshauses erlassen, daß das älteste Kind des Königs, ob Mann oder Frau, das Szepter empfangen sollte.«

Jedoch an anderer Stelle wird das neue Gesetz anders formuliert als oben. In dem ausführlichsten und klarsten Bericht wird als erstes festgestellt, daß das »alte Gesetz«, wie es später genannt wurde, faktisch kein númenórisches »Gesetz« war, sondern ein ererbter Brauch, den die Umstände noch nicht fraglich hatten werden lassen; und diesem Brauch entsprechend, erbte der älteste Sohn des Regierenden das Szepter. Gab es keinen Sohn, wurde das Gesetz so verstanden, daß der nächste Verwandte aus der männlichen Linie von Elros Tar-Minyatur der Erbe war. Demzufolge wäre, hätte Tar-Meneldur keinen Sohn gehabt, der Erbe nicht sein Neffe Valandil (Sohn seiner Schwester Silmarien) gewesen, sondern sein Vetter Manlantur (Enkelsohn von Tar-Elendils jüngerem Bruder Earendur). Doch nach dem »neuen Gesetz« erbte die (älteste) Tochter des Herrschers das Szepter, falls er keinen Sohn hatte (dies steht natürlich im Gegensatz zu dem, was im *Herrn der Ringe* gesagt wird). Auf Vorschlag des Rates wurde hinzugefügt, daß es frei stünde, das Szepter abzulehnen.[26] In einem solchen Fall war, entsprechend dem »neuen Gesetz«, sein nächster männlicher Verwandter der Erbe des Herrschers, gleichgültig ob aus der männlichen oder der weiblichen Linie. Hätte also Ancalime das Szepter abgelehnt, wäre Soronto Tar-Aldarions Erbe gewesen, der Sohn seiner Schwester Ailinel; und wenn Ancalime das Szepter abgegeben hätte oder kinderlos gestorben wäre, wäre Soronto gleichermaßen der Erbe gewesen.

Auf Ersuchen des Rates wurde gleichfalls bestimmt, daß ein weiblicher Erbe abdanken mußte, wenn er eine gewisse Zeit unverheiratet blieb; und diesen Vorkehrungen fügte Tar-Aldarion hinzu, daß der Königserbe nur innerhalb der Linie von Elros heiraten durfte, andernfalls er für die Erbschaft nicht in Frage kommen sollte. Man sagt, daß diese Bestimmung eine direkte Schlußfolgerung Aldarions aus seiner unglücklichen Ehe mit Erendis war; denn sie stammte nicht aus der Linie von Elros, hatte demnach eine kurze Lebenserwartung, und er glaubte, daß darin die Wurzel aller ihrer Schwierigkeiten zu suchen sei.

Ohne Frage wurden diese Vorkehrungen des »neuen Gesetzes« in allen Einzelheiten festgehalten, weil sie mit der späteren Geschichte des Reiches und seiner Könige in engem Zusammenhang stehen; doch unglücklicherweise kann heute wenig darüber gesagt werden.

Zu einem späteren Zeitpunkt widerrief Aldarion das Gesetz, wonach eine Herrscherin heiraten oder abdanken mußte (dies war sicherlich auf Ancalimes Widerwillen zurückzuführen, beide Möglichkeiten zuzulassen);

doch die Heirat des Erben mit einem anderen Mitglied der Linie von Elros blieb später immer Brauch.[27]

Auf alle Fälle begannen bald Bewerber um Ancalimes Hand zu erscheinen, und dies nicht nur, weil ihre Stellung sich verändert hatte, sondern auch, weil der Ruf ihrer Schönheit, Zurückhaltung, ihres Hochmuts und ihrer sonderbaren Erziehung im ganzen Land bekannt war. Um diese Zeit begannen die Leute von ihr als Emerwen Aranel, der Prinzessin Hirtin zu sprechen. Um sich den Zudringlichkeiten zu entziehen, suchte Ancalime mit der Hilfe der alten Zamîn ein Versteck auf einem Bauernhof an den Grenzen des Landes Hallatans von Hyarastorni auf, wo sie einige Zeit das Leben einer Hirtin führte. Die Aufzeichnungen (die in Wirklichkeit nicht mehr als hastige Notizen sind) darüber, wie ihre Eltern auf diesen Stand der Dinge reagierten, sind unterschiedlich. Einem Bericht zufolge wußte Erendis, wo Ancalime sich aufhielt und billigte den Grund ihrer Flucht, während Aldarion den Rat daran hinderte, nach ihr zu suchen, weil es ihm gefiel, daß seine Tochter so selbständig handelte. Jedoch einem anderen Bericht zufolge war Erendis über Ancalimes Flucht beunruhigt und der König zornig; und zu dieser Zeit versuchte Erendis sich mit ihm auszusöhnen, wenigstens was Ancalime betraf. Doch Aldarion blieb ungerührt und erklärte, daß der König keine Gattin habe, wohl aber eine Tochter und Erbin; und daß er nicht glaube, daß Erendis das Versteck ihrer Tochter nicht kenne.

Sicher ist, daß Ancalime zufällig einen Hirten traf, der in derselben Gegend Schafe hütete; ihr gegenüber nannte sich dieser Mann Mámandil. An eine Gesellschaft wie die seine war Ancalime überhaupt nicht gewöhnt, und sie hatte Freude an seinem Gesang, in dem er sehr gewandt war; und er sang ihr Lieder aus weit zurückliegenden Tagen vor, als die Edain einst ihre Herden in Eriador weiden ließen, bevor sie jemals die Eldar trafen. Öfter und öfter trafen sie sich so auf den Weiden, und er veränderte die Lieder der Liebhaber von einst und fügte die Namen Emerwen und Mámandil in sie ein; und Ancalime gab vor, die Bedeutung der Worte nicht zu verstehen. Doch schließlich erklärte er ihr offen seine Liebe, und sie zog sich zurück, wies ihn ab und sagte, daß ihre Bestimmung zwischen ihnen stehe, denn sie sei die Erbin des Königs. Aber Mámandil geriet nicht aus der Fassung, lachte und sagte ihr, sein richtiger Name sei Hallacar, und er sei der Sohn Hallatans von Hyarastorni aus der Linie Elros Tar-Minyaturs. »Und wie hätte ein Verehrer dich sonst ausfindig machen können?« sagte er.

Darauf wurde Ancalime ärgerlich, weil er sie getäuscht und von Anfang an gewußt hatte, wer sie war, doch er erwiderte: »Das ist zum Teil wahr. Ich hatte wirklich den Plan, die Herrin zu treffen, deren Verhalten so merkwürdig war, daß meine Neugier geweckt wurde, mehr über sie zu erfahren. Doch dann liebte ich Emerwen, und jetzt kümmert es mich nicht, wer sie sein könnte. Glaube nicht, daß es mich nach deinem hohen Stand gelüstet, denn es wäre mir viel lieber, du wärest bloß Emerwen. Ich freue mich aber trotzdem darüber, daß auch ich aus der Linie von Elros stamme, denn wenn es anders wäre, könnten wir nicht heiraten, vermute ich.«

»Wir könnten«, sagte Ancalime, »wenn mir der Sinn nach einer solchen Bindung stünde. Ich könnte die Königinnenwürde niederlegen und wäre frei. Doch sollte ich dies tun, hätte ich die Freiheit, zu heiraten wen ich will; und das würde Úner sein (was ›Keinmann‹ bedeutet), den ich allen anderen vorziehe.«

Gleichwohl war es Hallacar, den Ancalime am Ende heiratete. Aus einer Version geht hervor, daß die Hartnäckigkeit, mit der er seine Werbung trotz seiner Zurückweisung fortsetzte, und das Drängen des Rates, im Interesse der Ruhe im Land einen Ehemann zu nehmen, wenige Jahre nach ihrem ersten Treffen bei den Herden Emeriës zur Heirat führten. Doch an anderer Stelle heißt es, sie blieb so lange unverheiratet, daß ihr Vetter Soronto unter Berufung auf die Bestimmung des neuen Gesetzes sie aufforderte, auf das Erbe zu verzichten; und daß sie darauf Hallacar heiratete, um Soronto zu ärgern. Einer weiteren kurzen Notiz ist zu entnehmen, daß sie Hallacar heiratete, nachdem Aldarion die Bestimmung widerrufen hatte, um Sorontos Hoffnungen ein Ende zu machen, er könne König werden, falls Ancalime kinderlos starb.

Wie immer dies sein mag, die Geschichte ist insofern unmißverständlich, als Ancalime sich weder nach Liebe sehnte noch sich einen Sohn wünschte. Sie sagte: »Muß ich wie Königin Almarian werden und in ihn vernarrt sein?« Ihr Leben mit Hallacar war unglücklich, sie mißgönnte ihm ihren Sohn Anárion, und seitdem gab es zwischen ihnen Streit. Sie versuchte, ihn sich zu unterwerfen, erhob den Anspruch, Eigentümerin seines Landes zu sein, und verbot ihm, dort zu wohnen, denn sie wollte nicht, wie sie sagte, einen Bauernknecht zum Gemahl haben. Aus dieser Zeit stammt die letzte Geschichte, die diese traurigen Geschehnisse beschreibt. Ancalime wollte nämlich keine ihrer Frauen heiraten lassen: obgleich schon die Furcht vor ihr die meisten davon abhielt, stammten sie doch aus dem umliegenden Land und hatten Liebhaber, die sie heiraten wollten. Doch Hallacar machte es ihnen insgeheim möglich zu heiraten; er verkündete, er wolle in seinem eigenen Haus ein letztes Fest geben, bevor er es verließ. Mit dem Hinweis, daß es das Haus seiner Sippe sei, dem man ein höfliches Lebewohl sagen müsse, lud er Ancalime dazu ein.

Ancalime kam, begleitet von all ihren Frauen, denn sie hatte es nicht gern, wenn Männer ihr aufwarteten. Sie fand das Haus erleuchtet und wie zu einem großen Fest hergerichtet, und die Männer, die zum Hause gehörten, waren mit Blumengewinden wie für ihre Hochzeiten geschmückt, und jeder hielt eine zweite Girlande für die Braut in der Hand.

»Komm!« sagte Hallacar. »Die Hochzeitsvorbereitungen sind getroffen und die Brautkammern bereit. Aber weil es nicht denkbar ist, die Königserbin zu bitten, mit einem Bauernknecht beisammen zu liegen, muß sie leider heute Nacht allein schlafen!« Und Ancalime blieb notgedrungen dort, denn es war zu weit, um zurückzukehren, und sie wollte es nicht ohne Begleitung tun. Weder Männer noch Frauen verbargen ihr Lächeln; und Ancalime erschien nicht zum Fest, sondern lag zu Bett, lauschte auf das entfernte Gelächter und dachte daran, daß es ihr galt. Am nächsten Tag ritt sie in kaltem Zorn davon, und Hallacar gab ihr drei Männer als Eskorte mit. So war er gerächt, denn sie kam niemals nach Emeriё zurück, wo sogar die Schafe sie auszulachen schienen. Doch von jetzt an verfolgte sie Hallacar mit Haß.

Über die späteren Jahre Tar-Aldarions kann nun nichts ausgesagt werden, außer daß er seine Reisen nach Mittelerde fortgesetzt zu haben scheint und Ancalime mehr als einmal als seine Regentin zurückließ. Seine letzte Reise fand gegen Ende des ersten Jahrtausends des Zweiten Zeitalters statt; und im Jahr 1075 wurde Ancalime die erste Regierende Königin Númenors. Man erzählt sich, daß Tar-Ancalime nach dem Tode Tar-Aldarions im Jahr 1098 die gesamte Politik ihres Vaters mißachtete und Gil-galad in Lindon keine weitere Unterstützung mehr gewährte. Ihr Sohn Anárion, der später der achte Herrscher von Númenor wurde, hatte zuerst zwei Töchter. Sie konnten die Königin nicht leiden und fürchteten sie; sie wiesen das Erbe zurück und blieben ledig, weil die Königin aus Rache ihnen die Heirat nicht erlaubte.[28] Anárions Sohn Súrion wurde zuletzt geboren, und er wurde der neunte Herrscher von Númenor.

Es heißt von Erendis, es habe sie, als das Alter über sie kam, sie von Ancalime schlecht behandelt wurde und in bitterer Einsamkeit lebte, noch einmal nach Aldarion verlangt; und als sie erfuhr, daß er von Númenor zu einer Reise aufgebrochen sei (die sich als seine letzte erweisen sollte), jedoch bald zurückerwartet werde, verließ sie schließlich Emeriё und reiste unerkannt und unbekannt zum Hafen Rómenna. Wie es scheint, ereilte sie dort ihr Schicksal; doch es bleiben nur die Worte »Erendis kam im Jahr 985 in der See um«, die darauf schließen lassen, wie es geschah.

Chronologie: Anardil (Aldarion) wurde im Jahre 700 des Zweiten Zeitalters geboren, und seine erste Reise nach Mittelerde fand von 725 bis 727 statt. Sein Vater Meneldur wurde 740 König von Númenor. Die Gilde der Wagemutigen wurde im Jahr 750 gegründet; und Aldarion wurde im Jahr 800 zum Königserben ausgerufen. Erendis wurde im Jahr 771 geboren. Aldarions siebenjährige Reise (Seite 240f.) fand zwischen 806 und 813 statt, die erste Reise der *Palarran* (Seite 242f.) von 816 bis 820, die Reise der sieben Schiffe gegen den Willen Tar-Meneldurs (Seite 244) von 824 bis 829 und die vierzehnjährige Reise (Seite 245), die unmittelbar darauf folgte, von 829 bis 843.

Aldarion und Erendis verlobten sich im Jahr 858; die Reisen, die Aldarion nach seiner Verlobung unternahm (Seite 254), waren zwischen 863 und 869, und die Heirat fand 870 statt. Ancalime wurde im Frühling 873 geboren. Die *Hirilonde* segelte im Frühjahr 877 ab, die Rückkehr und der anschließende Bruch mit Erendis fand 882 statt. Aldarion empfing das Szepter von Númenor im Jahr 883.

1 In »Eine Beschreibung der Insel Númenor« (Seite 227) wird er Tar-Meneldur Elentirmo (Sternenwächter) genannt. Siehe auch den entsprechenden Eintrag in »Die Linie von Elros« (Seite 294).

2 Sorontos Rolle in der Geschichte ist heute nur noch undeutlich zu erkennen (vgl. Seite 284).

3 Wie in »Eine Beschreibung der Insel Númenor« (Seite 233) erzählt wird, war es Veantur, der als erster im Jahr 600 des Zweiten Zeitalters (er wurde 451 geboren) eine Reise nach Mittelerde durchführte. In der »Aufzählung der Jahre« in den Anhängen zum *Herrn der Ringe* heißt es im Jahreseintrag für das Jahr 600: »Die ersten Schiffe der Númenórer erscheinen vor den Küsten.«

In einem späteren philologischen Aufsatz findet sich eine Beschreibung des ersten Zusammentreffens der Númenórer mit Menschen aus Eriador, das um diese Zeit stattfand:

Es geschah sechshundert Jahre nach der Abreise der Überlebenden der Atani [Edain] über das Meer nach Númenor, daß zum ersten Mal ein Schiff aus dem Westen nach Mittelerde kam und den Golf von Lhûn hinaufsegelte. Gil-galad hieß seinen Kapitän und die Seeleute willkommen; und so wurde die Freundschaft und das Bündnis zwischen Númenor und den Eldar von Lindon begründet. Die Neuigkeit verbreitete sich schnell, und die Menschen in Eriador waren von Staunen erfüllt. Obwohl sie im Ersten Zeitalter im Osten gewohnt hatten, hatten Gerüchte von dem schrecklichen Krieg »jenseits der westlichen Berge« [die Ered Luin] sie erreicht;

doch in ihrer Überlieferung hat sich kein vollständiger Bericht darüber erhalten, und sie glaubten, daß alle Menschen, die in den Ländern außerhalb wohnten, durch große Feuerstürme verbrannt oder in hereinbrechenden Fluten ertrunken seien. Doch weil es bei ihnen noch immer hieß, diese Menschen seien in unvordenklichen Zeiten mit ihnen verwandt gewesen, sandten sie Boten zu Gil-galad und baten, die Seefahrer treffen zu dürfen, »die dem Tode in den Tiefen der See entronnen waren«. So geschah es, daß es zu einem Zusammentreffen auf den Turmbergen kam; und zu diesem Treffen mit den Númenórern kamen nur zwölf Männer aus Eriador, hochgesinnte, mutige Männer, denn die meisten aus ihrem Volk fürchteten, die Ankömmlinge seien gefährliche Geister der Toten. Doch als sie die Seefahrer anschauten, verließ sie die Furcht, obgleich sie eine Weile ehrfürchtig schweigend dastanden; denn wenn sie auch von ihrer eigenen Sippe für mächtig gehalten wurden, glichen die Seefahrer in ihrem Auftreten und ihrer Kleidung eher elbischen Fürsten als sterblichen Menschen. Dennoch empfanden sie keinen Zweifel an ihrer uralten Verwandtschaft; und die Seefahrer blickten ebenso überrascht auf die Männer aus Mittelerde, denn in Númenor hatte man geglaubt, daß die verbliebenen Menschen von jenen bösen Menschen abstammten, die in den letzten Tagen des Krieges gegen Morgoth von diesem aus dem Osten zusammengerufen worden waren. Doch jetzt sahen sie in Gesichter, frei vom Schatten, sahen Menschen, die in Númenor hätten umhergehen können und nicht für Fremdlinge gehalten worden wären, abgesehen von ihrer Kleidung und ihren Waffen. Nach dem Schweigen begannen die Númenórer und die Menschen aus Mittelerde plötzlich in ihren eigenen Sprachen Worte des Willkommens und der Begrüßung zu sprechen, wie sie Freunde und Verwandte nach langer Trennung aneinander richten. Zuerst waren sie enttäuscht, daß die einen die anderen nicht verstehen konnten; aber als sie sich freundschaftlich vermischten, entdeckten sie, daß sie sehr viele deutlich erkennbare Wörter gemeinsam hatten und daß man andere bei genauem Zuhören verstehen konnte; so waren sie in der Lage, sich stockend über einfache Dinge zu unterhalten.

An einer anderen Stelle dieses Aufsatzes wird ausgeführt, daß diese Menschen am See Evendim, in den Nördlichen Höhen, in den Wetterbergen und in den dazwischenliegenden Ländern, so weit der Brandywein verlief, wohnten. Von dort wanderten sie häufig nach Westen, wohnten aber nicht dort. Sie lebten in Freundschaft mit den Elben, obwohl ihnen diese eine ehrfürchtige Scheu einflößten; und sie fürchteten das Meer und seinen Anblick. Es scheint, daß sie ursprünglich aus dem gleichen Stamm kamen wie die Völker Beors und Hadors, welche im Laufe des Ersten Zeitalters nicht über die Blauen Berge nach Beleriand gezogen waren.

4 Der Sohn des Königserben: Aldarion, Sohn Meneldurs. Tar-Elendil übergab Meneldur das Szepter nicht eher, bis weitere fünfzehn Jahre vergangen waren.

5 *Eruhantale:* »Danksagung an Eru«, das Herbstfest in Númenor (»Eine Beschreibung der Insel Númenor«, Seite 226).

6 (Sîr) Angren war der elbische Name des Flusses Isen. Ras Morthil, ein Name, der sich anderswo nicht findet, muß die große Landspitze am Ende des nördlichen Armes der Bucht von Belfalas sein, die auch Andrast (Langes Kap) genannt wurde.

Der Hinweis auf »das Land Amroths, wo die Nandor-Elben noch immer wohnen«, kann als Andeutung verstanden werden, daß die Geschichte von Aldarion und Erendis in Gondor niedergeschrieben wurde, bevor im Jahr 1981 des Dritten Zeitalters die letzten Schiffe aus dem Hafen der Wald-Elben nahe Dol Amroth absegelten. (Vgl. Seite 323 f.)

7 Zu Uinen, der Gattin Osses (Maiar des Meeres) siehe *»Das Silmarillion«*, Seite 37. Dort heißt es: »Die Númenórer lebten lange in ihrem Schutz und ehrten sie gleich den Valar.«

8 Es wird festgestellt, daß das Gildenhaus der Wagemutigen »von den Königen beschlagnahmt und in den westlichen Hafen Andúnië verlegt wurde; alle Aufzeichnungen gingen verloren« (d. h. beim Untergang), eingeschlossen die genauen Karten von Númenor. Doch es wird nichts darüber ausgesagt, wann die Beschlagnahme der *Eambar* stattfand.

9 Der Fluß wurde später Gwathló oder Grauflut und der Hafen Lond Daer genannt. Vgl. Seite 349 f.

10 Vgl. *Das Silmarillion,* Seite 166: »Die Menschen aus diesem Stamme [d. h. aus dem Hause Beor] hatten dunkles oder braunes Haar und graue Augen.« Einer genealogischen Tafel des Hauses Beor zufolge, stammte Erendis von Bereth ab, welche die Schwester Baragunds und Belegunds war und somit die Tante Morwens, der Mutter Túrin Turambars, und Ríans, der Mutter Tuors.

11 Zu den unterschiedlichen Lebenserwartungen bei den Númenórern vgl. Anmerkung 1 zu »Die Linie von Elros«, Seite 301.

12 Zum Baum *oiolaire* siehe »Eine Beschreibung der Insel Númenor«, Seite 228.

13 Dies ist als ein böses Omen zu verstehen.

14 Vgl. »Akallabêth« (*Das Silmarillion,* Seite 304), wo es heißt, daß in den Tagen Ar-Pharazôns »hin und wieder ein großes Schiff der Númenórer unter(ging) und nicht in seinen Hafen zurückkehrte, ein Unglück, das sie bis dahin seit dem Aufgang des Sterns nicht mehr befallen hatte«.

15 Valandil war Aldarions Vetter, denn er war der Sohn von Silmarien, Tochter Tar-Elendils und Schwester Tar-Meneldurs. Valandil, der erste der Fürsten von Andúnië, war der Stammvater Elendils des Langen, Vater von Isildur und Anárion.

16 *Erukyerme:* »Gebet an Eru«, das Frühlingsfest in Númenor. Vgl. »Eine Beschreibung der Insel Númenor«, Seite 226.

17 In der »Akallabêth« (*Das Silmarillion*, Seite 289) heißt es: ». . . bisweilen, wenn die Luft ganz klar war und die Sonne im Osten stand, hielten sie Ausschau und erblickten ganz weit im Westen eine weiß leuchtende Stadt auf einem fernen Gestade, mit einem großen Hafen und einem Turm. Damals waren die Númenórer weitsichtig; dennoch konnten nur die mit den schärfsten Augen dies sehen, vom Meneltarma herab oder von einem hochmastigen Schiff, das so weit, wie es erlaubt war, vor ihrer Westküste lag . . . Die Weisen unter ihnen aber wußten, daß dies ferne Land noch nicht das Segensreich von Valinor war, sondern Avallóne, der Hafen der Eldar auf Eressea, dem am weitesten östlich gelegenen der Unsterblichen Lande.«

18 Daher stammt, wie man sagte, die spätere Angewohnheit der Könige und Königinnen, einen weißen Edelstein als Stern auf der Stirn zu tragen; eine Krone hatten sie nicht. [Anmerkung des Autors]

19 Im Westland und in Andúnië wurde von Leuten hoher und niedriger Geburt die Elbensprache gesprochen; in dieser Sprache wurde Erendis aufgezogen; Aldarion dagegen sprach Númenórisch, obgleich er wie alle Männer von Stand die Sprache Beleriands beherrschte. [Anmerkung des Autors] – In einer Anmerkung zur Sprache Númenors wird an anderer Stelle mitgeteilt, daß der allgemeine Gebrauch des Sindarin im Nordwesten der Insel auf die Tatsache zurückzuführen war, daß diese Landesteile weitgehend von Menschen »beorischer Abstammung« besiedelt waren; und das Volk Beors hatte in Beleriand früh die eigene Sprache aufgegeben und das Sindarin angenommen. (Dies wird im *Silmarillion* nicht erwähnt, obwohl dort gesagt wird (Seite 166), daß in den Tagen Fingolfins in Dor-lómin das Volk Hadors seine eigene Sprache nicht vergaß, »und aus ihr wurde die gemeinsame Sprache von Númenor«.) In anderen Gegenden Númenors war Adûnaïsch die ursprüngliche Sprache des Volkes, obwohl bis zu einem gewissen Grad Sindarin nahezu allen geläufig war; im Hause des Königs und in den meisten Häusern der Vornehmen und Gelehrten war gewöhnlich Sindarin die Muttersprache bis nach den Tagen Tar-Atanamirs. (In der vorliegenden Geschichte heißt es später (Seite 263), daß Aldarion eigentlich die númenórische Sprache bevorzugte; es kann sein, daß er darin eine Ausnahme war.) Diese Anmerkung stellt weiter fest, daß Sindarin, obgleich lange Zeit von sterblichen Menschen benutzt, dazu neigte, von der Sprachnorm abzuweichen und mundartlich zu werden; dieser Vorgang wurde in Númenor weitgehend aufgehalten, zumindest bei den Vornehmen und Gelehrten durch ihren Kontakt mit den Eldar aus Eressea und Lindon. Quenya war in Númenor keine gesprochene Sprache. Es war nur den Gelehrten und Angehörigen hochgestellter Familien geläufig, bei denen es in früher Jugend gelehrt wurde. Es

wurde für offizielle Dokumente, die zur Aufbewahrung bestimmt waren, für Gesetze und die Schriftrollen und Annalen der Könige benutzt. (Vgl. »Akallabêth«, *Das Silmarillion*, Seite 294: »In die Rolle der Könige aber wurde sein Name als Herunúmen eingetragen.«) Es findet sich auch des öfteren in weniger bekannten wissenschaftlichen Werken. Quenya wurde ebenfalls in großem Maße für die Nomenklatur verwendet: Die amtlichen Namen aller Orte, Regionen und geographischen Merkmale wurden in Quenya angegeben (obwohl diese gewöhnlich noch lokale Namen mit der gleichen Bedeutung hatten, entweder in Sindarin oder in Adûnaïsch). Die Personennamen, insbesonders die amtlichen und in der Öffentlichkeit bekannten Namen aller Mitglieder des Königshauses und der Linie von Elros, wurden ohne Ausnahme in der Quenya-Form angegeben.

In einem Hinweis auf diesen Sachverhalt im *Herrn der Ringe* (Anhänge F, I, »Von Menschen«) wird ein etwas anderer Eindruck vom Stellenwert des Sindarin unter den Sprachen Númenors vermittelt: »Von allen Menschenrassen verstanden und sprachen allein die Dúnedain eine elbische Sprache; denn ihre Vorväter hatten Sindarin gelernt und es als einen Wissensschatz, der im Laufe der Jahre wenig Veränderung erfuhr, ihren Kindern überliefert.«

20 *Elanor* war eine kleine goldfarbene, sternförmige Blume; sie wuchs auch auf dem Grabhügel von Cerin Amroth in Lothlórien (»Die Gefährten«, 2, Kapitel 6). Auf Frodos Vorschlag gab Sam Gamdschie seiner Tochter diesen Namen (»Die Rückkehr des Königs«, 6, Kapitel 9).

21 Vgl. oben, Anmerkung 10 zur Abstammung Erendis' von Bereth, der Schwester von Morwens Vater Baragund.

22 Es wird festgestellt, daß die Númenórer wie die Eldar die Zeugung von Kindern vermieden, wenn für die Zeit zwischen der Zeugung und den allerersten Jahren des Kindes eine mögliche Trennung der Eheleute vorauszusehen war. Aldarion hielt sich nach der Geburt seiner Tochter nur sehr kurze Zeit in seinem Hause auf, gemessen an den númenórischen Vorstellungen von Schicklichkeit.

23 In einer Anmerkung zum »Rat des Szepters« zu dieser Zeit in der Geschichte Númenors heißt es, daß der Rat, außer durch Ratschläge keine Machtmittel besaß, um den König zu kontrollieren, und solche waren bislang weder angestrebt noch für notwendig erachtet worden. Der Rat setzte sich aus Vertretern aller Landesteile Númenors zusammen; doch der Königserbe, wenn er als solcher ausgerufen war, gehörte ihm ebenfalls an, damit er etwas über die Führung des Landes erfahre, sowie weitere Mitglieder, die der König berufen konnte, oder die auf seine Bitte jederzeit zu den Beratungen hinzugezogen werden konnten, wenn sie über besondere Kenntnisse der Materie verfügten. Um diese Zeit entstammten nur zwei Mitglieder des Rates (außer Aldarion) der Linie von Elros: Valandil aus Andúnië für Andustar und Hallatan aus Hyarastorni für Mittalmar.

Doch sie verdankten ihre Zugehörigkeit nicht ihrer Herkunft oder ihrem Reichtum, sondern der Wertschätzung und der Liebe, die ihnen in ihren Ländern entgegengebracht wurde. *Im Silmarillion* (Seite 295) heißt es, daß »der Fürst von Andúnië . . . immer unter den vertrautesten Räten des Szepters« war.

24 Es ist festgehalten, daß man Ereinion den Beinamen Gil-galad, »Strahlender Stern« gab, »weil sein Helm, Panzer und Schild, mit Silber überzogen und mit den Bildern weißer Sterne geschmückt, aus der Ferne wie ein Stern im Sonnen- oder Mondlicht glänzte, und er von den elbischen Augen aus großer Entfernung wahrgenommen werden konnte, wenn er auf einem erhöhten Platz stand«.

25 Siehe Seite 353.

26 Andererseits konnte ein rechtmäßiger männlicher Thronfolger das Erbe nicht zurückweisen; doch weil ein König jederzeit das Szepter abgeben konnte, konnte ein männlicher Erbe in Wirklichkeit sofort auf *sein* natürliches Erbe verzichten. Er selbst wurde dann so angesehen, als habe er mindestens ein Jahr regiert; dies war der Fall (der einzige) bei Vardamir, dem Sohn Elros', der den Thron nicht bestieg, sondern das Szepter an seinen Sohn Amandil weitergab.

27 An anderer Stelle heißt es, daß dieses Gesetz der »königlichen Heirat« niemals Gegenstand des Rechts, sondern ein Brauch wurde, dem Stolz zugrundelag: »ein Anzeichen für das Wachsen des Schattens, weil man ihn nur dann streng handhabte, wenn die Unterschiede zwischen der Linie von Elros und anderen Familien in der Lebensdauer, Lebenskraft oder Veranlagung geringer wurden oder ganz verschwanden«.

28 Dies ist merkwürdig, weil Anárion zu Ancalimes Lebzeiten der Erbe war. In »Die Linie von Elros« (Seite 295) wird nur gesagt, daß Anárions Töchter »das Szepter ablehnten«.

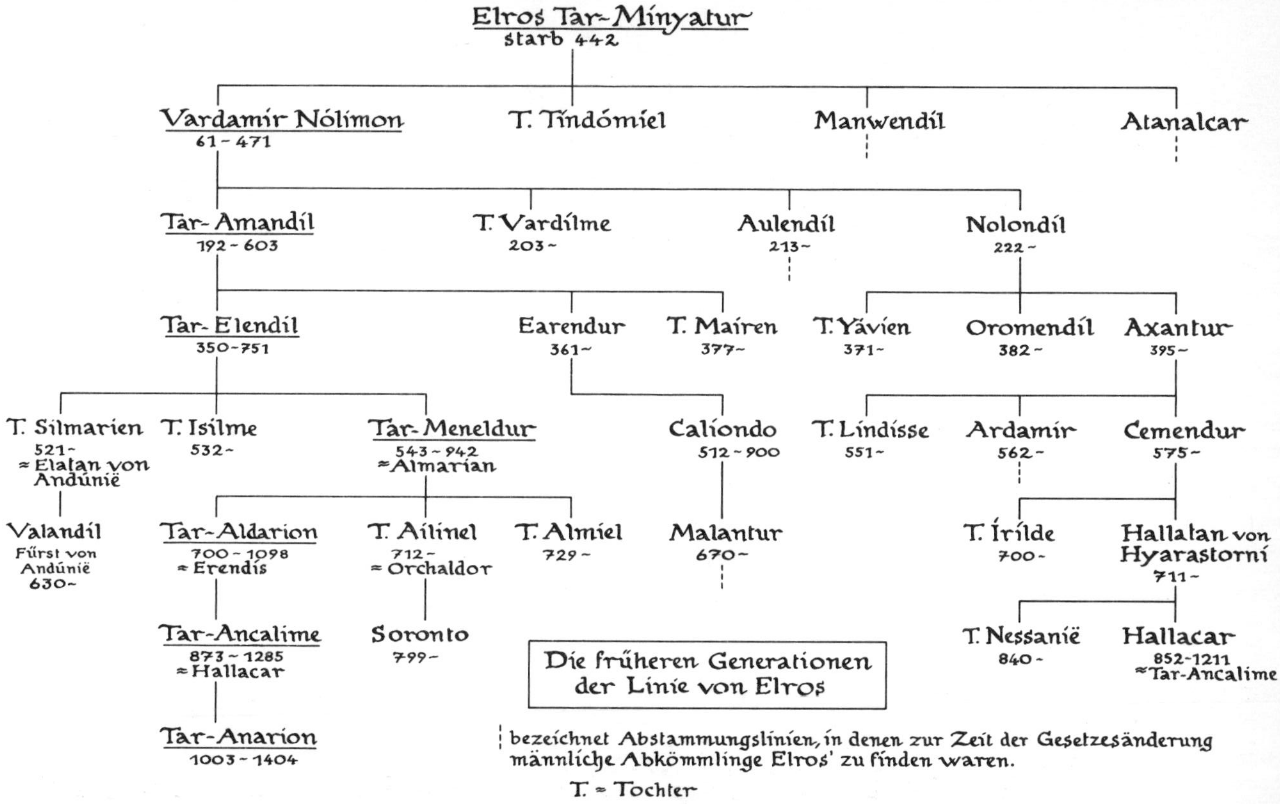
Elros Tar-Minyatur
starb 442
Vardamir Nólimon
61 - 471
T. Tindómiel
Manwendil
Atanalcar
Tar-Amandil
192 - 603
T. Vardilme
203 -
Aulendil
213 -
Nolondil
222 -
Tar-Elendil
350 - 751
Earendur
361 -
T. Mairen
377 -
T. Yávien
371 -
Oromendil
382 -
Axantur
395 -
T. Silmarien
521 -
≈ Elatan von Andúnië
T. Isilme
532 -
Tar-Meneldur
543 - 942
≈ Almarian
Caliondo
512 - 900
T. Lindisse
551 -
Ardamir
562 -
Cemendur
575 -
Valandil
Fürst von Andúnië
630 -
Tar-Aldarion
700 - 1098
≈ Erendis
T. Ailinel
712 -
≈ Orchaldor
T. Almiel
729 -
Malantur
670 -
T. Írilde
700 -
Hallatan von Hyarastorni
711 -
Tar-Ancalime
873 - 1285
≈ Hallacar
Soronto
799 -
T. Nessanië
840 -
Hallacar
852 - 1211
≈ Tar-Ancalime
Tar-Anarion
1003 - 1404
Die früheren Generationen der Linie von Elros
¦ bezeichnet Abstammungslinien, in denen zur Zeit der Gesetzesänderung männliche Abkömmlinge Elros' zu finden waren.
T. = Tochter

III DIE LINIE VON ELROS: KÖNIGE VON NÚMENOR

Von der Gründung der Stadt Armenelos bis zum Untergang

Vom Königreich Númenor glaubte man, es habe im zweiunddreißigsten Jahr des Zweiten Zeitalters seinen Anfang genommen, als Elros, Sohn Earendils, damals neunzehn Jahre alt, in der Stadt Armenelos den Thron bestieg. Später wurde er in der Rolle der Könige unter dem Namen Tar-Minyatur bekannt; es war nämlich der Brauch der Könige, ihre Titel in der Form der Quenya oder der Hoch-Elbensprache anzunehmen, welche die edelste Sprache der Welt war, und dieser Brauch dauerte fort bis in die Tage Ar-Adûnakhôrs (Tar-Herunúmen). Elros Tar-Minyatur regierte die Númenórer vierhundertzehn Jahre lang. Denn den Númenórern war ein langes Leben gewährt worden, und ohne sich zu verbrauchen, lebten sie dreimal so lange wie die sterblichen Menschen in Mittelerde; doch Earendils Sohn war das längste Leben von allen Menschen vergönnt, seinen Abkömmlingen eine kürzere Spanne, die dennoch größer war als die anderer, sogar die der Númenórer; und so war es, bis der Schatten kam und die Jahre der Númenórer zu schwinden begannen.[1]

I. *Elros Tar-Minyatur*

Er wurde 58 Jahre vor Beginn des Zweiten Zeitalters geboren: bis zum 500. Lebensjahr zeigte er kein Nachlassen der Lebenskraft, um dann im Jahr 442 sein Leben zu beenden, nachdem er 410 Jahre lang regiert hatte.

II. *Vardamir Nólimon*

Er wurde im Jahr 61 des Zweiten Zeitalters geboren und starb 471. Er wurde Nólimon genannt, denn seine größte Liebe galt dem überlieferten Wissen, das er von Elben und Menschen erwarb. Beim Tode Elros', als er 381 Jahre alt war, bestieg er den Thron nicht, sondern übergab das Szepter seinem Sohn. Dennoch gilt er als der zweite der Könige und wird so angesehen, als habe er ein Jahr regiert.[2] Danach blieb es bis in die Tage Tar-Atanamirs Brauch, daß der König seinem Nachfolger das

Szepter überließ, bevor er starb; und die Könige starben aus freiem Entschluß, jedoch noch im Besitz ihrer geistigen Kräfte.

III. *Tar-Amandil*
Er war der Sohn Vardamir Nólimons, und er wurde im Jahr 192 geboren. Er regierte 148 Jahre lang[3] und legte das Szepter im Jahr 590 nieder; er starb 603.

IV. *Tar-Elendil*
Er war der Sohn Tar-Amandils und wurde im Jahr 350 geboren. Er regierte 150 Jahre und legte das Szepter im Jahr 740 nieder. Er wurde auch Parmaite genannt, denn er verfaßte mit eigener Hand zahlreiche Bücher und Sammelwerke des überlieferten Wissens, das er von seinem Großvater erwarb. Er heiratete spät, und sein ältestes Kind war seine Tochter Silmarien, geboren 521,[4] deren Sohn Valandil war. Von Valandil stammten die Fürsten von Andúnië ab, und der letzte von ihnen war Amandil, Vater Elendils des Langen, der nach dem Untergang nach Mittelerde kam. Während der Regierungszeit Tar-Elendils kamen die Schiffe der Númenórer zum ersten Mal nach Mittelerde zurück.

V. *Tar-Meneldur*
Er war der einzige Sohn und das dritte Kind Tar-Elendils, und er wurde im Jahr 543 geboren. Er regierte 143 Jahre und legte im Jahr 883 das Szepter nieder. Sein ›richtiger Name‹ war Írimon; er erhielt seinen Titel Meneldur wegen seiner Liebe zur Sternkunde. Er heiratete Almarian, Tochter Veanturs, Befehlshaber der Schiffe unter Tar-Elendil. Er war klug, doch sanftmütig und geduldig. Er trat plötzlich und vor der Zeit zugunsten seines Sohnes zurück, ein politischer Akt in einer schwierigen Zeit, ausgelöst durch die Unruhe Gil-galads in Lindon, als dieser zum ersten Mal bemerkte, daß sich ein böser Geist, den Eldar und Dúnedain feindlich gesinnt, in Mittelerde regte.

VI. *Tar-Aldarion*
Er war das älteste Kind und der einzige Sohn Tar-Meneldurs, und er wurde im Jahr 700 geboren. Er regierte 192 Jahre und übergab 1075 das

Szepter an seine Tochter; er starb im Jahre 1098. Sein ›richtiger Name‹ war Anardil, doch er wurde früh unter dem Namen Aldarion bekannt, weil er sich ausgiebig mit Bäumen beschäftigte und große Wälder zur Gewinnung von Bauholz für die Schiffswerften anpflanzte. Er war ein großer Seefahrer und Schiffbauer; er segelte selbst oft nach Mittelerde, wo er Freund und Berater Gil-galads wurde. Wegen seiner langen Abwesenheit von Númenor wurde seine Gattin Erendis verärgert, und sie trennten sich im Jahr 882. Sein einziges Kind war eine Tochter, die überaus schöne Ancalime. Zu ihren Gunsten änderte Aldarion das Recht der Nachfolge, so daß die (älteste) Tochter eines Königs diesem auf dem Thron folgen konnte, wenn er keine Söhne hatte. Diese Änderung verstimmte die Nachkommen Elros', besonders Soronto, den Erben nach dem alten Recht, Neffe Aldarions und Sohn seiner älteren Schwester Ailinel.[5]

VII. *Tar-Ancalime*
Sie war das einzige Kind Tar-Aldarions und die erste Regierende Königin Númenors. Sie wurde 873 geboren und regierte 205 Jahre, länger als jeder andere Herrscher nach Elros. Sie legte das Szepter 1280 nieder und starb im Jahre 1285. Sie blieb lange unverheiratet, doch als sie von Soronto zur Abdankung gedrängt wurde, heiratete sie, um ihn zu ärgern, im Jahr 1000 Hallacar, Sohn Hallatans, ein Nachkomme Vardamirs.[6] Nach der Geburt ihres Sohnes Anárion gab es zwischen ihr und Hallacar Streit. Sie war stolz und eigensinnig. Nach Aldarions Tod widerrief sie dessen gesamte Politik und gewährte Gil-galad keine weitere Hilfe.

VIII. *Tar-Anárion*
Er war der Sohn Tar-Ancalimes, und er wurde im Jahr 1003 geboren. Er regierte 114 Jahre, legte das Szepter 1394 nieder und starb im Jahr 1404.

IX. *Tar-Súrion*
Er war das dritte Kind Tar-Anárions; seine Schwestern wiesen das Szepter zurück.[7] Er wurde im Jahr 1174 geboren; er legte das Szepter 1556 nieder und starb 1574.

X. *Tar-Telperien*

Sie war die zweite Regierende Königin von Númenor. Sie wurde sehr alt (denn die Frauen der Númenórer hatten ein längeres Leben oder beendeten es weniger bereitwillig), und sie wollte keinen Mann heiraten. Deshalb ging das Szepter nach ihrem Tod an Minastir über; er war der Sohn Isilmos, dem zweiten Kind Tar-Súrions.[8] Tar-Telperien wurde 1320 geboren, sie regierte 175 Jahre bis 1731 und starb im selben Jahr.[9]

XI. *Tar-Minastir*

Er trug diesen Namen, weil er auf dem Hügel Oromet in der Nähe Andúniës und der Westküste einen hohen Turm erbaute, wo er einen großen Teil seiner Tage damit verbrachte, nach Westen Ausschau zu halten. Denn in den Herzen der Númenórer war die Sehnsucht stark geworden. Er liebte die Eldar, doch er beneidete sie. Er war es, der im ersten Krieg gegen Sauron Gil-galad eine große Flotte zur Hilfe sandte. Er wurde 1474 geboren und regierte 138 Jahre lang; er legte 1869 das Szepter nieder und starb 1873.

XII. *Tar-Ciryatan*

Er wurde im Jahr 1634 geboren und regierte 160 Jahre; er legte das Szepter im Jahre 2029 nieder und starb 2035. Er war ein mächtiger König, doch sehr begierig nach Reichtum; er baute eine große Flotte königlicher Schiffe, seine Diener brachten einen großen Vorrat an Metallen und Edelsteinen heim und unterdrückten die Menschen in Mittelerde. Er verspottete die Sehnsüchte seines Vaters und besänftigte die Ruhelosigkeit seines Herzens durch Reisen in den Osten, Norden und Süden, bevor er das Szepter nahm. Man sagt, daß er seinen Vater dazu nötigte, ihm das Amt früher zu überlassen, als dieser es aus freien Stücken getan hätte. Darin (so glaubt man) könnte zum ersten Mal die Überschattung des Segens von Númenor sichtbar geworden sein.

XIII. *Tar-Atanamir der Große*

Er wurde im Jahr 1800 geboren und regierte 192 Jahre lang bis 2221, welches sein Todesjahr war. Über diesen König wird in den Annalen viel berichtet, soweit sie den Untergang überdauerten. Denn er war wie sein Vater stolz und gierig nach Reichtum, und in seinem Auftrag erhoben die Númenórer schwere Tribute von den Menschen an den Küsten Mittelerdes. Während seiner Zeit fiel der Schatten auf Númenor; und der König und jene, die seiner Lehre folgten, sprachen offen gegen den Bann der Valar, und ihre Herzen wandten sich gegen sie und die Eldar. Doch sie bewahrten sich noch immer ihre Klugheit, fürchteten die Herren des Westens und forderten sie nicht heraus. Atanamir wird auch der Unwillige genannt, denn er war der erste der Könige, der sich weigerte, sein Leben zu beenden oder auf das Szepter zu verzichten; und er lebte weiter, bis er an Altersschwäche starb.[10]

XIV. *Tar-Ancalimon*
Er wurde im Jahr 1986 geboren und regierte 165 Jahre bis zu seinem Tod im Jahr 2386. In dieser Zeit verbreiterte sich die Kluft zwischen den Männern des Königs (der größere Teil) und denen, die ihre alte Freundschaft mit den Eldar aufrechterhielten. Viele der Männer des Königs gaben den Gebrauch der Elbensprache auf und lehrten sie ihre Kinder nicht mehr. Doch die königlichen Titel wurden immer noch in Quenya angegeben, weniger aus Liebe, sondern eher aus alter Gewohnheit und aus Furcht, der Bruch mit dem alten Brauch könne Unglück bringen.

XV. *Tar-Telemmaite*
Er wurde im Jahr 2136 geboren und regierte 140 Jahre bis zu seinem Tod im Jahr 2526. Danach regierten die Könige offiziell vom Tod ihres Vaters bis zu ihrem eigenen Tod, obwohl die tatsächliche Macht oft auf ihre Söhne oder auf Räte übergegangen war; und die Tage der Nachkommen von Elros schwanden unter dem Schatten. Dieser König erhielt seinen Namen wegen seiner Vorliebe für Silber, und er gebot seinen Dienern, ständig nach *mithril* zu suchen.

XVI. *Tar-Vanimelde*
Sie war die dritte Regierende Königin. Sie wurde im Jahr 2277 geboren und regierte 111 Jahre bis zu ihrem Tod im Jahr 2637. Sie kümmerte sich wenig um ihr Regierungsamt, sondern ihre Liebe galt eher Musik und Tanz; die Macht übte ihr Gatte Herucalmo aus, der jünger war als

sie, jedoch im gleichen Verwandtschaftsgrad von Tar-Atanamir abstammte. Nach dem Tod seiner Gattin nahm Herucalmo das Szepter, nannte sich selbst Tar-Anducal und versagte seinem Sohn das Nachfolgerecht. Doch manche rechnen ihn nicht als den siebzehnten in der Liste der Könige und setzen mit Alcarin wieder ein. Tar-Anducal wurde im Jahr 2286 geboren und starb 2657.

XVII. *Tar-Alcarin*
Er wurde im Jahr 2406 geboren, regierte 80 Jahre bis zu seinem Tod im Jahr 2737, war jedoch hundert Jahre lang der rechtmäßige König.

XVIII. *Tar-Calmacil*
Er wurde im Jahr 2516 geboren und regierte 88 Jahre bis zu seinem Tod im Jahr 2825. Er erhielt diesen Namen, weil er in seiner Jugend ein großer Schiffskapitän war und weite Landstriche entlang den Küsten Mittelerdes gewann. So entfachte er den Haß Saurons, der sich dennoch zurückzog und seine Macht fern von den Küsten im Osten errichtete und seine Zeit abwartete. In den Tagen Tar-Calmacils wurde der Name des Königs zum ersten Mal in Adûnaïsch genannt, und die Männer des Königs nannten ihn Ar-Belzagar.

XIX. *Tar-Ardamin*
Er wurde im Jahre 2618 geboren und regierte 74 Jahre lang bis zu seinem Tod im Jahre 2899. Sein Name in Adûnaïsch lautete Ar-Abattârik.[11]

XX. *Ar-Adûnakhôr (Tar-Herunúmen)*
Er wurde im Jahr 2709 geboren und regierte 63 Jahre bis zu seinem Tod im Jahr 2962. Er war der erste König, der mit dem Szepter einen Titel in Adûnaïsch übernahm, obgleich, wie schon gesagt, ein Quenya-Name in die Rollen eingetragen wurde. Aber diese Titel wurden von den Getreuen als lästerlich angesehen, denn sie bedeuteten ›Herr des Westens‹, einen Titel, den sie den großen Valar beizulegen gewohnt waren, insbesondere Manwe. In dieser Regierungszeit wurden die Elbensprachen nicht mehr benutzt und durften nicht gelehrt werden, doch sie wurden im geheimen von den Getreuen bewahrt; und seitdem

kamen die Schiffe aus Eressea selten und heimlich zu den westlichen Küsten Númenors.

XXI. *Ar-Zimrathôn (Tar-Hostamir)*
Er wurde im Jahr 2798 geboren und regierte 71 Jahre bis zu seinem Tod im Jahr 3033.

XXII. *Ar-Sakalthôr (Tar-Falassion)*
Er wurde im Jahr 2876 geboren und regierte 69 Jahre bis zu seinem Tod im Jahr 3102.

XXIII. *Ar-Gimilzôr (Tar-Telemnar)*
Er wurde im Jahr 2960 geboren und regierte 75 Jahre bis zu seinem Tod im Jahr 3177. Er war der größte Feind der Getreuen, der je gegen sie aufstand; er verbot den Gebrauch der Sprachen der Eldar völlig, erlaubte nicht, daß einer der Eldar ins Land kam, und bestrafte diejenigen, die sie willkommen hießen. Er verehrte überhaupt nichts und besuchte niemals das Heiligtum Erus. Er war mit Inzilbêth verheiratet, einer Herrin, die von Tar-Calmacil abstammte,[12] doch insgeheim eine Getreue war, denn ihre Mutter war Lindórië aus dem Haus der Fürsten von Andúnië; zwischen ihnen war nur wenig Liebe, und unter den Söhnen gab es Streit. Denn Inziladûn,[13] der älteste, wurde von seiner Mutter geliebt, deren Gesinnung er teilte; doch Gimilkhâd, der jüngere, war der Sohn seines Vaters, und ihn hätte Ar-Gimilzôr gern zu seinem Erben gemacht, wenn die Gesetze es erlaubt hätten. Gimilkhâd wurde im Jahr 3044 geboren und starb 3243.[14]

XXIV. *Tar-Palantir (Ar-Inziladûn)*
Er wurde im Jahr 3053 geboren und regierte 78 Jahre bis zu seinem Tod im Jahr 3255. Tar-Palantir empfand Reue über das Verhalten der Könige vor ihm und wollte gern zur Freundschaft mit den Eldar und den Herren des Westens zurückkehren. Er erhielt den Namen Inziladûn, weil seine Augen wie sein Geist weitblickend waren, und sogar diejenigen, die ihn haßten, fürchteten seine Worte als die eines Mannes, der das Wahre sah. Auch er verbrachte viele Tage in Andúnië, weil seine Großmutter Lindórië aus der Sippe der Fürsten stammte; sie war

nämlich die Schwester Earendurs, des fünfzehnten Fürsten und Großvaters von Númendil, der in den Tagen Tar-Palantirs, seines Neffen, Fürst von Andúnië war; Tar-Palantir bestieg oft den alten Turm des Königs Minastir und blickte sehnsüchtig nach Westen, in der Hoffnung, vielleicht ein Segel aus Eressea nahen zu sehen. Doch niemals wieder kam ein Schiff aus dem Westen, weil die Könige überheblich und die Herzen der meisten Númenórer noch immer verhärtet waren. Denn Gimilkhâd trat in die Fußstapfen Ar-Gimilzôrs, wurde Anführer der Königspartei; offen, wo er es wagen konnte, doch mehr noch im geheimen. Doch die Getreuen hatten für eine Weile Frieden; und der König ging stets zu den festgesetzten Zeiten zum Heiligtum auf dem Meneltarma, und dem Weißen Baum wurde wieder Pflege und Ehre zuteil. Denn Tar-Palantir prophezeite, wenn der Baum stürbe, werde auch die Linie der Könige vergehen.

Tar-Palantir heiratete spät und hatte keinen Sohn, und seine Tochter nannte er in der Elbensprache Míriel. Aber als der König starb, wurde sie gegen ihren Willen von Pharazôn, Sohn Gimilkhâds (der ebenfalls tot war), zu seinem Weibe gemacht, was gegen das númenórische Recht verstieß, weil sie das Kind des Bruders seines Vaters war. Und dann eignete er sich das Szepter an, legte sich den Namen Ar-Pharazôn (Tar-Calion) bei. Míriel wurde Ar-Zimraphel genannt.[15]

XXV. *Ar-Pharazôn (Tar-Calion)*
Der mächtigste und letzte König von Númenor. Er wurde im Jahr 3118 geboren und regierte 64 Jahre und starb im Jahr des Untergangs 3319; er riß das Szepter an sich von:
Tar-Míriel (Ar-Zimraphel)
Sie wurde im Jahr 3117 geboren und starb im Jahr des Untergangs.

Mehr von den Taten Ar-Pharazôns, seinem Ruhm und seiner Torheit, wird in der Geschichte vom Untergang Númenors erzählt, die Elendil schrieb und die in Gondor aufbewahrt wurde.[16]

1 Es gibt verschiedene Hinweise auf die größere Lebenserwartung der Nachkommen Elros' im Vergleich zu der aller anderen Númenórer, zusätzlich zu denen, die sich in der »Geschichte von Aldarion und Erendis« finden. So heißt es in der »Akallabêth« (*Das Silmarillion*, Seite 288), daß alle Angehörigen der Linie von Elros »ein längeres Leben hatten, selbst nach dem Maße der Númenórer«; und in einer vereinzelten Bemerkung wird der Unterschied in der Langlebigkeit durch präzise Angaben erläutert: Das »Ende der Lebenskraft« kam für die Nachkommen Elros' (bevor ihre Lebensspanne sich dem Ende näherte) etwa im 400. Jahr oder etwas früher, dagegen für solche außerhalb der Linie etwa im 200. Jahr oder etwas später. Es darf bemerkt werden, daß fast alle Könige von Vardamir bis Tar-Ancalimon vierhundert Jahre oder ein wenig älter wurden; die drei, die dieses Alter nicht erreichten, starben ein oder zwei Jahre vorher.

Doch in der letzten Schrift über dieses Thema (die indes etwa in die gleiche Zeit fällt wie die letzte Arbeit an der »Geschichte von Aldarion und Erendis«) ist der Unterschied in der Langlebigkeit zum großen Teil reduziert. Dem númenórischen Volk in seiner Gesamtheit wird eine Lebensspanne zugeschrieben, die etwa fünfmal so groß ist wie die anderer Menschen (obwohl dies im Gegensatz zu einer Feststellung im *Herrn der Ringe* steht (Anhänge A,I,1), wonach den Númenórern »eine lange Lebensspanne gewährt worden war, die zu Beginn dreimal so lang war wie die geringerer Menschen«, eine Feststellung, die in der Vorbemerkung zum vorliegenden Text wiederholt wird); und der Unterschied zwischen der Linie von Elros und anderen in dieser Hinsicht ist weniger ein ausgeprägtes Merkmal und eine Eigenschaft, sondern mehr eine bloße Veranlagung, die ein höheres Alter möglich macht. Obgleich der Fall Erendis' und die etwas kürzere Lebensdauer der Abkömmlinge Beors aus dem Westen erwähnt werden, findet sich hier kein Hinweis (wie in der »Geschichte von Aldarion und Erendis«), daß der Unterschied in beider Lebenserwartung sehr groß, mit ihren Schicksalen verknüpft und als eine Tatsache anerkannt war.

In dieser Schilderung wird nur Elros eine besondere Langlebigkeit zuerkannt, und es wird ausgeführt, daß er und sein Bruder Elrond in ihren physischen Möglichkeiten nicht verschieden ausgestattet waren. Als aber Elros sich dazu entschloß, bei der Sippe der Menschen zu bleiben, behielt er im Gegensatz zu den Quendi die wichtigste Eigenschaft der Menschen: das »Suchen nach dem Sonstwohin«, wie die Eldar es nannten, die »Müdigkeit«, das Verlangen, die Welt zu verlassen. Es wird weiter erklärt, daß das Anwachsen der númenórischen Lebensspanne durch die Angleichung ihrer Lebensweise an die der Eldar herbeigeführt wurde: obgleich sie ausdrücklich gewarnt wurden, daß sie keine Eldar geworden, sondern sterbliche

Menschen geblieben seien, denen lediglich eine Ausdehnung der Wirkungsdauer ihrer körperlichen und geistigen Kräfte gewährt sei. So wuchsen sie mit annähernd der gleichen Geschwindigkeit wie andere Menschen, doch wenn sie die »Voll-Größe« erreicht hatten, dann verlief der Prozeß des »Alterns« oder »Sich-Abnützens« viel langsamer. Das erste Herannahen der »Weltmüdigkeit« war im Grunde für sie ein Zeichen, daß die Periode ihrer Lebenskraft sich dem Ende näherte. Wenn es mit ihnen zu Ende ging und sie darauf bestanden, weiterzuleben, nahm der Verfall ebenso zu, wie es vorher das Wachsen getan hatte, und es vollzog sich nicht langsamer als bei anderen Menschen. So verwandelten sich bei einem Númenórer schnell, vielleicht innerhalb von zehn Jahren, Gesundheit und Geisteskraft in Altersschwäche und Greisenhaftigkeit. In den früheren Generationen »klammerten sie sich nicht ans Leben«, sondern gaben es freiwillig auf. Sich an das Leben zu klammern und so am Ende notgedrungen und unfreiwillig zu sterben, war eine jener Veränderungen, die durch den Schatten und den Aufruhr der Númenórer verursacht wurden; sie wurden auch von einem Schrumpfen ihrer natürlichen Lebensspanne begleitet.

2 Siehe Seite 291, Anmerkung 26.

3 Die Angabe 148 (eher als 147) muß für die Jahre von Tar-Amandils wirklicher Regierung stehen, da das eine Regierungsjahr Vardamirs als rein theoretisch angesehen werden muß.

4 Es ist keine Frage, daß Silmarien das älteste Kind Tar-Elendils war. Ihr Geburtsdatum wird mehrmals mit 521 des Zweiten Zeitalters angegeben, während das ihres Bruders Tar-Meneldur auf das Jahr 543 festgelegt ist. In der »Aufzählung der Jahre« (Anhänge B) wird Silmariens Geburt gleichwohl unter dem Jahreseintrag 548 geführt, ein Datum, das auf die ersten Entwürfe dieses Textes zurückgeht. Ich halte es für sehr wahrscheinlich, daß dieser Fehler korrigiert werden sollte, aber der Aufmerksamkeit entging.

5 Dies stimmt mit der Darstellung des früheren und späteren Rechtes der Nachfolge, wie sie auf Seite 281 f. gegeben wird, nicht überein. Danach konnte Soronto nur kraft des neuen Rechts Ancalimes Erbe werden (wenn sie kinderlos starb), denn er war ein Abkömmling der weiblichen Linie. »Seine ältere Schwester« meint ohne Zweifel »die ältere seiner beiden Schwestern«.

6 Seite 283.

7 Seite 285 und Anmerkung 28 auf Seite 291.

8 Es ist merkwürdig, daß das Szepter auf Tar-Telperien überging, wo doch Tar-Súrion einen Sohn hatte, nämlich Isilmo. Es ist möglich, daß die Nachfolge sich hier auf die Fassung des neuen Rechts stützt, wie sie im *Herrn der Ringe* angegeben wird: Es galt zunächst einfaches Erstgeburtsrecht, unabhängig vom Geschlecht (vgl. Seite 282), und der Übergang des Erbes auf

die Tochter erfolgte nur dann, wenn der Herrscher keinen Sohn hatte.

9 Das hier genannte Datum 1731 für das Ende der Herrschaft Tar-Telperiens und die Thronbesteigung Tar-Minastirs steht in merkwürdigem Widerspruch zu der durch viele Hinweise erhärteten Datierung des ersten Krieges gegen Sauron; denn die erste von Tar-Minastir ausgesandte große númenórische Flotte erreichte Mittelerde im Jahr 1700. Ich kann für diesen Widerspruch nicht den geringsten Grund angeben.

10 In der »Aufzählung der Jahre« (Anhänge B) steht der Eintrag: »2251 Tar-Atanamir nimmt das Szepter. Aufruhr und Uneinigkeit unter den Númenórern beginnt.« Das steht insgesamt im Widerspruch zu vorliegendem Text, demzufolge Tar-Atanamir 2221 starb. Dieses Datum 2221 ist indes selbst eine Verbesserung von 2251; und sein Todesdatum wird an anderer Stelle mit 2251 angegeben. So erscheint das gleiche Jahr in verschiedenen Texten, sowohl als Datum seiner Thronbesteigung wie als das seines Todes, und die Gesamtstruktur der Chronologie zeigt deutlich, daß die frühere Angabe falsch sein muß. Darüber hinaus heißt es in der »Akallabêth« *Das Silmarillion*, Seite 295), daß es in der Zeit von Atanamirs Sohn Ancalimon geschah, daß das Volk von Númenor geteilt wurde. Deshalb habe ich keinen Zweifel, daß der Eintrag in der »Aufzählung der Jahre« fehlerhaft ist und korrekt lauten muß: »2251 Tod Tar-Atanamirs. Tar-Ancalimon nimmt das Szepter. Aufruhr und Teilung des Volkes von Númenor beginnen.« Wenn es so ist, bleibt fraglich, ob das Todesdatum Atanamirs in »Die Linie von Elros« geändert worden wäre, wenn es durch einen Eintrag in der »Aufzählung der Jahre« festgelegt gewesen wäre.

11 In der Liste der Könige und Königinnen von Númenor in den »Anhängen« (A,I,1) zum *Herrn der Ringe* war der Herrscher, der Tar-Calmacil (dem 18.) folgte, Ar-Adûnakhôr (der 19.). In der »Aufzählung der Jahre« (Anhang B) heißt es, er habe das Szepter im Jahr 2899 genommen; davon ausgehend gibt Robert Foster (*A Guide to Middle Earth*, New York 1974) als Todesdatum Tar-Calmacils 2899 an. Andererseits wird später im Bericht über die Herrscher Númenors in Anhang A Ar-Adûnakhôr der 20. König genannt. 1964 antwortete mein Vater einem Briefpartner, der ihn darüber befragt hatte: »Wie die Genealogie sich darstellt, sollte er der 16. König und der 19. Herrscher genannt werden. Neunzehn sollte möglicherweise als zwanzig gelesen werden; doch ist es auch möglich, daß ein Name ausgelassen wurde.« Er erklärte, er sei sich nicht ganz sicher, da er zur Zeit der Abfassung des Briefes seine Aufzeichnungen über diesen Gegenstand nicht zur Hand habe.

Bei der Herausgabe der »Akallabêth« änderte ich die ursprüngliche Fassung: »Und der 20. König nahm das Szepter von seinem Vater und bestieg den Thron unter dem Namen Adûnakhôr« in: »Und der 19. König nahm das Szepter seiner Väter und bestieg den Thron . . .« (*Das Silmarillion*, Seite 294). Ensprechend änderte ich vierundzwanzig in dreiundzwanzig (ebd. Seite 297). Damals hatte ich nicht bemerkt, daß in »Die Linie von Elros« der auf Tar-Calmacil folgende König nicht Ar-Adûnakhôr war, sondern Tar-Ardamin. Doch scheint jetzt völlig klar, daß er irrtümlich auf der Liste im *Herrn der Ringe* fortgelassen wurde, allein schon wegen der Tatsache, daß Tar-Ardamins Todesdatum hier mit 2899 angegeben wird.

Andrerseits geht aus der Überlieferung mit Gewißheit hervor (festgestellt in Anhang A, in der »Akallabêth« und »Die Linie von Elros«), daß Ar-Adûnakhôr der erste König war, der, als er das Szepter nahm, auch einen Titel in adûnaïscher Sprache annahm. Unter der Voraussetzung, daß Tar-Ardamin durch ein bloßes Versehen aus der Liste in Anhang A herausfiel, ist es überraschend, daß die Änderung der Form der Königsnamen dort auf den ersten Herrscher nach Tar-Calmacil zurückgeführt wird. Es ist möglich, daß dieser Passage eine komplizierte Textsituation zugrundeliegt und es sich nicht um ein bloßes irrtümliches Weglassen handelt.

12 In zwei genealogischen Tabellen wird ihr Vater als Gimilzagar ausgewiesen und als der zweite Sohn (geboren 2630) Tar-Calmacils, doch dies ist völlig unmöglich: Inzilbêth muß über mehr Generationen von Tar-Calmacil abstammen.

13 Es gibt eine stark stilisierte Blumenzeichnung meines Vaters, die stilistisch jener ähnelt, die in *Pictures by J. R. R. Tolkien* (1979) zu sehen ist (Nr. 45, unten rechts), und die den Titel *Inziladûn* trägt. Die Unterschrift ist in Feanor-Schrift und in der Transkription *Númellóte* (›Blume des Westens‹) angegeben.

14 Nach der »Akallabêth« (*Das Silmarillion*, Seite 296) starb Gimilkhâd »zwei Jahre vor dem zweihundertsten Jahr seines Lebens (was als ein früher Tod galt für einen von Elros' Geblüt, selbst noch im Niedergang)«.

15 Wie im Anhang A zum *Herrn der Ringe* angemerkt, soll Míriel die vierte Regierende Königin gewesen sein.

Ein abschließender Widerspruch erhebt sich zwischen »Die Linie von Elros« und der »Aufzählung der Jahre« in bezug auf die Daten Tar-Palantirs. In der »Akallabêth« heißt es: »Als aber Inziladûn das Szepter erlangte, nahm er wieder einen Titel in der Elbensprache an, nach altem Brauch; er nannte sich Tar-Palantir.« (*Das Silmarillion*, Seite 295) Und in der »Aufzählung der Jahre« erscheint der Eintrag: »3175 Reue von Tar-Palantir. Bürgerkrieg in Númenor.« Nach diesen Angaben scheint es beinahe sicher, daß 3175 das Jahr der Thronbesteigung war; dies wird durch die Tatsache erhärtet, daß in »Die Linie von Elros« das Todesdatum seines Vaters Ar-Gimilzôr mit 3175 angegeben und erst später in 3177 geändert wurde. Wie beim Todesdatum Tar-Atanamirs (oben, Anmerkung 10) ist es schwer zu verstehen, warum, im Widerspruch zur »Aufzählung der Jahre«, diese kleine Änderung vorgenommen wurde.

16 Die Feststellung, Elendil sei der Verfasser der »Akallabêth«, findet sich nur hier. Anderswo wird auch gesagt, daß die »Geschichte von Aldarion und Erendis«, »eine der wenigen ausführlichen erhaltenen Geschichten aus Númenor«, ihre Erhaltung dem Interesse verdanke, das Elendil an ihr nahm.

IV DIE GESCHICHTE VON GALADRIEL UND CELEBORN UND VON AMROTH, KÖNIG VON LÓRIEN

Kein Abschnitt in der Geschichte Mittelerdes ist reicher an Problemen als die Geschichte von Galadriel und Celeborn, und es muß zugegeben werden, daß es in ihr schwerwiegende Widersprüche, »begründet in den Überlieferungen«, gibt; oder, um die Sache von einem anderen Gesichtspunkt zu betrachten, daß die Rolle und die Bedeutung Galadriels nur langsam zu Tage treten und ihre Geschichte fortlaufenden Umformungen unterworfen war.

Am Anfang ist jedenfalls sicher, daß nach der früheren Konzeption Galadriel vor dem Ende des Ersten Zeitalters allein von Beleriand über die Berge nach Osten ging und daß sie Celeborn in Lórien, seinem eigenen Land, traf; dies wird in unveröffentlichten Schriften ausdrücklich festgestellt; in die gleiche Richtung weisen Galadriels Worte, die sie in »Die Gefährten« (2, Kapitel 7 an Frodo richtet, und wo sie von Celeborn sagt: »Er hat im Westen gelebt seit den Tagen der Morgendämmerung, und ich habe unzählige Jahre bei ihm gelebt; denn vor dem Fall von Nargothrond oder Gondolin bin ich über das Gebirge gekommen, und zusammen haben wir Zeitalter der Welt hindurch gegen die lange Niederlage gekämpft.« Aller Wahrscheinlichkeit nach war Celeborn ein Nandor-Elbe (d. h. einer der Teleri, der sich weigerte, auf der Großen Reise von Cuiviénen das Nebelgebirge zu überqueren).

Andererseits erscheint im Anhang B zum *Herrn der Ringe* eine spätere Version der Geschichte. Dort heißt es, bezogen auf den Beginn des Zweiten Zeitalters: »In Lindon, südlich des Luhn lebte eine Zeitlang Celeborn, ein Verwandter von Thingol; seine Frau war Galadriel, die größte der Frauen unter den Elben.« In den Anmerkungen zu *The Road Goes Ever On* (1968, Seite 60) heißt es, daß Galadriel »mit ihrem Gatten Celeborn (einem der Sindar) die Berge von Ered-Luin überquerte und nach Eregion ging«.

Im *Silmarillion* wird das Treffen zwischen Galadriel und Celeborn in Doriath erwähnt, seine Verwandtschaft mit Thingol (Seite 129) und daß beide unter den Eldar waren, die nach dem Ende des Ersten Zeitalters in Mittelerde blieben (Seite 281).

Die Gründe und Motive, die für Galadriels Zurückbleiben in Mittelerde angegeben werden, sind verschiedener Art. Die soeben zitierte Passage aus *The Road Goes Ever On* besagt ausdrücklich: »Nach dem Sturz Morgoths am Ende des Ersten Zeitalters wurde ein Bann auf ihre Rückkehr gelegt, und voll Stolz hatte sie geantwortet, daß sie nicht den Wunsch habe, dies zu tun.« Eine solche ausdrückliche Feststellung findet sich nicht im *Herrn der Ringe*; jedoch in einem Brief aus dem Jahr 1967 erklärte mein Vater:

Den Exilierten wurde die Rückkehr erlaubt – mit Ausnahme einiger weniger Hauptakteure des Aufruhrs, von denen zur Zeit des *Herrn der Ringe* nur Galadriel übriggeblieben war. Zur Zeit ihres Jammers in Lórien glaubte sie, dieser werde nie enden, solange die Erde bestehe. Folglich beschloß sie ihre Klagen mit einem Gebet oder Wunsch, Frodo möge als besondere Gnade ein Aufenthalt zur Sühne (nicht zur Strafe) in Eressea gewährt werden, der einsamen Insel vor Aman, zu der ihr gleichwohl der Zugang verschlossen war. Ihr Gebet wurde erhört – doch auch ihr persönlicher Bann wurde aufgehoben, als Belohnung für ihre Dienste im Kampf gegen Sauron, und vor allem, weil sie der Versuchung widerstanden hatte, den Ring zu nehmen, als er ihr angeboten wurde. So sehen wir sie schließlich zu Schiff gehen.

Diese sehr bestimmte Aussage beweist dennoch nicht, daß der Gedanke an einen Bann auf Galadriels Rückkehr in den Westen existierte, als viele Jahre vorher das Kapitel »Abschied von Lórien« verfaßt wurde; ich neige zu der Ansicht, daß es nicht so war. (Siehe Seite 314)

In einem sehr späten und in erster Linie philologischen Aufsatz, mit Sicherheit nach der Veröffentlichung von *The Road Goes Ever On* verfaßt, erscheint die Geschichte in deutlich anderer Form:

Galadriel und ihr Bruder Finrod waren die Kinder Finarfins, dem zweiten Sohn von Indis. Finarfin schlug in Geist und Körper seiner Mutter nach, er hatte die goldenen Haare der Vanyar, ihre edle und sanfte Gemütsart und ihre Liebe zu den Valar geerbt. So gut er konnte, hielt er sich fern von den Streitigkeiten seiner Brüder und von ihrer Entfremdung von den Valar, und oft suchte er Frieden bei den Teleri, deren Sprache er erlernte. Er heiratete Earwen, die Tochter des Königs Olwe von Alqualonde, und seine Kinder gehörten somit zur Sippe Elu Thingols aus Doriath in Beleriand, denn dieser war der Bruder Olwes; und diese Verwandtschaft beeinflußte ihre Entscheidung, das Exil auf sich zu nehmen, was sich später in Beleriand als sehr bedeutungsvoll erwies. Finrod hatte wie sein Vater ein schönes Gesicht, goldenes Haar und ebenfalls ein edles und großmütiges Herz, obwohl er den hohen Mut der Noldor besaß und in seiner Jugend Tatendrang und Unrast zeigte; von seiner Teleri-Mutter hatte er auch die Liebe zum Meer geerbt und die Träume von fernen Ländern, die er nie gesehen hatte. Galadriel war die größte unter den Noldor, Feanor vielleicht ausgenommen, obgleich sie klüger war als dieser, und ihre Klugheit wuchs mit den langen Jahren.

Ihr Mutter-Name war Nerwen (›Mann-Mädchen‹)[1], und sie wuchs zu einer Größe heran, die sogar die der Noldor-Frauen übertraf; sie besaß Stärke des Körpers, des Geistes und des Willens, und war in den Tagen ihrer Jugend eine Rivalin der Gelehrten und Athleten der Eldar. Sogar unter diesen galt sie als schön, und ihr Haar hielt man für ein unvergleichliches Wunder. Es war golden wie das Haar ihres Vaters und ihrer Großmutter Indis, doch üppiger und strahlender, denn über seinem Gold lag ein Hauch der Erinnerung an das sternengleiche silberne Haar ihrer Mutter. Und die Eldar sagten, daß das Licht der zwei Bäume, Laurelin und Telperion, in seinen Flechten eingefangen worden sei. Manche glaubten, daß diese Redensart Feanor zu der Eingebung verhalf, das Licht der Bäume einzuschließen und zu vermischen, zu einem Licht, das später unter seinen Händen Gestalt als die Silmaril gewann. Denn Feanor blickte Galadriels Haar mit Staunen und Entzücken an. Dreimal bat er sie um eine Flechte, aber Galadriel wollte ihm nicht einmal ein einziges Haar geben. Diese beiden Verwandten, die größten der Eldar von Valinor, waren sich auf immer unfreundich gesinnt.

Galadriel wurde in der Zeit der Seligkeit Valinors geboren, doch in der Zeitrechnung des Segensreiches währte diese nicht lange, bevor sie dahinschwand; und danach fand sie dort keinen Frieden. Denn in jener Zeit der Prüfung und inmitten des Zwistes unter den Noldor wurde sie hin und her gezogen. Sie war stolz, stark und eigenwillig wie alle Nachkommen Finwes, außer Finarfin. Wie ihr Bruder Finrod, der von allen ihren Verwandten ihrem Herzen am nächsten war, träumte sie von fernen Ländern und Herrschaftsgebieten, die ihr gehören und die sie nach ihrem eigenen Willen und ohne Bevormundung würde regieren können. Doch tiefer noch beseelte sie der edle und großmütige Geist der Vanyar und Verehrung für die Valar, die sie nicht vergessen konnte. Seit ihrer Jugend besaß sie die wundersame Gabe, in den Herzen anderer zu lesen, doch sie beurteilte sie mit Erbarmen und Verständnis, und niemandem außer Feanor versagte sie ihr Wohlwollen. In ihm erkannte sie eine Dunkelheit, die sie haßte und fürchtete, obleich sie nicht begriff, daß der Schatten des nämlichen Bösen auf die Herzen aller Noldor gefallen war, auch auf ihr eigenes.

So geschah es, daß, als das Licht von Valinor für immer dahinschwand, wie die Noldor dachten, sie sich dem Aufruhr gegen die Valar anschloß, die ihnen zu bleiben befahlen; und als sie einmal den Fuß auf die Straße des Exils gesetzt hatte, wollte sie nicht nachgeben, sondern wies die letzte Botschaft der Valar zurück und verfiel dem Urteilsspruch Mandos'. Sogar nach dem erbarmungslosen Angriff auf die Teleri und dem Raub ihrer Schiffe, und obwohl sie in der Verteidigung der Sippe ihrer Mutter verbissen gegen Feanor kämpfte, wich sie nicht zurück. Ihr Stolz ließ eine Umkehr nicht zu, sie wollte kein besiegter Bittsteller sein, der um Vergebung bat; vielmehr brannte sie jetzt vor Verlangen, Feanor mit ihrem Zorn zu verfolgen, in welche Länder er auch immer kommen mochte, und ihm auf jede mögliche Weise entgegenzuarbeiten. Noch immer bewegte sie Stolz, als sie am Ende der Altvorderenzeit nach dem endgültigen Sturz Morgoths die Vergebung der Valar für alle, die gegen ihn gekämpft hatten und in Mittelerde geblieben waren, zurückwies. Es mußten noch zwei weitere lange Zeitalter vergehen, bis ihr schließlich alles in die Hände fiel, was sie sich in ihrer Jugend ersehnt hatte: Der Ring der Macht und die Herrschaft über Mittelerde, von der sie geträumt hatte: Doch ihre Klugheit war zu Weisheit geworden, und sie wies alles zurück, und nachdem sie die letzte Prüfung bestanden hatte, ging sie auf immer von Mittelerde fort.

Der letzte Satz steht in engem Zusammenhang mit der Szene in Lothlórien, als Frodo Galadriel den Ring anbietet (»Die Gefährten«, 2, Kapitel 7): »Und nun ist es endlich soweit. Du willst mir den Ring freiwillig geben! Anstelle des Dunklen Herrschers willst du eine Königin einsetzen.«

Im *Silmarillion* (Seite 96) wird erzählt, daß zur Zeit des Aufstandes der Noldor in Valinor Galadriel darauf brannte, fortzuziehen: »Sie schwur keinen Eid, doch Feanors Worte über Mittelerde waren in ihrem Herzen aufgegangen, denn sie sehnte sich danach, die weiten unbewachten Lande zu sehen und ein Reich nach ihrem Gutdünken zu regieren.«

Gleichwohl weist der vorliegende Bericht verschiedene charakteristische Züge auf, von denen sich im *Silmarillion* keine Spur findet: die Verwandtschaft der Kinder Finarfins mit Thingol als ein Faktor, der ihre Entscheidung beeinflußt, sich am Aufruhr Feanors zu beteiligen; Galadriels von Anfang an vorhandene besondere Abneigung und ihr Mißtrauen gegen Feanor und die Wirkung, die sie auf ihn ausübte; und der Kampf der Noldor untereinander bei Alqualonde – In Menegroth bestand Angrod

Thingol gegenüber darauf, daß die Sippe Finarfins am Tod der Teleri unschuldig sei (*Das Silmarillion*, Seite 145). Höchst bemerkenswert in der oben zitierten Passage ist jedoch die ausdrückliche Feststellung, daß Galadriel am Ende des Ersten Zeitalters *die Vergebung der Valar zurückwies.*

Später heißt es in diesem Aufsatz, daß, obwohl sie von ihrer Mutter Nerwen und von ihrem Vater Artanis (›edle Frau‹) genannt wurde, der Sindarin-Name, den sie wählte, Galadriel war, »denn er war der schönste ihrer Namen, und er war ihr von ihrem Liebsten, Teleporno von den Teleri, gegeben worden, den sie später in Beleriand heiratete«. Teleporno ist Celeborn, dem hier eine andere Geschichte beigelegt wird, wie weiter unten (Seite 313) ausgeführt wird; zum Namen selbst siehe Anhang E, Seite 354.

Eine völlig andere, skizzierte, aber nie ausgeführte Geschichte über Galadriels Verhalten während des Aufstandes der Noldor erscheint in einer sehr späten und teilweise unleserlichen Notiz. Es ist die letzte Aufzeichnung meines Vaters über Galadriel und Celeborn und vermutlich die letzte über Mittelerde und Valinor, niedergeschrieben im letzten Monat seines Lebens. Darin betont er die eindrucksvolle Gestalt Galadriels bereits in Valinor, die gleichrangige, wenn auch andersartige Begabung Feanors. Hier wird gesagt, daß sie weit davon entfernt war, sich Feanors Aufruhr anzuschließen, und sie ihm auf jede Weise Widerstand leistete. Sie wollte Valinor wirklich verlassen und in die ferne Welt Mittelerdes gehen, um ihre Fähigkeiten zu üben; denn »geistig hochbegabt und von schneller Auffassungsgabe, hatte sie früh alles Wissen verarbeitet, dessen sie habhaft werden konnte und das die Valar für geeignet hielten, es an die Eldar weiterzugeben«; und sie fühlte sich durch die Bevormundung in Aman eingeengt. Dieses Verlangen Galadriels war Manwe, wie es scheint, bekannt, und er hatte kein Verbot ausgesprochen; doch war ihr die förmliche Erlaubnis nicht erteilt, Aman zu verlassen. Indem sie darüber nachdachte, was sie tun könnte, kamen ihr die Schiffe der Teleri in den Sinn, und sie machte sich auf, um eine Zeitlang bei der Sippe ihrer Mutter in Alqualonde zu wohnen. Dort traf sie Celeborn, hier wieder ein Teleri-Fürst, Enkelsohn Olwes aus Alqualonde, und damit ihr enger Verwandter. Gemeinsam planten sie, ein Schiff zu bauen und damit nach Mittelerde zu segeln; und als sie im Begriff waren, die Valar um Erlaubnis für ihr Wagestück zu bitten, floh Melkor aus Valmar, kehrte mit Ungolianth zurück und zerstörte das Licht der Bäume. An Feanors Aufruhr, der der Verhüllung Valinors folgte, hatte Galadriel keinen Anteil: In Wahrheit fochten sie und Celeborn heldenhaft im Verteidigungskampf Alqualondes gegen die Noldor, und Celeborns Schiff wurde von ihnen gerettet. Galadriel, die nun an Valinor verzweifelte und entsetzt war über die Grausamkeit und Gewalttätigkeit Feanors, segelte in die Dunkelheit, ohne auf

Manwes Erlaubnis zu warten, die in dieser Stunde, wie sich ihr Verlangen auch rechtfertigen mochte, zweifellos nicht erteilt worden wäre. So geschah es, daß sie unter den Bann kam, der auf jeder Abreise lag, und für eine Rückkehr war Valinor ihr verschlossen. Aber zusammen mit Celeborn erreichte sie Mittelerde ein wenig früher als Feanor und traf in dem Hafen ein, in dem Círdan Herr war. Dort hieß man sie als Angehörige der Sippe Elwes (Thingol) mit Freuden willkommen. Am Krieg gegen Angband in den folgenden Jahren nahmen sie nicht teil, weil sie ihn, unter dem Bann der Valar und ohne deren Hilfe, für hoffnungslos erachteten; sie rieten vielmehr, sich aus Beleriand zurückzuziehen und eine Front gegen den Osten zu errichten (von woher, wie sie fürchteten, Morgoth neue Kräfte beziehen wollte), den Dunkel-Elben und Menschen jener Gegenden zu helfen und sie zu unterweisen. Aber da derartige Unternehmungen keine Aussicht auf Billigung der Elben Beleriands hatten, gingen Galadriel und Celeborn vor Ende des Ersten Zeitalters über die Ered Lindon aus Beleriand fort. Und als sie die Erlaubnis der Valar erhielten, in den Westen zurückzukehren, wiesen sie diese zurück.

Diese Geschichte, in der Galadriel von jeglicher Verbindung mit dem Aufruhr Feanors gelöst ist und ihr darüber hinaus sogar eine gesonderte Abreise (mit Celeborn) aus Aman zugeschrieben wird, ist grundsätzlich verschieden von allem, was anderswo gesagt ist. Die Geschichte entspringt eher ›philosophischen‹ (als ›historischen‹) Überlegungen, die auf der einen Seite das tiefere Wesen von Galadriels Ungehorsam in Valinor berücksichtigen und auf der anderen ihre Stellung und Macht in Mittelerde. Es liegt auf der Hand, daß dies umfangreiche Änderungen in der Erzählung vom *Silmarillion* zur Folge gehabt haben würde; doch mein Vater hatte zweifellos die Absicht, sie durchzuführen. Es sei angemerkt, daß Galadriel in der ursprünglichen Geschichte des Aufruhrs und der Flucht der Noldor, die lange vorher existierte, nicht erscheint; darüber hinaus konnten nach ihrem Eintritt in die Geschichten aus dem Ersten Zeitalter ihre Handlungen natürlich auch noch von Grund auf umgeformt werden, weil *Das Silmarillion* noch nicht veröffentlicht war. Das Buch, so wie es veröffentlicht wurde, setzte sich indes aus abgeschlossenen Erzählungen zusammen, und ich konnte Revisionen, die lediglich beabsichtigt waren, nicht berücksichtigen. Andererseits widerspricht die Umformung Celeborns in einen Teleri-Elben aus Aman nicht nur Aussagen im *Silmarillion,* sondern auch den bereits zitierten Passagen aus *The Road Goes Ever On* und dem Anhang B zum *Herrn der Ringe,* wo Celeborn ein Sindarin-Elbe aus Beleriand ist. Auf die Frage, warum diese grundsätzliche Änderung in Celeborns Geschichte vorgenommen werden mußte, könnte man antworten, daß sie sich aus dem neuen erzählerischen Element ergab: Galadriels Abreise aus Aman, *getrennt* von den Heeren der aufrührerischen Noldor. Doch in dem auf Seite 311 zitierten Text, wo Galadriel an Feanors Aufruhr und am Auszug aus Valinor teilnimmt, ist Celeborn bereits in einen Teleri-Elben umgeformt, und es findet sich dort kein Hinweis, auf welche Weise er nach Mittelerde kam.

Die frühere Geschichte (abgesehen von der Frage des Banns und der Vergebung), auf die sich die Aussage im *Silmarillion*, in *The Road Goes Ever On* und im Anhang B zum *Herrn der Ringe* beziehen, ist ziemlich eindeutig: Galadriel kommt als einer der Anführer des zweiten Heeres der Noldor nach Mittelerde, trifft Celeborn in Doriath und heiratet ihn später. Er war der Enkelsohn von Thingols Bruder Elmo – eine undeutliche Figur, über die nichts ausgesagt wird, außer daß er der jüngere Bruder Elwes (Thingol) und Olwes war und »von Elwe geliebt wurde, bei dem er ausharrte«. Elmos Sohn hieß Galadhon und dessen Söhne waren Celeborn und Galathil. Galathil war der Vater Nimloths, die Dior heiratete, Thingols Erbe, und die Mutter Elwings war. Nach dieser Genealogie war Celeborn ein Verwandter Galadriels, der Enkelin Olwes aus Alqualonde, doch war die Verwandtschaft weniger eng als die, derzufolge er Olwes Enkel war. Es ist eine naheliegende Vermutung, daß Celeborn und Galadriel beim Untergang Doriaths anwesend waren (an einer Stelle heißt es, daß Celeborn »der Plünderung der Stadt entkam«) und vielleicht bei der Flucht Elwings mit den Silmaril zu den Anfurten des Sirion halfen – doch wird dies nirgends gesagt. Im Anhang B zum *Herrn der Ringe* wird erwähnt, daß Celeborn eine Zeitlang in Lindon südlich des Luhn wohnte;[2] doch zu Anfang des Zweiten Zeitalters gingen sie über die Berge nach Eriador. Ihre anschließende Geschichte wird in der folgenden kurzen Erzählung mitgeteilt, die aus derselben Schaffensperiode (um es so zu nennen) meines Vaters stammt.

Über Galadriel und Celeborn

Der Text, der diesen Titel trägt, ein kurzer, hastiger Entwurf und sehr flüchtig ausgearbeitet, ist gleichwohl die einzige erzählende Quelle für die Ereignisse im Westen Mittelerdes bis zur Niederwerfung und Vertreibung Saurons aus Eriador im Jahr 1701 des Zweiten Zeitalters. Außer den kurzen und spärlichen Einträgen in der »Aufzählung der Jahre« und dem im stärkeren Maße verallgemeinernden und auswählenden Bericht »Von den Ringen der Macht und dem Dritten Zeitalter« (veröffentlicht im *Silmarillion*), gibt es darüber hinaus sehr wenig. Es ist sicher, daß der vorliegende Text nach der Veröffentlichung des *Herrn der Ringe* niedergeschrieben wurde; das geht aus seinem Bezug zum Buch und aus der Tatsache hervor, daß Galadriel die Tochter Finarfins und die Schwester Finrod Felagunds genannt wird, denn dies sind die späteren Namen der Fürsten, die in die überarbeitete Ausgabe eingeführt wurden (vgl. Seite 341, Anmerkung 20). Der Text ist stark überarbeitet, und es ist nicht immer möglich zu erkennen, welche Korrekturen aus der Zeit seiner Niederschrift und welche aus einer unbestimmten späteren Zeit stammen. Dies ist der Fall bei denjenigen Hinweisen auf Amroth, nach denen er der Sohn Galadriels und Celeborns ist; doch ich halte es für absolut sicher, wann immer diese Hinweise eingefügt wurden, daß es sich um eine neue Deutung handelt, die nach der Niederschrift des *Herrn der Ringe* vorgenommen wurde. Hätte er bereits bei der Niederschrift als deren Sohn gegolten, wäre diese Tatsache sicherlich erwähnt worden.

Es ist überaus bemerkenswert, daß in diesem Text nicht nur der Bann auf Galadriels Rückkehr unerwähnt bleibt, sondern daß aus einer Anfangspassage des Berichtes sogar hervorzugehen scheint, daß es eine solche Vorstellung nicht gab. An einer späteren Stelle der Erzählung wird dagegen Galadriels Zurückbleiben in Mittelerde nach der Niederwerfung Saurons in Eriador ihrer Überzeugung zugeschrieben, es sei ihre Pflicht, nicht fortzugehen, so lange er nicht endgültig besiegt sei. Dies ist die Hauptstütze der oben (zögernd) vorgetragenen Ansicht, daß die Geschichte des Bannes später als der *Herr der Ringe* entstanden ist. Vgl. auch die Passage in der Geschichte der Elessar auf Seite 333.

Was hier folgt, ist eine Nacherzählung dieses Textes mit eingestreuten Kommentaren, die durch eckige Klammern gekennzeichnet sind.

Galadriel war die Tochter Finarfins und die Schwester Finrod Felagunds. Sie war in Doriath gern gesehen, weil ihre Mutter Earwen, Tochter Olwes, eine Teleri und die Nichte Thingols war und weil das Volk Finarfins an dem Verwandtenmord bei Alqualonde keinen Anteil gehabt hatte; und sie wurde die Freundin Melians. In Doriath traf sie Celeborn, den Enkel Elmos, dem Bruder Thingols. Aus Liebe zu Celeborn, der Mittelerde nicht verlassen wollte (und vermutlich auch ein wenig aus eigenem Stolz, denn sie war eine jener Eifrigen gewesen, die sich dorthin gewagt hatten), ging sie nach Melkors Fall nicht in den Westen, sondern überquerte mit Celeborn die Ered Lindon und kam nach Eriador. Als sie diese Gegend betraten, befanden sich zusammen mit Grau-Elben und Grün-Elben viele Noldor in ihrem Gefolge; und eine Zeitlang wohnten sie in dem Land um den See Nenuial (Evendim im Norden des Auenlands). Celeborn und Galadriel wurden schließlich als Herr und Herrin der Eldar in Eriador angesehen, eingeschlossen die umherziehenden Gruppen nandorischen Ursprunges, die nie nach Westen über die Ered Lindon gezogen und nach Ossiriand gekommen waren. [Vgl. *Das Silmarillion*, Seite 107] Während ihres Aufenthaltes in der Nähe des Nenuial wurde etwa in der Zeit zwischen 350 und 400 ihr Sohn Amroth geboren. [Die Zeit und der Ort von Celebríans Geburt, ob hier oder später in Eregion, oder noch später in Lórien, liegt nicht endgültig fest.]

Doch vielleicht bemerkte Galadriel, daß Sauron wiederum, wie in den alten Tagen der Gefangenschaft Melkors [Vgl. *Das Silmarillion*, Seite 62], zurückgelassen worden war. Oder weil Sauron bis jetzt keinen einzelnen Namen hatte und nicht durchschaubar wurde, daß seine Tätigkeit von einem einzelnen bösen Geist herrührte, dem wichtigsten Diener Melkors, begriff sie vielmehr, daß es eine böse, lenkende Kraft draußen in der Welt gab, die aus einer Quelle weiter im Osten, jenseits von Eriador und dem Nebelgebirge zu stammen schien.

Deshalb gingen Galadriel und Celeborn um das Jahr 700 des Zweiten Zeitalters nach Osten und errichteten (das erste, doch auf keinen Fall das einzige) Noldor-Reich von Eregion. Es ist möglich, daß Galadriel dieses Gebiet wählte, weil sie von den Zwergen von Khazad-dûm (Moria) Kenntnis hatte. Es lebten und blieben immer einige Zwerge auf der Ostseite der Ered Lindon[3], wo die uralten Wohnungen von Nogrod und Belegost gewesen waren – nicht weit vom Nenuial; doch sie hatten den größten Teil ihrer Streitmacht nach Khazad-dûm verlegt. Celeborn fand keinen Gefallen an Zwergen gleich welcher Rasse (wie er in Lothlórien Gimli gegenüber bewies) und verzieh ihnen ihren Anteil an der Zerstörung Doriaths nie; doch es war nur das Heer von Nogrod, das am Angriff teilnahm, und dieses wurde in der Schlacht von Sarn Athrad vernichtet. [*Das Silmarillion*, Seite 261 f.] Die Zwerge von Belegost waren entsetzt über dieses Unglück und fürchteten seine Folgen, und dies beschleunigte ihren Aufbruch nach Khazad-dûm im Osten.[4] Also durfte man von den Zwergen von Moria annehmen, daß sie an der Zerstörung Doriaths unschuldig gewesen und den Elben nicht feindlich gesinnt waren. Auf jeden Fall war Galadriel in diesem Punkt weitblickender als Celeborn: Sie erkannte von Anfang an, daß Mittelerde von den ›Rückständen des Bösen‹, die Melkor hinterlassen hatte, nur durch einen Zusammenschluß aller gerettet werden konnte, die auf ihre Weise und in ihrem Maße sich ihm entgegenstellten. Sie sah die Zwerge auch mit den Augen eines Befehlshabers und hielt sie für die geschicktesten Krieger, die man gegen die Orks ins Feld führen konnte. Überdies war sie eine Noldo und empfand eine natürliche Zuneigung zu ihrem Denken und ihrer leidenschaftlichen Liebe zum künstlerischen Handwerk, eine Sympathie, die viel größer war, als man sie bei vielen der Eldar fand: Die Zwerge waren die ›Kinder Aules‹, und Galadriel war wie andere der Noldor in Valinor Schülerin Aules und Yavannas gewesen.

In der Begleitung Galadriels und Celeborns befand sich ein noldorischer Handwerker namens Celebrimbor. [Es heißt, er sei einer der Überlebenden von Gondolin gewesen und habe zu Turgons bedeutendsten Künstlern gehört; doch der Text ist im Hinblick auf die neue Geschichte korrigiert, die ihn zu einem Nachkommen Feanors macht, wie im Anhang B zum *Herrn der Ringe* erwähnt wird; genauer beschrieben ist er im *Silmarillion* (Seite 196 und 314). Dort heißt es, er sei der Sohn Curufins, des fünften Sohns Feanors, der sich seinem Vater entfremdete und in Nargothrond blieb, als Celegorm und Curufin vertrieben wurden.] Celebrimbor war »von den Künsten fast ebenso besessen, wie die Zwerge«; und bald wurde er der erste Künstler Eregions, der zu den Zwergen von Khazad-dûm in eine enge Beziehung trat, unter denen Narvi sein bester Freund war. [In der Inschrift am West-Tor Morias las Gandalf die Worte: *Im Narvi hain echant: Celebrimbor o Eregion teithant i thiw hin:* Ich, Narvi, machte sie. Celebrimbor von Hulsten zeichnete diese Buchstaben. »Die Gefährten«, 2, Kapitel 4.] Elben und Zwerge zogen aus dieser Verbindung gleichermaßen Nutzen, so daß Eregion viel stärker und Khazad-dûm viel schöner wurde, als sie es aus eigener Kraft hätten werden können.

[Diese Schilderung des Ursprunges Eregions stimmt mit jener überein, die sich in »Von den Ringen der Macht« (*Das Silmarillion*, Seite 311) findet, doch weder dort noch in den kurzen Hinweisen im Anhang B zum *Herrn der Ringe* wird die Anwesenheit Galadriels und Celeborns erwähnt; in den letzteren freilich wird Celebrimbor Herr von Eregion genannt.]

Der Bau der Hauptstadt Eregions, Ost-in-Edhil, wurde um das Jahr 750 des Zweiten Zeitalters begonnen [dieses Datum wird in der »Aufzählung der Jahre« für die Gründung Eregions durch die Noldor angegeben]. Hiervon erhielt Sauron Nachricht, und dies vergrößerte seine Furcht, die er über das Kommen der Númenórer nach Lindon und zu den Küsten weiter südlich und über ihre Freundschaft mit Gil-galad empfand; und er hörte auch von Aldarion erzählen, dem Sohn Tar-Meneldurs, König von Númenor, dieser sei ein großer Schiffbauer geworden, der seine Schiffe weit unten im Süden sicher anlanden ließ. Deshalb ließ Sauron Eriador eine Weile unbehelligt und wählte das Land Mordor, wie es später genannt wurde, als Festung und Gegengewicht gegen die Bedrohung durch die Landungen der Númenórer [in der »Aufzählung der Jahre« mit »um 1000« datiert]. Als er sich sicher fühlte, sandte er geheime Boten nach Eriador, und schließlich, um das Jahr 1200 des Zweiten Zeitalters, kam er selbst in der schönsten Gestalt, die er ersinnen konnte.

Doch in der Zwischenzeit war die Macht Galadriels und Celeborns gewachsen, und Galadriel, durch ihre Freundschaft mit den Zwergen von Moria darin unterstützt, war mit dem nandorischen Reich von Lórinand jenseits des Nebelgebirges in Verbindung getreten.[5] Dieses Gebiet wurde von jenen Elben bevölkert, die an der Großen Reise der Eldar aus Cuiviénen nicht teilnahmen und in den Wäldern im Tal des Anduin siedelten [*Das Silmarillion*, Seite 107]; und das Gebiet reichte bis in die Wälder auf beiden Seiten des Flusses und schloß die Gegend ein, die später Dol Guldur genannt wurde. Diese Elben hatten keine Fürsten oder Herren und führten ein sorgloses Leben, während die gesamte Macht Morgoths im Nordwesten Mittelerdes zusammengezogen war;[6] »doch es kamen viele Sindar und Noldor, um bei ihnen zu wohnen, und unter dem Einfluß der Kultur Beleriands begann ihre ›Sindarisierung‹.« [Es wird nicht deutlich gemacht, wann dieser Zustrom nach Lórinand stattfand; es kann sein, daß er von Eregion ausgehend über Khazad-dûm führte und unter der Leitung Galadriels stand.] In ihrem Bestreben, den Machenschaften Saurons entgegenzuwirken, war Galadriel in Lórinand erfolgreich, während Gil-galad in Lindon Saurons Boten und sogar ihm selbst den Zutritt untersagte [wie es in »Von den Ringen der Macht« (*Das Silmarillion*, Seite 318) ausführlich beschrieben ist]. Doch bei den Noldor in Eregion hatte Sauron mehr Glück, besonders bei Celebrimbor, den brennend danach verlangte, Feanor an Geschicklichkeit und Ruf den Rang streitig zu machen. [Die Geschichte, wie Sauron die Schmiede von Eregion täuschte und sich selbst den Namen Annatar, Herr der Geschenke, beilegte, wird in »Von den Ringen der Macht« erzählt, doch Galadriel wird dort nicht erwähnt.]

In Eregion gab sich Sauron als Abgesandter der Valar aus, der von ihnen nach Mittelerde geschickt (»auf diese Weise die Istari vorwegnehmend«) oder damit beauftragt war, dort zu bleiben und den Elben Beistand zu leisten. Er erkannte sogleich, daß Galadriel seine Hauptgegnerin und sein größtes Hindernis sein würde, trachtete deshalb danach, sie zu besänftigen, und ertrug ihre Verachtung mit außerordentlicher Geduld und Höflichkeit. [In diesem schnell geschriebenen Entwurf wird keine Erklärung dafür gegeben, warum Galadriel Sauron verhöhnte, es sei denn, sie durchschaute sein falsches Spiel, oder warum sie ihm erlaubte, in Eregion zu bleiben, wenn sie seine wahre Natur erkannte.][7] Bei Celebrimbor und seinen Schmiede-Kameraden ließ Sauron alle seine Künste spielen; diese hatten eine Gesellschaft oder Bruderschaft gegründet, die Gwaith-i-Mírdain, die in Eregion sehr mächtig war; doch Sauron arbeitete im Verborgenen und ohne daß Galadriel und Celeborn davon wußten. Bald hatte Sauron die Gwaith-i-Mírdain unter seinen Einfluß gebracht, denn anfangs hatte diese durch seine Einweisung in geheime Dinge ihrer Kunst großen Nutzen.[8] Sein Einfluß in der Mírdain wurde schließlich so groß, daß er sie dazu überredete, sich gegen Galadriel und Celeborn zu erheben und die Macht in Eregion an sich zu reißen; und dies geschah etwa zwischen 1350 und 1400 des Zweiten Zeitalters. Daraufhin verließ Galadriel Eregion, nahm Amroth und Celebrían mit und ging durch Khazad-dûm nach Lórinand; Celeborn hingegen wollte die Wohnungen der Zwerge nicht betreten und blieb, von Celebrimbor nicht beachtet, in Eregion zurück. Galadriel nahm in Lórinand die Herrschaft und die Verteidigung gegen Sauron in die Hand.

Sauron selbst ging um das Jahr 1500 aus Eregion fort, nachdem die Mírdain mit der Anfertigung der Ringe begonnen hatten. Um diese Zeit war Celebrimbor in seinem Herzen und in seiner Treue nicht verdorben, doch er hielt Sauron für den, der dieser zu sein vorgab; und als er endlich das Vorhandensein des Einen Ringes entdeckte, begehrte er gegen Sauron auf und begab sich nach Lórinand, um sich noch einmal mit Galadriel zu beraten. Zu dieser Zeit hätten sie alle Ringe der Macht vernichtet, »doch es mangelte ihnen an Kraft«. Galadriel riet, daß die Drei Ringe der Elben niemals benutzt und getrennt voneinander versteckt werden sollten, an einem Ort, fern von Eregion, wo Sauron sie vermutete. In dieser Zeit empfing sie von Celebrimbor Nenya, den Weißen Ring, und durch seine Macht wurde das Reich von Lórinand stärker und schöner; doch gewaltig und unvorhersehbar war auch seine Macht über Galadriel, denn er verstärkte ihre verborgene Sehnsucht nach dem Meer und der Rückkehr in den Westen, so daß sich ihre Freude an Mittelerde trübte.[9] Celebrimbor folgte ihrem Rat, den Ring der Luft und den Ring des Feuers aus Eregion fortzusenden; und er vertraute sie Gil-galad in Lindon an. (Es heißt hier, daß Gil-galad in dieser Zeit Narya, den Roten Ring, an Círdan weitergab, den Herrn der Anfurten, doch findet sich später in der Erzählung eine Randbemerkung, daß er ihn selbst behielt, bis er zum Krieg des Letzten Bundes aufbrach.)

Als Sauron von der Reue und dem Aufbegehren Celebrimbors erfuhr, ließ er die Maske fallen, und sein Zorn wurde offen sichtbar; er zog eine große Streitmacht zusammen, und im Jahr 1695 rückte er durch Calenardhon (Rohan) vor, um in Eriador einzufallen. Als Gil-galad diese Nachricht erreichte, sandte er eine Streitmacht unter Elrond, dem Halbelb, aus; aber Elrond hatte einen weiten Weg, und Sauron wandte sich nach Norden und eilte plötzlich nach Eregion. Die Kundschafter und die Vorhut rückten schon nahe heran, als Celeborn einen Ausfall machte und sie zurücktrieb; aber obwohl es ihm gelang, seine Streitmacht mit der von Elrond zu vereinigen, konnten sie nicht nach Eregion zurückkehren, denn Saurons Heer war weit größer als die ihrigen, groß genug, um sie fernzuhalten und zugleich Eregion dicht einzuschließen. Schließlich brachen die Angreifer zerstörend und verwüstend in Eregion ein und eroberten das wichtigste Ziel von Saurons Angriff: das Haus der Mírdain, wo sich ihre Schmieden und Schätze befanden. Celebrimbor selbst leistete Sauron auf den Stufen zur großen Tür der Mírdain verzweifelt Widerstand, doch er wurde ergriffen und gefangengenommen, und das Haus wurde geplündert. Dort nahm Sauron die Neun Ringe und einige weniger wertvolle Arbeiten der Mírdain an sich, aber die Sieben und die Drei Ringe konnte er nicht finden. Darauf wurde Celebrimbor der Folter unterworfen, und Sauron erfuhr von ihm, wo die Sieben Ringe aufbewahrt wurden. Celebrimbor gab dies preis, weil er weder die Sieben noch die Neun für so wertvoll hielt wie die Drei Ringe; die Sieben und die Neun waren mit Saurons Hilfe, die Drei von Celebrimbor allein gemacht, und sie besaßen eine andere Macht und dienten einem anderen Zweck. [Es wird hier nicht eigentlich gesagt, daß Sauron zu dieser Zeit die Sieben Ringe in Besitz nahm, obwohl die Folgerung klar erscheint, daß er es tat. In Anhang A, III zum *Herrn der Ringe* heißt es, daß die Zwerge von Durins Volk glaubten, daß der Ring Durin III., König von Khazad-dûm, von den Elbenschmieden selbst und nicht von Sauron gegeben worden sei; doch im vorliegenden Text wird nichts darüber ausgesagt, auf welche Weise die Sieben Ringe in den Besitz der Zwerge kamen.] Über die Drei Ringe konnte Sauron von Celebrimbor nichts erfahren, und er ließ ihn töten. Doch er ahnte die Wahrheit, daß die Drei elbischen Hütern anvertraut waren: und dies mußte bedeuten, daß es sich dabei um Galadriel und Celeborn handelte.

Voll tiefen Zorns kehrte er in die Schlacht zurück; Celebrimbors Leichnam, von Ork-Pfeilen durchbohrt und an einem Pfahl hängend, trug er vor sich her wie ein Banner, und er wandte sich gegen die Streitmacht Elronds. Dieser hatte die wenigen Elben, die aus Eregion hatten entkommen können, gesammelt, doch seine Kraft reichte nicht aus, um dem Angriff standzuhalten. Man hätte ihn ohne Zweifel überwältigt, wäre nicht Saurons Heer im Rücken angegriffen worden, denn Durin sandte aus Khazad-dûm eine Zwergenstreitmacht, und mit ihr kamen die Elben aus Lórinand, geführt von Amroth. Elrond war imstande, sich zu befreien, doch er wurde nach Norden abgedrängt, und in dieser Zeit [der »Aufzählung der Jahre« zufolge im Jahr 1697] begründete er eine Zuflucht und Festung bei Imladris (Bruchtal). Sauron gab die Verfolgung Elronds auf und wandte sich gegen die Zwerge und Elben aus Lórinand, die er zurücktrieb; doch die Tore Morias wurden geschlossen, und er konnte nicht hinein. Immer galt später Saurons Haß Moria, und alle Orks erhielten Befehl, Zwerge zu verfolgen, wann immer sie konnten.

Aber jetzt versuchte Sauron die Herrschaft über Eriador zu gewinnen: Lórinand konnte warten. Doch als er die Länder verwüstete, alle kleinen Gruppen von Menschen tötete oder vertrieb und die übriggebliebenen Elben jagte, flohen viele nach Norden, um Elronds Heer zu vermehren. Es war jetzt Saurons vordringlichstes Ziel, Lindon einzunehmen, wo er, wie er glaubte, die meisten Aussichten hatte, einen oder mehr der Drei Ringe in die Hand zu bekommen; deshalb rief er seine zerstreuten Streitkräfte zusammen und marschierte nach Westen auf das Land Gil-galads zu, auf seinem Weg alles verwüstend. Aber seine Kampfkraft wurde durch die Notwendigkeit geschwächt, eine starke Abteilung zurückzulassen, um Elrond in Schach zu halten und ihn daran zu hindern, ihm in den Rücken zu fallen.

Seit langen Jahren hatten die Númenórer nun mit ihren Schiffen die Grauen Anfurten angelaufen, und sie waren dort willkommen. Sobald Gil-galad zu fürchten begann, daß Sauron Eriador mit offenem Krieg überziehen wollte, sandte er Botschaften nach Númenor; und die Númenórer begannen an den Küsten Lindons einen Stützpunkt und ein Nachschublager für den Kriegsfall zu errichten. Im Jahr 1695, als Sauron in Eriador einfiel, rief Gil-galad Númenor zu Hilfe. Darauf schickte der König Tar-Minastir eine große Kriegsflotte aus; doch diese verspätete sich und erreichte die Küsten Mittelerdes nicht vor dem Jahr 1700. Bis dahin hatte sich Sauron ganz Eriadors bemächtigt, ausgenommen nur das belagerte Imladris, und die Flußlinie des Lhûn (Luhn) erreicht. Er hatte weitere Streitkräfte gerufen, die aus dem Südosten heranrückten und in der Tat in Enedwaith am Steg von Tharbad standen, der nur schwach gehalten wurde. Gil-galad und die Númenórer behaupteten den Lhûn in verzweifelter Verteidigung der Grauen Anfurten, als im rechten Augenblick die große Kriegsmacht Tar-Minastirs anlangte; und Saurons Heer wurde schwer geschlagen und zurückgetrieben. Der númenórische Admiral Ciryatur ließ einen Teil seiner Schiffe auslaufen, um weiter südlich zu landen.

Nach einem großen Gemetzel bei der Sarnfurt (der Übergang über den Brandywein) wurde Sauron nach Südosten weggetrieben; und obwohl er sich durch seine Streitkräfte bei Tharbad verstärkte, hatte er plötzlich erneut ein númenórisches Heer im Rücken, denn Ciryatur hatte an der Mündung des Gwathló (Grauflut) eine starke Streitmacht an Land gesetzt, »dort, wo ein kleiner númenórischer Hafen war«. [Dieser Hafen war Vinyalonde, später Lond Daer genannt, errichtet von Tar-Aldarion; vgl. unten Anhang D, Seite 348.] In der Schlacht am Gwathló wurde Sauron vernichtend geschlagen, und er selbst entkam nur um

Haaresbreite. Seine verbleibende kleine Streitmacht wurde im Osten Calenardhons angegriffen, und er selbst floh nur mit einer Leibgarde in jene Gegend, die später Dagorlad (Schlacht-Ebene) genannt wurde, von wo er gebrochen und gedemütigt nach Mordor zurückkehrte und auf Rache gegen Númenor sann. Die Armee, die Imladris belagerte, wurde zwischen Elrond und Gil-galad eingeschlossen und völlig vernichtet. Eriador war vom Feind gesäubert, doch es lag zum größten Teil in Trümmern.

Um diese Zeit wurde der erste Rat abgehalten,[10] und dort wurde beschlossen, daß es besser sei, eine Elbenfestung im Osten Eriadors zu unterhalten als in Eriador selbst. In dieser Zeit übergab Gil-galad Vilya, den Blauen Ring, Elrond und ernannte ihn zum Vize-Regenten von Eriador; den Roten Ring aber behielt er, bis er ihn Círdan gab, als er in den Tagen des Letzten Bundes von Lindon aufbrach.[11] Die Westlande hatten viele Jahre Frieden und Zeit, ihre Wunden zu heilen; doch die Númenórer hatten in Mittelerde Gefallen an der Macht gefunden, und von diesem Zeitpunkt an begannen sie unentwegt Siedlungen an den westlichen Küsten zu gründen [In der »Aufzählung der Jahre«: »um 1800«], die zu mächtig für Sauron waren, als daß er es für lange Zeit wagen konnte, sich aus Mordor nach Westen zu bewegen.

In ihrer abschließenden Passage kehrt die Erzählung zu Galadriel zurück und berichtet, daß ihr Verlangen nach dem Meer so stark wurde (obgleich sie es für ihre Pflicht hielt, in Mittelerde zu bleiben, solange Sauron noch unbesiegt war), daß sie beschloß, Lórinand zu verlassen und in der Nähe des Meeres zu wohnen. Sie vertraute Lórinand Amroth an, zog mit Celebrían erneut durch Moria und kam nach Imladris, wo sie Celeborn suchte. Dort (scheint es) fand sie ihn, und sie wohnten lange Zeit beisammen; und dann geschah es, daß Elrond Celebrían zum ersten Mal sah und sich in sie verliebte, wenn er auch nicht darüber sprach. Während Galadriel in Imladris war, wurde der oben erwähnte Rat abgehalten. Doch ein wenig später [für das Datum gibt es keinen Anhaltspunkt] gingen Galadriel und Celeborn zusammen mit Celebrían aus Imladris fort und zogen in die dünn besiedelten Landstriche zwischen der Mündung des Gwathló und des Anduin. Dort wohnten sie in Belfalas, an dem Ort, der später Dol Amroth genannt wurde; dort besuchte sie ihr Sohn Amroth zuweilen, und ihre Gesellschaft wurde durch Elben aus Lórinand vermehrt. Im Dritten Zeitalters, als Amroth den Tod fand und Lórinand in Gefahr war, kehrte Galadriel im Jahr 1981 dorthin zurück. Hier endet der Text »Über Galadriel und Celeborn«.

Es sei hier angemerkt, daß das Fehlen jeglichen Hinweises auf den Widerspruch im *Herrn der Ringe* Kommentatoren zu der naheliegenden Annahme geführt hat, Galadriel und Celeborn hätten die letzte Hälfte des Zweiten und das gesamte Dritte Zeitalter in Lothlórien verbracht. Doch es war mitnichten so, obgleich ihre Geschichte, wie sie in »Über Galadriel und Celeborn« umrissen ist, später großen Veränderungen unterworfen wurde, wie im folgenden gezeigt werden wird.

Amroth und Nimrodel

Ich habe an früherer Stelle gesagt (Seite 314), wäre Amroth wirklich für den Sohn Galadriels und Celeborns gehalten worden, als der *Herrn der Ringe* geschrieben wurde, hätte eine solch wichtige Verbindung kaum der Aufmerksamkeit entgehen können. Doch ob er nun ihr Sohn war, oder nicht – diese Auffassung von seiner Abstammung wurde später verworfen. Ich lasse als nächstes eine kurze Erzählung folgen (von 1969 oder später) mit dem Titel »Teil der Sage von Amroth und Nimrodel, in Kürze erzählt«.

Amroth war König von Lórien, nachdem sein Vater Amdír in der Schlacht von Dagorland [im Jahr 3434 des Zweiten Zeitalters] getötet wurde. Nach der Niederwerfung Saurons hatte sein Land viele Jahre lang Frieden. Obwohl von sindarischer Herkunft, lebte er nach der Art der Wald-Elben und wohnte in drei hohen Bäumen auf einem großen grünen Hügel, der später für immer Cerin Amroth genannt wurde. Dies tat er wegen seiner Liebe zu Nimrodel. Lange Jahre hatte er sie geliebt und kein anderes Weib genommen, weil sie ihn nicht heiraten wollte. In Wirklichkeit liebte sie ihn auch, denn sogar für einen der Eldar war er schön von Angesicht, tapfer und klug; doch sie war eine Wald-Elbe und bedauerte die Einwanderung der Elben aus dem Westen, die (wie sie sagte) Kriege mitbrachten und den Frieden von einst zerstörten. Sie sprach nur die Sprache der Wald-Elben, sogar nachdem diese beim Volk von Lórien außer Gebrauch gekommen war;[12] und sie wohnte allein bei den Fällen des Flusses Nimrodel, dem sie ihren Namen gab. Doch als aus Moria der Schrecken kam, die

Zwerge vertrieben wurden und Orks in deren Wohnungen krochen, floh sie bestürzt allein nach Süden in die menschenleeren Länder [im Jahr 1981 des Dritten Zeitalters]. Amroth folgte ihr und fand sie schließlich in den lichten Wäldern Fangorns, die in jenen Tagen viel näher an Lórien heranreichten.[13] Sie wagte es nicht, den Wald zu betreten, denn die Bäume, sagte sie, bedrohten sie, und einige bewegten sich, um ihr den Weg zu versperren.

Dort hatten Amroth und Nimrodel ein langes Zwiegespräch; und zuletzt beschlossen sie ihre Verlobung. »Dieses Gelöbnis werde ich halten«, sagte sie, »und wir werden heiraten, wenn du mich in ein Land des Friedens bringst.« Amroth gelobte, um ihretwillen sein Volk sogar in Zeiten der Not zu verlassen und zusammen mit ihr ein solches Land zu suchen. »Aber zur Zeit gibt es in Mittelerde keines«, sagte er, »und für das Elbenvolk wird es dort nie wieder eines geben. Wir müssen nach einer Überfahrt über das Große Meer in den alten Westen suchen.« Darauf erzählte er ihr vom Hafen im Süden, den vor langer Zeit viele aus seinem eigenen Volk aufgesucht hatten. »Ihre Zahl hat sich jetzt vermindert, denn die meisten sind in den Westen gesegelt; die verbliebenen jedoch bauen noch immer Schiffe und bieten jedem aus ihrer Sippe die Überfahrt an, der Mittelerdes überdrüssig ist. Man sagt, daß die Gnade, die die Valar uns gewährten, übers Meer zu fahren, nun auch all denen geschenkt wird, die die Große Reise machten, selbst wenn sie in vergangenen Zeitaltern die Küsten nicht erreichten und das Segensreich noch nicht gesehen haben.«

Es ist hier nicht der Ort, von ihrer Reise in das Land Gondor zu erzählen. Es war in den Tagen König Earnil II., dem vorletzten König des Südlichen Reiches, und seine Lande waren in Bedrängnis. [Earnil regierte in Gondor von 1945 bis 2043.] Anderswo wird erzählt [jedoch nicht in einem erhaltenen Text], wie sie getrennt wurden, und wie Amroth, nachdem er sie vergeblich gesucht hatte, zum Elben-Hafen ging und entdeckte, daß sich dort nur noch wenige Elben aufhielten. Sie waren weniger als eine Schiffsbesatzung und verfügten nur über ein einziges seetüchtiges Schiff. Mit diesem wollten sie nun aufbrechen und Mittelerde verlassen. Sie hießen Amroth willkommen und waren froh, daß er ihre kleine Gruppe verstärkte; doch sie waren nicht willens, auf Nimrodel zu warten, deren Kommen ihnen jetzt nicht mehr wahrscheinlich schien. »Wenn sie durch die besiedelten Gebiete Gondors käme«, sagten sie, »würde sie nicht belästigt werden, und man würde ihr helfen; denn die Menschen in Gondor sind gutherzig, und sie werden von Nachfahren der Elbenfreunde von einst regiert, die sogar noch ein wenig unsere Sprache sprechen; aber in den Bergen gibt es viele unfreundliche Menschen und böse Dinge.«

Das Jahr neigte sich gegen den Herbst, und bald waren starke Winde zu erwarten, feindselig und gefährlich sogar für Elbenschiffe, wenn sie sich noch in der Nähe Mittelerdes befanden. Doch Amroths Schmerz war so groß, daß sie ihre Abreise viele Wochen lang aufschoben; und sie wohnten auf dem Schiff, denn ihre Wohnungen am Ufer waren ausgeplündert und leer. Dann kam in einer Herbstnacht ein gewaltiger Sturm auf, einer der heftigsten in den Annalen Gondors. Er kam aus der kalten Nördlichen Öde, brauste durch Eriador in die Länder von Gondor hinab und richtete gewaltige Verwüstungen an; das Weiße Gebirge vermochte ihn nicht abzuhalten, und viele Schiffe der Menschen wurden in die Bucht von Belfalas hinausgeschwemmt und gingen verloren. Das leichte Elbenschiff wurde von den Leinen gerissen und hinausgetrieben in die wilden Wasser auf die Küsten Umbars zu. Niemals hörte man davon in Mittelerde; doch das Elbenschiff, für diese Reise gebaut, ging nicht unter, und zweifellos verließ es die Kreise der Welt und gelangte schließlich nach Eressea. Aber Amroth trug es nicht dorthin. Der Sturm brach über die Küsten Gondors herein, gerade als die Morgendämmerung zwischen den fliegenden Wolken zum Vorschein kam; doch als Amroth erwachte, war das Schiff schon weit vom Land entfernt. *Nimrodel!* schrie er voller Verzweiflung, sprang ins Meer und schwamm auf die entschwindende Küste zu. Mit ihren scharfen Elbenaugen konnten die Seeleute ihn noch lange Zeit mit den Wellen kämpfen sehen, bis die aufgehende Sonne durch die Wolken schimmerte und in weiter Ferne sein helles Haar wie einen goldenen Funken aufleuchten ließ. Weder Elben- noch Menschenaugen sahen ihn jemals wieder in Mittelerde. Von dem, was mit Nimrodel geschah, wird hier nichts gesagt, obwohl sich um ihr Schicksal viele Geschichten woben.

Die vorstehende Erzählung wurde eigentlich als Nebenergebnis einer etymologischen Untersuchung verfaßt, die sich mit den Namen gewisser Flüsse in Mittelerde beschäftigte. In diesem Falle war es der Gilrain, einer der ›Fünf Flüsse‹ in Gondor, der westlich vom Ethir Anduin in die Bucht von Belfalas floß; ein weiterer Aspekt der Sage ergibt sich aus der Untersuchung des Elementes *rain*. Es wurde vermutlich vom Stamm *ran*- ›wandern, streunen, sich ohne klare Richtung bewegen‹ abgeleitet (wie in *Mithrandir* und in *Rána*, dem Namen des Mondes).

Es scheint, als würde dies nicht auf alle Flüsse Gondors zutreffen; doch die Namen der Flüsse dürfen oft nur auf einen Teil ihres Laufs, auf ihre Quelle, ihren Unterlauf oder auf irgendwelche Charakteristika angewandt werden, die ihre Entdecker, die ihnen die Namen gaben, beeindruckten. In diesem Falle bieten die Bruchstücke der Sage von Amroth und Nimrodel indes eine Erklärung. Wie die anderen Flüsse dieser Region floß der Gilrain schnellen Laufs von den Bergen herab; doch als er den Rand des Ausläufers der Ered Nimrais erreichte, die ihn vom Celos trennten [vgl. die Karte zu »Die Rückkehr des Königs«], floß er in eine ausgedehnte, flache Senke. Durch diese schlängelte er sich eine Zeitlang hindurch und bildete an ihrem Südrand einen kleinen See, ehe er einen Felsenrücken durchschnitt, wieder schnell floß und sich endlich mit dem Serni vereinigte. Als Nimrodel aus Lórien floh und den Weg zum Meer suchte, verirrte sie sich, heißt es, im Weißen Gebirge, bis sie schließlich (es wird nicht gesagt, über welchen Weg oder Paß) an einen Fluß kam, der sie an ihren eigenen Strom in Lórien erinnerte. Ihr Herz wurde leichter, und sie saß an einem See, sah die Sterne sich in seinem trüben Wasser widerspiegeln und lauschte auf die Wasserfälle, hinter denen der Fluß seine Reise hinab zum Meer fortsetzte. Dort fiel sie in einen tiefen Schlaf der Erschöpfung, und sie schlief so lange, daß sie erst nach Belfalas gelangte, als Amroths Schiff aufs Meer hinausgetrieben worden war und er beim Versuch nach Belfalas zurückzuschwimmen, sein Leben gelassen hatte. Diese Sage war in Dor-en-Ernil (dem Land des Fürsten)[14] wohlbekannt, und ohne Zweifel erhielt es seinen Namen zum Andenken an diese Sage.

Der Aufsatz fährt mit einer kurzen Darlegung fort, auf welche Weise Amroth als König von Lórien mit der dortigen Herrschaft Celeborns und Galadriels in Beziehung stand:

Die Einwohner Lóriens waren damals [d. h. zur Zeit des Verschwindens von Amroth] die gleichen wie am Ende des Dritten Zeitalters: ursprünglich Wald-Elben, doch von Fürsten sindarischer Abstammung regiert (ebenso wie das Reich Thranduils in den nördlichen Teilen des Düsterwaldes; es ist freilich nicht bekannt, ob Thranduil und Amroth verwandt waren).[15] Indes hatten sie sich in starkem Maße mit sindarinsprachigen Noldor vermischt, die nach der Zerstörung Eregions durch Sauron im Jahr 1697 des Zweiten Zeitalters durch Moria zogen. Um diese Zeit ging Elrond nach Westen [*sic;* was vermutlich einfach heißt, daß er das Nebelgebirge nicht überquerte] und errichtete die Zuflucht in Imladris; doch zuerst ging Celeborn nach Lórien und befestigte es gegen alle weiteren Versuche Saurons, den Anduin zu überqueren. Als sich Sauron indes nach Mordor zurückzog und (wie berichtet) vollauf mit Eroberungen im Osten beschäftigt war, traf in Lindon Celeborn wieder mit Galadriel zusammen.

Lórien genoß dann lange Jahre des Friedens und der Verschwiegenheit unter seinem eigenen König Amdír, bis zum Untergang Númenors und der plötzlichen Rückkehr Saurons nach Mittelerde. Amdír gehorchte der Aufforderung Gil-galads und führte dem Letzten Bund eine so große Streitmacht zu, wie er sie zusammenbringen konnte, aber er wurde in der Schlacht von Dagorlad getötet und mit ihm die meisten seines Gefolges. Amroth, sein Sohn, wurde König.

Diese Darstellung steht natürlich in starkem Gegensatz zu jener, die in »Über Galadriel und Celeborn« enthalten ist. Amroth ist nicht mehr der Sohn von Galadriel und Celeborn, sondern der von Amdír, einem Fürsten sindarischer Herkunft. Die ältere Geschichte über die Beziehungen Galadriels und Celeborns zu Eregion und Lórien scheint an vielen wichtigen Punkten verändert worden zu sein, doch wieviel davon in einer vollständig ausgeformten Erzählung beibehalten worden wäre, kann man nicht sagen. Celeborns Verbindung mit Lórien ist nun viel weiter zurückplaziert (denn in »Über Galadriel und Celeborn« ging er während des Zweiten Zeitalters überhaupt nicht nach Lórien); und wir erfahren hier, daß viele Noldor-Elben *nach* der Zerstörung Eregions durch Moria nach Lórien zogen. In der früheren Darstellung findet sich davon keine Andeutung, und der Zustrom vieler »Beleriandischer« Elben nach Lórien fand unter friedlichen Bedingungen viele Jahre vorher statt (Seite 317). Die eigentliche Bedeutung des vorstehenden Auszuges liegt in der Tatsache, daß Celeborn nach dem Fall

Eregions diese Wanderung nach Lórien anführte, während Galadriel sich in Lindon Gil-galad anschloß. Doch an anderer Stelle, in einem aus der gleichen Zeit stammenden Text wie der vorliegende, wird ausdrücklich gesagt, daß sie beide zu jener Zeit »mit einem beträchtlichen Gefolge von noldorischen Exilanten durch Moria zogen und viele Jahre in Lórien wohnten«. Es wird in diesen späten Schriften weder behauptet noch geleugnet, daß Galadriel (oder Celeborn) vor 1697 Beziehungen zu Lórien unterhielten, und außer in »Über Galadriel und Celeborn« gibt es keine anderen Hinweise auf Celebrimbors Aufruhr (etwa zwischen 1350 und 1400) gegen ihre Herrschaft in Eregion; dies gilt auch für Galadriels um diese Zeit erfolgte Abreise nach Lórien und ihren dortigen Herrschaftsantritt, während Celeborn in Eregion zurückblieb. In den späteren Darstellungen wird nicht deutlich gemacht, wo Galadriel und Celeborn die langen Jahre des Zweiten Zeitalters nach der Niederwerfung Saurons in Eregion verbrachten; es gibt zumindest keine weiteren Erwähnungen ihres lebenslangen Aufenthaltes in Belfalas (Seite 322).

In der Erörterung über Amroth heißt es weiter:

Aber im Verlauf des Dritten Zeitalters wurde Galadriel von Vorahnungen erfüllt, und sie reiste mit Celeborn nach Lórien, und dort blieb sie lange bei Amroth, im besonderen darum bemüht, alle Neuigkeiten und Gerüchte über den wachsenden Schatten im Düsterwald und die dunkle Festung in Dol Guldur zu erfahren. Aber sein Volk war mit Amroth zufrieden; er war tapfer und klug, und noch war sein kleines Königreich blühend und schön. Nach langen Erkundigungsreisen in Rhovanion, von Gondor und den Grenzen Mordors bis zu Thranduil im Norden, gingen Celeborn und Galadriel darum über die Berge nach Imladris, und dort wohnten sie viele Jahre; Elrond war nämlich ihr Verwandter, denn früh im Dritten Zeitalter [im Jahr 109, der »Aufzählung der Jahre« zufolge] hatte er ihre Tochter Celebrían geheiratet.

Nach dem Unheil in Moria [im Jahr 1980] und den Leiden Lóriens, das nun ohne Herrscher war (denn Amroth war in der Bucht von Belfalas im Meer ertrunken und hinterließ keinen Erben), kehrten Celeborn und Galadriel nach Lórien zurück und wurden vom Volk willkommen geheißen. Dort wohnten sie für die Dauer des Dritten Zeitalters, doch sie nahmen den Titel eines Königs oder einer Königin nicht an, denn sie sagten, sie seien nur die Hüter dieses kleinen, aber schönen Reiches, dem letzten östlichen Vorposten der Elben.

An anderer Stelle gibt es einen weiteren Hinweis auf ihre Bewegungen während dieser Jahre:

Zweimal kehrten Celeborn und Galadriel vor dem Letzten Bund und dem Ende des Zweiten Zeitalters nach Lórien zurück; und im Dritten Zeitalter, als der Schatten des wieder erstarkten Sauron sich erhob, wohnten sie wiederum lange Zeit dort. In ihrer Klugheit erkannte Galadriel, daß Lórien in dem Krieg, der unvermeidlich kommen mußte, bevor der Schatten erneut besiegt war (wenn dies möglich war), eine Festung und ein Ort der Macht sein würde, um ihn von der Überquerung des Anduin abzuhalten. Doch dazu bedurfte es einer Regierung von größerer Strenge und Klugheit als die Waldleute sie besaßen. Gleichwohl kam es erst nach dem Unheil in Moria dazu, daß Galadriel und Celeborn sich ständig in Lórien niederließen und die Regierung in die Hand nahmen: Aus Gründen, die Galadriel nicht vorhersehen konnte, kam Saurons Macht tatsächlich über den Anduin, und Lórien war in großer Gefahr, sein König war tot, sein Volk auf der Flucht und im Begriff, sein Land entvölkert zurückzulassen, so daß es von den Orks besetzt werden konnte. Doch sie ließen sich weder König noch Königin nennen und waren die Hüter, die das Land am Ende unversehrt durch den Krieg um den Ring führten.

In einer anderen etymologischen Untersuchung über die gleiche Periode wird der Name Amroth als ein Spitzname erklärt, abgeleitet von seiner Lebensweise auf einem hochgelegenen *talan* oder *flet*, den hölzernen Plattformen, die hoch in den Bäumen Lothlóriens errichtet wurden und in denen die Galadhrim wohnten (»Die Gefährten«, 2, Kapitel 6): es bedeutet ›hinaufklettern, hoch klettern‹.[16] Es heißt hier, daß der Brauch, in den Bäumen zu wohnen, keine allgemein verbreitete Angewohnheit der Wald-Elben war, sondern sich in Lórien aus der Beschaffenheit und der Lage des Landes ergab: Es war ein flaches Land und besaß zum Bauen keine geeigneten Steine, mit Ausnahme derer, die in den westlichen Bergen gebrochen und unter Schwierigkeiten über den Silberlauf herbeigeschafft werden konnten. Sein Reichtum bestand hauptsächlich in den Bäumen, ein Überbleibsel der großen Wälder der Altvorderenzeit. Doch das Wohnen in Bäumen war auch in Lórien nicht die Regel, und die *telain* oder *flets* waren ursprünglich entweder Zufluchtsstätten, die man im Fall von Angriffen benutzte, oder meistens (besonders solche auf hohen Bäumen) Ausguckposten, von denen aus das Land und seine Grenzen mit elbischen Augen überblickt werden konnte. Denn Lórien wurde nach dem Ende des ersten

Jahrtausends des Dritten Zeitalters ein Land ruheloser Wachsamkeit, und Amroth muß seit der Errichtung Dol Guldurs im Düsterwald in ständig wachsender Unruhe gelebt haben.

Ein solcher Beobachtungsposten, benutzt von den Wachen der Nordmarken, war der *flet*, in dem Frodo die Nacht verbrachte. Auch die Wohnung Celeborns in Caras Galadhon hatte den gleichen Ursprung: Sein höchster *flet*, den die Gefährten nicht sahen, war der höchste Punkt des Landes. Früher war Amroths *flet* auf der Spitze der großen Anhöhe oder des Hügels von Cerin Amroth der höchste, den vieler Hände Arbeit aufgetürmt hatte, und er war hauptsächlich dazu bestimmt gewesen, Dol Guldur auf der anderen Seite des Anduin zu beobachten. Die Umwandlung dieser *telain* in ständige Wohnsitze war eine spätere Entwicklung, und nur in Caras Galadhon waren solche Wohnungen zahlreich. Doch Caras Galadhon selbst war eine Festung, und nur ein kleiner Teil der Galadhrim wohnte innerhalb seiner Mauern. In solch luftigen Häusern zu wohnen, wurde zweifellos für ungewöhnlich gehalten, und Amroth war vermutlich der erste, der dort wohnte. So wurde sein Name – der einzige, der später in Sagen überliefert wurde – mit größter Wahrscheinlichkeit von seiner Gewohnheit abgeleitet, auf einem hohen *talan* zu leben.

Eine Anmerkung zu der Aussage »Amroth war vermutlich der erste, der dort wohnte«, erläutert:

Wenn es nicht Nimrodel war. Ihre Gründe waren anderer Art. Sie liebte die Wasser und die Fälle des Nimrodel, von denen sie nicht lange getrennt sein wollte; doch als die Zeiten dunkler wurden, lag der Fluß zu nahe an den Nordgrenzen und zudem in einem Landesteil, in dem jetzt wenige Galadhrim wohnten. Vielleicht bekam Amroth von ihr die Anregung, in einem hohen *flet* zu wohnen.[17]

Kehren wir zur obigen Sage von Amroth und Nimrodel zurück und fragen uns, welcher »Hafen im Süden« es war, wo Amroth auf Nimrodel wartete, und den (wie er ihr erzählte) »vor langer Zeit viele aus seinem eigenen Volk aufgesucht hatten« (Seite 324). Zwei Passagen im *Herrn der Ringe* stehen mit dieser Frage in Zusammenhang: die eine findet sich in »Die Gefährten« (2, Kapitel 6), wo Legolas, nachdem er das Lied von Amroth und Nimrodel gesungen hat, von der »Bucht von Belfalas, wo die Elben von Lórien Segel setzten« spricht. Die andere steht in »Die Rückkehr des Königs« (5, Kapitel 9), wo Legolas beim Anblick des Fürsten Imrahil von Dol Amroth sah, daß er »einer war, der Elbenblut in den Adern hatte«, und zu ihm sagte: »Es ist lange her, seit das Volk von Nimrodel die Wälder von Lórien verließ, und dennoch kann man sehen, daß nicht alle von Amroths Hafen aus nach Westen über das Meer gesegelt sind.« Darauf antwortet Fürst Imrahil: »So heißt es in der Überlieferung meines Landes.«

Späte, fragmentarische Anmerkungen geben einen Fingerzeig zur Erklärung dieser Hinweise. So findet sich in einer Erörterung linguistischer und politischer Wechselbeziehungen in Mittelerde (1969 oder später) ein beiläufiger Hinweis auf die Tatsache, daß in den Tagen der früheren Siedlungen Númenors die Küsten der Bucht von Belfalas noch größtenteils unbewohnt waren, »mit Ausnahme eines Hafens und kleiner Siedlung von Elben südlich des Zusammenflusses von Morthond und Ringló« (d. h. genau nördlich von Dol Amroth).

Diese Siedlung war, den Überlieferungen Dol Amroths zufolge, von seefahrenden Sindar aus den Westhäfen Beleriands gegründet worden, die in drei kleinen Schiffen flohen, als die Macht Morgoths die Eldar und die Atani überwältigte; doch später wurde sie durch abenteuerlustige Wald-Elben vergrößert, die auf der Suche nach dem Meer den Anduin stromabwärts kamen.

Die Wald-Elben (wie hier angemerkt wird) »waren niemals völlig frei von Unruhe und Sehnsucht nach dem Meer, die zuweilen einige von ihnen dazu trieb, aus ihrer Heimat fortzuwandern«. Um diese Geschichte von den »drei kleinen Schiffen« zu den Überlieferungen in Beziehung zu setzen, die im *Silmarillion* aufgezeichnet sind, müssen wir vermutlich davon ausgehen, daß sie aus Brithombar oder Eglarest (den Häfen der Falas an der Westküste Beleriands) entkamen, als diese in den Jahren nach der Nirnaeth Arnoediad zerstört wurden (*Das Silmarillion*, Seite 219), daß aber, während Círdan und Gil-galad auf der Insel Balar eine Zuflucht schufen, die Begleiter dieser drei Schiffe weiter nach Süden die Küsten hinunter nach Belfalas segelten.

Aber eine völlig andere Schilderung, die die Gründung des Elbenhafens in eine spätere Zeit verlegt, findet sich in einem unvollendeten Textstück, das sich mit dem Ursprung des Namens ›Belfalas‹ befaßt. Das Element *Bel-*, heißt es dort, sei mit Sicherheit von einem vor-númenórischen Namen abgeleitet, seine Quelle aber tatsächlich im Sindarin zu suchen. Die Anmerkung bricht ab, bevor eine weitere Aufklärung über *Bel-* gegeben wird, doch als Grund für seinen Sindarin-Ursprung wird angegeben, daß es »in Gondor ein kleines, aber bedeutsames Element gab: eine Siedlung der Eldar«. Nach der Schleifung der Thangorodrim wanderten die Elben Beleriands, soweit sie nicht zu Schiff über das Große Meer fuhren oder in Lindon blieben, über die Blauen Berge nach Eriador; es scheint aber dennoch Gruppen von Sindar gegeben zu haben, die mit Beginn des Zweiten Zeitalters nach Süden gingen. Sie waren Überreste des Volkes von Doriath, die noch immer Groll gegen die Noldor hegten; und nachdem sie eine Weile an den Grauen Anfurten geblieben waren, wo sie die Kunst des Schiffbaus erlernten, »machten sie sich im Lauf der Jahre auf die Suche nach einem Platz, wo sie ihr eigenes Leben führen konnten, und siedelten schließlich an der Mündung des Morthond. Dort gab es bereits einen primitiven Hafen von Fischerleuten, doch flohen diese aus Furcht vor den Eldar in die Berge«.[18]

In einer Notiz, geschrieben im Dezember 1972 oder später, die sich unter den letzten Schriften meines Vaters über Mittelerde befindet, findet sich eine Erörterung der elbischen Eigenart der Bartlosigkeit bei Menschen, die von Elben abstammen (ein Charakteristikum aller Elben war eben ihre Bartlosigkeit). Im Zusammenhang mit dem Fürstenhaus von Dol Amroth wird hier bemerkt, daß »diese Linie, ihren eigenen Sagen zufolge, einen besonders elbischen Einschlag hatte« (mit einem Hinweis auf das bereits zitierte Gespräch zwischen Legolas und Imrahil, »Die Rückkehr des Königs«, 5, Kapitel 9).

Wie Legolas' Erwähnung Nimrodels zeigt, gab es dort in der Nähe Dol Amroths einen alten Elbenhafen und eine kleine Siedlung der Wald-Elben aus Lórien. Nach der Sage der fürstlichen Linie hatte einer ihrer Vorväter ein Elbenmädchen geheiratet: In einigen Versionen heißt es tatsächlich (offensichtlich unglaubwürdig), dies sei Nimrodel selbst gewesen. In anderen Geschichten, und dort glaubwürdiger, war es eine von Nimrodels Gefährtinnen, die sich in den Schluchten des Hochlandes verirrte.

Diese letztere Version erscheint in ausführlicherer Form in einer Anmerkung, die einer unveröffentlichten Genealogie der Linie von Dol Amroth beigefügt ist. Sie handelt von Angelimar, dem zwanzigsten Fürsten. Er war der Vater Adrahils und Großvater Imrahils, der zur Zeit des Krieges um den Ring Fürst von Dol Amroth war:

In der Geschichte seines Hauses war Angelimar der zwanzigste Fürst, der direkt von Galador, dem ersten Herrscher von Dol Amroth (etwa

2004 bis 2129 des Dritten Zeitalters) abstammte. Der gleichen Überlieferung zufolge war Galador der Sohn Imrazôrs, des Númenórers, der in Belfalas wohnte, und der Elbenfrau Mithrellas. Als eine der Gefährtinnen Nimrodels war sie unter den zahlreichen Elben, die um das Jahr 1980 des Dritten Zeitalters zur Küste flohen, als das Böse sich in Moria erhob; und Nimrodel und ihre Jungfrauen zogen durch bewaldete Hügel und verirrten sich. Doch in dieser Erzählung heißt es, daß Imrazôr Mithrellas aufnahm und sie zur Frau nahm. Aber als sie ihm einen Sohn, Galador, und eine Tochter, Gilmith, geboren hatte, verschwand sie eines Nachts, und er sah sie nicht mehr wieder. Doch wenn Mithrellas auch der geringeren Rasse der Wald-Elben (und nicht der der Hoch- oder Grau-Elben) entstammte, wurde immer behauptet, daß das Haus und die Sippe der Herren von Dol Amroth von edlem Geblüt und ebenso schön von Angesicht und reinen Herzens sei.

Der Elessar

In den unveröffentlichten Schriften ist ansonsten wenig über die Geschichte Galadriels und Celeborns zu finden, ausgenommen ein sehr unfertiges vierseitiges Manuskript mit dem Titel »Der Elessar«. Es befindet sich im ersten Stadium der Niederschrift, ist jedoch mit vielen Bleistift-Verbesserungen versehen; weitere Versionen existieren nicht. Der Text lautet, editorisch nur leicht überarbeitet, wie folgt:

Es war in Gondolin ein Edelsteinschmied namens Enerdhil, der größte dieser Zunft unter den Noldor nach Feanors Tod. Er liebte alles, was wuchs und grünte, und sein größtes Entzücken war es, das Sonnenlicht durch die Blätter der Bäume scheinen zu sehen. Und es kam ihm in den Sinn, einen Edelstein zu schaffen, in dem das reine Licht der Sonne eingefangen sein sollte, doch der Stein sollte grün sein wie die Blätter. Und er machte diesen Stein, den sogar die Noldor bestaunten. Denn es heißt, daß diejenigen, die durch diesen Stein Verdorrtes oder Verbranntes betrachteten, dieses wieder geheilt sahen oder als wäre es in der Anmut seiner Jugend; und die Hände dessen, der den Stein hielt, brachten allem, was sie berührten, Heilung von Wunden. Diesen Stein gab Enerdhil der Königstochter Idril, und sie trug ihn auf der Brust; und so wurde er vor dem Brand Gondolins bewahrt. Und bevor Idril in

See ging, sagte sie zu ihrem Sohn Earendil: »Den Elessar lasse ich bei dir, denn in Mittelerde wird es schmerzhafte Wunden geben, die du heilen sollst. Doch du sollst ihn keinem anderen geben.« Und wirklich gab es in den Anfurten des Sirion bei Menschen und Elben viele Wunden zu heilen und auch bei Tieren, die vor dem Schrecken des Nordens dorthin flohen. Und solange Earendil dort wohnte, wurden sie geheilt und blühten auf, und alles war für eine Weile grün und schön. Doch als Earendil seine großen Schiffsreisen begann, trug er den Elessar auf seiner Brust, denn bei allem seinem Suchen stand ihm immer der Gedanke vor Augen, daß er Idril vielleicht wiederfinden könnte; und seine früheste Erinnerung an Mittelerde war der grüne Stein auf ihrer Brust, wie sie an seiner Wiege sang und als Gondolin noch in Blüte stand. So geschah es, daß der Elessar verschwand, als Earendil nicht mehr nach Mittelerde zurückkehrte.

In späteren Zeitaltern gab es wiederum einen Elessar, von dem man sich zweierlei Geschichten erzählte. Doch nur jene Weisen, die nun längst gestorben sind, könnten sagen, welche von ihnen die Wahrheit enthielt. Denn die einen sagen, daß der zweite nur der durch die Gnade der Valar zurückgekehrte erste war; und daß Olórin (der in Mittelerde als Mithrandir bekannt war) ihn aus dem Westen mitbrachte. Und einmal kam Olórin zu Galadriel, die nun unter den Bäumen des Großen Grünwaldes wohnte, und sie sprachen lange miteinander. Denn die Jahre ihres Exils begannen schwer auf der Herrin der Noldor zu lasten, und es verlangte sie nach Nachrichten von ihrer Sippe und vom gesegneten Land ihrer Geburt, und doch war sie nicht willens, Mittelerde zu verlassen [dieser Satz wurde wie folgt geändert: »doch es war ihr noch nicht erlaubt, Mittelerde zu verlassen«]. Und nachdem Olórin ihr viele Neuigkeiten berichtet hatte, seufzte sie und sagte: »Ich leide Kummer in Mittelerde, weil die Blätter fallen und die Blumen verwelken. Und mein Herz ist betrübt, wenn es sich an Bäume und Gräser erinnert, die nicht sterben. In meiner Heimat würde ich sie haben.« Darauf sagte Olórin: »Hättest du dann den Elessar?« Und Galadriel sagte: »Wo ist der Stein Earendils jetzt? Und Enerdhil ist verschwunden, der ihn gemacht hat.« – »Wer kann das wissen?« sagte Olórin. »Sicherlich sind sie übers Meer gefahren«, sagte Galadriel, »wie fast alle schönen Dinge dazu. Muß denn Mittelerde auf immer verwelken und verderben?« – »Das ist ihr Schicksal«, sagte Olórin. »Doch wenn der Elessar zurückkehrte, könnte dies für eine kurze Zeit gebessert werden. Kurz nur, bis die Tage der Menschen gekommen sind.« – »Ja, wenn – und wie könnte das geschehen?« fragte Galadriel. »Denn die Valar haben sich nun fortbegeben, und Mittelerde steht ihren Gedanken fern, und alle, die sich an Mittelerde klammern, sind unter einem Schatten.« »So ist es nicht«, erwiderte Olórin. »Die Augen der Valar sind nicht verdunkelt und ihre Herzen nicht verhärtet. Als Zeichen dessen, sieh dies!« Und er hielt ihr den Elessar hin, und sie schaute den Stein voll Verwunderung an. »Diesen Stein bringe ich dir von Yavanna. Verwende ihn, wie du magst, und für eine Zeitlang kannst du das Land, in dem du wohnst, zu einem der schönsten Orte in Mittelerde machen. Doch er geht nicht in deinen Besitz über. Du sollst ihn weitergeben, wenn die Zeit kommt. Denn bevor du mißmutig wirst und schließlich Mittelerde verläßt, wird einer kommen, der ihn empfangen soll, und er wird heißen wie dieser Stein: Elessar wird sein Name sein.«[19]

Die andere Geschichte lautet so: Vor langer Zeit, bevor Sauron die Schmiede von Eregion betrog, kam Galadriel dorthin und sagte zu Celebrimbor, dem Oberhaupt der Elbenschmiede: »Kummer befällt mich in Mittelerde, weil die Blätter fallen und die Blumen welken, die ich liebte, so daß das Land, in dem ich wohne voll des Jammers ist, den kein Frühling wiedergutmachen kann.« – »Wie kann es für die Eldar anders sein, wenn sie sich an Mittelerde klammern?« sagte Celebrimbor. »Willst du denn übers Meer fahren?« – »Nein«, sagte sie. »Angrod ist fort, Aegnor ist fort, und Felagund ist nicht mehr. Von den Kindern Finarfins bin ich das letzte.[20] Aber noch ist mein Herz stolz. Welches Unrecht hat das goldene Haus Finarfins begangen, daß ich die Valar um Verzeihung bitten oder mich mit einer Insel im Meer zufriedengeben sollte, ich, deren Geburtsland das Gesegnete Aman war? Hier bin ich mächtiger.« – »Was möchtest du dann?« fragte Celebrimbor. »Ich möchte Blumen und Gräser um mich haben, die nicht sterben – hier in meinem Land«, antwortete sie. »Was ist aus der Kunst der Eldar geworden?« Und Celebrimbor sagte: »Wo ist der Stein Earendils jetzt? Und Enerdhil, der ihn gemacht hat, ist verschwunden.« – »Sie sind übers Meer gefahren«, sagte Galadriel, »mit fast allen schönen Dingen dazu. Aber muß denn Mittelerde auf immer welken und verderben?« – »Das ist ihr Schicksal, glaube ich«, sagte Celebrimbor. »Doch du weißt, daß ich dich liebe (obwohl du dich Celeborn von den Bäumen zugewandt hast), und für diese Liebe will ich tun, was ich vermag, wenn durch meine Kunst dein Kummer vielleicht vermindert werden kann.«

Doch er sagte ihr nicht, daß er selbst vor langer Zeit in Gondolin gewesen war und ein Freund Enerdhils, obwohl dieser ihn in den meisten Dingen übertraf. Wäre Enerdhil nämlich nicht gewesen, wäre Celebrimbor berühmter geworden. Deshalb dachte er nach und begann eine lange und knifflige Arbeit; und so schuf er für Galadriel das bedeutendste seiner Werke (nur die Drei Ringe ausgenommen). Und es heißt, daß der grüne Stein, den er machte, feiner und klarer war als der Enerdhils, doch sein Feuer hatte weniger Kraft. Während Enerdhils Stein nämlich vom jungen Sonnenlicht erleuchtet worden war, waren bereits viele Jahre vergangen, als Celebrimbor mit der Arbeit begann; und nirgendwo in Mittelerde war das Sonnenlicht noch so klar, wie es einst gewesen war, denn wenn Morgoth auch in die Leere hinausgeworfen worden war und nicht wieder eindringen konnte, lag doch sein ferner Schatten auf Mittelerde. Dennoch strahlte Celebrimbors Elessar; und er faßte ihn in eine große silberne Brosche von der Form eines Adlers, der mit ausgebreiteten Flügeln aufstieg.[21] Wenn sie den Elessar trug, wurde alles in Galadriels Umgebung schön, bis der Schatten auf den Wald fiel. Doch später, als Nenya, der Erste der Drei,[22] ihr von Celebrimbor gesandt wurde, brauchte sie ihn nicht mehr (wie sie dachte) und gab ihn ihrer Tochter Celebrían, und so gelangte er an Arwen und an Aragorn, der Elessar genannt wurde.

Am Ende heißt es:

Der Elessar wurde von Celebrimbor in Gondolin gemacht und kam so an Idril und an Earendil. Doch dieser Stein verschwand. Aber auch der zweite Stein wurde von Celebrimbor in Eregion auf Wunsch der Herrin Galadriel gemacht (die er liebte), und er war nicht geringer als der Eine, der gemacht wurde, bevor Sauron sich erneut erhob.

Diese Erzählung stimmt in gewissen Zügen mit »Über Galadriel und Celeborn« überein und wurde vermutlich etwa zur gleichen Zeit oder ein wenig früher geschrieben. Celebrimbor ist hier wieder ein Edelsteinschmied aus Gondolin statt ein Mitglied der Sippe Feanors (vgl. Seite 316), und von Galadriel heißt es, sie sei *nicht willens* gewesen, Mittelerde zu verlassen (Seite 314), obgleich der Text später verbessert und das Element des Bannes eingeführt wurde, und an einer späteren Stelle der Erzählung spricht sie von der Vergebung der Valar.

Enerdhil erscheint in keinem anderen Text; und die abschließenden Worte des Textes zeigen, daß Celebrimbor ihn als Schöpfer des Elessar in Gondolin ersetzen sollte. Von Celebrimbors Liebe zu Galadriel findet sich woanders keine Spur. In »Über Galadriel und Celeborn« wird angenommen, daß er mit ihnen nach Eregion kam (Seite 316); doch sowohl in diesem Text als auch im *Silmarillion* traf Galadriel Celebrimbor in Doriath, und es ist schwer, Celebrimbors Worte »obwohl du dich Celeborn von den Bäumen zugewandt hast« zu verstehen. Dunkel ist auch die Erwähnung von Galadriels Wohnung »unter den Bäumen des Großen Grünwaldes«. Dies könnte man als lockeren Gebrauch (nirgendwo sonst bestätigt) des Namens auffassen, um die Wälder von Lórien auf der anderen Seite des Anduin einzuschließen; doch die Wendung »bis der Schatten auf den Wald fiel« bezieht sich zweifellos auf das Auftauchen Saurons in Dol Guldur, das in Anhang (A, III) zum *Herrn der Ringe* »der Schatten im Wald« genannt wird. Dies dürfte bedeuten, daß sich Galadriels Macht zu einer bestimmten Zeit bis in die südlichen Teile des Großen Grünwaldes erstreckte; diese Annahme dürfte auf Seite 317 von »Über Galadriel und Celeborn« eine Stütze finden, wo es vom Reich von Lórinand (Lórien) heißt, das Gebiet reichte »bis in die Wälder auf beiden Seiten des Großen Flusses und schloß die Gegend ein, die später Dol Guldur genannt wurde«. Es ist auch möglich, daß die gleiche Vorstellung wie in Anhang B zum *Herrn der Ringe* zugrundeliegt: in der Vorbemerkung zur »Aufzählung der Jahre« des Zweiten Zeitalters heißt es in der ersten Ausgabe: »viele der Sindar gingen nach Osten, und einige gründeten Reiche in den weit entfernten Wäldern. Die wichtigsten von ihnen waren Thranduils im Norden des Großen Grünwaldes und Celeborns im Süden des Waldes«. In der revidierten Ausgabe ist diese Bemerkung über Celeborn gestrichen, und statt ihrer erscheint dort ein Hinweis auf seine Wohnung in Lindon (vgl. oben Seite 307).

Schließlich sei angemerkt, daß die heilende Kraft, die dem Elessar hier bei den Anfurten des Sirion zugeschrieben wird, im *Silmarillion* dem Silmaril beigelegt wird. (*Das Silmarillion*, Seite 273)

1 Vgl. Anhang E, Seite 354.

2 In einer Anmerkung in unveröffentlichtem Material wird über die Elben von Harlindon oder Lindon südlich des Luhn gesagt, sie seien größtenteils sindarischen Ursprungs und die Gegend unter der Regierung Celeborns ein Lehen gewesen. Es liegt nahe, dies mit der Feststellung in Anhang B zum *Herrn der Ringe* in Verbindung zu bringen; doch der Hinweis könnte sich möglicherweise auf eine spätere Periode beziehen, denn die Bewegungen und Wohnsitze Galadriels und Celeborns nach dem Fall Eregions im Jahr 1697 sind außerordentlich unklar.

3 Vgl. »Die Gefährten«, 1, Kapitel 2: »Die alte Ostweststraße, die bei den Grauen Anfurten endete, führte durch das Auenland, und die Zwerge hatten sie immer auf ihrem Weg zu ihren Bergwerken im Blauen Gebirge benutzt.«

4 In Anhang A, III zum *Herrn der Ringe* heißt es, daß die alten Städte Nogrod und Belegost bei der Schleifung der Thangorodrim zerstört wurden; dagegen in der »Aufzählung der Jahre« in Anhang B steht: »ca. 40: Viele Zwerge verlassen ihre alten Städte in Ered Luin und gehen nach Moria, dessen Bevölkerung dadurch wächst.«

5 In einer Anmerkung zum Text wird erklärt, Lórinand sei der nandorische Name dieses Gebietes gewesen (später Lórien und Lothlórien genannt) und enthielte das elbische Wort mit der Bedeutung ›goldenes Licht‹: ›Tal des Goldes‹. Die Quenya-Form würde *Laurenande* lauten, die Sindarin-Form *Glornan* oder *Nan Laur*. Hier und anderswo wird die Bedeutung des Namens unter Hinweis auf die goldenen Mallorn-Bäume Lothlóriens erklärt; doch sie wurden von Galadriel dorthin gebracht (zur Geschichte ihrer Herkunft, siehe Seite 228 f.). In einer weiteren späteren Erörterung heißt es vom Namen Lórinand, er sei selbst eine nach der Einführung der Mallorns erfolgte Umbildung eines noch älteren Namens *Lindórinand*, ›Tal des Landes der Sänger‹. Da die Elben dieses Landes ursprünglich Teleri waren, liegt hier zweifellos der Name vor, mit dem die Teleri sich selbst als *Lindar*, ›die Sänger‹ bezeichneten. Aus vielen anderen Untersuchungen über die Namen Lothlóriens, die sich bis zu einem gewissen Grad untereinander widersprechen, geht hervor, daß alle späteren Namen vermutlich auf Galadriel selbst zurückzuführen sind, wobei sich verschiedene Elemente miteinander verbinden: *laure* ›Gold‹, *nan(d)* ›Tal‹, *ndor* ›Land‹, *lin-* ›singen‹; und in *Laurelindórinan* ›Tal des singenden Goldes‹ (welches, wie Baumbart den Hobbits sagte, der frühere Name war) klingt bewußt der Name des Goldenen Baumes wieder, der in Valinor wuchs, nach dem »wie leicht zu begreifen ist, Galadriels Sehnsucht von Jahr zu Jahr wuchs, bis sie schließlich zu einem überwältigenden Schmerz wurde«.

Lórien selbst war ursprünglich der Quenya-Name für eine Gegend in

Valinor, der oft auch als Name für den Vala (Irmo) benutzt wurde, dem sie gehörte: »ein Ort der Ruhe, schattiger Bäume und Brunnen, wohin man sich von Kummer und Sorgen zurückziehen konnte«. Die spätere Änderung von *Lórinand*, ›Tal des Goldes‹ in *Lórien* »könnte sehr wohl auf Galadriel selbst zurückgehen«, denn »die Ähnlichkeit kann nicht zufällig sein. Sie hatte sich bemüht, Lórien zu einer Zuflucht zu machen, zu einer Insel des Friedens und der Schönheit, zu einer Erinnerungsstätte an alte Tage; doch jetzt war sie erfüllt von Kummer und bösen Ahnungen und wußte, daß der goldene Traum schnell auf ein graues Erwachen zueilte. Es sei angemerkt, daß Baumbart *Lothlórien* als ›Traumblume‹ deutete«.

In »Über Galadriel und Celeborn« habe ich den Namen *Lórinand* durchgehend beibehalten, obwohl zur Zeit der Niederschrift des Textes damit der ursprüngliche und alte Name der Gegend gemeint und die Geschichte von der Einführung der Mallorns durch Galadriel noch nicht erdacht war.

6 Dies ist eine spätere Verbesserung. Ursprünglich hieß es im Text, Lórinand sei von einheimischen Fürsten regiert worden.

7 In einer einzelnen und undatierbaren Anmerkung heißt es, daß, obwohl der Name Sauron früher benutzt wurde als in der »Aufzählung der Jahre« angegeben, sein Name, der bedeutet, daß er mit dem mächtigen Statthalter Morgoths im *Silmarillion* identisch ist, bis etwa 1600 des Zweiten Zeitalters nicht eigentlich bekannt war, der Zeit also, in der der Eine Ring geschmiedet wurde. Die geheimnisvolle Macht der Feindseligkeit gegen Elben und Menschen wurde bald nach dem Jahr 500 bemerkt und bei den Númenórern zuerst von Aldarion gegen Ende des achten Jahrhunderts (etwa zu der Zeit, als er den Hafen von Vinyalonde baute, Seite 240). Doch diese Macht besaß keinen greifbaren Mittelpunkt. Sauron trachtete, die zwei Seiten seines Wesens voneinander getrennt zu halten: *Feind* und *Versucher*. Als er unter den Noldor erschien, nahm er eine trügerisch gefällige Gestalt (eine Art vorgetäuschter Vorwegnahme der späteren Istari) und einen wohlklingenden Namen an: *Artano*, ›Hochschmied‹, der jemanden bezeichnet, der dem Dienst der Vala Aule geweiht ist (In »Von den Ringen der Macht« im *Silmarillion*, Seite 315 ist der Name, den sich Sauron um diese Zeit gibt, Annatar, der Herr der Geschenke; doch dieser Name wird hier nicht erwähnt). In der Anmerkung heißt es weiter, daß Galadriel nicht getäuscht worden sei und gesagt habe, daß dieser *Aulendil* in Valinor nicht im Gefolge Aules gewesen sei; »doch dies ist nicht maßgebend, weil Aule vor der ›Erbauung Ardas‹ existierte und die Möglichkeit besteht, daß Sauron tatsächlich einer der Auleschen Maiar war und ›zu Anbeginn Ardas‹ von Melkor verdorben wurde.« Man vergleiche damit die Anfangssätze des Textes »Von den Ringen der Macht«: »Einst lebte Sauron der Maia . . . Zu Anbeginn Ardas lockte ihn Melkor in seinen Bund . . .« (Das Silmarillion, Seite 313)

8 In einem Brief vom September 1954 schrieb mein Vater: »Zu Beginn des Zweiten Zeitalters war er [Sauron] noch schön anzusehen oder konnte noch eine schöne sichtbare Gestalt annehmen – und war noch nicht vollkommen böse, es sei denn man wollte alle ›Reformer‹, die es mit ›Rekonstruktionen‹ und ›Reorganisation‹ eilig haben, völlig böse nennen, noch bevor Hochmut und die Begierde, ihren Willen auszuüben, sie verzehren. Was den besonderen Zweig der Hoch-Elben angeht, die Noldor oder Gelehrten, waren diese immer anfällig für ›Wissenschaft‹ und ›Technologie‹, wie wir es nennen würden. Es verlangte sie nach jenen Kenntnissen, über die Sauron von Natur aus verfügte, und jene aus Eregion schlugen die Warnungen Gil-galads und Elronds in den Wind. Der besondere ›Wissensdurst‹ der Elben in Eregion – eine ›Allegorie‹, wenn man will, für die Liebe zu Maschinen und technischen Erfindungen – wird auch durch ihre besondere Freundschaft mit den Zwergen von Moria versinnbildlicht.«

9 Galadriel kann erst viel später, nach dem Verlust des Herrscherringes, von den Kräften des Ringes Gebrauch gemacht haben; doch man muß einräumen, daß sich im Text an keiner Stelle ein Hinweis darauf findet (obgleich es von ihr, wie zitiert, heißt, sie habe Celebrimbor geraten, die Elbenringe niemals zu gebrauchen).

10 Hier wurde der Text verbessert in: »der erste Weiße Rat«. In der »Aufzählung der Jahre« wird für die Gründung des Weißen Rates das Jahr 2463 des Dritten Zeitalters angegeben; doch es kann sein, daß im Namen des Rates aus dem Dritten Zeitalter bewußt der des lange vorher abgehaltenen Rates widerklingt, insbesondere da verschiedene wichtige Mitglieder des einen auch Mitglieder des anderen Rates waren.

11 An einer früheren Stelle dieser Erzählung (Seite 319) wird gesagt, daß Gil-galad Narya, den Roten Ring, an Círdan weitergab, sobald er ihn selbst von Celebrimbor erhalten hatte; dies entspricht den Angaben in Anhang B zum *Herrn der Ringe* und in »Von den Ringen der Macht«, daß nämlich Círdan ihn von Anfang besaß. Die hier gegebene Darstellung, die zu den anderen im Widerspruch steht, wurde dem Text als Randbemerkung hinzugefügt.

12 Zu den Wald-Elben und ihrer Sprache, siehe unten, Seite 343.

13 Zu den Grenzen Lóriens, siehe unten Anhang C, Seite 347f.

14 Der Ursprung des Namens *Dor-en-Ernil* wird nirgends mitgeteilt; er erscheint nur ein einziges Mal auf der großen Karte von Rohan, Gondor und Mordor im *Herrn der Ringe*. Dort ist er auf der anderen Seite der Berge von Dol Amroth plaziert, doch sein Auftauchen im vorliegenden Text weist darauf hin, daß Ernil der Fürst von Dol Amroth war (was in jedem Fall angenommen werden darf).

15 Vgl. unten Anhang B, Seite 344f. über die Sindarin-Fürsten der Wald-Elben.

16 Die Erklärung geht davon aus, daß das erste Element im Namen *Amroth* das gleiche elbische Wort ist wie Quenya *amba*, ›hinauf‹, zu finden auch in Sindarin *amon*, ein Hügel oder Berg mit steilen Hängen; dagegen ist das zweite Element eine Ableitung vom Stamm *rath-*, ›klettern‹. (Daher stammt auch das Substantiv *rath*, das im númenórischen Sindarin in Gondor zur Namengebung von Orten und Personen und für alle längeren Fahrwege und Straßen vom Minas Tirith verwendet wurde, die fast alle über einen Abhang führten: zum Beispiel *Rath Dínen*, die Stille Straße, die von der Zitadelle zu den Grabstätten der Könige hinabführte).

17 In dem Text »Teil der Sage von Amroth und Nimrodel, in Kürze erzählt« heißt es, daß Amroth in den Bäumen von Cerin Amroth wohnte, »weil es Nimrodel liebte« (Seite 323).

18 Die Lage des elbischen Hafens in Belfalas wird auf der dekorativen Karte von Mittelerde von Pauline Baynes mit dem Namen *Edhellond* bezeichnet (›Elben-Hafen‹, vgl. im Anhang zum *Silmarillion* unter *edhel* und *lond*); ich habe jedoch kein anderes Indiz für das Erscheinen dieses Namens gefunden. Siehe unten Anhang D, Seite 348f. Vgl. *Die Abenteuer Tom Bombadils* (1962): »In Langstrand und Dol Amroth war die Erinnerung an die alten elbischen Wohnsitze und auch an den Hafen an der Mündung des Morthond noch lebendig, von dem aus ›westliche Schiffe‹ schon in den Tagen von Eregions Fall im Zweiten Zeitalter in See gegangen waren.«

19 Dies stimmt mit der Passage in »Die Gefährten«, 2, Kapitel 8, überein, wo Galadriel Aragorn den grünen Stein übergibt und sagt: »Nehmt in dieser Stunde den Namen an, der Euch vorausgesagt war, Elessar, der Elbenstein aus dem Hause Elendil!«

20 An dieser Stelle (und sofort darauf noch einmal) hat der Text *Finrod*, was ich in *Finarfin* geändert habe, um Verwirrung zu vermeiden. Bevor die revidierte Ausgabe des *Herrn der Ringe* 1966 veröffentlicht wurde, änderte mein Vater Finrod in Finarfin um, während dessen Sohn Felagund, vorher Inglor Felagund genannt, zu Finrod Felagund wurde. Zwei Passagen in den Anhängen B und F wurden für die revidierte Ausgabe entsprechend verbessert. – Es ist erwähnenswert, daß Orodreth, der nach Finrod Felagund König von Nargothrond war, hier von Galadriel nicht als einer ihrer Brüder genannt wird. Aus einem mir unbekannten Grund ersetzte mein Vater den zweiten König von Nargothrond und machte ihn zu einem Mitglied der gleichen Familie in der nächsten Generation. Doch diese und ähnliche genealogischen Veränderungen sind nie in die Erzählungen des *Silmarillion* eingegangen.

21 Vgl. die Beschreibung des Elbensteins in »Die Gefährten«, 2, Kapitel 8: »Dann nahm Galadriel von ihrem Schoß einen großen Stein von klarem Grün; er war in einer silbernen Brosche gefaßt, die die Form eines Adlers

mit ausgebreiteten Schwingen hatte; und als sie sie hochhob, funkelte der Edelstein wie Sonne, die durch die Blätter des Frühlings scheint.«

22 Jedoch in »Die Rückkehr des Königs«, 6, Kapitel 9, wo Elrond den Blauen Ring am Finger trägt, wird dieser »Vilya« genannt, »der Mächtigste der Drei«.

A: Die Wald-Elben und ihre Sprache

Dem *Silmarillion* (Seite 107) zufolge wohnten einige der Nandor, die Teleri-Elben, die auf den Marsch der Eldar an der östlichen Seite des Nebelgebirges verzichteten, »lange in den Wäldern des Flußtales« (während andere, wie es heißt, den Anduin stromabwärts zu seinen Mündungen zogen und wiederum andere nach Eriador kamen: von diesen kamen die Grün-Elben aus Ossiriand zuletzt.

In einer späten etymologischen Untersuchung der Namen Galadriel, Celeborn und Lórien werden die Wald-Elben aus Düsterwald und Lórien ausdrücklich zu Nachkommen der Teleri-Elben erklärt, die im Tal des Anduin geblieben waren:

»Die Wald-Elben (Tawarwaith) waren ursprünglich Teleri und somit entfernt mit den Sindar verwandt, obwohl sie noch länger von ihnen getrennt waren als die Teleri aus Valinor. Sie stammten von jenen Teleri ab, die auf der Großen Reise vor dem Nebelgebirge zurückschreckten, im Tal des Anduin blieben und so niemals Beleriand oder das Meer erreichten. Sie waren also enger mit den Nandor (sonst Grün-Elben genannt) aus Ossiriand verwandt, die schließlich die Berge überquerten und am Ende nach Beleriand kamen.«

Die Wald-Elben verbargen sich in Waldfestungen jenseits des Nebelgebirges und wurden ein kleines, verstreut lebendes Völkchen, das kaum von den Avari zu unterscheiden war,

»doch sie erinnerten sich noch daran, daß sie ursprünglich Eldar waren, Mitglieder des Dritten Stammes, und sie hießen jene willkommen, die nicht übers Meer segelten, sondern ostwärts zogen [d. h. zu Beginn des Zweiten Zeitalters]. Unter deren Führung wurden sie wieder ein geordnetes Volk, dessen Klugheit wuchs. Thranduil, der Vater von Legolas, der zu den Neun Wanderern gehörte, war ein Sindar, und deren Sprache wurde in seinem Hause gesprochen, wenn auch nicht von allen seinen Angehörigen. In Lórien, wo viele aus dem Volk ursprünglich Sindar oder Noldor waren, Überlebende aus Eregion [vgl. Seite 327], war Sindarin die Sprache aller Leute geworden. In welcher Weise sich ihr Sindarin von dem in Beleriand unterschied – vgl. »Die Gefährten«, 2, Kapitel 6, wo Frodo berichtet, daß die Sprache des Waldvolkes, die sie untereinander benutzten, der des Westens unähnlich war –, ist nicht mit Sicherheit bekannt. Sie unterschieden sich vermutlich lediglich in dem, was man heute allgemein ›Akzent‹ nennen würde: Unterschiede in der Aussprache der Vokale und im Tonfall, ausreichend, um jemanden wie Frodo irrezuführen, der mit dem reineren Sindarin nicht gut vertraut war. Es dürfte mit Sicherheit auch ortsgebundene Wörter und andere Merkmale gegeben haben, für die letzten Endes der Einfluß der früheren Wald-Sprache verantwortlich war. Lórien war lange Zeit weitgehend von der übrigen Welt getrennt gewesen. Mit Sicherheit können einige aus der Vergangenheit überkommene Namen wie Amroth oder Nimrodel nicht vollständig aus dem Sindarin erklärt werden, wenn sie auch formal mit ihm übereinstimmen. *Caras* scheint ein altes Wort für eine mit einem Graben umgebene Festung zu sein, das sich im Sindarin nicht findet. *Lórien* ist vermutlich eine Umbildung eines älteren, nun ausgestorbenen Namens [obgleich der ursprüngliche Wald-Elben- oder Nandorin-Name, mit *Lórinand* angegeben wurde; vgl. Seite 338f., Anmerkung 5].«

Man vergleiche mit diesen Bemerkungen zu den Namen der Wald-Elben den Abschnitt »Von den Elben«, Fußnote in Anhang F, I zum *Herrn der Ringe.*

Eine weitere allgemeine Aussage über das Wald-Elbisch findet sich in einer linguistisch-historischen Untersuchung aus der gleichen späten Schaffensperiode wie oben:

»Obwohl die Mundarten der Wald-Elben, als diese ihre Sippe wiedertrafen, von der sie lange getrennt gewesen waren, sich so weit vom Sindarin entfremdet hatten, daß sie kaum als Sindarin erkennbar waren, war wenig Mühe vonnöten, ihre Herkunft als Eldar-Sprachen zu offenbaren. Obwohl der Vergleich der Wald-Elben-Mundarten die Gelehrten überaus interessierte, besonders jene noldorischer Herkunft, weiß man heute wenig über das Wald-Elbische. Die Wald-Elben hatten keine Formen des Schreibens erfunden und diejenigen, die diese Fähigkeit von den Sindar erlernten, schrieben in Sindarin, so gut sie konnten. Gegen Ende des Dritten Zeitalters wurden die waldelbischen Sprachen vermutlich in den beiden Regionen nicht mehr gesprochen, die zur Zeit des Krieges um den Ring von Bedeutung waren: Lórien und das Reich Thranduils im nördlichen Düsterwald. Alles, was von ihnen in den Aufzeichnungen überlebte, waren wenige Wörter und verschiedene Personen- und Ortsnamen.«

B: Die Sindarin-Fürsten der Wald-Elben

In der Einleitung zur »Aufzählung der Jahre« heißt es in Anhang B zum *Herrn der Ringe:* ». . . vor der Erbauung von Barad-dûr gingen viele der Sindar nach Osten, und einige gründeten Reiche in den weit entfernten Wäldern, und ihr Volk bestand vor allem aus Wald-Elben. Thranduil, König im Norden des Großen Grünwalds, war einer von ihnen.«

Ein wenig mehr über die Geschichte dieser Sindarin-Fürsten der Wald-Elben findet sich in den späten philologischen Schriften meines Vaters. So wird in einem Aufsatz gesagt, Thranduils Reich habe sich

»in der Zeit vor der Ankunft der aus Moria vertriebenen Zwerge und der Ankunft des Drachen bis in die Wälder ausgedehnt, die den Einsamen Berg umgaben und sich entlang der Westufer des Langen Sees erhoben. Das elbische Volk dieses Reiches war aus dem Süden hergezogen, wo es Verwandter und Nachbar der Elben von Lórien war; doch es hatte im Großen Grünwald östlich des Anduin gewohnt. Im Zweiten Zeitalter hatte sich sein König Oropher [der Vater Thranduils und Großvater Legolas'] nach Norden hinter die Schwertelfelder zurückgezogen. Er tat dies, um von der Macht und der Anmaßung der Zwerge von Moria frei zu sein, das zur größten Wohnstätte der Zwerge geworden war, die in der Geschichte verzeichnet ist; er verübelte auch Celeborn und Galadriel ihre Einmischung in Lórien. Doch bis jetzt war zwischen dem Grünwald und den Bergen wenig zu fürchten, und es gab bis zum Krieg des Letzten Bundes einen festen Verkehr zwischen seinem Volk und dessen Verwandtschaft jenseits des Flusses.

Trotz des Bestrebens der Wald-Elben, sich so wenig wie möglich in die Angelegenheiten der Noldor, Sindar oder irgendeines anderen Volkes einzumischen, seien es Zwerge, Menschen oder Orks, war Oropher klug genug, um vorherzusagen, daß der Friede nicht zurückkehren würde, ehe Sauron nicht besiegt war. Deshalb zog er nun eine große Armee seines jetzt zahlreichen Volkes zusammen, vereinigte sie mit der kleineren Armee Malgalads aus Lórien und führte die Wald-Elben in die Schlacht. Diese waren verwegen und tapfer, doch verglichen mit den Eldar des Westens war ihre Ausrüstung mit Harnischen und Waffen schlecht; überdies waren sie unabhängig und nicht geneigt, sich dem obersten Befehl Gil-galads zu unterstellen. Ihre Verluste waren folglich schmerzlicher, als sie es hätten zu sein brauchen, sogar in diesem schrecklichen Krieg. Malgalad und mehr als die Hälfte seines Gefolges kamen in der Schlacht von Dagorlad ums Leben, wo sie vom Hauptheer abgeschnitten und in die Totensümpfe getrieben wurden. Oropher wurde beim ersten Angriff auf Mordor getötet, als er an der Spitze seiner mannhaften Krieger vorstürmte, ehe Gil-galad das Signal zum Vorrücken gegeben hatte. Sein Sohn Thranduil überlebte, doch als der Krieg beendet und Sauron tot war (wie es schien), führte er kaum ein Drittel der Armee, die in den Krieg marschiert war, nach Hause zurück.«

Malgalad aus Lórien erscheint sonst nirgends, und es heißt hier nicht, er sei der Vater Amroths gewesen. Andererseits wird von Amdír, dem Vater Amroths, zweimal gesagt (oben Seite 323 und 327), er sei in der Schlacht von Dagorlad gefallen; daher scheint es, als könne Malgalad einfach mit Amdír gleichgesetzt werden. Doch welcher Name den anderen ersetzte, kann ich nicht sagen. In diesem Aufsatz heißt es weiter:

»Es folgte ein langer Frieden, in dem die Zahl der Wald-Elben wieder wuchs; doch sie waren unruhig und ängstlich und spürten die Veränderung der Welt, die das Dritte Zeitalter bringen würde. Auch die Menschen nahmen an Zahl und Macht zu. Das Herrschaftsgebiet der númenórischen Könige von Gondor reichte im Norden bis an die Grenzen Lóriens und den Grünwald heran. Die Freien Menschen des Nordens (von den Elben so genannt, weil sie nicht unter der Herrschaft der Dúnedain standen und zum größten Teil von Sauron und seinen Dienern nicht unterworfen worden waren) breiteten sich nach Süden aus: meistens östlich des Grünwaldes, obwohl einige sich an den Säumen des Waldes und in den Grasländern im Tal des Anduin niederließen. Verhängnisvoller waren Gerüchte aus dem fernen Osten: Die Wilden Menschen waren unruhig. Früher Knechte und Verehrer Saurons, waren sie jetzt von seiner Tyrannei befreit, doch nicht von der Finsternis und dem Bösen, das er in ihre Herzen gepflanzt hatte. Unter ihnen wüteten grausame Kriege, bei denen einige von ihnen sich nach Westen zurückzogen, die Herzen voller Haß, und sie betrachteten alle, die im Westen wohnten, als Feinde, die man töten und ausplündern mußte. Doch in Thranduils Herz nistete noch ein tieferer Schatten. Er hatte die Greuel von Mordor gesehen und konnte sie nicht vergessen. Wann immer er nach Süden blickte, ließ die Erinnerung das Licht der Sonne trüb werden; und obwohl er wußte, daß Mordor jetzt öde und verwüstet war und unter der Wachsamkeit der Könige der Menschen lag, sagte ihm die Furcht in seinem Herzen, daß es nicht auf ewig besiegt war: Es würde sich erneut erheben.«

In einer anderen Passage, um die gleiche Zeit verfaßt wie die vorige, heißt es, als tausend Jahre des Dritten Zeitalters vergangen waren und der Schatten auf den Großen Grünwald fiel,

»zogen sich die Wald-Elben unter Thranduil vor dem Schatten zurück, der sich nach Norden ausbreitete, bis Thranduil sein Reich schließlich im Nordosten des Waldes errichtete, wo man eine unterirdische Festung und große Hallen grub. Oropher war sindarischer Herkunft, und ohne Zweifel folgte sein Sohn Thranduil dem Beispiel König Thingols, das lange zurücklag; dennoch waren seine unterirdischen Hallen mit denen Menegroths nicht zu vergleichen. Thranduil verfügte weder über die Kunstfertigkeit, die Mittel noch über den Beistand der Zwerge; und verglichen mit den Elben aus Doriath war sein Waldvolk unwissend und ungehobelt. Oropher war mit nur einer Handvoll Sindar zum Waldvolk gestoßen, und diese waren bald in den Wald-Elben aufgegangen, hatten deren Sprache übernommen und sich Namen, waldelbisch in Form und Ausdruck, zugelegt. Sie taten dies aus freien Stücken, denn sie (und andere ähnliche Abenteurer, die aus den Sagen verschwunden sind oder deren Namen nur kurz erwähnt werden) kamen aus Doriath nach seinem Untergang und verspürten weder das Verlangen, Mittelerde zu verlassen noch mit den anderen Sindar aus Beleriand zu verschmelzen, die beherrscht wurden von den Noldor-Emigranten, für die die Leute aus Doriath keine große Liebe empfanden. Sie wollten wirklich Waldleute werden und zum einfachen Leben zurückkehren, das den Elben, wie sie sagten, angeboren war, bevor die Verlockung der Valar es gestört hatte.«

An keiner Stelle (glaube ich) wird deutlich gemacht, wie die hier beschriebene Übernahme der Wald-Elben-Sprache durch die Sindarin-Herrscher der Wald-Elben des Düsterwaldes sich mit der auf Seite 344 zitierten Behauptung vereinbaren läßt, daß gegen Ende des Dritten Zeitalters Waldelbisch in Thranduils Reich nicht mehr gesprochen wurde.

Siehe ferner Anmerkung 14 zu »Das Verhängnis auf den Schwertelfeldern«, Seite 372.

C: Die Grenzen von Lórien

In Anhang A, I, 4 zum *Herrn der Ringe* heißt es, auf dem Gipfel seiner Macht in den Tagen von König Hyarmendacil I. (Drittes Zeitalter 1015–1149) habe sich das Königreich von Gondor »nach Norden bis [zum] Celebrant und bis an die südlichen Säume des Düsterwaldes« erstreckt. Dies hat mein Vater mehrere Male als Irrtum bezeichnet: Korrekt sollte es heißen »bis zur Ebene des Celebrant«. Mit Bezug auf seine späten Schriften über die Wechselbeziehungen der Sprachen in Mittelerde, führte mein Vater aus:

»Der Fluß Celebrant (Silberlauf) verlief innerhalb der Grenzen des Reiches von Lórien, und die tatsächliche Grenze des Königreiches Gondor im Norden (westlich des Anduin) war der Fluß Limklar. Die gesamten Grasländer zwischen Silberlauf und Limklar, in welche die Wälder Lóriens früher bis weit in den Süden hineinreichten, waren in Lórien als Parth Celebrant bekannt (d. h. die Ebene oder das umschlossene Grasland des Silberlauf) und wurden als Teil des Reiches betrachtet, obwohl es außerhalb der Waldsäume nicht von Elben bewohnt wurde. In späteren Tagen baute Gondor eine Brücke über den oberen Limklar und nahm den schmalen Landstreifen zwischen dem unteren Limklar und dem Anduin des öfteren als Teil seiner östlichen Verteidigungslinie in Besitz, weil die großen Schleifen des Anduin (wo er schnell durch Lórien floß und in flaches Land gelangte, bevor er wieder in die Schlucht der Emyn Muil hinabstürzte) viele flache Stellen und ausgedehnte Sandbänke aufwiesen, über die ein entschlossener und gut ausgerüsteter Feind durch Flöße oder Brückenkähne den Übergang bewerkstelligen konnte, besonders an den beiden westlichen Schleifen, bekannt als die Nördliche und die Südliche Biegung. Für dieses Land verwendete man in Gondor den Namen Parth Celebrant und benützt ihn seither, um die alte Nordgrenze zu bestimmen. In der Zeit des Krieges um den Ring, als alles Land nördlich des Weißen Gebirges (außer Anórien) bis zum Limklar Teil des Königreiches Rohan geworden war, wurde der Name Parth (Ebene von) Celebrant nur noch zur Bezeichnung der großen Schlacht benutzt, in der Eorl der Jüngere die Invasoren Gondors vernichtete (siehe Seite 395 f.).«

In einem anderen Aufsatz bemerkte mein Vater, daß, während das Land Lórien im Osten und im Westen vom Anduin und von den Bergen begrenzt wurde (und er sagte nichts über die Ausdehnung des Reiches Lórien über den Anduin hinaus, vgl. Seite 337), das Land im Norden und im Süden keine eindeutig bestimmten Grenzen hatte.

»Von jeher hatten die Galadhrim beansprucht, über die Wälder bis zu den Fällen des Silberlauf zu herrschen, wo Frodo badete; nach Süden hin hatte sich das Reich bis weit über den Silberlauf hinaus in ein offeneres Waldland mit kleineren Bäumen erstreckt, das in den Wald von Fangorn überging; trotzdem hatte sich das Herz des Reiches immer in dem Winkel zwischen Silberlauf und Anduin befunden, wo der Caras Galadhon stand. Es gab zwischen Lórien und Fangorn keine sichtbaren Grenzen, doch weder die Ents (Onodrim) noch die Galadhrim überquerten sie jemals. Die Sage berichtet nämlich, Fangorn selbst habe den König der Galadhrim einst getroffen und zu ihm gesagt: ›Ich kenne das Meine und du das Deine; laß keine Seite antasten, was der anderen gehört. Doch wenn ein Elbe wünschen sollte, zu seinem Vergnügen in mein Land zu kommen, wird er willkommen sein; und sollte ein Ent in deinem Land gesehen werden, so fürchte nichts Böses.‹ Lange Jahre sind indessen vergangen, seit ein Ent oder Elbe den Fuß in das Land des anderen gesetzt hat.«

D: Der Hafen von Lond Daer

In »Über Galadriel und Celeborn« wurde erzählt, daß im Krieg gegen Sauron in Eriador am Ende des siebzehnten Jahrhunderts des Zweiten Zeitalters der númenórische Admiral Ciryatur eine starke Streitmacht an der Mündung des Gwathló (Grauflut) an Land setzte, wo sich »ein kleiner Hafen der Númenórer befand« (Seite 321). Dies scheint die erste Erwähnung jenes Hafens zu sein, von dem in späteren Schriften eine Menge berichtet wird.

Der ausführlichste Bericht findet sich in dem philologischen Aufsatz über die Namen von Flüssen, aus dem bereits in Verbindung mit der Sage von Amroth und Nimrodel (Seite 326f.) zitiert worden ist. In diesem Aufsatz wird der Name Gwathló wie folgt aufgeschlüsselt:

»Der Name des Flusses Gwathló lautet übersetzt ›Grauflut‹. Doch *gwath* ist ein Sindarin-Wort für ›Schatten‹ im Sinne eines Dämmerlichtes, das von Wolken oder Nebel herrührt oder in tiefen Tälern herrscht. Dies scheint mit der Geographie nicht übereinzustimmen. Die ausgedehnten Landstriche, die der Gwathló in zwei Regionen teilt – von den Númenórern Minhiriath (›Zwischen den Flüssen‹, Baranduin oder Brandywein und Gwathló) und Enedwaith (›Mittleres Volk‹) genannt –, waren in der Hauptsache offene, berglose Ebenen. Am Zusammenfluß von Glanduin und Mitheitel (Weißquell) war das Land beinahe flach, die Wasser wurden träge und neigten dazu, sich im Fennland zu zerstreuen.[1] Doch einige hundert Meilen unterhalb Tharbad nahm das Gefälle zu. Der Gwathló freilich wurde nirgends ein reißender Fluß, und Schiffe von geringerem Tiefgang konnten ohne Schwierigkeiten bis Tharbad gesegelt oder gerudert werden.

Der Ursprung des Namens Gwathló muß in der Geschichte gesucht werden. In der Zeit des Krieges um den Ring waren die Länder noch dicht bewaldet, besonders in Minhiriath und im Südosten Enedwaiths; doch die meisten Ebenen waren mit Gras bewachsen. Seit der Großen Pest im Jahr 1636 des Dritten Zeitalters war Minhiriath fast völlig verheert, obwohl noch ein kleines, verlassenes Volk von Jägern in den Wäldern lebte. Im Osten Enedwaiths lebten die letzten der Dunländer in den Vorbergen des Nebelgebirges; und ein recht zahlreiches, doch barbarisches Fischervolk wohnte zwischen den Mündungen von Gwathló und Angren (Isen).

Aber in den früheren Tagen, zur Zeit der ersten Erforschungen der Númenórer, war die Situation eine gänzlich andere. Minhiriath und Enedwaith waren von ausgedehnten, fast zusammenhängenden Wäldern

[1] Der Glanduin (›Grenzfluß‹) floß südlich von Moria aus dem Nebelgebirge herab, um sich oberhalb Tharbad mit dem Mitheitel zu vereinigen. In die ursprüngliche Karte zum *Herrn der Ringe* wurde der Name nicht eingetragen (er erscheint nur einmal in Anhang A, I, 3). Es scheint, daß mein Vater im Jahr 1969 Pauline Baynes gewisse zusätzliche Namen zur Aufnahme in ihre Karte von Mittelerde mitteilte: ›Edhellond‹ (erwähnt oben auf Seite 341, Anmerkung 18), ›Andrast‹, ›Drúwaith Jaur‹ (Altes Puckel-Land), ›Lond Daer‹ (Ruinen), ›Eryn Vorn‹, ›Adorn‹, ›Schwanenfleet‹ und eben ›Glanduin‹. Die letzten drei dieser Namen wurden dann in die ursprüngliche Karte eingetragen, die dem Buch beigegeben war; doch ich habe nicht in Erfahrung bringen können, warum dies geschah; während der Fluß Adorn richtig eingetragen ist, sind Schwanenfleet und Glandin [*sic*] fehlerhaft am Oberlauf des Isen plaziert. Zur korrekten Erklärung der Beziehung zwischen den Namen *Glanduin* und ›Schwanenfleet‹ siehe Seite 351f.

bedeckt, ausgenommen die mittlere Region des Großen Fenns. Die späteren Veränderungen waren zum größten Teil den Unternehmungen Tar-Aldarions, des Seefahrer-Königs, zuzuschreiben, der Freundschaft und ein Bündnis mit Gil-galad schloß. Aldarion hatte einen großen Bedarf an Bauholz, denn er wollte Númenor zu einer wichtigen Seemacht machen; sein Baumeinschlag in Númenor hatte großen Streit hervorgerufen. Auf seinen Reisen entlang den Küsten sah er mit Staunen die großen Wälder, und er wählte das Mündungsgebiet des Gwathló als Platz für einen neuen Hafen, der ganz unter númenórischer Verwaltung stand (Gondor existierte natürlich noch nicht). Dort begann er mit umfangreichen Arbeiten, die nach seinem Tode fortgesetzt und ausgeweitet wurden. Dieser Zugang zu Eriador erwies sich später im Krieg gegen Sauron (Zweites Zeitalter 1693–1701) als bedeutsam; doch ursprünglich war es ein Umschlagplatz für Holz gewesen und ein Schiffbau-Hafen. Die Eingeborenen waren ziemlich zahlreich und kriegerisch, doch sie waren Waldbewohner, die in verstreuten Gemeinden und ohne zentrale Führung lebten. Sie betrachteten die Númenórer mit Ehrfurcht, doch traten sie ihnen nicht feindselig gegenüber, bis das Fällen der Bäume verheerende Formen annahm. Da griffen sie die Númenórer an und überfielen sie aus dem Hinterhalt, wenn sie konnten, und die Númenórer behandelten sie als Feinde, setzten das Fällen unbarmherzig fort und verschwendeten keinen Gedanken an vernünftiges Haushalten oder Neupflanzungen. Der Einschlag hatte zunächst entlang der beiden Ufer des Gwathló begonnen, und das Holz war über den Fluß zum Hafen (Lond Daer) geflößt worden; doch nun schlugen die Númenórer mächtige Schneisen und Straßen in die Wälder nördlich und südlich des Gwathló und die überlebenden Eingeborenen flohen aus Minhiriath in die dunklen Wälder auf der großen Landzunge von Eryn Vorn, südlich der Mündung des Baranduin, den sie, selbst wenn sie es gekonnt hätten, aus Furcht vor dem Elbenvolk nicht zu überqueren wagten. Von Enedwaith aus suchten sie Zuflucht in den östlichen Bergen, wo später Dunland war; sie überschritten weder den Isen noch flüchteten sie sich auf das große Vorgebirge zwischen Isen und Lefnui, das den Nordarm der Bucht von Belfalas bildete [Ras Morthil oder Andrast: siehe oben, Seite 288, Anmerkung 6], wegen der ›Puckelmänner‹ . . . [zur Fortsetzung dieser Passage siehe unten Seite 499].

Die Verwüstung, die die Númenórer anrichteten, war unermeßbar. Denn für lange Jahre waren diese Länder ihre wichtigste Quelle für Bauholz, nicht nur für ihre Werften in Lond Daer und anderswo, sondern auch für die in Númenor selbst. Unzählbare Schiffsladungen wurden nach Westen übers Meer transportiert. Der Raubbau an diesen Ländern nahm während des Krieges in Eriador zu; die vertriebenen Eingeborenen hingegen begrüßten Sauron und hofften auf seinen Sieg über die Männer vom Meer. Sauron wußte um die Bedeutung des Großen Hafens und seiner

Werften für seine Feinde, und er benutzte diese Hasser Númenors als Späher und Führer für seine Plünderer. Seine Streitmacht reichte nicht aus, um einen Angriff auf die Festungswerke des Hafens oder direkt an den Ufern des Gwathló zu unternehmen, aber seine Plünderer richteten in den Randgebieten der Wälder schwere Verwüstungen an , indem sie die Wälder anzündeten und viele der großen Wald-Lager der Númenórer verbrannten.

Als Sauron endlich besiegt und ostwärts aus Eriador hinausgetrieben war, waren die meisten der alten Wälder vernichtet. Der Gwathló durchfloß ein Land, das auf jeder Uferseite weit und breit eine Einöde war, baumlos und unbebaut. Das war nicht so, als es zum ersten Mal von den kühnen Abenteurern auf Tar-Aldarions Schiff seinen Namen erhielt, die es wagten, in kleinen Booten stromaufwärts zu fahren. Sobald der meernahe Bereich mit seiner salzigen Luft und seinen starken Winden durchfahren war, trat der Wald bis an die Flußufer heran, und über die ganze Breite des Wassers warfen die ungeheuren Bäume große Schatten auf den Fluß, unter denen die Boote der Abenteurer geräuschlos in das unbekannte Land hineinglitten. So lautete der erste Name, den sie ihm gaben, ›Fluß des Schattens‹, *Gwath-hîr, Gwathir.* Doch später drangen sie nordwärts bis zum Beginn der großen Fennlande vor; freilich dauerte es noch lange, bevor es notwendig wurde und sie genügend Männer hatten, die umfangreichen Arbeiten der Trockenlegung und des Deichbaus zu unternehmen, die in den Tagen der Zwei Königreiche an dem Platz, wo Tharbad stand, einen großen Hafen entstehen ließen. Das Sindar-Wort, das sie für das Fenn-Land benutzten, war *lô*, früher *loga* [von einem Stamm *log-* mit der Bedeutung ›feucht, vollgesogen, sumpfig‹]; und sie dachten zuerst, es handele sich um die Quelle des Wald-Flusses, denn sie wußten noch nichts vom Mitheitel, der aus den Bergen des Nordens kam, die Wasser des Bruinen [Lautwasser] und des Glanduin aufnahm und seine Fluten in die Ebene strömen ließ. So wurde der Namen *Gwathir* in *Gwathló* geändert, der schattige Fluß aus den Fenns.

Gwathló war einer der wenigen geographischen Namen, der außer den Seefahrern in Númenor auch anderen allgemein bekannt wurde und der ins Adûnaïsche übersetzt wurde: *Agathurusch.*«

Die Geschichte von Lond Daer und Tharbad wird im gleichen Aufsatz auch im Zusammenhang mit einer Untersuchung des Namens *Glanduin* erwähnt:

»*Glanduin* bedeutet ›Grenz-Fluß‹. Es war der Name, den der Fluß zuerst (im Zweiten Zeitalter) erhielt, weil er die südliche Grenze Eregions bildete, hinter der vor-númenórische und gewöhnlich unfreundliche Völker lebten wie die Vorväter der Dunländer. Später, nach seinem Zusammenfluß mit dem Mitheitel, bildete er mit dem Gwathló die Südgrenze des Nördlichen

Königreiches. Das jenseitige Land zwischen dem Gwathló und dem Isen (Sîr Angren) wurde Enedwaith (›Mittleres Volk‹) genannt; es gehörte zu keinem Königreich und erfuhr nie eine dauernde Besiedlung durch Menschen númenórischer Herkunft. Doch die große Nord-Süd-Straße, außer dem Meer der wichtigste Verbindungsweg zwischen den Zwei Königreichen, durchlief es von Tharbad bis zu den Furten des Isen (Ethraid Engrin). Vor dem Verfall des Nördlichen Königreiches und dem Unglück, das Gondor befiel, in Wahrheit bis zum Auftreten der Großen Pest im Jahr 1636, hatten beide Königreiche ein Interesse an dieser Region und erbauten und unterhielten gemeinsam eine Brücke bei Tharbad und die langen Dämme, auf denen die Straße zu beiden Seiten des Gwathló und des Mitheitel durch die Fenne in den Ebenen von Minhiriath und Enedwaith zur Brücke geführt wurde.[2] Eine ansehnliche Garnison von Soldaten, Seeleuten und Technikern wurde dort bis zum siebzehnten Jahrhundert des Dritten Zeitalters unterhalten. Doch von da an geriet die Gegend rasch in Verfall; und lange vor der Zeit, in der der Herr der Ringe in wilde Fennlande zurückgegangen war. Als Boromir seine große Reise von Gondor nach Bruchtal unternahm – dem Mut und der Ausdauer, die dazu erforderlich waren, ist in der Erzählung nicht ganz Rechnung getragen –, gab es die Nord-Süd-Straße nicht mehr, sondern nur noch die zerfallenden Überreste der Dämme, über die man sich unter Gefahren Tharbad nähern konnte; doch dort fand man nur Ruinen auf einsinkenden Hügeln und eine gefährliche Furt, gebildet aus den Trümmern der Brücke, unpassierbar, wenn der Fluß nicht träge und seicht gewesen wäre – freilich auch breit.

Wenn man sich an den Namen Glanduin überhaupt erinnerte, konnte das nur in Bruchtal der Fall sein; und er wurde nur für den Oberlauf des Flusses angewandt, wo er noch schnell floß, um sich bald in den Ebenen zu verlieren und in den Fennen zu versickern: ein Netzwerk von Sümpfen, Tümpeln und Werdern, die nur von Schwärmen von Schwänen und vielen anderen Wasservögeln bevölkert waren. Wenn der Fluß irgendeinen Namen hatte, so nur in der Sprache der Dunländer. In »Die Rückkehr des

---

[2] In den frühen Tagen der Königreiche stellte sich als die schnellste Verbindung zwischen beiden (außer für große Militärtransporte) die folgende heraus: mit dem Schiff zum alten Hafen am äußersten Ende des Mündungsgebietes des Gwathló, weiter zum Flußhafen Tharbad und von dort über die Straße. Der alte Seehafen und seine großen Kais waren baufällig, doch durch lange Arbeit war bei Tharbad ein geeigneter Hafen angelegt worden, den Hochseeschiffe anlaufen konnten. Überdies war auf beiden Seiten des Flusses auf mächtigen Erdwällen ein Festungswerk angelegt worden, um die einst berühmte Brücke von Tharbad zu schützen. Der alte Hafen war einer der frühesten Häfen der Númenórer, begonnen von dem berühmten Seefahrer-König Tar-Aldarion, später vergrößert und befestigt. Er wurde Lond Daer Enedh, der Große Mittlere Hafen, genannt (da er zwischen Lindon im Norden und Pelargir am Anduin lag). [Anmerkung des Autors]

Königs«, 6, Kapitel 6, wird er ›Schwanenfleet‹ (nicht Fluß) genannt, was einfach den Fluß bezeichnet, der in das Nîn-in-Eilph hineinfließt, in ›das Wasserland der Schwäne‹.«[3]

Es war die Absicht meines Vaters, in eine revidierte Karte zum *Herrn der Ringe* den Namen *Glanduin* als Bezeichnung für den Oberlauf des Flusses einzuführen und die Fenne selbst mit dem Namen *Nîn-in-Eilph* (oder Schwanenfleet) zu kennzeichnen. Auf alle Fälle wurde seine Absicht mißverstanden, denn auf Pauline Baynes' Karte wird der Unterlauf als »Schwanenfleet« bezeichnet, während auf der Karte im Buch, wie oben auf Seite 349 angemerkt, die Namen dem falschen Fluß beigelegt werden.

Es sei angemerkt, daß Tharbad in »Die Gefährten«, 2, Kapitel 3, als eine »zerstörte Stadt« erwähnt wird und daß Boromir in Lothlórien erzählte, er habe beim Übergang über die Grauflut bei Tharbad sein Pferd eingebüßt (ebd., 2, Kapitel 8). In der »Aufzählung der Jahre« wird angegeben, im Jahr 2912 des Dritten Zeitalters, als große Fluten Enedwaith und Minhiriath verheerten, sei Tharbad zerstört und von seinen Bewohnern verlassen worden.

Aus diesen Darlegungen ist zu ersehen, daß die Konzeption des númenórischen Hafens an der Mündung des Gwathló sich seit der Zeit, in der »Über Galadriel und Celeborn« verfaßt wurde, von einem »kleinen númenórischen Hafen« bis zum Lond Daer, dem Großen Hafen, entwickelt hat. Er ist mit Sicherheit das Vinyalonde oder der Neue Hafen aus »Aldarion und Erendis« (vgl. oben Seite 240), obwohl dieser Name in der oben zitierten Darlegung nicht vorkommt. Es heißt in »Aldarion und Erendis« (Seite 279), daß die Arbeiten, die Aldarion bei Vinyalonde begann, nachdem er König geworden war, »niemals abgeschlossen wurden«. Dies besagt vermutlich nicht mehr, als daß sie *von ihm* nicht abgeschlossen wurden; denn die spätere Geschichte Lond Daers setzt voraus, daß der Hafen schließlich wieder aufgebaut und gegen die Unbilden des Meeres gesichert wurde; in der Tat heißt es in der gleichen Passage in »Aldarion und Erendis« weiter, daß Aldarion die Grundlagen schuf »für die Leistung des Tar-Minastir im ersten Krieg gegen Sauron viele Jahre später; ohne seine Vorarbeit hätten die Flotten Númenors ihre Kampfkraft nicht rechtzeitig und am rechten Ort einsetzen können – wie er es vorausgesehen hatte.«

Die Aussage in der obigen Untersuchung des Namens *Glanduin*, daß

[3] Sindarin *alph*, ein Schwan, Plural *eilph*; Quenya *alqua* wie in *Alqualonde*. Der Teleri-Zweig des Eldarin verschob ursprüngliches *kw* nach *p* (doch ursprüngliches *p* blieb unverschoben). Das vielfach veränderte Sindarin Mittelerdes verwandelte nach *l* und *r* die Verschlußlaute in Spiranten. So wurde ursprünglich *alkwa* zu Telerin *alpa* und zu *alf* (transkribiert *alph*) im Sindarin.

der Hafen Lond Daer Enedh, der ›Große Mittlere Hafen‹, genannt wurde, da er zwischen den Häfen von Lindon im Norden und Pelargir am Anduin lag, muß sich auf eine Zeit lange nach dem Eingreifen der Númenórer in den Krieg gegen Sauron in Eriador beziehen; denn gemäß der »Aufzählung der Jahre« wurde Pelargir nicht vor dem Jahr 2350 des Zweiten Zeitalters erbaut; es wurde der wichtigste Hafen der Getreuen Númenórer.

E: Die Namen von Celeborn und Galadriel

In einem Aufsatz über die Bräuche der Namengebung unter den Eldar in Valinor heißt es, daß sie zwei »verliehene Namen« (*essi*) hatten, deren erster bei der Geburt vom Vater gegeben wurde; dieser erinnerte gewöhnlich an den eigenen Namen des Vaters, war ihm in Bedeutung und Form ähnlich oder konnte sogar der gleiche sein, wobei ihm später, wenn das Kind herangewachsen war, eine unterscheidende Vorsilbe hinzugefügt wurde. Der zweite Name wurde später von der Mutter gegeben, zuweilen viel später, aber manchmal auch bald nach der Geburt; und diese Mutter-Namen waren außerordentlich kennzeichnend, denn die Mütter der Eldar hatten einen geschärften Blick für die Charaktereigenschaften und Fähigkeiten ihrer Kinder, und viele besaßen auch die Gabe der prophetischen Vorhersage. Zusätzlich konnte jeder Eldar einen *epesse* (›Nach-Namen‹) annehmen, den nicht unbedingt die eigene Familie gab, einen Spitznamen – meist als Zeichen der Bewunderung oder Verehrung gegeben; und ein *epesse* konnte der allgemein gebräuchliche Name werden, der später in Liedern und in der Geschichte bekannt wurde (wie es zum Beispiel bei Ereinion der Fall war, der immer unter seinem *epesse* Gil-galad bekannt war).

So war der Name *Alatáriel*, der, der späten Version der Geschichte ihrer Beziehung zufolge, Galadriel von Celeborn gegeben wurde (vgl. oben Seite 311), ein *epesse* (zu seiner Etymologie siehe im Anhang zum *Silmarillion* unter dem Stichwort *kal-*); diesen zog sie, als *Galadriel* ins Sindarin übertragen, für den Gebrauch in Mittelerde ihrem ›Vater-Namen‹ *Artanis* oder ihrem ›Mutter-Namen‹ *Nerwen* vor.

Es ist nur natürlich, daß Celeborn in der späten Version mit einem Hoch-Elben-Namen statt dem Sindarin-Namen auftritt: *Teleporno*, welcher, wie erklärt wird, von der Form her eigentlich Telerin ist: Der alte Stamm des elbischen Wortes für ›Silber‹ *kyelep-*, wurde im Sindarin zu *celeb*, zu *telep-*, *telpe* in Telerin und zu *tyelep-*, *tyelpe* in Quenya. Doch in Quenya wurde durch den Einfluß des Telerin die Form *telpe* gebräuchlich, denn die Teleri stellten Silber über Gold, und ihre Künste als Silberschmiede wurden sogar von den Noldor geschätzt. So wurde *Telperion* gebräuchlicher als *Tyelperion* als Name für den Weißen Baum von Valinor (auch *Alatáriel* war Telerin; die Quenya-Form war *Altáriel*).

Als man den Namen Celeborn zuerst erdachte, sollte er ›Silberbaum‹ bedeuten; dies war auch der Name des Baumes von Tol Eressea (*Das Silmarillion*, Seite 71). Celeborns enge Verwandte trugen Baum-Namen (Seite 313): Galadhon, sein Vater, Galathil, sein Bruder und Nimloth, seine Nichte, die den gleichen Namen trug wie der Weiße Baum von Númenor. In den letzten philologischen Schriften meines Vaters wurde die Bedeutung ›Silberbaum‹ indes verworfen: das zweite Element von *Celeborn* (als Personenname) wurde von der alten adjektivischen Form *ornā-*, ›aufragend, hoch‹, und nicht vom verwandten Substantiv *ornē-*, ›Baum‹, abgeleitet. (*Ornē-* wurde ursprünglich für gerade, schlanke Bäume wie Birken verwendet, dagegen wurden kräftige, ausladende Bäume wie Eichen und Buchen in der alten Sprache *galadā-*, ›groß an Wuchs‹, genannt; doch in Quenya wurde diese Unterscheidung nicht immer beachtet, und im Sindarin verschwand sie, wo alle Bäume schließlich *galadh* genannt wurden; *orn* verschwand aus dem allgemeinen Sprachgebrauch und überlebte nur in Versen, Liedern und in zahlreichen Personen- und Baumnamen.) Daß Celeborn großgewachsen war, ist in einer Anmerkung zu der Behandlung der númenórischen Längenmaße auf Seite 377f. erwähnt.

Über die gelegentliche Verwechslung von Galadriels Namen mit dem Wort *galadh* schrieb mein Vater:

»Als Galadriel und Celeborn die Herrscher über die Elben von Lórien wurden (die ursprünglich hauptsächlich Wald-Elben waren und sich die Galadhrim nannten), wurde der Name Galadriels mit Bäumen in Verbindung gebracht, eine Assoziation, die durch den Namen ihres Gatten unterstützt wurde, der ebenfalls ein Baum-Wort zu enthalten schien; außerhalb von Lórien und bei denen, deren Erinnerung an die alten Tage und an die Geschichte Galadriels undeutlich geworden war, wurde ihr Name oft in Galadhriel geändert; doch nie in Lórien selbst.«

Es sei hier angemerkt, daß *Galadhrim* die korrekte Schreibweise des Namens der Elben von Lórien ist, und dies gilt auch für *Caras Galadhon*. Ursprünglich änderte mein Vater stimmhaftes *th* (wie im heutigen Englisch in *then*) in elbischen Namen in *d*, weil (wie er schrieb) *dh* im Englischen nicht gebräuchlich sei und schwerfällig aussehe. Später änderte er seine Meinung in diesem Punkt, doch *Galadrim* und *Caras Galadon* blieben bis zur Veröffentlichung der revidierten Ausgabe des *Herrn der Ringe* unverändert (in neueren Ausgaben ist die Änderung vorgenommen worden). Diese Namen sind unter dem Eintrag *alda* im Anhang zum *Silmarillion* falsch geschrieben.

TEIL DREI
DAS DRITTE ZEITALTER

I DAS VERHÄNGNIS AUF DEN SCHWERTELFELDERN

Nach dem Fall Saurons kehrte Isildur, der Sohn und Erbe Elendils, nach Gondor zurück. Dort legte er den Elendilmir[1] als König von Arnor an und verkündete seine unumschränkte Herrschaft über alle Dúnedain im Norden und im Süden; denn er war ein überaus stolzer und kraftvoller Mann. Er blieb ein Jahr in Gondor, stellte die Ordnung im Land wieder her und legte seine Grenzen fest;[2] doch der größte Teil der Armee Arnors kehrte über die númenórische Straße, die von den Furten des Isen nach Fornost führte, nach Eriador zurück.

Als er sich endlich frei fühlte, in sein eigenes Reich zurückzukehren, war er in Eile, und er wollte zuerst nach Imladris gehen; dort nämlich hatte er sein Weib und seinen jüngsten Sohn zurückgelassen,[3] und darüber hinaus bedurfte er dringend Elronds Rat. Er beschloß deshalb, seinen Weg von Osgiliath nach Norden durch die Täler des Anduin zum Cirith Forn en Andrath zu nehmen, dem hochgelegenen Paß des Nordens, der nach Imladris hinunterführte.[4] Er kannte das Land gut, denn vor dem Krieg des Letzten Bundes hatte er es oft bereist und war auf diesem Weg mit den Männern aus dem östlichen Arnor in der Truppe Elronds in den Krieg marschiert.[5]

Es war eine lange Reise, doch der einzige andere Weg, der nach Westen, dann nach Norden zur Kreuzung der Straßen in Arnor und dann ostwärts nach Imladris führte, war erheblich länger.[6] Er war für berittene Männer vielleicht ebenso schnell zurückzulegen, aber Isildur standen keine Reitpferde zur Verfügung;[7] in früheren Tagen wäre er vielleicht auch sicherer gewesen, doch Sauron war überwältigt und die Bewohner der Täler waren beim Sieg Isildurs Verbündete gewesen. Er hatte keine Furcht, außer vor schlechtem Wetter und Erschöpfung, doch solche Männer müssen ausdauernd sein, die zu einer Reise weit durch Mittelerde gezwungen sind.[8]

So geschah es, wie in den Sagen aus späteren Tagen erzählt wird, daß das zweite Jahr des Dritten Zeitalters sich seinem Ende näherte, als Isildur zu Beginn des Ivanneth[9] von Osgiliath aufbrach, und er hoffte in vierzig Tagen um die Mitte des Narbeleth Imladris zu erreichen. An einem strahlenden Morgen sagte ihm Meneldil[10] am Osttor der Brücke Lebewohl. »Gehe nun, von guten Wünschen begleitet, und möge die Sonne deines Aufbruchs nicht aufhören, über deinem Weg zu scheinen!«

Mit Isildur gingen seine drei Söhne Elendur, Aratan und Ciryon[11] und seine Garde von zweihundert Rittern und Soldaten, harte und kriegserfahrene Männer. Von ihrer Reise wird nichts berichtet bis sie über die Dagorlad und weiter nach Norden in die weiten, menschenleeren Lande südlich des Großen Grünwaldes gekommen waren. Am zwanzigsten Tag, als in weiter Ferne der Forst in Sicht kam, der die Hochländer vor ihnen mit dem schwachen roten und goldenen Schimmer des Ivanneth krönte, bezog sich der Himmel, und ein düsterer, regenschwerer Wind zog vom Meer von Rhûn herauf. Der Regen währte drei Tage; als sie zum Eingang der Täler zwischen Lórien und Amon Lanc[12] kamen, bog Isildur vom Anduin ab, der angeschwollen und reißend war, und erstieg die steilen Hänge an seiner Ostseite, um auf die alten Pfade der Wald-Elben zu gelangen, die dicht an den Säumen des Forstes verliefen.

So trug es sich zu, daß sie am späten Nachmittag des dreißigsten Tages ihrer Reise die Nordgrenzen der Schwertelfelder passierten[13] und über einen Pfad marschierten, der zum Reich Thranduils[14] führte, wie es damals war. Der helle Tag verblaßte; über den entfernten Bergen ballten sich Wolken zusammen, gerötet von der dunstigen Sonne, die vor ihnen unterging; die Tiefen des Tales lagen schon im grauen Schatten. Die Dúnedain sangen, denn ihr Tagesmarsch näherte sich seinem Ende, und drei Viertel des langen Weges nach Imladris lagen hinter ihnen. Zu ihrer Rechten ragte der Forst auf der Kuppe der steilen Bergwände empor, die zu ihrem Pfad hinabstürzten, unter welchem der Hang sanfter zum Talgrund abwärts führte.

Gerade als die Sonne von Wolken verhüllt wurde, hörten sie plötzlich die häßlichen Schreie von Orks und sahen sie aus dem Forst hervorkommen und unter Kriegsgeschrei über die Hänge talwärts strömen.[15] Im trüben Licht konnte man ihre Anzahl nur schätzen, doch die Dúnedain waren ihnen eindeutig, fast um das Zehnfache, unterlegen. Isildur befahl eine *thangail*[16] zu bilden, eine Schildmauer aus zwei dicht schließenden Reihen, die an jedem Ende zurückgebogen werden konnten, so daß sie, wenn sie umgangen wurden, notfalls einen geschlossenen Kreis bildeten. Wenn der Hang es ihm erlaubt hätte oder das Land flach gewesen wäre, hätte er seine Truppe zu einer *dírnaith*[16] aufgestellt und die Orks angegriffen, in der Hoffnung sich durch die Stärke der Dúnedain und ihrer Waffen einen Weg durch die Feinde zu bahnen und sie zu zersprengen; doch dies war jetzt nicht durchzuführen. Ein Schatten böser Ahnung fiel auf sein Herz.

»Die Rache Saurons lebt weiter, wenn er auch tot sein mag«, sagte er zu Elendur, der neben ihm stand. »Hier walten Arglist und böse Absicht! Wir haben keine Aussicht auf Hilfe: Moria und Lórien liegen weit hinter uns, und bis zu Thranduil sind es vier Tage.«

»Und wir führen Lasten von unvorstellbarem Wert mit uns«, sagte Elendur; denn er genoß das Vertrauen seines Vaters.

Die Orks kamen nun nahe heran. Isildur wandte sich an seinen Knappen: »Ohtar«,[17] sagte er. »Dies gebe ich jetzt in deine Obhut.« Und er übergab ihm die große Scheide und die Scherben von Elendils Schwert Narsil. »Bewahre dies mit allen Mitteln und um jeden Preis vor der Erbeutung; sogar um den Preis, daß man dich für einen Feigling hält, der mich im Stich gelassen hat. Nimm deinen Kameraden mit und fliehe! Geht! Ich befehle es euch!« Darauf kniete Ohtar nieder, küßte Isildurs Hand, und die beiden jungen Männer flohen in das dunkle Tal hinunter.[18]

Falls die scharfäugigen Orks ihre Flucht bemerkten, so kümmerten sie sich nicht darum. Sie machten kurz Halt und bereiteten ihren Angriff vor. Zuerst ließen sie einen Hagel von Pfeilen fliegen, und dann plötzlich taten sie mit großem Geschrei, was Isildur ebenfalls getan haben würde: Eine große Menge ihrer besten Krieger stürzte den letzten Abhang hinunter auf die Dúnedain los, um deren Schild-Mauer aufzubrechen. Doch diese hielt stand. Die Pfeile waren gegen die númenórischen Panzer erfolglos gewesen. Die großgewachsenen Männer überragten die größten Orks, und ihre Schwerter und Speere übertrafen die Waffen der Feinde bei weitem. Der Ansturm geriet ins Stocken, brach zusammen, wurde zum Rückzug und ließ die Verteidiger kaum verletzt und unerschüttert hinter Haufen gefallener Orks zurück.

Es wollte Isildur scheinen, als ob der Feind sich gegen den Forst zurückzog. Er blickte zurück. Der rote Rand der Sonne schimmerte durch die Wolken, als sie hinter den Bergen versank; bald würde die Nacht kommen. Er gab Befehl, den Marsch umgehend fortzusetzen, aber eine Richtung einzuschlagen, die sie in niedrigeres und flacheres Gelände führte, wo die Orks weniger im Vorteil sein würden.[19] Vielleicht glaubte er, daß sie den Weg freigeben würden, nachdem sie eine so schmerzliche Abfuhr erlitten hatten, obwohl ihre Kundschafter ihnen während der Nacht folgen und ihr Lager beobachten würden. Das entsprach der Art der Orks, die sehr oft zurückschreckten, wenn ihre Beute sich gegen sie wandte und sich wehrte.

Jedoch er irrte sich. Es war nicht nur Arglist in dem Überfall, sondern grausamer und rücksichtsloser Haß. Die Orks aus den Bergen wurden durch grimmige Knechte aus Barad-dûr verstärkt und befehligt, die lange zuvor ausgesandt worden waren, um die Pässe zu überwachen;[20] und obwohl sie es nicht wußten, war der Ring, der zwei Jahre zuvor von seiner schwarzen Hand abgeschnitten worden war, noch immer voll von Saurons bösem Willen und rief alle seine Diener zur Hilfe. Die Dúnedain waren kaum eine Meile marschiert, als die Orks sich erneut in Bewegung setzten. Dieses Mal griffen sie nicht an, doch sie wandten ihre gesamten Truppen auf. Sie kamen in einer langgezogenen Schlachtlinie herab, die sich halbmondförmig bog und sich rasch als undurchdringlicher Ring um die Dúnedain schloß. Nun blieben sie stumm und hielten sich außerhalb der Reichweite der gefürchteten Stahlbögen aus Númenor,[21] wenn auch das Licht schnell abnahm und Isildur nur allzu wenige Bogenschützen zur Verfügung hatte.[22] Er gebot Halt.

Es trat eine Pause ein, obwohl die scharfäugigsten unter den Dúnedain sagten, daß die Orks sich verstohlen, Schritt für Schritt zur Kreismitte bewegten. Elendur ging zu seinem Vater, der düster und allein dastand, als sei er in Gedanken verloren. »*Atarinya*«, sagte er, »wie steht es mit jener Kraft, die diese ekelhaften Kreaturen einschüchtern und ihnen befehlen würde, dir zu gehorchen? Nützt sie denn nichts?«

»Leider nicht, *senya*. Ich kann sie nicht benutzen. Ich fürchte den Schmerz der Berührung.[23] Ich habe noch nicht die Kraft gefunden, sie unter meinen Willen zu zwingen. Dazu bedarf es eines Mannes, der größer ist als ich, wie ich jetzt weiß. Mein Stolz ist gebrochen. Ich sollte zu den Hütern der Drei gehen.«

In diesem Augenblick erhob sich unerwartet ein Horngeschmetter, und die Orks kamen von allen Seiten heran und warfen sich mit verwegener Wildheit auf die Dúnedain. Die Nacht war hereingebrochen, und die Hoffnung schwand dahin. Männer fielen; denn einige der großen Orks sprangen hoch, zwei zur gleichen Zeit, und durch ihr Körpergewicht, ob tot oder lebendig, drückten sie einen Dúnedan zu Boden, so daß andere kräftige Klauen ihn hervorzerren und erschlagen konnten. Mochten die Orks auch für einen Dúnedan mit fünf der Ihren bezahlen, so war das dennoch billig: Auf diese Weise wurde Ciryon getötet und Aratan beim Versuch ihm zu Hilfe zu kommen, tödlich verwundet.

Elendur, der noch unverwundet war, suchte Isildur. Dieser sammelte die Männer auf der östlichen Flanke, wo der Angriff am heftigsten war, denn die Orks fürchteten den Elendilmir noch immer, den er auf der Stirn trug, und gingen ihm aus dem Weg. Elendur berührte ihn an der Schulter, und Isildur drehte sich wütend um, denn er glaubte, ein Ork sei hinter ihn gekrochen.

»Mein König!« sagte Elendur. »Ciryon ist tot und Aratan liegt im Sterben. Euer letzter Ratgeber muß Euch einen Rat geben, nein, Euch befehlen, wie Ihr Ohtar einen Befehl gegeben habt. Geht! Nehmt Euren Schatz und bringt ihn zu den Hütern, um jeden Preis: sogar um den Preis, Eure Männer und mich sich selbst zu überlassen!«

»Königssohn«, erwiderte Isildur. »Ich wußte, daß ich so handeln mußte; doch ich fürchtete den Schmerz. Ich konnte auch nicht ohne deine Erlaubnis gehen. Vergib mir und meinem Stolz, der dir dieses Schicksal beschert hat.«[24] Elendur küßte ihn. »Geh jetzt!« sagte er.

Isildur wandte sich nach Westen, und indem er den Ring aus der Hülle zog, die an einer feinen Kette von seinem Hals hing, steckte er ihn mit einem Aufschrei des Schmerzes an den Finger, und niemals wieder wurde er von einem Auge in Mittelerde gesehen. Doch der Elendilmir des Westens konnte nicht ausgelöscht werden, und plötzlich loderte er rot und grimmig auf wie ein brennender Stern. Voller Furcht gaben Menschen und Orks den Weg frei; und Isildur verhüllte sein Haupt mit einer Kapuze und verschwand in der Nacht.[25]

Von dem, was mit den Dúnedain geschah, wurde später nur dies bekannt: Es währte nicht lange, und alle lagen tot darnieder, einer ausgenommen: ein junger Knappe, betäubt und unter toten Männern begraben. So ging Elendur dahin, der später hätte König werden sollen; und wie alle voraussagten, die ihn kannten, war er in seiner Kraft und Klugheit, in seiner Erhabenheit ohne Stolz, einer der Größten, der reinste der Nachkommen Elendils und seinem Großvater am ähnlichsten.[26]

Von Isildur nun wird erzählt, daß er große Schmerzen und Herzensqualen litt, doch er rannte anfangs wie ein von den Hunden gehetztes Wild, bis er den Talgrund erreicht hatte. Dort hielt er inne, um sich zu versichern, daß er nicht verfolgt wurde; denn Orks können einem Flüchtenden in der Dunkelheit mit dem Geruchssinn folgen und bedürfen keiner Augen. Dann ging er vorsichtig weiter, denn vor ihm in der Düsternis erstreckten sich ausgedehnte Niederungen, rauh und pfadlos und mit vielen Fallen für wandernde Füße.

So geschah es, daß er schließlich in tiefer Nacht zu den Ufern des Anduin kam, und er war erschöpft; denn er hatte einen Weg zurückgelegt, den die Dúnedain bei einem solchen Boden und wenn sie ohne Halt und bei Tageslicht marschiert wären, nicht schneller hätten bewältigen können.[27] Vor ihm wirbelte dunkel und schnell der Fluß dahin. Er stand eine Weile einsam und verzweifelt da. Dann warf er hastig seinen Harnisch und seine Waffen fort, außer einem kurzen Schwert an seinem Gürtel,[28] und stürzte sich in das Wasser. Er war ein kräftiger und ausdauernder Mann, dem sogar von den Dúnedain jenes Zeitalters nur wenige gleichkamen, doch er hatte wenig Hoffnung, an das jenseitige Ufer zu gelangen. Ehe er sich weit vom Ufer entfernt hatte, war er gezwungen, sich beinahe nördlich gegen die Strömung zu wenden; und so sehr er sich auch abmühte, er wurde immer auf die Dickichte der Schwertelfelder zugetrieben. Sie waren näher, als er gedacht hatte,[29] und gerade als er spürte, daß der Fluß langsamer floß und er ihn fast überquert hatte, fand er sich plötzlich inmitten großer Riedgräser und Schlingkräuter, gegen die er ankämpfen mußte. Dort wußte er plötzlich, daß der Ring fort war. Ob durch Zufall oder durch Bestimmung hatte er seine Hand verlassen und war dorthin verschwunden, wo er niemals hoffen konnte, ihn wiederzufinden. Zuerst war das Gefühl des Verlustes so übermächtig, daß er nicht mehr weiterkämpfte und versunken und ertrunken wäre. Doch diese Lähmung schwand so rasch, wie sie gekommen war. Der Schmerz hatte ihn verlassen. Eine große Bürde war von ihm genommen worden. Seine Füße fanden das Flußbett, er hob sich aus dem Schlamm und quälte sich mühsam durch das Ried auf eine kleine sumpfige Insel zu, die nahe am westlichen Ufer lag. Dort stieg er aus dem Wasser: ein sterblicher Mensch, ein unbedeutendes Wesen, verloren und zurückgelassen in den Wildnissen Mittelerdes. Doch für die nachtäugigen Orks, die dort auf der Lauer lagen, ragte er auf, ein riesenhafter Schatten der Furcht mit einem durchdringenden, sternengleichen Auge. Sie schossen ihre vergifteten Pfeile auf ihn ab und flohen. Es war überflüssig, denn dem ungewappneten Isildur wurden Herz und Kehle durchbohrt, und ohne einen Schrei fiel er zurück in das Wasser. Keine Spur von seinem Leichnam wurde jemals von Elben oder Menschen gefunden. So ging das erste Opfer der Tücke des herrenlosen Ringes dahin: Isildur, zweiter König aller Dúnedain, Herr über Arnor und Gondor, und in jenem Zeitalter der Welt der letzte.

Die Quellen der Sage von Isildurs Tod

Es gab Augenzeugen dieses Ereignisses. Ohtar und sein Gefährte entkamen und trugen die Bruchstücke von Narsil mit sich. Die Erzählung erwähnt einen jungen Mann, der das Gemetzel überlebte: Er war Elendurs Knappe Estelmo, und er war einer der letzten, der fiel, doch er wurde durch einen Keulenschlag betäubt und nicht getötet und lebend unter Elendurs Leichnam gefunden. Er hörte die Worte Isildurs und Elendurs bei ihrem Abschied. Es gab Retter, die zu spät auf dem Schauplatz anlangten, doch noch rechtzeitig, um die Orks zu stören und sie daran zu hindern, die Leichname zu verstümmeln: denn es waren einige Waldmenschen dort, die Thranduil durch Läufer Nachrichten zukommen ließen und die ihrerseits ebenfalls eine Truppe aufgeboten hatten, um den Orks aufzulauern. Doch diese witterten sie und zerstreuten sich, denn wenn sie auch gesiegt hatten, waren ihre Verluste doch groß gewesen, und fast alle der großen Orks waren gefallen: und für lange Jahre danach unternahmen sie einen solchen Angriff nicht wieder.

Die Geschichte der letzten Stunden Isildurs und seines Todes beruht auf Vermutungen, freilich auf wohlbegründeten. Die Sage in ihrer vollständigen Fassung wurde nicht vor der Regentschaft Elessars im Vierten Zeitalter abgefaßt, als weitere Einzelheiten entdeckt wurden. Bis dahin war folgendes bekannt gewesen: zum ersten, daß Isildur den Ring hatte und zum Fluß floh. Zweitens: daß sein Panzer, Helm, Schild und sein großes Schwert (doch nichts sonst) am Flußufer nicht weit oberhalb der Schwertelfelder gefunden worden waren. Drittens: daß die Orks am Westufer Wachen zurückgelassen hatten, die mit Bogen bewaffnet waren und die jeden abfangen sollten, der aus der Schlacht entkäme und zum Fluß flüchtete (denn Spuren ihrer Lager wurden gefunden, eines davon dicht an den Grenzen der Schwertelfelder). Viertens: daß Isildur und der Ring, gemeinsam oder getrennt, im Fluß untergegangen sein mußten, denn wenn Isildur das Westufer erreicht und den Ring getragen hätte, wäre er der Wache ausgewichen, und einem solchen tapferen und ausdauernden Mann wäre es gelungen, nach Lórien oder Moria zu gelangen, bevor die Kräfte ihn verließen. Obwohl es eine lange Reise war, trug doch jeder der Dúnedain in einem versiegelten Täschchen am Gürtel eine Phiole mit einem Stärkungsmittel und Oblaten einer Wegzehrung, die viele Tage lang das Leben in ihm erhalten konnten – nicht eigentlich *miruvor*[30] oder das *lembas* der Elben, doch ihnen ähnlich, denn die Heilkunde und anderes Wissen Númenors wirkten nach und waren noch nicht vergessen. Unter der Ausrüstung, die Isildur abgelegt hatte, befanden sich weder ein Gürtel noch ein Täschchen.

Lange danach, als das Dritte Zeitalter der Elbischen Welt sich dem Ende zuneigte und der Krieg um den Ring nahte, wurde dem Rat Elronds enthüllt, daß der Ring gefunden worden war, der dicht am Rand der Schwertelfelder in der Nähe des westlichen Ufers versunken war; dennoch fand sich niemals eine Spur von Isildurs Leichnam. Damals wurden sie auch gewahr, daß Saruman heimlich in derselben Gegend gesucht hatte; doch wenn er auch den Ring nicht gefunden hatte (der lange zuvor fortgeschafft worden war), so wußten sie doch nicht, was er sonst entdeckt haben mochte.

Aber König Elessar, als er in Gondor gekrönt wurde, begann die Neuordnung seines Reiches, und eine seiner ersten Aufgaben war der Wiederaufbau des Orthanc, wo er den *palantír* wieder aufzubewahren beabsichtigte, der von Saruman zurückerobert worden war. Dann wurden alle geheimen Winkel des Turmes durchsucht. Man fand viele Dinge von Wert, Edelsteine und Erbstücke von Eorl, gestohlen aus Edoras durch die Mithilfe der Schlangenzunge während des Verfalls des Reiches von König Théoden, und andere ältere und schönere Stücke aus Grabhügeln und Grabkammern weit und breit. In seiner Erniedrigung war Saruman kein Drache, sondern eine diebische Elster geworden. Schließlich tat sich hinter einer geheimen Tür, die sie weder hatten finden noch öffnen können, hätte Elessar nicht die Hilfe des Zwergs Gimli gehabt, eine stählerne Kammer auf. Vielleicht war sie dazu bestimmt gewesen, den Ring aufzunehmen. doch sie war beinahe leer. Auf einem hohen Bord waren in einer Schatulle zwei Dinge hinterlegt. Das erste war eine kleine goldene Kapsel, befestigt an einer dünnen Kette; die Kapsel war leer und enthielt weder einen Brief noch einen anderen Hinweis, doch es stand außer Zweifel, daß Isildur sie einst um den Hals getragen und den Ring darin aufbewahrt hatte. Daneben lag ein unschätzbares Schmuckstück, das man lange als für immer verloren beklagt hatte: der Elendilmir, der weiße Stern aus elbischem Kristall auf einem Stirnreifen aus *mithril*[31], von Silmarien auf Elendil gekommen und von ihm als das Zeichen königlicher Herrschaft im Nördlichen Königreich angenommen.[32] Jeder König und die Anführer, die ihnen in Arnor folgten, bis hin zu Elessar selbst, hatten den Elendilmir getragen; doch obwohl er ein Edelstein von großer Schönheit war, von Elbenschmieden in Imladris für Isildurs Sohn Valandil gemacht, besaß er weder das hohe Alter noch die Kraft des einen, der verlorengegangen war, als Isildur ins Dunkel floh und nie mehr zurückkehrte.

Voll Ehrerbietung nahm Elessar ihn an sich, und als er in den Norden zurückkehrte, um die Königswürde in Arnor wieder zu übernehmen, legte ihn Arwen um seine Stirn, und die Menschen verstummten vor Bewunderung, als sie seinen Glanz sahen. Aber Elessar setzte ihn nicht erneut einer Gefahr aus und trug ihn nur an Feiertagen im Nördlichen Königreich. Wenn er sich sonst in königlicher Kleidung zeigte, trug er den Elendilmir, der ihm vererbt worden war. »Auch dies ist ein Gegenstand der Verehrung«, sagte er, »und mehr wert als ich selbst; vierzig Häupter haben ihn bereits getragen.«[33]

Als die Menschen eingehender über diesen geheimen Hort nachdachten, befiel sie Furcht. Denn es wollte ihnen scheinen, daß diese Dinge, vor allem der Elendilmir, nicht hätten gefunden werden können, wenn sie nicht an Isildurs Körper gewesen wären, als er sank; wenn dies aber in tiefem Wasser mit kräftiger Strömung geschehen war, hätten sie mittlerweile weit fortgeschwemmt sein müssen. Folglich mußte Isildur nicht in den tiefen Strom, sondern in flaches, nicht mehr als schulterhohes Wasser gefallen sein. Warum also, obwohl ein Zeitalter vorübergegangen war, fand man dort keine Spuren seiner Gebeine? Hatte Saruman sie gefunden und seinen Spott damit getrieben – sie gar auf schändliche Weise in einem seiner Öfen verbrannt? Wenn es sich so verhielt, dann war es eine schimpfliche Tat; doch nicht seine schlimmste.

1 Der Elendilmir wird in einer Fußnote zu Anhang A,I,3 zum *Herrn der Ringe* genannt: die Könige von Arnor trugen keine Krone, »sondern an einem silbernen Stirnreifen nur einen einzigen weißen Edelstein, den Elendilmir, Elendils Stern«. Diese Fußnote verweist auf weitere Nennungen des Sterns von Elendil im Verlauf der Geschichte. Tatsächlich gab es nicht einen, sondern zwei Edelsteine dieses Namens. Vgl. oben Seite 367.

2 Wie in der Geschichte von Cirion und Eorl berichtet wird, in der ältere Historien verwendet werden, die nun größtenteils verloren sind. Dort werden die Ereignisse geschildert, die zum Eid Eorls und dem Bündnis zwischen Gondor und den Rohirrim führten. [Anmerkung des Autors] Vgl. auch unten Seite 407.

3 Isildurs jüngster Sohn war Valandil, der dritte König von Arnor: dazu: »Von den Ringen der Macht« im *Silmarillion,* Seite 324. In Anhang A,I,2 zum *Herrn der Ringe* wird erklärt, daß er in Imladris geboren wurde.

4 Dieser Paß wird nur hier mit einem elbischen Namen benannt. In Bruchtal erwähnt ihn der Zwerg Gimli viel später als den Hohen Paß: ». . . wenn die Beorninger nicht wären, wäre es schon lange unmöglich, von Thal nach Bruchtal zu gelangen. Es sind tapfere Männer, und sie halten den Hohen Paß und die Furt von Carrock offen«. (»Die Gefährten«, 2, Kapitel 1). Es war dieser Paß, auf dem Thorin Eichenschild und seine Truppe von Orks gefangengenommen wurde (vgl. *Der kleine Hobbit,* Kapitel 4). *Andrath* meint zweifellos »langer Aufstieg«, siehe Seite 341, Anmerkung 16.

5 Vgl. »Von den Ringen der Macht« im *Silmarillion,* Seite 324: »[Isildur] zog von Gondor nach Norden den Weg, den Elendil gekommen war.«

6 Dreihundert Meilen und mehr [d.h. auf dem Weg, den Isildur einschlagen wollte] und zum größten Teil ohne ausgebaute Straßen; in jenen Tagen waren die einzigen númenórischen Straßen: die große Straße durch Calenardhon, die Gondor und Arnor verband und im Norden bei Tharbad über den Gwathló und schließlich nach Fornost führte; die Ost-Weststraße führte von den Grauen Anfurten nach Imladris. Diese Straßen kreuzten sich an einem Punkt [Bree] westlich des Amon Sûl (Wetterspitze), nach númenórischen Straßen-Abmessungen 392 Meilen von Osgiliath und 116 Meilen von Imladris im Osten entfernt, insgesamt 508 Meilen. [Anmerkung des Autors] – Siehe den Anhang über númenórische Längenmaße, Seite 377f.

7 In ihrem eigenen Land besaßen die Númenórer Pferde, die sie sehr schätzten (siehe »Eine Beschreibung der Insel Númenor«, Seite 230f.). Doch sie benutzten sie nicht im Krieg, denn alle ihre Kriege fanden in fremden Ländern statt. Überdies waren sie von großem Körperbau und

großer Stärke, und ihre voll ausgerüsteten Soldaten waren gewohnt, schwere Panzer und Waffen zu tragen. In ihren Siedlungen an den Küsten Mittelerdes erwarben und züchteten sie Pferde, verwendeten sie jedoch wenig zum Reiten, außer beim Sport oder zum Vergnügen. Im Krieg wurden Pferde nur von Kurieren und von leichtbewaffneten Bogenschützen (oft nicht von númenórischer Rasse) benutzt. Im Krieg des Bundes waren die Verluste an Pferden, wie sie sie benutzten, sehr groß gewesen, und in Osgiliath waren nur wenige zu haben. [Anmerkung des Autors]

8 In einem häuserlosen Land benötigten sie einiges Gepäck und Lebensmittelvorräte; denn bis sie Thranduils Reich erreichten, beinahe am Ende ihrer Reise, erwarteten sie keine Wohnstätten von Elben oder Menschen zu finden. Auf dem Marsch trug jeder Mann Lebensmittel für zwei Tage bei sich (abgesehen von der [oben Seite 366] erwähnten ›Notration‹); die restlichen Vorräte und das andere Gepäck wurde von kleinen, robusten Pferden getragen, eine Art, die man zuerst, wie es hieß, wild und ungezähmt in den weiten Ebenen südlich und östlich des Grünwaldes entdeckt hatte. Sie waren gezähmt worden; doch obwohl sie (im Schritt) schwere Lasten trugen, erlaubten sie keinem Mann, sie zu reiten. Von diesen Pferden besaßen sie nur zehn. [Anmerkung des Autors]

9 Am fünften Tag des *Yavanniё* entsprechend der ›Königs-Zeitrechnung‹, die sich mit kleinen Veränderungen noch im Auenland-Kalender erhalten hat. *Yavanniё (Ivanneth)* entspricht so dem *Halimath* (unserem September) und *Narbeleth* unserem Oktober. Vierzig Tage (bis zum fünfzehnten Tag des *Narbeleth*) reichten aus, wenn alles gut verlief. Auf dieser Reise waren vermutlich mindestens dreihundertundacht Meilen zurückzulegen; doch die Soldaten der Dúnedain, großgewachsene, kräftige und ausdauernde Männer, waren gewohnt, in voller Kriegsausrüstung bis zu acht Meilen am Tag »mit Leichtigkeit« zurückzulegen: wenn sie in acht Zeitabschnitten je eine Meile zurücklegten, mit einer kurzen Unterbrechung nach jeder Meile (*lár,* Sindarin *daur,* bedeutet ursprünglich einen Halt oder eine Pause) und einer einstündigen Rast gegen Mittag. Dies ergab einen ›Tagesmarsch‹ von etwa 10½ Stunden, von denen sie acht Stunden marschierten. Bei entsprechender Verpflegung konnten sie diese Geschwindigkeit über eine lange Zeit beibehalten. Waren sie in Eile, konnten sie viel schneller marschieren, bis zu zwölf Meilen am Tag (oder in Notfällen mehr), doch nur für kurze Zeit. Am Tage des Verhängnisses gab es in den Breiten von Imladris (denen sie sich näherten) im offenen Gelände mindestens elf Stunden Tageslicht, doch um die Mitte des Winters weniger als acht Stunden. Gleichwohl wurden im Norden zwischen dem Beginn des *Hithui (Hísime,* November) und dem Ende des *Nínui (Nénime,* Februar) in Friedenszeiten keine langen Reisen unternommen. [Anmerkung des Autors] – Eine ausführliche Beschreibung der in Mittelerde benutzten Kalender wird in Anhang D zum *Herrn der Ringe* gegeben.

10 Meneldil war der Neffe Isildurs, der Sohn von Isildurs jüngerem Bruder Anárion, der bei der Belagerung von Barad-dûr getötet wurde. Isildur hatte Meneldil als König von Gondor eingesetzt. Er war ein verbindlicher Mann, doch weitblickend, und er behielt seine Gedanken für sich. In Wirklichkeit war er über die Abreise Isildurs und seiner Söhne erfreut und hoffte, daß die Angelegenheiten im Norden sie lange in Anspruch nehmen würden. [Anmerkung des Autors] – In unveröffentlichten Annalen betreffend die Erben Elendils heißt es, daß Meneldil das vierte Kind Anárions war, daß er im Jahre 3318 des Zweiten Zeitalters geboren wurde und daß er der letzte Mensch war, der in Númenor geboren werden sollte. Die hier zitierte Anmerkung ist der einzige Hinweis auf seinen Charakter.

11 Alle drei hatten sie im Krieg des Bundes gekämpft, doch Aratan und Ciryon waren beim Einmarsch in Mordor und bei der Belagerung von Barad-dûr nicht dabei gewesen, denn Isildur hatte sie als Verstärkung in seine Festung Minas Ithil geschickt, damit Sauron Gil-galad und Elendil nicht entkommen und versuchen konnte, sich einen Weg durch Cirith Dúath zu erzwingen (später Cirith Ungol genannt), um Rache an den Dúnedain zu nehmen, bevor er besiegt war. Elendur, Isildurs Erbe, der seinem Vater teuer war, hatte ihn während des ganzen Krieges begleitet (ausgenommen bei der letzten Herausforderung auf dem Orodruin) und genoß dessen volles Vertrauen. [Anmerkung des Autors] – In den in der letzten Anmerkung erwähnten Annalen wird angegeben, daß Isildurs ältester Sohn im Jahr 3299 des Zweiten Zeitalters in Númenor geboren wurde. (Isildur selbst wurde im Jahre 3209 geboren.)

12 *Amon Lanc*, ›Nackter Berg‹, war der höchste Punkt des Hochlandes im nordwestlichen Winkel des Grünwaldes und wurde so genannt, weil auf seinem Gipfel keine Bäume wuchsen. In späteren Tagen wurde er als Dol Guldur die erste Festung Saurons nach seinem Erwachen. [Anmerkung des Autors]

13 Die Schwertelfelder (Loeg Ningloron). In der Altvorderenzeit, als die Elben zuerst dieses Gebiet besiedelten, waren sie ein in einer tiefen Landsenke gelegener See, in den von Norden her der Anduin floß, der dort den schnellsten Teil seines Laufes, eine Gefällestrecke von etwa 70 Meilen, zurücklegte und sich dort mit dem reißenden Schwertelfluß (Sîr Ninglor) vermischte, der von den Bergen herabstürzte. Der See hatte sich weiter westlich vom Anduin befunden, denn die östliche Talseite war steiler; doch dort reichte er vermutlich bis zum Fuß der langen Hänge (die damals noch bewaldet waren), während seine schilfigen Ränder von sanfteren Hängen gekennzeichnet waren, die gleich unterhalb des Pfades begannen, den Isildur benutzte. Der See war ein ausgedehntes Sumpfgebiet geworden, durchschlängelt vom Fluß, eine Wildnis kleiner Inseln, großer Felder von Riedgräsern und Binsen und Unmengen gelber Schwertlilien, mehr als

mannshoch, die der ganzen Gegend den Namen gaben und auch dem Fluß aus den Bergen, an dessen Unterlauf sie am üppigsten wuchsen. Doch der Sumpf war nach Osten zurückgewichen, und am Fuß der sanfteren Hänge zogen sich nun ausgedehnte Niederungen hin, bewachsen mit Gras und kleinen Binsen, die begehbar waren. [Anmerkung des Autors]

14 Lange vor dem Krieg des letzten Bundes hatten Oropher, König der Wald-Elben östlich des Anduin, und sein Volk, aufgestört durch Gerüchte von der wachsenden Macht Saurons, ihre alten Wohnstätten beim Amon Lanc verlassen und den Fluß überquert, der sie von ihren Verwandten in Lórien trennte. Dreimal war er nach Norden gegangen, und am Ende des Zweiten Zeitalters wohnte er in den westlichen Schluchten der Emyn Duir, und sein zahlreiches Volk lebte und schweifte in den Wäldern und Tälern westlich bis zum Anduin und nördlich der alten Zwergenstraße (Men-i-Naugrim). Er hatte sich dem Bund angeschlossen, doch er wurde beim Angriff auf die Tore Mordors getötet. Sein Sohn Thranduil war im Jahr vor Isildurs Marsch mit dem Rest des Heeres der Wald-Elben zurückgekehrt.

Die Emyn Duir (Dunkle Berge) waren eine Gruppe hoher Berge im Nordosten des Großen Waldes, und sie wurden so genannt, weil dichte Tannenwälder auf ihren Hängen wuchsen; doch sie hatten noch nicht den Ruch des Bösen. In späteren Tagen, als der Schatten Saurons sich durch den Großen Grünwald ausbreitete und dessen Namen von Eryn Galen in Taur-nu-Fuin (übersetzt Düsterwald) änderte, wurden die Emyn Duir ein Schlupfwinkel zahlreicher seiner schlimmsten Kreaturen und erhielten den Namen Emyn-nu-Fuin, Gebirge von Düsterwald. [Anmerkung des Autors] – Zu Oropher siehe Anhang zu »Die Geschichte von Galadriel und Celeborn«; in einer der dort zitierten Passagen wird Orophers Rückzug nach Norden in den Grünwald seinem Wunsch zugeschrieben, sich aus dem Machtbereich der Zwerge von Khazad-dûm und von Galadriel und Celeborn zu entfernen.

Die elbischen Namen der Berge des Düsterwaldes finden sich sonst nirgends. In Anhang F,II zum *Herrn der Ringe* ist der elbische Name des Düsterwaldes Taur-e-Ndaedelos, ›Wald der großen Furcht‹; der hier genannte Name Taur-nu-Fuin, ›Wald unter dem Nachtschatten‹, war der spätere Name von Dorthonion, in der Altvorderenzeit das bewaldete Hochland an den nördlichen Grenzen Beleriands. Der Gebrauch desselben Namens für Düsterwald und Dorthonion ist bemerkenswert, wenn man die enge Beziehung zwischen ihnen und den Bildern meines Vaters berücksichtigt: vgl. *Pictures by J. R. R. Tolkien* (1979) Anmerkung zu Nr. 37. – Nach dem Ende des Krieges um den Ring gaben Thranduil und Celeborn dem Düsterwald noch einmal einen neuen Namen und nannten ihn Eryn Lasgalen, ›Wald der Grünblätter‹ (Anhang B zum *Herrn der Ringe).*

Men-i-Naugrim, die Zwergenstraße, ist die Alte Waldstraße, die in *Der kleine Hobbit* (Kapitel 7) beschrieben wird. In einem früheren Entwurf dieses Abschnittes der vorliegenden Erzählung gibt es eine Anmerkung bezüglich der »alten Waldstraße, die vom Paß von Imladris hinabführte, den Anduin auf einer Brücke (die für den Übergang der Heere des Bundes vergrößert und verstärkt worden war) überquerte und durch das östliche Tal in den Grünwald führte. Der Anduin konnte an keiner niedrigeren Stelle überbrückt werden, denn wenige Meilen südlich der Waldstraße fiel das Land steil ab, und der Fluß wurde reißend, bis er das große Becken der Schwertelfelder erreichte. Danach floß er wieder schneller und wurde dann eine breite Flut, von vielen Strömen gespeist, deren Namen bis auf die der größeren unter ihnen vergessen sind: Schwertelfluß (Sîr Ninglor), Silberlauf (Celebrant) und Limklar (Limlaith)«. In *Der kleine Hobbit* überquert die Waldstraße den großen Fluß über die Alte Furt, und es wird nicht erwähnt, daß sich an diesem Übergang einst eine Brücke befunden habe.

15 Eine andere Überlieferung des Ereignisses stellt sich in dem kurzen Bericht dar, der in »Von den Ringen der Macht« (*Das Silmarillion*, Seite 324) gegeben wird: »Doch Isildur wurde von einer Schar Orks überfallen, die im Nebelgebirge auf der Lauer lagen; unversehens stürmten sie sein Lager zwischen dem Grünwald und dem Großen Strom, in der Nähe von Loeg Ningloron, den Schwertelfeldern, denn er war sorglos gewesen und hatte keine Wachen aufgestellt, in der Meinung, alle Feinde seien besiegt.«

16 *Thangail*, ›Schild-Zaun‹, hieß diese Formation in Sindarin, der üblicherweise von Elendils Volk gesprochenen Sprache; der ›offizielle‹ Name in Quenya war *sandastan*, ›Schild-Sperre‹, abgeleitet vom alten *thandā*, ›Schild‹, und *stama-*, ›versperren, ausschließen‹. Das Sindarin-Wort verwendet ein anderes zweites Element: *cail*, Zaun oder Palisade aus Spießen und scharfen Pfählen. Dieses Element, in urtümlicher Form *keglē*, wurde von einem Stamm *keg-*, ›Stumpf, Stachel‹ abgeleitet, der auch im alten Wort *kegyā*, ›Hecke‹, erscheint, woraus Sindarin *cai* hervorging (vgl. der *Morgai* in Mordor).

Die *dírnaith*, Quenya *nernehta*, ›Mann-Speerspitze‹, war ein Kettenkeil, eingesetzt auf eine kurze Entfernung gegen einen massierten, doch noch nicht geordneten Gegner oder gegen eine Verteidigungsformation in offenem Gelände. Quenya *nehte*, Sindarin *naith* wurde für alle Gebilde oder vorstehenden Teile verwendet, die in einer Spitze zusammenliefen: eine Speerspitze, ein Zwickel, Keil, ein schmales Vorgebirge (Wurzel *nek*, ›schmal‹); Vgl. das Naith von Lórien, das Land im Winkel, gebildet aus Celebrant und Anduin, das am eigentlichen Treffpunkt der beiden Flüsse schmaler und zugespitzter war als auf einer Karte kleinen Maßstabs gezeigt werden kann. [Anmerkung des Autors]

17 *Ohtar* ist der einzige Name, der in den Sagen benutzt wird; doch er ist wahrscheinlich nur eine Anredeform, der sich Isildur in diesem tragischen Augenblick bedient, um seine Gefühle hinter Förmlichkeit zu verbergen. *Ohtar*, ›Krieger, Soldat‹, war der Titel aller voll ausgebildeten und

erprobten Männer, denen der Rang eines *roquen,* ›Ritters‹, noch nicht zuerkannt worden war. Aber Ohtar stammte aus Isildurs eigener Sippe und wurde von ihm geschätzt. [Anmerkung des Autors]

18 In dem früheren Entwurf befahl Isildur Ohtar zwei Gefährten mitzunehmen. In »Von den Ringen der Macht« (*Das Silmarillion,* Seite 324) und in »Die Gefährten« wird berichtet, daß »über das Gebirge nur drei Mann zurück[kamen]« (2, Kapitel 2). Im dort vorliegenden Text ist einbegriffen, daß der dritte Estelmo war, Elendurs Knappe, der die Schlacht überlebte. (Siehe oben Seite 365)

19 Sie hatten die tiefe Senke der Schwertelfelder passiert, hinter der der Untergrund am Ostufer des Anduin (der in einem tiefeingeschnittenen Bett floß) fester und trockener wurde, denn das Niveau des Landes änderte sich. Es begann nach Norden hin zu steigen, und bis es sich der Waldstraße und Thranduils Reich näherte, lag es mit den Säumen des Grünwaldes fast auf gleicher Höhe. Dies war Isildur wohlbekannt. [Anmerkung des Autors]

20 Es kann keinem Zweifel unterliegen, daß Sauron, der über den Bund gut unterrichtet war, diejenigen Ork-Truppen, die er erübrigen konnte, aussandte, um mit aller Kraft jene Streitkräfte zu verfolgen, die ihren Weg durch Überqueren der Berge abzukürzen versuchten. Schließlich war die Hauptmacht Gil-galads zusammen mit Isildur und einem Teil der Männer aus Arnor über die Pässe von Imladris und Caradhras gekommen, und die Orks waren verschreckt und versteckten sich. Doch sie blieben wachsam und vorsichtig, entschlossen, jede Truppe von Elben oder Menschen anzugreifen, der sie zahlenmäßig überlegen waren. Thranduil hatten sie passieren lassen, weil sogar sein geschrumpftes Heer zu stark für sie war; doch sie warteten den rechten Augenblick ab, wobei der größte Teil in den Wäldern verborgen lag, während andere entlang der Flußufer auf der Lauer lagen. Es ist unwahrscheinlich, daß irgendwelche Nachrichten von Saurons Fall sie erreicht hatten, denn er war in Mordor hart bedrängt und alle seine Streitkräfte waren vernichtet worden. Falls einige wenige entkommen waren, hatten sie sich mit den Ringgeistern weit in den Osten geflüchtet. Diese kleine und bedeutungslose Abteilung im Norden war vergessen. Vermutlich dachten sie, Sauron sei siegreich geblieben und das kriegsmüde Heer Thranduils ziehe sich zurück, um sich in Waldfestungen zu verstekken. Folglich wurden sie ermutigt und angespornt, das Lob ihres Meisters zu verdienen, obwohl sie an den wichtigsten Kämpfen nicht teilgenommen hatten. Aber es war nicht sein Lob, das sie gewonnen hätten, wenn irgendeiner lange genug gelebt hätte, um sein Wiederaufleben zu sehen. Keine Folterungen hätten seinen Zorn über die stümperhaften Narren besänftigen können, die die größte Beute in Mittelerde hatten entschlüpfen lassen; wenn sie auch nichts von dem Einen Ring wissen konnten, von dem außer Sauron selbst nur die Neun Ringgeister, seine Sklaven, wußten. Doch viele haben geglaubt, daß die Wildheit und Entschlossenheit ihres

Angriffs auf Isildur zum Teil dem Ring zuzuschreiben war. Es war wenig mehr als zwei Jahre her, seit er Saurons Hand verlassen hatte, und obwohl er sich rasch abgekühlt hatte, war er noch vom bösen Willen durchtränkt und versuchte auf jede Weise zu seinem Herrn zurückzukehren (wie er es wieder tat, als er zurückerobert und an einem neuen Ort untergebracht wurde). So glaubte man, daß die Anführer der Orks, ohne daß sie es wußten, von dem rasenden Verlangen erfüllt waren, die Dúnedain zu vernichten und ihren Anführer gefangenzunehmen. Nichtsdestotrotz erwies sich am Ende, daß der Krieg um den Ring mit dem Verhängnis auf den Schwertelfeldern verloren war. [Anmerkung des Autors]

21 Über die Bogen des Númenórer siehe »Eine Beschreibung der Insel Númenor«, Seite 232.

22 Nicht mehr als zwanzig, wie man sagt; denn einen solchen Notfall hatte man nicht erwartet. [Anmerkung des Autors]

23 Man vergleiche die Worte, die Isildur über den Ring in die Rolle schrieb, bevor er von Gondor zu seiner letzten Reise aufbrach, und von denen Gandalf den Rat Elronds in Bruchtal unterrichtete: »Er war heiß, als ich ihn zuerst nahm, heiß wie glühende Kohle, und meine Hand war versenget, so daß ich bezweifle, ob ich jemals wieder von dem Schmerz befreit werde. Doch jetzt, da ich schreibe, ist er abgekühlt und scheinet zu schrumpfen . . .« (»Die Gefährten«, 2, Kapitel 2)

24 Der Stolz, der ihn dazu brachte, den Ring zu behalten gegen den Rat Elronds und Círdans, die wollten, daß er in den Feuern des Orodruin vernichtet werden sollte. (»Die Gefährten«, 2, Kapitel 2; *Das Silmarillion*, Seite 323)

25 Die Bedeutung dieser Passage, bemerkenswert genug, scheint zu sein, daß das Licht des Elendilmir gegen die Unsichtbarkeit gefeit war, die der Eine Ring dem Träger verlieh, obschon sein Licht sichtbar sein würde, wenn der Ring nicht getragen wurde; doch als Isildur sein Haupt mit einer Kapuze verhüllte, wurde sein Licht ausgelöscht.

26 Man sagte, daß diejenigen (wie Elrond), die sich in späteren Tagen Elendur wieder in Erinnerung riefen, über seine körperliche und geistige Ähnlichkeit mit König Elessar verblüfft waren, dem Sieger im Krieg um den Ring, in dem der Ring und Sauron gleichermaßen vernichtet wurden. Den Aufzeichnungen der Dúnedain zufolge stammte Elessar im achtunddreißigsten Grad von Elendurs Bruder Valandil ab. So lange dauerte es, bis er gerächt war. [Anmerkung des Autors]

27 Sieben Meilen oder mehr vom Ort des Gefechtes entfernt. Als er floh, war die Nacht hereingebrochen; er erreichte den Anduin um Mitternacht oder kurz vorher. [Anmerkung des Autors]

28 Dies war von einer Art, die man *eket* nannte: ein kurzes dolchartiges Schwert mit einem breiten, zugespitzten zweischneidigen Blatt, das 1–1½ Fuß lang war. [Anmerkung des Autors]

29 Der letzte Standort war eine Meile oder mehr jenseits ihrer Nordgrenze gewesen, doch möglicherweise war er in der Dunkelheit durch das Abfallen des Landes ein wenig südlich aus der Richtung gekommen. [Anmerkung des Autors]

30 Ein Fläschchen mit *miruvor*, »der Heiltrank von Imladris«, bekam Gandalf von Elrond als die Gesellschaft von Bruchtal aufbrach (»Die Gefährten«, 2, Kapitel 3); siehe auch *The Road Goes Ever On*, Seite 61.

31 Denn dieses Metall wurde in Númenor gefunden. [Anmerkung des Autors] – In »Die Linie von Elros« (Seite 297) heißt es von Tar-Telemmaite, dem fünfzehnten Herrscher von Númenor, er sei wegen seiner Liebe zum Silber so genannt worden (d.h. ›silberhändig‹); und er »gebot seinen Dienern unentwegt nach *mithril* zu suchen«. Doch Gandalf sagte, daß *mithril* nur in Moria gefunden werde. (»Die Gefährten«, 2, Kapitel 4)

32 In »Aldarion und Erendis« (Seite 250) wird erzählt, daß Erendis »den weißen Stein in ein silbernes Stirnband hatte setzen lassen; und auf ihre Bitte legte er es ihr um die Stirn«. Aus diesem Grund war sie als Tar-Elestirne bekannt, als die Frau mit der Sternen-Stirn; »daher stammt, wie man sagt, die spätere Angewohnheit der Könige und Königinnen, einen weißen Edelstein als Stern auf der Stirn zu tragen, und sie hatten keine Krone« (Seite 289, Anmerkung 18). Diese Überlieferung kann von der des Elendilmir nicht getrennt werden, einen sternähnlichen Edelstein als Zeichen der Königswürde von Arnor auf der Stirn zu tragen. Doch der ursprüngliche Elendilmir, weil er Silmarien gehörte, existierte in Númenor (welchen Ursprung er immer haben mochte), bevor Aldarion Erendis' Edelstein aus Mittelerde mitbrachte, und sie können nicht ein und derselbe gewesen sein.

33 Die wirkliche Zahl war vierzig, weil der zweite Elendilmir für Valandil gemacht wurde. (Vgl. Anmerkung 26 oben). – In der »Aufzählung der Jahre« in Anhang B zum *Herrn der Ringe* heißt es unter dem Eintrag für das Jahr 16 des Vierten Zeitalters (nach der Auenland-Rechnung 1436), als König Elessar zur Brandywein-Brücke kam, um seine Freunde zu begrüßen, habe er den Stern der Dúnedain Meister Samweis gegeben, während dessen Tochter Elanor zur Ehrenjungfrau von Königin Arwen gemacht wurde. Auf der Grundlage dieser Darstellung sagte Robert Foster (*A Guide to Middle Earth*), daß »der Stern (Elendils) von den Königen des Nord-Königreiches auf der Stirn getragen wurde, bis ihn Elessar im Jahr 16 des Vierten Zeitalters an Samweis gab«. Diese Passage impliziert eindeutig, daß König Elessar den Elendilmir, der für Valandil gemacht war, unbeschränkt behielt; und in jedem Fall scheint es mir ausgeschlossen, daß er ihn dem Bürgermeister des Auenlandes zum Geschenk gemacht haben würde, wie sehr er ihn auch immer schätzte. Dem Elendilmir werden verschiedene Namen beigelegt: Der Stern Elendils, der Stern des Nordens, der Stern des Nord-Königreichs; und der Stern

der Dúnedain (er erscheint nur in jenem Eintrag in der »Aufzählung der Jahre«) wird sowohl bei Foster als auch bei J. E. A. Tyler (*Tolkien Companion*) als ein zweiter Stein ausgegeben. Ich habe keinen anderen Beleg dafür gefunden, doch es scheint mir fast sicher, daß es nicht so war, und daß Meister Samweis eine andere (und passendere) Auszeichnung erhielt.

Anhang: Númenórische Längenmaße

Eine Anmerkung, die mit der Passage über die verschiedenen Routen von Osgiliath nach Imladris in »Das Verhängnis auf den Schwertelfeldern« (Seite 359 und Seite 369, Anmerkung 6) in Verbindung steht, lautet wie folgt:

»Die Maße von Strecken sind so genau wie möglich in heutige Maßeinheiten umgerechnet. ›Meile‹ wird benutzt, weil es das längste Maß für Entfernungen war: in númenórischer Rechnung (die auf dem Dezimalsystem beruhte) ergaben 5000 *rangar* (volle Schritte) ein *lár*, was fast genau drei heutigen Meilen entspricht. *Lár* bedeutete ›Pause‹, weil außer bei Gewaltmärschen gewöhnlich ein kurzer Halt gemacht wurde, wenn diese Entfernung zurückgelegt war [siehe oben Anmerkung 9]. Die númenórische *ranga* war ein wenig länger als unsere Elle, annähernd 38 Zoll, infolge ihres größeren Körperbaus. Folglich entsprächen 5000 *rangar* beinahe genau 5280 Ellen, unserer ›Meile‹: 5277 Ellen, zwei Fuß und vier Zoll, angenommen die Entsprechung wäre exakt. Doch der genaue Gegenwert läßt sich nicht bestimmen, da man von den Ausmaßen verschiedener Gegenstände, die in Geschichten erscheinen, und von Entfernungen ausgehen muß, die mit denen unserer Zeit verglichen werden können. Man muß sowohl dem großen Körperbau der Númenórer Rechnung tragen (weil Hände, Füße, Finger und Schritte wahrscheinlich zur Bezeichnung der Maßeinheiten benutzt wurden) als auch den Abweichungen von diesen Mittelwerten und Normen, die auftraten, als die Festlegung und Gliederung eines Maßsystems für den täglichen Gebrauch und für exakte Berechnungen durchgeführt wurde. So wurden zwei *rangar* oft ›Manns-Höhe‹ genannt, was bei 38 Zoll eine Durchschnittshöhe von sechs Fuß und vier Zoll ergibt, doch war dies eine spätere Angabe, als die Körpergröße der Dúnedain sich vermindert zu haben scheint; es war damit auch nicht beabsichtigt, eine genaue Aussage über die bei den Númenórern beobachtete männliche Durchschnittsgröße zu treffen, sondern es handelte sich um einen Näherungswert, der in der allgemein bekannten Maßeinheit *ranga* angegeben wurde. (Von der *ranga* wird häufig gesagt, sie sei, gemessen beim Fersen-Zehen-Gang, die Länge eines Schrittes eines ausgewachsenen Mannes gewesen, der schnell, aber ungezwungen ging; ein voller Schritt ›könnten sehr wohl etwa 1½ *rangar* sein‹.) Indes wird von den großen

Leuten der Vergangenheit gesagt, sie seien mehr als mannshoch gewesen. Von Elendil heißt es, er habe ›die Mannshöhe um fast eine halbe *ranga* übertroffen‹; doch er wurde als der größte von allen Númenórern angesehen, die dem Untergang entkamen [und er war tatsächlich als Elendil der Lange allgemein bekannt]. Die Eldar der Altvorderenzeit waren ebenfalls sehr groß. Von Galadriel, ›der größten unter allen Frauen der Eldar, von der Geschichten erzählen‹, heißt es, sie sei mannshoch gewesen, doch es wird bemerkt: ›entsprechend dem Maß der Dúnedain und der Menschen von einst‹, was auf eine Körpergröße von etwa sechs Fuß und vier Zoll schließen läßt.

Die Rohirrim waren im allgemeinen kleiner, denn ihre weit entfernten Vorfahren hatten sich mit Menschen von breiterem und schwererem Körperbau vermischt. Von Éomer heißt es, er sei großgewachsen gewesen, ebenso groß wie Aragorn; doch war er zusammen mit anderen Abkömmlingen König Thengels größer, als es in Rohan die Regel war; diese Eigenschaft (in einigen Fällen zusammen mit dunklerem Haar) geht auf Morwen zurück, die Gattin Thengels, eine Herrin aus Gondor von hoher númenórischer Abstammung.«

Eine Anmerkung zum vorstehenden Text enthält weitere Auskünfte über Morwen, abgesehen von denen, die in Anhang A,II zum *Herrn der Ringe* gegeben werden:

»Sie war als Morwen aus Lossarnach bekannt, denn dort wohnte sie; doch dem Volk dieses Landes gehörte sie nicht an. Ihr Vater war von Belfalas dorthin gezogen, weil er die blühenden Täler dieses Landes liebte; er war ein Abkömmling eines früheren Fürsten dieses Lehens und somit ein Verwandter von Fürst Imrahil. Seine Verwandtschaft mit Éomer aus Rohan, wenn auch eine entfernte, wurde von Imrahil anerkannt, und zwischen ihnen wuchs eine tiefe Freundschaft. Éomer heiratete Imrahils Tochter [Lothíriel], und ihr Sohn, Elfwein der Schöne, hatte eine auffallende Ähnlichkeit mit dem Vater seiner Mutter.«

Eine weitere Anmerkung sagt über Celeborn, daß er ein ›Linda aus Valinor‹ war (d. h., einer der Teleri, die sich selbst Lindar, die Sänger, nannten) und

»daß er von ihnen für großgewachsen gehalten wurde, wie schon sein Name bewies (›silber-groß‹); doch die Teleri waren im allgemeinen von schwächerem Körperbau und geringerer Größe als die Noldor.«

Dies ist die späte Version der Geschichte von Celeborns Herkunft und der Bedeutung seines Namens; siehe Seite 313 und 354.

An anderem Ort schrieb mein Vater über die Körpergröße der Hobbits im Vergleich zu der der Númenórer und über den Ursprung des Namens Halblinge:

»Die Ausführungen [über die Körpergröße der Hobbits] in der Einführung zum *Herrn der Ringe* sind notwendigerweise unbestimmt und verwickelt, weil sie Bezüge zu Überlebenden dieser Rasse in späteren Zeiten einschließen; doch soweit sie den *Herrn der Ringe* betreffen, lassen sie sich wie folgt kurz zusammenfassen: Die Hobbits des Auenlandes waren zwischen drei und vier Fuß groß, niemals kleiner und selten größer. Natürlich nannten sie sich nicht selbst Halblinge; dies war ihr númenórischer Name. Er hatte offensichtlich Bezug zu ihrer Größe, verglichen mit der númenórischer Menschen, und als er ihnen beigelegt wurde, traf er annähernd zu. Er wurde zuerst auf die Harfüße angewandt, die den Herrschern von Arnor im elften Jahrhundert bekannt wurden [vgl. in der ›Aufzählung der Jahre‹ den Eintrag für 1050], und später dann auch den Falbhäuten und den Starren beigelegt. Die Königreiche des Nordens und des Südens blieben in dieser Zeit in enger Verbindung (und noch bis viel später), und jedes Land war von den Ereignissen in der anderen Region wohlunterrichtet, besonders über die Wanderung von Völkern aller Arten. Obgleich, soweit bekannt ist, vor Peregrin Tuk niemals ein ›Halbling‹ in Gondor erschien, war die Existenz dieses Volkes innerhalb des Königreiches von Arthedain in Gondor bekannt, und man gab ihnen den Namen Halblinge oder in Sindarin *perian*. Sobald Boromir [beim Rat Elronds] von Frodo Kenntnis nahm, erkannte er in ihm einen Angehörigen dieser Rasse. Vermutlich hatte er sie bis dahin als Wesen betrachtet, die Feenmärchen oder Volkssagen entstammten, wie wir heute sagen würden. Pippins Aufnahme in Gondor läßt es einleuchtend erscheinen, daß ›Halblinge‹ dort tatsächlich bekannt waren.«

In einer anderen Version dieser Anmerkung wird mehr über die abnehmende Körpergröße der Halblinge und Númenórer ausgesagt:

»Dieses Kleinerwerden bei den Dúnedain war keine natürliche Entwicklung, die von anderen Völkern, deren eigentliche Heimat Mittelerde war, geteilt wurde, sondern war auf den Verlust ihres alten Landes im Westen zurückzuführen, das von allen sterblichen Ländern dem Unsterblichen Reich am nächsten war. Das viel später einsetzende Abnehmen der Größe der Hobbits muß eine Folge ihrer veränderten Staatsform und Lebensweise gewesen sein; sie wurden ein flüchtiges und verschwiegenes Volk, das dazu getrieben wurde (als die Menschen, das Große Volk, immer zahlreicher wurden und die Lande, die fruchtbarer und bewohnbarer waren, in Besitz nahmen), im Wald oder in der Wildnis Zuflucht zu suchen: ein umherwanderndes, armes Volk, das seine Künste vergaß, ein gefährdetes Leben führte, ausgefüllt von der Suche nach Nahrung und voller Furcht, gesehen zu werden.«

II CIRION UND EORL UND DIE FREUNDSCHAFT ZWISCHEN GONDOR UND ROHAN

(1)

Die Nordmenschen und die Wagenfahrer

Die Chronik von Cirion und Eorl[1] beginnt erst mit dem ersten Zusammentreffen von Cirion, Truchseß von Gondor, und Eorl, Fürst der Éothéod, nachdem die Schlacht auf der Ebene von Celebrant vorüber war und die Eindringlinge in Gondor vernichtet waren. Doch es gab Lieder und Sagen von dem großen Ritt der Rohirrim aus dem Norden nach Rohan und nach Gondor, aus denen Berichte entnommen wurden, die zusammen mit vielen anderen die Éothéod betreffenden Tatsachen in späteren Chroniken[2] erscheinen. Diese hier sind kurz in chronikalischer Form zusammengefaßt.

Die Éothéod waren unter diesem Namen zuerst in den Tagen von König Calimehtar von Gondor (der im Jahre 1936 des Dritten Zeitalters starb) bekannt, zu welcher Zeit sie ein kleines Volk waren, das in den Tälern des Anduin zwischen Carrock und den Schwertelfeldern lebte, zum größten Teil auf der Westseite des Flusses. Sie waren ein Rest der Nordmenschen, die früher ein zahlreicher und mächtiger Bund von Völkern gewesen waren, die auf den weiten Ebenen zwischen dem Düsterwald und dem Fluß Eilend lebten. Sie waren vorzügliche Pferdezüchter und Reiter, berühmt wegen ihrer Geschicklichkeit und Ausdauer, obgleich sie ihre festen Wohnsitze in den Säumen des Waldes hatten, besonders in der Ost-Bucht, die hauptsächlich dadurch entstanden war, daß sie dort die Bäume gefällt hatten.[3]

Diese Nordmenschen entstammten der gleichen Rasse wie jene, die im Ersten Zeitalter in den Westen Mittelerdes kamen und die Verbündeten der Eldar in ihren Kriegen mit Morgoth wurden.[4] Sie waren also entfernte Verwandte der Dúnedain oder Númenórer, und zwischen ihnen und dem Volk von Gondor herrschte eine tiefe Freundschaft. Sie bildeten in der Tat ein Bollwerk Gondors, das seine nördlichen und östlichen Grenzen vor Einmärschen bewahrte; obwohl dies von den

Königen nicht in vollem Umfang begriffen wurde, bis das Bollwerk geschwächt und schließlich zerstört wurde. Die Schwächung der Nordmenschen von Rhovanion begann mit der Großen Pest, die dort im Winter des Jahres 1635 auftrat und bald auf Gondor übergriff. In Gondor war die Sterblichkeit groß, besonders bei jenen, die in Städten wohnten. Noch größer war sie in Rhovanion, denn obgleich seine Bewohner meistens im Freien und nicht in großen Städten lebten, kam die Pest zugleich mit dem kalten Winter, der Menschen und Pferden Schutz zu suchen zwang, und ihre dürftigen hölzernen Häuser und Ställe waren überfüllt; darüber hinaus waren sie in der Heilkunde und den ärztlichen Wissenschaften wenig erfahren, von denen in Gondor noch vieles bekannt war, was sich von der Gelehrsamkeit der Númenórer erhalten hatte. Es heißt, daß nachdem die Pest vorüber war, ihr mehr als die Hälfte der Einwohner Rhovanions zum Opfer gefallen war, und dies galt auch für ihre Pferde.

Sie erholten sich langsam, doch lange Zeit wurde ihre Schwäche nicht auf die Probe gestellt. Ohne Zweifel waren die Völker weiter östlich ebenso betroffen, so daß die Feinde Gondors in der Hauptsache aus dem Süden über das Meer kamen. Als jedoch die Einmärsche der Wagenfahrer begannen und Gondor in Kriege verstrickten, die fast hundert Jahre lang dauerten, trugen die Nordmenschen die Hauptwucht der ersten Angriffe. König Narmacil II. begab sich mit einem großen Heer nach Norden in die Ebenen südlich des Düsterwaldes und scharte alle verstreuten Reste der Nordmenschen, derer er habhaft werden konnte um sich; aber er wurde besiegt, und er selbst fiel in der Schlacht. Die Überreste seines Heeres zogen sich über die Dagorlad nach Ithilien zurück, und Gondor büßte außer Ithilien alle Länder östlich des Anduin ein.[5]

Was die Nordmenschen betraf, so flohen einige wenige, wie es hieß, über den Celduin (Eilend) und verschmolzen mit den Menschen von Thal am Fuß des Erebor (mit denen sie verwandt waren), einige suchten Zuflucht in Gondor, und andere wurden von Marhwini gesammelt, dem Sohn Marharis (der im Nachhutgefecht im Anschluß an die Schlacht auf den Ebenen fiel).[6] Sie zogen zwischen Düsterwald und Anduin nach Norden und ließen sich in den Tälern des Anduin nieder, wo sich ihnen viele Flüchtlinge anschlossen, die durch den Wald kamen. Dies war der Anfang der Éothéod,[7] wenn man auch viele Jahre lang in Gondor davon nichts wußte. Die meisten Nordmenschen wurden zur Knechtschaft gezwungen, und alle ihre früheren Länder wurden von den Wagenfahrern besetzt.[8]

Doch endlich, als König Calimehtar, Sohn von Narmacil II., von anderen Gefahren frei war,[9] beschloß er die Niederlage in der Dagorlad zu rächen. Boten von Marhwini kamen zu ihm und warnten ihn, daß die Wagenfahrer planten, bei den Biegungen einen Überfall auf Calenardhon zu machen;[10] doch sie sagten auch, daß ein Aufstand der Nordmenschen, die versklavt worden waren, sich vorbereitete und offen ausbrechen würde, wenn die Wagenfahrer in den Krieg verwikkelt werden würden. Darum zog Calimehtar so schnell er konnte ein Heer aus Ithilien ab, wobei er dafür Sorge trug, daß sein Näherkommen dem Feind nicht verborgen blieb. Die Wagenfahrer kamen mit allen Streitkräften, die sie aufbringen konnten, herbei, und Calimehtar wich vor ihnen zurück und lockte sie von ihrer Heimat fort. Schließlich begann die Schlacht auf der Dagorlad, und ihr Ausgang war lange offen. Aber auf ihrem Höhepunkt griffen Reiter, die Calimehtar über die Biegungen gesandt hatte (die der Feind nicht geschützt hatte), im Verein mit einer großen *éored*,[11] geführt von Marhwini, die Wagenfahrer auf der Flanke und im Rücken an. Der Sieg Gondors war überwältigend – obgleich es letztlich kein entscheidender war. Als der Feind zusammenbrach und schnell in ungeordneter Flucht seiner Heimat im Norden zustrebte, war Calimehtar klug genug, ihn nicht zu verfolgen. Der Feind hatte nahezu ein Drittel seiner Kämpfer tot auf der Dagorlad zurückgelassen, wo sie zwischen Gebeinen vermodern würden, die aus anderen, edleren Schlachten der Vergangenheit stammten. Doch die Reiter Marhwinis jagten die Flüchtenden und fügten ihnen auf ihrem langen Fluchtweg über die Ebenen schwere Verluste zu, bis sie in Sichtweite an den Düsterwald herangekommen waren. Dort ließen sie sie ziehen und verhöhnten sie: »Fliehe nach Osten, nicht nach Norden, Volk Saurons! Sieh, die Heimat, die ihr euch gestohlen habt, steht in Flammen!« Denn von dort stieg gewaltiger Rauch auf.

Der von Marhwini geplante und unterstützte Aufstand war in der

Tat ausgebrochen; verwegene Gesetzlose aus dem Wald hatten die Sklaven aufgereizt, und gemeinsam gelang es ihnen, zahlreiche Wohnungen der Wagenfahrer, ihre Lagerhäuser und befestigten Wagenlager zu verbrennen. Doch die meisten von ihnen waren bei dem Unternehmen umgekommen; denn sie waren schlecht bewaffnet, und der Feind hatte seine Heimstätten nicht unverteidigt zurückgelassen: Die Jungen und die alten Männer wurden von den jüngeren Frauen unterstützt, die bei diesem Volk ebenfalls im Waffendienst ausgebildet wurden und die in der Verteidigung ihrer Heime und Kinder mit großer Erbitterung kämpften. Also war Marhwini am Ende genötigt, sich wieder in sein Land am Anduin zurückzuziehen, und die Nordmenschen seiner Rasse kehrten niemals wieder in ihre frühere Heimat zurück. Calimehtar zog nach Gondor zurück, welches für einige Zeit (von 1899 bis 1944) sich einer Frist ohne Krieg erfreuen konnte, bevor der große Angriff erfolgte, in dem die Linie seiner Könige beinahe endete.

Gleichwohl war der Bund zwischen Calimehtar und Marhwini nicht vergeblich gewesen. Hätte man die Kraft der Wagenfahrer nicht gebrochen, so wäre dieser Angriff früher und kraftvoller erfolgt, und das Reich von Gondor hätte zerstört werden können. Doch der größte Nutzen des Bundes, den niemand vorhersehen konnte, lag in ferner Zukunft: die zwei großen Ritte der Rohirrim zur Rettung Gondors, die Ankunft Eorls auf der Ebene von Celebrant und die Hörner König Théodens auf den Pelennor – ohne sie wäre die Rückkehr des Königs vergeblich gewesen.[12]

In der Zwischenzeit leckten die Wagenfahrer ihre Wunden und planten ihre Rache. Außerhalb der Reichweite der Waffen Gondors, in Ländern östlich des Meers von Rhûn, aus dem keine Nachrichten zu den Königen drangen, breitete ihre Verwandtschaft sich aus, vervielfachte sich, und sie waren gierig nach Eroberungen und Beute, voller Haß auf Gondor, das ihnen im Wege stand. Gleichwohl währte es lange, bis sie sich rührten. Einerseits fürchteten sie die Macht Gondors, und weil sie nicht wußten, was westlich des Anduin geschah, glaubten sie, sein Reich sei größer und volkreicher, als es in Wahrheit zu dieser Zeit war. Andererseits hatten sich Wagenfahrer aus dem Osten nach Süden bis über Mordor hinaus ausgedehnt und lagen im Streit mit den Völkern von Khand und ihren Nachbarn weiter südlich. Schließlich wurde Frieden und ein Bündnis zwischen diesen Feinden Gondors geschlossen und ein Angriff vorbereitet, der gleichzeitig von Norden und von Süden aus erfolgen sollte.

Natürlich war von diesen Plänen und Bewegungen in Gondor wenig oder nichts bekannt. Was hier gesagt wird, wurde lange danach aus den Ereignissen von Geschichtsschreibern gefolgert, denen auch klar war, daß der Haß auf Gondor und der Zusammenschluß seiner Feinde zum gemeinsamen Handeln (für welches diese selbst weder den Willen noch die Klugheit besaßen), auf die Machenschaften Saurons zurückzuführen waren. In der Tat warnte Forthwini, Sohn Marhwinis, König Ondoher (der seinem Vater Calimehtar 1936 nachfolgte), daß die Wagenfahrer Rhovanions sich von ihrer Schwäche und Furcht erholten, denn er war sehr beunruhigt über die Überfälle im Süden seines Landes, die über den Fluß und durch die Engen des Waldes erfolgten.[13] Doch Gondor konnte zu dieser Zeit nicht mehr tun, als ein Heer zusammenzubringen und auszubilden, das so groß war, wie man es nur finden oder sich leisten konnte. Als also der Angriff schließlich erfolgte, traf er Gondor nicht unvorbereitet, doch seine Kampfkraft war geringer, als notwendig gewesen wäre.

Ondoher wurde gewahr, daß seine Feinde im Süden sich zum Krieg bereit machten, und er war so klug, seine Streitkräfte in ein nördliches und ein südliches Heer aufzuteilen. Das letztere war das kleinere, denn die Gefahr aus dieser Richtung wurde für geringer erachtet.[14] Es stand unter dem Befehl Earnils, einem Angehörigen des Königshauses, der ein Abkömmling König Telumehtars, dem Vater Narmacils II. war. Sein Stützpunkt war Pelargir. Das Nordheer wurde von König Ondoher selbst befehligt. Es war in Gondor immer Brauch gewesen, daß der König, wenn er wollte, sein Heer in einer größeren Schlacht selbst befehligte, vorausgesetzt er ließ einen Erben mit einem unbestrittenen Anspruch auf den Thron zurück. Ondoher entstammte einer kriegerischen Linie, wurde von seinen Soldaten geliebt und geschätzt, und er hatte zwei Söhne im waffenfähigen Alter: Artamir, der ältere und Faramir, der etwa drei Jahre jüngere.

Nachrichten vom Anrücken des Feindes erreichten Pelargir am

neunten Tag des Cermië des Jahres 1944. Earnil hatte seine Vorkehrungen bereits getroffen: Er hatte mit der Hälfte seiner Streitmacht den Anduin überquert, die Furten des Poros in voller Absicht unverteidigt gelassen und etwa vierzig Meilen nördlich, in Süd-Ithilien, sein Lager aufgeschlagen. König Ondoher hatte beabsichtigt, sein Heer nordwärts durch Ithilien zu führen und es auf der Dagorlad aufzustellen, einem Schlachtfeld, das für die Feinde Gondors ein schlechtes Omen war. (Zu dieser Zeit waren die Festungswerke entlang des Anduin nördlich der Sarn Gebir, die von Narmacil I. erbaut worden waren, noch in der Ausbesserung und mit genügend Soldaten aus Calenardhon bemannt, um den Versuch eines Feindes abzuwehren, den Fluß bei den Biegungen zu überqueren.) Doch die Nachricht vom Angriff im Norden erreichte Ondoher nicht vor dem Morgen des zwölften Tages des Cermië, um welche Zeit der Feind bereits näherrückte, wogegen das Heer Gondors sich langsamer vorwärtsbewegt hatte, als es dies im Falle einer rechtzeitigen Warnung Ondohers getan haben würde, und seine Vorhut hatte die Tore von Mordor noch nicht erreicht. Die Hauptmacht wurde vom König und seinen Garden angeführt, denen die Soldaten des rechten und des linken Flügels folgten, die ihre Plätze einnehmen würden, wenn sie Ithilien verließen und sich der Dagorlad näherten. Dort erwarteten sie den Angriff aus dem Norden oder Nordosten, wie es zuvor bei der Schlacht auf den Ebenen und beim Sieg Calimehtars auf der Dagorlad der Fall gewesen war.

Doch es kam anders. Die Wagenfahrer hatten an den südlichen Ufern des Binnenmeeres von Rhûn ein gewaltiges Heer zusammengerufen, verstärkt durch Männer aus dem Volk ihrer Verwandten in Rhovanion und ihre neuen Verbündeten in Khand. Als alles bereit war, brachen sie von Osten her nach Gondor auf und zogen mit größtmöglicher Geschwindigkeit an den Ered Lithui entlang, wo ihr Näherrücken erst dann auffallen würde, wenn es zu spät war. So geschah es, daß die Spitze des Heeres aus Gondor sich erst auf der Höhe der Tore von Mordor (dem Morannon) befand, als der Wind eine große Staubwolke aus dem Osten herbeitrug, welche das Näherrücken der feindlichen Vorhut ankündigte.[15] Diese setzte sich nicht nur aus den Streitwagen der Wagenfahrer zusammen, sondern auch aus einer Reiterstreitmacht, die weitaus größer war, als man erwartet hatte. Ondoher hatte nur noch Zeit herumzuschwenken und dem Angriff die Stirn zu bieten, seine rechte Flanke eng an den Morannon anzulehnen und Minohtar, dem Hauptmann des rechten Flügels hinter ihm, Nachricht zu geben, so schnell er konnte seine linke Flanke zu decken, bevor die Streitwagen und Reiter in seine ungeordneten Linien einbrachen. Über die Verwirrung des folgenden Unglücks gelangten nur wenige eindeutige Berichte jemals nach Gondor.

Ondoher war vollkommen unvorbereitet, um einem mit großer Wucht geführten Angriff von Reiterei und Streitwagen zu begegnen. In aller Eile hatte er mit seiner Garde und seinem Banner auf einem niedrigen Hügel Posten bezogen, doch dies nützte nichts.[16] Der Hauptangriff warf sich auf das Banner, das erbeutet wurde, seine Garde wurde fast völlig vernichtet, er selbst und sein Sohn, der an seiner Seite war, wurden getötet. Ihre Leichname wurden niemals entdeckt. Der Angriff des Feindes führte über sie hinweg, setzte sich auf beiden Seiten des Hügels fort, drang tief in die ungeordneten Reihen von Gondor ein, warf sie in Auflösung auf die Nachrückenden und zersprengte und verfolgte viele andere nach Westen bis in die Totensümpfe.

Minohtar übernahm den Oberbefehl. Er war ein tapferer und kriegserfahrener Mann. Die erste Wut des Ansturms war verflogen, der weit weniger Verluste und größeren Erfolg gebracht hatte, als der Feind erwartet hatte. Die Reiterei und die Streitwagen zogen sich nun zurück, denn das Hauptheer der Wagenfahrer rückte heran. In der knappen Zeit, die ihm blieb, richtete Minohtar sein eigenes Banner auf und ordnete die verbliebenen Männer der Mitte und diejenigen seiner eignen Truppe, die in der Nähe waren. Er hatte unverzüglich Boten zu Adrahil von Dol Amroth[17] gesandt, dem Hauptmann des linken Flügels, und ihm befohlen, sich so schnell er konnte mit seinen eigenen Truppen und denen, die im Rücken des rechten Flügels noch nicht in den Kampf eingegriffen hatten, zurückzuziehen. Mit diesen Streitkräften sollte er eine Verteidigungsstellung zwischen Cair Andros (das bemannt war) und den Bergen des Ephel Dúath beziehen, wo wegen der großen Ostschleife des Anduin das Land seine schmalste Stelle hatte, und dort so lange er konnte den Zugang nach Minas Tirith versperren. Minohtar selbst, um Zeit für seinen Rückzug zu gewinnen, wollte eine

Nachhut bilden und versuchen, dem Vormarsch des Hauptheeres der Wagenfahrer Einhalt zu gebieten. Adrahil sollte nach Möglichkeit sogleich Boten zu Earnil schicken und ihm vom Unglück beim Morannon und vom Standort des zurückweichenden Nordheeres Meldung machen.

Als das Hauptheer der Wagenfahrer zum Angriff antrat, war es zwei Stunden nach Mittag, und Minohtar hatte seine Kampflinie bis zum oberen Ende der großen Nordstraße Ithiliens zurückgenommen, eine halbe Meile oberhalb des Punktes, wo sie sich nach Osten wandte und auf die Wachttürme des Morannon zuführte. Der erste Triumph der Wagenfahrer war nun der Anfang ihres Verderbens. Ohne Kenntnis der Zahl und der Anordnung der verteidigenden Truppen, hatten sie ihren ersten Ansturm zu früh vorgetragen, bevor der größere Teil dieses Heeres aus dem schmalen Land Ithilien hervorgekommen war, und dem Angriff ihrer Streitwagen und Reiterei war ein rascherer und überwältigenderer Erfolg beschieden gewesen, als sie erwartet hatten. Ihr Hauptschlag wurde dann jedoch zu lange hinausgezögert, und sie konnten ihre zahlenmäßige Überlegenheit entsprechend der Taktik, die sie einschlagen wollten, nicht mehr voll zum Einsatz bringen, zumal sie an eine Kriegführung in offenem Gelände gewohnt waren. Es darf wohl vermutet werden, daß sie, durch den Tod des Königs und die Flucht eines großen Teils der gegnerischen Mitte ermutigt, glaubten, daß sie bereits das verteidigende Heer selbst besiegt hätten und ihrem eignen Hauptheer kaum mehr zu tun blieb, als vorzurücken, in Gondor einzumarschieren und es zu besetzen. Falls sie das glaubten, so täuschten sie sich.

Die Wagenfahrer kamen in mäßiger Ordnung heran, noch immer jubelnd und Siegeslieder singend, und sie sahen bis jetzt keine Anzeichen irgendeines Verteidigers, der sich ihnen entgegenstellte. Dann freilich entdeckten sie, daß die Straße nach Gondor in Richtung Süden abbog und in ein enges Baumland unter dem Schatten des dunklen Ephel Dúath führte, wo ein Heer in guter Ordnung nur auf einer breiten Straße marschieren oder fahren konnte. Vor ihnen zog sich die Straße durch einen tiefen Taleinschnitt . . .

Hier bricht der Text plötzlich ab, und die Anmerkungen und Notizen zu ihrer Fortsetzung sind zum größten Teil unleserlich. Gleichwohl ist es möglich zu erkennen, daß Männer der Éothéod an Ondohers Seite fochten; und weiterhin, daß Ondohers zweiter Sohn Faramir Befehl hatte, als Landverweser in Minas Tirith zu bleiben, denn das Gesetz erlaubte es nicht, daß beide Söhne des Königs zur selben Zeit in die Schlacht zogen (eine ähnliche Bemerkung wird an einer früheren Stelle der Erzählung gemacht, vgl. Seite 385). Doch Faramir hielt sich nicht daran; er zog verkleidet in den Krieg und wurde getötet. An dieser Stelle ist es beinahe unmöglich, die Schrift zu entziffern, doch es scheint, daß Faramir sich den Éothéod anschloß und mit einer Abteilung ihrer Kämpfer in Gefangenschaft geriet, als sie sich in die Totensümpfe zurückzogen. Der Anführer der Éothéod (dessen Name nach dem ersten Bestandteil ›Marh-‹ nicht zu entziffern ist) kam zu ihrer Rettung, doch Faramir starb in seinen Armen, und nur weil er den Leichnam untersuchte, fand er Hinweise, daß es sich um den Prinzen handelte. Der Führer der Éothéod machte sich sodann auf, um sich Minohtar am oberen Ende der Nordstraße in Ithilien anzuschließen, der in eben diesem Augenblick Befehl gab, eine Botschaft an den Prinzen in Minas Tirith zu schicken, der nun der König war. Da überbrachte ihm der Anführer der Éothéod die Nachricht, daß der Prinz verkleidet in die Schlacht gezogen und getötet worden war.

Die Anwesenheit der Éothéod und die Rolle, die ihr Anführer spielte, könnte die Aufnahme in diese Erzählung rechtfertigen, die vorgeblich ein Bericht über den Beginn der Freundschaft zwischen Gondor und den Rohirrim, im Grunde aber die sorgsam ausgeführte Geschichte der Schlacht zwischen den Heeren Gondors und der Wagenfahrer ist.

Die Schlußpassage des zusammenhängenden Textes erweckt den Eindruck, daß das Heer der Wagenfahrer im Begriff war, in seinem Überschwang einen Dämpfer zu empfangen, als es über die Straße in den tiefen Taleinschnitt kam; doch die Anmerkungen am Ende zeigen, daß es durch das Nachhutgefecht Minohtars nicht lange aufgehalten wurde. »Die Wagenfahrer ergossen sich unbarmherzig nach Ithilien«, und: »spät am dreizehnten Tag des Cermië überwältigten sie Minohtar«, der von einem Pfeil getötet wurde. Es heißt hier, er sei König Ondohers Schwestersohn gewesen. »Seine Männer trugen ihn vom Kampfplatz, und der Rest der Nachhut floh nach Süden, um Adrahil zu finden.« Der Oberbefehlshaber der Wagenfahrer gebot alsdann dem Vormarsch Halt, und man feierte ein Fest. Mehr ist nicht auszumachen; doch der kurze Bericht in Anhang A zum *Herrn der Ringe* gibt Aufschluß, wie Earnil aus dem Süden herbeikam und sie auseinanderjagte:

Im Jahr 1944 fielen König Ondoher und seine beiden Söhne, Artamir und Faramir, in der Schlacht nördlich des Morannon, und der Feind ergoß sich nach Ithilien. Aber Earnil, Befehlshaber des Südheeres, errang einen großen Sieg in Südithilien und vernichtete das Heer von Harad, das den Fluß Poros überschritten hatte. Er eilte nach Norden, scharte alles um sich, was er von dem zurückflutenden Nordheer erreichen konnte, und griff das Hauptlager der Wagenfahrer an, während sie schmausten und zechten, weil sie glaubten, Gondor sei niedergeworfen und sie brauchten nur noch die Beute einzuheimsen. Earnil erstürmte das Lager, steckte die Wagen in Brand und vertrieb den Feind in wilder Flucht aus Ithilien. Ein großer Teil von denen, die vor ihm flohen, gingen in den Totensümpfen zugrunde.

In der »Aufzählung der Jahre« wird Earnils Sieg die ›Schlacht des Lagers‹ genannt. Nach dem Tod Ondohers und seiner beiden Söhne am Morannon erhob Arvedui, letzter König des Nordreiches, Anspruch auf die Krone von Gondor; doch sein Anspruch wurde zurückgewiesen, und im auf die Schlacht folgenden Jahr wurde Earnil König. Sein Sohn war Earnur, der in Minas Morgul starb, nachdem er die Herausforderung des Herrn der Nazgûl angenommen hatte, und er war der letzte der Könige des südlichen Reiches.

(2)
Der Ritt Eorls

Solange die Éothéod noch in ihrer früheren Heimat wohnten[18], waren sie in Gondor als ein Volk bekannt, dem man Vertrauen schenken konnte und von dem man Nachricht von allem enthielt, was in dieser Gegend vorging. Sie waren die Letzten der Nordmenschen, von denen man glaubte, daß sie in vergangenen Zeitaltern mit den Dúnedain blutsverwandt, in den Tagen der großen Könige ihre Verbündeten gewesen seien und viel Blut für das Volk von Gondor gelassen hätten. Es war also von großer Bedeutung für Gondor, als die Éothéod ihre Wohnsitze in den fernen Norden verlegten, was in den Tagen von Earnil II. geschah, dem vorletzten König des südlichen Reiches.[19]

Das neue Land der Éothéod lag nördlich des Düsterwaldes, zwischen dem Nebelgebirge im Westen und dem Waldfluß im Osten. Nach Süden erstreckte es sich bis zum Zusammenfluß der beiden kurzen Flüsse, die sie Grauquell und Langquell nannten. Grauquell floß vom

Ered Mithrim, dem Grauen Gebirge herab, doch der Langquell kam aus dem Nebelgebirge und trug diesen Namen, weil er die Quelle des Anduin war, den man nach seiner Vereinigung mit dem Grauquell Langflut nannte.[20]

Nach dem Weggang der Éothéod verkehrten noch immer Boten zwischen ihnen und Gondor; doch zwischen dem Zusammenfluß von Grauquell und Langquell (wo ihre einzige, befestigte *burg* war) und der Mündung des Limklar in den Anduin, lag eine Entfernung von etwa vierhundertfünfzig unserer Meilen Luftlinie, und das war viel mehr für jene, die auf der Erde reisten; und in der gleichen Weise betrug die Entfernung bis Minas Tirith etwa achthundert Meilen.

Die Chronik von Cirion und Eorl weiß von keinen Ereignissen vor der Schlacht auf der Ebene von Celebrant zu berichten; doch aus anderen Quellen kann man erkennen, welcher Art sie gewesen sein mögen:

Die weiten Lande südlich vom Düsterwald, von den Braunen Landen zum Meer von Rhûn, die bis zum Anduin Eindringlingen aus dem Osten kein Hindernis boten, waren eine Hauptquelle der Sorge und des Unbehagens für die Herrscher von Gondor. Doch während des Wachsamen Friedens[21] waren die Festungen entlang des Anduin, besonders die auf dem Westufer der Nördlichen und Südlichen Biegung, unbemannt und vernachlässigt gewesen.[22] Nach dieser Zeit wurde Gondor sowohl von Orks aus Mordor (das lange ohne Bewachung gelassen worden war) als auch von den Korsaren aus Umbar angegriffen und hatte weder Männer noch die Gelegenheit die Flußlinie des Anduin nördlich der Emyn Muil zu bemannen.

Cirion wurde im Jahr 2489 Truchseß von Gondor. Die Drohung aus dem Norden war ihm immer im Gedächtnis, und er dachte viel darüber nach, welche Maßnahmen man gegen die Bedrohung durch einen Einmarsch aus dieser Gegend ergreifen könne, als Gondors Stärke sich verminderte. Er legte einige wenige Männer in die alten Festungen, um die Biegungen zu bewachen, und sandte Kundschafter und Spione in das Land zwischen Düsterwald und Dagorlad. So bemerkte er bald, daß fortwährend neue und gefährliche Feinde aus dem Gebiet jenseits des Meers von Rhûn ins Land einsickerten. Die Letzten der Nordmenschen, Freunde Gondors, die noch östlich vom Düsterwald wohnten, wurden von ihnen getötet oder nach Norden, den Fluß Eilend hinauf in den Wald getrieben.[23] Doch Cirion konnte nichts tun, um ihnen beizustehen, und es wurde zunehmend gefährlicher, Nachrichten zu sammeln; zu viele seiner Kundschafter kehrten nicht zurück.

So kam es, daß Cirion erst als der Winter des Jahres 2509 vergangen war, Kenntnis davon erhielt, daß sich eine große Bewegung gegen Gondor vorbereitete: Heere von Männern wurden überall entlang den Säumen des Düsterwaldes zusammengezogen. Sie waren nur mit plumpen Waffen versehen und verfügten nicht über viele Reitpferde, sondern benutzten sie zum Ziehen, denn sie hatten zahlreiche große Wagen, wie sie die Wagenfahrer (mit denen sie ohne Zweifel verwandt waren) benutzten, die in den letzten Tagen der Könige Gondor angriffen. Doch soweit man es überblicken konnte, machten sie ihren Mangel an Kriegsausrüstung durch ihre Zahl wett.

In dieser Stunde der Gefahr richteten sich Cirions Gedanken schließlich voller Verzweiflung auf die Éothéod, und er beschloß, Boten zu ihnen zu schicken. Doch diese würden ihren Weg durch Calenardhon und an den Biegungen vorbei nehmen müssen und dann durch Länder, die bereits von den Balchoth[24] überwacht und ausgespäht wurden, bevor sie die Täler des Anduin erreichen konnten. Das würde einen Ritt von etwa vierhundertfünfzig Meilen bis zu den Biegungen bedeuten, und von dort weitere fünfhundert bis zu den Éothéod; und von den Biegungen aus würden sie gezwungen sein, sich vorsichtig und meistens bei Nacht zu bewegen, bis sie den Schatten Dol Guldurs durchquert hatten. Cirion hatte wenig Hoffnung, daß einer von ihnen durchkommen würde. Er rief nach Freiwilligen, wählte sechs sehr mutige und ausdauernde Reiter aus und schickte sie in Abständen von zwei Tagen jeweils paarweise auf die Reise. Jeder hatte die Botschaft, die er überbringen sollte, auswendig gelernt und trug zudem einen kleinen Stein bei sich, in den das Siegel der Truchsessen[25] eingeschnitten war und den er dem Fürsten der Éothéod persönlich übergeben sollte, falls es ihm gelang, dessen Land zu erreichen. Die Botschaft war an Eorl gerichtet, den Sohn Léods, denn Cirion wußte, daß dieser vor einigen Jahren seinem Vater auf dem Thron gefolgt war, als er noch ein junger Mann von sechzehn Jahren war; und wenn er nun auch nicht älter als fünfundzwanzig Jahre war, wurde er doch in allen Nachrichten, die Gondor erreichten, als ein Mann von großem Mut gepriesen, dessen Klugheit man nicht an seinen Jahren messen durfte. Doch Cirion hatte nur eine schwache Hoffnung, daß, selbst wenn die Botschaft empfangen wurde, diese beantwortet werden würde. Er hatte außer ihrer alten Freundschaft mit Gondor kein Anrecht, die Éothéod, mit allen Streitkräften, die sie aufbringen konnten, aus so weiter Ferne herbeizurufen. Die Nachricht, daß die Balchoth die letzten aus der Sippe der Éothéod im Süden vernichteten, falls sie dies nicht schon wußten, konnte seinem Aufruf vielleicht Nachdruck verleihen, falls die Éothéod nicht ihrerseits mit einem Angriff bedroht wurden. Mehr teilte Cirion ihnen nicht mit[26] und rief alle Truppen, die er hatte, zu den Waffen, um dem Sturm zu begegnen. Er versammelte eine Streitmacht, so zahlreich, wie es ihm möglich war, übernahm selbst den Befehl und machte sich bereit, so schnell wie möglich das Heer nordwärts nach Calenardhon zu führen. Seinen Sohn Hallas ließ er als Befehlshaber in Minas Tirith zurück.

Die ersten beiden Boten brachen am zehnten Tag des Súlime auf; und am Ende war es einer dieser beiden Männer, der als einziger der sechs Reiter zu den Éothéod durchkam. Dieser eine war Borondir, ein ausgezeichneter Reiter, der aus einer Familie kam, die darauf Anspruch erhob, von einem Hauptmann in den Diensten der einstigen Könige abzustammen.[27] Von den anderen erhielt man niemals Kunde, außer von Borondirs Gefährten. Er wurde durch Pfeile aus einem Hinterhalt getötet, als sie nahe an Dol Guldur vorbeikamen, während Borondir durch Glück und die Schnelligkeit seines Pferdes entkam. Er wurde nach Norden bis zu den Schwertelfeldern verfolgt, und oft lauerten ihm Männer auf, die aus dem Wald kamen und die ihn zwangen, weit vom direkten Weg abzuweichen. Schließlich gelangte er nach fünfzehn Tagen zu den Éothéod, die beiden letzten war er ohne Nahrung gewesen; und er war so erschöpft, daß er Eorl kaum seine Botschaft überbringen konnte.

Es war dies am fünfundzwanzigsten Tag des Súlime. Eorl ging schweigend mit sich selbst zu Rate, doch es währte nicht lange. Er erhob sich bald und sagte: »Ich werde kommen. Wenn die Mundburg fällt, wohin sollen wir vor der Finsternis fliehen?« Dann nahm er Borondirs Hand zum Zeichen seines Versprechens.

Sogleich rief Eorl seinen Rat der Ältesten zusammen und begann Vorbereitungen für den großen Ritt zu treffen. Doch dies nahm viele Tage in Anspruch, denn das Heer mußte einberufen und gemustert und die Führung des Volkes und die Verteidigung des Landes bedacht werden. Zu dieser Zeit lebten die Éothéod im Frieden und hatten keine Furcht vor dem Krieg: obwohl sich alles ändern konnte, wenn bekannt wurde, daß ihr Herr fortgeritten war, um fern im Süden zu kämpfen. Dennoch erkannte Eorl klar, daß nichts weniger als seine gesamte Streitmacht von Nutzen sein würde und er alles auf eine Karte setzen oder sich zurückziehen und sein Versprechen brechen mußte.

Endlich war das gesamte Heer versammelt; und nur wenige Hundert wurden zurückgelassen, um für diejenigen zu sorgen, die für ein solch verzweifeltes Wagestück nicht geeignet waren, weil sie zu jung oder zu alt waren. Es war nunmehr am sechsten Tag des Monats Víresse. An diesem Tag brach das große *éohere* in aller Stille auf, ließ Furcht hinter sich zurück und nahm nur wenig Hoffnung mit auf den Weg; denn die Männer wußten nicht, was vor ihnen lag, weder auf dem Wege noch an seinem Ende. Es heißt, daß Eorl etwa siebentausend voll bewaffnete Reiter und einige hundert berittene Bogenschützen ins Feld führte. Zu seiner Rechten ritt Borondir, um soweit er konnte als Führer zu dienen, weil er vor kurzem diese Lande durchquert hatte. Aber dieses große Heer wurde während seines Zuges durch die Täler des Anduin weder bedroht noch angegriffen. Wer es auch immer nahen sah, ob guter oder böser Gesinnung, floh vor seiner Macht und seinem Glanz und ging ihm aus dem Weg. Wie das Heer sich nach Süden bewegte und am Südende des Düsterwaldes vorbeizog (unterhalb der großen Ost-Bucht), die nun von den Balchoth unsicher gemacht wurde, gab es noch immer kein Anzeichen von Menschen, weder von Truppen noch von Patrouillen, um ihnen den Weg zu versperren oder ihr Näherkommen zu beobachten. Dies war zum Teil auf die Ereignisse zurückzuführen, von denen sie nichts wußten und die vorgefallen waren, seit Borondir aufgebrochen war; doch auch andere Kräfte waren am Werk. Denn als das Heer sich schließlich Dol Guldur näherte, schwenkte Eorl nach Westen, aus Furcht vor dem dunklen Schatten und der Wolke, die ihm entwich, und dann ritt er in Sichtweite des Anduin weiter. Viele der Reiter richteten ihre Augen dorthin, halb furchtsam, halb in der Hoffnung, in der Ferne den Schimmer Dwimordenes zu erspähen, das gefahrvolle Land, von dem es in Sagen ihres Volkes hieß, daß es im Frühling wie Gold glänze. Doch jetzt schien es in einen schimmernden Nebel gehüllt; und zu ihrer Bestürzung zog der Nebel über den Fluß und strömte über das Land vor ihnen.

Eorl gebot nicht Halt. »Weiterreiten!« befahl er. »Einen anderen Weg gibt es nicht. Sollen wir nach einem so langen Weg durch einen Flußnebel von der Schlacht abgehalten werden?«

Als sie näherkamen, sahen sie, daß der weiße Nebel die Düsternis Dol Guldurs zurückdrängte, bald tauchten sie in ihn ein und ritten zunächst langsam und vorsichtig weiter; doch unter seinem Baldachin war alles von einem klaren, schattenlosen Licht erleuchtet, während sie zur Linken und zur Rechten schützend wie von weißen Mauern der Verborgenheit eingefaßt waren.

»Die Herrin aus dem Goldenen Wald ist auf unserer Seite«, sagte Borondir.

»Vielleicht«, erwiderte Eorl. »Doch zumindest will ich auf die Klugheit Felarófs[28] vertrauen. Er wittert nichts Böses. Er ist guten Mutes, und seine Müdigkeit ist verflogen: Er müht sich ab, damit ich die Zügel loslasse. Sei's denn! Fürwahr, niemals habe ich Verschwiegenheit und Schnelligkeit nötiger gehabt.«

Dann sprengte Felaróf voran, und das ganze Heer folgte ihm nach wie ein mächtiger Wind, doch in einer seltsamen Stille, als ob die Hufe der Pferde nicht den Boden berührten. So ritten sie weiter, so frisch und straff wie am Morgen ihres Aufbruchs, diesen Tag hindurch und den folgenden; doch als sie sich in der Morgendämmerung des dritten Tages aus ihrer Ruhe erhoben, gewahrten sie, daß der Nebel plötzlich verschwunden war und sie sich weit in offenem Gelände befanden. Zu ihrer Rechten war der Anduin nahe, doch sie hatten seine große Ostschleife[29] schon fast passiert, und die Biegungen waren in Sicht. Es war der Morgen des fünfzehnten Tages des Víresse, und sie waren mit einer Schnelligkeit hierher gelangt, die ihre Hoffnungen weit übertraf.[30]

Hier endet der Text mit einer Bemerkung, daß eine Beschreibung der Schlacht auf der Ebene von Celebrant folgen sollte. In Anhang A,II zum

Herrn der Ringe findet sich ein zusammenfassender Bericht vom Kriegsgeschehen:

Ein großes Heer wilder Menschen aus dem Nordosten ergoß sich über Rhovanion und überquerte, aus den Braunen Landen kommend, den Anduin auf Flößen. Durch Zufall oder absichtlich kamen zur gleichen Zeit die Orks (die damals vor ihrem Krieg mit den Zwergen sehr stark waren) vom Gebirge herab. Die Eindringlinge überrannten Calenardhon, und Cirion, Truchseß von Gondor, schickte nach Norden um Hilfe . . . [Als Eorl und seine Reiter zur Ebene von Celebrant kamen,] war das Nordheer von Gondor in Gefahr. Besiegt im Ödland und vom Süden abgeschnitten, war es über den Limklar gedrängt und dort plötzlich von einem Orkheer angegriffen worden, das auf den Anduin zustieß. Alle Hoffnung war aufgegeben, als unerwartet die Reiter aus dem Norden kamen und über die Nachhut des Feindes hereinbrachen. Da schlug das Kriegsglück um, und unter Gemetzel wurde der Feind über den Limklar getrieben. Eorl führte seine Mannen bei der Verfolgung an, und so groß war der Schrecken, der den Reitern aus dem Norden voranging, daß auch die Eindringlinge im Ödland von Entsetzen gepackt wurden, und die Reiter jagten sie über die Ebenen von Calenardhon.

Ein ähnlicher, kürzerer Bericht findet sich an anderer Stelle in Anhang A,I,4. Aus keinem von beiden geht der Verlauf der Schlacht in völliger Klarheit hervor, doch es scheint sicher, daß die Reiter nach Überquerung der Biegungen den Limklar (vgl. Anmerkung 27, Seite 414) überschritten und dem Feind auf der Ebene von Celebrant in den Rücken fielen; und daß »der Feind unter Gemetzel über den Limklar getrieben wurde«, was bedeutet, daß die Balchoth südwärts in das Ödland getrieben wurden.

(3)
Cirion und Eorl

Der Geschichte ist eine Anmerkung zum Halifirien vorangestellt, dem westlichsten der Leuchtfeuer Gondors entlang der Linie der Ered Nimrais.

Der Halifirien[31] war das höchste der Leuchtfeuer, und wie der Eilenach, der nächsthöhere, ragte er aufrecht und vereinzelt aus einem großen

Wald hervor; denn hinter ihm war eine tiefe Schlucht, das dunkle Firiental im langen Nordausläufer der Ered Nimrais, von dem er der höchste Punkt war. Aus der Schlucht hob er sich wie eine senkrechte Mauer, doch seine äußeren Hänge, besonders die nördlichen, waren langgestreckt, nirgendwo steil und fast bis zum Gipfel mit Bäumen bewachsen. Talwärts wurden die Bäume immer dichter, besonders entlang des Meringstroms (der in der Schlucht entsprang) und nach Norden in die Ebene hinaus, durch die der Strom in die Entwasser floß. Die große Weststraße zog sich durch eine lange Schneise in den Wald, um dem feuchten Land hinter seinen nördlichen Säumen auszuweichen; doch diese Straße war in alten Tagen angelegt worden,[32] und nach dem Weggang Isildurs war kein Baum jemals im Firienwald gefällt worden, außer von den Hütern des Leuchtfeuers, deren Aufgabe es war, die große Straße und den Pfad auf den Berggipfel frei zu halten. Dieser Pfad bog in der Nähe des Eintritts der Straße in den Wald von ihr ab und wand sich bis zum Ende des Baumbewuchses hinauf, woran sich ein alter Treppenaufgang aus Stein anschloß, der zum Platz des Leuchtfeuers führte, einem weiten Kreis, eingeebnet von denen, die die Treppe erbaut hatten. Die Hüter des Leuchtfeuers waren die einzigen Bewohner des Waldes, wilde Tiere ausgenommen; sie hausten in Baumhütten in der Nähe des Gipfels, doch sie hielten sich nicht lange dort auf, wenn nicht schlechtes Wetter sie zurückhielt, und sie kamen und gingen abwechselnd, wie der Dienst es verlangte. Denn die meisten von ihnen waren froh, wenn sie heimkehren konnten. Es war weder wegen der Gefährdung durch wilde Tiere, noch weil ein böser Schatten aus dem Dunkel über dem Wald lastete – doch außer dem Sausen des Windes, den Schreien der Vögel und wilden Tiere oder dem gelegentlichen Lärm eines Reiters, der in Eile auf der Straße entlangritt, herrschte dort Stille; und mancher Mann ertappte sich selbst dabei, daß er mit seinen Kameraden im Flüsterton sprach, als erwarte er das Echo einer mächtigen Stimme zu hören, die aus weiter Ferne und aus längst vergangenen Zeiten rief.

Der Name Halifirien bedeutete in der Sprache der Rohirrim ›Heiliger Berg‹.[33] Vor ihrer Ankunft war er im Sindarin als Amon Anwar, ›Berg der Ehrfurcht‹, bekannt; niemand in Gondor kannte den Grund, ausgenommen (wie sich später zeigte) der Herrschende König oder

Truchseß. Den wenigen Männern, die es jemals wagten, die Straße zu verlassen und unter den Bäumen zu wandeln, schien der Wald selbst Grund genug zu bieten: in der gemeinsamen Sprache nannte man ihn den »flüsternden Wald«. In den großen Tagen Gondors wurde kein Leuchtfeuer auf dem Berg errichtet, solange noch die *palantíri* die Verbindung zwischen Osgiliath und den drei Türmen des Reiches[34] aufrechterhielten, ohne daß Boten oder Signale notwendig gewesen wären. In späteren Tagen, als das Volk von Calenardhon in Verfall geriet, war aus dem Norden wenig Hilfe zu erwarten, noch wurden bewaffnete Truppen hergesandt, als es Minas Tirith schwerer und schwerer fiel, die Linie des Anduin zu halten und seine südliche Küste zu schützen. In Anórien wohnten noch viele Völker und hatten die Aufgabe, die nördlichen Zugänge zu schützen, sowohl den von Calenardhon wie auch den über den Anduin bei Cair Andros. Um mit ihnen Verbindung zu halten, wurden die drei ältesten Leuchtfeuer (Amon Dîn, Dîn Eilenach und Min-Rimmon) erbaut und unterhalten,[35] doch obwohl die Linie des Meringstroms befestigt war (zwischen den unpassierbaren Sümpfen seines Zusammenflusses mit der Entwasser und der Brücke, an der die Straße westwärts aus dem Firienwald herausführte), war es nicht erlaubt, eine Festung oder ein Leuchtfeuer auf dem Amon Anwar zu errichten.

In den Tagen von Cirion dem Truchseß, erfolgte ein gewaltiger Angriff durch die Balchoth, die, verbündet mit Orks, den Anduin überschritten, in das Ödland drangen und mit der Eroberung Calenardhons begannen. Aus dieser tödlichen Gefahr, die den Untergang Gondors herbeigeführt haben würde, wurde das Reich durch die Ankunft Eorls des Jungen und der Rohirrim gerettet.

Als der Krieg vorüber war, fragten sich die Menschen, in welcher Weise der Truchseß Eorl ehren und belohnen würde, und erwarteten, daß man in Minas Tirith ein großes Fest feiern werde, bei dem man es erfahren sollte. Aber Cirion war ein Mann, der seine Absichten für sich behielt. Als die zusammengeschmolzene Armee Gondors sich auf ihrem Weg nach Süden befand, wurde sie von Eorl und einer *éored*[36] der Reiter aus dem Norden begleitet. Als sie zum Meringstrom kamen, wandte sich Cirion an Eorl und sagte zum Erstaunen der Männer: »So lebe denn wohl, Eorl, Sohn Léods. Ich will in meine Heimat zurückkehren, wo vieles Notwendige zu regeln ist. Calenardhon vertraue ich für dieses Mal deiner Fürsorge an, falls du es nicht eilig hast, in dein eigenes Reich zurückzukehren. In drei Monaten will ich dich wieder hier treffen, und dann wollen wir zusammen Rat halten.«

»Ich werde kommen«, antwortete Eorl, und so schieden sie voneinander.

Sobald Cirion nach Minas Tirith kam, rief er einige seiner vertrautesten Diener herbei. »Geht nun zum Flüsterwald«, sagte er. »Dort müßt ihr den alten Pfad wieder öffnen, der auf den Amon Anwar führt. Er ist längst überwachsen, doch sein Beginn ist noch durch einen aufrecht stehenden Stein neben der Straße gekennzeichnet, an jenem Punkt, wo der nördliche Teil des Waldes ganz dicht herankommt. Der Pfad windet sich hin und her, aber an jeder Biegung steht ein Stein. Wenn ihr diesen folgt, werdet ihr schließlich ans Ende der Bäume kommen und eine steinerne Treppe finden, die aufwärts führt. Vollbringt diese Arbeit so schnell ihr könnt, und kehrt dann zu mir zurück. Ich mache euch zur Pflicht, keinen Schritt weiter zu gehen. Fällt keine Bäume; macht den Pfad nur so weit frei, daß wenige Männer darauf leicht nach oben steigen können. Laßt den Zugang an der Straße noch verdeckt, so daß niemand, der die Straße benutzt, versucht sein könnte, den Pfad zu begehen, bevor ich selbst dorthin komme. Erzählt niemandem, wohin ihr geht oder was ihr getan habt. Falls euch jemand fragt, sagt lediglich, der Fürst und Truchseß wünsche, daß ein Ort für sein Treffen mit dem Fürsten der Reiter vorbereitet werde.«

Zur festgesetzten Zeit brach Cirion mit seinem Sohn Hallas, dem Fürsten von Dol Amroth und zwei anderen aus seinem Rat auf; und er traf Eorl an den Stegen der Meringstroms. Eorl wurde von drei seiner Hauptanführer begleitet.

»Laßt uns nun zu dem Ort gehen, den ich vorbereitet habe«, sagte Cirion. Darauf ließen sie eine Wache von Reitern an der Brücke, wandten sich zurück in die baumüberschattete Straße und kamen zu dem aufrecht stehenden Stein. Dort ließen sie ihre Pferde und eine weitere starke Wache von Soldaten zurück; und Cirion, neben dem Stein stehend, wandte sich an seine Begleiter und sagte: »Ich werde nun auf den Berg der Ehrfurcht steigen. Folgt mir, wenn ihr wollt. Ein

Knappe wird mit mir kommen und ein weiterer mit Eorl, um unsere Waffen zu tragen; alle anderen sollen unbewaffnet mitgehen und Zeugen unserer Worte und Taten an jenem ehrwürdigen Ort werden. Dieser Pfad ist hergerichtet worden, obwohl ihn niemand benutzt hat, seit ich mit meinem Vater hierherkam.«

Dann führte Cirion Eorl in die Bäume, und die anderen folgten in guter Ordnung; und als sie den ersten der inneren Steine passiert hatten, verstummten ihre Stimmen, und sie schritten behutsam weiter, als wollten sie nicht den geringsten Laut verursachen. So gelangten sie schließlich zu den höheren Regionen des Berges, durchschritten einen Gürtel weißer Birken und erblickten die Steintreppe, die zum Gipfel führte. Nach dem Schatten des Waldes erschien ihnen die Sonne heiß und strahlend, denn es war im Monat Úrime; doch die Kuppe des Berges war grün, als befände das Jahr sich noch im Lótesse.

Am Fuß der Treppe öffnete sich in der Bergwand eine kleine Felsplatte oder Höhlung mit niedrigen Rasenbänken. Dort saß die Gesellschaft eine Weile, bis Cirion sich erhob und von seinem Knappen den weißen Amtsstab und den weißen Mantel der Truchsessen von Gondor entgegennahm. Auf der ersten Stufe der Treppe stehend, brach er dann das Schweigen und sagte mit leiser, aber klarer Stimme:

»Ich will nunmehr erklären, was ich, kraft der Befugnis der Truchsesse der Könige, beschlossen habe, Eorl, Sohn Léods, dem Fürsten der Éothéod in Anerkennung der Tapferkeit seines Volkes und der nie erhofften Hilfe, die er Gondor in einer Zeit bitterer Not brachte, darzubieten. Ihm, Eorl, will ich als freiwilliges Geschenk das ganze große Land Calenardhon vom Anduin bis zum Isen übergeben. Dort soll er, wenn er will, König sein und seine Erben nach ihm, und sein Volk soll dort in Freiheit wohnen, solange die Macht der Truchsessen währt, bis der Große König zurückkehrt.[37] Keine andere Verpflichtung soll ihnen auferlegt werden als die ihres eigenen Gesetzes und ihres eigenen Willens, diese eine ausgenommen: Sie sollen in immerwährendem Frieden mit Gondor leben und dessen Feinde sollen die ihren sein, solange beide Reiche bestehen. Doch die gleiche Verpflichtung soll auch für das Volk von Gondor gelten.«

Darauf erhob sich Eorl, doch er blieb für einige Zeit stumm. Denn er war erstaunt über die erhabene Großzügigkeit des Geschenkes und über die vornehme Art und Weise, in der es dargeboten worden war; und er erkannte die Klugheit Cirions, der als Herrscher von Gondor zu seinem eigenen Nutzen zu schützen suchte, was von seinem Reich geblieben war, und der als Freund der Éothéod ihre Bedürfnisse erkannte. Denn sie waren nun zu einem Volk herangewachsen, das für ihr Land im Norden zu zahlreich geworden war und das die Rückkehr nach Süden in seine frühere Heimat ersehnte, doch aus Furcht vor Dol Guldur zurückgehalten wurde. Doch in Calenardhon würden sie nun über mehr Raum verfügen als erhofft, und doch den Schatten des Düsterwalds fern sein.

Doch jenseits von Klugheit und staatsmännischem Denken wurden Cirion und Eorl zu dieser Zeit von einer tiefen Freundschaft bewegt, die ihre Völker aneinanderband, und durch die tiefe Zuneigung, die sie als aufrechte Männer füreinander empfanden. Von Seiten Cirions, erfahren in den Unruhen der Weltläufte, war es die Liebe eines weisen Vaters für einen Sohn in der Kraft und Hoffnung seiner Jugend; Eorl dagegen erblickte in Cirion den erhabensten und edelsten Mann auf der Welt, den er kannte, und den weisesten dazu, der die Würde verkörperte, die die Könige der Menschen vor langer Zeit besessen hatten.

Endlich, nachdem Eorl alles dieses rasch überdacht hatte, sagte er: »Fürst und Truchseß des Großen Königs, das Geschenk, das du mir anbietest, nehme ich in meinem und meines Volkes Namen an. Es übertrifft bei weitem jede Belohnung, die unsere Taten verdient haben könnten, wären nicht diese selbst ein freiwilliges Geschenk der Freundschaft gewesen. Aber nunmehr will ich diese Freundschaft mit einem Eid besiegeln, der nicht vergessen werden soll.«

»Sodann laßt uns zu dem ehrwürdigen Ort gehen«, sagte Cirion, »bevor diese Zeugen Eide vernehmen, wie sie angemessen scheinen.«

Darauf stieg Cirion mit Eorl die Treppe hinauf, und die anderen folgten; und als sie auf den Gipfel kamen, erblickten sie einen weiten, ovalen Platz ebenen Rasens; er war nicht eingezäunt, doch an seinem östlichen Rand erhob sich ein niedriger Buckel, auf dem die weißen Blumen *alfirin*[38] wuchsen, und die untergehende Sonne tauchte sie in goldenes Licht. Dann schritt der Fürst von Dol Amroth, der vornehmste im Gefolge Cirions, zu dem kleinen Hügel und sah davor im Gras einen schwarzen Stein liegen, der weder von Unkraut bewachsen noch verwittert war; und in den Stein waren drei Buchstaben eingegraben. Da sagte er zu Cirion:

»Ist dies denn eine Grabstätte? Doch welcher große Mann von einst liegt hier?«

»Hast du die Buchstaben nicht gelesen?« fragte Cirion.

»Das habe ich«, sagte der Prinz,[39] »und deshalb wundere ich mich; denn die Buchstaben sind *lambe, ando, lambe,* doch es gibt kein Grab für Elendil, noch hat seit seinen Tagen irgendein Mann es gewagt, seinen Namen zu benutzen.«[40]

»Trotzdem ist dies sein Grab«, sagte Cirion, »und daher rührt der Schauer der Ehrfurcht, der diesem Hügel und den Wäldern darunter innewohnt. Von Isildur, der es an Meneldil weitergab, der ihm nachfolgte, und so durch die ganze Linie der Könige und weiter über die Truchsessen, bis hin zu mir selbst, ist dieses Grab auf Befehl Isildurs als ein Geheimnis gehütet worden. Denn er sagte: ›Hier ist der Mittelpunkt des Königreiches des Südens,[41] und hier soll das Andenken Elendils des Getreuen in der Obhut der Valar fortdauern, solange das Königtum währt. Dieser Hügel soll ein Heiligtum sein, und niemand soll seinen Frieden und seine Stille stören, es sei denn, er wäre ein Erbe Elendils.‹ Ich habe euch hierher gebracht, auf daß die Eide, die hier geleistet werden, uns selbst und unsere Erben auf beiden Seiten im Lichte tiefsten Ernstes erscheinen mögen.«

Dann standen alle, die anwesend waren, eine Weile schweigend mit gesenkten Häuptern, bis Cirion zu Eorl sagte: »Wenn du bereit bist, so leiste jetzt deinen Eid in eben der Weise, die dir angemessen erscheint und gemäß den Bräuchen deines Volkes.«

Darauf trat Eorl vor, nahm seinen Speer von seinem Knappen und stieß ihn senkrecht in die Erde. Dann zog er sein Schwert, warf es hoch, daß es in der Sonne glänzte, fing es wieder auf, schritt nach vorn und legte die Klinge auf den Grabhügel, doch seine Hand war noch um das Heft gelegt. Dann sprach er mit mächtiger Stimme Eorls Eid. Diesen sprach er in der Sprache der Éothéod, und er lautet, wiedergegeben in der gemeinsamen Sprache:[42]

Höret nunmehr, alle Völker, die ihr euch nicht dem Schatten im Osten beugt, durch das Geschenk des Herrn der Mundburg werden wir herkommen, um in dem Lande zu wohnen, das er Calenardhon nennt, und darum gelobe ich in meinem eigenen Namen und zu Nutz und Frommen der Éothéod des Nordens, daß zwischen uns und dem Großen Volk des Westens auf immer Freundschaft herrschen soll: Ihre Feinde sollen die unseren und ihre Not soll die unsere sein, und was auch immer Böses, welche Bedrohung oder welcher Angriff über sie kommen mag, wir werden ihnen zur Seite stehen bis zur äußersten Grenze unserer Kraft. Dieses Gelöbnis soll auf meine Nachfolger übergehen, auf alle, die nach mir in unser neues Land kommen mögen, und sie sollen es in unerschütterlicher Treue bewahren, daß nicht der Schatten auf sie falle und sie verflucht werden.

Darauf steckte Eorl sein Schwert in die Scheide, verbeugte sich und ging zu seinen Hauptleuten zurück.

Dann antwortete Cirion. Zu seiner vollen Größe aufgerichtet stand er da, legte seine linke Hand auf das Grab, und in seiner rechten hielt er den weißen Amtsstab der Truchsessen, und er sprach Worte, welche die Zuhörer mit Ehrfurcht erfüllten. Denn als er aufstand, ging die Sonne flammend im Westen unter, und sein weißes Gewand schien in Flammen zu stehen. Und nachdem er gelobt hatte, das gleiche Band der Freundschaft und der Hilfe in der Not solle auch Gondor verpflichten, erhob er seine Stimme und sagte in Quenya:

Vanda sina termaruva Elenna·nóreo alcar enyalien ar Elendil Vorondo voronwe. Nai tiruvantes i hárar mahalmassen mi Númen ar i Eru i or ilye mahalmar ea tennoio.[43]

Und er wiederholte es in der gemeinsamen Sprache:

Dieser Eid soll Bestand haben in der Erinnerung an den Ruhm des Landes des Sterns und an die Redlichkeit Elendils des Getreuen, und er soll in der Obhut jener sein, die auf den Thronen des Westens sitzen, und in der des Einen, der auf immer über allen Thronen sitzt.

Ein solcher Eid war in Mittelerde nicht vernommen worden, seit Elendil selbst das Bündnis mit Gil-galad, dem König der Eldar, beschworen hatte.[44]

Als alles getan war und die Schatten des Abends fielen, gingen Cirion und Eorl mit ihrem Gefolge schweigend wieder durch den dunkelnden Wald hinab und kamen zu ihrem Lager am Meringstrom zurück, wo man für sie Zelte aufgeschlagen hatte. Nachdem sie gegessen hatten, saßen Cirion und Eorl mit dem Prinzen von Dol Amroth und Éomund, dem Oberbefehlshaber des Heeres der Éothéod, beisammen und legten die Grenzen der Herrschaftsbereiche des Königs der Éothéod und des Truchsessen von Gondor fest.

Die Grenzen von Eorls Reich sollten die folgenden sein: im Westen der Fluß Angren von seiner Vereinigung mit dem Adorn, und von dort nach Norden zu den äußeren Zäunen von Angrenost, von dort nach Westen und Norden an den Säumen des Forstes Fangorn entlang zum Limklar; und dieser Fluß war die Nordgrenze des Landes, denn das Land auf der anderen Seite war von Gondor nie beansprucht worden.[45] Im Osten waren seine Grenzen der Anduin und der westliche Hang der Emyn Muil bis hinunter zu den Sümpfen an den Mündungen des Onodló; auf der anderen Seite dieses Flusses war es der Strom Glanhír, der den Wald von Anwar durchfließt, um sich mit den Onodló zu vereinigen; im Süden waren die Grenzen die Ered Nimrais, soweit ihr nördlicher Ausläufer reichte, doch alle Täler und Zugänge, die sich nach Norden öffneten, sollten den Éothéod gehören, ebenso das Land südlich der Hithaeglir, das zwischen den Flüssen Angren und Adorn lag.[46]

In allen diesen Ländern behielt sich Gondor nur noch die Befehlsgewalt über die Festung von Angrenost vor, in der sich der dritte Turm von Gondor befand, der unbezwingbare Orthanc, in dem der vierte der *palantíri* des südlichen Reiches aufbewahrt wurde. In den Tagen Cirions war Angrenost ständig von einer Wache aus Gondor besetzt, doch diese war zu einem kleinen, seßhaften Volk geworden, in der Erbfolge von Hauptleuten regiert, und die Schlüssel zum Orthanc waren in der Hut des Truchseß von Gondor. Die »äußeren Zäune«, die in der Beschreibung der Grenzen des Reiches von Eorl genannt wurden, bestanden aus einem Wall und einem Graben, die sich zwei Meilen südlich vor den Toren von Angrenost zwischen den Hügeln hinzogen, in die das Nebelgebirge auslief; dahinter waren die bebauten Lande der Menschen aus der Festung.

Es wurde ebenfalls vereinbart, daß die Große Straße, die früher durch Anórien und Calenardhon nach Athrad Angren (die Furten des Isen),[47] und von dort nordwärts nach Arnor geführt hatte, ohne Einschränkung in Friedenszeiten für alle Reisenden beider Völker geöffnet werden sollte; und für ihre Unterhaltung zwischen dem Meringstrom und den Furten des Isen sollten die Éothéod Sorge tragen.

Durch diese Abmachung wurde nur ein kleiner Teil des Waldes von Anwar in Eorls Reich mit einbezogen; doch Cirion erklärte, daß der Berg von Anwar nun ein geheiligter Ort beider Völker sei, und daß die Eorlinge und die Truchsessen sich von nun an in seine Bewachung und Pflege teilen sollten. In späteren Tagen freilich, als die Rohirrim an Macht und Zahl zunahmen, während Gondor verfiel und fortwährend vom Osten und vom Meer her bedroht war, wurden die Wächter Anwars gänzlich vom Volk des Ostfold gestellt, und der Wald wurde durch Gewohnheit Teil der königlichen Ländereien der Könige der Mark.

Den Berg nannten sie den Halifirien und den Wald den Firienwald.[48]

In späteren Zeiten wurde der Tag der Eidleistung als der erste Tag des neuen Königreiches gezählt, als Eorl den Titel König der Mark der Reiter annahm. Doch tatsächlich war das eine Weile bevor die Éothéod das Land in Besitz nahmen, und zu seinen Lebzeiten war Eorl als Fürst der Éothéod und König von Calenardhon bekannt. Der Begriff Mark kennzeichnete ein Grenzland, besonders ein solches, das der Verteidigung der Binnenlande eines Reiches diente. Die Sindarin-Namen *Rohan* für die Mark und *Rohirrim* für das Volk, wurden zuerst von Hallas geprägt, dem Sohn und Nachfolger Cirions, doch sie wurden nicht nur in Gondor oft benutzt, sondern auch von den Éothéod.[49]

Am Tage nach der Leistung der Eide umarmten sich Cirion und Eorl und nahmen nur widerwillig voneinander Abschied. Eorl nämlich sagte: »Königlicher Truchseß, ich habe vieles zu tun und bin in Eile. Dieses Land ist nun frei von Feinden; doch sie sind nicht mit der Wurzel zerstört, und wir wissen noch nicht, welche Gefahr jenseits des

Anduin und unter den Säumen des Düsterwaldes lauert. Ich sandte gestern abend drei Boten nach Norden, tapfere und erfahrene Reiter, und hoffe, daß zumindest einer von ihnen meine Heimat vor mir erreicht. Denn ich muß nun selbst mit einigen Truppen zurückkehren; mein Land wurde mit wenigen Männern zurückgelassen, denen, die zu jung oder die zu alt waren; und wenn unsere Frauen und Kinder eine so große Reise unternehmen sollen und mit so vielen Gütern, auf die wir nicht verzichten können, müssen sie beschützt werden, und nur dem Fürsten der Éothéod selbst werden sie folgen. Ich will alle Truppen hierlassen, die ich erübrigen kann, fast die Hälfte des Heeres, das nun in Calenardhon ist. Dort sollen einige Kompanien berittener Bogenschützen bleiben, um da einzugreifen, wo sie gebraucht werden, falls noch feindliche Banden im Land herumlungern; doch die Hauptstreitmacht soll im Nordosten bleiben, um die Stelle zu bewachen, an der die Balchoth aus den Braunen Landen einen Übergang über den Anduin gemacht haben; denn dort ist noch immer die größte Gefahr, und dort liegt auch meine größte Hoffnung, wenn ich wiederkomme, mein Volk mit so wenig Leiden und Verlusten wie nur möglich in sein neues Land zu führen. Ich sage: falls ich zurückkehre, doch sei versichert, daß ich zurückkehren werde, um meinen Eid einzulösen, wenn nicht ein Unglück uns befällt und ich und mein Volk auf dem langen Weg zugrundegehen. Denn dieser muß auf der Ostseite des Anduin entlangführen, immer unter der Bedrohung des Düsterwaldes, und schließlich durch das Tal, das von dem Schatten des Berges heimgesucht wird, den ihr Dol Guldur nennt. Auf der westlichen Seite gibt es weder einen Weg für Reiter noch für einen großen Zug von Menschen und Wagen, selbst wenn die Berge nicht von Orks unsicher gemacht würden; und niemand, ob wenige oder viele, kann das Dwimordene durchqueren, in dem die Weiße Herrin wohnt und Netze spinnt, die kein Sterblicher durchschreiten kann.[50] Ich werde die Oststraße benutzen, auf der ich auch zum Celebrant gekommen bin. Mögen jene, die wir zu Zeugen unserer Eide angerufen haben, uns in ihre Obhut nehmen. Laß uns nun in guter Hoffnung scheiden! Habe ich deine Erlaubnis?«

»Du hast sie selbstverständlich«, sagte Cirion, »denn ich sehe nun, daß es nicht anders sein kann. Ich erkenne, daß ich in unserer eigenen Gefahr zu wenig an die Gefahren gedacht habe, denen du gegenüberstandest, und an das nicht zu erhoffende Wunder eurer Ankunft nach so vielen langen Meilen aus dem Norden. Die Belohnung, die ich dir bei unserer Rettung aus Freude und übervollem Herzen dargeboten habe, erscheint nun gering. Aber ich glaube, daß die Worte meines Eides, die ich nicht vorbedacht habe, ehe ich sie aussprach, mir nicht umsonst in den Mund gelegt wurden. So wollen wir uns denn voller Hoffnung trennen.«

Nach der Art der Chroniken ist zweifellos vieles von dem, was hier Eorl und Cirion bei ihrer Trennung in den Mund gelegt wird, während ihrer Unterhaltung am Abend zuvor gesagt worden; doch es ist sicher, daß Cirion beim Abschied jene Worte sagte, die die Eingebung seines Eides betreffen, denn er war ein Mann von geringem Stolz, großem Mut und edelmütigem Sinn, der edelste der Truchsessen von Gondor.

(4)
Die Überlieferung Isildurs

Als Isildur aus dem Krieg des Letzten Bundes zurückkehrte, so sagt man, blieb er für eine Zeit in Gondor, ordnete das Reich und unterwies seinen Neffen Meneldil, bevor er sich auf den Weg machte, um die Königswürde in Arnor zu übernehmen. Mit Meneldil und einem Gefolge vertrauter Freunde unternahm er eine Reise entlang der Grenzen aller Länder, auf die Gondor Anspruch erhob; und als sie von der Nordgrenze nach Anórien zurückkehrten, kamen sie zu dem hohen Berg, der damals Eilenaer, doch später Amon Anwar genannt wurde, ›Berg der Ehrfurcht‹.[51] Das war in der Nähe des Mittelpunktes der Lande von Gondor. Sie bahnten sich einen Weg durch die dichten Wälder auf seinen nördlichen Abhängen und gelangten so auf den Gipfel, der grün und baumlos war. Dort ebneten sie eine Fläche ein und warfen an ihrem östlichen Ende einen Hügel auf, in den Isildur ein Kästchen legte, das er mit sich führte. Darauf sagte er: »Dies ist eine Grabstätte zum Andenken an Elendil den Getreuen. Hier soll sie liegen, im Mittelpunkt des Königreiches des Südens und in der Obhut der Valar, solange das Königreich währt; und dieser Ort soll ein Heiligtum sein, das niemand entweihen soll. Kein Mensch soll seinen Frieden und seine Stille stören, es sei denn, er wäre ein Erbe Elendils.«

Vom Saum der Wälder zur Kuppe des Berges bauten sie eine steinerne Treppe; und Isildur sagte: »Diese Treppe soll kein Mensch ersteigen, ausgenommen der König und jene, die er mitbringt, wenn er ihnen gebietet, ihm zu folgen.« Dann wurden alle Anwesenden durch Eid zur Verschwiegenheit verpflichtet; doch Isildur gab Meneldil den Rat, der König solle das Heiligtum von Zeit zu Zeit aufsuchen, besonders in Tagen der Gefahr und Sorge, wenn er spüre, daß Klugheit vonnöten sei; und hierher solle er auch seinen Erben bringen, wenn dieser das volle Mannesalter erreicht habe, ihm von der Entstehung des Heiligtums erzählen und ihm die Geheimnisse des Reiches enthüllen und andere Dinge, die er wissen sollte.

Meneldil folgte Isildurs Rat und alle Könige, die ihm folgten, bis hin zu Rómendacil I. (der fünfte König nach Meneldil). In dessen Zeit wurde Gondor zum ersten Mal von den Ostlingen angegriffen;[52] und damit die Überlieferung nicht durch Krieg, plötzlichen Tod oder anderes Unglück unterbrochen würde, veranlaßte er, daß die »Überlieferung Isildurs« in einer versiegelten Schriftrolle aufgezeichnet wurde, zusammen mit anderen Dingen, die ein neuer König wissen sollte; und diese Schriftrolle wurde dem König vor seiner Krönung vom Truchseß ausgehändigt.[53] Diese Übergabe wurde seit dieser Zeit stets durchgeführt, obgleich der Brauch, zusammen mit seinem Erben das Heiligtum von Amon Anwar aufzusuchen, von nahezu allen Königen von Gondor beibehalten wurde.

Als die Tage der Könige zu Ende gingen und Gondor von den Truchsessen, den Nachfahren Húrins, dem Truchseß König Minardils, regiert wurde, glaubte man, daß alle Rechte und Pflichten der Könige die ihren seien »bis der Große König zurückkehrte«. Was aber die »Überlieferung Isildurs« betraf, waren sie allein die Eingeweihten, weil sie nur ihnen bekannt war. Sie folgerten, daß Isildur mit seinen Worten »ein Erbe Elendils« einen Abkömmling der königlichen Linie Elendils gemeint hatte, der den Thron ererbte: doch er habe die Herrschaft der Truchsessen nicht vorhersehen können. Wenn Mardil die Machtbefugnis des Königs während dessen Abwesenheit ausgeübt hatte,[54] dann stand den Erben Mardils, die dieses Amt geerbt hatten, das gleiche Recht und die gleiche Pflicht zu, bis ein König zurückkehrte; folglich besaß jeder Truchseß das Recht, das Heiligtum nach

Belieben aufzusuchen und dies auch seinen Begleitern zu gestatten, wenn er es für angemessen hielt. Was die Worte »solange das Königreich währt« betraf, so besagten sie, daß Gondor ein »Königreich« blieb, regiert von einem Statthalter, und folglich so aufgefaßt werden mußten, daß sie bedeuteten: »solange der Staat von Gondor währt«.

Nichtsdestotrotz gingen die Truchsessen, teils aus Ehrfurcht, teils durch die Sorge um das Königreich davon abgehalten, sehr selten zum Heiligtum auf dem Berg von Anwar, außer wenn sie ihren Erben auf den Gipfel führten, wie es dem Brauch der Könige entsprach. Manchmal blieb es für mehrere Jahre unbesucht, und wie Isildur erfleht hatte, war es in der Obhut der Valar; denn mochten die Wälder auch undurchdringlich und von den Menschen wegen der Stille gemieden werden, so daß der hinaufführende Pfad verschwand, so fand man doch nach der erneuten Öffnung des Weges das Heiligtum unversehrt und unentweiht vor, immergrün und friedvoll unter dem Himmel, bis das Königreich von Gondor ein anderes wurde.

Denn es trug sich zu, daß Cirion, der zwölfte der Herrschenden Truchsessen, sich einer neuen und großen Gefahr gegenübersah: Eindringlinge drohten mit der Eroberung aller Länder Gondors nördlich des Weißen Gebirges, und wenn dies geschah, mußten der Untergang und die Zerstörung des gesamten Königreiches bald folgen. Wie man aus der Geschichtsschreibung weiß, wurde diese Gefahr nur durch die Hilfe der Rohirrim abgewendet; und ihnen überließ Cirion mit großer Klugheit alle nördlichen Länder, Anórien ausgenommen, die sie unter einem König selbst regieren sollten, wenn auch in einem dauernden Bündnis mit Gondor. Es gab im Reich nicht mehr genügend Menschen, um die nördliche Region zu bevölkern, geschweige denn Truppen, um die Linie der Festungen entlang des Anduin zu behaupten, die die Ostgrenze schützten. Cirion verwandte langes Nachdenken auf diese Angelegenheit, bevor er Calenardhon dem Reitervolk aus dem Norden überließ; und er kam zu dem Schluß, daß seine Abtretung des Heiligtums auf Amon Anwar die »Überlieferung Isildurs« völlig verändern mußte. Zu diesem Ort brachte er den Fürsten der Rohirrim, und dort, am Grabhügel Elendils, nahm er Eorl den Eid ab und leistete selbst den Eid, womit das Bündnis zwischen den Königreichen der Rohirrim und Gondors auf immer bekräftigt wurde. Doch als dies geschehen war und

Eorl in den Norden heimgekehrt war, um sein ganzes Volk in seine neue Heimat zurückzuführen, entfernte Cirion die Grabstätte Elendils. Denn er hielt dafür, daß die »Überlieferung Isildurs« nunmehr sinnlos geworden war. Das Heiligtum war nicht mehr »im Mittelpunkt des Königreiches des Südens«, sondern befand sich an den Grenzen eines anderen Reiches; und außerdem bezogen sich die Worte »solange das Königreich währt« auf das Königreich, wie es zur Zeit Isildurs gewesen war, nachdem er seine Grenzen überschaut und sie festgelegt hatte. Die Wahrheit war, daß andere Teile des Königreiches seit jenem Tag verloren gegangen waren: Minas Ithil war in den Händen der Nazgûl, und Ithilien war verwüstet, doch Gondor hatte seinen Anspruch auf sie nicht aufgegeben. Calenardhon hatte es unter Eid für immer abgetreten. Darum brachte Cirion das Kästchen, das Isildur dem Grabhügel beigegeben hatte, zu den Heiligtümern von Minas Tirith zurück; doch der grüne Hügel blieb, zur Erinnerung an eine Gedächtnisstätte. Dennoch, sogar als es der Platz eines großen Leuchtfeuers geworden war, blieb der Berg von Anwar noch ein Ort der Verehrung für Gondor und für die Rohirrim, die ihn in ihrer eigenen Sprache Halifirien nannten, den Heiligen Berg.

1 Es existiert keine Schrift mit diesem Titel, doch ohne Zweifel stellt die Erzählung im dritten Abschnitt (»Cirion und Eorl«, Seite 396f.) einen Teil davon dar.

2 Solche wie das Buch der Könige. [Anmerkung des Autors] – In der Anfangspassage von Anhang A zum *Herrn der Ringe* wurde darauf hingewiesen, daß dieses Buch (mit dem »Buch der Truchsessen« und der »Akallabêth«) zu jenen Aufzeichnungen gehörte, in die Frodo und Peregrin von König Elessar Einblick gewährt wurde; aber in der revidierten Ausgabe wurde dieser Hinweis getilgt.

3 Die Ost-Bucht, anderswo namentlich nicht erwähnt, war die große Einbuchtung am Ostrand des Düsterwaldes, die auf der Karte zum *Herrn der Ringe* zu sehen ist.

4 Die Nordmenschen scheinen mit dem dritten und größten der Völker der Elbenfreunde am engsten verwandt gewesen zu sein, das vom Haus Hador regiert wurde. [Anmerkung des Autors]

5 Daß das Heer von Gondor der völligen Vernichtung entging, war zum Teil dem Mut und der Treue der Reiter der Nordmenschen unter Marhari (einem Abkömmling Vidugavias, »König von Rhovanion«) zu verdanken, die als Nachhut tätig waren. Doch die Truppen Gondors hatten den Wagenfahrern solche Verluste beigebracht, daß sie nicht stark genug waren, ihren Einmarsch weiterzutreiben, bevor sie aus dem Osten Verstärkung erhielten, und sich für den Augenblick damit zufrieden gaben, ihre Eroberung Rhovanions zu vollenden. [Anmerkung des Autors] – In Anhang A,I,4 zum *Herrn der Ringe* wird erzählt, daß Vidugavia, der sich selbst König von Rhovanion nannte, der mächtigste der Fürsten der Nordmenschen war; ihm erwies der König von Gondor Rómendacil II. (gestorben 1366) seine Gunst, dem er im Krieg gegen die Ostlinge geholfen hatte; die Heirat von Rómendacils Sohn Valacar mit Vidugavias Tochter Vidumavi führte im fünfzehnten Jahrhundert in Gondor zum verheerenden Krieg des Sippenstreits.

6 Es ist eine interessante Tatsache, für die es, wie ich glaube, in keiner Schrift meines Vaters einen Hinweis gibt, daß die Namen der frühen Könige und Fürsten Gondors in gotischer und nicht in altenglischer (angelsächsischer) Form angegeben werden, wie in den Fällen von Léod, Eorl und den späteren Rohirrim. *Vidugavia*, in der Schreibung latinisiert, steht für gotisch *Widugauja* (›Wald-Bewohner‹), ein belegter gotischer Name, und ebenso *Vidumavi*, gotisch *Widumawi* (›Wald-Mädchen‹). *Marhwini* und *Marhari* enthalten das gotische Wort *marh* ›Pferd‹, entsprechend dem altenglischen *mearh*, Plural *mearas*, das Wort, das im *Herrn der Ringe* für die Pferde von Rohan gebraucht wird; *wini*, ›Freund‹, entspricht dem altenglischen *wine*, erkennbar in den Namen verschiedener

Könige der Mark. Weil, wie in Anhang F,II zum *Herrn der Ringe* erklärt wird, die Sprache Rohans »geschaffen wurde, um altertümlichem Englisch zu gleichen«, sind die Namen der Vorväter der Rohirrim nach den ältesten gesicherten Formen des Germanischen gebildet.

7 Dies war die spätere Form des Namens. [Anmerkung des Autors] – Dies ist das altenglische ›Pferde-Volk‹; siehe Anmerkung 36.

8 Die vorstehende Erzählung widerspricht nicht den Berichten in Anhang A,I,4 und II, wenn sie auch viel kürzer ist. Hier wird nichts über den Krieg gesagt, den Minalcar (der den Namen Rómendacil II. annahm) im dreizehnten Jahrhundert gegen die Ostlinge führte, die Aufnahme vieler Nordmenschen in die Heere Gondors durch diesen König, oder über die Heirat seines Sohnes Valacar mit einer Prinzessin der Nordmenschen und dem Sippenstreit von Gondor, der daraus erwuchs; doch der Text enthält zusätzlich gewisse Züge, die im *Herrn der Ringe* nicht erwähnt werden: daß das Schwinden der Nordmenschen von Rhovanion auf die Große Pest zurückzuführen war; daß die Schlacht, in der König Narmacil II. im Jahr 1856 getötet wurde (von der es in Anhang A heißt, sie habe »jenseits des Anduin« stattgefunden), in den weiten Landen südlich des Düsterwaldes sich ereignete und als die Schlacht auf den Ebenen bekannt war; und daß sein großes Heer vor der Vernichtung durch die Wagenfahrer durch den Abwehrkampf der Nachhut Marharis, einem Abkömmling Vidugavias, bewahrt wurde. Ebenfalls wird hier deutlich gemacht, daß nach der Schlacht auf den Ebenen die Éothéod, ein Überrest der Nordmenschen, ein eigenes Volk wurden, das in den Tälern des Anduin zwischen Carrock und den Schwertelfeldern wohnte.

9 Sein Großvater Telumehtar hatte Umbar eingenommen und die Macht der Korsaren gebrochen, und die Völker von Harad waren in dieser Zeit in eigene Kriege und Fehden verwickelt. [Anmerkung des Autors] – Die Einnahme Umbars durch Telumehtar fand im Jahr 1810 statt.

10 Die großen westlichen Schleifen des Anduin östlich vom Wald von Fangorn; siehe das erste Zitat im Anhang C zu »Die Geschichte von Galadriel und Celeborn«, Seite 347.

11 Über das Wort *éored* siehe Anmerkung 36.

12 Diese Geschichte ist sehr viel ausführlicher als der zusammenfassende Bericht in Anhang A,I,4 zum *Herrn der Ringe*: »Calimehtar, Narmacils II. Sohn, rächte im Jahr 1899, unterstützt durch einen Aufstand in Rhovanion, seinen Vater mit einem großen Sieg auf der Dagorlad, und für eine Weile war die Gefahr abgewendet.«

13 Die Engen des Waldes müssen sich auf das schmale ›Mittelstück‹ des Düsterwaldes im Süden beziehen, hervorgerufen durch die Einbuchtung der Ost-Bucht (siehe Anmerkung 3).

14 Richtig. Denn ein Angriff, der von Nah-Harad ausging – es sei denn, er hätte Unterstützung aus Umbar gehabt, die zu dieser Zeit nicht zur

Verfügung stand –, konnte leichter abgewehrt und aufgefangen werden. Der Angreifer mußte den Anduin überschreiten, und wenn er nach Norden auswich, kam er in ein sich verengendes Land zwischen dem Fluß und den Bergen. [Anmerkung des Autors]

15 Eine einzelne Anmerkung zum Text bemerkt, daß zu dieser Zeit der Morannon noch unter der Kontrolle Gondors war, und die beiden Wachttürme östlich und westlich davon (die Türme der Zähne) waren noch bemannt. Die Straße durch Ithilien war bis zum Morannon noch in gutem Zustand; und dort traf sie auf eine Straße, die nach Norden zur Dagorlad, und eine andere, die nach Osten an den Ered Lithui entlangführte. Keine dieser Straßen ist auf den Karten zum *Herrn der Ringe* eingezeichnet. Die Straße nach Osten erstreckte sich bis zu einem Punkt nördlich des Standortes von Barad-dûr; sie war niemals weitergeführt worden, und was man bis dahin daran getan hatte, wurde nun schon lange vernachlässigt. Gleichwohl beschleunigten ihre ersten fünfzig Meilen, die einst ganz ausgebaut worden waren, den Vormarsch der Wagenfahrer erheblich.

16 Geschichtsschreiber mutmaßten, daß es der gleiche Hügel war, auf dem König Elessar in der letzten Schlacht gegen Sauron, mit der das Dritte Zeitalter endete, Posten bezog. Wenn es aber so war, so handelte es sich dennoch nur um eine natürliche Erhebung, die für Reiter kaum ein Hindernis war und die noch nicht von Orks aufgeschüttet worden war. [Anmerkung des Autors] – Die Passagen im *Herrn der Ringe* (»Die Rückkehr des Königs«, 5, Kapitel 10), auf die hier Bezug genommen wird, berichten, daß »Aragorn das Heer nun in der denkbar besten Schlachtordnung auf[stellte], und zwar auf zwei großen Bergen aus gesprengtem Gestein, die die Orks in jahrelanger Arbeit aufgetürmt hatten« und daß Aragorn mit Gandalf auf dem einen standen, während auf dem anderen die Banner Rohans und Dol Amroths aufgepflanzt waren.

17 Über die Anwesenheit Adrahils aus Dol Amroth s. Anmerkung 39.

18 Ihre frühere Heimat: in den Tälern des Anduin zwischen Carrock und den Schwertelfeldern, siehe Seite 382.

19 Der Grund für die Wanderung der Éothéod nach Norden wird in Anhang A,II zum *Herrn der Ringe* genannt: »[Die Vorfahren Eorls] liebten vor allem die Ebenen und begeisterten sich für Pferde und alle Feinheiten der Reitkunst, aber es gab niemals viele Menschen in den Mitteltälern des Anduin, und überdies wurde der Schatten von Dol Guldur länger. Als sie daher von der Niederwerfung des Hexenkönigs hörten [im Jahr 1975], suchten sie weiteren Raum im Norden, und sie vertrieben die Reste des Volkes von Angmar von der Ostseite des Gebirges. Doch in den Tagen von Léod, Eorls Vater, waren sie zu einem zahlreichen Volk geworden und von neuem beengt in dem Land, das sie zu ihrem Heim gemacht hatten.« Der Anführer der Wanderung der Éothéod wurde Frumgar genannt; und in der »Aufzählung der Jahre« ist das Jahr 1977 als Datum genannt.

20 Diese Flüsse erscheinen ohne Namen in der Karte zum *Herrn der Ringe*. Der Grauquell wird dort mit zwei Zuflüssen dargestellt.

21 Der Wachsame Friede dauerte von 2063 bis 2460, als Sauron von Dol Guldur abwesend war.

22 Zu den Festungen entlang des Anduin siehe Seite 386 und zu den Biegungen Seite 348.

23 Aus einer früheren Passage dieses Textes (Seite 384) gewinnt man den Eindruck, daß nach dem Sieg Calimehtars über die Wagenfahrer auf der Dagorlad im Jahr 1899 in den Ländern östlich des Düsterwaldes keine Nordmenschen zurückgeblieben waren.

24 So wurden diese Völker damals in Gondor genannt: ein zusammengesetztes Wort aus Westron *balc*, ›schrecklich‹, und Sindarin *hoth*, ›Schar, Horde‹, und auf solche Völker wie die Orks angewendet. [Anmerkung des Autors] – Vgl. Anhang zum *Silmarillion* unter dem Eintrag *hoth*.

25 Die Buchstaben R·ND·R, gekrönt von drei Sternen, bedeuten *arandur* (Königsdiener, Truchseß). [Anmerkung des Autors]

26 Den Gedanken, der ihn ebenfalls bewegte, sprach er nicht aus: daß die Éothéod, wie er erfahren hatte, unruhig waren, da sie ihre Nördlichen Länder zu beengt und zu unfruchtbar fanden, um sie bei ihrer großen Bevölkerungszahl, die stark gewachsen war, zu ernähren. [Anmerkung des Autors]

27 Seines Namens wurde lange in dem Lied von *Rochon Methestel* (Reiter der Letzten Hoffnung) als *Borondir Udalraph* (Borondir der Steigbügellose) gedacht, denn er ritt mit der *éohere* zur Rechten Eorls zurück, und er war der erste, der den Limklar überquerte und einen Weg freihieb, um Cirion zur Hilfe zu kommen. Er fiel schließlich auf der Ebene von Celebrant, zum großen Kummer Gondors und der Éothéod, und wurde später in der Grabkammer in den Heiligtümern von Minas Tirith beigesetzt. [Anmerkung des Autors]

28 Eorls Pferd. In Anhang A,II zum *Herrn der Ringe* wird erzählt, daß Eorls Vater Léod, der ein Zähmer wilder Pferde war, von Felaróf abgeworfen wurde, als er es zu besteigen suchte, und so seinen Tod fand. Später verlangte Eorl von dem Pferd, daß es seiner Freiheit entsage bis an sein Lebensende als Wergeld für seinen Vater; und Felaróf gehorchte, obwohl es niemanden aufsitzen ließ als Eorl. Das Pferd verstand alles, was die Menschen sagten, und es erwies sich als ebenso langlebig wie Menschen, und ebenso verhielt es sich mit seinen Nachkommen, den *mearas*, »die niemanden trugen außer dem König der Mark oder seinen Söhnen bis zur Zeit von Schattenfell«. *Felaróf* ist ein Wort aus dem angelsächsischen dichterischen Wortschatz, obgleich es in der Tat in der vorhandenen Dichtung nicht belegt ist: ›sehr tapfer, sehr stark‹.

29 Zwischen dem Zufluß des Limklar und den Biegungen. [Anmerkung des Autors] – Dies scheint gewiß im Widerspruch mit dem ersten Zitat in

Anhang C zu »Die Geschichte von Galadriel und Celeborn« zu stehen (Seite 348), wo »die nördliche und die südliche Biegung« die »zwei westlichen Schleifen des Anduin« sind, in deren nördliche der Limklar floß.

30 Innerhalb von neun Tagen hatten sie mehr als fünfhundert Meilen in Luftlinie, vermutlich mehr als sechshundert Meilen zu Pferde zurückgelegt. Obgleich es keine großen natürlichen Hindernisse auf der Ostseite des Anduin gab, war doch ein großer Teil des Landes nun verwüstet, und Straßen oder Reitwege, die nach Süden führten, waren verschwunden oder kaum benutzt; nur kurze Strecken konnten sie im Galopp reiten, und sie mußten auch mit ihren eigenen Kräften und denen der Pferde haushalten, weil sie Gefechte erwarteten, sobald sie die Biegungen erreichten. [Anmerkung des Autors]

31 Der Halifirien wird im *Herrn der Ringe* zweimal erwähnt. In »Die Rückkehr des Königs« (5, Kapitel 1), als Pippin, mit Gandalf auf Schattenfell nach Minas Tirith reitend, aufschrie, er sehe Feuer. Gandalf antwortete: »Die Leuchtfeuer von Gondor sind angezündet und rufen Hilfe herbei. Der Krieg ist entbrannt. Schau, da ist das Feuer auf Amon Dîn und die Flamme auf Eilenach; und dort ziehen sie sich eilends nach Westen: Nardol, Erelas, Min-Rimmon, Calenhad und Halifirien an den Grenzen von Rohan.« Ebendort, 5, Kapitel 3, reiten die Reiter von Rohan auf ihrem Weg nach Minas Tirith durch die Fenmark, »wo sich zu ihrer Rechten große Eichenwälder bis zum Saum der Berge im Schatten des dunklen Halifirien an Gondors Grenzen hinaufzogen . . .« Siehe auch die Karte in großem Maßstab von Gondor und Rohan im *Herrn der Ringe.*

32 Es war die große númenórische Straße, die Verbindung zwischen den Zwei Königreichen, die den Isen an den Furten und die Grauflut bei Tharbad überquerte und dann in nördlicher Richtung nach Fornost führte; anderswo die Nord-Süd-Straße genannt. Siehe Seite 352.

33 Dies ist eine modernisierte Schreibung von angelsächsisch *hálig-firgen;* ähnlich Firiental für *firgen-dæl,* Firienwald für *firgen-wudu.* [Anmerkung des Autors] – Das *g* im angelsächsischen Wort *firgen,* ›Berg‹, wurde wie ein heutiges *y* ausgesprochen.

34 Minas Ithil, Minas Anor und Orthanc.

35 An anderer Stelle, in einer Anmerkung über die Namen der Leuchtfeuer, heißt es, daß »das vollständige System der Leuchtfeuer, das noch während des Krieges um den Ring in Betrieb war, nicht älter gewesen sein kann als die Niederlassung der Rohirrim in Calenardhon circa fünfhundert Jahre zuvor, denn sein Hauptzweck war, die Rohirrim zu warnen, daß Gondor in Gefahr sei oder (viel seltener) umgekehrt«.

36 Gemäß einer Anmerkung über die Gefechtsformationen der Rohirrim, »umfaßte die *éored* keine genau festgelegte Anzahl von Männern, doch in Rohan wurde diese Bezeichnung nur für Reiter verwendet, die voll für den Krieg ausgebildet waren: Männer, die für eine bestimmte Zeit oder

in einigen Fällen dauernd im Heer des Königs Dienst taten. Ein beträchtlicher Trupp dieser Männer, der bei Übungen und im Einsatz als Einheit ritt, wurde eine *éored* genannt. Doch nach der Wiederherstellung der Rohirrim und der Neuorganisation ihrer Streitkräfte in den Tagen von König Folcwine, hundert Jahre vor dem Krieg um den Ring, betrachtete man als ›volle *éored*‹ in Schlachtordnung eine Truppe, die nicht weniger als hundertzwanzig Männer (der Hauptmann eingeschlossen) umfaßte, und sie bildete den hundertsten Teil des gesamten Aufgebotes der Reiter der Mark, die Reiter der königlichen Hofhaltung nicht inbegriffen. [Die *éored*, mit der Éomer die Orks verfolgte (»Die Zwei Türme«, 3, Kapitel 2) umfaßte hundertzwanzig Reiter: Legolas zählte hundertfünf, als sie weit entfernt waren, und Éomer sagte, in dem Gefecht mit den Orks seien fünfzehn Männer gefallen.] Kein solches Heer war selbstverständlich jemals gemeinsam außerhalb der Mark in den Krieg gezogen; doch Théodens Behauptung, er habe in dieser großen Gefahr eine Streitmacht von zehntausend Reitern ins Feld geführt (»Die Rückkehr des Königs«, 5, Kapitel 3) war ohne Zweifel gerechtfertigt. Seit den Tagen Folcwines hatte die Zahl der Rohirrim zugenommen, und vor den Angriffen Sarumans hätten mit dem gesamten Truppenaufgebot vermutlich weit mehr als zwölftausend Reiter bereitgestanden, so daß Rohan von ausgebildeten Verteidigern nicht gänzlich entblößt gewesen wäre. Aufgrund der Verluste im westlichen Krieg, der überstürzten Musterung und der Bedrohung aus Norden und Osten, führte Théoden schließlich nur ein Heer von etwa sechstausend Männern ins Feld, und dennoch war dies die größte Reiterarmee, die seit dem Kommen Eorls verzeichnet wurde.«

Das gesamte Aufgebot an Reiterei wurde *éohere* genannt (siehe Anmerkung 49). Diese Wörter (so wie auch *Éothéod*) sind natürlich in der Form angelsächsisch, weil die wirkliche Sprache Rohans überall so übersetzt ist (siehe oben Anmerkung 6): sie enthalten als erstes Element *eoh*, ›Pferd‹. *Éored, éorod* ist ein belegtes angelsächsisches Wort, und sein zweites Element ist von *rád*, ›reiten‹, abgeleitet; in *éohere* ist das zweite Element *here*, ›Heer, Armee‹. Éothéod hat *théod*, ›Volk‹ oder ›Land‹, und wird sowohl auf die Reiter selbst wie auch auf ihr Land angewendet. (Angelsächsisch *eorl* im Namen Eorls des Jungen ist ein gänzlich unverwandtes Wort).

37 Dieser Ausdruck wurde in den Tagen der Truchsessen stets bei jeder feierlichen Verkündigung benutzt, obwohl es zur Zeit Cirions (dem zwölften Regierenden Truchseß) eine Glaubensformel geworden war, an deren Erfüllung wenige glaubten. [Anmerkung des Autors]

38 *alfirin*: die *simbelmyne* der Königsgräber unterhalb von Edoras und die *uilos*, die Tuor in den Altvorderenzeiten auf der großen Rasenfläche von Gondolin sah. Siehe Seite 79, Anmerkung 27. Der Name *Alfirin*, doch offensichtlich auf eine andere Blume bezogen, wird in einem Vers genannt,

den Legolas in Minas Tirith sang (»Die Rückkehr des Königs«, 5, Kapitel 9): »(Der Wind) läutet die goldenen Glocken von Mallos und Alfirin/In den grünen Gründen Lebennins.«

39 Der Fürst von Dol Amroth führte diesen Titel. Er wurde seinen Vorfahren von Elendil verliehen, mit dem sie blutsverwandt waren. Sie waren eine Familie der Getreuen, die vor dem Untergang von Númenor fortgesegelt waren; sie hatte sich im Land von Belfalas zwischen den Mündungen des Ringló und des Gilrain niedergelassen und besaß eine Festung auf dem hohen Vorgebirge von Dol Amroth (benannt nach dem letzten König von Lórien). [Anmerkung des Autors] – Anderswo wird gesagt (Seite 332f.), daß der Überlieferung ihres Hauses zufolge der erste Fürst von Dol Amroth Galador gewesen war (etwa zwischen 2004 und 2129 des Dritten Zeitalters), Sohn von Imrazôr, dem Númenórer, der in Belfalas wohnte, und der Elbenherrin Mithrellas, einer der Gefährtinnen Nimrodels. Die gerade zitierte Anmerkung scheint darauf schließen zu lassen, daß diese Familie der Getreuen vor dem Untergang Númenors in Belfalas wohnte und eine Festung auf Dol Amroth besaß; und wenn dies so ist, lassen sich die beiden Feststellungen nur unter der Voraussetzung miteinander vereinbaren, daß die Linie der Fürsten und damit auch ihr Wohnort mehr als zweitausend Jahre vor Galadors Tage zurückgehen und daß Galador der erste Fürst von Dol Amroth genannt wurde, weil bis zu seiner Zeit (nachdem Amroth im Jahre 1981 ertrunken war) Dol Amroth nicht so genannt wurde. Eine weitere Schwierigkeit ist die Anwesenheit Adrahils von Dol Amroth (augenscheinlich ein Vorfahr Adrahils, des Vaters von Imrahil, Fürst von Dol Amroth zur Zeit des Krieges um den Ring) als Befehlshaber der Streitkräfte Gondors in der Schlacht gegen die Wagenfahrer im Jahr 1944. (Seite 387); doch man darf annehmen, daß dieser frühere Adrahil zu dieser Zeit nicht »von Amroth« genannt wurde.

Wenn diese Überlegungen auch nicht unmöglich sind, scheint mir der Versuch, einen Zusammenhang herzustellen, doch weniger wahrscheinlich als die Annahme zweier getrennter und voneinander unabhängiger »Überlieferungen« der Ursprünge der Fürsten von Dol Amroth.

40 Die Buchstaben waren 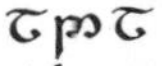 (L · ND · L): Der Name Elendils ohne Vokale, den er als Abzeichen und als Zeichen auf seinen Siegeln benutzte. [Anmerkung des Autors]

41 Amon Anwar war in der Tat der hochgelegene Ort, der dem Mittelpunkt einer Strecke am nächsten war, die vom Zufluß des Limklar zum Kap von Tolfalas im Süden führte; von Amon Anwar waren die Furten der Isen und Minas Tirith gleich weit entfernt. [Anmerkung des Autors]

42 Wenn auch unvollkommen; denn die Ausdrucksweise war altertümlich und bediente sich der Versform und der Hochsprache der Rohirrim, in der Eorl bewandert war. [Anmerkung des Autors] – Es scheint außer der

im Text vorliegenden Fassung des Eides von Eorl in der gemeinsamen Sprache keine andere Version zu geben.

43 *Vanda*: ›ein Eid, Gelöbnis, ernstes Versprechen‹. *ter-maruva:ter*, ›durch‹, *mar-*, ›weilen, angesiedelt oder seßhaft gemacht werden‹; Form des Futurum. *Elenna.nóreo:* Genitiv, abhängig von *alcar*, von *Elenna·nóre*, ›das Land, genannt Sternenwärts‹. *alcar:* ›Ruhm‹. *enyalien:en-*, ›wieder‹, *yal-*, ›zusammenrufen‹, in infinitiver (oder gerundialer) Form *en-yalië*, hier im Dativ ›zum Zurückrufen‹, doch ein direktes Objekt erfordernd: *alcar;* also ›den Ruhm zurückrufen oder »seiner gedenken«‹. *Vorondo:* Genitiv von *voronda*, ›standhaft im Bündnis, im Halten eines Eides oder Versprechens, getreu‹; Adjektive, die als ›Titel‹ oder wie häufig als Attribut eines Namens benutzt werden, stehen hinter dem Namen; werden zwei deklinierbare Namen hinzugefügt, wird in diesen Fällen, wie in Quenya üblich, nur der letztere dekliniert. [Eine andere Lesart bietet das Adjektiv *vórimo*, Genitiv von *vórima*, mit der gleichen Bedeutung wie *voronda*. *voronwe:* ›Standhaftigkeit, Redlichkeit, Treue‹, das Objekt zu *enyalien*. *Nai:* ›sei es dies, möge es dies sein‹; *Nai tiruvantes:* ›sei es, daß sie es schützen werden‹, d.h. ›mögen sie es schützen‹ (*-nte*, Endung der 3. Person Plural, wo kein vorausgehendes Subjekt gemeint ist). *i hárar:* ›die, die darauf sitzen‹. *mahalmassen:* Lokativ Plural von *mahalma*, ›Thron‹. *mi:* ›in dem‹. *Númen:* ›Westen‹. *i Eru i:* ›der Eine, der‹. *ea:* ›ist‹. *tennoio: tenna*, ›bis hin, so weit wie‹, *oio*, ›eine endlose Zeitspanne‹; *tennoio*, ›für immer‹. [Anmerkungen des Autors]

44 Und er wurde nicht wieder geleistet bis König Elessar zurückkehrte und das Bündnis am gleichen Ort mit Éomer, dem achtzehnten Nachfahren Eorls, erneuerte. Es war als rechtmäßig angesehen worden, daß nur der König von Númenor Eru zum Zeugen anrief, und dies nur bei schwerwiegenden und ernsten Anlässen. Die Linie der Könige war mit Ar-Pharazôn zu Ende gegangen, der im Untergang zugrundeging; doch Elendil Voronda stammte von Tar-Elendil, dem vierten König, ab und wurde als der rechtmäßige Herr der Getreuen angesehen, der an dem Aufruhr der Könige nicht teilgenommen hatte und von der Vernichtung verschont geblieben war. Cirion war der Truchseß der Könige, die von Elendil abstammten, und hatte, soweit es Gondor betraf, als Statthalter alle ihre Macht – bis der König wiederkam. Dennoch versetzte sein Eid alle in Erstaunen, die ihn vernahmen, und erfüllte sie mit Ehrfurcht, und er war für sich allein genommen (abgesehen von der verehrungswürdigen Grabstätte) ausreichend, um den Ort zu heiligen, an dem er gesprochen wurde. [Anmerkung des Autors] – Elendils Name *Voronda*, ›der Getreue‹, der auch in Cirions Eid erscheint, war in dieser Anmerkung zuerst als *Voronwe* geschrieben und ist in der Eidesformel ein Substantiv mit der Bedeutung ›Treue, Standhaftigkeit‹. Doch in Anhang A,I,2 zum *Herrn der Ringe* wird Mardil, der erste Regierende Truchseß von Gondor, ›Mardil Voronwe‹ der

›standhafte Truchseß‹ genannt; und im Ersten Zeitalter hieß der Elbe aus Gondolin, der Tuor von Vinyamar wegführte, ebenfalls Voronwe; seinen Namen habe ich im Namensregister zum *Silmarillion* ebenfalls mit ›der Standhafte‹ übersetzt.

45 Siehe das erste Zitat in Anhang C zu »Die Geschichte von Galadriel und Celeborn«, Seite 347.

46 Diese Namen sind, wie es in Gondor Brauch war, in Sindarin angegeben; doch viele von ihnen wurden von den Éothéod neu benannt: Es waren Umbildungen älterer Namen, um sie der eigenen Sprache anzupassen, Übersetzungen dieser Namen oder solche eigener Erfindung. Im *Herrn der Ringe* werden die Namen in der Sprache der Rohirrim am meisten benutzt. Zum Beispiel: Angren/Isen; Angrenost/Isengart; Fangorn (das auch verwendet wird)/Entwald; Onodló/Entwasser; Glanhír/Meringstrom (beides bedeutet ›Grenzfluß‹) [Anmerkung des Autors] – Der Name des Flusses Limklar ist kompliziert. Es gibt dazu zwei Versionen des Textes und der Anmerkung. Aus der einen, scheint hervorzugehen, daß der Sindarin-Name *Limlich* lautete, der als *Limliht* (modernisiert als *Limlight*) in die Sprache von Rohan übernommen wurde. In der anderen (späteren) Version ist *Limlich* verblüffenderweise im Text zu *Limliht* verbessert, also zur Sindarin-Form geworden. An anderer Stelle (Seite 373) wird als Sindarin-Name dieses Flusses *Limlaith* angegeben. Angesichts dieser Unsicherheit, habe ich mich im Text für *Limlight* (Limklar) entschieden. Wie immer der ursprüngliche Name in Sindarin gelautet haben mag, so ist zumindest klar, daß die Rohan-Form eine Umbildung und keine Übersetzung darstellt, und daß seine Bedeutung nicht bekannt war (obwohl in einer Anmerkung, die viel früher geschrieben wurde als alle vorstehenden, der Name *Limlight* als eine teilweise Übersetzung des elbischen *Limlint*, ›schnell-klar‹ bezeichnet wird). Die Sindarin-Namen von Entwasser und Meringstrom finden sich nur hier; mit Onodló vergleiche *Onodrim, Enyd,* die Ents (Anhang F »Von anderen Rassen« zum *Herrn der Ringe*).

47 *Athrad Angren:* Siehe Seite 352, wo als Sindarin-Name für die Furten des Isen *Ethraid Engrin* angegeben wird. Es scheint somit, daß von diesem Namen der Furt(en) Singular- und Pluralformen existieren.

48 Anderswo wird der Wald stets der Firienwald genannt (eine Verkürzung von Halifirien-Wald). Firienholt – ein Wort, das in der angelsächsischen Dichtung belegt ist (*firgenholt*) – bedeutet das gleiche: ›Bergwald‹. Siehe oben Anmerkung 33.

49 Ihre genaue Form war *Rochand* und *Rochír-rim,* und sie wurden als *Rochand* oder *Rochan* und *Rochirrim* in den Aufzeichnungen Gondors geschrieben. Sie enthalten Sindarin *roch,* ›Pferd‹, eine Übersetzung des *éo-* in *Éothéod* und in vielen Personennamen der Rohirrim [vgl. Anmerkung 36]. Bei *Rochand* wurde die Sindarin-Endung *-nd (-and, -end, -ond)*

hinzugefügt; gewöhnlich wurde es bei Namen von Regionen oder Ländern benutzt, doch wurde in der Aussprache das *-d* in der Regel weggelassen, besonders in langen Namen wie *Calenardhon, Ithilien, Lamedon* usw. *Rochirrim* wurde aus *éo-here* gebildet, der bei den Éothéod verwendeten Bezeichnung für das gesamte Aufgebot ihrer Reiterei in Kriegszeiten; es wurde gebildet aus *roch* + Sindarin *hîr*, ›Herr, Meister‹ (ohne jede Verbindung mit dem [angelsächsischen Wort] *here*). Bei Völkernamen wurde Sindarin *rim*, ›große Zahl, Heer‹ (Quenya *rimbe*) gewöhnlich benutzt, um einen Sammel-Plural zu bilden, wie in *Eledhrim (Edhelrim)*, ›alle Elben‹, *Onodrim*, ›das Ent-Volk‹, *Nogothrim*, ›alle Zwerge, das Zwergenvolk‹. Die Sprache der Rohirrim enthielt den Laut, der hier durch *ch* wiedergegeben wird (ein hinterer Reibelaut wie *ch* im Walisischen, oder deutsch *ach*), und obwohl er in der Wortmitte zwischen Vokalen selten war, bot er ihnen keine Schwierigkeiten. Doch die gemeinsame Sprache besaß ihn nicht; in der Sindarin-Aussprache (wo er sehr häufig vorkam) ersetzten ihn die Leute von Gondor, wenn sie nicht gelehrt waren, in der Wortmitte durch ein *h* und am Wortende (wo er im richtigen Sindarin stark betont wurde) durch ein *k*. So entstanden die Namen *Rohan* und *Rohirrim* wie sie im *Herrn der Ringe* verwendet werden. [Anmerkung des Autors]

50 Eorl scheint von diesen Zeichen des guten Willens der Weißen Herrin nicht überzeugt gewesen zu sein; vgl. Seite 395.

51 *Eilenaer* war ein Name vor-númenórischen Ursprungs, offensichtlich verwandt mit *Eilenach*. [Anmerkung des Autors] – Nach einer Anmerkung zu den Leuchtfeuern war Eilenach »vermutlich ein fremdländischer Name, der nicht dem Sindarin, dem Númenórischen oder der gemeinsamen Sprache entstammte . . . Eilenach und Eilenaer waren bemerkenswerte Punkte im Land. Eilenach war die höchste Erhebung des Drúadan-Waldes. Von Westen her konnte sie aus großer Entfernung gesehen werden, und in den Tagen der Leuchtfeuer hatte sie die Aufgabe, die Warnung vom Amon Dîn weiterzugeben; doch für ein großes Leuchtfeuer war der Ort nicht geeignet, denn auf seinem spitz zulaufenden Gipfel gab es zu wenig Raum. Daher der Name Nardol, ›Feuer-Hügelspitze‹, des nächsten Leuchtfeuers in westlicher Richtung; es befand sich am Ende eines hohen Bergrückens, ursprünglich ein Teil des Drúadan-Waldes, doch durch Steinmetze und Steinbrecher seiner Bäume beraubt, die durch das Steinkarren-Tal heraufkamen. Nardol war von einer Wache besetzt, die auch die Steinbrüche schützte. Es war mit Brennstoff wohl versorgt, und man konnte bei Bedarf ein großes Feuer entzünden, das in einer klaren Nacht sogar vom letzten Leuchtfeuer (Halifirien) zu sehen war, das etwa hundertzwanzig Meilen westlich davon lag.«

In der gleichen Anmerkung heißt es, daß »Amon Dîn, ›der stille Berg‹, wahrscheinlich das älteste Leuchtfeuer, ursprünglich ein befestigter

Außenposten von Minas Tirith war, von wo das Leuchtfeuer zu sehen war, und der über den Durchgang von der Dagorlad nach Nord-Ithilien und über jeden Versuch eines Feindes wachen sollte, den Anduin bei oder nahe Cair Andros zu überschreiten. Warum er diesen Namen erhielt, ist nicht aufgezeichnet. Vermutlich weil er eine charakteristische Form hatte: ein felsiger, kahler Berg, der für sich allein aus den dicht bewaldeten Hügel des Drúadan-Waldes herausragte (Tawar-in-Drúedain), von Menschen, Tieren oder Vögeln wenig besucht«.

52 Gemäß Anhang A,I,4 zum *Herrn der Ringe* geschah es in den Tagen von Ostoher, dem vierten König nach Meneldil, daß Gondor zum ersten Mal von wilden Menschen aus dem Osten angegriffen wurde; »aber Tarostar, sein Sohn, besiegte und vertrieb sie und nahm den Namen Rómendacil, ›Ostsieger‹ an«.

53 Rómendacil I. war es auch, der das Amt der Truchsessen begründete (*Arandur,* ›Königsdiener‹), doch wurde dieser vom König ausgewählt: ein Mann von großer Zuverlässigkeit und Klugheit, gewöhnlich im fortgeschrittenen Alter, weil es ihm nicht erlaubt war, in den Krieg zu ziehen oder das Reich zu verlassen. Er war niemals ein Mitglied des Königshauses. [Anmerkung des Autors]

54 Mardil war der erste der Herrschenden Truchsessen von Gondor. Er war der Truchseß von Earnur, dem letzten König, der im Jahre 2050 in Minas Morgul verschwand. »In Gondor glaubte man, daß der heimtückische Feind den König in eine Falle gelockt habe und daß er unter Foltern in Minas Morgul starb; aber da es keine Zeugen seines Todes gab, herrschte Mardil, der Gute Truchseß, in seinem Namen viele Jahre über Gondor.« (*Herr der Ringe,* Anhang A,I,4)

Diese Geschichte beruht zu ihrem vollen Verständnis auf der Erzählung, die sich in Anhang A, III (»Durins Volk«) zum *Herrn der Ringe* findet, von der hier ein Abriß folgt:

Die Zwerge Thrór und sein Sohn Thráin (zusammen mit Thráins Sohn Thorin, später Eichenschild genannt) entflohen vom Einsamen Berg durch eine geheime Tür, als der Drache Smaug diesen überfiel. Thrór kehrte nach Moria zurück, nachdem er Thráin den letzten der Sieben Ringe der Zwerge gegeben hatte, und wurde dort von dem Ork Azog getötet, der seinen Namen in Thrórs Stirn einbrannte. Dieser Vorfall führte zum Krieg der Zwerge und der Orks, der mit der großen Schlacht von Azanulbizar (Nanduhirion) vor dem Ost-Tor Morias im Jahr 2799 endete. Danach wohnten Thráin und Thorin Eichenschild in den Ered Luin, doch im Jahr 2841 brach Thráin von dort auf, um zum Einsamen Berg zurückzukehren. Als er die Länder östlich des Anduin durchwanderte, wurde er gefangengenommen und in Dol Guldur eingekerkert, wo ihm der Ring fortgenommen wurde. Im Jahr 2850 begab Gandalf sich nach Dol Guldur und entdeckte, daß Sauron in der Tat Herr dieses Landes war; und dort fand er Thráin, bevor dieser starb.

Es gibt mehr als eine Version von »Die Fahrt zum Erebor«, wie im Anhang, der auf den Text folgt, erläutert wird; dort finden sich auch wesentliche Auszüge aus einer früheren Version.

Ich habe keinen Text gefunden, der den Anfangsworten der vorliegenden Erzählung vorangeht (»An diesem Tag wollte er nicht mehr sagen«). Das »Er« des ersten Satzes ist Gandalf, »Wir« sind Frodo, Peregrin, Meriadoc und Gimli, und »Ich« ist Frodo, der Aufzeichner der Unterhaltung; die Szene ist in Minas Tirith nach der Krönung von König Elessar (siehe Seite 432).

An diesem Tag wollte er nicht mehr sagen. Doch später brachten wir die Dinge wieder zur Sprache, und er erzählte uns die ganze merkwürdige Geschichte; wie er dazu kam, die Reise zum Erebor zu planen, weil er an Bilbo dachte, und wie er den stolzen Thorin Eichenschild überredete, Bilbo in sein Gefolge aufzunehmen. Ich kann mich an die ganze Geschichte jetzt nicht mehr erinnern, doch wir kamen zu der Ansicht, daß Gandalf anfangs nur an die Verteidigung des Westens gegen den Schatten dachte.

»Zu jener Zeit war ich sehr beunruhigt«, sagte er, »denn Saruman war allen meinen Plänen im Wege. Ich wußte, daß Sauron sich aufs neue erhoben hatte und sich bald im wahren Licht zeigen würde, und ich wußte, daß er sich auf einen großen Krieg vorbereitete. Wie würde er ihn beginnen? Würde er zuerst versuchen, Mordor zurückzuerobern, oder würde er zuerst die wichtigsten Festungen seiner Feinde angreifen? Damals dachte ich, und heute bin ich sicher, daß es sein ursprünglicher Plan war, Lórien und Bruchtal anzugreifen, sobald er dazu stark genug war. Für ihn wäre dies ein viel besserer Plan gewesen und für uns ein schlimmerer.

Ihr könntet denken, daß Bruchtal außerhalb seiner Reichweite war, doch ich denke nicht so. Der Stand der Dinge im Norden war ein sehr schlechter. Das Königreich unter dem Berg und die starken Menschen von Thal gab es nicht mehr. Um einer Streitmacht zu widerstehen, die Sauron aussandte, um die nördlichen Pässe in den Bergen und die alten Lande von Angmar zurückzugewinnen, gab es nur die Zwerge von den Eisenbergen, und hinter ihnen lag eine Wüstenei und ein Drache. Den Drachen konnte Sauron mit furchtbarer Wirkung einsetzen. Oft sagte ich zu mir selbst: ›Ich muß irgendwelche Mittel finden, um mit Smaug fertig zu werden. Doch ein unmittelbarer Schlag gegen Dol Guldur ist noch viel notwendiger. Wir müssen Saurons Pläne stören. Ich muß den Rat dazu bringen, dies einzusehen.‹

Dies waren meine trüben Gedanken, als ich die Straße entlangtrottete. Ich war müde, und ich ging für eine kurze Zeit ins Auenland, nachdem ich mehr als zwanzig Jahre nicht mehr dort gewesen war. Ich dachte, wenn ich meine Sorgen für eine Weile aus meinen Gedanken verbannen könnte, dann würde sich ein Weg finden, mit ihnen fertig zu werden. So verfuhr ich wirklich, obgleich es mir nicht vergönnt war, meine Sorgen auf die Seite zu schieben.

Denn gerade als ich mich Bree näherte, wurde ich von Thorin Eichenschild[1] eingeholt, der damals im Exil jenseits der nordwestlichen Grenzen des Auenlandes lebte. Zu meiner Überraschung sprach er mich an; und in diesem Augenblick begann das Blatt sich zu wenden.

Auch er war beunruhigt und so besorgt, daß er mich sogar um meinen Rat bat. So ging ich mit ihm zu seinen Hallen in den Blauen Bergen, und ich hörte seiner langen Geschichte zu. Rasch verstand ich, daß sein Herz brannte, wenn er über seine Kränkungen nachsann und über den Verlust des Schatzes seiner Vorväter, zudem noch unter der

Bürde der Pflicht, an Smaug Rache zu nehmen, die er übernommen hatte. Zwerge nehmen solche Pflichten sehr ernst.

Ich versprach, ihm zu helfen, wenn ich könnte. Ich war ebenso begierig wie er, das Ende Smaugs zu erleben, aber Thorin war gänzlich von Schlachtplänen erfüllt, als sei er wirklich König Thorin II., und darin konnte ich keine Hoffnung erblicken. Also verließ ich ihn, ging fort ins Auenland und schnappte Fetzen von Nachrichten auf. Es war ein merkwürdiges Geschäft. Ich tat nicht mehr, als mich vom Zufall leiten zu lassen, und machte unterwegs viele Fehler.

Irgendwie hatte Bilbo mich vor langer Zeit für sich eingenommen, als er ein Kind und ein junger Hobbit war: Er war noch nicht ganz großjährig gewesen, als ich ihn zum letzten Mal gesehen hatte. Seitdem ist er mir immer im Gedächtnis geblieben, seine Ungeduld, seine strahlenden Augen, die Vorliebe für Geschichten und seine Neugier auf die weite Welt außerhalb des Auenlandes. Sobald ich ins Auenland kam, hörte ich Neuigkeiten über ihn. Wie es schien, war er ein Mann geworden, über den man sprach. Seine beiden Eltern waren, früh für Auenländer, mit ungefähr achtzig Jahren gestorben; und er hatte nie geheiratet. Man sagte, er werde schon ein wenig kauzig und wandere tagelang für sich allein umher. Man sah ihn, wie er sich mit Fremden unterhielt, sogar mit Zwergen.

›Sogar mit Zwergen!‹ Plötzlich fügten sich diese drei Dinge in meinem Kopf zusammen: der große Drache mit seiner Lüsternheit; die derben, schwergestiefelten Zwerge mit ihrem alten brennenden Groll; und der behende leichtfüßige Hobbit, sich verzehrend nach dem Anblick der weiten Welt. Ich lachte über mich selbst; doch ich machte mich sogleich auf, um einen Blick auf Bilbo zu werfen und zu sehen, was zwanzig Jahre aus ihm gemacht hatten und ob er der vielversprechende Mann war, zu dem das Gerede ihn machte. Aber er war nicht zu Hause. In Hobbingen schüttelte man die Köpfe, als ich nach ihm fragte. ›Wieder mal weg‹, sagte ein Hobbit. Ich glaube, es war Holman Grünhand, der Gärtner.[2] ›Wieder mal unterwegs. Er wird eines Tages noch unter die Räder kommen, wenn er nicht aufpaßt. Nun, ich fragte ihn, wohin er gehe und wann er zurückkomme, und er sagte: *Ich weiß es nicht*; und dann sah er mich eigenartig an. *Es hängt davon ab, ob ich jemanden treffe, Holman*, sagte er. *Morgen ist das Neujahr der Elben!*[3]

Ein Jammer, und so ein freundlicher Kauz. Von den Hügelländern bis zum Fluß würdet Ihr keinen besseren finden.‹

Besser und besser! dachte ich. Ich denke, ich werde es wagen. Die Zeit wurde knapp. Spätestens im August mußte ich beim Weißen Rat sein, oder Saruman hätte freie Bahn und nichts wäre getan. Und ganz unabhängig von den gewichtigen Angelegenheiten konnte sich für die Fahrt als verhängnisvoll erweisen, daß die Macht in Dol Guldur keinen Angriff auf den Erebor ungehindert geschehen lassen würde, außer sie hatte etwas anderes, das sie ablenkte.

So brach ich auf und ritt in Eile zu Thorin zurück, um die schwierige Aufgabe in Angriff zu nehmen, ihn davon zu überzeugen, seine hochfliegenden Pläne beiseite zu legen und heimlich abzureisen – und Bilbo mitzunehmen. Ohne ihn vorher zu sehen. Es war ein Fehler und erwies sich beinahe als verhängnisvoll. Denn Bilbo hatte sich natürlich verändert. Zumindest war er ziemlich gefräßig und fett geworden, und seine alten Sehnsüchte waren zu einer Art Traum geschrumpft, den er nur für sich selbst hegte. Nichts hätte erschreckender sein können als die Entdeckung, daß wirklich die Gefahr bestand, er könnte Wahrheit werden! Er war völlig verwirrt und machte sich ganz und gar lächerlich. Thorin wäre wutentbrannt fortgegangen, wenn nicht ein anderer merkwürdiger Zufall hinzugekommen wäre, den ich sogleich erwähnen werde.

Doch ihr wißt, wie die Dinge gingen, jedenfalls wie Bilbo sie sah. Die Geschichte würde sich etwas anders anhören, wenn ich sie aufgeschrieben hätte. Zum einen begriff er überhaupt nicht, für wie einfältig die Zwerge ihn hielten, geschweige denn, wie wütend sie auf mich waren. Thorin war weitaus entrüsteter und geringschätziger als Bilbo erkannte. Er war wirklich von Anfang an voll Verachtung und dachte damals, ich hätte die ganze Sache bloß geplant, um ihn zum Gespött zu machen. Es waren nur die Karte und der Schlüssel, die die Situation retteten.

Doch ich hatte jahrelang nicht mehr an sie gedacht. Erst als ich ins Auenland kam und Zeit hatte, über Thorins Erzählung nachzudenken, erinnerte ich mich plötzlich des seltsamen Zufalls, der sie mir in die Hände gespielt hatte. Ich erinnerte mich an eine gefährliche Reise vor einundneunzig Jahren, als ich verkleidet nach Dol Guldur gekommen war und in den Bergwerken einen unglücklichen sterbenden Zwerg gefunden hatte. Ich hatte keine Ahnung, wer er war. Er besaß eine Karte, die Durins Volk in Moria gehört hatte, und einen Schlüssel, der dazuzugehören schien, doch der Zwerg war dem Tod schon zu nahe, um Erklärungen geben zu können. Und er sagte, daß er einen großen Ring besessen habe.

In seinen Fieberphantasien sprach er fast nur von diesem Ring. *Der Letzte der Sieben*, sagte er immer wieder. Doch all diese Dinge konnte er auf mancherlei Weise bekommen haben. Er konnte ein Bote gewesen sein, den man gefangen hatte, als er floh, oder einfach ein Dieb, den ein noch größerer Dieb ertappt hatte. Doch er gab mir den Schlüssel und die Karte. ›Für meinen Sohn‹, sagte er; und darauf starb er, und bald danach entfloh ich selbst. Ich verwahrte die Sachen sicher, und weil eine innere Stimme mich warnte, trug ich sie zur Sicherheit immer bei mir, doch bald vergaß ich sie fast. Ich hatte andere Geschäfte in Dol Guldur, die wichtiger und gefährlicher waren als alle Schätze des Erebor.

Jetzt erinnerte ich mich wieder an alles, und es schien mir sonnenklar, daß ich die letzten Worte von Thráin II.[4] gehört hatte, obwohl er weder seinen Namen noch den seines Sohnes nannte; und Thorin wußte natürlich nicht, was aus seinem Vater geworden war, noch hatte er jemals ›den Letzten der Sieben Ringe‹ erwähnt. Ich besaß den Plan und den Schlüssel zum geheimen Eingang in den Erebor, durch den nach Thorins Erzählung Thrór und Thráin entkommen waren. Und ich hatte beides aufbewahrt, wenn auch ohne eigene Pläne, sie zu verwenden, bis zu jenem Augenblick, in dem sie sich als höchst nützlich erweisen würden.

Glücklicherweise machte ich keinen Fehler, als ich mich ihrer bediente. Ich behielt sie als Trumpf im Ärmel, wie ihr im Auenland sagt, bis die Dinge gänzlich hoffnungslos aussahen. Sobald Thorin sie erblickte, war er sofort bereit, auf meinen Plan einzugehen, wenigstens soweit es die geheime Unternehmung betraf. Was immer er über Bilbo dachte, er selbst wäre aufgebrochen. Das Vorhandensein einer geheimen Tür, die nur von Zwergen wahrzunehmen war, schien es zumindest möglich zu machen, etwas über das Treiben des Drachen in Erfahrung zu bringen, vielleicht sogar etwas Gold zurückzubekommen oder einige Erbstücke, um sein Verlangen zu stillen.

Doch mir war das nicht genug. In meinem Inneren wußte ich, daß Bilbo ihn begleiten mußte, oder die ganze Fahrt würde ein Fehlschlag sein – oder, wie ich jetzt sagen würde, die weit wichtigeren Ereignisse in ihrem Gefolge würden nicht eintreten. Also mußte ich Thorin noch überzeugen, Bilbo mitzunehmen. Im späteren Verlauf gab es viele Schwierigkeiten, doch für mich war dies der schwierigste Teil des ganzen Unternehmens. Obwohl ich mit ihm bis tief in die Nacht disputierte, nachdem Bilbo sich zur Ruhe begeben hatte, waren wir bis zum frühen Morgen des nächsten Tages noch immer nicht endgültig im reinen.

Thorin war verachtungsvoll und argwöhnisch. ›Er ist weich‹, sagte er. ›So weich wie der Schlamm seines Auenlandes, und er ist einfältig. Seine Mutter ist zu früh gestorben. Ihr spielt irgendein falsches Spiel, Meister Gandalf. Ich bin sicher, daß Ihr andere Absichten habt, als mir zu helfen.‹

›Ihr habt ganz recht‹, sagte ich. ›Wenn ich keine anderen Absichten hätte, würde ich Euch überhaupt nicht helfen. Mögen Euch Eure Angelegenheiten auch bedeutend erscheinen, so sind sie doch nur ein kleiner Faden im großen Gewebe. Ich habe es mit vielen Fäden zu tun. Doch eben dies sollte meinem Rat mehr Gewicht verleihen und nicht weniger.‹ Zum Schluß sprach ich mit großer Hitze. ›Hört mich an, Thorin Eichenschild!‹ sagte ich. ›Wenn dieser Hobbit mit Euch geht, werdet Ihr Erfolg haben. Wenn Ihr ihn nicht mitnehmt, werdet Ihr scheitern. Ich sehe es voraus, und ich warne Euch.‹

›Ich kenne Euren Ruf‹, antwortete Thorin. ›Und ich hoffe, er ist verdient. Aber dieses närrische Betragen Eures Hobbits drängt mir die Frage auf, ob es Voraussicht ist, die Euch verliehen ist, oder ob Ihr nicht eher verrückt als vorausschauend seid. Zu viele Sorgen könnten Euren Geist verwirrt haben.‹

›Dazu sind es sicherlich genug gewesen‹, sagte ich. ›Und unter ihnen finde ich als die ärgerlichste einen stolzen Zwerg, der bei mir Rat sucht (ohne einen Anspruch an mich, von dem ich weiß) und mich dann mit Unverschämtheit belohnt. Wenn Ihr wollt, Thorin Eichenschild, geht Eure eigenen Wege. Doch wenn Ihr meinen Rat verspottet, werdet Ihr ins Verderben gehen. Und Ihr werdet nie wieder von mir Rat noch Hilfe bekommen, bis der Schatten auf Euch fällt. Und zügelt Euren

Stolz und Eure Habgier, oder Ihr werdet am Ende fallen, welchen Weg Ihr auch geht, und wären Eure Hände auch mit Gold gefüllt.‹

Darob erbleichte er ein wenig; doch seine Augen glühten. ›Droht mir nicht!‹ sagte er. ›Ich will in dieser Sache nach meinem eigenen Ermessen handeln, wie in allen Dingen, die mich betreffen.‹

›So tut das!‹ sagte ich. ›Ich kann nicht mehr sagen – nur noch dies: Ich verschwende meine Liebe und mein Vertrauen nicht leichthin, Thorin; aber ich mag diesen Hobbit und will, daß es ihm gut ergeht. Behandelt ihn gut, und Ihr habt meine Freundschaft bis ans Ende Eurer Tage.‹

Ich sagte dies ohne Hoffnung, ihn zu überzeugen, aber ich hätte nichts Besseres sagen können. Zwerge verstehen Anhänglichkeit an Freunde und Dankbarkeit für jene, die ihnen helfen. ›Sehr gut‹, sagte Thorin schließlich nach einem Schweigen. ›Er soll mit meinem Gefolge aufbrechen, wenn er den Mut dazu hat (woran ich zweifle). Doch wenn Ihr darauf besteht, mich mit ihm zu belasten, müßt Ihr ebenfalls mitkommen und nach Eurem Liebling sehen.‹

›Gut!‹ antwortete ich. ›Ich werde mitkommen und bei Euch bleiben, so lange ich kann: zumindest so lange, bis Ihr seinen Wert entdeckt habt.‹ Am Ende ging alles gut, doch damals war ich besorgt, denn mir brannte die dringende Angelegenheit mit dem Weißen Rat auf den Händen.

So geschah es denn, daß die Fahrt zum Erebor begann. Ich nehme nicht an, daß Thorin beim Aufbruch die geringste Hoffnung hatte, Smaug zu vernichten. Eine solche Hoffnung gab es nicht. Dennoch geschah es. Aber, ach! Thorin lebte nicht mehr, um sich an seinem Sieg und an seinem Schatz zu erfreuen. Stolz und Habgier überwältigten ihn trotz meiner Warnung.«

»Doch er hätte sicherlich ebensogut in der Schlacht fallen können?« sagte ich. »Wie großzügig immer Thorin mit seinem Schatz hätte sein können, es hätte einen Angriff der Orks gegeben.«

»Das ist wahr«, sagte Gandalf. »Armer Thorin! Er war ein bedeutender Zwerg aus einem großen Haus, bei allen seinen Fehlern; und wenn er auch am Ende der Reise fiel, ist es doch zum größten Teil ihm zu verdanken, daß das Königreich unter dem Berg wiederhergestellt wurde, wie ich es gewünscht hatte. Aber Dáin Eisenfuß war ein würdiger Nachfolger. Und jetzt hören wir, daß er wiederum im Kampf um den Erebor fiel, gerade während wir hier kämpften. Ich würde seinen Tod einen schweren Verlust nennen, wenn es nicht eher ein Wunder wäre, daß er in seinem hohen Alter die Axt noch so gewaltig schwingen konnte, wie er es tat, als er, wie es heißt, vor dem Tor von Erebor über dem Leichnam König Brands stand, bis die Dunkelheit hereinbrach.

Es hätte wirklich alles ganz anders verlaufen können. Der Hauptangriff war nach Süden abgelenkt, das ist wahr; und doch hätte Sauron mit seiner weit ausgestreckten rechten Hand im Norden schreckliches Unheil anrichten können, während wir Gondor verteidigten, hätten ihm König Brand und König Dáin nicht im Wege gestanden. Wenn ihr an die große Schlacht von Pelennor denkt, vergeßt nicht die Schlacht in Thal. Denkt daran, was hätte geschehen können: Drachenfeuer und rasende Schwerter in Eriador! Es hätte vielleicht keine Königin in Gondor gegeben. Womöglich wären wir jetzt von dem Sieg hierher nur zu Zerstörung und Asche zurückgekehrt. Aber das ist verhütet worden – weil ich an einem Vorfrühlingsabend Thorin Eichenschild in Bree traf. Eine Zufallsbegegnung, wie wir in Mittelerde sagen.«

1 Vom Treffen zwischen Gandalf und Thorin wird auch in Anhang A, III zum *Herrn der Ringe* berichtet, wo auch das Datum angegeben wird: der 15. März 2941. Zwischen den beiden Berichten besteht ein kleiner Unterschied, denn in Anhang A findet das Treffen im Gasthaus in Bree und nicht auf der Straße statt. Gandalf hatte das Auenland zuletzt vor zwanzig Jahren besucht, also im Jahr 2921, als Bilbo einunddreißig Jahre alt war: Gandalf sagt später, er sei noch nicht ganz großjährig gewesen [mit 33 Jahren], als er ihn zuletzt sah.

2 Holman der Gärtner: Holman Grünhand, zu dem Ham Gamdschie (Samweis' Vater, der Alte) in die Lehre kam: »Die Gefährten«, 1, Kapitel 1 und Anhang C.

3 Das elbische Sonnenjahr (*loa*) begann mit dem *yestare*, dem Tag vor dem ersten Tag des *tuile* (Frühling); und im Kalender Imladris' entspricht *yestare* »mehr oder weniger dem 6. April im Auenland-Kalender« (*Der Herr der Ringe*, Anhang D).

4 Thráin der Zweite: Thráin der Erste, Thorins entfernter Vorfahr, entkam aus Moria im Jahr 1981 und wurde der erste König unter dem Berg. (*Der Herr der Ringe*, Anhang A,III).

5 Dáin II. Eisenfuß wurde im Jahr 2767 geboren; in der Schlacht von Azanulbizar (Nanduhirion) im Jahr 2799 erschlug er vor dem Ost-Tor Morias den großen Ork Azog und rächte so Thrór, Thorins Großvater. Er starb in der Schlacht in Thal im Jahr 3019. (*Der Herr der Ringe*, Anhang A,III und B). Frodo erfuhr von Glóin in Bruchtal, daß »Dáin immer noch König unter dem Berg war, daß er jetzt alt (sein zweihundertfünfzigstes Jahr hatte er überschritten), verehrungswürdig und märchenhaft reich war«. (»Die Gefährten«, 2, Kapitel 1)

Anhang

Bemerkung zu den Texten von »Die Fahrt zum Erebor«

Die Textsituation dieses Stückes ist vielschichtig und schwer zu entschlüsseln. Die früheste Fassung ist ein vollständiges, jedoch vielfach korrigiertes Rohmanuskript, das ich hier A nennen will; es trägt den Titel »Die Geschichte von Gandalfs Verhandlungen mit Thráin und Thorin Eichenschild«. Von diesem Manuskript wurde ein Typoskript B angefertigt, das eine große Zahl weiterer Veränderungen aufweist, die jedoch meistens sehr unbedeutender Art sind. Dieses Typoskript ist überschrieben »Die Fahrt zum Erebor« und auch: »Gandalfs Bericht, wie es dazu kam, daß er die

Fahrt zum Erebor vorbereitete und Bilbo mit den Zwergen ausschickte«. Einige ausführliche Auszüge aus diesem Typoskript finden sich weiter unten.

Zusätzlich zu A und B (›die frühere Version‹) gibt es ein weiteres Manuskript C ohne Titel, in dem die Geschichte in knapperer und straffer gegliederter Form erzählt wird, wobei ein großer Teil der ersten Version weggefallen und einige neue Elemente eingeführt sind; doch wird auch hier (besonders im letzten Teil) die ursprüngliche Fassung beibehalten. Es erscheint mir ganz sicher, daß C später zu datieren ist als B; C ist die Version, die vorstehend abgedruckt ist, wenn auch offensichtlich ein Teil des Textes vom Anfang verloren gegangen ist, wo die Szenerie für Gandalfs Erinnerungen in Minas Tirith umrissen wird.

Die Anfangsabschnitte von B (sie folgen nachstehend) sind fast identisch mit einer Passage in Anhang A, III (»Durins Volk«) zum *Herrn der Ringe* und hängen offensichtlich von der Erzählung über Thrór und Thráin ab, die ihnen in Anhang A vorangeht; wogegen das Ende von »Die Fahrt zum Erebor« in fast genau den gleichen Worten wiedergegeben wird wie in Anhang A, III; hier ist der Bericht wieder Gandalf in den Mund gelegt, der in Minas Tirith zu Frodo und Gimli spricht. Im Hinblick auf den in der Einleitung (Seite 21) zitierten Brief, ist es klar, daß »Die Fahrt zum Erebor« von meinem Vater geschrieben wurde, um einen Teil der Erzählung von »Durins Volk« in Anhang A zu bilden.

Auszüge aus der früheren Version

Das Typoskript B der früheren Version beginnt folgendermaßen:

So wurde Thorin Eichenschild Durins Erbe, aber ein Erbe ohne Hoffnung. Bei der Plünderung Erebors war er zu jung gewesen, um Waffen zu tragen, doch bei Azanulbizar hatte er in der Vorhut des Angriffs gekämpft; und als Thráin umkam, war Thorin fünfundneunzig, ein großer Zwerg von stolzer Haltung. Er besaß keinen Ring und schien es (vielleicht aus diesem Grund) zufrieden zu sein, in Eriador zu bleiben. Dort arbeitete er lange und erwarb sich so viel Reichtum, wie er konnte; und sein Volk vermehrte sich um viele aus dem wandernden Volk Durins, die gehört hatten, daß er hier wohnte, und sie kamen zu ihm. Jetzt hatten sie schöne Hallen in den Bergen und Warenbestände, und ihre Tage schienen nicht so hart, obwohl sie in ihren Liedern immer von dem fernen Einsamen Berg sprachen, und von dem Schatz und der Glückseligkeit der Großen Halle im Lichte des Arkensteins.

Die Jahre vergingen. Die Asche in Thorins Herz wurde wieder heiß, als er über die Kränkungen seines Hauses nachgrübelte und über die Rache an dem Drachen, die ihm überantwortet war. Er dachte an Waffen und Heere und Bündnisse, wenn sein großer Hammer in seiner Schmiede hallte; aber die Heere waren verstreut und die Bündnisse gelöst, und der Äxte seines Volkes waren wenige; und ein großer Zorn ohne Hoffnung brannte in ihm, wenn er auf das rote Eisen auf dem Amboß schlug.

Gandalf hatte bislang in den Geschicken von Durins Haus noch keine Rolle gespielt; trotzdem war er ein Freund jener, die guten Willens waren, und er hatte die Vertriebenen aus Durins Volk sehr gern, die im Westen lebten. Doch einmal wollte es der Zufall, daß er, während er Eriador durchquerte (auf dem Weg ins Auenland, das er einige Jahre nicht gesehen hatte), mit Thorin Eichenschild zusammentraf, und sie sprachen auf der Straße miteinander und übernachteten in Bree.

Am Morgen sagte Thorin zu Gandalf: »Mir geht viel im Kopfe herum, und man sagt, daß du klug bist und besser als die meisten weißt, was in der Welt vorgeht. Willst du mit mir kommen, mich anhören und mir deinen Rat geben?«

Diesem stimmte Gandalf zu, und als sie zu Thorins Halle gekommen waren, saß er lange bei ihm und hörte die ganze Geschichte seiner Kränkungen.

Aus diesem Treffen ergaben sich viele Taten und Ereignisse von großer Tragweite: In der Tat wurde der Eine Ring gefunden, ins Auenland gebracht, und die Ringträger wurden ausgewählt. Darum haben viele vermutet, daß Gandalf alle diese Dinge voraussah und den Zeitpunkt für sein Treffen mit Thorin bestimmte. Doch wir glauben, daß es nicht so war. Denn in seiner Erzählung vom Krieg um den Ring hat Frodo, der Ringträger, einen Bericht über Gandalfs Worte zu diesem Punkt hinterlassen. Dies schrieb er:

(Anstelle der Worte »Dies schrieb er«, hat das früheste Manuskript A: »Diese Passage wurde aus der Erzählung gestrichen, weil sie zu lang schien; doch das meiste davon setzen wir jetzt hierher.«)

Nach der Krönung hielten wir uns zusammen mit Gandalf in einem schönen Haus in Minas Tirith auf, und er war fröhlich, obwohl wir ihm über alles Fragen stellten, was uns in den Sinn kam, und seine Geduld schien so endlos wie seine Kenntnisse. An die meisten Dinge, die er uns erzählte, kann ich mich jetzt nicht mehr erinnern; oft verstanden wir sie nicht. Doch an diese Unterhaltung erinnere ich mich deutlich. Gimli war dort bei uns, und er sagte zu Peregrin: »Es gibt da eine Sache, die ich dieser Tage tun muß: Ich muß jenem Eurem Auenland einen Besuch machen.[1] Nicht, um noch mehr Hobbits zu sehen! Ich zweifle, daß ich noch etwas

[1] Gimli muß zumindest auf seinen Reisen von seiner ursprünglichen Heimat in den Blauen Bergen durch das Auenland gekommen sein (vgl. Seite 441).

über sie erfahren könnte, was ich nicht schon weiß. Doch kein Zwerg aus dem Hause Durins könnte aufhören, mit Verwunderung auf dieses Land zu blicken. War es nicht dort, wo das Königtum unter dem Berg wieder aufgerichtet wurde und der Untergang Smaugs begann? Nicht zu vergessen das Ende Barad-dûrs, wenn auch beides auf seltsame Weise miteinander verflochten ist. Seltsam, sehr seltsam«, sagte er und hielt inne. Darauf blickte er Gandalf fest an und fuhr fort: »Aber wer zog die Fäden? Ich glaube nicht, daß ich jemals zuvor darüber nachgedacht habe. Hast denn du dies alles geplant, Gandalf? Wenn nicht, warum hast du dann Thorin Eichenschild zu solch einer unwahrscheinlichen Tür geführt? Um den Ring zu finden, ihn weit fort in den Westen in ein Versteck zu bringen und dann die Ringträger auszuwählen – und das Bergkönigtum nur nebenbei wieder aufzurichten: war nicht dies dein Plan?«

Gandalf antwortete nicht sogleich. Er stand auf und sah aus dem Fenster nach Westen, meerwärts; und die Sonne ging unter, und eine Glut lag auf seinem Gesicht. So stand er lange Zeit schweigend. Doch schließlich wandte er sich Gimli zu und sagte: »Ich weiß die Antwort nicht. Denn seit jenen Tagen habe ich mich verändert, und ich bin nicht mehr wie damals durch die Bürde Mittelerdes gehemmt. In jenen Tagen hätte ich dir mit jenen Worten geantwortet, die ich erst letztes Jahr im Frühling Frodo gegenüber gebrauchte. Erst letztes Jahr! Doch solche Zeitangaben sind bedeutungslos. In jener weit zurückliegenden Zeit sagte ich zu einem kleinen und furchtsamen Hobbit: Bilbo war dazu *bestimmt*, den Ring zu finden und *nicht* sein Schöpfer, und deshalb wart ihr dazu *bestimmt*, den Ring zu tragen. Und ich hätte hinzufügen können: Und ich war dazu *bestimmt*, euch beide bis zu jenem Punkt zu führen. Um dies zu tun, benutzte ich in meiner Wachsamkeit nur Mittel, die in meiner Reichweite lagen und die ich für vernünftig erachtete. Was ich aber in meinem Herzen fühlte oder wußte, bevor ich diese grauen Küsten betrat: das ist eine andere Geschichte. Im Westen, der vergessen ist, war ich Olórin, und nur denen gegenüber, die dort sind, werde ich mich offener aussprechen.«

(Manuskript A hat hier: »und nur denen gegenüber, die dort sind (oder die vielleicht mit mir dorthin zurückkehren dürfen) werde ich mich offener aussprechen.«)

Darauf sagte ich: »Ich verstehe dich jetzt ein wenig besser als vorher, Gandalf. Obwohl ich annehme, daß Bilbo, ob bestimmt oder nicht, sich hätte weigern können, sein Heim zu verlassen, wie ich es auch getan haben würde. Du konntest uns nicht zwingen. Es war dir nicht einmal erlaubt, es zu versuchen. Doch ich bin noch immer neugierig zu wissen, warum du tatest, was du getan hast, so wie du damals warst und erschienst: ein alter, grauer Mann.«

(Gandalf erläuterte ihnen dann die Zweifel, die er zu jener Zeit über den ersten Schritt Saurons gehabt hatte und seine Befürchtungen für Lórien und Bruchtal. (Vgl. Seite 423) Nachdem er gesagt hat, daß ein unmittelbarer Schlag gegen Sauron sogar noch vordringlicher war als die Angelegenheit mit Smaug, fährt er in dieser Version fort:)

»Das ist der Grund, um einen Sprung nach vorn zu machen, warum ich, sobald die Unternehmung gegen Smaug glücklich in Gang gebracht war, fortging und den Rat davon überzeugte, Dol Guldur zuerst anzugreifen, bevor Sauron Lórien angriff. So machten wir es, und Sauron floh. Aber in seinen Plänen war er uns immer voraus. Ich muß gestehen, daß ich wirklich dachte, er habe sich wieder zurückgezogen und eine weitere Zeit wachsamen Friedens sei angebrochen. Doch sie währte nicht lange. Plötzlich kehrte er nach Mordor zurück, und nach zehn Jahren zeigte er sein wahres Gesicht.

Dann wurde alles dunkel. Und doch war dies nicht sein ursprünglicher Plan; und es war am Ende ein Fehler. Der Widerstand hatte noch einen Ort, wo er frei vom Schatten beraten konnte. Wie hätte der Ringträger entkommen können, hätte es nicht Lórien oder Bruchtal gegeben? Und diese Orte wären gefallen, denke ich, wenn Sauron sich mit seiner ganzen Kraft zuerst gegen sie gewandt hätte und nicht mehr als die Hälfte davon bei seinem Angriff auf Gondor verbraucht hätte.

Nun gut, da habt ihr ihn: das war mein Hauptgrund. Doch es ist eine Sache, zu sehen, was notwendig ist, und eine ganz andere, die Mittel dafür zu finden. Ich begann über die Lage im Norden ernsthaft besorgt zu werden, als ich eines Tages Thorin Eichenschild traf: Mitte März 2941, glaube ich. Ich hörte seine ganze Geschichte und dachte: Wohlan, hier ist ein Feind Smaugs um jeden Preis! Und einer, der der Hilfe würdig ist. Ich muß tun, was ich kann. Ich hätte früher an die Zwerge denken sollen.

Und dann gab es das Auenlandvolk. In jenem langen Winter, an den sich niemand von euch erinnern kann,[2] begann ich ihm einen warmen Platz in meinem Herzen einzuräumen. Dieser Winter setzte ihnen damals sehr schwer zu: Er war einer der schlimmsten Notlagen, in der sie sich je befanden: vor Kälte zu sterben und in der folgenden furchtbaren Hungersnot zu verhungern. Aber dies war die Zeit, in der man ihren Mut erkennen konnte und ihr Mitleid füreinander. Durch ihr Mitleid ebenso wie durch ihren zähen, klaglosen Mut überlebten sie. Ich wünschte, daß sie weiter überlebten. Doch ich sah, daß die Westlande erneut eine sehr schlimme Zeit zu erwarten hatten, früher oder später, wenn auch von ganz anderer

[2] Ein Bericht über den Langen Winter von 2758–59 und wie er sich in Rohan auswirkte, findet sich in Anhang A,II zum *Herrn der Ringe*; und der Eintrag in der »Aufzählung der Jahre« erwähnt, daß »Gandalf dem Auenlandvolk zur Hilfe« kam.

Art: erbarmungslosen Krieg. Um diesen zu überstehen, dachte ich, würden sie etwas mehr nötig haben als das, was sie jetzt hatten. Es ist nicht leicht zu sagen, was es war. Nun, sie würden ein bißchen mehr wissen wollen, verstehen, was überall geschah und wo sie standen.

Sie hatten zu vergessen begonnen: ihre eigenen Anfänge und die Sagen und das Wenige, was sie über die Größe der Welt gewußt hatten. Es war noch nicht ganz verschwunden, aber es war begraben: die Erinnerung an das Erhabene und Gefährliche. Aber so etwas läßt sich nicht von heute auf morgen in einem ganzen Volk verbreiten. Dazu war keine Zeit. Und irgendwie mußtest du an einem bestimmten Punkt beginnen, bei einer bestimmten Person. Ich wage zu sagen, daß er ›ausgewählt‹ war und ich lediglich dazu bestimmt, ihn auszuwählen; doch ich verfiel auf Bilbo.«

»Das ist nun gerade das, was ich wissen will«, sagte Peregrin. »Warum hast du das getan?«

»Wie würdest du für einen solchen Zweck irgendeinen Hobbit auswählen?« sagte Gandalf. »Ich hatte nicht die Zeit, sie einzeln auszulesen; doch zu jener Zeit kannte ich das Auenland recht gut, obgleich ich, als ich Thorin traf, mehr als zwanzig Jahre in weniger angenehmen Geschäften fortgewesen war. Als ich also über die Hobbits nachdachte, die ich kannte, sagte ich natürlich zu mir: Ich wünsche mir einen Anflug von den Tuks (doch nicht zuviel, Meister Peregrin), und ich wünsche eine gute Grundlage von der schwerfälligeren Art, einen Beutlin vielleicht. Das wies sogleich auf Bilbo. Und einst hatte ich ihn gut gekannt, beinahe bis zu seinem vollen Mannesalter, besser als er mich kannte. Damals mochte ich ihn. Und jetzt entdeckte ich, daß er ›ungebunden‹ war – um wieder einen Sprung zu machen, denn natürlich wußte ich dies alles nicht, bis ich ins Auenland zurückging. Ich erfuhr, daß er nie geheiratet hatte. Ich fand das seltsam, obgleich ich ahnte, warum es so war; und der Grund, den ich ahnte, war *nicht* der, den die meisten der Hobbits mir nannten: daß er früh in gesicherten Verhältnissen zurückgelassen worden war, unabhängig und sein eigener Herr. Nein, ich schätzte, daß er aus einem Grund tief im Inneren, den er selbst nicht verstand, ›ungebunden‹ bleiben wollte – oder den er nicht anerkennen wollte, weil er ihn erschreckte. Jedenfalls wollte er frei sein, zu gehen, wenn die Gelegenheit sich bot oder er den Mut dazu gefunden hatte. Ich erinnere mich, daß er mich, als er ein junger Bursche war, mit Fragen nach den Hobbits plagte, die ›fortgegangen‹ waren, wie man im Auenland sagte. Es gab mindestens zwei seiner Onkel von der Tuk-Seite, die dies getan hatten.

(Diese Onkel waren Hildifons Tuk, von dem man sagte, daß er ›auf eine Fahrt ging und nie zurückkehrte‹, und Isengar Tuk, das jüngste der zwölf Kinder des Alten Tuk, der ›in seiner Jugend zur See gegangen sein soll‹. (Anhang C zum *Herrn der Ringe*, Stammbaum der Tuk von Groß-Smials).

Als Gandalf Thorins Einladung annahm, mit ihm in sein Heim in den Blauen Bergen zu kommen):

»durchquerten wir tatsächlich das Auenland, obgleich Thorin nicht lange genug Halt machen wollte, als daß es von Nutzen hätte sein können. Ich glaube in Wirklichkeit war es der Ärger über seine hochmütige Geringschätzung der Hobbits, der zum ersten Mal in mir den Einfall weckte, ihn mit ihnen zu verstricken. Wenn man ihn fragte, waren sie bloß Bauern, die zufällig die Felder zu beiden Seiten der uralten Zwergenstraße zu den Bergen bebauten.«

(In dieser früheren Version gab Gandalf einen langen Bericht, wie er nach seinem Besuch im Auenland zu Thorin zurückkehrte und ihn dazu überredete »seine hochfliegenden Pläne auf die Seite zu legen – und Bilbo mitzunehmen« – allein dieser Satz ist in der späteren Version (Seite 425) davon übrig geblieben.)

»Schließlich faßte ich einen Entschluß, und ich ging zu Thorin zurück. Ich traf ihn in einer geheimen Beratung mit einigen aus seiner Verwandtschaft. Balin und Glóin waren dort und verschiedene andere.

›Nun, was hast du zu sagen?‹ fragte mich Thorin, sobald ich eingetreten war.

›Zuerst dies‹, antwortete ich. ›Deine Vorstellungen sind die eines Königs, Thorin Eichenschild; doch dein Königreich gibt es nicht mehr. Wenn es wiederhergestellt werden soll, woran ich zweifle, muß dies aus kleinen Anfängen geschehen. Ich frage mich, ob du, hier in weiter Ferne, dir über die Stärke des Drachen völlig im klaren bist. Aber das ist nicht alles: In der Welt wächst rasch ein Schatten, der noch viel furchtbarer ist. Sie werden einander helfen.‹ Und das hätten sie mit Sicherheit auch getan, wenn ich nicht zur selben Zeit Dol Guldur angestiftet hätte. ›Offener Krieg wäre ganz nutzlos; und, wie auch immer, du könntest ihn unmöglich zustandebringen. Du mußt etwas Einfacheres und doch Kühneres versuchen, etwas wirklich Verzweifeltes.‹

›Was du sagst, klingt unbestimmt und beunruhigend zugleich‹, sagte Thorin. ›Werde deutlicher!‹

›Nun gut‹, sagte ich. ›Zum einen wirst du allein auf diese Fahrt gehen müssen, und du wirst im geheimen gehen müssen. Keine Boten, Herolde oder Herausforderer für dich, Thorin Eichenschild. Du kannst höchstens einige wenige Verwandte oder getreue Gefolgsleute mitnehmen. Aber du wirst noch etwas mehr brauchen, etwas Unerwartetes.‹

›Nenne es!‹ sagte Thorin.

›Einen Augenblick!‹ sagte ich. ›Du hoffst mit einem Drachen fertig zu werden; und er ist nicht nur sehr groß, sondern er ist jetzt auch alt und sehr verschlagen. Vom Beginn deines Abenteuers an mußt du zwei Dinge in Betracht ziehen: sein Gedächtnis und seinen Geruchssinn.‹

›Selbstverständlich‹, sagte Thorin. ›Zwerge haben mehr mit Drachen zu tun gehabt als die meisten, und du belehrst keinen Unwissenden.‹

›Sehr gut‹, antwortete ich, ›doch deine eigenen Pläne schienen mir diesen Punkt nicht zu berücksichtigen. Mein Plan ist einer, der auf Heimlichkeit baut. Heimlichkeit.[3] Smaug liegt nicht auf seinem kostbaren Bett ohne Träume, Thorin Eichenschild. Er träumt von Zwergen! Du kannst davon ausgehen, daß er seine Halle Tag für Tag, Nacht für Nacht durchsucht, bis er sicher ist, daß nicht der geringste Hauch eines Zwerges in der Nähe ist, bevor er sich schlafen legt: Es ist ein Halbschlaf, in dem er wachsam bleibt für das Geräusch von – Zwergenfüßen.‹

›Es klingt so, als wäre deine Heimlichkeit ebenso schwierig und hoffnungslos wie ein offener Angriff‹, sagte Balin. ›Undurchführbar schwierig!‹

›Ja, es ist schwierig‹, gab ich zur Antwort. ›Doch nicht undurchführbar schwierig, sonst würde ich hier meine Zeit nicht verschwenden. Ich würde sagen: widersinnig schwierig. Also schlage ich eine widersinnige Lösung für die Schwierigkeit vor: Nimm einen Hobbit mit! Smaug hat vermutlich niemals von Hobbits gehört, und er hat sie mit Sicherheit niemals gewittert.‹

›Was?‹ schrie Glóin. ›Einen von diesen Einfaltspinseln von drunten aus dem Auenland? Von welchem Nutzen, ob über oder unter der Erde, könnte er möglicherweise sein? Laß ihn riechen, wie er will, er würde es niemals wagen, dem wehrlosesten kleinen Drachen, der gerade ausschlüpft, so nahe zu kommen, daß dieser ihn riechen kann!‹

›Nun, nun!‹ sagte ich, ›das ist ganz ungerecht. Du weißt nicht viel über das Auenlandvolk, Glóin. Ich vermute, du hältst sie für einfältig, weil sie großzügig sind und nicht herumzanken; und du hältst sie für furchtsam, weil du ihnen niemals Waffen verkauft hast. Du irrst dich. Wie auch immer, es gibt einen, den ich als Gefährten für dich im Auge habe, Thorin. Er ist geschickt und gewandt und dabei gescheit und alles andere als unbesonnen. Und ich denke, daß er Mut hat. Viel Mut, schätze ich, entsprechend der Art seines Volkes. Sie sind, könntest du sagen, ›tapfer in der Not‹. Du mußt diese Hobbits in eine Klemme bringen, bevor du herausfinden kannst, was in ihnen steckt.‹

›Diesen Versuch kann man nicht machen‹, antwortete Thorin. ›Soweit

---

[3] An dieser Stelle wurde vielleicht unabsichtlich ein Satz des Manuskriptes »A« im Typoskript ausgelassen. Er bezieht sich auf Gandalfs spätere Bemerkung, daß Smaug noch niemals einen Hobbit gewittert habe: »Auch ein Geruch, der nicht eingeordnet werden kann, zumindest nicht von Smaug, dem Feind der Zwerge.«

ich beobachtet habe, tun sie alles, was sie können, um eine solche Lage zu vermeiden.‹

›Durchaus richtig‹, sagte ich. ›Sie sind ein sehr kluges Volk. Doch dieser Hobbit ist ziemlich ungewöhnlich. Ich glaube, daß er überredet werden könnte, sich in eine Klemme zu begeben. Ich bin davon überzeugt, daß es ihn in seinem Herzen wirklich danach verlangt, ein, wie er es auffassen würde, Abenteuer zu erleben.‹

›Nicht auf meine Kosten!‹ sagte Thorin, indem er aufstand und zornig auf und ab schritt. ›Dies ist kein Rat, es ist Torheit! Ich kann nicht sehen, was irgendein Hobbit, ob gut oder böse, tun könnte, was mich für die Unterhaltskosten eines Tages entschädigen würde, selbst wenn er überredet werden könnte, aufzubrechen.‹

›Du kannst es nicht sehen! Es ist wahrscheinlicher, daß du es nicht hörst‹, erwiderte ich. ›Hobbits bewegen sich ohne Mühe geräuschloser, als jeder Zwerg auf der Welt es fertigbringen könnte, selbst wenn sein Leben davon abhinge. Sie sind, vermute ich, die weichfüßigste aller sterblichen Arten. Auf jeden Fall scheint dir das noch nicht aufgefallen zu sein, Thorin Eichenschild, als du durch das Auenland trampeltest und einen Lärm machtest (möchte ich sagen), den die Einwohner meilenweit hören konnten. Als ich sagte, du würdest Heimlichkeiten brauchen, meinte ich: berufsmäßige Heimlichkeit.‹

›Berufsmäßige Heimlichkeit?‹ rief Balin, der meine Worte ein wenig anders auffaßte, als ich sie gemeint hatte. ›Meinst du einen ausgebildeten Schatzsucher? Kann man sie noch finden?‹

Ich zögerte. Dies war eine unerwartete Wendung, und ich war nicht sicher, wie ich sie aufnehmen sollte.

›Ich denke schon‹, sagte ich schließlich. ›Für eine Belohnung werden sie dort hingehen, wohin ihr euch nicht wagt, oder zumindest nicht gehen könnt, und holen, was ihr begehrt.‹

Thorins Augen glitzerten, als die Erinnerung an die verlorenen Schätze sich in ihm regte. ›Du meinst einen bezahlten Dieb‹, sagte er spöttisch. ›Das könnte man erwägen, wenn die Belohnung nicht zu hoch wäre. Aber was hat dies alles mit einem von diesen Dörflern zu tun? Sie trinken aus Tongefäßen, und sie können einen Edelstein nicht von einer Glasperle unterscheiden.‹

›Ich wünschte, du würdest nicht immer so selbstsicher über Dinge sprechen, von denen du nichts verstehst‹, sagte ich scharf. ›Diese Dörfler haben gut vierzehnhundert Jahre im Auenland gelebt, und sie haben in dieser Zeit viele Dinge gelernt. Sie hatten Umgang mit den Elben und mit den Zwergen, tausend Jahre bevor Smaug zum Erebor kam. In den Augen deiner Vorväter war niemand von ihnen wohlhabend, doch du wirst feststellen, daß es in vielen ihrer Wohnungen schönere Dinge gibt, als du dich hier ihrer rühmen kannst, Thorin. Der Hobbit, den ich im Sinn habe, besitzt Schmuck aus Gold, ißt mit silbernem Besteck und trinkt Wein aus einem schöngeformten Kristall.‹

›Aha, endlich begreife ich, worauf du hinauswillst‹, sagte Balin. ›Dann ist er also ein Dieb? Das ist es, warum du ihn empfiehlst?‹

Ich fürchte, darüber verlor ich meine Ruhe und meine Vorsicht. Dieser Zwergendünkel, niemand außer ihnen könne etwas ›von Wert‹ besitzen oder anfertigen und daß alle schönen Dinge in den Händen anderer zu irgendeiner Zeit von den Zwergen erworben, wenn nicht gar gestohlen worden sein mußten, war mehr, als ich in diesem Augenblick ertragen konnte.

›Einen Dieb?‹ sagte ich lachend. ›Warum nicht? Natürlich, ein berufsmäßiger Dieb! Wie sonst würde ein Hobbit zu einem silbernen Löffel kommen? Ich werde das Diebeszeichen an seine Tür machen, und dann wirst du es herausfinden!‹

Dann stand ich zornig auf und sagte mit einer Hitze, die mich selbst überraschte: ›Du mußt nach jener Tür suchen, Thorin Eichenschild! Ich meine es *ernst.*‹ Und plötzlich spürte ich, daß ich es wirklich zutiefst ernst meinte. Dieser sonderbare Gedanke war kein Scherz, sondern er wies in die richtige Richtung. Es war äußerst wichtig, daß er zum Abschluß geführt wurde. Die Zwerge mußten ihre steifen Nacken beugen.

›Hört mich an, Nachfahren Durins!‹ rief ich. ›Wenn ihr diesen Hobbit dazu überredet, sich euch anzuschließen, werdet ihr Erfolg haben. Wenn ihr es nicht tut, werdet ihr scheitern. Wenn ihr euch weigert, es auch nur zu versuchen, dann bin ich mit euch fertig. Ihr werdet von mir nie wieder Rat noch Hilfe bekommen, bis der Schatten auf euch fällt!‹

Thorin wandte sich um und blickte mich erstaunt an, und erstaunt sollte er auch sein. ›Starke Worte!‹ sagte er. ›Sehr gut, ich werde kommen. Aus dir spricht eine gewisse Voraussicht, wenn du nicht völlig verrückt bist.‹

›Gut!‹ erwiderte ich. ›Aber du mußt mit gutem Willen kommen, nicht nur in der Hoffnung, mich als Narr hinzustellen. Du mußt Geduld haben und dich nicht so leicht entmutigen lassen, denn weder der Mut noch die Abenteuerlust, von denen ich gesprochen habe, sind auf den ersten Blick deutlich zu erkennen. Er wird sie leugnen. Er wird auszuweichen versuchen; aber du *mußt es ihm nicht* gestatten.‹

›Feilschen wird ihm nicht helfen, wenn du das meinst‹, sagte Thorin. ›Ich werde ihm eine anständige Belohnung anbieten für alles, was er herbeischafft, und nicht mehr.‹

Es war nicht das, was ich gemeint hatte, doch es schien nutzlos, darauf einzugehen. ›Da gibt es noch etwas‹, fuhr ich fort. ›Du mußt alle deine Pläne und Vorbereitungen im voraus machen. Mache alles bereit! Wenn er einmal überzeugt ist, darf er keine Zeit zum Nachdenken mehr haben. Ihr müßt vom Auenland stracks nach Osten auf eure Fahrt gehen.‹

›Es scheint ein sehr seltsames Wesen zu sein, dieser Euer Dieb‹, sagte ein junger Zwerg, genannt Fili (Thorins Neffe, wie ich später erfuhr). ›Wie ist sein Name oder der Name, den er benutzt?‹

›Hobbits führen ihre wirklichen Namen‹, sagte ich. ›Der einzige Name, den er besitzt, ist Bilbo Beutlin.‹

›Welch ein Name!‹ sagte Fili und lachte.

›Er hält ihn für sehr ehrenhaft‹, sagte ich. ›Und er paßt gut auf ihn; denn er ist ein Junggeselle, bereits im mittleren Alter und ein wenig schlaff und fett geworden. Möglicherweise gilt sein Hauptaugenmerk im Augenblick dem Essen. Man sagte mir, seine Speisekammer sei sehr gut gefüllt, und vielleicht hat er mehr als eine. Zumindest werdet ihr also gut bewirtet werden.‹

›Das reicht‹, sagte Thorin. ›Hätte ich nicht mein Wort gegeben, würde ich nun nicht mehr kommen. Ich bin nicht in der Stimmung, aus mir einen Narren machen zu lassen. Denn auch ich meine es ernst. Tödlich ernst, und mein Herz glüht in meinem Inneren.‹

Ich achtete nicht auf seine Worte. ›Nun gib acht, Thorin‹, sagte ich. ›Der April geht zu Ende, und wir haben Frühling. Mache alles bereit, so schnell du kannst. Ich habe einige Geschäfte zu erledigen, doch in einer Woche werde ich zurück sein. Wenn ich zurückkehre und alles geregelt ist, werde ich vorausreiten und den Boden bereiten. Darauf werden wir ihn am folgenden Tag alle zusammen besuchen.‹

Und damit empfahl ich mich, denn ich wollte Thorin nicht mehr Gelegenheit zum Nachdenken geben, als Bilbo sie haben sollte. Der Rest der Geschichte ist euch wohlbekannt – aus Bilbos Sicht. Hätte ich den Bericht geschrieben, hätte er sich freilich anders angehört. Er wußte nicht von allem, was vor sich ging: zum Beispiel wie ich dafür sorgte, daß die Ankunft einer so großen Zwergengesellschaft in Wasserau, abseits der Hauptstraße und gegen ihre Gewohnheit, ihm nicht so rasch zu Ohren kam.

Es war am Morgen des Dienstag, am 25. April 2941, als ich Bilbo einen Besuch machte; und obwohl ich mehr oder weniger wußte, was zu erwarten stand, muß ich gestehen, daß meine Zuversicht erschüttert wurde. Ich begriff, daß die Dinge weit schwieriger werden würden, als ich gedacht hatte. Aber ich gab nicht nach. Am nächsten Tag, dem 26. April, brachte ich Thorin und seine Gefährten nach Beutelsend; mit großen Schwierigkeiten, was Thorin anging – er zauderte bis zum letzten Augenblick. Und natürlich war Bilbo vollkommen verblüfft und benahm sich lächerlich. Von Anfang an entwickelte sich alles wirklich außerordentlich schlecht für mich; und die unglückselige Angelegenheit betreffend den ›berufsmäßigen Dieb‹, die sich in den Köpfen der Zwerge festgesetzt hatte, machte alles nur schlimmer. Ich war dankbar, daß ich Thorin gesagt hatte, wir alle würden über Nacht in Beutelsend bleiben, weil wir Zeit brauchten, Mittel und Wege zu erörtern. Dies bot mir eine letzte Möglichkeit. Wenn

Thorin Beutelsend verlassen hätte, bevor ich ihn allein sprechen konnte, wäre mein Plan verdorben gewesen.«

(Man wird sehen, daß einige Elemente dieser Unterhaltung in der späteren Version in die Auseinandersetzung zwischen Thorin und Gandalf in Beutelsend aufgenommen wurden.

Von diesem Punkt an folgt die Erzählung in der späteren Version der früheren sehr eng, die deshalb hier nicht weiter zitiert wird; ausgenommen sei eine Passage am Ende. In der früheren Version hält Frodo fest, daß Gimli lachte als Gandalf aufhörte zu sprechen.)

»Sogar jetzt noch«, sagte er, »hört es sich widersinnig an, daß alles mehr als gut ausging. Natürlich, ich kannte Thorin; und ich wünsche mir, ich hätte dort sein können, aber zur Zeit deines ersten Besuches bei uns war ich abwesend. Und es wurde mir nicht erlaubt, an der Fahrt teilzunehmen: zu jung, sagten sie, obgleich ich mit meinen zweiundsechzig Jahren glaubte, für alles geeignet zu sein. Nun, ich bin froh, die ganze Geschichte gehört zu haben. Falls sie vollständig ist. Ich nehme nicht im Ernst an, daß du uns selbst jetzt alles erzählst, was du weißt.«

»Natürlich nicht«, sagte Gandalf.

(Und danach befragt Meriadoc Gandalf weiter nach Thráins Karte und Schlüssel; und im Verlauf seiner Antwort (das meiste davon ist in der späteren Version beibehalten, wenn auch an anderer Stelle der Erzählung) sagte Gandalf):

»Es war neun Jahre nachdem Thráin sein Volk verlassen hatte, daß ich ihn fand, und er war damals mindestens fünf Jahre in den Bergwerken Dol Guldurs gewesen. Ich weiß nicht, wie er so lange durchhielt und wie er diese Dinge während all seiner Qualen versteckt halten konnte. Ich glaube, daß die Dunkle Macht von ihm nichts anderes begehrte als nur den Ring, und nachdem sie ihn bekommen hatte, den zugrunde gerichteten Gefangenen nicht weiter behelligte, sondern ihn in die Bergwerke warf, wo er toben konnte, bis er starb. Ein kleines Versehen; doch es erwies sich als verhängnisvoll, wie es mit kleinen Versehen des öfteren geschieht.«

IV DIE JAGD NACH DEM RING

(1)
Von der Reise der Schwarzen Reiter, gemäß dem Bericht, den Gandalf Frodo gab

Gollum wurde im Jahr 3017 in Mordor gefangengenommen und nach Barad-dûr gebracht, wo er ausgefragt und gefoltert wurde. Nachdem Sauron von ihm erfahren hatte, was er konnte, ließ er ihn frei und schickte ihn wieder fort. Er traute Gollum nicht, denn er erahnte in ihm etwas Unbezähmbares, das nicht einmal durch den Schatten der Furcht zu besiegen war, außer man hätte ihn vernichtet. Doch Sauron spürte den abgrundtiefen Groll Gollums gegen jene, die ihn »geraubt« hatten, und da er annahm, daß er sie suchen würde, um sich zu rächen, hoffte er, daß seine Späher auf diese Weise zum Ring geführt werden würden.

Gollum wurde indes binnen kurzem von Aragorn gefangengenommen und in den Nordteil des Düsterwaldes gebracht; und obwohl er verfolgt wurde, konnte er nicht gerettet werden, bevor er in sicherem Gewahrsam war. Sauron hatte nun niemals auf die ›Halblinge‹ achtgegeben, selbst wenn er von ihnen gehört hätte, und er wußte noch nicht, wo ihr Land lag. Von Gollum konnte er, selbst als er ihn peinigte, keine genaue Schilderung bekommen, weil Gollum in der Tat selbst keine sichere Kenntnis hatte und das, was er wußte, verfälschte. Er war im Letzten unzähmbar, außer durch den Tod, wie Sauron meinte, zum einen wegen seiner Halblingsnatur und zum anderen aus einem Grund, den Sauron nicht gänzlich begriff: Er wurde selbst von Gier nach dem Ring verzehrt. Dann wurde er von einem Haß auf Sauron erfüllt, der sogar noch größer war als sein Schrecken, und er sah in ihm wahrhaftig seinen größten Feind und Gegenspieler. So kam es, daß er vorzugeben wagte, das Land der Halblinge befinde sich nach seiner Meinung in der Nähe der Orte, wo er einst gewohnt hatte: dicht bei den Sandbänken des Schwertel.

Als Sauron nun von der Gefangennahme Gollums durch die Anführer seiner Feinde erfuhr, war er in großer Eile und Furcht. Doch alle seine regelmäßigen Späher und Geheimboten konnten ihm keine Nachrichten bringen. Und dies war größtenteils auf die Wachsamkeit der Dúnedain und auf die Heimtücke Sarumans zurückzuführen, dessen eigene Diener die Knechte Saurons entweder überfielen oder sie in die Irre führten. Sauron wurde dessen gewahr, aber sein Arm war noch nicht lang genug, um Saruman in Isengart zu erreichen. Darum verbarg er seine Kenntnis von Sarumans Doppelspiel, verhehlte seinen Zorn, wartete seine Zeit ab und bereitete sich auf den großen Krieg vor, in dem er alle seine Feinde in das westliche Meer zu schwemmen plante. Schließlich gelangte er zu dem Schluß, daß ihm in diesem Fall niemand anderes helfen würde als seine mächtigsten Diener, die Ringgeister, die keinen eigenen Willen hatten außer dem seinen und von denen jeder vollkommen dem Ring dienstbar war, der ihn versklavt hatte und welchen Sauron besaß.

Es konnten nun wenige auch nur einer einzigen dieser grausamen Kreaturen widerstehen, doch niemand (wie Sauron meinte) konnte ihnen widerstehen, wenn sie unter ihrem furchtbaren Anführer vereinigt waren, dem Herrn von Morgul. Doch für Saurons gegenwärtige Zwecke hatten sie eine Schwäche: der Schrecken, der sie umgab (sogar wenn sie unsichtbar und unbekleidet waren) war so groß, daß ihr Hervorkommen bald bemerkt und ihr Auftrag von den Weisen erraten werden würde.

So kam es, daß Sauron zwei Anschläge vorbereitete – in denen später viele die Anfänge des Krieges um den Ring sahen. Sie wurden gemeinsam ausgeführt. Die Orks griffen das Reich Thranduils an, mit dem Befehl, Gollum wieder zu ergreifen; und der Herr von Morgul wurde in aller Offenheit ausgesandt, um gegen Gondor Krieg zu führen. Dies geschah gegen Ende des Jahres 3018. Auf diese Weise prüfte Sauron die Stärke und Bereitschaft Denethors und stellte fest, daß sie größer waren, als er erwartet hatte. Aber das beunruhigte ihn wenig, weil er beim Angriff nur eine kleine Streitmacht eingesetzt hatte, während es sein Hauptziel war, das Hervorkommen der Nazgûl nur als Teil seiner Kriegsführung gegen Gondor erscheinen zu lassen.

Darum brachte Sauron den Angriff zum Stehen, als Osgiliath eingenommen und die Brücke zerstört war, und die Nazgûl erhielten Befehl, mit der Suche nach dem Ring zu beginnen. Doch Sauron unterschätzte die Kräfte und die Wachsamkeit der Weisen nicht, und den Nazgûl wurde befohlen, so verschwiegen wie möglich vorzugehen. Zu dieser Zeit wohnte nun der Anführer der Ringgeister mit sechs Gefährten in Minas Morgul, während sich sein Stellvertreter Khamûl, der Schatten aus dem Osten, mit einem anderen Ringgeist als Boten als Statthalter Saurons in Dol Guldur aufhielt.[1]

Der Herr von Morgul führte deshalb seine Gefährten über den Anduin, unbekleidet, unberitten und unsichtbar für Augen, und doch ein Entsetzen für alle Lebewesen, an denen sie nahe vorbeikamen. Es war möglicherweise am ersten Tag des Juli, als sie aufbrachen. Langsam und heimlich zogen sie durch Anórien, über die Entwasser und kamen so in die Folde, und Gerüchte von einer Dunkelheit und einem Schrecken breiteten sich unter den Menschen aus, die nicht wußten, was vor sich ging. Wie sie verabredet hatten, erreichten sie die westlichen Ufer des Anduin ein wenig nördlich von Sarn Gebir; und dort erhielten sie Pferde und Kleidung, die heimlich über den Fluß geschafft worden waren. Dies war (wie man glaubt) um den siebzehnten Tag des Juli. Dann zogen sie nach Norden auf der Suche nach dem Auenland, dem Land der Halblinge.

Um den zweiundzwanzigsten Juli trafen sie auf der Ebene von Celebrant ihre Gefährten, die Nazgûl aus Dol Guldur. Dort erfuhren sie, daß Gollum sowohl den Orks, die ihn wieder eingefangen, als auch den Elben, die ihn verfolgt hatten, entkommen und nun verschwunden war.[2] Khamûl erzählte ihnen auch, daß in den Tälern des Anduin keine Wohnungen von Halblingen entdeckt werden konnten und daß die Dörfer der Starren am Schwertel seit langem verlassen waren. Aber der Herr von Morgul, der sich keinen anderen Rat wußte, beschloß dennoch im Norden weiterzusuchen, vielleicht in der Hoffnung, Gollums habhaft zu werden und doch noch das Auenland zu entdecken. Es erschien ihm nicht unwahrscheinlich, daß sich herausstellen konnte, es befinde sich nicht weit vom verhaßten Land Lórien entfernt, wenn es nicht wirklich innerhalb der Zäune Galadriels lag. Aber er wollte weder die Macht des Weißen Ringes herausfordern noch jetzt schon Lórien betreten. Deshalb zogen die Neun zwischen Lórien und den Bergen hindurch und ritten immer weiter nach Norden; und Entsetzen ging ihnen voraus und blieb hinter ihnen zurück; doch weder fanden sie, was sie suchten, noch erfuhren sie irgendwelche Neuigkeiten, die ihnen nützlich waren.

Schließlich kehrten sie um; doch der Sommer war nun weit fortgeschritten, und der Zorn und die Furcht Saurons wuchsen. Als sie in die Folde zurückkehrten, war es September geworden; und dort trafen sie Boten aus Barad-dûr, welche Drohungen ihres Meisters überbrachten, die sogar den Herrn von Morgul mit Furcht erfüllten. Denn Sauron hatte nunmehr von den in Gondor gehörten Worten der Prophezeiung erfahren, vom Weggang Boromirs, Sarumans Taten und der Gefangennahme Gandalfs. Daraus folgerte er in der Tat, daß weder Saruman noch irgendein anderer der Weisen schon im Besitz des Ringes war, daß aber Saruman zumindest wußte, wo er versteckt sein könnte. Nun würde nur noch Schnelligkeit helfen, und die Geheimhaltung mußte aufgegeben werden.

Deshalb erhielten die Ringgeister den Befehl, geradewegs nach Isengart zu gehen. Darauf durchritten sie Rohan in aller Eile, und das Entsetzen bei ihrem Durchzug war so groß, daß viele Leute aus dem Land flohen und Hals über Kopf in den Norden und Westen gingen, im Glauben, den Hufen der schwarzen Pferde folge der Krieg aus dem Osten.

Zwei Tage nachdem Gandalf aus Orthanc fortgegangen war, hielt der Herr von Morgul vor dem Tor von Isengart. Da erkannte Saruman, bereits durch die Flucht Gandalfs in Zorn und Furcht versetzt, die Gefahr, zwischen zwei Feinden zu stehen, von beiden als Verräter durchschaut. Seine Angst war groß, denn seine Hoffnung, Sauron zu täuschen oder wenigstens seine Gunst durch einen Sieg zu gewinnen, war gänzlich zunichte gemacht. Jetzt mußte er entweder selbst den Ring gewinnen oder Untergang und Qual erleiden. Doch er war noch vorsichtig und verschlagen, und er hatte Isengart gerade gegen einen solchen bösen Fall wohl gewappnet. Ohne eine große Kriegsmacht war der Kreis von Isengart sogar für den Herrn von Morgul zu mächtig. Als Antwort auf seine Herausforderung und seine Forderungen empfing er deshalb nur die Stimme Sarumans, die aufgrund irgendeiner Kunst so sprach, als spräche sie aus dem Tor selbst.

»Es ist nicht ein Land, nach dem du suchst«, sagte sie. »Ich weiß, was du suchst, wenn du es auch nicht beim Namen nennst. Ich habe es nicht, was auch seine Diener wissen, ohne es zu offenbaren; denn wenn ich es hätte, dann würdest du dich vor mir beugen und mich Herr nennen. Und wenn ich wüßte, wo es versteckt wäre, so wäre ich nicht hier, sondern lange vor dir gegangen, um es an mich zu nehmen. Es gibt einen Einzigen, von dem ich glaube, daß er diese Kenntnis besitzt: Mithrandir, Saurons Feind. Und weil es erst zwei Tage her ist, seit er aus Isengart entkam, suche ihn in der Nähe.«

Die Macht der Stimme Sarumans war noch so gewaltig, daß sogar der Herr der Nazgûl nicht in Frage stellte, ob es falsch war, was sie sagte, oder nur die halbe Wahrheit; sondern er ritt stracks vom Tor fort und begann in Gondor mit der Jagd auf Gandalf. So geschah es, daß die Schwarzen Reiter am Abend des folgenden Tages Gríma Schlangenzunge ergriffen, der mit der Nachricht zu Saruman eilte, daß Gandalf nach Edoras gekommen war und König Théoden vor den heimtückischen Ränken Isengarts gewarnt hatte. In jener Stunde trieb das Entsetzen Schlangenzunge beinahe in den Tod; doch da er an Verrat gewöhnt war, hätte er auch unter geringerer Bedrohung alles gesagt, was er wußte.

»Ja, ja, wahrhaftig, ich kann es Euch sagen, Herr«, sagte er. »Ich habe gelauscht, als sie in Isengart miteinander sprachen. Das Land der Halblinge: das war es, woher Gandalf kam, und in das er zurückkehren will. Er sucht jetzt nur ein Pferd. Verschont mich! Ich rede, so schnell ich kann. Nach Westen, dort durch die Pforte von Rohan und dann nach Norden und ein wenig nach Westen, bis der nächste große Fluß den Weg versperrt; er wird Grauflut genannt. Von dort, beim Übergang bei Tharbad, wird Euch die alte Straße zu den Grenzen führen. Sie nennen es ›Das Auenland‹. Ja, es ist wahr, Saruman weiß davon. Über die Straße kamen aus diesem Land Güter zu ihm. Verschont mich, Herr! Ich werde wirklich keinem Lebenden etwas von unserem Treffen erzählen.«

Der Herr der Nazgûl schonte das Leben Schlangenzunges nicht aus Mitleid, sondern weil er glaubte, daß dessen Entsetzen so groß war, daß er es nicht wagen würde, über ihre Begegnung zu sprechen (was sich als richtig erwies); und weil er erkannte, daß diese Kreatur böse war und Saruman noch großen Schaden zufügen konnte, wenn sie am Leben blieb. So ließ er ihn am Boden liegen und ritt fort, ohne sich die Mühe zu machen, nach Isengart zurückzukehren. Saurons Rache konnte warten.

Nun teilte er seinen Trupp in vier Paare, und sie ritten getrennt, doch er selbst ritt mit dem schnellsten Paar voraus. So verließen sie Rohan in westlicher Richtung, entdeckten die Verwüstung Enedwaiths und kamen schließlich nach Tharbad. Von dort ritten sie durch Minhiriath, und obwohl sie sich noch nicht vereinigt hatten, breitete sich doch ein Gerücht von Furcht um sie aus, die Tiere der Wildnis versteckten sich, und einsame Menschen flohen. Aber auf der Straße fingen sie einige Flüchtlinge; und zur Freude des Anführers entpuppten sich zwei davon als Späher und Diener Sarumans. Einer von ihnen hatte häufig beim Verkehr zwischen Isengart und dem Auenland Verwendung gefunden, und obwohl er selbst nicht über das Südviertel hinausgelangt war, besaß er von Saruman angefertigte Karten, die das Auenland in aller Deutlichkeit darstellten und beschrieben. Diese nahmen die Nazgûl an sich und schickten ihn dann weiter nach Bree, wo er seine Tätigkeit als Spion fortsetzen sollte; doch sie warnten ihn, da er jetzt im Dienst Mordors stünde, er solle niemals versuchen, nach Isengart zurückzukehren oder sie würden ihn zu Tode martern.

Die Nacht am zweiundzwanzigsten Tag des September ging zu Ende, als sie, wieder vereint, zur Sarnfurt und zu den südlichsten Grenzen des Auenlandes kamen. Sie fanden sie bewacht, denn die Grenzposten stellten sich ihnen in den Weg. Aber dies war eine Aufgabe, die die Kraft der Dúnedain überstieg; und wahrscheinlich hätte sich alles genauso abgespielt, selbst wenn ihr Anführer Aragorn bei ihnen gewesen wäre. Doch er war auf der Oststraße nahe Bree auf dem Weg in den Norden; und sogar den Dúnedain schwante nichts Gutes. Einige flohen in der Hoffnung nach Norden, Aragorn die Neuigkeit zu überbringen, doch sie wurden verfolgt, erschlagen oder in die Wildnis hinausgetrieben. Einige wagten noch die Furt zu sperren und hielten sie den Tag über, doch in der Nacht schleuderte der Herr von Morgul sie beiseite, und die Schwarzen Reiter drangen in das Auenland ein; und ehe die Hähne krähten in den frühen Morgenstunden des dreiundzwanzigsten Tages des September, ritten einige nach Norden durch das Land, gerade als Gandalf weit hinten in Rohan auf Schattenfell über Land ritt.

(2)
Andere Versionen der Geschichte

Ich habe es vorgezogen, die obige Version abzudrucken, da sie als Erzählung am meisten vollendet ist; doch es gibt viele andere Texte, die mit diesen Ereignissen in Zusammenhang stehen und die Geschichte in wichtigen Punkten ergänzen oder modifizieren. Diese Manuskripte sind verwirrend und ihre Beziehungen unklar, obwohl sie ohne Zweifel alle aus der gleichen Periode stammen; es genügt, die Existenz zweier anderer ursprünglicher Schilderungen neben der abgedruckten festzuhalten (hier der Bequemlichkeit halber A genannt). Eine zweite Version (B) stimmt in ihrer Erzählstruktur größtenteils mit A überein, doch eine dritte, C, der Form nach ein Handlungsabriß, setzt an einem späteren Punkt der Geschichte ein und weist einige wesentliche Unterschiede auf, und von dieser bin ich geneigt zu glauben, daß sie in der Reihenfolge der Entstehung die letzte ist. Zusätzlich gibt es einiges Material (D), das sich im besonderen mit der Rolle Gollums während der Ereignisse befaßt, und verschiedene andere Anmerkungen, die sich auf diesen Teil der Geschichte beziehen.

Es heißt in D, daß alles, was Gollum Sauron über den Ring und seinen Verbleib enthüllte, ausreichte, um diesen erkennen zu lassen, daß es in der Tat der Eine war, aber daß sein gegenwärtiger Aufenthaltsort lediglich darauf schließen ließ, daß er im Nebelgebirge von einem Wesen namens Beutlin gestohlen worden war und daß Beutlin aus einem Land kam, das Auenland genannt wurde. Saurons Befürchtungen wurden sehr gemildert, als er aus Gollums Bericht entnahm, daß Beutlin ein Wesen der gleichen Art gewesen sein mußte.

Gollum kannte den Ausdruck ›Hobbit‹ nicht, der örtlich begrenzt und kein allgemeinverständliches Westron-Wort war. Vermutlich benutzte er den Ausdruck ›Halbling‹ nicht, weil er selbst einer war und Hobbits diesen Namen nicht mochten. Dies ist der Grund, warum die Schwarzen Reiter nur zwei wichtige Teil-Informationen gehabt zu haben scheinen, von denen sie ausgehen konnten: *Auenland* und *Beutlin*.

Aus allen Berichten geht klar hervor, daß Gollum zumindest wußte, in welcher Richtung das Auenland zu suchen war; doch obwohl durch die Folter zweifellos mehr aus ihm herauszupressen gewesen wäre, hatte Sauron offenbar nicht die leiseste Ahnung, daß *Beutlin* aus einer von den Nebelbergen weit entfernten Gegend kam oder daß Gollum wußte, wo diese lag; er nahm an, daß er in den Tälern des Anduin zu finden sein würde, in derselben Gegend, in der Gollum einst selbst gelebt hatte.

Dies war ein sehr kleiner und natürlicher Irrtum – doch es war möglicherweise der wichtigste Fehler, den Sauron in der ganzen Angelegenheit machte. Wäre er nicht gewesen, hätten die Schwarzen Reiter das Auenland um Wochen früher erreicht.

Im Text B wird mehr über die Reise Aragorns mit dem gefangenen Gollum nach Norden ins Reich Thranduils erzählt, und die Zweifel Saurons über den Einsatz der Ringgeister bei der Suche nach dem Ring sind stärker berücksichtigt.

[Nach seiner Freilassung aus Mordor] verschwand Gollum rasch in den Totensümpfen, wohin ihm Saurons Sendboten nicht folgen konnten oder wollten. Auch andere Späher konnten Sauron keine Nachrichten bringen. (Sauron hatte vermutlich noch sehr wenig Macht in Eriador und wenige Mittelsmänner dort; und die, die er ausschickte, wurden oft durch die Diener Sarumans behindert oder irregeführt.) Deshalb beschloß er endlich, sich der Ringgeister zu bedienen. Aus verschiedenen Gründen hatte es ihm widerstrebt, dies zu tun, bevor er genau wußte, wo der Ring sich befand. Sie waren die bei weitem mächtigsten seiner Diener und für einen solchen Auftrag am besten geeignet, seit sie völlig an ihre Neun Ringe gefesselt waren, die er nun selbst besaß; sie waren gänzlich unfähig, gegen seinen Willen zu handeln, und wenn einer von ihnen, selbst ihr Anführer, der Hexenkönig, den Einen Ring an sich gerissen hätte, würde er ihn zu seinem Meister zurückgebracht haben. Doch bis der offene Krieg begann (für den Sauron noch nicht bereit war), hatten sie ihre Nachteile. Alle, außer dem Hexenkönig, neigten dazu, wenn sie allein waren, bei Tageslicht umherzustreifen; und alle, wiederum mit Ausnahme des Hexenkönigs, fürchteten Wasser und waren nicht willens, außer in höchster Not, sich hineinzubegeben oder Flüsse zu überqueren, es sei denn trockenen Fußes über eine Brücke.[3] Außerdem war ihre Hauptwaffe der Schrecken, den sie verbreiteten. Dieser war in der Tat größer, wenn sie unbekleidet und unsichtbar waren und ebenfalls wenn sie gemeinsam auftraten. Darum konnte jeder Auftrag, mit dem sie betraut waren, kaum heimlich durchgeführt werden, während die Überquerung des Anduin und anderer Flüsse ein Hindernis darstelle. Aus diesen Gründen zögerte Sauron lange, weil er nicht wünschte, daß seine Hauptfeinde vom

Auftrag seiner Diener Wind bekamen. Es muß angenommen werden, daß Sauron zuerst nicht wußte, daß irgend jemand außer Gollum und dem ›Dieb Beutlin‹ Kenntnis vom Ring hatte. Bis Gandalf kam und ihn befragte,[4] wußte Gollum nicht, daß zwischen Gandalf und Bilbo eine Verbindung bestand, er hatte nicht einmal von Gandalfs Existenz gewußt.

Aber als Sauron erfuhr, daß Gollum von seinen Feinden gefangengenommen worden war, hatte sich die Lage gründlich geändert. Wann und wie dies geschah, kann natürlich nicht mit Sicherheit gesagt werden. Vermutlich lange nach dem Vorfall. Aragorn zufolge wurde Gollum am 1. Februar bei Anbruch der Nacht ergriffen. In der Hoffnung, der Entdeckung durch Späher Saurons zu entgehen, trieb er Gollum durch den nördlichen Teil der Emyn Muil und überschritt den Anduin knapp oberhalb von Sarn Gebir. Dort wurde oft Treibholz auf die Sandbänke des Ostufers geworfen, und indem er Gollum an einen Baumstamm band, durchschwamm er mit ihm den Fluß; auf den westlichsten Pfaden, die er finden konnte, setzte er seine Reise nach Norden entlang der Ränder des Fangorn fort, kam so über den Limklar, dann über den Nimrodel und den Silberlauf und an die Säume Lóriens[5] und gelangte dann, indem er Moria und das Schattenbachtal mied, über den Schwertel bis in die Nähe der Carrock. Dort überquerte er den Anduin erneut mit Hilfe der Beorninger und betrat den Wald. Die ganze Reise zu Fuß führte über nicht viel weniger als neunhundert Meilen, die Aragorn unter großen Strapazen in fünfzig Tagen bewältigte, und am 25. März kam er bei Thranduil an.[6]

Es ist demgemäß höchst wahrscheinlich, daß die ersten Nachrichten von Gollum den Dienern Dol Guldurs erst zu Ohren kamen, nachdem Aragorn den Wald betreten hatte; denn obwohl man annahm, die Macht Dol Guldurs sei an der Alten Waldstraße zu Ende, waren ihre Späher im Wald dennoch zahlreich. Die Nachricht erreichte den Befehlshaber der Nazgûl in Dol Guldur für einige Zeit nicht, und vermutlich unterrichtete er Barad-dûr nicht, bis er versucht hatte, mehr über Gollums Aufenthaltsort zu erfahren. Es war also ohne Zweifel gegen Ende April, als Sauron hörte, daß Gollum erneut gesehen worden war, offensichtlich als Gefangener in der Hand eines Mannes. Dies konnte wenig bedeuten. Weder Sauron noch einer seiner

Diener wußten bis jetzt von Aragorn oder kannten seinen Namen. Doch später offenbar (weil die Länder Thranduils jetzt streng bewacht wurden), möglicherweise einen Monat später, vernahm Sauron die beunruhigende Neuigkeit, daß die Weisen Kenntnis von Gollum hatten und Aragorn in Thranduils Reich gekommen war.

Darauf muß Sauron mit Wut und Bestürzung erfüllt gewesen sein. Er beschloß, sich der Ringgeister so schnell wie möglich zu bedienen, denn nun war Schnelligkeit wichtiger als Geheimhaltung. In der Hoffnung, durch Kriegsfurcht seine Feinde zu beunruhigen und ihre Pläne zu stören (einige Zeit hatte er nicht vor, einen Krieg zu beginnen), griff er ungefähr gleichzeitig Thranduil und Gondor an.[7] Er hatte diese beiden zusätzlichen Ziele: Gollum zu fangen oder zu töten, oder ihn zumindest seinen Feinden zu entreißen; und den Übergang bei der Brücke von Osgiliath zu erstürmen, damit die Nazgûl den Fluß überqueren konnte, während er die Stärke Gondors prüfte.

Am Ende entkam Gollum. Doch der Übergang über die Brücke wurde bewerkstelligt. Die dabei eingesetzten Streitkräfte waren vermutlich viel schwächer, als die Menschen in Gondor dachten. In der Panik des ersten Ansturms, als dem Hexenkönig gestattet war, sich kurz in seiner ganzen entsetzlichen Gestalt zu offenbaren,[8] überquerten die Nazgûl die Brücke bei Nacht und zerstreuten sich nordwärts. Ohne die Tapferkeit Gondors zu verkleinern, die Sauron in der Tat größer fand, als er erwartet hatte, ist nicht zu übersehen, daß Boromir und Faramir nur deshalb imstande waren, den Feind zurückzutreiben und die Brücke zu zerstören, weil dessen Angriff nun seinen Hauptzweck erfüllt hatte.

Nirgendwo erklärt mein Vater die Furcht der Ringgeister vor Wasser. Im vorstehenden Bericht ist sie zu einem Hauptmotiv von Saurons Angriff auf Osgiliath gestaltet und taucht in ausführlichen Anmerkungen über die Bewegungen der Schwarzen Reiter im Auenland wieder auf: So wird von dem Reiter gesagt (der tatsächlich Khamûl aus Dol Guldur war, siehe Anmerkung 1), der auf der anderen Seite der Bockenburger Fähre auftaucht, gerade nachdem die Hobbits übergesetzt hatten (»Die Gefährten«, 1, Kapitel 5), daß »er wohl gewahr wurde, daß der Ring den Fluß überquert hatte; doch der Fluß war wegen seines Fließens eine Schranke für sein Denken« und daß die Nazgûl die »elbischen« Wasser des Baranduin (Brandywein) nicht berühren wollten. Doch es wird nicht deutlich gemacht, wie sie andere Flüsse, die auf ihrem Weg lagen, überquerten, wie die Grauflut, wo es nur »eine gefährliche Furt, gebildet aus den Trümmern der Brücke« gab. (Seite 352) Und mein Vater hat selbst angemerkt, es sei schwierig, diesen Gedanken aufrechtzuerhalten.

Die Beschreibung der vergeblichen Reise der Nazgûl die Täler des Anduin hinauf ist in Version B weitgehend die gleiche wie in der vorstehend vollständig abgedruckten Version A, doch mit dem Unterschied, daß in B die Siedlungen der Starren zu dieser Zeit nicht völlig verwüstet waren; und daß diejenigen Starren, die dort wohnten, von den Nazgûl getötet oder vertrieben wurden.[9] In allen Texten zeigen die Daten sowohl untereinander als auch in Bezug auf die Daten in der »Aufzählung der Jahre« leichte Unterschiede; diese Unterschiede sind hier vernachlässigt worden.

In D fand sich ein Bericht, wie Gollum, nachdem er den Orks von Dol Guldur entkommen war, weiterzog, bevor die Gefährten durch das West-Tor Morias gingen. Der Text ist in unbearbeitetem Zustand und hat eine leichte editorische Bearbeitung notwendig gemacht.

Es scheint klar, daß Gollum, von Elben und Orks verfolgt, wahrscheinlich den Anduin durchschwamm und so der Meute Saurons entging; doch weil er von den Elben weiterhin gejagt wurde und er es noch nicht wagte, sich Lórien zunähern (nur die verlockende Kraft des Ringes selbst ließ ihn dies später wagen), verbarg er sich in Moria.[10] Das war vermutlich im Herbst des Jahres; danach verlor sich von ihm jede Spur.

Was dann mit Gollum geschah, kann man natürlich nicht mit Sicherheit wissen. Er war auf eigentümliche Weise dazu befähigt, in solchen Notlagen zu überleben, wenn auch unter großem Elend; doch er schwebte in der Gefahr der Entdeckung durch die Diener Saurons, die in Moria lauerten,[11] hauptsächlich weil er nur durch gefährliche Diebstähle an die notwendige Nahrung gelangen konnte. Ohne Zweifel war es seine Absicht gewesen, Moria lediglich als geheimen Durchgang nach Westen zu benutzen, und es war sein Ziel, ›Auenland‹ so schnell wie möglich selbst zu finden; jedoch er verirrte sich, und es verging eine sehr lange Zeit, bis er sich wieder zurechtfand. So scheint es einleuchtend, daß er sich noch nicht lange auf dem Weg zum West-Tor befand, als die Neun Wanderer anlangten. Er wußte natürlich nichts über die Bedienung der Türen. Sie erschienen ihm gewaltig und unbeweglich; und obwohl sie weder Schloß noch Riegel hatten und sich auf einen Stoß nach außen öffneten, fand er dies nicht heraus. Auf jeden Fall war er nun weit von jeglicher Quelle für Nahrung entfernt, denn die Orks hielten sich zum größten Teil im östlichen Viertel Morias auf; er wurde kraftlos und verzweifelt, so daß er, selbst wenn er alles über die Türen gewußt hätte, die Türen dennoch nicht hätte aufstoßen können.[12] Es war somit für Gollum ein einzigartiger Glücksfall, daß die Neun Wanderer tatsächlich eintrafen.

Die Geschichte von der Ankunft der Schwarzen Reiter in Isengart im September des Jahres 3018 und die nachfolgende Gefangennahme Gríma Schlangenzunges, wie sie in A und B erzählt wird, ist in der Version C stark verändert, in welcher die Geschichte erst mit ihrer Rückkehr über den Limklar nach Süden einsetzt. In A und B geschah es zwei Tage nach Gandalfs Flucht aus Orthanc, daß die Nazgûl nach Isengart kamen; Saruman erzählte ihnen, daß Gandalf verschwunden war, und leugnete jegliche Kenntnis des Auenlandes,[13] aber er wurde durch Gríma verraten, den sie am folgenden Tag gefangennahmen, als er mit der Nachricht von der Ankunft Gandalfs in Edoras nach Isengart eilte. Andererseits kommen in C die Schwarzen Reiter am Tor von Isengart an, als Gandalf noch als Gefangener im Turm ist. In dieser Darstellung empfindet Saruman in Furcht und Verzweiflung den ganzen Abscheu vor der Unterstützung Mordors und beschließt plötzlich, sich Gandalf zu unterwerfen und ihn um Verzeihung und Hilfe zu bitten. Er versucht am Tor Zeit zu gewinnen, gibt zu, daß er Gandalf drinnen habe, und sagt, daß er gehen und herausfinden wolle, was Gandalf wisse; sei dies erfolglos, werde er ihnen Gandalf ausliefern. Dann eilte er zur Spitze Orthancs, wo er feststellte, daß Gandalf verschwunden war. Gegen den untergehenden Mond sah er weit im Süden einen großen Adler nach Edoras fliegen.

Jetzt war Sarumans Lage schlimmer. Wenn Gandalf entkommen war, gab es noch immer eine greifbare Möglichkeit, daß Sauron den Ring nicht bekommen und besiegt werden würde. In seinem Herzen erkannte Saruman die große Macht und das merkwürdige ›Glück‹, das Gandalf begleitete. Doch nun blieb er allein zurück, um mit den Neun fertig zu werden. Seine Stimmung schlug um, und durch seine Wut über Gandalfs Flucht aus dem uneinnehmbaren Isengart und durch rasende Mißgunst gewann sein Stolz wieder die Oberhand. Er ging zum Tor zurück und log den Reitern vor, er habe Gandalf zum Geständnis gebracht. Er gab nicht zu, daß dies sein eigenes Wissen war, und hatte keine Kenntnis, wie viel Sauron über sein Sinnen und Trachten wußte.[14] »Ich werde dies dem Herrn von Barad-dûr selbst berichten«, sagte er leichthin, »zu dem ich aus weiter Ferne von gewichtigen Dingen spreche, die uns betreffen. Doch alles, was ihr für die Aufgabe, die er euch übertragen hat, zu wissen braucht, ist, wo ›das Auenland‹ liegt. Dieses, sagt Mithrandir, liegt ungefähr sechshundert Meilen nordwestlich von hier an den Grenzen des dem Meer zugewandten

Elbenlandes.« Zu seiner Freude sah Saruman, daß sogar der Hexenkönig daran Gefallen fand. »Ihr müßt den Isen bei den Furten durchqueren, dann die Ausläufer des Gebirges umrunden und auf der Grauflut nach Tharbad fahren. Beeilt euch, und ich werde eurem Meister berichten, daß ihr aufgebrochen seid.«

Diese geschickte Rede überzeugte sogar den Hexenkönig, in Anbetracht dessen, daß Saruman ein treuer Verbündeter war und bei Sauron großes Vertrauen genoß. Sogleich verließen die Reiter das Tor und ritten eilig zu den Furten des Isen. Hinter ihnen sandte Saruman Wölfe und Orks aus, die Gandalf vergeblich verfolgten; doch hierbei hatte er auch andere Absichten. Er wollte die Nazgûl seine Macht spüren lassen, sie vielleicht auch davon abhalten, in der Nähe herumzulungern, und in seinem Zorn wollte er Rohan einigen Schaden zufügen und die Furcht vermehren, die sein Mittelsmann Schlangenzunge gegenüber Saruman im Herzen Théodens einpflanzte. Schlangenzunge war vor nicht langer Zeit in Isengart gewesen und befand sich zu dieser Zeit auf dem Rückweg nach Edoras; unter den Verfolgern waren einige, die Nachrichten für ihn bei sich trugen.

Als Saruman sich von den Reitern befreit hatte, zog er sich in den Orthanc zurück und saß dort in ernstem und unheilvollem Nachsinnen. Es scheint, daß er beschloß, noch abzuwarten und weiterhin zu hoffen, den Ring für sich selbst zu gewinnen. Er dachte, daß das Fortschicken der Reiter zum Auenland diese eher aufhalten als ihnen helfen würde, denn er wußte von den Grenzwachen, und er glaubte auch (weil er von den orakelhaften Traum-Worten und dem Auftrag Boromirs wußte), daß der Ring fort und bereits auf dem Weg nach Bruchtal war. Umgehend traf er seine Anordnungen und sandte alle Spione, Späher-Vögel und Mittelsmänner, die er aufbringen konnte, nach Eriador.

In dieser Version ist das Element von Grímas Gefangennahme durch die Ringgeister und sein Verrat an Saruman folglich nicht vorhanden; denn natürlich bleibt nach diesem Bericht für Gandalf nicht genügend Zeit, Edoras zu erreichen und zu versuchen König Théoden zu warnen; Gríma konnte seinerseits erst nach Isengart aufbrechen, um Saruman zu warnen, als die Schwarzen Reiter aus Rohan verschwunden waren.[15] Die Entdekkung von Sarumans Lüge geschieht hier durch jenen Mann, den sie fingen und der Karten des Auenlandes bei sich trug (Seite 447); hier wird auch mehr über diesen Mann und über Sarumans Geschäfte mit dem Auenland erzählt.

Als die Schwarzen Reiter weit über Enedwaith hinausgelangt waren und sich schließlich Tharbad näherten, gelang ihnen ein Glückstreffer, der jedoch für Saruman verhängnisvoll war[16] und für Frodo eine tödliche Gefahr bedeutete. Saruman hatte sich seit langem für das Auenland interessiert – weil Gandalf dies tat, und dieser war ihm verdächtig; und weil er (wiederum in geheimer Nachahmung Gandalfs) Gefallen am ›Kraut der Halblinge‹ gefunden hatte und Vorräte brauchte; aber aus Stolz (weil er Gandalf einst wegen seines Gebrauchs des Krautes verspottet hatte) hielt er dies so geheim wie möglich. Am Ende wurden noch andere Beweggründe hinzugefügt. Er fand Gefallen daran, seine Macht auszudehnen, besonders auf Gandalfs Gebiet, und er stellte fest, daß das Geld, das er zum Kauf von ›Pfeifenkraut‹ aufwenden konnte, ihm Macht verlieh und einige der Hobbits verdarb, besonders die Straffgürtel, die viele Pflanzungen besaßen und auch die Sackheim-Beutlins.[17] Doch allmählich wurde für ihn auch zur Gewißheit, daß in Gandalfs Denken das Auenland auf gewisse Weise mit dem Ring verbunden war. Warum wurde es so streng bewacht? Deshalb begann er genaue Erkenntnisse über das Auenland zu sammeln, über seine wichtigsten Persönlichkeiten und Familien, seine Straßen und andere Dinge. Dafür benutzte er Hobbits innerhalb des Auenlandes, die von den Straffgürteln und Sackheim-Beutlins bezahlt wurden, doch seine Mittelsmänner waren Menschen, dunländischer Abstammung. Nachdem Gandalf sich geweigert hatte, sich mit ihm einzulassen, hatte Saruman seine Anstrengungen verdoppelt. Die Grenzwachen waren argwöhnisch, doch gegenwärtig verweigerten sie den Dienern Sarumans nicht den Zutritt – denn Gandalf war nicht berechtigt, sie zu warnen; und als er nach Isengart fortgezogen war, wurde Saruman noch immer als ein Verbündeter betrachtet. Vor einer Weile war einer der vertrautesten Diener Sarumans (jedoch ein gewalttätiger Bursche, ein Geächteter, der aus Dunland fortgejagt worden war, wo viele sagten, er habe Ork-Blut) von den Grenzen des Auenlandes zurückgekehrt, wo er wegen des Kaufs von ›Pfeifenkraut‹ und anderer Vorräte Verhandlungen geführt hatte. Saruman begann in Isengart für den Kriegsfall Vorratslager anzulegen. Dieser Mann war nun auf dem Rückweg, um seine Geschäfte fortzusetzen und für den Transport vieler Güter Sorge zu tragen, bevor der Herbst zuende ging.[18] Er hatte auch den Befehl, sich wenn möglich ins Auenland zu begeben und in Erfahrung zu bringen, ob dort kürzlich wohlbekannte Personen abgereist waren. Er war mit Karten, Listen von Namen und Aufzeichnungen über das Auenland wohlversorgt.

Dieser Dunländer wurde von mehreren Schwarzen Reitern eingeholt, als sie sich dem Übergang bei Tharbad näherten. Im Zustand höchsten Entsetzens wurde er vor den Hexenkönig geschleppt und ausgefragt. Er rettete sein Leben, indem er Saruman verriet. So erfuhr der Hexenkönig, daß Saruman seit langem bekannt war, wo das Auenland lag, und viel darüber wußte, was er Saurons Dienern hätte sagen können und sagen müssen, wenn er ein wahrer Verbündeter gewesen wäre. Der Hexenkönig gewann auch viele Erkenntnisse, darunter einige über den einzigen Namen, der ihn interessierte: *Beutlin*. Aus diesem Grund geschah es, daß Hobbingen als einer der Orte ausersehen wurde, der sofort aufgesucht und durchforscht werden sollte.

Der Hexenkönig hatte nunmehr ein klareres Verständnis der Sachlage gewonnen. Vor langer Zeit hatte er in seinen Kriegen mit den Dúnedain einiges über dieses Land gewußt, und besonders über die Tyrn Gorthad von Cardolan, jetzt die Hügelgräberhöhen, deren bösartige Kreaturen von ihm selbst dorthin geschickt worden waren.[19] Er erkannte, daß sein Meister eine Bewegung zwischen dem Auenland und Bruchtal befürchtete, und er sah auch, daß Bree (dessen Lage er kannte) ein wichtiger Punkt war, zumindest um Kenntnisse zu gewinnen.[20] Deshalb legte er den Schatten der Furcht auf den Dunländer und schickte ihn als Mittelsmann nach Bree. Er war der Südländer mit den schrägstehenden Augen im Gasthaus zu Bree.[21]

In Version B ist angemerkt, daß der Schwarze Anführer nicht wußte, ob der Ring sich noch im Auenland befand; das mußte er herausfinden. Das Auenland war für einen gewaltsamen Angriff, wie er ihn auf die Starren gemacht hatte, zu groß; er mußte mit soviel Heimlichkeit und so wenig Schrecken vorgehen, wie es ihm möglich war, und doch auch die östlichen Grenzen überwachen. Deshalb schickte er einige Reiter mit dem Befehl ins Auenland, sich zu zerstreuen, während sie es durchquerten; und von diesen sollte Khamûl Hobbingen finden (siehe Anmerkung 1), wo Sarumans Papieren zufolge ›Beutlin‹ wohnte. Aber der Schwarze Anführer errichtete ein Lager bei Andrath, wo der Grünweg durch einen Hohlweg zwischen den Hügelgräberhöhen und den Südhöhen hindurchführte;[22] und von dort aus wurden einige andere ausgesandt, um die östlichen Grenzen zu beobachten und zu durchstreifen, während er selbst die Hügelgräberhöhen besuchte. In den Anmerkungen zu den Bewegungen der Schwarzen Reiter zu dieser Zeit heißt es, daß der Schwarze Anführer dort einige Tage blieb und die Hügelgräberhöhen aufgeschreckt wurden; und alle bösen Geister, feindlich gegen Elben und Menschen, lagen voller Heimtücke im Alten Wald und auf den Hügelgräberhöhen auf der Lauer.

(3)
Betreffend Gandalf, Saruman und das Auenland

Eine weitere Gruppe von Schriftstücken aus der gleichen Periode besteht aus einer großen Zahl unvollendeter Berichte über Sarumans frühere Geschäfte mit dem Auenland, besonders was das ›Kraut der Halblinge‹ angeht, ein Gegenstand, der schon in Zusammenhang mit dem »Südländer mit den schrägstehenden Augen« (siehe oben) kurz behandelt wurde. Der folgende Text ist eine Version unter vielen, doch obwohl er kürzer ist als andere, ist er der abgeschlossenste.

Saruman wurde bald auf Gandalf eifersüchtig, und diese Nebenbuhlerschaft verwandelte sich schließlich in Haß, der tiefer war, weil er verborgen wurde, und desto bitterer, weil Saruman in seinem Herzen wußte, daß der Graue Wanderer die größere Stärke besaß und den größeren Einfluß auf die Bewohner Mittelerdes, wenn er auch seine Macht verbarg und weder Furcht noch Ehrerbietung verlangte. Saruman verehrte ihn nicht, doch er begann ihn zu fürchten, weil er immer im Ungewissen blieb, inwieweit Gandalf seine geheimsten Gedanken durchschaute, und er wurde durch sein Schweigen mehr beunruhigt als durch seine Worte. So kam es, daß er Gandalf offen mit weniger Ehrerbietung behandelte, als es andere der Weisen taten, und er war stets bereit, ihm zu widersprechen und seine Ratschläge abzutun; insgeheim dagegen merkte er sich alles, was Gandalf sagte, und grübelte darüber nach und ließ jede seiner Bewegungen beobachten, soweit er dazu imstande war.

Auf diese Weise geschah es, daß Saruman anfing, den Halblingen und dem Auenland seine Aufmerksamkeit zuzuwenden, die er sonst der Beachtung nicht für wert gehalten haben würde. Zuerst hatte er keine Ahnung, daß das Interesse seines Nebenbuhlers an diesem Volk in gewissem Zusammenhang mit den großen Angelegenheiten des Rates stand, besonders nicht mit den Ringen der Macht. Denn am Anfang gab es einen solchen Zusammenhang tatsächlich nicht, und Gandalfs Interesse war nur auf seine Liebe zu dem Kleinen Volk zurückzuführen, es sei denn er spürte jenseits seines wachen Verstandes in seinem Herzen eine tiefe Vorahnung. Viele Jahre lang hatte er das Auenland unverhohlen besucht und erzählte jedem von dessen Volk, der zuhören wollte; und Saruman lächelte wie über die eitlen Geschichten eines alten Landfahrers, doch nichtsdestotrotz war er auf der Hut.

Als er dann feststellte, daß Gandalf das Auenland für würdig hielt, es zu besuchen, tat er es ihm nach, doch verkleidet und unter äußerster Geheimhaltung, bis er alle Wege und Landstriche erkundet und sich eingeprägt hatte und danach glaubte, er habe alles erfahren, was man über das Auenland wissen mußte. Und selbst als es ihm nicht länger klug oder nützlich erschien dorthin zu gehen, hatte er dennoch Spione und Diener, die das Land betraten oder ein wachsames Auge auf seine

Grenzen hatten. Denn er war noch immer mißtrauisch. Er war selbst soweit gesunken, daß er glaubte, jedes der anderen Ratsmitglieder habe verborgene und weitreichende Pläne zur eigenen Erhöhung, auf die alles, was sie taten, in gewisser Weise zurückzuführen sein mußte. Als er also viel später etwas darüber erfuhr, daß der Halbling Gollums Rings gefunden hatte, konnte er nur glauben, daß Gandalf dies die ganze Zeit gewußt hatte; und das war sein größter Kummer, weil er alles, was die Ringe betraf, als sein ureignes Feld ansah. Daß Gandalfs Mißtrauen gegen ihn verdient und berechtigt war, minderte seine Wut in keiner Weise.

Doch in Wahrheit hatte Sarumans Spionieren und große Heimlichkeit anfangs kein böses Ziel, sondern waren nicht mehr als eine aus Stolz hervorgegangene Torheit. Unbedeutende Dinge, die es nicht wert schienen, festgehalten zu werden, konnten sich doch am Rande als sehr wichtig erweisen. Die Wahrheit war nun folgende: Saruman hatte Gandalfs Vorliebe für das Kraut bemerkt, das er ›Pfeifenkraut‹ nannte (allein schon dieses Krautes wegen, sagte er, sollte man das Kleine Volk ehren), und es hatte ihm gefallen, darüber zu spotten, doch insgeheim machte er einen Versuch damit und begann bald, es zu gebrauchen; und aus diesem Grund blieb das Auenland für ihn so wichtig. Doch er befürchtete, daß dies entdeckt, sein eigener Spott gegen ihn selbst gerichtet werden und er wegen seiner Nachahmung Gandalfs ausgelacht und wegen seiner Heimlichtuerei verspottet werden könnte. Dies war damals der Grund für die große Heimlichkeit in seinem ganzen Umgang mit dem Auenland, selbst als zu Anfang noch kein Schatten des Zweifels auf das Land gefallen, es kaum bewacht und offen für diejenigen war, die es zu betreten wünschten. Deshalb hörte Saruman auch auf, persönlich dorthin zu gehen; denn es kam ihm zu Ohren, daß er von den scharfäugigen Halblingen nicht ganz unbeobachtet geblieben war; und einige, die die Gestalt sahen, als wäre es die eines alten Mannes, der in Grau oder Rostbraun gekleidet sich durch die Wälder stahl oder durch die Dämmerung schlich, hatten ihn mit Gandalf verwechselt.

Danach suchte Saruman das Auenland nicht mehr auf, denn er fürchtete, solche Mären könnten sich verbreiten und vielleicht Gandalf zu Ohren kommen. Aber Gandalf wußte um diese Besuche, erriet ihren

Grund und lachte, und er hielt sie für die harmlosesten von Sarumans Geheimnissen; doch anderen sagte er nichts, denn es war niemals sein Wunsch, daß irgend jemand beschämt werden sollte. Dennoch war er nicht unerfreut, als die Besuche Sarumans aufhörten, denn er mißtraute ihm schon damals, wenn er auch nicht voraussehen konnte, daß eine Zeit kommen würde, in der Sarumans Kenntnis des Auenlandes sich als gefährlich erweisen, dem Feind den größten Dienst leisten und ihm dem Sieg zum Greifen nahebringen würde.

In einer anderen Version gibt es eine Beschreibung des Anlasses, bei dem Saruman offen über Gandalfs Gebrauch des ›Pfeifenkrauts‹ spottete:

Wegen seiner Abneigung und Furcht mied Saruman nun in späteren Tagen Gandalf, und sie trafen sich selten, außer bei den Versammlungen des Weißen Rates. Es war auf der großen Sitzung des Rates im Jahr 2851, als zum ersten Mal über das ›Kraut der Halblinge‹ gesprochen wurde, und damals wurde diese Angelegenheit mit Heiterkeit vermerkt, obgleich sie später in anderem Licht erschien. Der Rat tagte in Bruchtal, und Gandalf saß abseits, doch ungewöhnlicherweise rauchte er (etwas, was er bei einem solchen Anlaß nie zuvor getan hatte), während Saruman gegen ihn sprach und im Gegensatz zu Gandalfs Vorschlag forderte, daß Dol Guldur noch nicht belästigt werden sollte. Das Schweigen und der Rauch schienen Saruman außerordentlich zu belästigen, und bevor der Rat auseinanderging, sagte er zu Gandalf: »Wenn gewichtige Dinge behandelt werden, Mithrandir, wundert es mich ein wenig, daß du mit deinen Spielzeugen, mit Feuer und Rauch, herumhantierst, während andere sich ernsthaft unterhalten.«

Aber Gandalf lachte und erwiderte: »Du würdest dich nicht darüber wundern, wenn du selbst dieses Kraut gebrauchen würdest. Du würdest feststellen, daß der ausgestoßene Rauch deinen Kopf von den inneren Schatten befreite. Wie auch immer, der Rauch verleiht einem die Geduld, Irrtümern ohne Ärger zuzuhören. Doch es ist nicht eines meiner Spielzeuge: Es ist eine Kunstfertigkeit der Kleinen Leute weit im Westen: ein fröhliches und achtbares Völkchen, wenn es vielleicht auch in deinen hochfliegenden Plänen nicht viel zählt.«

Saruman war von dieser Antwort wenig angetan (denn er haßte

Spott, auch wenn er höflich vorgebracht wurde), und er sagte darauf kühl: »Du scherzest, Fürst Mithrandir, wie es deine Art ist. Ich weiß nur zu gut, daß du ein neugieriger Erforscher des Kleinen geworden bist: Kraut, wilde Pflanzen, und kindische Leutchen. Es ist deine Zeit, die du verschwendest, falls du nichts Würdigeres zu tun hast; und deine Freunde kannst du dir aussuchen, wie es dir gefällt. Aber mir sind die Tage zu düster für die Geschichten von Wanderern, und ich habe für die Albernheiten von Bauern keine Zeit.«

Dieses Mal lachte Gandalf nicht und antwortete nicht, doch indem er Saruman scharf ansah, zog er an seiner Pfeife und blies einen großen Rauchring, dem viele kleine folgten. Dann hob er seine Hand, als wolle er nach ihnen greifen, und sie verschwanden. Damit stand er auf und verließ Saruman ohne ein weiteres Wort; aber Saruman stand für eine Weile schweigend da, und sein Gesicht war von Zweifel und Verdruß umdüstert.

Diese Geschichte erscheint in einem halben Dutzend Manuskripten, und in einem davon heißt es, daß Saruman mißtrauisch war

und zweifelte, ob er den Sinn von Gandalfs Handbewegung mit den Rauchringen richtig gedeutet hatte (vor allem ob sich darin ein Zusammenhang zwischen den Halblingen und der großen Frage nach den Ringen der Macht offenbarte, so unwahrscheinlich es erscheinen mochte); und er bezweifelte, daß ein so bedeutender Mann sich mit einem solchen Volk wie den Halblingen nur um ihrer selbst willen befaßte.

In einem anderen (durchgestrichenen) Manuskript wird Gandalfs Absicht verdeutlicht:

Es war ein merkwürdiger Zufall, daß Gandalf, durch Sarumans Überheblichkeit verärgert, diesen Weg wählte, um ihm seinen Verdacht zu zeigen, daß das Verlangen nach ihrem Besitz begonnen hatte, seine Pläne und sein Bemühen um die Kunde von den Ringen zu bestimmen; und er wollte ihm zu verstehen geben, daß sie sich ihm entziehen würden. Denn es kann nicht bezweifelt werden, daß Gandalf bis jetzt nicht auf den Gedanken gekommen war, daß zwischen den Halblingen (und noch weniger ihrem Rauchen) und den Ringen ein Zusammenhang bestand.[23] Wenn er einen solchen Gedanken gehabt hätte, dann hätte er unterlassen, was er tat. Doch später, als die Halblinge wirklich in diese größte Streitsache verwickelt wurden, konnte Saruman nur glauben, daß Gandalf dies gewußt oder vorhergesehen hatte, und sein Wissen vor ihm und vor dem Rat verborgen hatte – mit genau der gleichen Absicht, die auch Saruman hegte: in den Besitz des Ringes zu gelangen und ihm zuvorzukommen.

In der »Aufzählung der Jahre« verweist der Eintrag für 2851 auf das Treffen des Weißen Rates in diesem Jahr, als Gandalf einen Angriff auf Dol Guldur verlangte, doch von Saruman überstimmt wurde; und eine Fußnote zum Eintrag lautet: »Später wurde klar, daß Saruman seit jener Zeit den Einen Ring selbst zu besitzen wünschte und hoffte, er werde sich vielleicht auf der Suche nach seinem Herrn selbst offenbaren, wenn man Sauron eine Zeitlang in Frieden läßt.« Die vorstehende Geschichte zeigt, daß Gandalf diesen Verdacht gegen Saruman zur Zeit des Rates von 2851 hegte; obgleich mein Vater später hinzufügte, es erhelle aus Gandalfs Geschichte über sein Treffen mit Radagast, die er vor dem Rat von Elrond vortrug, daß er Saruman nicht ernstlich des Verrates verdächtigte (oder der Begierde nach dem Ring selbst), bis er in Orthanc gefangengesetzt wurde.

1 Entsprechend dem Eintrag in der »Aufzählung der Jahre« für das Jahr 2951, sandte Sauron nicht zwei, sondern drei der Nazgûl aus, um Dol Guldur wieder zu besetzen. Die beiden Angaben lassen sich unter der Voraussetzung vereinbaren, daß einer der Ringgeister aus Dol Guldur später nach Minas Morgul zurückkehrte, aber ich halte es für wahrscheinlicher, daß die Formulierung des vorliegenden Textes aufgehoben wurde, als die »Aufzählung der Jahre« zusammengestellt wurde; es sei angemerkt, daß in einer verworfenen Version der vorliegenden Passage nur ein Nazgûl in Dol Guldur war (nicht Khamûl genannt, jedoch als »der Zweite Anführer (der Schwarze Ostling)« erwähnt wird, während einer als wichtigster Bote bei Sauron zurückblieb. – Aus Anmerkungen, die bis ins einzelne über die Bewegungen der Schwarzen Reiter im Auenland berichten, geht hervor, daß es Khamûl war, der nach Hobbingen kam, mit Ohm Gamdschie sprach, den Hobbits entlang der Straße nach Stock folgte und sie an der Bockenburger Fähre knapp verpaßte (siehe Seite 451). Der Reiter, der ihn begleitete, den er durch Rufe vom Hügelrücken oberhalb von Waldhof herbeirief und mit dem er Bauer Maggot besuchte, war »sein Gefährte aus Dol Guldur«. Von Khamûl wird hier gesagt, daß er nach dem Schwarzen Anführer von allen Nazgûl der geschickteste war, um die Gegenwart des Ringes zu spüren, doch er war auch einer, dessen Kraft bei Tageslicht am meisten verwirrt und gemindert wurde.

2 In seinem Entsetzen über die Nazgûl hatte er es tatsächlich gewagt, sich in Moria zu verstecken. [Anmerkung des Autors]

3 An der Furt des Bruinen (Lautwasser) hatten es nur der Hexenkönig und zwei andere, die Verlockung des Ringes unmittelbar vor Augen, gewagt, in den Fluß zu steigen; die anderen wurden von Glorfindel und Aragorn hineingetrieben. [Anmerkung des Autors]

4 Wie Gandalf dem Rat von Elrond berichtete, befragte er Gollum, während dieser von den Elben Thranduils gefangengehalten wurde.

5 Gandalf erzählte dem Rat von Elrond, daß, nachdem er Minas Tirith verlassen hatte, »Botschaften aus Lórien zu mir kamen, daß Aragorn diesen Weg genommen und die Kreatur namens Gollum gefunden hatte«.

6 Gandalf traf zwei Tage später ein und brach am frühen Morgen des 29. März auf. Hinter der Carrock hatte er ein Pferd, aber er mußte den Hohen Paß überqueren. In Bruchtal bekam er ein frisches Pferd, er ritt so schnell er konnte und erreichte Hobbingen am späten Abend des 12. April nach einer Reise von fast achthundert Meilen. [Anmerkung des Autors]

7 Sowohl hier als auch in der »Aufzählung der Jahre« wird als Datum für den Angriff auf Osgiliath der 20. Juni angegeben.

8 Diese Feststellung bezieht sich zweifellos auf Boromirs Schilderung der Schlacht bei Osgiliath, die er dem Rat von Elrond gab: »Dort gab es

eine Macht, wie wir sie vorher noch nicht verspürt hatten. Manche sagten, ein dunkler Schatten sei unter dem Mond zu sehen gewesen wie ein großer schwarzer Reiter.«

9 In einem Brief aus dem Jahr 1959 schrieb mein Vater: »Zwischen 2463 [als Déagol der Starre nach der »Aufzählung der Jahre« den Einen Ring fand] und dem Beginn von Gandalfs eigenen Nachforschungen den Ring betreffend (fast fünfhundert Jahre später) schienen sie [die Starren] wirklich sämtlich (natürlich mit Ausnahme Sméagols) ausgestorben zu sein; oder vor dem Schatten Dol Guldurs geflohen zu sein.«

10 Gemäß der Anmerkung des Autors in Anmerkung 2 oben floh Gollum vor dem Schrecken der Nazgûl nach Moria; vgl. auch die auf Seite 444 geäußerte Vermutung, einer der Gründe des Herrn von Morgul, nach Norden über den Schwertel hinaus zu reiten, sei die Hoffnung gewesen, Gollum zu finden.

11 Diese waren in der Tat nicht sehr zahlreich, wie es schien; jedoch ausreichend, um Eindringlinge abzuwehren, wenn diese nicht besser bewaffnet oder vorbereitet waren als Balins Truppe und nicht in großer Zahl anrückten. [Anmerkung des Autors]

12 Den Zwergen zufolge bedurfte es hierzu des Stoßes von zwei Männern; nur ein sehr kräftiger Zwerg konnte sie ohne Hilfe öffnen. Vor der Verwüstung Morias unterhielt man Torwächter auf der Innenseite des West-Tores, und zumindest einer von ihnen war immer anwesend. Auf diese Weise konnte eine einzelne Person (und damit jeder Eindringling oder eine Person, die zu flüchten versuchte) nicht ohne Erlaubnis hinausgelangen. [Anmerkung des Autors]

13 In Manuskript A leugnete Saruman, zu wissen, wo der Ring versteckt sei; in B »leugnete er jede Kenntnis von dem Land, das sie suchten«. Doch dies ist vermutlich nicht mehr als ein Unterschied in der Formulierung.

14 In dieser Version wird an früherer Stelle gesagt, daß Sauron zu dieser Zeit mittels der *palantíri* schließlich begonnen hatte, Saruman einzuschüchtern, und er konnte auf jeden Fall oft seine Gedanken lesen, besonders wenn dieser ihm etwas verschwieg. So wurde Sauron auch gewahr, daß Saruman eine Vermutung hatte, wo der Ring sich befand; und Saruman enthüllte wirklich, daß er Gandalf gefangenhielt, der am meisten darüber wußte.

15 Der Eintrag für den 18. September 3018 in der »Aufzählung der Jahre« lautet: »Gandalf entkommt in den frühen Morgenstunden aus Orthanc. Die Schwarzen Reiter überqueren die Furten des Isen.« Die Kürze dieses Eintrags, der keinen Hinweis darauf gibt, daß die Reiter Isengart aufsuchten, scheint darauf hinzuweisen, daß er auf der in Version C erzählten Geschichte beruht.

16 In keinem dieser Texte gibt es einen Hinweis darauf, was sich

zwischen Sauron und Saruman zutrug, nachdem der letztere die Maske hatte fallen lassen.

17 Lobelia Straffgürtel heiratete Otho Sackheim-Beutlin; ihr Sohn war Lotho, der zur Zeit des Krieges um den Ring die Herrschaft über das Auenland an sich riß und dann als ›der Oberst‹ bekannt war. Bauer Hüttinger erwähnt in der Unterhaltung mit Frodo Lothos Besitz von Tabakpflanzungen im Süd-Viertel. (»Die Rückkehr des Königs«, 6, Kapitel 8)

18 Der übliche Weg führte über den Übergang von Tharbad nach Dunland (eher als direkt nach Isengart), von wo Güter unter besserer Geheimhaltung zu Saruman geschafft wurden. [Anmerkung des Autors]

19 Vgl. Anhang zum *Herrn der Ringe* A, I, 3 (»Das Nördliche Königreich und die Dúnedain«): »Es war zu jener Zeit [während der Großen Pest, die Gondor im Jahr 1636 erreichte], daß die Dúnedain von Cardolan ihr Ende fanden, und böse Geister aus Angmar und Rhudaur drangen in die verlassenen Hügelgräber ein und hausten dort.«

20 Da der Schwarze Anführer so viel wußte, ist es vielleicht merkwürdig, daß er eine so schwache Vorstellung hatte, wo das Auenland, das Land der Halblinge, sich befand; der »Aufzählung der Jahre« zufolge siedelten in Bree bereits zu Anfang des 14. Jahrhunderts des Dritten Zeitalters Hobbits, als der Hexenkönig in den Norden nach Angmar kam.

21 Siehe »Die Gefährten«, 1, Kapitel 9. Als Streicher und die Hobbits Bree verließen (ebd. 1, Kapitel 11) sah Frodo den Dunländer flüchtig (»ein fahles Gesicht mit verschlagenen, schrägstehenden Augen«) in Lutz Farnings Haus am Rande von Bree und dachte: »Er sieht wirklich wie ein halber Unhold aus.«

22 Vgl. Gandalfs Worte beim Rat von Elrond: »Ihr Hauptmann blieb insgeheim südlich von Bree zurück.«

23 Wie der abschließende Satz dieses Zitats zeigt, ist die Bedeutung folgende: »Gandalf hatte bis jetzt keine Ahnung, daß die Halblinge in der Zukunft in irgendeinem Zusammenhang mit den Ringen stehen würden.« Das Treffen des Weißen Rates im Jahr 2851 fand neunzig Jahre vor Bilbos Ringfund statt.

V DIE SCHLACHTEN AN DEN FURTEN DES ISEN

Die Haupthindernisse für eine leichte Eroberung Rohans durch Saruman waren Théodred und Éomer: Sie waren tatkräftige Männer, dem König ergeben, und sie besaßen als dessen einziger Sohn und sein Schwestersohn seine Zuneigung in hohem Maße; und sie taten alles, was sie konnten, um Grímas Einfluß auf ihn entgegenzuarbeiten, den dieser gewann, als die Gesundheit des Königs zu schwinden begann. Dies trug sich zu Beginn des Jahres 3014 zu, als Théoden sechsundsechzig Jahre alt war; sein Gebrechen konnte durchaus auf natürliche Ursachen zurückzuführen sein, obgleich die Rohirrim gewöhnlich fast achtzig Jahre oder mehr alt wurden. Doch es könnte ebensogut durch schleichende Gifte bewirkt oder verstärkt worden sein, die Gríma ihm verabreichte. Auf jeden Fall waren Théodens Gefühl der Schwäche und seine Abhängigkeit zum großen Teil auf die Verschlagenheit und Geschicklichkeit der Einflüsterungen dieses arglistigen Ratgebers zurückzuführen. Es war dessen Ziel, seine wichtigsten Widersacher bei Théoden in einen schlechten Ruf zu bringen und sie nach Möglichkeit loszuwerden. Es erwies sich als unmöglich, sie gegenseitig aufzuhetzen: Vor seiner ›Krankheit‹ war Théoden von seiner ganzen Sippe und seinem Volk sehr geliebt worden, und die Treue Théodreds und Éomers blieb sogar angesichts seiner offensichtlichen Altersschwäche unerschüttert. Auch war Éomer kein ehrgeiziger Mann, und die Liebe und Achtung für Théoden (dreizehn Jahre älter als er selbst) kamen nach seiner Liebe zu seinem Ziehvater an zweiter Stelle.[1] Deshalb versuchte Gríma sie im Herzen Théodens gegeneinander auszuspielen, indem er Éomer als begierig hinstellte, seine eigene Macht zu vergrößern und zu handeln, ohne den König oder seinen Erben hinzuzuziehen. Damit hatte er einigen Erfolg, der Früchte trug, als es Saruman schließlich gelang, den Tod Théodreds herbeizuführen.

Als die wahren Berichte von den Schlachten an den Furten bekannt wurden, konnte jedermann in Rohan deutlich erkennen, daß Saruman besondere Befehle erteilt hatte, nach denen Théodred um jeden Preis getötet werden sollte. In der ersten Schlacht waren alle seine grausamsten Krieger in rücksichtslose Angriffe auf Théodred und seine Garde verwickelt und ließen andere Vorgänge der Schlacht außer acht, die sonst zu einer weitaus empfindlicheren Niederlage der Rohirrim hätten führen können. Als Théodred schließlich erschlagen war, schien der Befehlshaber Sarumans (zweifellos Befehlen folgend) für den Augenblick befriedigt zu sein, und Saruman machte den Fehler, der sich als verhängnisvoll erwies, daß er nicht sofort weitere Streitkräfte ins Treffen warf und umgehend zum kraftvollen Einmarsch in die Westfold schritt;[2] obwohl die Tapferkeit Grimbolds und Elfhelms zu dieser Verzögerung beitrug. Hätte der Einmarsch in die Westfold fünf Tage früher begonnen, kann nur geringer Zweifel bestehen, daß die Verstärkungen aus Edoras niemals bis in die Nähe von Helms Klamm gekommen, sondern im freien Feld eingekreist und besiegt worden wären; Edoras selbst hätte angegriffen und erobert werden können, bevor Gandalf dorthin kam.[3]

Es ist gesagt worden, daß die Tapferkeit Grimbolds und Elfhelms zu Sarumans Verzögerung beitrug, die sich für ihn als verhängnisvoll erwies. Der obige Bericht unterschätzt möglicherweise ihre Bedeutung.

Der Isen floß schnell von seinen Quellen oberhalb Isengarts herab, doch im flachen Land der Pforte von Rohan wurde er langsam, bis er sich nach Westen wandte; dann floß er durch ein über lange Abhänge abfallendes Land hinab in die tiefliegenden Küstenländer des fernsten Gondor und Enedwaiths, und er wurde tief und reißend. Genau oberhalb seiner westlichen Biegung waren die Furten des Isen. Der Fluß war dort breit und flach, umfloß in zwei Armen einen großen Werder über ein steiniges Bett, bedeckt mit Steinen und Kieseln, die aus dem Norden herabgeschwemmt worden waren. Nur hier, südlich von Isengart, war es großen Streitkräften möglich, besonders solchen, die schwer bewaffnet oder beritten waren, den Fluß zu überschreiten. Saruman hatte demgemäß diesen Vorteil: Er konnte seine Truppen zu beiden Seiten des Flusses aufmarschieren lassen und die Furten, wenn sie gegen ihn behauptet wurden, von beiden Seiten angreifen. Jede seiner Streitkräfte westlich des Isen konnte sich, wenn es notwendig war, auf Isengart zurückziehen. Andererseits konnte Théodred Männer über die Furten schicken, entweder in ausreichender Stärke, um Sarumans Truppen zu binden oder um den westlichen Brückenkopf zu verteidigen; wenn sie jedoch geschlagen wurden, blieb ihnen keine Rückzugsmöglichkeit, außer zurück über die Furten mit dem Feind auf den Fersen, der sie möglicherweise zudem noch auf dem Ostufer erwartete. Weder auf dem südlichen noch dem westlichen Ufer des Isen gab es für sie einen Weg in die Heimat,[4] es sei denn, sie wären für eine lange Reise ins westliche Gondor mit Lebensmitteln versehen gewesen.

Sarumans Angriff erfolgte nicht unvorhergesehen, doch er kam früher als erwartet. Kundschafter hatten Théodred vor einer Truppenansammlung vor den Toren Isengarts gewarnt, hauptsächlich (wie es schien) auf dem Westufer des Isen. Er bemannte daher die westlichen und östlichen Zugänge zu den Furten mit kräftigen Männern zu Fuß aus dem Aufgebot der Westfold. Er beließ drei Kompanien Reiterei zusammen mit Pferdeherden und Ersatzpferden auf dem Ostufer, während er selbst mit der Hauptmacht seiner Reiterei den Fluß überschritt: acht Kompanien und eine Kompanie von Bogenschützen, in der Absicht, Sarumans Heer zu schlagen, bevor es vollständig kampfbereit war.

Aber Saruman hatte weder seine Absichten noch die Stärke seiner Streitkräfte offenbart. Sie waren bereits im Anmarsch, als Théodred aufbrach. Ungefähr zwanzig Meilen nördlich der Furten traf er auf ihre Vorhut und zersprengte sie unter Verlusten. Als er aber zum Angriff auf das Hauptheer überging, verhärtete sich der Widerstand. Der Feind befand sich in der Tat in Stellungen, die für diesen Fall vorbereitet waren, nämlich hinter Gräben, die mit spießtragenden Männern besetzt waren; Théodred in der führenden *éored* wurde zum Stehen gebracht und fast eingekreist, denn frische Truppen, die aus Isengart herbeieilten, fielen ihm nun in die westliche Flanke.

Durch den Angriff der nachrückenden Kompanien wurde er befreit, doch als er nach Osten schaute, erschrak er. Es war ein trüber, nebliger Morgen gewesen, doch die Nebel wurden nun von einer Brise aus dem Westen durch die Pforte von Rohan zurückgedrängt, und östlich des Flusses erspähte er in der Ferne weitere Truppen, die nun auf die Furten zueilten, wenn ihre Stärke auch nicht zu schätzen war. Sogleich befahl er den Rückzug. Diesen vollführten die Reiter, in solchen Absatzbewegungen wohl geschult, in guter Ordnung und unter geringen weiteren Verlusten; doch man konnte den Feind nicht abschütteln oder lange auf Abstand halten, denn der Rückzug geriet öfters in Verzug, als die Nachhut unter Grimbold sich in höchster Not gezwungen sah, herumzuschwenken und die eifrigsten ihrer Verfolger zurückzutreiben.

Als Théodred die Furten erreichte, neigte sich der Tag. Er übertrug Grimbold den Befehl über die Besatzung auf dem Westufer, die er durch fünfzig abgesessene Reiter verstärkte. Die restlichen seiner Reiter und alle Pferde schickte er über den Fluß, sein eigenes Gefolge ausgenommen: Mit diesen Männern zu Fuß besetzte er den Werder, um den Rückzug Grimbolds zu decken, falls dieser zurückgetrieben wurde. Dies war kaum getan, als das Unglück hereinbrach. Sarumans östliche Streitmacht rückte mit unerwarteter Schnelligkeit heran; sie war zwar viel kleiner als die westliche, aber viel gefährlicher. In ihrer Vorhut waren einige Reiter der Dunländer und eine große Meute der furchtbaren orkischen Wolfreiter, die von den Pferden gefürchtet wurden.[5] Hinter ihnen kamen zwei Bataillone der grimmigen Uruks, schwer bewaffnet, doch ausgebildet, um sich über viele Meilen mit großer Schnelligkeit fortzubewegen. Die Reiter und Wolfreiter fielen über die Pferdeherden und angepflockten Pferde her, vernichteten oder zerstreuten sie. Die Besatzung auf dem Ostufer wurde durch den plötzlichen Angriff der dicht geschlossenen Uruks weggefegt, und die Reiter, die gerade aus dem Westen über den Fluß gekommen und noch ungeordnet waren, wurden trotz verzweifelter Gegenwehr von den Furten des Isen den Flußlauf entlang getrieben, verfolgt von den Uruks.

Sobald der Feind das Ostufer der Furten in Besitz genommen hatte, erschien dort ein Trupp von Menschen oder Ork-Menschen (unstreitig zu diesem Zweck in Marsch gesetzt), wild, gepanzert und mit Äxten bewaffnet. Sie eilten zum Werder und griffen ihn von beiden Seiten an. Zur gleichen Zeit wurde Grimbold auf dem Westufer von den dortigen Streitkräften Sarumans angegriffen. Als er, erschreckt vom Schlachtlärm und von den häßlichen Siegesschreien der Orks, nach Osten schaute, sah er, wie die Axt-Männer die Männer Théodreds von den Stränden des Werders auf den niedrigen Hügel in seiner Mitte zutrieben, und er hörte Theódreds mächtige Stimme rufen: *Zu mir, Eorlinge!* Sofort nahm Grimbold einige wenige Männer, die in der Nähe waren, und rannte mit diesen zum Werder zurück. Sein Angriff aus dem Rücken der Feinde erfolgte mit solchem Ungestüm, daß

Grimbold, ein großgewachsener und kräftiger Mann, sich einen Weg freihieb, bis er und zwei andere Théodred erreichten, der in höchster Bedrängnis auf dem Hügel stand. Zu spät. Als er neben ihm angelangt war, fiel Théodred, niedergehauen von einem großen Ork-Menschen. Grimbold erschlug den Ork, stand über Théodreds Körper und hielt ihn für tot; und dort wäre er selbst in Kürze getötet worden, wenn nicht Elfhelm gekommen wäre.

Elfhelm war in aller Eile über die Pferde-Straße von Edoras geritten und führte auf Théodreds Befehl vier Kompanien an. Er erwartete zwar eine Schlacht, aber nicht innerhalb der nächsten Tage. Doch in der Nähe der Kreuzung der Pferde-Straße mit der Straße aus dem Klammtal berichteten seine Vorreiter, daß zwei Wolfreiter abseits der Straße in den Feldern gesehen worden seien. Da er spürte, daß die Dinge schlecht standen, bog er nicht zur Seite in die Helms Klamm ab, wie er es für die Nacht beabsichtigt hatte, sondern ritt mit größter Schnelligkeit auf die Furten zu. Nach ihrer Kreuzung mit der Klamm-Straße wandte sich die Pferde-Straße nach Nordwesten, bog jedoch auf der Höhe der Furten, denen sie sich über einen geraden Weg von ungefähr zwei Meilen Länge näherte, wiederum scharf nach Westen ab. Folglich sah und hörte Elfhelm nichts von dem Kampf zwischen der zurückweichenden Besatzung und den Uruks im Süden der Furten. Die Sonne war gesunken, und das Licht nahm ab, als er sich der letzten Biegung der Straße näherte und dort auf einige wild umherrennende Pferde und wenige Flüchtlinge traf, die ihm von dem Unglück erzählten. Obwohl seine Männer und Pferde nun erschöpft waren, legte er das gerade Stück so schnell er konnte zurück, und als das östliche Ufer in Sicht kam, ordnete er seine Kompanien zum Angriff.

Nun waren es die Isengarter, die überrascht waren. Sie hörten den Donner von Hufen und sahen wie schwarze Schatten gegen den dunkelnden östlichen Himmel ein großes Heer (wie es schien) mit Elfhelm an der Spitze herankommen, und neben ihm wurde als Feldzeichen für die Nachfolgenden eine weiße Standarte getragen. Wenige behaupteten ihren Platz. Die meisten flohen nach Norden, verfolgt von zwei Kompanien Elfhelms. Die anderen ließ er absitzen, um das Ostufer zu schützen, doch mit Männern aus seinem eigenen Gefolge stürmte er auf der Stelle zum Werder. Die Axt-Männer waren jetzt zwischen den überlebenden Verteidigern und dem angreifenden Elfhelm eingekeilt, und beide Ufer wurden noch von den Rohirrim gehalten. Sie kämpften weiter, doch am Ende wurden sie bis auf den letzten Mann erschlagen. Elfhelm selbst sprang indessen den Hügel hinauf und fand dort Grimbold, der mit zwei Axt-Männern um Théodreds Körper kämpfte. Den einen tötete Elfhelm auf der Stelle, und der andere fiel eher als Grimbold.

Darauf hielten sie inne, um den Körper hochzuheben, und sie stellten fest, daß Théodred noch atmete; doch er lebte nur noch so lange, um seine letzten Worte zu sprechen: *Laßt mich hier liegen – um die Furten zu behüten, bis Éomer kommt!* Es wurde Nacht. Ein rauhes Hornsignal ertönte, und dann war alles still. Der Angriff auf dem Westufer war vorüber, und dort verschwand der Feind in die Dunkelheit. Die Rohirrim behaupteten die Furten des Isen; aber ihre Verluste waren schwer, nicht zuletzt an Pferden; der Sohn des Königs war tot, sie waren führerlos und wußten nicht, was noch geschehen würde.

Als nach einer kalten, schlaflosen Nacht das graue Licht wiederkehrte, war von den Isengartern keine Spur zu sehen, ausgenommen jene vielen, die sie tot auf dem Schlachtfeld zurückgelassen hatten. Weit in der Ferne heulten Wölfe und warteten auf das Verschwinden der lebenden Menschen. Viele Männer, die durch den plötzlichen Angriff der Isengarter versprengt worden waren, begannen zurückzukehren, einige noch beritten, andere führten wieder eingefangene Pferde. Später am Morgen kamen die meisten von Théodreds Reitern, die von einem Bataillon schwarzer Uruks den Fluß entlang nach Süden gejagt worden waren, vom Kampf erschöpft, doch in guter Ordnung zurück. Sie hatten eine ähnliche Geschichte zu erzählen. Sie kamen auf einem niedrigen Hügel zum Stehen und bereiteten sich darauf vor ihn zu verteidigen. Wenn sie auch einen Teil der Kampfkraft Isengarts geschwächt hatten, war ein Rückzug in den Süden ohne Lebensmittel am Ende hoffnungslos. Die Uruks hatten alle Versuche vereitelt, nach Osten auszubrechen, und trieben sie auf das nun feindliche Land der dunländischen ›Westmark‹. Doch als die Reiter sich bereit machten, um ihren Angriff abzuwehren, obgleich es nun tiefe Nacht war, wurde ein Horn geblasen; und bald entdeckten sie, daß der Feind verschwunden war. Sie hatten zu wenige Pferde, um eine Verfolgung zu versuchen oder wenigstens Kundschafter auszusenden, soweit dies in der Nacht genutzt haben würde. Nach einer gewissen Zeit begannen sie wieder nach Norden vorzurücken, doch sie trafen auf keinen Widerstand. Sie dachten, die Uruks seien zurückgewichen, um ihren Zugriff auf die Furten zu verstärken, und erwarteten sie dort erneut im Kampf vorzufinden, und sie wunderten sich sehr, die Furten in der Gewalt der Rohirrim zu sehen. Nicht viel später entdeckten sie, wohin die Uruks verschwunden waren.

So endete die Erste Schlacht an den Furten des Isen. Von der Zweiten Schlacht wurden derart eingehende Berichte nie angefertigt, infolge der viel bedeutenderen Ereignisse, die unmittelbar darauf folgten. Erkenbrand von Westfold übernahm die Befehlsgewalt über die West-Mark, als ihn am nächsten Tag die Nachricht vom Tode Théodreds in Hornburg erreichte. Er schickte Kuriere nach Edoras, um dies zu verkünden und Théoden die letzten Worte seines Sohnes zu übermitteln, wobei er seine eigene Bitte hinzufügte, Éomer solle sogleich mit aller Hilfe, die er aufbringen konnte, ausgesandt werden.[6] »Laßt uns die Verteidigung von Edoras hier im Westen vollbringen«, sagte er, »und laßt uns nicht warten, bis es selbst belagert wird.« Aber Gríma nützte die Knappheit dieses Vorschlages, um sein Verfahren der Verzögerung fortzusetzen. Es wurde erst dann etwas unternommen, als Gandalf ihn besiegt hatte. Die Verstärkungen unter Éomer und der König brachen am Nachmittag des 2. März auf, doch in dieser Nacht wurde die Zweite Schlacht an den Furten ausgefochten und verloren, und der Einmarsch in Rohan begann.

Erkenbrand selbst rückte nicht sofort auf das Schlachtfeld. Alles war in Verwirrung. Er wußte nicht, welche Truppen er in Eile aufbieten konnte; er konnte auch noch nicht die Verluste einschätzen, die Théodreds Truppen wirklich erlitten hatten. Er urteilte richtig, daß der Einmarsch unmittelbar bevorstand, daß aber Saruman nicht wagen würde, zum Angriff auf Edoras nach Osten vorzurücken, solange die Befestung der Hornburg unbezwungen war, wenn sie bemannt und mit Vorräten wohl versorgt war. Hiermit und mit der Einberufung so vieler Männer der Westfold wie möglich, war er drei Tage beschäftigt. Bis er selbst kommen konnte, übergab er den Befehl im Feld an

Grimbold; doch er beanspruchte nicht den Befehl über Elfhelm und seine Reiter, die zum Aufgebot von Edoras gehörten. Die beiden Befehlshaber waren nämlich Freunde, beide treue und kluge Männer, und zwischen ihnen gab es keine Meinungsverschiedenheiten; die Anordnung ihrer Truppen war ein Ausgleich zwischen ihren unterschiedlichen Auffassungen. Elfhelm meinte, die Furten seien nicht mehr wichtig, sondern eher eine Falle, um Männer dort festzuhalten, die anderswo besser am Platze waren, weil Saruman ungehindert und wie es im paßte, Truppen über beide Ufer des Isen schicken konnte; und seine augenblickliche Absicht war zweifellos Westfold zu überrennen und die Hornburg zu belagern, bevor aus Edoras wirksame Hilfe kam. Sein Heer, oder der größte Teil davon, würde folglich auf dem Ostufer der Isen herankommen; wenn auf diese Weise ihr Marsch auf dem unebenen, pfadlosen Untergrund auch langsam vonstatten ging, brauchten sie sich jedoch nicht den Übergang über die Furten zu erzwingen. Darum empfahl Elfhelm die Furten aufzugeben; alle verfügbaren Fußtruppen sollten auf dem Ostufer zusammengefaßt und so angeordnet werden, daß sie den Vormarsch des Feindes aufhalten konnten: längs einer langen Geländewelle, die einige Meilen nördlich der Furten von Westen nach Osten verlief; die Reiterei jedoch sollte nach Osten gegen einen Punkt zurückgezogen werden, von wo, wenn der vorrückende Feind mit der Abwehr beschäftigt war, mit der größten Wucht ein Angriff auf seine Flanke vorgetragen werden konnte, der ihn in den Fluß treiben sollte. »Laßt den Isen ihre Falle sein und nicht die unsere!«

Grimbold freilich war nicht willens, die Furten aufzugeben. Dies war zum Teil auf die Tradition in der Westfold zurückzuführen, in der er und Erkenbrand aufgezogen worden waren; doch es sprachen gute Gründe dafür. »Wir wissen nicht«, sagte er, »wie groß die Streitmacht ist, die Saruman noch befehligt. Aber wenn es wirklich seine Absicht ist, Westfold zu vernichten, deren Verteidiger in die Helms Klamm zu treiben und sie dort einzuschließen, dann muß sie sehr groß sein. Es ist unwahrscheinlich, daß er sie sofort in voller Stärke einsetzen wird. Sobald er ahnt oder entdeckt, wie wir unsere Verteidigung eingerichtet haben, wird er sicherlich eine große Streitmacht so schnell wie möglich auf der Straße von Isengart in Marsch setzen, die unverteidigten Furten überschreiten und in unseren Rücken gelangen, wenn wir alle im Norden versammelt sind.«

Schließlich bemannte Grimbold das Westufer der Furten mit dem größeren Teil seiner Fußsoldaten; diese waren dort in den Erdbefestigungen, die die Zugänge schützten, in einer starken Stellung. Er selbst blieb mit dem Rest seiner Männer und denen, die von Théodreds Reiterei übrig geblieben war, auf dem Ostufer. Den Werder ließ er unbemannt.[7] Elfhelm dagegen zog seine Reiter zurück und bezog seine Stellung längs der Linie, die er sich als die wichtigste Verteidigung gewünscht hatte; es war sein Ziel, so früh wie möglich jeden Angreifer, der auf dem Ostufer heranrückte, zu erspähen und ihn auseinanderzutreiben, bevor er die Furten erreichen konnte.

Alles ging schief, wie es höchst wahrscheinlich in jedem Fall schief gegangen wäre: Sarumans Streitmacht war zu gewaltig. Er begann seinen Angriff bei Tagesanbruch, und vor dem Mittag des 2. März griff eine starke Truppe seiner besten Kämpfer, die auf der Straße aus Isengart kam, die Befestigungen auf dem Westufer der Furten an. Diese Truppe war tatsächlich nur ein kleiner Teil der Streitkräfte, die ihm zur Verfügung standen, nicht mehr als er zum Einsatz gegen die geschwächte Verteidigung für ausreichend hielt. Aber die Besatzung der Furten, wenn auch an Zahl beträchtlich unterlegen, leistete hartnäckig Widerstand. Schließlich jedoch, als beide Befestigungen in schwere Kämpfe verwickelt waren, erzwang ein Trupp von Uruks den Durchgang zwischen beiden und begann die Furten zu überqueren. Grimbold, der darauf vertraute, daß Elfhelm den Angriff auf der Ostseite aufhielt, rückte mit allen Männern, die er zurückgelassen hatte, heran und warf sie zurück – für eine Weile. Aber darauf führte der feindliche Befehlshaber ein frisches Bataillon in den Kampf und durchbrach die Verteidigungslinien. Grimbold war gezwungen, sich über den Isen zurückzuziehen. Es war mittlerweile kurz vor Sonnenuntergang. Er hatte viele Verluste erlitten, doch weit schwerere Verluste hatte er dem Feind zugefügt (zumeist Orks) und behauptete das Ostufer nachdrücklich. Der Feind versuchte nicht die Furten zu überschreiten, sich den Weg über die steilen Hänge freizukämpfen und ihn zu vertreiben; noch nicht.

Elfhelm war nicht imstande gewesen, in dieses Geschehen einzugreifen. In der Dämmerung zog er seine Kompanien zurück und ließ sie in einiger Entfernung von Grimbolds Lager Ruhestellungen beziehen, wobei er seine Männer gruppenweise anordnete, so daß sie einen Schutzschild gegen einen Angriff aus dem Norden oder Osten bildeten. Von Süden her erwarteten sie nichts Böses und hofften auf Entsatz. Nach dem Rückzug über die Furten waren sogleich Kuriere zu Erkenbrand und nach Edoras gesandt worden, um von ihrer schlechten Lage zu berichten. Da sie fürchteten, oder besser gesagt, wußten, daß in Kürze größeres Unheil über sie kommen würde, falls sie nicht rasch unvorhergesehene Hilfe erreichte, trafen die Verteidiger alle Vorbereitungen, um Sarumans Vorrücken aufzuhalten, bevor sie überwältigt wurden.[8] Der größere Teil blieb kampfbereit, nur wenige versuchten, so gut es ging, für kurze Zeit Ruhe und Schlaf zu finden. Grimbold und Elfhelm wachten, erwarteten die Morgendämmerung voller Furcht, was sie bringen würde.

Sie mußten nicht so lange warten. Es war noch nicht Mitternacht, als im Norden rote Lichtpunkte sichtbar wurden und bereits auf dem Westufer des Flusses näherkamen. Es war die Vorhut der gesamten verbliebenen Streitkräfte Sarumans, die er nun mit der Bestimmung in den Kampf führte, Westfold zu erobern. Sie näherten sich mit großer Schnelligkeit, und plötzlich schien das ganze Heer in Flammen auszubrechen. Hunderte von Fackeln wurden entzündet, die die Truppenführer trugen, und sich zu einem Strom vereinigend, besetzten sie bereits das Westufer und fluteten mit einem gewaltigen Haßgeschrei wie ein Fluß aus Feuer über die Furten. Eine große Kompanie von Bogenschützen wäre imstande gewesen, sie das Licht ihrer Fackeln bereuen zu lassen, doch Grimbold verfügte nur über eine Handvoll. Er konnte das östliche Ufer nicht halten, zog sich von ihm zurück und bildete eine große Schildmauer um sein Lager. Bald war es eingeschlossen, die Angreifer warfen Fackeln zwischen sie, und einige schleuderten sie hoch über die Schildmauer hinweg, um die Vorratslager in Brand zu setzen und die Pferde zu erschrecken, die Grimbold noch hatte. Doch die Schildmauer hielt stand. Weil die Orks wegen ihrer geringen Größe in einem solchen Kampf weniger erfolgreich waren, wurden sodann grimmige Kompanien der dunländischen Hügelleute gegen die Mauer geworfen. Trotz ihres Hasses fürchteten die Dunländer die Rohrirrim dennoch, wenn sie ihnen im Kampf Mann gegen Mann gegenüberstanden, und überdies waren sie im Kriegshandwerk weniger geübt und weniger gut bewaffnet.[10] Die Schildmauer hielt noch immer.

Vergeblich hielt Grimbold Ausschau nach Hilfe von Elfhelm. Es kam keine. Darauf beschloß er schließlich, wenn er konnte, den Plan auszuführen, den er sich bereits für den Fall zurechtgelegt hatte, daß er sich in einer solch verzweifelten Lage befinden sollte. Endlich hatte er die Klugheit Elfhelms erkannt und begriff, daß auch wenn seine Männer auf seinen Befehl hin weiterkämpften, bis sie alle erschlagen waren, diese Tapferkeit Erkenbrand nicht helfen würde: Jeder Mann, der ausbrechen und nach Süden entkommen konnte, würde von größerem Nutzen sein, mochte dies auch wenig ruhmvoll erscheinen.

Die Nacht war bewölkt und dunkel gewesen, doch nun begann der wachsende Mond durch die treibenden Wolken zu schimmern. Ein Wind strich aus dem Osten heran: der Vorläufer des gewaltigen Sturms, der bei Tagesanbruch über Rohan hinwegziehen und in der folgenden Nacht über die Helms Klamm hereinbrechen würde. Grimbold wurde plötzlich gewahr, daß die meisten der Fackeln erloschen waren und die Heftigkeit des Angriffs nachgelassen hatte.[11] Deshalb ließ er umgehend jene Reiter aufsitzen, für die Pferde zur Verfügung standen, nicht mehr als eine halbe *éored*, und unterstellte sie dem Befehl Dúnheres.[12] Die Schildmauer wurde an ihrer Ostseite geöffnet, und die Reiter ritten hinaus, indem sie ihre Angreifer auf dieser Seite zurücktrieben; dann teilten sie sich und herumschwenkend griffen sie den Feind im Norden und im Süden des Lagers an. Das plötzliche Manöver war für eine gewisse Zeit erfolgreich. Der Feind war verwirrt und erschreckt; viele dachten zuerst, eine große Reiterstreitmacht sei aus dem Osten gekommen. Grimbold selbst blieb zu Fuß mit einer Nachhut bereits ausgesuchter Männer zurück und, für den Augenblick durch diese und die Reiter unter Dúnhere gedeckt, zogen sich die restlichen Truppen so schnell sie konnten zurück. Aber Sarumans Befehlshaber erkannte rasch, daß die Schildmauer aufgebrochen war und die Verteidiger auf der Flucht waren. Zum Glück wurde der Mond von Wolken verhüllt, es wurde erneut dunkel, und er war in Eile. Er erlaubte seinen Truppen nicht, die Verfolgung bis weit in die Dunkelheit fortzusetzen, da nun die Furten eingenommen waren. Er sammelte seine Truppen, so gut er konnte, und begab sich auf die Straße nach Süden. So geschah es, daß der größere Teil von Grimbolds Männern überlebte. In der Nacht wurden sie zerstreut, doch, wie er es befohlen hatte, suchten sie sich ihren Weg abseits der Straße, östlich der großen Biegung, wo sie nach Westen zum Isen führte. Sie waren erleichtert, jedoch erstaunt, auf keine Feinde zu treffen; sie wußten nicht, daß bereits einige Stunden zuvor ein großes Heer nach Süden gezogen war und daß Isengart nun fast nur noch durch die eigene Stärke von Mauer und Tor geschützt war.[13]

Der Grund, warum von Elfhelm keine Hilfe gekommen war, war der folgende. Mehr als die Hälfte der Streitmacht Sarumans war tatsächlich auf dem Ostufer des Isen in Bewegung gesetzt worden. Sie kamen langsamer voran als die westliche Abteilung, denn das Land war uneben und hatte keine Straßen, und sie trugen keine Lichter. Doch vor ihnen, schnell und geräuschlos, gingen einige Trupps der gefürchteten Wolfreiter. Bevor Elfhelm ein warnendes Anzeichen vom Nahen des Feindes auf seiner Seite des Flusses erspähte, waren die Wolfreiter zwischen ihm und Grimbolds Lager; und sie versuchten auch, jede seiner kleinen Reitergruppen einzukreisen. Es war dunkel, und sein ganzes Heer war in Unordnung. Er faßte so viele wie möglich zu einer Reitertruppe zusammen, aber er war gezwungen, nach Osten zurückzuweichen. Er konnte Grimbold nicht erreichen, obwohl er wußte, daß dieser selbst in der Klemme war und im Begriff gewesen war, ihm zu Hilfe zu kommen, als die Wolfreiter angriffen. Doch er nahm ebenso richtig an, daß die Wolfreiter die Vorläufer eines Heeres waren, das für ihn viel zu mächtig war, um Widerstand zu leisten, und das auf dem Weg zur Südstraße war. Die Nacht ging zu Ende; er konnte nur den Morgen abwarten.

Was folgte, ist weniger klar, weil nur Gandalf eine vollständige Kenntnis davon hatte. Er erhielt die Nachricht von dem Unglück erst am späten Nachmittag des 3. März.[14] Der König stand zu dieser Zeit an einem Punkt nicht weit östlich von der Kreuzung der Straße mit der Abzweigung, die zur Hornburg führte. Von dort waren es etwa neunzig Meilen in direkter Linie bis Isengart; und Gandalf muß mit der größten Schnelligkeit, über die Schattenfell gebot, dorthin geritten sein. Er erreichte Isengart bei Anbruch der Dunkelheit,[15] und in nicht mehr als zwanzig Minuten verließ er es wieder. Sowohl bei seinem Hinweg, der ihn direkt an die Furten heranführte, als auch auf seinem Rückweg, um Erkenbrand zu finden, muß er Grimbold und Elfhelm getroffen haben. Sie waren davon überzeugt, daß er im Auftrag des Königs handelte, nicht nur wegen seines Erscheinens auf Schattenfell, sondern auch weil er den Namen des Kuriers, Ceorl, kannte und die Botschaft, die dieser gebracht hatte; und sie nahmen den Rat, den er gab, als Befehl.[16] Grimbolds Männer schickte er nach Süden, um sich Erkenbrand anzuschließen . . .

1 Éomer war der Sohn von Théodens Schwester Théodwyn und von Éomund aus Ostfold, Feldmarschall der Mark. Éomund wurde im Jahr 3002 von Orks getötet, und Théodwyn starb bald danach; daraufhin wurden ihre Kinder Éomer und Éowyn in König Théodens Haus aufgezogen, zusammen mit Théodred, dem einzigen Kind des Königs. (*Der Herr der Ringe*, Anhang A,II)

2 Die Ents sind hier außer Betracht gelassen, wie es außer Gandalf alle taten. Aber selbst wenn Gandalf die Erhebung der Ents einige Tage früher hätte zustandebringen können (was nach der Erzählung einfach nicht möglich war), würde dies Rohan nicht gerettet haben. Die Ents hätten Isengart zerstören und sogar Saruman gefangennehmen können (wenn er nach dem Sieg seinem Heer nicht gefolgt wäre). Die Ents und die Huorns hätten mit der Hilfe der Reiter aus der Ostmark, soweit diese noch nicht anderweitig beschäftigt waren, die Streitkräfte Sarumans in Rohan vernichten können, aber die Mark wäre in Trümmer gelegt und führerlos geworden. Selbst wenn der Rote Pfeil in die Hände irgendeines Mannes gelangt wäre, der befugt war, ihn entgegenzunehmen, hätte man den Hilferuf aus Gondor nicht beachtet – höchstens, daß ein paar Kompanien erschöpfter Männer Minas Tirith erreicht hätten, zu spät, außer um mit der Stadt unterzugehen. [Anmerkung des Autors] – Zum Roten Pfeil siehe »Die Rückkehr des Königs«, 1, Kapitel 3, wo er als Zeichen der Notlage von Minas Tirith durch einen Kurier aus Gondor zu Théoden gebracht wird.

3 Die erste Schlacht an den Furten des Isen, in der Théodred getötet wurde, wurde am 25. Februar geschlagen; Gandalf erreichte Minas Tirith am 2. März, sieben Tage später. (*Der Herr der Ringe*, Anhang B, Jahr 3019) Vgl. Anmerkung 6.

4 Das Land zwischen Isen und Adorn jenseits der Pforte war nominell Teil des Reiches von Rohan; doch obwohl Folcwine es zurückgefordert, die Dunländer hinausgetrieben und es besetzt hatte, war das zurückgebliebene Volk zum großen Teil gemischter Abstammung und seine Treue zu Edoras schwach ausgeprägt: daß König Helm ihren Fürsten Freca erschlagen hatte, war noch nicht vergessen. Zu dieser Zeit neigten sie in Wirklichkeit mehr dazu, sich an die Seite Sarumans zu stellen, und viele ihrer Krieger hatten sich seinen Streitkräften angeschlossen. Auf jeden Fall gab es von Westen her keinen Zugang zu ihrem Land, außer für kühne Schwimmer. [Anmerkung des Autors] – Die Gegend zwischen Isen und Adorn wurde zur Zeit des Eides von Cirion und Eorl zu einem Teil des Reiches von Eorl erklärt: Siehe oben Seite 404.

Im Jahr 2754 erschlug Helm Hammerhand, König der Mark, seinen hochfahrenden Vasallen Freca, Fürst der Länder zu beiden Seiten des Adorn, mit der bloßen Faust; siehe *Der Herr der Ringe*, Anhang A,II.

5 Sie waren sehr schnell und wußten Männer in gedrängter Schlachtordnung geschickt zu vermeiden, da sie meistens gewohnt waren, vereinzelte Gruppen zu vernichten oder Flüchtlinge zur Strecke zu bringen; doch zur Not stießen sie mit rücksichtsloser Wildheit in jede Lücke von Reiterkompanien und rissen die Bäuche der Pferde auf. [Anmerkung des Autors]

6 Die Botschaften erreichten Edoras erst am 27. Februar gegen Mittag. Gandalf kam dorthin am frühen Morgen des 2. Februar (der Februar hatte 30 Tage!): es waren also, wie Gríma sagte, nicht ganz fünf volle Tage vergangen, seit die Nachricht vom Tod Théodreds den König erreicht hatte. [Anmerkung des Autors] – Der Hinweis bezieht sich auf »Die zwei Türme«, 3, Kapitel 6.

7 Man erzählte sich, daß er rings um den Werder die Köpfe der dort getöteten Axt-Männer auf Pfähle spießte, doch über dem in der Mitte eilig aufgeworfenen Grabhügel Théodreds wurde sein Banner aufgepflanzt. »Dies wird Verteidigung genug sein«, sagte er. [Anmerkung des Autors]

8 Dieses, so heißt es, war Grimbolds Entscheidung. Elfhelm wollte ihn nicht im Stich lassen, doch hätte er selbst die Befehlsgewalt gehabt, hätte er die Furten im Schutz der Nacht aufgegeben, sich nach Süden zurückgezogen, um Erkenbrand zu treffen, und hätte die Streitkräfte vermehrt, die zur Verteidigung des Klammtales und der Hornburg noch zur Verfügung standen. [Anmerkung des Autors]

9 Dieses war das große Heer, das Meriadoc Isengart verlassen sah, wie er später Aragorn, Legolas und Gimli berichtete (»Die Zwei Türme«, 3, Kapitel 9): »Ich sah den Feind gehen: endlose Reihen marschierender Orks; und Gruppen von ihnen ritten auf großen Wölfen. Auch Abteilungen von Menschen waren dabei. Viele von ihnen trugen Fackeln, und in ihrem Schein konnte ich ihre Gesichter sehen . . . Sie brauchten eine Stunde, um aus den Toren herauszukommen. Einige gingen die Straße hinunter zu den Furten, und einige schwenkten ab nach Osten. Eine Brücke ist dort unten gebaut worden, etwa eine Meile entfernt, wo der Fluß in einem sehr tiefen Bett strömt.«

10 Ihr Leib war nicht gepanzert, und sie verfügten nur über wenige Halsbergen, die sie sich durch Diebstahl oder als Kriegsbeute verschafft hatten. Die Rohirrim hatten den Vorteil, daß sie von den Metallhandwerkern aus Gondor versorgt wurden. In Isengart wurde bis jetzt nur die schwere und plumpe Rüstung der Orks hergestellt, die sie selbst zum eigenen Gebrauch machten. [Anmerkung des Autors]

11 Es scheint, daß Grimbolds mutige Verteidigung insgesamt gesehen nicht nutzlos gewesen war. Sie war nicht erwartet worden, und Sarumans Befehlshaber verspätete sich: Er war einige Stunden in Verzug geraten, wogegen beabsichtigt war, daß er die Furten überrollen, die schwachen Verteidigungskräfte zersprengen und ohne sich mit ihrer Verfolgung aufzuhalten, zur Straße eilen sollte; dann sollte er nach Süden vorrücken,

um sich dem Angriff auf das Klammtal anzuschließen. Er war nun unsicher. Er erwartete möglicherweise ein Zeichen von der anderen Armee, die das Ostufer des Isen hinuntergeschickt worden war. [Anmerkung des Autors]

12 Ein tapferer Hauptmann, Neffe Erkenbrands. Durch Mut und Waffentüchtigkeit überlebte er das Unglück an den Furten, aber er fiel zum großen Leidwesen von Westfold in der Schlacht von Pelennor. [Anmerkung des Autors] – Dúnhere war Fürst von Hargtal (»Die Rückkehr des Königs«, 5, Kapitel 3).

13 Dieser Satz ist ziemlich unklar, doch im Hinblick auf das folgende scheint er sich auf den Teil des großen Heeres von Isengart zu beziehen, der das Ostufer des Isen hinunterkam.

14 Die Nachricht wurde von dem Reiter namens Ceorl überbracht, der, von den Furten zurückkehrend, auf Gandalf, Théoden und Éomer stieß, als sie mit Verstärkungen aus Edoras nach Westen ritten: »Die Zwei Türme«, 3, Kapitel 7.

15 Wie die Erzählung andeutet, muß Gandalf bereits Verbindung mit Baumbart aufgenommen haben, und er wußte, daß die Geduld der Ents zu Ende war; und er hatte auch die Bedeutung der Worte verstanden, die Legolas sagte (»Die Zwei Türme«, 3, Kapitel 7, am Anfang des Kapitels): Isengart war in einen undurchdringlichen Schatten gehüllt, die Ents hatten es schon eingeschlossen. [Anmerkung des Autors]

16 Als Gandalf mit Théoden und Éomer nach der Schlacht bei der Hornburg zu den Furten des Isen kam, erklärte er ihnen: »Einige Männer sandte ich mit Grimbold von Westfold zu Erkenbrand. Einige setzte ich ein, um dieses Grab zu machen. Sie sind nun Eurem Marschall Elfhelm gefolgt. Ich schickte ihn mit vielen Reitern nach Edoras.« (»Die Zwei Türme«, 3, Kapitel 8) Der vorliegende Text endet in der Mitte des nächsten Satzes.

Anhang

(1)

In Schriften, die mit dem vorliegenden Text in Zusammenhang stehen, finden sich weitere Einzelheiten über die Marschälle der Mark im Jahr 3019 und nach dem Ende des Krieges um den Ring:

Marschall der Mark (oder Riddermark) war der höchste militärische Rang und der Titel der Statthalter des Königs (ursprünglich drei), Befehlshaber der königlichen Streitkräfte von voll ausgerüsteten und ausgebildeten Reitern. Der Bezirk des Ersten Marschalls war die Hauptstadt Edoras und die angrenzenden königlichen Länder (eingeschlossen Hargtal). Er befehligte die Reiter des Aufgebots von Edoras, die in seinem Bezirk und in einigen Teilen der Ostmark und der Westmark ausgehoben wurden[1], für die Edoras der geeignetste Ort zur Bereitstellung war. Dem Zweiten und dem Dritten Marschall wurde entsprechend den Erfordernissen der Zeit Befehlsgewalt übertragen. Zu Beginn des Jahres 3019 war die Bedrohung durch Saruman am dringlichsten, und der Zweite Marschall, der Königssohn Théodred, hatte den Befehl über die Westmark mit seinem Stützpunkt in Helms Klamm; der Dritte Marschall, der Neffe des Königs, Éomer, hatte als seinen Bezirk die Ostmark mit seiner Heimat Aldburg in der Folde als Stützpunkt.[2]

In den Tagen Théodens wurde niemand in das Amt des Ersten Marschalls berufen. Er bestieg den Thron als ein junger Mann (im Alter von zweiunddreißig Jahren), tatkräftig, erfüllt von kriegerischem Geist und ein großer Reiter. Falls Krieg ausbrach, wollte er das Aufgebot von Edoras selbst befehligen; aber sein Königreich erlebte viele Jahre lang Frieden, und er ritt mit seinen Rittern und seinem Aufgebot lediglich zu Übungen und Heerschauen; obwohl der wiedererwachte Schatten Mordors von Théodens Kindheit bis in sein Alter immer mächtiger wuchs. In diesen Friedenszeiten wurden die Reiter und die Soldaten der Garnison von Edoras von einem Offizier im Rang eines Marschalls befehligt (in den Jahren 3012–3019 war dies Elfhelm). Als Théoden, wie es schien, vorzeitig alt wurde, änderte sich daran nichts, und es gab keine zentrale und handlungsfähige Befehlsgewalt: eine Sachlage, die von seinem Berater Gríma gefördert wurde. Der König, der hinfällig wurde und selten sein Haus verließ, verfiel in die Gewohnheit, durch den Mund Gríma Schlangenzunges Befehle an Háma, Hauptmann seiner Hausmacht, an Elfhelm und sogar an die Marschälle der Mark zu erteilen. Dies wurde übel aufgenommen, doch innerhalb von Edoras wurden die Befehle befolgt. Soweit es die kämpfenden Truppen betraf, übernahm Théodred, als der Krieg mit Saruman begann, ohne Auftrag den Oberbefehl. Er berief ein Aufgebot aus Edoras ein und zog einen großen Teil seiner Reiter unter Elfhelm ab, um das Aufgebot von Westfold zu verstärken und ihm beim Widerstand gegen den Einmarsch zu helfen.

In Zeiten des Krieges oder der Unruhe stand jedem Marschall der Mark als Teil seiner ›Hausmacht‹ (die Männer, die unter Waffen an seinem

[1] Diese Bezeichnungen wurden nur unter Bezug auf die militärische Organisation verwendet. Ihre Grenzen waren der Fluß Schneeborn bis zu seiner Vereinigung mit der Entwasser, und von dort an der Entwasser entlang nach Norden. [Anmerkung des Autors]

[2] Hier hatte Eorl sein Haus; es ging, nachdem Eorls Sohn Brego nach Edoras gezogen war, in die Hände Eofors über. Er war der dritte Sohn von Brego, von dem Éomund, Vater Éomers, abzustammen beanspruchte. Die Folde war Teil der königlichen Lande, doch Aldburg blieb der geeignetste Stützpunkt für das Aufgebot der Ostmark. [Anmerkung des Autors]

Wohnsitz einquartiert sind) eine kampfbereite *éored* zur unmittelbaren Verfügung, die er in einem Notfall nach eigenem Ermessen verwenden konnte. Dies war es, was Éomer in der Tat getan hatte,[3] doch die Anklage gegen ihn, betrieben durch Gríma, war, daß der König ihm in diesem Fall verboten hatte, irgendwelche der noch nicht gebundenen Streitkräfte der Ostmark aus Edoras abzuziehen, das ungenügend verteidigt war; daß er vom Unglück an den Furten und dem Tode Théodoreds wußte, bevor er die Orks in das weit entfernte Ödland verfolgte; und daß er, ebenfalls gegen die allgemeinen Anordnungen, Fremden erlaubt hatte, sich frei zu bewegen und ihnen sogar Pferde geliehen hatte.

Nach Théodreds Tod wurde die Befehlsgewalt in der Westmark (wiederum ohne Anordnung aus Edoras) von Erkenbrand übernommen, Herr des Klammtales und vieler anderer Ländereien in Westfold. In seiner Jugend war er wie die meisten Fürsten Offizier der königlichen Reiterei gewesen, doch dies war er nicht mehr. Gleichwohl war er der mächtigste Fürst in der Westmark, und weil sein Volk sich in großer Gefahr befand, war es sein Recht und seine Pflicht, alle seine waffenfähigen Männer einzuberufen, um dem Einmarsch zu widerstehen. Folglich übernahm er auch den Befehl über die Reiter des westlichen Aufgebots; doch Elfhelm blieb unabhängiger Befehlshaber der Reiter des Aufgebots von Edoras, das Théodred zu seiner Unterstützung herbeigerufen hatte.

Nach der Heilung Théodens durch Gandalf änderte sich die Sachlage. Der König übernahm den Befehl wieder selbst. Éomer wurde wieder eingesetzt und wurde wirklich Erster Marschall, bereit, den Befehl zu übernehmen, falls der König fallen oder seine Kraft nachlassen sollte; doch der Titel wurde nicht benutzt und in Gegenwart des Königs unter Waffen konnte er nur Vorschläge machen und keine Anordnungen treffen. Die Rolle, die er in Wirklichkeit spielte, war folglich fast die gleiche wie die von Aragorn: ein gefürchteter Kämpe unter den Gefährten des Königs.[4]

Als die vollständige Musterung in Hargtal abgehalten, der ›Reiseweg‹ und die Schlachtordnung beraten und soweit wie möglich festgelegt wur-

---

[3] D. h. er hatte die aus den Emyn Muil nach Rohan gekommenen Orks verfolgt, die Meriadoc und Peregrin gefangen hatten. Die Worte, die er zu Aragorn sagte, waren: »Ich zog mit meinen *éored*, den Angehörigen meiner eigenen Hausmacht, aus.« (»Die Zwei Türme«, 3, Kapitel 2)

[4] Diejenigen, die von den Ereignissen am Hof nichts wußten, nahmen natürlich an, die nach Westen gesandten Verstärkungen stünden unter dem Befehl Éomers, dem letzten verbliebenen Marschall der Mark. [Anmerkung des Autors] – Dies bezieht sich auf die Worte von Ceorl, dem Reiter, der auf die Verstärkungen aus Edoras traf und ihnen erzählte, was in der Zweiten Schlacht an den Furten des Isen geschehen war. (»Die Zwei Türme«, 3, Kapitel 7)

den,[5] blieb Éomer in seiner Stellung, ritt mit dem König (als Befehlshaber der führenden *éored,* dem Gefolge des Königs) und handelte als sein wichtigster Berater. Elfhelm wurde ein Marschall der Mark und führte die erste *éored* des Aufgebotes der Ostmark. Grimbold (vorher in der Erzählung nicht erwähnt) hatte das Amt, doch nicht den Titel des Dritten Marschalls, und befehligte das Aufgebot der Westmark.[6] Grimbold fiel in der Schlacht auf den Pelennor-Feldern, und Elfhelm wurde unter König Éomer Statthalter; er blieb als Befehlshaber aller Rohirrim in Gondor, als Éomer zum Schwarzen Tor ging, und er vernichtete die feindliche Armee, die in Anórien eingefallen war. (»Die Rückkehr des Königs«, 5, Kapitel 9 Ende und Kapitel 10 Anfang) Er wird als einer der Hauptzeugen von Aragorns Krönung genannt (ebd. 6, Kapitel 5).

Es ist aufgezeichnet, daß nach Théodens Begräbnis, als Éomer sein Reich neu ordnete, Erkenbrand zum Marschall der Westmark und Elfhelm zum Marschall der Ostmark ernannt wurden; und diese Titel wurden anstelle von ›Zweiter‹ und ›Dritter‹ Marschall beibehalten, und keiner von beiden hatte Vorrang vor dem anderen. In Kriegszeiten wurde für das Amt des Unterkönigs eine besondere Anordnung getroffen: sein Inhaber regierte in Abwesenheit des Königs das Reich mitsamt seiner Armee oder übernahm den Befehl im Feld, wenn der König aus irgendeinem Grund in der Heimat blieb. Im Frieden wurde das Amt nur ausgeübt, wenn der König wegen Krankheit oder Alter seine Vollmacht übertrug; der Inhaber war dann selbstverständlich der Thronerbe, wenn er alt genug war. Doch im Krieg sträubte sich der Rat dagegen, daß ein alter König seinen Erben in den Kampf außerhalb des Reiches schickte, es sei denn er hatte zumindest einen weiteren Sohn.

(2)

Im folgenden wird eine lange Anmerkung zum Text (an jener Stelle, wo die unterschiedlichen Ansichten der Befehlshaber über die Bedeutung der Furten des Isen erörtert werden, Seite 472) abgedruckt. Ihr erster Teil wiederholt hauptsächlich Geschichte, die an anderer Stelle dieses Buches

[5] Théoden berief sogleich einen Rat »der Marschälle und Hauptleute« ein, noch bevor er etwas zu sich nahm; doch wird diese Sitzung nicht beschrieben, weil Meriadoc nicht anwesend war. (»Ich frage mich, worüber sie alle reden.«) [Anmerkung des Autors] – Der Hinweis bezieht sich auf »Die Rückkehr des Königs«, 5, Kapitel 3.

[6] Grimbold war ein geringerer Marschall der Reiter der Westmark unter Théodreds Befehl. Er erhielt diese Stellung als ein in beiden Schlachten an den Furten des Isen bewährter tapferer Mann, weil Erkenbrand älter war und der König die Notwendigkeit empfand, einen Mann von Würde und Ansehen als Befehlshaber der Truppen zurückzulassen, die zur Verteidigung Rohans in Reserve gehalten wurden. [Anmerkung des Autors] – Grimbold wird im *Herrn der Ringe* erst erwähnt, als die Rohirrim sich vor Minas Tirith zur Schlacht ordnen. (»Die Rückkehr des Königs«, 5, Kapitel 5)

dargeboten wird, doch ich habe es für das Beste gehalten, die Anmerkung in voller Länge wiederzugeben.

In alten Tagen hatte der Fluß Grauflut die südlichen und östlichen Grenzen des Nördlichen Königreiches gebildet; die Westgrenze des Südlichen Königreiches war der Isen. In das dazwischen liegende Land (Enedwaith oder ›Mittlere Gegend‹) waren von jeher wenige Númenórer gekommen, und niemand hatte sich dort niedergelassen. In den Tagen der Könige war es ein Teil des Reiches von Gondor,[7] doch es war von geringer Bedeutung für Gondor, außer zur Überwachung und Instandhaltung der großen Königlichen Straße. Diese führte über die ganze Strecke von Osgiliath und Minas Tirith nach Fornost im fernen Norden, überquerte die Furten des Isen, durchlief Enedwaith, zog sich über das höhergelegene Land in der Mitte und im Nordosten, bis sie zu den Westlanden am Unterlauf der Grauflut hinabstieg, welche sie auf einem erhöhtem Damm durchquerte, der zur großen Brücke bei Tharbad führte. In jenen Tagen war die Gegend wenig bevölkert. In den Marschen der Mündungsgebiete von Grauflut und Isen lebten wenige Stämme ›Wilder Menschen‹, Fischer und Vogelsteller, doch in Rasse und Sprache mit den Drúedain aus den Wäldern von Anórien verwandt.[8] In den Vorgebirgen auf der Westseite des Nebelgebirges lebten die Überreste des Volkes, das die Rohirrim später die Dunländer nannten: ein eigensinniges Volk, verwandt mit den alten Bewohnern der Täler der Weißen Berge, die Isildur verfluchte.[9] Sie empfanden wenig Liebe für Gondor, doch obgleich wagemutig und kühn, waren sie zu wenige und vor

---

[7] Die Feststellung, daß Enedwaith in den Tagen der Könige Teil des Reiches von Gondor war, scheint der unmittelbar vorhergehenden zu widersprechen, daß »der Isen die westliche Grenze des Südlichen Königreiches bildete«. An anderer Stelle (siehe oben Seite 352) wird gesagt, daß Enedwaith »zu keinem der beiden Königreiche gehörte«.

[8] Vgl. Seite 349, wo es heißt, daß »ein recht zahlreiches, doch barbarisches Fischervolk zwischen den Mündungen des Gwathló und des Angren (Isen) wohnte«. Dort findet sich kein Hinweis auf eine Beziehung zwischen diesem Volk und den Drúedain, obwohl von letzteren gesagt wird, sie hätten auf dem Vorgebirge von Andrast, südlich der Mündungen des Isen gewohnt (und dort bis ins Dritte Zeitalter überlebt). (Siehe Seite 501 und Anmerkung 13)

[9] Vgl. *Der Herr der Ringe*, Anhang F (»Von Menschen«): »Diese waren ein Rest der Völker, die in längst vergangenen Zeiten in den Tälern des Weißen Gebirges gelebt hatten. Die Toten Menschen von Dunharg waren von ihrer Sippe. Doch in den Dunklen Jahren waren andere in die südlichen Täler des Nebelgebirges gezogen; und von dort aus waren einige weitergewandert in die verlassenen Gebiete, die sich nach Norden bis zu den Hügelgräberhöhen erstreckten. Von ihnen stammten die Menschen von Bree ab; aber diese waren schon viel früher Untertanen des Nördlichen Königreichs Arnor geworden und hatten das Westron übernommen. Nur in Dunland hielten Menschen dieser Rasse an ihrer alten Sprache und Sitte fest: ein heimliches Volk, das den Dúnedain nicht wohlwollte und die Rohirrim haßte.«

der Macht der Könige zu sehr mit Ehrfurcht erfüllt, um diese zu belästigen oder ihre Augen vom Osten abzuwenden, woher ihre größten Gefahren kamen. Die Dunländer litten, wie alle Völker Arnors und Gondors, unter der Großen Pest in den Jahren 1636–37 des Dritten Zeitalters, doch weniger als die meisten, da sie abseits wohnten und wenig Umgang mit anderen Menschen hatten. Als die Tage der Könige endeten (1975–2050) und Gondor dahinzuschwinden begann, hörten sie tatsächlich auf, Untertanen Gondors zu sein; die Königliche Straße wurde in Enedwaith nicht instandgehalten, und an die Stelle der baufälligen Brücke von Tharbad trat lediglich eine gefährliche Furt. Die Grenzen Gondors waren der Isen und die Pforte von Calenardhon (wie sie damals genannt wurde). Die Pforte wurde von den Festungen von Aglarond (der Hornburg) und Angrenost (Isengart) bewacht, und die Furten des Isen, der einzige leichte Zugang nach Gondor, wurden immer gegen jeglichen Einfall aus den ›Wilden Ländern‹ geschützt.

Doch während des Wachsamen Friedens (von 2063 bis 2460) schmolz das Volk von Calenardhon zusammen: Jahr für Jahr gingen die Kräftigeren nach Osten, um die Linie des Anduin zu behaupten; diejenigen, die blieben, wurden bäuerlich, und ihr Abstand zu den Sorgen Minas Tiriths wuchs. Die Besatzungen in den Festungen wurden nicht erneuert, und sie wurden der Aufsicht örtlicher, durch Erbschaft zu Anführern gewordenen Männern überlassen, deren Untertanen mehr und mehr mischrassig waren. Denn die Dunländer trieben stetig und ungehindert über den Isen. So standen die Dinge, als die Angriffe aus dem Osten auf Gondor wieder einsetzten, Orks und Ostlinge über Calenardhon herfielen und die Festungen belagerten, die sich nicht lange behaupteten. Darauf kamen die Rohirrim, und nach dem Sieg Eorls auf der Ebene von Celebrant im Jahr 2510 flutete sein zahlreiches, kriegerisches Volk mit Unmengen von Pferden nach Calenardhon hinein und vertrieb oder vernichtete die östlichen Eindringlinge. Cirion der Truchseß gab ihnen Calenardhon zum Besitz, das seitdem Riddermark oder in Gondor Rochand (später Rohan) genannt wurde. Die Rohirrim begannen sogleich diese Gegend zu besiedeln, obgleich während der Regierungszeit Eorls die östlichen Grenzen entlang der Emyn Muil und des Anduin noch immer angegriffen wurden. Aber unter Brego und Aldor wurden die Dunländer erneut ausgerottet und über den Isen weggetrieben, und die Furten des Isen wurden bewacht. So zogen sich die Rohirrim den Haß der Dunländer zu, der bis zur Rückkehr des Königs nicht besänftigt wurde und weit in die Zukunft reichte. Wann immer die Rohirrim geschwächt oder in Schwierigkeiten waren, erneuerten die Dunländer ihre Angriffe.

Kein Bündnis zwischen Völkern wurde von beiden Seiten jemals getreulicher eingehalten als das Bündnis zwischen Gondor und Rohan unter dem Eid von Cirion und Eorl; und keine Hüter der weiten, grasigen

Ebenen Rohans waren für dieses Land besser geeignet als die Reiter der Mark. Dennoch wies ihre Lage eine gewichtige Schwäche auf, wie sie sich am deutlichsten in den Tagen des Krieges um den Ring zeigte, als sie beinahe den Untergang Rohans und Gondors verursachte. Dies war auf viele Dinge zurückzuführen. Vor allem waren die Augen Gondors immer nach Osten gerichtet gewesen, von wo alle ihre Gefahren kamen; die Feindschaft der ›wilden‹ Dunländer erschien den Truchsessen als von geringer Bedeutung. Es war ein weiterer Punkt, daß die Truchsessen unter ihrer eigenen Herrschaft den Turm von Orthanc und den Ring von Isengart (Angrenost) beibehielten; die Schlüssel zum Orthanc nahm man mit nach Minas Tirith, der Turm wurde verschlossen, und der Ring von Isengart blieb nur unter der Besatzung eines gondorischen Anführers und seinem kleinen Volk, dem die alten, erbberechtigten Wächter von Aglarond beigestellt wurden. Die Festung wurde mit der Unterstützung von Steinmetzen aus Gondor instandgesetzt und dann den Rohirrim übergeben.[10] Von hier wurden auch die Wachen an den Furten versorgt. Ihre festen Wohnsitze befanden sich zum größten Teil am Fuß der Weißen Berge und in den Schluchten und Tälern des Südens. Zu den nördlichen Grenzen von Westfold gingen sie selten und nur in Notfällen, wobei sie die Säume des Fangorn (Entwald) und die finsteren Mauern Isengarts mit Furcht betrachteten. Sie ließen sich mit dem ›Herrn von Isengart‹ und seinem geheimnisvollen Volk wenig ein, von dem sie glaubten, daß es sich mit schwarzem Zauber abgebe. Und die Abgesandten aus Minas Tirith kamen immer seltener nach Isengart, bis sie ganz zu kommen aufhörten; es schien, als hätten die Truchsessen über ihren Sorgen den Turm vergessen, wenn sie auch die Schlüssel besaßen.

Doch das westliche Grenzgebiet und die Linie des Isen wurden natürlicherweise durch Isengart beherrscht, und dies ist von den Königen von Gondor wohl begriffen worden. Der Isen floß von seinen Quellen herab, an der östlichen Mauer des Ringes entlang, und in seinem weiteren Verlauf nach Süden war er noch ein kleiner Fluß, der Eindringlingen kein großes Hindernis bot, obwohl seine Wasser noch sehr schnell und sonderbar kalt waren. Aber westlich des Isen tat sich das Große Tor von Angrenost auf, und wenn die Festung ausreichend bemannt war, mußten Feinde aus dem Westen schon mit großer Stärke kommen, wenn sie im Sinn hatten, nach Westfold weiterzumarschieren. Darüber hinaus war Angrenost halb so weit wie Aglarond von den Furten entfernt, zu denen von den Toren eine breite Pferdestraße führte, den größten Teil der Strecke über ebenen

---

[10] Von denen Aglarond *Glǽmscrafu* genannt wurde, die Festung hingegen Súthburg und nach den Tagen von König Helm ›Hornburg‹. [Anmerkung des Autors] – *Glǽmscrafu* (worin das *sc* wie *sch* ausgesprochen wird) ist Angelsächsisch und bedeutet ›Höhlen des Glanzes‹, was *Aglarond* entspricht.

Untergrund. Das Grauen, das den großen Turm umwitterte, und die Furcht vor der Düsternis des Fangorn, der dahinter lag, mochten Angrenost für eine Weile schützen; wenn es aber unbemannt und vernachlässigt war, wie in den letzten Jahren der Truchsessen, würde dieser Schutz nicht lange nützen.

Und so erwies es sich. In der Regierungszeit von König Déor (2699 bis 2718) erkannten die Rohirrim, daß es nicht ausreichte, ein wachsames Auge auf die Furten zu haben. Weil weder Rohan noch Gondor diesem entfernten Winkel des Reiches Aufmerksamkeit schenkten, wurde er erst durch die Ereignisse bekannt, die dort geschahen. Die Linie der gondorischen Anführer von Angrenost war zu Ende gegangen, und der Befehl über die Festung ging in die Hände einer Familie des Volkes über. Diese waren, wie bereits gesagt, schon lange vorher von gemischter Rasse und nunmehr den Dunländern freundlicher gesinnt als den ›wilden Nordmenschen‹, die sich ihres Landes bemächtigt hatten; mit dem weit entfernten Minas Tirith hatten sie nichts mehr zu schaffen. Nach dem Tode König Aldors, der die letzten der Dunländer hinausgetrieben und sogar ihre Lande in Enedwaith durch Vergeltungsmaßnahmen geplündert hatte, begannen die Dunländer erneut, von Rohan unbemerkt, doch mit dem Einverständnis Isengarts, in den Norden von Westfold einzusickern; sie begründeten Siedlungen in den Bergschluchten westlich und östlich von Isengart und sogar in den südlichen Säumen des Fangorn. Während der Regierungszeit Déors wurden sie offen feindselig und begannen die Herden und Gestüte der Rohirrim in Westfold zu überfallen. Es war den Rohirrim bald klar, daß diese Räuber den Isen weder über die Furten noch an einem anderen Punkt weiter südlich von Isengart überquert hatten, denn die Furten waren bewacht.[11] Déor führte deshalb einen Feldzug nach Norden durch und traf mit einem Heer der Dunländer zusammen. Dieses besiegte er; doch er war bestürzt, als er feststellte, daß Isengart ihm ebenfalls feindlich gesinnt war. Im Glauben, er habe Isengart von einer dunländischen Belagerung befreit, sandte er Boten mit wohlwollenden Worten zu den Toren, doch diese wurden vor ihnen geschlossen, und die einzige Antwort, die sie erhielten, war ein Pfeilschuß. Wie später bekannt wurde, hatten die Dunländer, die man als Freunde aufgenommen hatte, sich des Ringes von Isengart bemächtigt und die Überlebenden seiner alten Wächter erschlagen, die nicht (wie die meisten) bereit waren, sich dem dunländischen Volk einverleiben zu lassen. Déor benachrichtigte sogleich den Truchseß in Minas Tirith (zu dieser Zeit, im Jahr 2710, war dies Egalmoth), doch dieser war nicht in der Lage, Hilfe zu schicken, so daß die Dunländer Isengart weiter

[11] Die Besatzung auf dem Westufer wurde öfter angegriffen, doch nicht mit letztem Nachdruck: In Wirklichkeit wurden die Angriffe nur durchgeführt, um die Aufmerksamkeit der Rohirrim vom Norden abzulenken. [Anmerkung des Autors]

besetzt hielten, bis sie, durch die große Hungersnot nach dem langen Winter (2758/59) zusammengeschmolzen, ausgehungert wurden und sich Fréalaf (später der erste König der Zweiten Linie) ergaben. Aber Déor hatte keine Machtmittel, Isengart zu erstürmen oder zu belagern, und die Rohirrim mußten viele Jahre eine starke Reiterstreitmacht im Norden von Westfold unterhalten; dies wurde bis zu den großen Einmärschen des Jahres 2758 beibehalten.[12]

Es ist also ohne weiteres zu verstehen, daß Sarumans Angebot, den Befehl über Isengart zu übernehmen, es instandzusetzen und es als Teil der westlichen Verteidigung wieder einsatzbereit zu machen, von König Fréalaf und vom Truchseß Beren begrüßt wurde. Als Saruman also seinen Wohnsitz in Isengart nahm und Beren ihm die Schlüssel zum Orthanc übergab, kehrten die Rohirrim zu ihrem Verfahren zurück, als verwundbarsten Punkt im westlichen Grenzgebiet die Furten des Isen zu schützen.

Es kann wenig Zweifel geben, daß Saruman sein Angebot in gutem Glauben machte oder zumindest mit Wohlwollen gegenüber der Verteidigung des Westens, solange er die Hauptperson in dessen Verteidigung blieb und das Oberhaupt seines Rates. Er war klug und erkannte klar, daß Isengart aufgrund seiner Lage und großen Stärke, natürlicher und künstlicher, von größter Wichtigkeit war. Die Linie des Isen, zwischen den Zangen von Isengart und der Hornburg, war ein Bollwerk gegen Einmärsche aus dem Osten (ob von Sauron angestachelt und angeführt oder auf andere Weise), die darauf zielten, Gondor einzuschließen oder in Eriador einzufallen. Doch am Ende wandte er sich dem Bösen zu und wurde ein Feind; und die Rohirrim, obwohl sie vor seiner wachsenden Heimtücke gegen sie gewarnt waren, fuhren dennoch fort, ihre Hauptmacht im Westen an die Furten zu verlegen, bis ihnen Saruman in offenem Krieg bewies, daß die Furten ohne Isengart nur ein geringer Schutz waren und gegen Isengart ein noch geringerer.

---

[12] Eine Schilderung dieser Einmärsche nach Gondor und Rohan findet sich im *Herrn der Ringe*, Anhang A,I,4 und II.

TEIL VIER

Die Angehörigen von Haleths Volk blieben für die anderen Atani Fremde, und sie sprachen eine fremdartige Sprache; und obwohl sie mit ihnen im Bund mit den Eldar vereinigt waren, blieben sie ein besonderes Volk. Sie blieben unter sich ihrer alten Sprache treu, und obwohl sie notwendigerweise Sindarin lernten, um sich mit den Eldar und den anderen Atani zu verständigen, sprachen es viele stockend, und einige derer, die selten über die Grenzen ihrer Wälder hinausgingen, benutzten es überhaupt nicht. Aus freien Stücken übernahmen sie keine neuen Dinge oder Sitten und bewahrten sich viele Bräuche, die den Eldar und den anderen Atani fremdartig erschienen, mit denen sie wenig Verkehr hatten, außer in Kriegszeiten. Gleichwohl wurden sie als treue Bundesgenossen und gefürchtete Krieger geschätzt, obwohl die Kompanien, die sie über ihre Grenzen in den Kampf schickten, klein waren. Denn sie waren ein kleines Volk und blieben es bis an ihr Ende, hauptsächlich damit beschäftigt, ihre eigenen Waldländer zu schützen, und sie taten sich in der Kriegführung im Wald hervor. Sogar jene Orks, die hierfür besonders gut ausgebildet waren, wagten es lange Zeit nicht, einen Fuß in die Nähe ihrer Grenzen zu setzen. Einer der seltsamen Bräuche, von denen gesprochen wurde, war jener, daß viele ihrer Krieger Frauen waren, wenn auch wenige von ihnen das Land verließen, um in den großen Schlachten zu kämpfen. Dieser Brauch war offensichtlich uralt;[1] denn ihre Anführerin Haleth war eine bekannte Amazone mit einer ausgesuchten Leibgarde, die aus Frauen bestand.[2]

Der merkwürdigste aller Bräuche des Volks von Haleth war, daß es unter ihnen Angehörige einer völlig anderen Art gab,[3] und weder die Eldar in Beleriand noch die anderen Atani hatten jemals zuvor eine ähnliche gesehen. Sie waren nicht zahlreich, vielleicht ein paar Hundert, lebten in Familien oder kleinen Stämmen für sich, doch in Freundschaft und als Mitglieder der gleichen Gemeinschaft.[4] Das Volk von Haleth bezeichnete sie mit dem Namen *drûg*, einem Wort aus ihrer eigenen Sprache. In den Augen der Elben und anderer Menschen boten sie einen unschönen Anblick: Sie waren untersetzt (etwa vier Fuß groß), doch sehr breitschultrig, hatten große Hinterteile und kurze, dicke Beine; ihre breiten Gesichter hatten tiefliegende Augen mit dichten Brauen und flachen Nasen; und unterhalb der Augenbrauen sproßte ihnen kein Haar, ausgenommen wenige Männer (die auf diesen Unterschied sehr stolz waren), die in der Mitte des Kinns einen kleinen Zopf aus schwarzen Haaren besaßen. Ihre Gesichtszüge waren in der Regel ausdruckslos, und am beweglichsten waren ihre breiten Münder; und die Bewegung ihrer wachsamen Augen war nur aus der Nähe wahrzunehmen, denn sie waren so schwarz, daß die Pupillen vom übrigen Auge nicht zu unterscheiden waren, doch im Zorn glühten sie rot. Ihre Stimmen waren tief und kehlig, doch ihr Lachen war überraschend: Es war volltönend und kräftig und brachte alle, die es hörten, Elben oder Menschen, ebenfalls zum Lachen, denn in ihm war reine Fröhlichkeit, frei von Spott oder Arglist.[5] Im Frieden lachten sie oft bei der Arbeit oder beim Spiel, wenn andere Menschen sangen. Aber sie konnten rücksichtslose Feinde sein, und wenn ihr brennender Zorn einmal entflammt war, kühlte er sich nur langsam ab, obgleich er sich durch kein Zeichen verriet, außer durch das Licht in ihren Augen; denn sie kämpften schweigend, und im Sieg frohlockten sie nicht, nicht einmal über die Orks, den einzigen Wesen, die sie unversöhnlich haßten.

Die Eldar nannten sie Drúedain und sprachen ihnen den Rang der Atani zu[6], denn solange es sie gab, wurden sie sehr geliebt. Aber ach, ihnen war kein langes Leben vergönnt, ihre Zahl war immer klein und ihre Verluste waren schwer in ihren Fehden mit den Orks, die ihren Haß erwiderten und Freude daran hatten, sie zu fangen und zu foltern. Als die Siege Morgoths alle Reiche und Festungen der Elben und Menschen in Beleriand zerstörten, waren sie, wie man sagte, auf wenige Familien zusammengeschmolzen, meistens Frauen und Kinder, von denen einige zu den letzten Zufluchtsstätten an den Mündungen des Sirion kamen.[7]

In ihren früheren Tagen hatten sie denen, in deren Mitte sie lebten, große Dienste erwiesen, und sie waren überaus begehrt, wenn auch nur wenige jemals das Land von Haleths Volk verließen.[8] Sie waren außergewöhnlich geschickt, die Fährten aller Lebewesen aufzuspüren und zu verfolgen, und unterrichteten ihre Freunde nach Kräften in dieser Kunst; doch ihre Schüler kamen ihnen nicht gleich, denn die Drúedain benutzten ihren Geruchssinn wie Jagdhunde, nur daß sie nicht ebenso scharfäugig waren. Sie waren stolz darauf, einen Ork gegen den Wind wittern zu können, der so weit entfernt war, daß andere Menschen ihn nicht sehen konnten, und vermochten seiner Witterung wochenlang zu folgen, außer durch fließendes Wasser. Ihre Kenntnis alles Wachsenden kam fast dem der Elben gleich (obwohl sie von ihnen nicht unterrichtet worden waren); und es wird gesagt, daß sie nach dem Umzug in ein neues Land innerhalb kurzer Zeit alles kannten, was dort wuchs, ob groß oder klein, und daß sie den Pflanzen, die für sie neu waren, Namen gaben, wobei sie zwischen giftigen und genießbaren zu unterscheiden vermochten.[9]

Die Drúedain wie auch die anderen Atani kannten keine Art von Schrift, bevor sie die Eldar trafen; doch die Runen und Schriftzeichen der Eldar wurden von ihnen nie erlernt. Was die Erfindung einer eigenen Schrift angeht, gelangten sie über den Gebrauch einer Anzahl von Zeichen, zum größten Teil einfacher Art, nicht hinaus, mit deren Hilfe sie Fährten kennzeichneten oder Nachrichten und Warnungen übermittelten. In entfernter Vergangenheit schienen sie zum Schaben und Schneiden bereits kleine Werkzeuge aus Feuerstein gekannt zu haben, und diese benutzten sie noch immer, obgleich die Atani, bevor sie nach Beleriand kamen, einige Kenntnis von Metallen und der Schmiedekunst besessen hatten,[10] denn Metalle waren schwer zu bekommen, und geschmiedete Waffen und Werkzeuge waren kostbar. Aber als diese Dinge durch den Anschluß an die Eldar und den Verkehr mit den Zwergen von Ered Lindon in Beleriand gebräuchlicher wurden, bewiesen die Drúedain eine große Begabung in der Bearbeitung von Holz und Stein. Sie verstanden bereits mit Farbstoffen umzugehen, die sie hauptsächlich aus Pflanzen gewannen, und auf Holz oder flache Steinflächen malten sie Bilder und Muster; und manchmal schnitzten sie aus hölzernen Knorren Gesichter, die bemalt werden konnten. Doch mit schärferen und stärkeren Werkzeugen fanden sie Gefallen daran, Figuren von Menschen und Tieren zu schnitzen, ob Spielzeug und Schmuck oder große Bildnisse, denen die Geschicktesten unter ihnen eine treffende Lebensähnlichkeit verleihen konnten. Zuweilen waren diese Bildnisse seltsam und phantastisch oder einfach furchterregend:

zu den grimmigen Scherzen, für die sie ihre Kunst benutzten, zählte die Anfertigung von Ork-Figuren, die sie an den Grenzen des Landes aufstellten und die so gestaltet waren, als seien sie vor Entsetzen schreiend auf der Flucht aus dem Land. Sie verfertigten auch Bildnisse von sich selbst und stellten sie an den Zugängen zu Fährten oder an Biegungen der Waldpfade auf. Diese wurden ›Wacht-Steine‹ genannt; die bemerkenswertesten Steine waren in der Nähe der Teiglin-Stege aufgestellt, und jeder von ihnen stellte einen Drúadan dar, größer als in Wirklichkeit, der schwer auf einem toten Ork hockte. Diese Figuren dienten nicht bloß der Beleidigung ihrer Feinde; denn die Orks fürchteten sie und glaubten, daß die Arglist der *Oghor-hai* ihnen innewohne (denn so nannten sie die Drúedain), die mit ihnen in Verbindung stünden. Deshalb wagten sie es kaum sie zu berühren, versuchten nicht sie zu zerstören, und wenn sie nicht in großer Zahl waren, wichen sie vor einem ›Wacht-Stein‹ zurück und gingen nicht weiter.

Doch von allen Fähigkeiten dieses merkwürdigen Volkes war vielleicht die bemerkenswerteste, daß sie es vermochten, viele Tage lang in äußerstem Schweigen und in Bewegungslosigkeit auszuharren, wobei sie mit gekreuzten Beinen dasaßen, die Hände auf den Knien oder im Schoß, die Augen geschlossen oder auf den Boden gerichtet. Hierüber wurde unter Haleths Volk diese Geschichte erzählt:

Einer der geschicktesten Bildhauer unter den Drûgs schuf einmal ein Bildnis seines Vaters, der gestorben war; und er stellte es auf einem Pfad in der Nähe ihrer Behausung auf. Dann setzte er sich daneben nieder und verfiel in ein tiefes Schweigen der Erinnerung. Es geschah nun, daß ein wenig später zufällig ein Waldbewohner auf einer Reise in ein entferntes Dorf vorüberkam, und als er zwei Drûgs sah, verbeugte er sich und wünschte ihnen einen guten Tag. Doch er erhielt keine Antwort, und er stand einige Zeit überrascht da und betrachtete sie eingehend. Darauf setzte er seinen Weg fort und sagte zu sich selbst: »Ihre Geschicklichkeit als Bildhauer ist groß, doch niemals habe ich etwas gesehen, das lebenswahrer war.« Drei Tage später kehrte er zurück, und weil er sehr müde war, setzte er sich nieder und lehnte sich mit dem Rücken an eine der Figuren. Er warf seinen Umhang zum Trocknen über ihre Schulter, denn es hatte geregnet, doch jetzt brannte die Sonne heiß. Dort schlief er ein; aber nach einer Weile weckte ihn eine Stimme, die von der Figur hinter ihm kam. »Ich hoffe, Ihr habt Euch ausgeruht«, sagte sie, »doch wenn Ihr weiterschlafen wollt, bitte ich Euch, Euch zum anderen zu bemühen. Er wird es niemals wieder nötig haben, seine Beine auszustrecken; und Euer Umhang ist mir in der Sonne zu warm.«

Es heißt, daß die Drúedain in Zeiten des Kummers oder Verlustes oft auf diese Weise dasaßen, doch manchmal auch in vergnüglichem Nachdenken oder beim Pläneschmieden. Doch sie konnten ihre Reglosigkeit auch nutzen, wenn sie auf der Wacht waren. Dann standen oder saßen sie im Schatten verborgen, und obwohl ihre Augen geschlossen zu sein oder ins Leere zu starren schienen, ging niemand vorbei oder kam in die Nähe, den sie nicht bemerkten und im Gedächtnis behielten. Ihre unsichtbare Wachsamkeit war so durchdringend, daß sie von Eindringlingen wie eine feindselige Bedrohung wahrgenommen wurde und sie sich vor Furcht zurückzogen, ehe eine Warnung erfolgte; doch wenn etwas Böses geschah, dann stießen sie als Signal einen schrillen Pfiff aus, der in unmittelbarer Nähe nur unter Schmerzen zu ertragen und weit zu hören war. Die Dienste der Drúedain als Wachen wurden in Zeiten der Gefahr von Haleths Volk sehr geschätzt; und wenn sie nicht zur Verfügung standen, bediente man sich menschenähnlicher Figuren, die man in der Nähe der Häuser aufstellte und von denen man glaubte, daß sie (von den Drúedain zu diesem Zweck angefertigt) ein wenig vom drohenden Aussehen lebender Menschen vermittelten.

Obwohl das Volk Haleths den Drúedain echte Liebe und Vertrauen entgegenbrachte, glaubten viele, daß sie unheimliche und wunderbare Kräfte besaßen; und unter ihren Geschichten von Wundern waren einige, die hiervon handelten. Eine davon ist hier aufgezeichnet.

Der getreue Stein

Es lebte einmal ein Drûg namens Aghan, der als Heilkundiger wohlbekannt war. Er unterhielt eine enge Freundschaft mit Barach, einem Waldbewohner aus der Familie, die in einem Haus in den Wäldern wohnte, das zwei Meilen oder mehr vom nächsten Dorf entfernt lag. Die Behausungen von Aghans Familie waren näher, und er verbrachte den größten Teil seiner Zeit mit Barach und seiner Frau und wurde von deren Kindern sehr geliebt. Da brach eine sorgenvolle Zeit an, denn eine Anzahl von Orks war heimlich in die nahen Wälder eingedrungen und stellte in Gruppen zu zweien oder dreien jedem nach, der draußen allein umherging, und überfiel nachts einsam gelegene Häuser. Barachs Familie fürchtete sich nicht sehr, denn Aghan blieb über Nacht bei ihnen und hielt draußen Wache. Aber eines Morgens kam er zu Barach und sagte: »Freund, ich habe schlechte Nachrichten von meiner Sippe, und ich fürchte, ich muß euch für eine Weile verlassen. Mein Bruder ist verwundet worden, liegt nun mit Schmerzen darnieder und verlangt nach mir, weil ich in der Behandlung von Ork-Wunden geschickt bin. Ich werde zurückkehren, sobald es mir möglich ist.« Barach war sehr betrübt, sein Weib und seine Kinder weinten, doch Aghan sagte: »Ich werde tun, was ich kann. Ich habe einen Wacht-Stein herbringen und in der Nähe eures Hauses aufstellen lassen.« Barach ging mit Aghan hinaus und betrachtete den Wacht-Stein. Er war groß und schwer und befand sich unter einigen Büschen in der Nähe der Türen. Aghan legte seine Hand auf den Stein, und sagte: »Schau, mit ihm habe ich einige meiner Kräfte zurückgelassen. Mögen sie euch vor Leid bewahren!«

Zwei Nächte lang geschah nichts Schlimmes, doch in der dritten Nacht hörte Barach den schrillen Warnruf der Drûgs – oder er träumte, ihn zu hören, denn niemand sonst wurde davon wach. Er verließ sein Bett, nahm seinen Bogen von der Wand und ging zu einem schmalen Fenster; und er sah, daß die Orks Brennbares um sein Haus anhäuften und sich anschickten, es anzuzünden. Da wurde Barach von Furcht gepackt, denn plündernde Orks trugen Schwefel und andres teuflisches Zeug bei sich, das sich schnell entzündete und mit Wasser nicht zu löschen war. Er faßte sich wieder, spannte seinen Bogen, doch in eben dem Augenblick, in dem die Flammen aufzüngelten, sah er einen Drûg von hinten auf die Orks zurennen. Einen von ihnen fällte er mit einem Schlag seiner Faust, und der andere floh; dann sprang er mit beiden Füßen in das Feuer, verstreute die brennenden Stoffe und trampelte die Ork-Flammen aus, die über den Boden liefen. Barach eilte zur Tür, doch als er sie entriegelt hatte und ins Freie sprang, war der Drûg verschwunden. Vom niedergestreckten Ork fand er keine Spur. Das Feuer war erloschen, und es blieb nur Rauch und Gestank zurück.

Barach kehrte ins Haus zurück, um seine Familie zu trösten, die durch den Lärm aufgeschreckt worden war; doch als es tagte, ging er wieder hinaus und sah sich um. Er stellte fest, daß der Wacht-Stein verschwunden war, doch dies behielt er für sich. »Heute nacht muß ich der Wachmann sein«, dachte er; doch im Verlauf des Tages kehrte Aghan zurück und wurde mit Entzücken begrüßt. Er trug hohe Schnürstiefel, wie sie Drûgs zuweilen in rauhem Gelände zwischen Dornen und Felsen trugen, und er war müde. Aber er lächelte und schien vergnügt; und er sagte: »Ich bringe gute Nachricht. Mein Bruder hat keine Schmerzen mehr und wird nicht sterben, denn ich kam rechtzeitig, um das Gift zu bekämpfen. Und nun erfahre ich, daß die Plünderer getötet oder geflohen sind. Wie ist es dir ergangen?«

»Wir leben noch«, sagte Barach. »Doch komm mit mir, und ich werde es dir zeigen und dir mehr erzählen.« Darauf führte er Aghan zum Ort des Feuers und erzählte ihm vom nächtlichen Angriff. »Der Wacht-Stein ist verschwunden – ich schätze, es ist das Werk der Orks. Was hast du dazu zu sagen?«

»Ich werde sprechen, wenn ich mich genauer umgesehen und alles bedacht habe«, sagte Aghan; und darauf ging er hin und her, prüfte den Boden, und Barach folgte ihm. Schließlich führte Aghan ihn zu einem Dickicht am Rande der Lichtung, auf der das Haus stand. Dort fand sich der Wacht-Stein, und er hockte auf einem toten Ork; doch seine Beine waren ganz geschwärzt und zersprungen, und einer seiner Füße war abgesplittert und lag neben ihm. Aghan sah bekümmert aus, doch er sagte: »Nun gut, er tat, was er konnte. Und es ist besser, wenn seine Beine das Ork-Feuer austreten als die meinen.«

Dann setzte er sich nieder, schnürte seine Stiefel auf, und Barach sah, daß er Verbände um seine Beine trug. Aghan entfernte sie. »Sie heilen schon«, sagte er. »Ich hatte zwei Nächte bei meinem Bruder gewacht, und in der letzten Nacht schlief ich ein. Bevor der Morgen kam, erwachte ich vor Schmerzen und stellte fest, daß meine Beine mit Blasen bedeckt waren. Da erriet ich, was geschehen war. Wohlan! Wenn ein Teil deiner Kraft in ein Wesen übergeht, das du geschaffen hast, dann mußt du auch an seinen Wunden teilhaben.«[11]

Mein Vater gab sich besondere Mühe, den grundsätzlichen Unterschied zwischen den Drúedain und den Hobbits hervorzuheben. Ihre körperliche Gestalt und ihr Aussehen waren gänzlich verschieden. Die Drúedain waren größer und schwerer und kräftiger gebaut. Ihre Gesichtszüge waren unschön (nach allgemeinen menschlichen Maßstäben beurteilt); und während des Haupthaar der Hobbits üppig war (doch dicht und lockig), war das der Drúedain spärlich und glatt, und ihre Beine und Füße waren gänzlich haarlos. Sie waren manchmal fröhlich und ausgelassen wie die Hobbits, doch ihr Wesen hatte einen härteren Zug, und sie konnten bitter und unbarmherzig sein; und sie besaßen, oder man traute sie ihnen zu, sonderbare oder zauberische Kräfte. Sie waren überdies ein anspruchsloses Volk, aßen sogar in Zeiten des Überflusses wenig und tranken nur Wasser. In mancher Hinsicht waren sie den Zwergen ziemlich ähnlich: in Körperbau, Gestalt und Ausdauer; in ihrer Kunstfertigkeit, Stein zu bearbeiten; im grimmigen Zug ihres Charakters; und in ihren fremdartigen Kräften. Aber die ›Zauberkräfte‹, die man den Zwergen zusprach, waren ganz anderer Art; und die Zwerge waren weit grausamer und auch langlebiger, wogegen die Drúedain, verglichen mit anderen Menschenrassen, kurzlebig waren.

Nur einmal, in einer einzigen Notiz, wird ausdrücklich etwas über die Verwandtschaft gesagt, die zwischen den Drúedain aus Beleriand im Ersten Zeitalter, die die Häuser des Volks von Haleth im Wald von Brethil bewachten, und den entfernten Vorfahren Ghân-buri-Ghâns bestand, die die Rohirrim auf ihrem Weg nach Minas Tirith durch das Steinkarren-Tal geleiteten. (»Die Rückkehr des Königs«, 5, Kapitel 5); und über die Schöpfer der Standbilder an der Straße nach Dunharg (ebd. 5, Kapitel 3).[12] Diese Notiz lautet:

Ein auswandernder Zweig der Drúedain begleitete gegen Ende des Ersten Zeitalters das Volk von Haleth und wohnte mit ihnen im Wald [von Brethil]. Doch die meisten von ihnen waren in den Weißen Bergen geblieben, ungeachtet ihrer Verfolgung durch später angekommene Menschen, die der Finsternis wieder verfallen waren.

Es heißt hier auch, daß die Gleichheit zwischen den Standbildern von Dunharg und den Resten der Drúath (festgestellt von Meriadoc Brandybock, als er zum ersten Mal einen Blick auf den Ghân-buri-Ghân warf) ursprünglich in Gondor bemerkt wurde, obwohl zur Zeit der Errichtung des númenórischen Königreiches durch Isildur diese nur im Wald von Drúadan und in der Drúwaith Iaur überlebten (siehe unten).

Auf diese Weise können wir, wenn wir wollen, die alte Sage vom Kommen der Edain im *Silmarillion* (Seite 160) deutlicher herausarbeiten, indem wir die Drúedain hinzunehmen, die mit dem Volk von Haleth (den Haladin) aus Ered Lindon nach Ossiriand herabkamen. Eine weitere Anmerkung besagt, daß Geschichtsschreiber in Gondor glaubten, die ersten Menschen, die den Anduin überquerten, waren in Wirklichkeit die Drúedain. Sie kamen (glaubte man) aus Ländern südlich von Mordor, doch bevor sie die Küsten von Haradwaith erreichten, wandten sie sich nordwärts nach Ithilien, fanden schließlich einen Weg über den Anduin (vermutlich nahe Cair Andros) und ließen sich in den Tälern der Weißen Berge und in den Waldländern an ihrem Nordfuß nieder. »Sie waren ein verschwiegenes Volk, argwöhnisch gegenüber anderen Menschenarten, von denen sie gequält und verfolgt worden waren, so lange sie zurückdenken konnten, und sie waren auf der Suche nach einem Land westwärts gewandert, wo sie sich verbergen und in Frieden leben konnten.« Doch weder hier noch anderswo wird mehr über die Geschichte ihrer Verbindung mit Haleths Volk gesagt.

In einem bereits früher zitierten Aufsatz über Flußnamen in Mittelerde findet sich ein flüchtiger Hinweis auf die Drúedain im Zweiten Zeitalter. Es heißt dort (siehe Seite 350), daß das eingeborene Volk der Enedwaith auf der Flucht vor den Verwüstungen der Númenórer entlang des Flußlaufes des Gwathló,

weder den Isen überschritt noch auf dem großen Vorgebirge zwischen Isen und Lefnui Zuflucht suchte, das den Nord-Arm der Bucht von Belfalas bildete, weil die ›Puckelmänner‹, ein verschwiegenes und grausames Volk unermüdlicher und geräuschloser Jäger, vergiftete Pfeile benutzte. Sie sagten, sie seien immer hier gewesen und hätten früher auch in den Weißen Bergen gewohnt. In vergangenen Zeitaltern hatten sie weder dem Großen Dunklen (Morgoth) Achtung gezollt, noch sich später mit Sauron verbündet; denn sie haßten alle Einwanderer aus dem Osten. Von dort, so sagten sie, waren die großen Menschen gekommen, die sie aus den Weißen Bergen trieben und deren Herzen böse waren. Möglicherweise hielten sich sogar zur Zeit des Krieges um den Ring einige Angehörige des Drûg-Volkes in den Bergen von Andrast auf, dem westlichen Ausläufer der Weißen Berge, doch nur die Überreste in den Wäldern von Anórien waren dem Volk von Gondor bekannt.

Diese Gegend zwischen Isen und Lefnui war die Drúwaith Iaur; und in einem weiteren Fragment wird hierzu festgestellt, daß das Wort *Iaur*, ›alt‹, in diesem Namen nicht ›ursprünglich‹ bedeutet, sondern ›früher‹:

Die ›Puckelmänner‹ nahmen die Weißen Berge (zu beiden Seiten) im Ersten Zeitalter in Besitz. Als im Zweiten Zeitalter die Besetzung der Küstenlande durch die Númenórer begann, überlebten sie in den Hügeln des Vorgebirges [von Andrast], das von den Númenórern nie in Besitz genommen wurde. Ein weiterer Rest überlebte am Ostende des Gebirgszuges [in Anórien]. Gegen Ende des Dritten Zeitalters glaubte man von den letzteren, sie seien die einzigen Überlebenden; folglich nannte man die andere Gegend die ›Alte Puckel-Wildnis‹ (Drúwaith Iaur). Sie blieb eine ›Wildnis‹, wurde nicht von Menschen aus Gondor oder Rohan bewohnt und selten von einem von ihnen betreten; doch Menschen aus Anfalas glaubten, daß einige der alten ›Wilden Menschen‹ im Verborgenen noch immer dort lebten.[13]

Doch in Rohan wurde die Ähnlichkeit zwischen den Standbildern von Dunharg, ›Puckelmänner‹ genannt, nicht erkannt, und ebenso wenig ihre ›menschliche‹ Natur: daher der Hinweis Ghân-buri-Ghâns auf die Verfolgung der ›Wilden Männer‹ durch die Rohirrim in der Vergangenheit [laß die Wilden Menschen in Frieden in den Wäldern und jage sie nicht mehr wie die Tiere]. Weil Ghân-buri-Ghân sich bemühte, die Gemeinsame Sprache zu benutzen, nannte er sein Volk die ›Wilden Menschen‹ (nicht ohne Ironie); doch dies war natürlich nicht der Name, den sie sich selbst gaben.[14]

1 Nicht auf ihre besondere Situation in Beleriand zurückzuführen, und möglicherweise eher eine Ursache für ihre geringe Zahl als eine Folge davon. Ihre Zahl nahm weit langsamer zu als die der anderen Atani, kaum mehr als nötig war, um die Verluste durch den Krieg zu ersetzen; doch viele ihrer Frauen (deren es weniger gab als Männer) blieben unverheiratet. [Anmerkung des Autors]

2 Im *Silmarillion* beschrieb Beor Felagund die Haladin (später die Leute oder das Volk von Haleth genannt) als »ein Volk, von dem wir uns in der Sprache unterscheiden« (Seite 159). Es heißt auch, daß »sie ein Volk für sich blieben« (Seite 164) und daß sie kleiner waren als die Männer des Hauses von Beor; »sie machten nicht viele Worte und liebten keine großen Menschenhaufen, und viele von ihnen erfreuten sich der Einsamkeit, frei in den Laubwäldern umherwandernd, solange die Lande der Eldar ihnen in ihrer Herrlichkeit neu waren« (Seite 166).

Über das Element des Amazonischen in ihrer Gesellschaft wird im *Silmarillion* nichts weiter gesagt, als daß die Herrin Haleth eine Kriegerin und die Führerin des Volkes war; dies gilt auch für das Festhalten an ihrer eigenen Sprache in Beleriand.

3 Obgleich sie die gleiche Sprache sprachen (nach ihrer Art). Gleichwohl behielten sie eine Anzahl eigener Wörter bei. [Anmerkung des Autors]

4 Nach der Art und Weise wie im Dritten Zeitalter die Menschen und die Hobbits von Bree miteinander lebten; dennoch gab es zwischen dem Drûg-Volk und den Hobbits keine Verwandtschaft. [Anmerkung des Autors]

5 Jenen Übelwollenden, die die Drúedain nicht gut kannten und erklärten, Morgoth müsse die Orks aus einem solchen Stamm gezüchtet haben, antworteten die Eldar: »Zweifellos züchtete Morgoth, weil er kein lebendes Wesen schaffen kann, die Orks aus verschiedenen Arten von Menschen, doch die Drúedain müssen seinem Schatten entkommen sein; denn ihr Lachen und das der Orks sind so verschieden wie das Licht von Aman und die Finsternis von Angband.« Aber einige glaubten, daß es eine entfernte Verwandtschaft gegeben habe, die ihre besondere Abneigung erklärte. Orks und Drûgs betrachteten sich gegenseitig als Abtrünnige. [Anmerkung des Autors] – Im *Silmarillion* heißt es von den Orks, Melkor habe sie zu Anbeginn ihrer Tage aus gefangenen Elben gezüchtet (Seite 60; vgl. auch Seite 107); doch war dies nur eine der vielen verschiedenen Vermutungen über den Ursprung der Orks. Es darf angemerkt werden, daß in »Die Rückkehr des Königs«, 5, Kapitel 5 das Lachen Ghân-buri-Ghâns beschrieben wird: »Dabei gab der alte Ghân einen seltsamen gurgelnden Laut von sich, und es schien, daß er lachte.« Er wird als ein Mann mit

einem schütteren Bart beschrieben, »dessen Haare wie trockenes Moos auf seinem klobigen Kinn« lagen.

6 In vereinzelten Anmerkungen ist festgehalten, daß ihr eigener Name für sich selbst *Drughu* lautete (worin das *gh* einen Reibelaut darstellt). Bei der Übernahme dieses Namens ins Sindarin Beleriands wurde er zu *Drû(g)* (Plural *Drúin* und *Drúath*); als aber die Eldar entdeckten, daß die Drû-Leute entschlossene Feinde Morgoths und besonders der Orks waren, wurde der ›Titel‹ *adan* hinzugefügt, und sie wurden *Drúedain* (Singular *Drúadan*) genannt, um sowohl ihre Menschlichkeit und ihre Freundschaft mit den Eldar als auch ihre rassische Verschiedenheit von den Völkern der Drei Häuser der Edain hervorzuheben. *Drû* wurde dann nur in Zusammensetzungen wie *Drúnos*, ›eine Familie aus dem Drû-Volk‹, oder *Drúwaith*, ›die Wildnis des Drû-Volkes‹ verwendet. Im Quenya wurde *Drughu* zu *Rú* und *Rúatan* (Plural *Rúatani*). Zu den anderen Namen in späteren Zeiten (Wilde Menschen, Waldmenschen, Puckelmänner) siehe Seite 500 und unten Anmerkung 14.

7 In den Annalen von Númenor heißt es, daß diesem Überrest gestattet wurde, mit den Atani über das Meer zu segeln. Im Frieden des neuen Landes lebten sie wieder auf und wuchsen, doch sie nahmen am Krieg nicht mehr teil, denn sie fürchteten das Meer. Was später mit ihnen geschah, ist nur in einer der wenigen Sagen festgehalten, die den Untergang überstanden, der Geschichte von den ersten Segelfahrten der Númenórer zurück nach Mittelerde, die als »Das Weib des Seefahrers« bekannt ist. In einer Abschrift dieser in Gondor geschriebenen und aufbewahrten Sage findet sich eine Bemerkung des Schreibers zu einer Passage, in der die Drúedain im Haushalt König Aldarions, des Seefahrers, erwähnt werden: Sie berichtet, daß die Drúedain, die immer für ihre merkwürdige Voraussicht bekannt waren, beunruhigt waren, von seinen Reisen zu hören, denn sie sahen voraus, daß daraus Böses erwachsen würde, und sie baten ihn, nicht mehr auszufahren. Doch sie hatten keinen Erfolg, weil weder sein Vater noch sein Weib ihn dazu überreden konnten, seine Pläne zu ändern, und die Drúedain schieden mit Sorge. Von dieser Zeit an wurden die Drúedain von Númenor ruhelos, und trotz ihrer Furcht vor dem Meer baten sie einer nach dem anderen oder zu zweit oder zu dritt um eine Überfahrt auf den großen Schiffen, die zu den nordwestlichen Küsten Mittelerdes segelten. Wenn jemand fragte: »Warum wollt ihr fortgehen und wohin?« antworteten sie: »Die Große Insel fühlt sich nicht mehr sicher an unter unseren Füßen, und wir wollen in die Lande zurückkehren, aus denen wir gekommen sind.« Deshalb nahm ihre Zahl während der langen Jahre wieder langsam ab, und keiner von ihnen war mehr zurückgeblieben, als Elendil dem Untergang entkam: Die letzten waren aus dem Land geflohen, als Sauron dorthin gebracht wurde. [Anmerkung des Autors] – Weder in den Materialien, die zur Geschichte von Aldarion und Erendis gehören, noch

anderswo findet sich außer dem Vorstehenden eine Spur, die auf die Anwesenheit von Drúedain in Númenor hindeutet, ausgenommen eine einzige Bemerkung, die besagt, daß »unter den Edain, die am Ende des Krieges der Steine über das Meer nach Númenor segelten, wenige Reste des Volkes von Haleth waren, und die verschwindend wenigen Drúedain, die sie begleiteten, lange vor dem Untergang ausstarben«.

8 Wenige lebten im Haushalt Húrins aus dem Haus Hador, denn er hatte in seiner Jugend beim Volk Haleths gelebt und war mit ihren Fürsten verwandt. [Anmerkung des Autors] – Zur Beziehung Húrins zum Volk Haleths siehe *Das Silmarillion,* Seite 176. – Im Grunde war es die Absicht meines Vaters, Sador, den alten Dienstmann in Húrins Haus in Dor-lómin, in einen Drûg zu verwandeln.

9 Ein Gesetz verbot die Verwendung jeglichen Giftes zum Schaden lebender Wesen, sogar solcher, die ihnen ein Unrecht zugefügt hatten – nur Orks waren ausgenommen, deren vergifteten Pfeilen sie mit noch tödlicheren begegneten. [Anmerkung des Autors] – Elfhelm erzählte Meriadoc Brandybock, daß die Wilden Menschen vergiftete Pfeile benutzten (»Die Rückkehr des Königs«, 5, Kapitel 5), und dies unterstellten ihnen auch die Bewohner von Enedwaith im Zweiten Zeitalter. (Seite 499) An einer späteren Stelle dieses Aufsatzes wird etwas über die Behausungen der Drúedain berichtet, das geeigneterweise hier angeführt sei. Während sie beim Volk von Haleth lebten, einem Waldvolk, »waren sie damit zufrieden, in Zelten oder Schutzhütten zu leben, die sie ohne Mühe um die Stämme großer Bäume errichteten, denn sie waren eine abgehärtete Rasse. Ihren eigenen Erzählungen zufolge benutzten sie in ihrer früheren Heimat Höhlen in den Bergen, doch hauptsächlich als Vorratsräume, die nur bei strenger Witterung als Wohn- und Schlafräume aufgesucht wurden. Ähnliche Zufluchtsorte hatten sie in Beleriand, in die sie sich alle, mit Ausnahme der Abgehärtesten, in Zeiten von Stürmen oder bitteren Wintern zurückzogen; doch diese Orte wurden bewacht, und nicht einmal ihre engsten Freunde unter dem Volk von Haleth waren dort willkommen.«

10 Ihren Sagen zufolge von den Zwergen erworben. [Anmerkung des Autors]

11 Zu dieser Geschichte bemerkte mein Vater: »Die Erzählungen, die wie ›Der getreue Stein‹ von der Übertragung ihrer ›Kräfte‹ auf ihre Kunstprodukte sprechen, erinnern im kleinen an Saurons Übertragung von Macht auf die Grundmauern von Barad-dûr und auf den Herrschenden Ring.«

12 »An jeder Kehre der Straße standen große Steine, die in Gestalt von Menschen behauen waren, riesig und grobgliedrig, mit gekreuzten Beinen kauernd, die stämmigen Arme über fetten Bäuchen zusammengelegt. Einige hatten im Laufe der Jahre alle Gesichtszüge verloren mit Ausnahme

der dunklen Höhlen ihrer Augen, die die Vorübergehenden immer noch traurig anstarrten.«

13 Der Name *Drúwaith Iaur (Altes Puckel-Land)* erscheint auf der Karte von Pauline Baynes (vgl. Seite 349) richtig im nördlichen Bereich der Berge auf dem Vorgebirge von Andrast. Mein Vater stellte indes fest, der Name sei von ihm eingefügt und korrekt plaziert worden. – Eine Randnotiz besagt, daß nach der Schlacht an den Furten des Isen festgestellt wurde, daß viele Drúedain in der Tat im Drúwaith Iaur überlebt hatten, denn sie kamen aus den Höhlen hervor, in denen sie gehaust hatten, um Überreste der Streitkräfte Saurons anzugreifen, die nach Süden getrieben worden waren. – In einer auf Seite 484 zitierten Passage findet sich ein Hinweis auf Stämme ›Wilder Menschen‹, Fischer und Vogelsteller an den Küsten von Enedwaith, die in Rasse und Sprache mit den Drúedain aus Anórien verwandt waren.

14 Ein einziges Mal wird im *Herrn der Ringe* die Bezeichnung ›Wasa‹ benutzt, als Elfhelm zu Meriadoc Brandybock sagt: »Ihr hört die Wasa, die Wilden Menschen der Wälder.« *Wasa* ist eine Modernisierung (in diesem Fall die Form, die das Wort gehabt haben würde, wenn es in der Sprache noch existierte) des angelsächsischen Wortes *wása,* das sich eigentlich nur in der Zusammensetzung *wudu-wása,* ›wilder Mensch aus den Wäldern‹, findet. (Der Elbe Saeros aus Doriath nannte Túrin einen ›Waldmenschen‹, oben Seite 112). Das Wort lebte im Englischen lange fort und wurde möglicherweise zu ›Woodwose‹ [Holzschuppen] verdorben). Das vorliegende, von den Rohirrim benutzte Wort (von dem ›Wasa‹ nach der durchweg angewendeten Methode eine Übersetzung ist), wird einmal erwähnt: *róg,* Plural *rógin.*

Es scheint, daß der Begriff ›Puckelmänner‹ (wiederum eine Übersetzung: es steht für angelsächsisch *púcel,* ›Kobold, Dämon‹, verwandt dem Wort *púca,* von dem *Puck,* ›Kobold‹ abgeleitet ist) von den Rohirrim nur auf die Standbilder von Dunharg angewendet wurde.

II DIE ISTARI

Der vollständigste Bericht über die Istari wurde, wie es scheint, im Jahr 1954 geschrieben (zur Darstellung seiner Entstehung siehe die Einleitung oben, Seite 22). Ich gebe ihn hier in voller Länge wieder, und auf diesen »Aufsatz über die Istari« werde ich mich im folgenden beziehen.

Zauberer (engl. Wizard) ist eine Übersetzung von Quenya *istar* (Sindarin: *ithron*): eines der Mitglieder eines ›Ordens‹ (wie sie ihn bezeichneten), der für sich beanspruchte, außergewöhnliches Wissen über die Geschichte und das Wesen der Welt zu besitzen und dies auch öffentlich bewies. Die Übersetzung (wenngleich passend, da sie ähnlich wie das Quenya *istar* mit ›weise‹, engl. ›wise‹, und anderen alten Worten für ›Wissen‹ verwandt ist) ist vielleicht nicht glücklich, weil der *Heren Istarion* oder ›Orden der Zauberer‹ von den ›Zauberern‹ und ›Magiern‹ der späteren Sage völlig verschieden ist; sie gehörten ausschließlich dem Dritten Zeitalter an und verschwanden alsdann, und niemand, außer vielleicht Elrond, Círdan und Galadriel entdeckten, welcher Art sie angehörten und woher sie kamen.

Unter den Menschen wurden sie (zuerst) von jenen, die mit ihnen Umgang hatten, für Menschen gehalten, die sich durch ausgedehnte und geheime Studien Wissen und Künste angeeeignet hatten. Sie tauchten in Mittelerde zum ersten Mal um das Jahr 1000 des Dritten Zeitalters auf, doch lange gingen sie in einfacher Verkleidung umher, als seien sie Menschen, bereits bejahrt, doch körperlich rüstig, Reisende und Wanderer, die Wissen über Mittelerde erwarben und von allem, was dort lebte, die aber niemandem ihre Kräfte und Absichten enthüllten. In jener Zeit bekamen die Menschen sie selten zu Gesicht und achteten ihrer wenig. Doch als der Schatten Saurons zu wachsen begann und wieder Gestalt annahm, wurden sie tätiger, bekämpften das Wachsen des Schattens und suchten Elben und Menschen zu bewegen, vor ihrer Gefährdung auf der Hut zu sein. Da liefen unter den Menschen weit und breit Gerüchte von Mund zu Mund von ihrem Kommen und Gehen und von ihrer Einmischung in viele Angelegenheiten; und die Menschen erkannten, daß die Zauberer nicht starben, sondern dieselben blieben (wenn es auch schien, daß sie äußerlich ein wenig alterten), während die Väter und Söhne der Menschen dahingingen. Darum begannen die Menschen sie zu fürchten, selbst wenn sie sie liebten, und man glaubte von ihnen, sie entstammten der Elben-Rasse (mit denen sie tatsächlich häufig verkehrten).

Doch dies traf nicht auf sie zu. Denn sie waren aus dem Äußersten Westen über das Meer gekommen; obwohl lange Zeit nur Círdan darüber Bescheid wußte, Hüter des Dritten Ringes, Herr der Grauen Anfurten, der ihre Landungen an den westlichen Küsten sah. Sie waren Sendboten der Herren des Westens, der Valar, die noch immer Rat suchten für ihre Herrschaft über Mittelerde und die, als der Schatten Saurons sich zum ersten Mal wieder zu regen begann, zu diesem Mittel griffen, um ihm Widerstand zu leisten. Denn mit der Zustimmung Erus sandten sie Angehörige ihres eigenen hohen Ordens aus, doch in menschlicher Gestalt, leibhaftig und nicht als Täuschung, doch unterworfen den Ängsten, Schmerzen und Mühen der Erde, die Hunger und Durst erleiden und getötet werden konnten. Doch wegen ihres hohen Geistes starben sie nicht, sondern alterten nur durch die Sorgen und Mühen vieler langer Jahre. Doch die Valar taten dies, weil sie ihre Fehler von einst zu berichtigen wünschten, als sie versucht hatten, die Eldar durch die vollständige Enthüllung ihrer eigenen Macht und Herrlichkeit zu schützen und abzusondern; dagegen war es ihren jetzigen Sendboten nicht erlaubt, sich in ihrer Erhabenheit zu offenbaren, oder zu versuchen, durch offene Ausübung von Macht, den Willen der Menschen oder Elben zu beherrschen; sondern sie kamen in schwacher und bescheidener Gestalt mit dem Auftrag, den Menschen und Elben zu raten, sie vom Guten zu überzeugen und zu versuchen, alle jene in Liebe und gegenseitigem Verständnis zu einen, die Sauron, sollte er wiederkehren, zu beherrschen und zu verderben trachten würde.

Die Anzahl der Mitglieder dieses Ordens ist unbekannt; doch jene, die in den Norden Mittelerdes kamen, wo es die meiste Hoffnung gab (weil die letzten der Dúnedain und der Eldar dort wohnten), hatten fünf Oberhäupter. Der erste, der kam, war ein Mann, vornehm in Haltung und Gebaren, mit rabenschwarzem Haar, einer schönen Stimme, und er war in Weiß gekleidet; er besaß große handwerkliche Fähigkeiten, und er wurde von beinahe allen, selbst von den Eldar, als das Oberhaupt des Ordens angesehen.[1] Es gab dort auch andere: zwei, meerblau und einer erdfarben gekleidet; und zuletzt kam einer, der der geringste von allen zu sein schien: kleiner als die übrigen und älter aussehend, grauhaarig und grau gekleidet und auf einen Stab gestützt. Doch seit ihrem ersten Treffen bei den Grauen Anfurten erkannte Círdan in ihm den bedeutendsten und klügsten Geist; und er hieß ihn ehrerbietig willkommen, und er gab den Dritten Ring, Narya den Roten, in seine Obhut. »Denn«, sagte er, »vor Euch liegen große Mühen und Gefahren, und damit sich Eure Aufgabe nicht als zu gewaltig und mühselig erweise, nehmt diesen Ring zu Eurem Beistand und Trost. Er wurde mir nur anvertraut, um ihn versteckt zu halten, und hier an den Westküsten ist dies müßig; doch ich schätze, daß in Tagen, die bald kommen werden, er sich in edleren Händen als den meinen befinden sollte, die ihn dazu benutzen mögen, in allen Herzen den Mut zu entflammen.«[2] Und der Graue Bote nahm den Ring und hielt ihn immer verborgen; doch der Weiße Bote (der darin geschickt war, alle Geheimnisse zu enthüllen) erhielt nach einiger Zeit Kenntnis von diesem Geschenk und neidete es ihm, und dies war der Anfang des verborgenen Grolls, den er gegen den Grauen hegte und der später offenbar wurde.

Der Weiße Bote wurde in späteren Tagen bei den Elben unter dem Namen Curunír bekannt, als Mann der Verschlagenheit, in den Sprachen der Nördlichen Menschen Saruman genannt; doch dies war, nachdem er von seinen zahlreichen Reisen zurückgekehrt war, in das Reich von Gondor kam und dort wohnte. Über die Blauen Boten war im Westen wenig bekannt und außer *Ithryn Luin*, ›Die Blauen Zauberer‹, hatten sie keine Namen; denn sie gingen mit Curunír in den Osten und kehrten nie zurück; ob sie im Osten blieben und dort die Ziele verfolgten, um derentwillen sie ausgesandt worden waren, oder zugrundegingen, oder ob sie, wie viele glaubten, von Sauron versklavt und seine Diener wurden, ist nicht bekannt.[3] Doch keine dieser Möglichkeiten war auszuschließen; denn, so merkwürdig es auch erscheinen mag, die Istari, versehen mit Körpern aus Mittelerde, konnten ebensogut wie Elben und Menschen ihren Zielen abtrünnig werden, Böses tun und über dem Streben nach Macht vergessen, das Gute zu verwirklichen.

Eine gesonderte, an den Rand geschriebene Passage gehört zweifellos in diesen Zusammenhang:

Denn es heißt in der Tat, daß die Istari, wenn sie körperliche Gestalt angenommen hatten, durch allmähliche Erfahrung viel Neues lernen mußten, und obgleich sie wußten, woher sie kamen, war die Erinnerung an das Segensreich für sie eine Vision aus weiter Ferne, nach dem sie sich (solange sie ihrem Auftrag treu blieben) aufs äußerste sehnten. So sollten sie aus freien Stücken die Qualen des Exils und die Ränke Saurons erdulden und das Böse jener Zeit wiedergutmachen.

In Wirklichkeit blieb von allen Istari nur ein einziger ein Getreuer, und er war der zuletzt gekommene. Denn Radagast, der vierte, wurde von den vielen Tieren und Vögeln, die in Mittelerde lebten, bezaubert, und er verließ Elben und Menschen und verbrachte seine Tage unter wilden Lebewesen. Auf diese Weise kam er zu seinem Namen (der der alten númenórischen Sprache entstammt und, wie es heißt, ›Zähmer der Tiere‹ bedeutet).[4] Und Curunír 'Lân, Saruman der Weiße, fiel ab von seinem hohen Auftrag, wurde stolz und unduldsam, und von der Macht verführt, suchte er mit Gewalt seinen eigenen Willen durchzusetzen und Sauron zu verdrängen; doch er wurde von einem dunklen Geist umstrickt, der mächtiger war als er selbst.

Der zuletzt gekommene Sendbote aber wurde bei den Elben Mithrandir genannt, der Graue Pilger, denn er wohnte nirgendwo, erwarb sich weder Reichtum noch Anhänger, sondern zog unablässig kreuz und quer durch die Westlande, von Gondor nach Angmar und von Lindon nach Lórien, und in Zeiten der Not half er jedermann. Freundlich und lebhaft war sein Geist (der durch den Ring Narya befeuert wurde), denn er war der Feind Saurons, und dem Feuer, das verschlingt und verwüstet, setzte er ein Feuer entgegen, das erwärmt und in Verzweiflung und Trübsal Beistand leistet; doch seine Freude und sein rascher Zorn waren mit aschgrauen Gewändern verhüllt, so daß nur jene, die ihn gut kannten, die Flamme erspähten, die darunter brannte. Er konnte fröhlich sein und freundlich gegen junge und einfältige Menschen, und doch konnte er zuweilen zu scharfen Worten greifen und die Torheit tadeln; aber er war nicht stolz und suchte weder Macht noch Lob, und deshalb wurde er weit und breit von allen geliebt, die selbst nicht stolz waren. Meistens reiste er unermüdlich zu Fuß, gestützt auf einen Stab; und darum wurde er unter den Menschen des Nordens Gandalf genannt, ›der Elb des Stabes‹. Denn sie glaubten, er sei aus dem Geschlecht der Elben (obgleich dies ein Irrtum war, wie schon gesagt worden ist), weil er manchmal bei ihnen Wunderdinge vollbrachte, besonders durch seine Vorliebe für die Schönheit des Feuers; und doch vollbrachte er solche Wunder meist zur Freude und zum Vergnügen und wünschte nicht, daß jemand ihn mit Ehrfurcht ansah oder seine Ratschläge aus Furcht annahm.

Anderswo wird erzählt, wie es geschah, daß Gandalf, als Sauron wieder aufstand, sich ebenfalls erhob und einen Teil seiner Macht offenbarte, die wichtigste Triebkraft des Widerstandes gegen Sauron wurde, zum Schluß siegreich war und alles durch Umsicht und Mühe zu dem Ende brachte, das die Valar unter dem Einen, der über ihnen ist, im Sinn hatten. Doch es wird gesagt, daß er am Ende der Aufgabe, um derentwillen er gekommen war, großes Leid erlitt, getötet wurde, nach dem Tod für eine kurze Zeit zurückgesandt wurde, nunmehr in Weiß gekleidet, und eine strahlende Flamme wurde (doch noch verhüllt, außer in großer Not). Und als alles vorüber und der Schatten Saurons entfernt war, verschwand er für immer über das Meer. Wogegen Curunír niedergeworfen und aufs äußerste gedemütigt wurde und schließlich durch die Hand eines unterdrückten Sklaven zugrundeging; und sein Geist ging, wohin auch immer er zu gehen verdammt war, und nach Mittelerde kehrte er weder nackt noch verkörpert zurück.

Im *Herrn der Ringe* findet sich die einzige allgemeine Aussage über die Istari in der einleitenden Bemerkung zur »Aufzählung der Jahre« des Dritten Zeitalters in Anhang B:

Als vielleicht tausend Jahre vergangen und der Erste Schatten auf den Großen Grünwald gefallen war, erschienen die *Istari* oder Zauberer in Mittelerde. Später hieß es, sie seien aus dem Fernen Westen gekommen und als Boten ausgesandt worden, um Saurons Macht zu bekämpfen und alle jene zu einen, die den Willen hatten, ihm zu widerstehen; aber es sei ihnen verboten worden, seine Gewalt mit Gewalt zu vergelten oder danach zu trachten, Elben oder Menschen durch Macht oder Schrecken zu beherrschen.

Sie kamen daher in der Gestalt von Menschen, obwohl sie niemals jung waren und nur langsam alterten, und sie besaßen viele Fähigkeiten des Geistes und der Hand. Nur wenigen enthüllten sie ihren wahren Namen und bedienten sich der Namen, die ihnen gegeben wurden. Die beiden Höchsten dieses Ordens (von dem es heißt, daß Fünf ihm angehörten), wurden von den Eldar Curunír, ›der Mann des Wissens‹, und Mithrandir, ›der Graue Pilger‹, genannt, aber die Menschen im Norden nannten sie Saruman und Gandalf. Curunír machte oft Fahrten in den Osten, wohnte aber zuletzt in Isengart. Mithrandir war am engsten mit den Eldar befreundet, wanderte meistens im Westen und hatte nie einen festen Wohnsitz.

Dort folgt ein Bericht über die Obhut über die Drei Ringe der Elben, in dem es heißt, daß Círdan Gandalf den Roten Ring gab, als dieser zum ersten Mal übers Meer zu den Grauen Anfurten kam (»denn Círdan blickte weiter und tiefer als jeder andere in Mittelerde«).

Der »Aufsatz über die Istari« berichtet folglich vieles über die Zauberer und ihre Herkunft, was im *Herrn der Ringe* nicht erscheint (und enthält überdies einige beiläufige Anmerkungen von großer Bedeutung über die Valar, ihre fortgesetzte Sorge um Mittelerde und ihre Erkenntnis des alten Fehlers, die hier nicht erörtert werden können). Höchst bemerkenswert ist die Kennzeichnung der Istari als »Mitglieder ihres eigenen hohen Ordens« (d. h. des Ordens der Valar) und die Aussagen über ihre leibliche Verkörperung.[5] Doch es ist ebenso bemerkenswert, daß die Istari zu verschiedenen Zeiten nach Mittelerde kamen; Círdans Wahrnehmung, daß Gandalf der bedeutendste von ihnen sei; Sarumans Wissen, daß Gandalf den Roten Ring besaß und seine Mißgunst; die über Radagast geäußerte Ansicht, er sei seinem Auftrag untreu geworden; die zwei anderen ›Blauen Zauberer‹ ohne Namen, die mit Saruman in den Osten gingen, doch im Gegensatz zu ihm nie in die Westlande zurückkehrten; die Anzahl der Mitglieder des Ordens der Istari (von der hier gesagt wird, sie sei unbekannt, doch die ›Höchsten‹ jener, die in den Norden kamen, seien fünf an der Zahl gewesen); die Erklärung der Namen von Gandalf und Radagast; und das Sindarin-Wort *ithron*, Plural *ithryn*.

Die Passage über die Istari in »Von den Ringen der Macht« (im *Silmarillion*, Seite 329) ist sehr eng, sogar im Wortlaut, an die Ausführung in Anhang B zum *Herrn der Ringe* angelehnt, doch sie enthält folgenden Satz, der mit dem »Aufsatz über die Istari« im Einklang steht:

Von ihnen war Curunír der Älteste; er kam als erster, und nach ihm kamen Mithrandir und Radagast und andere Istari, die in den Osten von Mittelerde gingen und in diesen Geschichten keine Erwähnung finden.

Die meisten der verbliebenen Schriften über die Istari sind (als eine Gruppe) unglücklicherweise nicht mehr als sehr hastige, oft unleserliche Notizen. Von größerem Interesse ist indes eine kurze, sehr flüchtige Skizze für eine Erzählung, die von einem Rat der Valar berichtet, wie es scheint von Manwe einberufen (»und vielleicht rief er Eru um Rat an?«), auf dem beschlossen wurde, drei Boten nach Mittelerde zu senden:

»Wer würde gehen? Denn sie mußten mächtig sein, Sauron ebenbürtig, doch sie mußten der Macht entsagen, sich selbst mit einem Leib bekleiden, so daß sie mit Elben und Menschen auf einer Stufe standen und ihr Vertrauen gewinnen konnten. Aber das würde sie gefährden, ihre Weisheit und ihr Wissen verringern und sie durch Ängste, Sorgen und Schwächen verwirren, die aus der Leibhaftigkeit entsprangen.« Doch nur zwei traten vor: Curumo, der von Aule ausgewählt war, und Alatar, der von Orome geschickt wurde. Darauf fragte Manwe, wo Olórin sei. Und Olórin, der in Grau gekleidet von einer Reise kommend gerade eingetreten war und im Hintergrund Platz genommen hatte, fragte, was Manwe von ihm wolle. Manwe erwiderte, er wünsche, daß Olórin als dritter Bote nach Mittelerde gehe [und in Klammern ist angemerkt, daß »Olórin die verbliebenen Eldar liebte«, offenbar um Manwes Wahl zu erklären]. Aber Olórin erklärte, er sei für eine solche Aufgabe zu schwach, und er fürchte Sauron. Darauf sagte Manwe, dies sei ein Grund mehr für ihn, zu gehen, und daß er es ihm befehle [es folgen unleserliche Worte, die das Wort »dritter« zu enthalten scheinen]. Doch daraufhin sah Varda auf und sagte: »Nicht als der Dritte«; und Curumo behielt es im Gedächtnis.

Die Notiz endet mit der Feststellung, daß Curumo [Saruman] Aiwendil [Radagast] zum Freund nahm, weil Yavanna ihn darum bat, und daß Alatar Pallando mitnahm.[6]

Auf einem anderen Blatt mit Notizen, die unverkennbar der gleichen Periode angehören, heißt es, daß »Curumo Aiwendil mitnehmen mußte, um Yavanna, Aules Gattin, zufriedenzustellen«. Hier finden sich auch einige unfertige Listen, in denen die Namen der Istari denen der Valar zugeordnet werden: Olórin zu Manwe und Varda, Curumo zu Aule, Aiwendil zu Yavanna, Alatar zu Orome und Pallando ebenfalls zu Orome (doch anderswo ist er Mandos und Nienna zugeordnet).

Im Hinblick auf die gerade angeführte kurze Erzählung bedeuten diese Beziehungen zwischen Istari und Valar eindeutig, daß jeder Istar wegen seiner angeborenen Eigenschaften vom entsprechenden Vala ausgewählt wurde – vielleicht daß sie sogar Angehörige des ›Volkes‹ des jeweiligen Vala waren, in dem Sinne, in dem es von Sauron in der »Valaquenta« (*Das Silmarillion*, Seite 39) heißt: »Zu Anfang war er einer der Maiar Aules, und der Wissenschaft dieses Volkes blieb er mächtig.« Es ist demnach höchst bemerkenswert, daß Curumo (Saruman) von Aule ausgewählt wurde. Es gibt keinen Hinweis auf eine Erklärung, warum Yavannas offensichtlicher Wunsch, unter die Istari solle einer mit einer besonderen Vorliebe für die Dinge, die sie geschaffen hatte, aufgenommen werden, nur erfüllt werden konnte, indem man Saruman die Begleitung Radagasts aufbürdete; wogegen die These im »Aufsatz über die Istari«, Radagast habe den Zweck seiner Sendung mißachtet, weil er von den wilden Lebewesen Mittelerdes verzaubert worden sei, vielleicht nicht völlig mit der Vorstellung im Einklang steht, daß er eigens von Yavanna ausgewählt wurde. Außerdem kommt sowohl im »Aufsatz über die Istari« als auch in »Von den Ringen der Macht« Saruman als erster, und er kam allein. Andererseits ist es möglich, einen Hinweis auf die Geschichte von Radagasts unwillkommener Begleitung in Sarumans außerordentlicher Verachtung für ihn zu erkennen, wie sie Gandalf dem Rat von Elrond geschildert hat:

»Radagast der Braune!« lachte Saruman, und er verbarg seinen Hohn nicht länger. »Radagast der Vogelbändiger! Radagast der Einfältige! Radagast der Narr! Immerhin hatte er gerade genug Verstand, um die Rolle zu spielen, die ich ihm zugedacht hatte!«

Während es im »Aufsatz über die Istari« heißt, daß die beiden, die in den Osten gingen, außer *Ithryn Luin* (die Blauen Zauberer) keine Namen hatten (was natürlich bedeutet, daß sie im Westen Mittelerdes keine hatten), werden sie hier mit den Namen Alatar und Pallando bezeichnet und mit Orome in Verbindung gebracht, obwohl jeder Hinweis für den Grund dieser Zuordnung fehlt. Es könnte sein (doch ist dies die reinste Vermutung), daß Orome von allen Valar die beste Kenntnis von den weiter entfernten Gegenden Mittelerdes besaß und daß die Blauen Zauberer dazu bestimmt waren, dorthin zu reisen und dort zu bleiben.

Abgesehen von der Tatsache, daß diese Notizen über die Auswahl der Istari zeitlich nach der Vollendung des *Herrn der Ringe* anzusiedeln sind, kann ich keinen Beweis dafür finden, daß sie zur Zeit ihrer Abfassung in Beziehung zum »Aufsatz über die Istari« gestanden haben.[7]

Andere Schriften über die Istari sind mir nicht bekannt, ausgenommen einige sehr flüchtige, teilweise undeutbare Notizen, die sicherlich aus viel späterer Zeit stammen als die vorstehenden und vermutlich auf das Jahr 1972 zu datieren sind:

Wir müssen annehmen, daß sie [die Istari] alle Maiar waren, und dies sind Personen des ›engelgleichen‹ Ordens, wenn auch nicht notwendigerweise von gleichem Rang. Die Maiar waren ›Geister‹, doch zur Selbst-Verkörperung fähig, und sie konnten ›menschliche‹ (insbesondere elbische) Gestalt annehmen. Von Saruman wird gesagt (z. B. von Gandalf selbst), er sei der Höchste der Istari gewesen – das heißt, an valinórischer Größe übertraf er die anderen. Gandalf war offensichtlich in der Rangfolge der nächste. Radagast wird als eine Person von geringerer Macht und Weisheit dargestellt. Von den anderen beiden wird im veröffentlichten Werk nichts gesagt, ausgenommen der Hinweis auf die Fünf Zauberer in dem Wortwechsel zwischen Gandalf und Saruman [»Die Zwei Türme«, 3, Kapitel 10]. Diese Maiar wurden nun in einem kritischen Augenblick in der Geschichte Mittelerdes von den Valar ausgesandt, um den Widerstand der Elben des Westens, deren Macht schwand, und der unverdorbenen Menschen des Westens zu beflügeln, die denen des Ostens und des Südens an Zahl weit unterlegen waren. Es dürfte erkennbar sein, daß es jedem von ihnen frei stand, in dieser Sache zu tun, was er konnte; daß von ihnen weder erwartet wurde noch ihnen befohlen war, gemeinsam zu handeln als eine kleine, geschlossene Verkörperung von Macht und Weisheit; und daß jeder von ihnen verschiedene Fähigkeiten und Vorlieben besaß, die die Valar bei der Auswahl berücksichtigt hatten.

Andere Schriften befassen sich ausschließlich mit Gandalf (Olórin, Mithrandir). Auf der Rückseite des Blattes, auf dem sich die Erzählung von der Auswahl der Istari durch die Valar befindet, erscheint die folgende sehr bemerkenswerte Anmerkung:

Elendil und Gil-galad waren Bundesgenossen; doch dies war ›der Letzte Bund‹ zwischen Elben und Menschen. An der endgültigen Niederwerfung Saurons waren Elben handelnd nicht wirklich beteiligt. Legolas vollbrachte von den Neun Wanderern am wenigsten. Galadriel, die bedeutendste der überlebenden Eldar Mittelerdes, war hauptsächlich an Klugheit und Güte mächtig, als Lenkerin und Beraterin im Streit, im *Widerstand* unüberwindlich (besonders in der Gesinnung und der seelischen Kraft), doch zur strafenden *Tat* unfähig. In ihrem Maße war sie mit Rücksicht auf eine größere umfassende Tat Manwe ähnlich geworden. Manwe indes war, sogar nach dem Untergang Númenors und dem Zerbrechen der alten Welt, und selbst als im Dritten Zeitalter das Segensreich aus den ›Kreisen der Welt‹ entfernt worden war, trotzdem kein bloßer Beobachter. Es ist verständlich, daß die Boten aus Valinor kamen, die die Istari (oder Zauberer) genannt wurden, und unter ihnen Gandalf, der sich als derjenige erwies, der den Angriff und die Verteidigung lenkte und ordnete.

Wer war ›Gandalf‹? Es heißt, daß in späteren Tagen (als sich erneut ein Schatten des Bösen im Königreich erhob) von vielen der ›Getreuen‹ jener Zeit geglaubt wurde, daß in ›Gandalf‹ Manwe selbst zum letzten Mal erschienen sei, bevor er sich endgültig in den Wachtturm auf dem Taniquetil zurückzog. (Daß Gandalf sagte, ›im Westen‹ sei sein Name Olórin gewesen, war dieser Meinung zufolge, die Annahme eines Decknamens, ein bloßer Beiname). Was diese Frage angeht, kenne ich (natürlich) die Wahrheit nicht, und würde ich sie kennen, wäre es ein Fehler, deutlicher zu werden, als Gandalf selbst es war. Doch ich glaube, daß es sich nicht so verhielt. Manwe wird nicht vom Berg herabsteigen bis zur Dagor Dagorath und dem Anbruch des Endes, wenn Melkor zurückkehrt.[8] Zur Vernichtung Morgoths sandte er seinen Herold Eonwe. Schickte er zur Niederwerfung Saurons denn nicht einen geringeren (aber mächtigen) Geist aus dem engelgleichen Volk, einen, der anfangs zweifellos Sauron an Alter und Rang gleichkam, und keinen anderen? Olórin war sein Name. Doch von Olórin werden wir niemals mehr wissen als das, was er in der Gestalt Gandalfs enthüllte.

Hierauf folgt ein sechzehnzeiliges Gedicht:

Wollt Ihr wissen die Kunde die lange verborgen war
von den Fünf, die kamen aus einem fernen Land?
Einer nur kehrte zurück Andere werden niemals wieder
unter Menschenherrschaft Mittelerde suchen
bis die Dagor Dagorath und das Verhängnis kommen.
Wie hast du ihn vernommen: den geheimen Rat
der Herren des Westens im Land von Aman?
Die langen Pfade sind verschwunden die dorthin führten,

und zu sterblichen Menschen   spricht Manwe nicht.
Aus dem Westen der war,   trug ihn ein Wind
an des Schläfers Ohr,   ins Schweigen
unterm nächtlichen Schatten,   als Nachricht nahte
aus vergessenen Landen   und verlorenen Zeiten
über Meere von Jahren   zum suchenden Sinn.
Nicht alle sind vergessen   vom Ältesten König.
Sauron sah er   als schleichende Drohung . . .

Vieles, was sich hier findet und sich auf die umfassendere Frage nach dem Anteil Manwes und der Valar am Schicksal Mittelerdes nach dem Untergang Númenors bezieht, muß wegfallen, da es den Rahmen dieses Buches sprengen würde.

Den Worten »Doch von Olórin werden wir niemals mehr wissen als das, was er uns in der Gestalt Gandalfs enthüllte«, fügte mein Vater später hinzu:

ausgenommen, daß Olórin ein Hochelben-Name ist und ihm deshalb in Valinor von den Eldar verliehen worden sein muß, oder daß er eine ›Übersetzung‹ ist, die sie für charakteristisch hielten. In beiden Fällen bleibt die Frage nach der Bedeutung des verliehenen oder angenommenen Namens. *Olor* ist ein des öfteren als ›Traum‹ übersetztes Wort, das sich aber nicht auf (zumeist) menschliche ›Träume‹ bezieht, gewiß nicht auf das Träumen im Schlaf. Für die Eldar schloß es die lebendigen Inhalte ihrer *Erinnerung* wie die ihrer *Einbildungskraft* ein: tatsächlich bezog es sich auf eine *deutliche Vision* im geistigen Raum, auf Dinge, die körperlich, materiell nicht anwesend sind. Doch es ist nicht nur eine Idee gemeint, sondern deren vollständige Auskleidung in besonderer Gestalt bis in die Einzelheiten.

Eine einzelne etymologische Anmerkung erklärt die Bedeutung ähnlich:

olo-s: Gesicht, Vision, ›Phantasieren‹: gebräuchliche elbische Bezeichnung für ›geistige Konstruktion‹, die in Ea, unabhängig von der Konstruktion eigentlich nicht (vorher) vorhanden war, die jedoch von den Eldar mittels *Kunst (Karme)* sichtbar und erfühlbar gemacht werden konnte. *Olos* wird gewöhnlich auf *schöne* Gebilde angewendet, die einzig einen künstlerischen Zweck haben (d. h., die nicht als Gegenstand der Täuschung oder des Machtgewinns zu begreifen sind).

Es werden Wörter angeführt, die aus dieser Wurzel abgeleitet sind: Quenya *olos*, ›Traum, Vision‹, Plural *olozi/olori*; *ōla* (unpersönlich), ›träumen‹; *olosta*, ›träumerisch‹. Es folgt ein Hinweis auf *Olofantur*, welches der frühere ›wahre‹ Name Lóriens war, der Vala, der ›Meister der Gesichte und Träume‹ war, bevor sein Name im *Silmarillion* in *Irmo* umgeändert wurde (so wie sich *Nurufantur* zu *Námo*, Mandos, wandelte: obwohl der Plural *Feanturi* für diese zwei ›Brüder‹ in der »Valaquenta« erhalten blieb).

Diese Erörterungen von *olos, olor* sind eindeutig mit jener Passage in der »Valaquenta« in Verbindung zu bringen (*Das Silmarillion*, Seite 38), wo es heißt, daß Olórin in Lórien in Valinor wohnte und

obgleich er die Elben liebte, ging er unter ihnen ungesehen oder in Gestalt eines der Ihren, und sie wußten nicht, woher die schönen Gesichte kamen oder die weisen Ratschlüsse, die er ihnen ins Herz tat.

In einer früheren Fassung dieser Passage heißt es, daß Olórin ›Ratgeber Irmos‹ war und daß in den Herzen jener, die ihm zuhörten, Gedanken erwachten »an schöne Dinge, die noch nicht dagewesen waren, die aber jetzt zur Ausschmückung Ardas gemacht werden konnten«.

Es gibt eine lange Anmerkung zur Verdeutlichung der Passage in »Die Zwei Türme«, 4, Kapitel 5, wo Faramir in der Henneth Annûn erzählte, Gandalf habe folgendes gesagt:

Viele Namen habe ich in vielen Ländern. Mithrandir heiße ich bei den Elben, Tharkûn bei den Zwergen; Olórin war ich in meiner Jugend im Westen, der vergessen ist,[9] im Süden Incánus, im Norden Gandalf; in den Osten gehe ich nicht.

Diese Anmerkung stammt aus der Zeit vor der Veröffentlichung der zweiten (englischen) Ausgabe des *Herrn der Ringe* im Jahre 1966, und sie lautet wie folgt:

Das Datum von Gandalfs Ankunft ist ungewiß. Er kam übers Meer, offenbar etwa um die gleiche Zeit, als die ersten Anzeichen von der Wiedererhebung ›des Schattens‹ bemerkt wurden: die Wiederkehr und Ausbreitung böser Dinge. Doch während des zweiten Jahrtausends des Dritten Zeitalters wird er in den Annalen und Aufzeichnungen selten erwähnt. Vermutlich wanderte er (in verschiedenen Verkleidungen) lange umher, nicht in Taten und Ereignisse verwickelt, sondern damit beschäftigt, die Herzen jener Elben und Menschen auszuforschen, die Sauron Widerstand geleistet hatten oder von denen dieser noch zu erwarten war. Es ist seine eigene Aussage (oder eine Version davon und in jedem Falle nicht vollkommen verstanden) erhalten, daß sein Name in seiner Jugend im Westen Olórin war, doch daß er von den Elben Mithrandir (Grauer Wanderer), von den Zwergen Tharkûn (was ›Stab-Mann‹ bedeuten soll), im Süden Incánus und im Norden Gandalf genannt werde, doch »in den Osten ginge er nicht«.

›Der Westen‹ bedeutet hier einfach der Ferne Westen jenseits des Meeres und nicht einen Teil Mittelerdes; der Name Olórin ist eine Hoch-Elben-Form. ›Der Norden‹ muß sich auf die nordwestlichen Gegenden Mittelerdes beziehen, in denen die meisten Einwohner von Sauron oder Morgoth nicht verdorben waren, und es auch blieben. In diesen Gegenden würde der Widerstand gegen das Böse, das der Feind zurückgelassen hatte, und gegen seinen Diener Sauron, falls er wiederkehren sollte, am stärksten sein. Die Grenzen dieser Region waren naturgemäß unbestimmt; ihre Ostgrenze war grob genommen der Carnen bis zum Zusammenfluß mit dem Celduin (der Fluß Eilend), weiter zum Núrnen und von dort zu den alten Grenzbereichen von Süd-Gondor. (Mordor war nicht ursprünglich ausgeschlossen, das von Sauron besetzt war und das, obwohl es außerhalb seiner angestammten Reiche ›im Osten‹ lag, eine wohlbedachte Drohung gegen den Westen und gegen die Númenórer war.) ›Der Norden‹ umfaßte folglich insgesamt dieses große Gebiet: ungefähr vom Golf von Luhn im Westen bis zum Núrnen im Osten und von Carn Dûm im Norden bis zum alten Gondor im Süden zwischen seinen Südgrenzen und der Nah-Harad. Über den Núrnen hinaus war Gandalf niemals gegangen.

Diese Passage ist der einzige überlieferte Beweis, daß er seine Reisen weiter in den Süden ausgedehnt hat. Aragorn behauptet, »bis zu so fernen Ländern wie Rhûn und Harad, wo die Sterne fremd sind«, vorgedrungen zu sein. (»Die Gefährten«, 2, Kapitel 2)[10] Es muß nicht angenommen werden, daß Gandalf dies tat. Diese Sagen sind auf den Norden konzentriert – denn es wird als historisches Faktum dargestellt, daß sich der Kampf gegen Morgoth und seine Diener hauptsächlich im Norden Mittelerdes, besonders im Nordwesten abspielte; und dies war so, weil die Bewegung der Elben und später der Menschen, die Morgoth entkamen, sich unvermeidlich nach Westen auf das Segensreich und nach Nordwesten richteten, weil dort die Küsten Mittelerdes Aman am nächsten waren. *Harad* ›Süden‹, ist also ein unklarer Begriff, und obwohl Menschen aus Númenor vor dem Untergang ihres Landes die Küsten Mittelerdes bis weit in den Süden erforscht hatten, waren ihre Siedlungen jenseits Umbars entweder aufgesogen oder, wenn sie von Menschen angelegt worden waren, die Sauron bereits in Númenor verdorben hatte, feindlich und Teile von Saurons Herrschaftsgebieten geworden. Aber die südlichen Gegenden, die an Gondor grenzten (von den Menschen Gondors einfach Harad (Süd), Nah-Harad oder Weit-Harad genannt), waren vermutlich eher für den ›Widerstand‹ zu gewinnen, zumal es Gebiete waren, in denen Sauron im Dritten Zeitalter überaus tätig war, weil sie für ihn eine menschliche Quelle waren, die er ausgiebigst gegen Gondor einsetzte. In diese Gegenden könnte Gandalf in den früheren Tagen seiner Bemühungen durchaus gereist sein.

Doch sein Hauptgebiet war ›der Norden‹ und dort wiederum in erster Linie der Nordwesten, Lindon, Eriador und die Täler des Anduin. In der Hauptsache war er mit Elrond und den nördlichen Dúnedain (Grenzwachen) verbündet. Charakteristisch für ihn war seine Zuneigung und Kenntnis der ›Halblinge‹, denn seine Weisheit hatte eine Vorahnung von ihrer entscheidenden Bedeutung, und zur gleichen Zeit erkannte er ihren angeborenen Wert. Gondor zog seine Aufmerksamkeit weniger auf sich, und es war der gleiche Grund, der es für Sauron um so interessanter machte: Es war ein Mittelpunkt des Wissens und der Macht. Seine Herrscher waren aufgrund ihrer Abstammung und ihrer gesamten Überlieferung Sauron unwiderruflich feindlich gesinnt, und mit Sicherheit in politischer Hinsicht: Ihr Reich erhob sich als eine Drohung gegen ihn, und es bestand nur so lange weiter, als seiner Bedrohung mit Waffengewalt Widerstand geleistet werden konnte. Gandalf konnte wenig tun, um seine stolzen Führer anzuleiten oder zu unterweisen; erst im Niedergang ihrer Macht, als sie in einer Sache, die verloren schien, durch Mut und Standhaftigkeit geadelt wurden, begann er sich, um sie zu sorgen.

Der Name *Incánus* ist ›andersartig‹, das heißt er entstammt weder dem Westron noch dem Elbischen (Sindarin oder Quenya), und er ist auch aus den übrigen Sprachen der Menschen des Nordens nicht erklärbar. Eine Anmerkung in Thains Buch besagt, daß es sich um die ins Quenya übernommene Form eines Wortes aus der Sprache der Haradrim handelt, das einfach ›Nord-Spion‹ (*Inkā+nūs*) bedeutet.[11]

Gandalf ist eine Ersatzform in der englischen Erzählung, in der gleichen Art wie auch Hobbit- oder Zwergennamen behandelt werden. Es ist tatsächlich ein altnordischer Name (in der *Völuspa* einem Zwerg beigelegt),[12] der von mir verwendet wurde, weil er *gandr* (ein Stab, insbesondere Zauberstab) zu enthalten scheint, so daß man annehmen könnte, daß er ›Elbengeschöpf mit einem (Zauber)Stab‹ bedeutet. Gandalf war kein Elbe, doch er wurde von Menschen mit ihnen in Verbindung gebracht, weil sein Bündnis und seine Freundschaft mit Elben wohlbekannt waren. Da der Name im allgemeinen ›dem Norden‹ zugeschrieben wird, muß von *Gandalf* angenommen werden, daß es ein Westron-Name ist, der jedoch aus Elementen zusammengefügt ist, die nicht aus elbischen Sprachen abgeleitet sind.

Eine völlig andere Ansicht von der Bedeutung der Worte Gandalfs (»im Süden Incánus«) und der Etymologie des Namens wird in einer Anmerkung aus dem Jahr 1967 vertreten:

Es ist recht unklar, was mit ›im Süden‹ gemeint war. Gandalf leugnete, jemals ›den Osten‹ besucht zu haben, doch eigentlich scheint es, als habe er seine Reisen und sein Wächteramt auf die westlichen Lande beschränkt, die von Elben und Völkern bewohnt waren, die Sauron im allgemeinen feindlich gesinnt waren. Auf jeden Fall scheint es unwahrscheinlich, daß er jemals lange genug durch die Harad (oder Weit-Harad) gereist ist oder sich dort aufgehalten hat, um dort einen besonderen Namen in einer der andersartigen Sprachen dieser wenig bekannten Gegenden anzunehmen. Der Süden müßte also Gondor bedeuten (im weitesten Sinne jene Länder unter der Oberhoheit Gondors zur Zeit seiner größten Macht). Indes zur Zeit dieser Erzählung, so stellen wir fest, wird Gandalf in Gondor immer Mithrandir genannt (von Männern von Rang oder númenórischer Abstammung wie Denethor, Faramir usw.). Mithrandir ist Sindarin und wird als der Name angegeben, den die Elben benutzten; aber Männer von Stand in Gondor kannten und sprachen diese Sprache. Der ›volkstümliche‹

Name im Westron oder der Gemeinsamen Sprache war offenbar einer mit der Bedeutung ›Graumantel‹, doch da er lange vorher erfunden worden war, lag er jetzt in einer archaischen Form vor. Diese wird möglicherweise durch die Form *Greyhame* wiedergegeben, die Éomer in Rohan benutzte.

Mein Vater kam hier zu dem Schluß, daß ›im Süden‹ sich auf Gondor bezog, und daß Incánus (wie Olórin) ein Quenya-Name war, der jedoch in früheren Zeiten in Gondor geprägt wurde, als Quenya von den Gebildeten noch in größerem Maße verwendet wurde, als es in Númenor der Fall gewesen war, und es die Sprache vieler geschichtlicher Aufzeichnungen war.

Wie es in der »Aufzählung der Jahre« heißt, erschien Gandalf zu Beginn des elften Jahrhunderts des Dritten Zeitalters im Westen. Wenn wir annehmen, daß er zuerst Gondor besuchte und zwar oft und lange, so daß er dort einen oder mehrere Namen bekommen konnte – sagen wir zur Regierungszeit Atanatar Alcarins, etwa 1800 Jahre vor dem Krieg um den Ring –, wäre es möglich, Incánus als einen für ihn erfundenen Namen aufzufassen, der später außer Gebrauch kam und den nur noch die Gebildeten im Gedächtnis behielten.

Unter dieser Voraussetzung ist eine Etymologie aus den Quenya-Elementen *in(id)-*, ›Geist‹, und *kan-*, ›Herrscher‹, vorstellbar, besonders in den Formen *cáno, cánu*, ›Herrscher, Statthalter, Anführer‹ (wobei letztere das zweite Element in den Namen Turgon und Fingon bildete). In dieser Anmerkung wies mein Vater in einer solchen Weise auf das lateinische Wort *incánus*, ›grauhaarig‹, hin, als wollte er die Vorstellung erwecken, dies Wort sei, als der *Herr der Ringe* geschrieben wurde, der eigentliche Ursprung von Gandalfs Namen gewesen, was, wenn es zuträfe, verblüffend wäre; am Ende der Erörterung bemerkt er, daß die formale Übereinstimmung des Quenya-Namens und des lateinischen Wortes als ein ›Zufall‹ betrachtet werden müsse, in der gleichen Weise wie Sindarin *Orthanc*, ›Gabelhöhe‹, zufällig mit dem angelsächsischen Wort *orþanc*, ›listiger Kunstgriff‹, übereinstimmt, welches die Übertragung des wirklichen Namens in die Sprache der Rohirrim ist.

1 In »Die Zwei Türme«, 3, Kapitel 8, heißt es, daß Saruman »von vielen für das Oberhaupt der Zauberer gehalten wurde« und daß beim Rat von Elrond Gandalf ausdrücklich feststellte, »Saruman der Weiße ist der Größte meines Ordens«. (»Die Gefährten«, 2, Kapitel 2)

2 Eine andere Version des Wortes Círdans, als er Gandalf an den Grauen Anfurten den Ring des Feuers gibt, findet sich in »Von den Ringen der Macht« (*Das Silmarillion*, Seite 333) und mit fast den gleichen Worten in Anhang B zum *Herrn der Ringe* (Einleitung zur »Aufzählung der Jahre« des Dritten Zeitalters).

3 In einem Brief aus dem Jahr 1958 schrieb mein Vater, er wisse nichts Genaues über »die anderen beiden«, weil sie in die Geschichte des Nordwestens von Mittelerde nicht verwickelt waren. »Ich denke«, schrieb er, »daß sie als Boten in entfernte Gegenden des Ostens und Südens gingen: gewissermaßen als Sendboten in vom Feind besetzte Länder. Welchen Erfolg sie hatten, weiß ich nicht; doch ich fürchte, daß sie ebenso wie Saruman scheiterten, wenn auch zweifellos auf verschiedene Weise; und ich habe den Verdacht, daß sie Begründer oder Urheber geheimer Kulte und ›magischer‹ Traditionen wurden, die den Fall Saurons überdauerten.«

4 In einer sehr umfangreichen Anmerkung über den Namen des Istar Radagast heißt es, es handele sich um einen von den Menschen in den Tälern des Anduin stammenden Namen, der »nicht eindeutig erklärbar« sei. Rhosgobel, in »Die Gefährten«, 2, Kapitel 3, »die alte Heimat Radagasts« genannt, soll sich »in den Grenzwäldern zwischen der Carrock und der Alten Wald-Straße« befunden haben.

5 Es scheint tatsächlich aus der Erwähnung Olórins in der »Valaquenta« (*Das Silmarillion*, Seite 38) hervorzugehen, daß die Istari Maiar waren; denn Olórin war Gandalf.

6 *Curumo* schien Sarumans Quenya-Name gewesen zu sein, der sonst nirgendwo verzeichnet ist; Curunír war die Sindarin-Form. Saruman, sein Name bei den Nördlichen Menschen, enthält das angelsächsische Wort *searu, saru,* ›Geschicklichkeit, Arglist, schlauer Rat‹. *Aiwendil* muß ›Liebhaber der Vögel‹ bedeuten; vgl. *Linaewen,* ›See der Vögel‹, in Nevrast (vgl. Anhang zum *Silmarillion,* Eintrag *lin* (I). Zur Bedeutung von *Radagast* siehe oben Seite 508 und Anmerkung 4. *Pallando* enthält, ungeachtet der Schreibung, vielleich *palan,* ›fern‹, wie in *palantír* und *Palarran,* ›Fern-Wanderin‹, der Name von Aldarions Schiff.

7 In einem Brief aus dem Jahr 1956 schrieb mein Vater: »Es gibt im *Herrn der Ringe* kaum einen Hinweis auf Dinge, die nicht wirklich *existieren* und zwar auf einer eigenen Bewußtseinsebene (die einer sekundären oder vor-schöpferischen Realität)« und er fügte in einer Fußnote hinzu: »Die Katzen der Königin Berúthiel und die Namen der anderen

beiden Zauberer (fünf weniger Saruman, Gandalf, Radagast) sind alles, woran ich mich erinnere.« (In Moria sagt Aragorn über Gandalf: »Er wird eher den Weg nach Hause finden in dunkler Nacht als die Katzen der Königin Berúthiel« – »Die Gefährten«, 2, Kapitel 4.)

Indessen existiert sogar die Geschichte der Königin Berúthiel, wenn auch nur in einem sehr ›einfachen‹ Entwurf, der zum Teil unleserlich ist. Sie war die ruchlose, einsiedlerische, ungeliebte Gattin von Tarannon, dem zwölften König von Gondor (Drittes Zeitalter 830–913); er war der erste der ›Schiffs-Könige‹, nahm die Krone unter dem Namen Falastur, ›Herr der Küsten‹, und war der erste kinderlose König (*Der Herr der Ringe*, Anhang A,I, 2 und 4). Berúthiel lebte im Haus des Königs in Osgiliath, haßte die Geräusche und Gerüche des Meeres und das Haus, das Tarannon »auf Gewölbebögen, deren Füße tief in den weiten Wassern des Ethir Anduin standen« unterhalb von Pelargir erbaute; sie haßte alles Schöpferische, alle Farben und allen kunstreichen Schmuck, trug nur schwarze und silberne Kleider, wohnte in kahlen Gemächern, und die Gärten des Hauses in Osgiliath waren voll von entstellten Plastiken unter Zypressen und Eiben. Sie hatte neun schwarze und eine weiße Katze, ihre Sklaven, mit denen sie sich unterhielt oder deren Gedanken las, und die sie dazu anhielt, allen dunklen Geheimnissen Gondors nachzuspüren, so daß sie Kenntnis von jenen Dingen hatte, »die Menschen zumeist zu verbergen wünschen«; sie richtete die weiße Katze ab, den schwarzen nachzuspionieren und sie zu quälen. Niemand in Gondor wagte es, die Katzen anzufassen; alle fürchteten sich vor ihnen und stießen einen Fluch aus, wenn sie sie vorüberschleichen sahen. Das folgende ist in diesem einzigartigen Manuskript beinahe gänzlich unleserlich, ausgenommen das Ende, wo gesagt wird, daß ihr Name aus dem Buch der Könige getilgt wurde (»aber die Erinnerung der Menschen ist nicht gänzlich in Büchern begraben, und niemals verschwanden die Katzen der Königin Berúthiel gänzlich aus den Gesprächen der Menschen«), daß König Tarannon sie allein mit ihren Katzen auf ein Schiff bringen und dieses bei Nordwind aufs Meer treiben ließ. Das Schiff wurde zuletzt gesehen, wie es unter einem Sichelmond an der Küste von Umbar vorbeiflog, mit einer Katze auf der Mastspitze und einer weiteren als Galionsfigur am Bug.

8 Dies ist ein Hinweis auf »die Zweite Prophezeiung Mandos'«, die im *Silmarillion* nicht erscheint; ihre Erläuterung kann hier nicht versucht werden, weil dies eine Darstellung der Geschichte der Mythologie in ihrer Beziehung zur veröffentlichten Version erforderlich machen würde.

9 Gandalf sagte erneut: »Olórin war ich im Westen, der vergessen ist«, als er nach der Krönung König Elessars in Minas Tirith zu den Hobbits und zu Gimli sprach (vgl. »Die Fahrt zum Erebor«, Seite 433).

10 Die ›fremden Sterne‹ beziehen sich ausdrücklich nur auf Harad, was

bedeutet, daß Aragorn ein gehöriges Stück der südlichen Halbkugel bereist hatte. [Anmerkung des Autors]

11 Ein Zeichen über dem letzten Buchstaben von *Inkā-nūs* weist darauf hin, daß der Schluß-Konsonant ein *sch* war.

12 Eines der Gedichte aus der Sammlung sehr früher altnordischer Dichtung, bekannt als ›Liederedda‹ oder ›Ältere Edda‹.

Die Palantíri waren ohne Zweifel niemals Dinge, die öffentlich in Gebrauch oder allgemein bekannt waren, noch nicht einmal in Númenor. In Mittelerde wurden sie in bewachten Räumen aufbewahrt, hoch oben in mächtigen Türmen, nur Könige und Herrscher und ihre dazu berufenen Hüter hatten Zugang zu ihnen, und niemals wurden sie öffentlich zu Rate gezogen oder ausgestellt. Doch bis zum Verschwinden der Könige waren sie keine düsteren Geheimnisse. Ihr Gebrauch zog keine Gefahr nach sich, und kein König oder eine andere Person, die ermächtigt war sie anzuschauen, hätte gezögert, die Quelle seines Wissens um die Taten und Meinungen ferner Herrscher zu enthüllen, hätte er sie mit Hilfe der Steine erlangt.[1]

Für die Zeit nach den Tagen der Könige und dem Verlust von Minas Ithil findet sich keine weitere Erwähnung von ihrem öffentlichen und amtlichen Gebrauch. Nach dem Schiffbruch Arveduis, des Letzten Königs, im Jahr 1975 blieb im Norden kein antwortender Stein zurück.[2] Im Jahr 2002 ging der Ithil-Stein verloren. Dort blieben dann nur der Anor-Stein in Minas Tirith und der Orthanc-Stein übrig.[3]

Zwei Dinge trugen damals dazu bei, daß die Steine mißachtet wurden und aus dem allgemeinen Gedächtnis des Volkes verschwanden. Das erste war Unwissen darüber, was mit dem Ithil-Stein geschehen war: Es wurde billigerweise angenommen, er sei von den Verteidigern zerstört worden, bevor Minas Ithil erobert und geplündert wurde;[4] doch es war leicht möglich, daß er geraubt worden und in Saurons Besitz gelangt war, und einige der Klügeren und Weiterblikkenden könnten dies angenommen haben. Es schien so, als ob sie dies annahmen und zugleich begriffen, daß der Stein ihm zum Schaden Gondors wenig nützen würde, wenn er nicht mit einem anderen Stein Verbindung aufnahm, der mit ihm im Einklang stand.[5] Aus diesem Grund darf vermutet werden, daß der Anor-Stein, über den alle Aufzeichnungen der Truchsessen bis zum Krieg um den Ring nichts aussagen, als ein streng bewachtes Geheimnis gehütet wurde, das nur den Herrschenden Truchsessen zugänglich war, und von ihnen (wie es scheint) bis zu Denethor II. niemals benutzt wurde.

Der zweite Grund war der Verfall Gondors, mit dem allenthalben das Interesse an der alten Geschichte schwand und die Kenntnisse darüber geringer wurden, selbst bei den wenigen Männern hoher Geburt im Reich, es sei denn es betraf ihre eigene Geschlechterfolge: ihre Abstammung und ihre Verwandtschaft. Nach der Zeit der Könige sank Gondor zu einem ›Mittelalter‹ mit schwindendem Wissen und einfachereren Fertigkeiten herab. Um Verbindung zu halten, war man auf Boten und Meldereiter und in dringlichen Fällen auf Leuchtfeuer angewiesen; und wurden die Steine von Anor und Orthanc auch noch immer wie Schätze der Vergangenheit bewacht, von deren Vorhandensein nur wenige wußten, waren die Sieben Steine von einst doch bei den Menschen im allgemeinen vergessen, und wenn man sich der Reime des Wissens, die aus ihnen sprachen, noch erinnerte, verstand man sie nicht mehr; ihr Wirken wurde in der Sage auf die elbischen Kräfte der alten Könige mit ihren durchdringenden Augen übertragen und auf die raschen, vogelgleichen Geister, die ihnen zur Verfügung standen, um Nachrichten zu bringen oder Botschaften zu befördern.

Der Orthanc-Stein scheint zu dieser Zeit von den Truchsessen längst nicht mehr beachtet worden zu sein: Er war für sie nicht mehr von Nutzen und lag sicher in seinem unbezwinglichen Turm. Sogar wenn er nicht allzu sehr von dem Zweifel an dem Ithil-Stein überschattet worden wäre, so stand er doch in einer Gegend, mit der sich Gondor weniger und zumeist mittelbar befaßte. Calenardhon, niemals dicht bevölkert, war durch die Dunkle Pest von 1636 verheert worden und danach ständig durch die Auswanderung von Bewohnern númenórischer Abstammung nach Ithilien und in Länder näher am Anduin entvölkert worden. Isengart blieb persönlicher Besitz der Truchsessen, doch Orthanc selbst wurde im Stich gelassen, schließlich geschlossen und die Schlüssel nach Minas Tirith gebracht. Wenn Beren der Truchseß überhaupt an den Stein dachte, als er die Schlüssel Saruman gab, so meinte er vermutlich, dieser sei nirgendwo sicherer aufgehoben als in den Händen des Oberhauptes des Rates gegen Sauron.

Saruman hatte ohne Zweifel durch seine Nachforschungen[6] eine besondere Kenntnis der Steine erlangt, die seine Aufmerksamkeit auf sich zogen, und die Überzeugung gewonnen, daß der Orthanc-Stein sich noch unversehrt in seinem Turm befinden müsse. Er erhielt die Schlüssel zum Orthanc im Jahr 2759, formell als Hüter des Turms und Statthalter des Truchseß von Gondor. Zu dieser Zeit schenkte der Weiße Rat der Angelegenheit des Orthanc-Steines kaum Aufmerksamkeit. Nur Saruman, der die Gunst der Truchsessen gewonnen hatte, hatte die Aufzeichnungen Gondors schon so ausgiebig studiert, um die Bedeutung der *palantíri* und die Verwendungsmöglichkeiten der übriggebliebenen Steine zu erkennen; doch seinen Amtsgenossen sagte er nichts davon. Wegen seiner Mißgunst und seines Hasses gegen Gandalf kündigte Saruman seine Mitarbeit im Rat auf, der 2953 zum letzten Mal zusammentrat. Darauf nahm Saruman ohne gehörige Erklärung Isengart als seinen eigenen Bereich in Besitz und schenkte Gondor keine weitere Beachtung. Der Rat mißbilligte dies zweifellos; aber Saruman war ein freier Bevollmächtigter und hatte das Recht, wenn er wollte, gemäß seinen eigenen Vorstellungen im Widerstand gegen Sauron unabhängig tätig zu werden.[7]

Der Rat in seiner Gesamtheit muß unabhängig davon von den Steinen und ihren uralten Möglichkeiten gewußt haben, doch er sprach ihnen keine große gegenwärtige Bedeutung zu: Sie waren Gegenstände, die der Geschichte der Königreiche der Dúnedain zugehörten, wunderbar und bewunderungswürdig, doch nun zum größten Teil verloren oder von geringem Nutzen. Es muß daran erinnert werden, daß die Steine ursprünglich ›unschuldig‹ waren und keinem bösen Zweck dienten. Es war Sauron, der sie unheilvoll machte und zu Werkzeugen der Willkür und der Täuschung.

Obgleich (durch Gandalf gewarnt) der Rat begonnen haben dürfte, Sarumans Plänen betreffend die Ringe zu mißtrauen, wußte nicht einmal Gandalf, daß er ein Bundesgenosse oder Diener Saurons geworden war. Dies entdeckte Gandalf erst im Juli 3018. Doch obwohl Gandalf in späteren Jahren durch das Studium der Urkunden seine Kenntnisse und die des Rates über die Geschichte Gondors erweitert hatte, galt doch ihr Hauptinteresse noch immer dem Ring: die in den Steinen verborgenen Möglichkeiten wurden nicht erkannt. Es ist offenkundig, daß zur Zeit des Krieges um den Ring der Rat bald der Ungewißheit über das Schicksal des Ithil-Steines gewahr wurde und es unterließ (begreiflicherweise unter dem Gewicht ihrer Sorgen sogar solche Persönlichkeiten wie Elrond, Galadriel und Gandalf), seine Bedeutung richtig einzuschätzen und zu bedenken, welche Folgen es haben konnte, wenn Saruman in den Besitz eines der Steine gelangte und irgendein anderer dann Gebrauch von einem anderen Stein machte. Es bedurfte einer Demonstration der Auswirkungen des Orthanc-Steines auf Peregrin am Dol Baran, um mit einem Schlage zu enthüllen, daß das ›Bindeglied‹ zwischen Isengart und Barad-dûr (dessen Vorhandensein sichtbar wurde, als man entdeckte, daß sich im Angriff auf die Gefährten bei Parth Galen die Streitkräfte aus Isengart mit anderen unter der Führung Saurons vereinigt hatten) in der Tat der Orthanc-Stein war – und ein weiterer *palantír*.

Als sie auf Schattenfell vom Dol Baran fortritten (»Die Zwei Türme«, 3, Kapitel 11), war es Gandalfs vordringlichstes Anliegen im Gespräch mit Peregrin, dem Hobbit eine Vorstellung von der Geschichte der *palantíri* zu vermitteln, damit er das ehrwürdige Alter, die Erhabenheit und die Macht jener Dinge begreife, mit denen sich einzulassen er gewagt hatte. Ihm war nicht daran gelegen, den Verlauf seiner eigenen Entdeckungen und Folgerungen offenzulegen, ausgenommen ihren Schlußpunkt: zu erklären, wie es Sauron gelungen war, sie in seine Gewalt zu bringen, so daß es für *jedermann*, wie erhaben er auch sein mochte, gefährlich war, sie zu benutzen. Doch Gandalfs Denken beschäftigte sich zu dieser Zeit eingehend mit den Steinen und mit den Auswirkungen der Enthüllungen auf Dol Baran für viele Geschehnisse, die er beobachtet und über die er nachgedacht hatte: die ausgedehnten Kenntnisse Denethors von fernen Ereignissen, das Auftreten frühen Alterns, das man erstmals beobachtete, als er nicht viel älter als sechzig Jahre war, obwohl er einer Rasse und Familie angehörte, die doch üblicherweise ein längeres Leben hatte als andere Menschen. Unzweifelhaft wurde Gandalfs Eile, Minas Tirith zu erreichen, neben der verrinnenden Zeit und dem bevorstehenden Krieg durch die plötzliche Furcht beschleunigt, daß auch Denethor vom *palantír*, dem Anor-Stein, Gebrauch gemacht hatte, weil er sich ein Urteil bilden wollte, welche Wirkung dieser Stein auf ihn haben mochte: war es nicht möglich, daß sich in der entscheidenden Prüfung eines verzweifelten Krieges ergab, daß man ihm (wie Saruman) nicht mehr trauen konnte und er sich Mordor unterwarf? Gandalfs Verhandlungen mit Denethor bei seiner Ankunft in Minas Tirith und in den folgenden Tagen und alles, was sie den Berichten zufolge miteinander besprochen haben sollen, muß im Lichte dieser Zweifel betrachtet werden, die Gandalfs Denken bewegten.[8]

Die Bedeutung des *palantír* von Minas Tirith in Gandalfs Gedankengängen leitet sich also nur von Peregrins Erfahrungen auf dem Dol Baran her. Doch wußte er natürlich schon viel früher, daß es ihn gab. Über Gandalfs Geschichte bis zum Ende des Wachsamen Friedens (2460) und der Gründung des Weißen Rates (2463) ist wenig bekannt, und sein besonderes Interesse an Gondor scheint erst zutage getreten zu sein, nachdem Bilbo den Ring gefunden hatte (2941) und Saruman offen nach Mordor zurückgekehrt war (2951).[9] Danach wurde seine ganze Aufmerksamkeit auf den Ring Isildurs gelenkt (Saurons ebenso); doch man darf annehmen, daß er durch seine Lektüre in den Archiven Gondors viel über die *palantíri* Gondors erfahren hatte, wenn er auch weniger rasch ihre mögliche Bedeutung erfaßte als Saruman, dessen Denken im Gegensatz zu dem Gandalfs immer weitaus stärker von künstlichen Gebilden und Werkzeugen der Macht gefesselt wurde als von Personen. Alles in allem wußte Gandalf zu dieser Zeit vermutlich bereits mehr als Saruman über das Wesen und den allerletzten Ursprung der *palantíri*, weil alles, was das alte Reich von Arnor und die spätere Geschichte dieser Landstriche anging, sein ureigenes Feld war und er mit Elrond in einem engen Bündnis stand.

Aber der Anor-Stein war ein Geheimnis geworden: Kein Hinweis auf sein Schicksal ist nach dem Fall von Minas Ithil in den Annalen und Aufzeichnungen der Truchsessen zu finden. Allein die Geschichte machte deutlich, daß weder Orthanc noch der Weiße Turm in Minas Tirith jemals von Feinden erobert und geplündert worden waren, und daß deshalb angenommen werden darf, daß die Steine höchstwahrscheinlich unversehrt an ihren alten Stätten verblieben waren; doch konnte man nicht sicher sein, daß sie nicht von den Truchsessen fortgebracht und vielleicht in irgendeiner geheimen Schatzkammer »tief vergraben«[10] worden waren, wenn nicht gar in einer letzten verborgenen Zuflucht in den Bergen, vergleichbar mit Dunharg.

Wie es hieß, soll Gandalf berichtet haben, er *glaube* nicht, daß Denethor gewagt habe, den Stein zu benutzen, bevor seine Weisheit schwand.[11] Er konnte dies nicht als eine bekannte Tatsache vorbringen, denn wann und warum Denethor gewagt hatte, den Stein zu benutzen, war und blieb eine Vermutung. Gandalf mochte sehr wohl so über die Sache denken, doch in Anbetracht Denethors und dessen, was man über ihn sagte, ist es wahrscheinlich, daß er viele Jahre vor 3019 begann, sich des Steins zu bedienen, und daß er früher als Saruman wagte oder es für nützlich hielt, den Stein von Orthanc zu gebrauchen. Denethor erbte die Truchsessenwürde im Jahr 2984, als er vierundfünfzig Jahre alt war: ein eigenwilliger Mann, nach den Maßstäben jener Tage überaus weise und gelehrt, willensstark, überzeugt von seinen eigenen Fähigkeiten und unerschrocken. Seine ›Grimmigkeit‹ wurde für andere erst wahrnehmbar, nachdem sein Weib Finduilas im Jahr 2988 gestorben war, doch es erscheint ziemlich einleuchtend, daß er sich, sobald er an die Macht gekommen war, *umgehend* den Steinen zuwandte, nachdem er Umstände der *palantíri* und die Überlieferungen, die sie und ihren Gebrauch betrafen, lange in den besonderen Archiven der Truchsessen studiert hatte, die neben dem Regierenden Truchseß nur dessen Erben zugänglich waren. Gegen Ende der Regierungszeit seines Vaters Ecthelion II. muß er sehnlich gewünscht haben, die Steine zu befragen, als die Angst in Gondor zunahm, während seine eigene Stellung durch den Ruhm Thorongils[12] geschwächt wurde und durch die Gunst, die sein Vater diesem bezeigte. Zumindest einer seiner Beweggründe muß Mißgunst gegen Thorongil und Feindseligkeit gegen Gandalf gewesen sein, dem sein Vater während Thorongils Vorherrschaft große Beachtung schenkte; Denethor wollte diese ›Thronräuber‹ an Kenntnissen und Informationen übertreffen und sie nach Möglichkeit im Auge behalten, wenn sie sich an einem anderen Ort aufhielten.

Die äußerste Anspannung Denethors in der Auseinandersetzung mit Sauron muß von der allgemeinen Anstrengung bei der Benutzung der Steine unterschieden werden.[13] Die letztere glaubte Denethor (nicht ohne Grund) ertragen zu können; ein Kräftemessen mit Sauron fand fast sicher viele Jahre lang nicht statt und wurde vermutlich von Denethor ursprünglich nie ins Auge gefaßt. Zum Gebrauch der *palantíri* und zur Unterscheidung zwischen ihrem Einzelgebrauch zum ›Sehen‹ und ihrer Verwendung zur Herstellung einer Verbindung zwischen einem anderen antwortenden Stein und seinem ›Betrachter‹ siehe unten Seite 536f. Nachdem Denethor sich die Fertigkeit angeeignet hatte, konnte er durch den Gebrauch des Anor-Steins allein viel über entfernte Ereignisse erfahren; sogar nachdem Sauron seine Tätigkeiten bemerkte, konnte er noch immer darin fortfahren, so lange er die Kraft behielt, seinen Stein den eigenen Zwecken dienstbar zu machen – Saurons Anstrengungen zum Trotz, den Anor-Stein stets zu sich hinüber zu ›zerren‹. Es muß auch berücksichtigt werden, daß die Steine in Saurons weitgespannten Plänen nur eine kleine Rolle spielten: Sie waren ein Mittel, zwei seiner Widersacher zu beherrschen und irrezuführen, aber er wollte (und konnte) den Ithil-Stein nicht unter fortwährender Beobachtung haben. Es war nicht seine Art, solche Werkzeuge Untergebenen zum Gebrauch zu überlassen; auch verfügte er über keinen Diener, dessen geistige Kräfte denen Sarumans und sogar Denethors überlegen waren. Im Falle Denethors gewann der Truchseß durch die Tatsache zusätzliche Kraft, daß die Steine den rechtmäßigen Benutzern gegenüber weitaus zugänglicher waren: dies galt in erster Linie für alle wahren ›Erben Elendils‹ (wie Aragorn), doch auch für einen, der, verglichen mit Saruman oder Sauron, die Vollmacht ererbt hatte (wie Denethor). Es sei bemerkt, daß die Auswirkungen verschieden waren. Saruman fiel unter die Herrschaft Saurons, wünschte dessen Sieg oder arbeitete ihm nicht mehr entgegen. Denethor blieb in Ablehnung Saurons standhaft, doch man machte ihn glauben, daß sein Sieg unvermeidlich sei, und so fiel er der Verzweiflung anheim. Die Gründe für diese Unterschiede lagen in erster Linie darin, daß Denethor ein Mann von großer Willenskraft war, der sich die Unverfälschtheit seiner Persönlichkeit bewahrte bis zum entscheidenden Schlag, den ihm die (scheinbar) tödliche Verwundung seines einzigen überlebenden Sohnes versetzte. Er war stolz, doch dieser Stolz war durchaus nicht auf seine eigene Person bezogen: Er liebte Gondor und dessen Bewohner und betrachtete sich selbst als vom Schicksal dazu bestimmt, sie in dieser ausweglosen Zeit zu führen. Und in zweiter Linie gehörte ihm der Anor-Stein *von Rechts wegen*, und nichts außer Zweckmäßigkeit sprach dagegen, daß er ihn in seinen tiefen Ängsten benutzte. Er muß geahnt haben, daß der Ithil-Stein sich in bösen Händen befand, und im Vertrauen auf seine Stärke wagte er es, mit ihm Verbindung aufzunehmen. Sein Selbstvertrauen war nicht gänzlich unberechtigt. Sauron gelang es nicht ihn zu beherrschen, und er konnte ihn nur durch Betrug beeinflussen. Wahrscheinlich schaute er zuerst nicht nach Mordor, sondern war mit jenen ›weiten Ausblicken‹ zufrieden, die der Stein gewährte; daher rührt sein verblüffendes Wissen um Ereignisse, die weit entfernt stattfanden. Es wird nicht erzählt, ob er jemals auf diese Weise Verbindung mit dem Orthanc-Stein und mit Saruman herstellte; vermutlich tat er es und durchaus zu seinem eigenen Nutzen. Sauron konnte in diese Besprechungen nicht eindringen: nur der Betrachter, der sich des Herrscher-Ringes in Osgiliath bediente, konnte ›heimlich lauschen‹. Solange zwei der anderen Steine miteinander sprachen, waren sie für den dritten nicht ansprechbar.[14]

Die Wissenschaft von den *palantíri* muß beträchtlich gewesen sein, die in Gondor von den Königen und Truchsessen bewahrt und selbst dann noch überliefert wurde, als man von den Steinen keinen Gebrauch mehr machte. Diese Steine waren ein unveräußerliches Geschenk an Elendil und seine Erben, denen allein sie rechtmäßig gehörten; doch bedeutet dies nicht, daß sie nur von einem dieser ›Erben‹ rechtmäßig benutzt werden konnten. Sie konnten nach dem Gesetz von jedem benutzt werden, der vom ›Erben Anárions‹ oder dem ›Erben Isildurs‹ dazu ermächtigt war, das heißt von einem rechtmäßigen König Arnors oder Gondors. In Wirklichkeit müssen sie in der Regel von solchen Bevollmächtigten benutzt worden sein. Jeder Stein hatte seinen eigenen Hüter, zu dessen Pflichten es gehörte, den Stein in regelmäßigen Abständen zu ›betrachten‹, oder in Zeiten der Not oder auf einen Befehl hin. Andere Personen waren ebenfalls dazu berufen, die Steine zu besuchen, und Minister der Krone, die über ›Einsicht‹ verfügten, nahmen regelmäßig und besondere Besichtigungen der Steine vor und berichteten über die gewonnenen Erkenntnisse dem König oder dem Rat oder, wenn die Sache es erforderte, dem König unter vier Augen. Im späteren Gondor, als das Amt des Truchseß an Bedeutung gewann, erblich wurde und ständig einen ›Ersatzmann‹ für den König und im Notfall einen sofortigen Vizekönig zur Verfügung stellte, scheint die Gewalt über die Steine und ihren Gebrauch hauptsächlich in den Händen der Truchsessen gelegen zu haben und die Überlieferungen über ihr Wesen und ihren Gebrauch in ihrem Hause behütet und weitergegeben worden zu sein. Seit die Truchsessenwürde von 1998 an[15] erblich geworden war, wurde die Befugnis, die Steine zu benutzen oder diese wiederum zu übertragen, rechtmäßig in ihrer Linie vererbt und stand darum Denethor uneingeschränkt zu.[16]

Im Hinblick auf die Erzählung vom *Herrn der Ringe* muß indessen bemerkt werden, daß unabhängig von solcher übertragener Befugnis und sogar ererbter Rechte, jeder ›Erbe Elendils‹ (das heißt, ein anerkannter Nachkomme, der kraft seiner Abstammung in den númenórischen Reichen einen Thron oder ein Herrscheramt innehatte) das *Recht* besaß, jeden der *palantíri* zu benutzen. Darum beanspruchte Aragorn das Recht, den Orthanc-Stein in Besitz zu nehmen, weil er nun ohne Eigentümer oder Hüter war; und auch, weil er *de jure* der rechtmäßige König von Gondor und Arnor war und, wenn er wollte, aus begründetem Anlaß alle früheren Vorrechte für sich selbst in Anspruch nehmen konnte.

Die ›Kunde von den Steinen‹ ist nun vergessen und kann nur teilweise durch Vermutungen oder aus entsprechenden Aufzeichnungen wiedergewonnen werden. Sie waren vollkommene Kugeln, die im Zustand der Ruhe aussahen, als bestünden sie aus massivem Glas oder Kristall von tiefschwarzer Farbe. Die kleinsten unter ihnen maßen etwa einen Fuß im Durchmesser, doch einige, mit Sicherheit die Steine von Osgiliath und Amon Sûl, waren viel größer und konnten von einem Mann allein nicht hochgehoben werden. Ursprünglich waren sie an Orten aufgestellt, die ihrer Größe und gewünschten Verwendung angemessen waren; sie standen auf niedrigen, runden Tischen aus schwarzem Marmor in einer Vertiefung in der Mitte oder in einer Schale, in der sie nach Bedarf mit der Hand gedreht werden konnten. Sie waren sehr schwer, aber vollkommen glatt und nahmen keinen Schaden, wenn sie durch Zufall oder böse Absicht heruntergeworfen wurden und von ihren Tischen rollten. Sie waren in der Tat durch keinerlei gewaltsame Behandlung von Menschen zu zerbrechen, obwohl manche glaubten, daß große Hitze wie die des Orodruin sie zersprengen könnte, und sie vermuteten, daß der Ithil-Stein beim Fall von Barad-dûr dieses Schicksal erlitten habe.

Obwohl sie keinerlei besondere äußere Merkmale aufwiesen, hatten sie zwei ständige *Pole* und wurden von Anfang an so auf ihren Unterlagen angeordnet, daß sie ›aufrecht‹ standen: ihre Durchmesser von Pol zu Pol wiesen auf den Erdmittelpunkt, doch der ständige untere Pol mußte dann unten liegen. In dieser Stellung waren ihre Oberflächen entlang des Kreisumfanges ihre sehenden Flächen, welche die Visionen von außerhalb empfingen, sie jedoch an das Auge des ›Betrachters‹ auf der anderen Seite weitergaben. Darum nahm ein Betrachter, der nach Westen zu schauen wünschte, seinen Platz an der Ostseite des Steines ein, und wenn er seine Vision nach Norden verlagern wollte, mußte er nach links in südlicher Richtung weiterrükken. Aber die geringeren Steine wie die von Orthanc, Ithil, Anor und vermutlich Annúminas hatten in ihrer ursprünglichen Stellung auch eine festgelegte Ausrichtung, so daß (zum Beispiel) ihre Westfläche nur nach Westen sehen konnte und beim Weiterdrehen in andere Richtungen leer blieb. Wenn ein Stein aus seiner Ruhelage entfernt oder gestört wurde, konnte er durch Beobachtung wieder in die Ausgangslage zurückversetzt werden, wobei es dann zweckmäßig war, ihn zu drehen. Wenn er aber entfernt und zu Boden geworfen wurde, wie zum Beispiel der Orthanc-Stein, war es nicht leicht, ihn wieder in die richtige Lage zu bringen. So muß es ›Zufall‹ gewesen sein, wie die Menschen es nennen (wie Gandalf gesagt haben würde), daß Peregrin, mit dem Stein hantierend, diesen mehr oder weniger ›aufrecht‹ auf den Boden stellte und, westlich des Steins sitzend, dessen festgelegte nach Westen blickende Fläche in der richtigen Stellung vor sich gehabt hatte. Die größeren Steine waren nicht auf diese Weise festgelegt: Ihr Kreisumfang konnte gedreht werden, und sie konnten noch immer in jede Richtung ›sehen‹.[17]

Allein die *palantíri* konnten nur ›sehen‹: Sie übermittelten keine Geräusche. Wenn sie nicht ein lenkender Geist beherrschte, waren sie unberechenbar und ihre ›Gesichte‹ waren (zumindest scheinbar) vom Zufall bestimmt. Wenn zum Beispiel ihre westliche Fläche von einem hochgelegenen Ort über eine weite Entfernung blickte, wurde das Bild zu beiden Seiten, sowie oben und unten verschwommen und verzerrt, und der durch dahinterliegende Gegenstände verdunkelte Vordergrund entfernte sich in ständig abnehmender Klarheit. Ebenso wurde das, was sie ›sahen‹, durch Zufall herbeigeführt oder behindert, durch Dunkelheit oder ›Verschleierung‹ (siehe unten). Die Gesichte der *palantíri* wurden durch materielle Hindernisse nicht ›blind gemacht‹ oder ›verschlossen‹, sondern nur durch Dunkelheit; so konnten sie sowohl *durch* einen Berg als auch *durch* einen Fleck von Dunkelheit oder Schatten blicken, doch nichts darin erkennen, das nicht ein wenig Licht empfing. Sie konnten durch Mauern sehen, doch innerhalb von Räumen, Höhlen und Gewölben sahen sie nichts, wenn nicht etwas Licht in diese fiel; und sie konnten nicht von sich aus für Licht sorgen oder es übertragen. Es war möglich, sich gegen ihren Blick zu schützen: Bei dem ›Verschleierung‹ genannten Vorgang ließen sich gewisse Gegenstände oder Bereiche im Stein nur als ein Schatten oder dichter Nebel erkennen. Auf welche Weise dies bewerkstelligt wurde (von jenen, die Kenntnis von den Steinen und der Möglichkeit hatten, von ihnen beobachtet zu werden), ist eines der verlorenen Geheimnisse der *palantíri.*[18]

Ein Betrachter konnte durch seinen Willen das ›Gesicht‹ des Steins dazu veranlassen, sich auf einen bestimmten Punkt in oder nahe seiner direkten Linie zu konzentrieren.[19] Die ungelenkten ›Gesichte‹ waren klein, besonders die der geringeren Steine, obgleich sie im Auge eines Zuschauers viel größer waren, der sich in einiger Entfernung (am besten etwa drei Fuß) von der Oberfläche des *palantír* aufstellte. Doch vom Willen eines geschickten und starken Betrachters beherrscht, konnten entfernte Dinge vergrößert, näher gebracht und verdeutlicht werden, während ihr Hintergrund beinahe verdrängt wurde. So war ein Mensch, der sich in beträchtlicher Entfernung befand, gewöhnlich als eine winzige Gestalt wahrzunehmen (nicht größer als einen halben Zoll), die schwer aus einer Landschaft oder einer Ansammlung anderer Menschen hervorzuheben war; doch Konzentration konnte das Bild vergrößern und erhellen, bis der Mensch, von Einzelheiten abgesehen, etwa ein Fuß groß und deutlich wie auf einem Gemälde zu sehen und zu erkennen war, falls er dem Betrachter bekannt war. Große Konzentration konnte sogar Einzelheiten vergrößern, an denen der Betrachter interessiert war, so daß (zum Beispiel) zu erkennen war, ob der Mensch einen Ring an der Hand trug.

Doch diese ›Konzentration‹ war sehr ermüdend und konnte zur Erschöpfung führen. Folglich nahm man sie nur auf sich, wenn Aufschlüsse dringend benötigt wurden und der Zufall (möglicherweise durch andere Kenntnisse unterstützt) es dem Betrachter möglich machte, aus dem Durcheinander der ›Gesichte‹ des Steins Einzelheiten herauszufinden (die für ihn und seine unmittelbaren Zwecke von Bedeutung waren). Ein Beispiel: Denethor, der um Rohan besorgt, vor dem Anor-Stein saß und entscheiden mußte, ob er sofort den Befehl geben sollte, die Leuchtfeuer anzuzünden und den ›Pfeil‹ auszusenden oder nicht, konnte sich so hinsetzen, daß er in direkter Linie nordwestlich bis westlich durch Rohan, dicht an Edoras entlang und in Richtung auf die Furten des Isen blickte. Zu dieser Zeit hätten entlang dieser Linie Bewegungen von Menschen sichtbar werden können. Wenn dem so war, konnte er sich (sagen wir) auf eine Gruppe von Reitern konzentrieren und schließlich eine Gestalt entdecken, die er kannte: Gandalf, zum Beispiel, der mit den Verstärkungen zur Helms Klamm ritt, plötzlich seitlich ausbrach und nach Norden eilte.[20]

Die *palantíri* konnten weder versehentlich noch gegen ihren Willen Einblick in die Gedanken der Menschen nehmen; denn die Übertragung von Gedanken beruhte auf dem *Willen* der Benutzer auf beiden Seiten, und Gedanken (aufgenommen als Sprache)[21] waren nur von einem Stein auf einen anderen übertragbar, wenn diese im Einklang waren.

1 Ohne Zweifel wurden sie während der Verhandlungen zwischen Arnor und Gondor im Jahr 1944 betreffend die Thronnachfolge benutzt. Die ›Botschaften‹, die Gondor im Jahr 1973 erhielt, die von der äußersten Not des Nördlichen Königreiches berichteten, entsprangen möglicherweise ihrer letzten Benutzung vor dem Ausbruch des Krieges um den Ring. [Anmerkung des Autors]

2 Mit Arvedui gingen die Steine von Annúminas und Amon Sûl (Wetterspitze) verloren. Der dritte *palantír* des Nordens war der im Turm Elostirion auf Emyn Beraid, der besondere Eigenschaften besaß (siehe Anmerkung 16).

3 Der Stein von Osgiliath war in den Fluten des Anduin im Verlauf des Bürgerkrieges des Sippenstreits 1437 verloren gegangen.

4 Über die Zerstörbarkeit der *palantíri* siehe Seite 532. Im Eintrag für das Jahr 2002 in der »Aufzählung der Jahre« und auch in Anhang A,I,4 des *Herrn der Ringe* wird als Tatsache verzeichnet, daß der *palantír* beim Fall von Minas Ithil geraubt wurde; doch mein Vater bemerkte dazu, daß diese Annalen nach dem Krieg um den Ring angefertigt seien und daß diese Feststellung, wie gesichert auch immer, eine Folgerung sei. Der Ithil-Stein wurde nie wiedergefunden, und vermutlich wurde er beim Untergang von Barad-dûr vernichtet. Vgl. auch Seite 532.

5 Von sich aus konnten die Steine nur *sehen*: Szenen oder Figuren an entfernten Orten oder in der Vergangenheit. Diese waren ohne Erläuterung; und auf jeden Fall war es für die Menschen späterer Tage schwer, zu beeinflussen, welche ›Gesichte‹ durch den Willen oder Wunsch des Betrachters offenbart werden sollten. Aber wenn ein anderer Geist über einen übereinstimmenden Stein verfügte, konnten Gedanken (aufgenommen als Sprache) ›übertragen‹ werden, und Bilder von den Denkvorgängen des einen Betrachters des Steins konnten von dem anderen Betrachter gesehen werden. [Siehe auch Seite 533 f. und Anmerkung 21] Diese Kräfte wurden ursprünglich hauptsächlich bei Beratungen benutzt, zum Zweck des Austausches von Nachrichten, die zur Regierung erforderlich waren, oder von Ratschlägen und Meinungen; weniger oft wurden sie aus Freundschaft, zum Vergnügen oder zur Übermittlung von Grüßen oder Beileid benutzt. Es war nur Sauron, der einen Stein zur Übermittlung seines höheren Willens benutzte, um den schwächeren Betrachter zu beherrschen, ihn zu zwingen, geheime Gedanken zu enthüllen und sich seinen Befehlen zu unterwerfen. [Anmerkung des Autors]

6 Vgl. Gandalfs Bemerkungen gegenüber dem Rat von Elrond über Sarumans ausgiebige Beschäftigung mit den Schriftrollen und Büchern von Minas Tirith.

7 Für jegliche ›weltlichere‹ Politik der Stärke und der kriegerischen

Stärke war Isengart ein geeigneter Ort, denn es war der Schlüssel zur Pforte von Rohan. Dies war ein schwacher Punkt in der Verteidigung des Westens, besonders seit dem Verfall Gondors. Durch die Pforte konnten feindliche Spione und Sendboten insgeheim passieren oder gar, wie in früheren Zeitaltern, Kriegsstreitkräfte. Der Rat scheint davon keine Kenntnis gehabt zu haben, was innerhalb von Isengarts Ring vor sich ging, weil er viele Jahre lang streng bewacht worden war. Der Einsatz und möglicherweise die spezielle Züchtung von Orks wurde geheim gehalten und kann frühestens kurz vor 2990 begonnen worden sein. Die Ork-Truppen scheinen vor dem Angriff auf Rohan nie außerhalb des Herrschaftsbereiches von Isengart eingesetzt worden zu sein. Hätte der Rat davon gewußt, wäre ihm natürlich sogleich klar geworden, daß Saruman böse geworden war. [Anmerkung des Autors]

8 Denethor hatte offenbar Gandalfs Mutmaßungen und Verdächtigungen bemerkt und wurde durch sie sogleich erzürnt und auf bittere Weise belustigt. Man beachte seine Worte gegenüber Gandalf bei ihrem Zusammentreffen in Minas Tirith (»Die Rückkehr des Königs«, 5, Kapitel 1): »Ich weiß bereits genug von diesen Taten für meine eigenen Pläne gegen die Drohung des Ostens«; und besonders die folgenden spöttischen Worte: »Ja; obwohl die Steine, wie es heißt, verloren sind, haben die Herren von Gondor immer noch ein schärferes Auge als geringere Menschen, und viele Botschaften gelangen zu ihnen.« Von den *palantíri* ganz abgesehen, war Denethor ein Mann mit bedeutenden geistigen Kräften, der hinter Gesichtern und Worten rasch die Gedanken zu lesen verstand; aber er konnte im Anor-Stein in Wirklichkeit auch Gesichte von Vorfällen in Rohan und Isengart gesehen haben. [Anmerkung des Autors] – Siehe auch Seite 535.

9 Man beachte die Passage in »Die Zwei Türme«, 4, Kapitel 5, wo Faramir (der 2983 geboren wurde) sich daran erinnerte, wie er als Kind Gandalf in Minas Tirith gesehen hatte und später wiederum zwei- oder dreimal; und er habe gesagt, Interesse an Aufzeichnungen habe ihn hergeführt. Zum letzten Mal dürfte er ihn 3017 gesehen haben, als Gandalf die Schriftrolle Isildurs fand. [Anmerkung des Autors]

10 Dies ist ein Hinweis auf Gandalfs Worte zu Peregrin (»Die Zwei Türme«, 3, Kapitel 11): »Wer weiß, wo alle jene anderen Steine jetzt liegen, zerbrochen oder vergraben oder im Meer versunken?«

11 Dies ist ein Hinweis auf Gandalfs Worte nach Denethors Tod in »Die Rückkehr des Königs«, 5, Kapitel 7, am Ende des Kapitels. Die Verbesserung meines Vaters (die sich aus der vorliegenden Erörterung ergab) von: » . . . wagte Denethor nicht, ihn zu gebrauchen«, in: » . . . Denethor würde es nicht wagen, ihn zu gebrauchen«, wurde (offensichtlich durch bloßes Versehen) nicht in die revidierte Ausgabe aufgenommen. Siehe Seite 22.

12 Thorongil (›Adler des Sterns‹) war der Name, den man Aragorn gab,

als er verkleidet in den Diensten Ecthelions II. von Gondor stand; vgl. *Der Herr der Ringe*, Anhänge A,I,4 (»Die Truchsessen«).

13 Der Gebrauch der *palantíri* war eine geistige Anstrengung, besonders für die Menschen späterer Tage, die für diese Aufgabe nicht geschult waren; zweifellos trug neben seinen Ängsten diese Anstrengung zu seiner ›Grimmigkeit‹ bei. Diese wurde vermutlich von seiner Gattin früher als von anderen verspürt und vergrößerte ihr Elend und beschleunigte ihren Tod. [Anmerkung des Autors]

14 Eine nicht zugeordnete Randbemerkung besagt, daß Sarumans ›Rechtschaffenheit‹ durch »reinen persönlichen Hochmut und durch das Verlangen nach der Vorherrschaft des eigenen Willens allmählich zugrundegerichtet worden war. Sein Studium der Ringe hatte dies bewirkt, denn in seinem Stolz glaubte er, jeglichem anderen Willen zum Trotz, daß er mehrere oder einen davon benutzen konnte. Er, der jede Achtung vor anderen Personen oder gerechten Sachen eingebüßt hatte, war offen für die Herrschaft eines höheren Willens, für dessen Drohungen und Entfaltung von Macht.« Und überdies hatte er selbst kein *Recht* auf den Orthanc-Stein.

15 1998 war das Todesjahr von Pelendur, Truchseß von Gondor. »Nach den Tagen von Pelendur wurde das Truchsessenamt erblich wie eine Königswürde und ging vom Vater auf den Sohn oder den nächsten Verwandten über.« *Der Herr der Ringe*, Anhänge A,I,4, »Die Truchsessen«.

16 In Arnor war die Sachlage anders. Der König war der rechtmäßige Besitzer der Steine (in der Regel benutzte er den Stein von Annúminas); doch das Königreich wurde geteilt, und das Hochkönigtum stand zur Debatte. Die Könige von Arthedain, die unleugbar jene mit dem gerechten Anspruch waren, unterhielten einen besonderen Hüter auf dem Amon Sûl, dessen Stein man für den Höchsten der Nördlichen *palantíri* hielt; er war der größte und mächtigste, und durch ihn hielt man in der Hauptsache Verbindung mit Gondor. Nach der Zerstörung von Amon Sûl durch Angmar im Jahr 1409 wurden beide Steine nach Fornost gebracht, wo der König von Arthedain wohnte. Sie gingen beim Schiffbruch Arveduis verloren, und es blieb kein Bevollmächtigter mit der direkten oder ererbten Befugnis übrig, die Steine zu benutzen. Einer nur blieb im Norden, der Elendil-Stein auf Emyn Beraid, doch dieser hatte besondere Eigenschaften und war für Mitteilungen nicht brauchbar. Das ererbte Recht zu seiner Benutzung lag ohne Zweifel noch beim ›Erben Isildurs‹, dem anerkannten Anführer der Dúnedain und Nachkommen Arveduis. Doch es ist nicht bekannt, ob jemals einer von ihnen, Aragorn eingeschlossen, jemals mit dem Wunsch hineingeschaut hat, in den verlorenen Westen zu spähen. Dieser Stein und sein Turm wurden von Círdan und den Elben von Lindon unterhalten und beschützt. [Anmerkung des Autors] – In Anhang A,I,3

zum *Herrn der Ringe* heißt es vom *palantír* von Emyn Beraid, »er sei den andern unähnlich und nicht in Übereinstimmung mit ihnen gewesen; er blickte nur auf das Meer. Elendil hatte ihn dort aufgestellt, damit er ›geraden Blicks‹ zurückschauen und Eressea im verschwundenen Westen sehen könne; doch das gekrümmte Meer darunter deckte Númenor auf immerdar«. Über Elendils Gesicht von Eressea im *palantír* von Emyn Beraid wird auch in »Von den Ringen der Macht« (*Das Silmarillion*, Seite 320) berichtet: »Und manche glauben, zuweilen habe er so bis zum fernen Turm von Avallóne gesehen, wo der Meisterstein stand und noch immer steht.« Es ist bemerkenswert, daß sich im vorliegenden Text kein Hinweis auf den Meisterstein findet.

17 Eine spätere isolierte Anmerkung bestreitet, daß die *palantíri* mit Polen versehen oder ausgerichtet waren, gibt jedoch keinen weiteren Hinweis.

18 Die spätere Anmerkung, auf die in Anmerkung 17 Bezug genommen wird, behandelt einige dieser Aspekte der *palantíri* ein wenig anders; insbesondere der Begriff der ›Verschleierung‹ scheint anders verwendet zu werden. Diese Anmerkung, hastig geschrieben und ein wenig unklar, lautet auszugsweise: »Sie behielten die empfangenen Bilder, so daß jeder von ihnen in sich eine Vielzahl von Bildern und Szenen speicherte, darunter einige aus der entfernten Vergangenheit. Sie konnten im Dunklen nicht ›sehen‹; d.h. Dinge, die im Dunkel lagen, wurden von ihnen nicht festgehalten. Die Steine selbst vertrugen das Dunkel und wurden gewöhnlich im Dunkeln aufbewahrt, denn es war dann viel leichter die dargebotenen Szenen zu erkennen und, wenn die Jahrhunderte vergingen, ihre ›Überfüllung‹ zu begrenzen. Auf welche Weise sie so ›verschleiert‹ wurden, wurde geheim gehalten und ist folglich heute unbekannt. Die Steine wurden durch materielle Hindernisse nicht ›blind gemacht‹ wie eine Mauer, einen Berg oder einen Wald, solange die entfernten Gegenstände selbst im Licht lagen. Von späteren Berichterstattern wurde gesagt oder vermutet, daß die Steine an ihren ursprünglichen Standorten in kugelförmige Behälter gestellt wurden, die verschlossen wurden, um den Mißbrauch durch Unbefugte zu verhindern; daß aber diese Ummantelung auch den Zweck erfüllte, sie zu verhüllen und sie zur Ruhe zu bringen. Darum müssen die Behälter aus Metall oder einem heute unbekannten Material. angefertigt worden sein.« Randnotizen, die mit dieser Anmerkung in Zusammenhang stehen, sind teilweise unleserlich, doch es läßt sich so viel herauslesen, daß die Sicht desto klarer war, je weiter die Vergangenheit zurücklag; für das Schauen in die Ferne gab es eine bei den einzelnen Steinen unterschiedliche »spezielle Entfernung«, in der entfernte Gegenstände deutlicher waren. Die größeren *palantíri* konnten viel weiter sehen als die kleineren; für die kleineren betrug die ›spezielle Entfernung‹ ungefähr fünfhundert Meilen, was der Entfernung zwischen dem Orthanc-

Stein und dem von Anor entsprach. »Ithil war zu nahe, doch er wurde zum größten Teil für [unleserliche Worte] benutzt, nicht für persönliche Verbindungen mit Minas Anor.«

19 Die Ausrichtung war natürlich nicht in getrennte ›Bezirke‹ aufgeteilt, sondern fortlaufend; so daß die *direkte* Linie eines Betrachters, der südöstlich saß, die nordwestliche war, und so weiter. [Anmerkung des Autors]

20 Siehe »Die Zwei Türme«, 3, Kapitel 7.

21 In einer vereinzelten Anmerkung wird dieser Aspekt eingehender beschrieben: »Zwei Personen, von denen jede einen Stein benutzte, der mit dem anderen ›im Einklang war‹, konnten sich unterhalten, jedoch nicht durch Laute, die die Steine nicht übermittelten. Indem sie einander anschauten, konnten sie ›Gedanken‹ austauschen – nicht ihre vollständigen oder wahren Gedanken oder ihre Absichten, sondern ›stumme Sprache‹, jene Gedanken, die sie zu übermitteln wünschten (im Geist bereits in sprachliche Form gebracht oder tatsächlich laut ausgesprochen), die von ihren Partnern aufgenommen, natürlich sogleich in ›Sprache‹ umgesetzt wurden und nur als solche übertragbar waren.«

REGISTER

Wie schon in der Einleitung bemerkt, schlüsselt dieses Register nicht nur die Primärtexte auf, sondern auch die Anmerkungen und Anhänge, da in letzteren viel ursprüngliches Material erscheint. Daraus ergibt sich, daß ziemlich viele Stichworte nichts Neues bieten, doch es erschien mir nützlicher, zumal es sicherlich einfacher ist, auf Vollständigkeit abzuzielen. Die einzigen bewußten Ausnahmen betreffen sehr wenige Fälle (wie *Morgoth, Númenor*), wo ich den Ausdruck *passim* benutzt habe, um bestimmte Abschnitte des Buches zu bezeichnen, und das Fehlen von Angaben zu *Elben, Menschen, Orks* und *Mittelerde*. In vielen Fällen beziehen sich die Verweise auf Seiten, wo eine Person oder ein Ort zwar erwähnt, aber nicht beim Namen genannt wird (so wird die Bemerkung auf Seite 312 »der Hafen, in dem Círdan Herr war« unter dem Stichwort *Mithlond* aufgeschlüsselt). Sternchen werden verwendet, um Namen zu bezeichnen, nahezu ein Viertel der Gesamtzahl, die in den Werken meines Vaters nicht veröffentlicht worden sind (sie sind also auch jenen Namen gegenübergestellt, die in der Fußnote auf der Seite 349 aufgeführt sind, welche auf der Karte Mittelerdes von Pauline Baynes erscheinen). Die kurzen, erklärenden Auskünfte sind nicht auf Gegenstände beschränkt, die tatsächlich im Buch vorkommen; und gelegentlich habe ich Bemerkungen zur Bedeutung bislang unübersetzter Namen beigefügt.

Dieser Index, wie er sich darstellt, ist kein Muster an innerer Geschlossenheit, doch mag seine Unzulänglichkeit in diesem Punkt zum Teil entschuldigt werden angesichts der engen Verflechtung von Namen (eingeschlossen verschiedenartige Übersetzungen, Teilübersetzungen, Namen, die sich auf denselben Gegenstand beziehen, aber verschiedene Bedeutungen haben), die es schwer oder unmöglich macht, eine solche Geschlossenheit zu erreichen: Dies mag an einer solchen Reihung von Namen deutlich werden wie *Eilenaer, Halifirien, Amon Anwar, Anwar, Berg von Anwar, Berg der Ehrfurcht, Wald von Anwar, Firienholt, Firienwald, Flüsterwald*. In der Regel habe ich Angaben zur Übersetzung elbischer Namen mit einem Querverweis unter dem elbischen Stichwort angeführt (so *Langstrand* bei *Anfalas*), bin aber in besonderen Fällen von der Regel abgewichen, wo die »übersetzten« Namen (wie *Düsterwald, Isengart*) allgemein in Gebrauch und bekannt sind.

* *Aldburg* Der Wohnsitz Éomers in der Folde (Rohan), wo Eorl der Junge sein Haus hatte. 481.

Aldor Dritter König von Rohan, Sohn von Brego, dem Sohn Eorls des Jungen. 485, 487.

Alfirin Eine kleine, weiße Blume, auch *Uilos* und *Simbelmyne* genannt (*Immertreu*). Zur Anwendung des Namens auf eine andere Blume siehe Seite 79, 401, 416f.

* *Algund* Mann aus Dor-lómin, einer aus der Schar der Geächteten, der Túrin sich anschloß. 119, 125, 129, 203.

* *Almarian* Tochter des númenórischen Seefahrers Veantur, Königin an der Seite Tar-Meneldurs und Mutter von Tar-Aldarion. 235, 239ff., 249, 254, 256, 281, 284, 294.

* *Almiel* Die jüngere Schwester Tar-Aldarions. 235, 243.

Alqualonde ›Schwanenhafen‹, Hauptstadt und Hafen der Teleri an der Küste von Aman. 308, 310f., 353.

Alte Furt Furt über den Anduin auf der Alten Waldstraße. 373. Siehe *Furt von Carrock.*

* *Alte Kameradschaft* Bezeichnung für die ursprünglichen Mitglieder von Túrins Bande in Dor-Cúarthol. 210.

Alte Waldstraße Siehe *Straßen.*

Alter Tuk Gerontius Tuk, Hobbit aus dem Auenland, Großvater von Bilbo Beutlin und Urgroßvater von Peregrin Tuk. 435.

Alter Wald Der alte Wald, der sich von den Grenzen Bocklands nach Osten hinzog. 456.

* *Altes Puckel-Land, Alte Puckel-Wildnis,* Siehe *Drúwaith Iaur.*

Aman ›Gesegnet, frei von Unheil‹, das Land der Valar im äußersten Westen. 226, 308, 311f., 335, 501, 514, 518. *Das Segensreich.* 45, 289, 309, 324, 508, 514, 518. Siehe auch *Unsterbliche Lande.*

Amandil (1) Siehe *Tar-Amandil.*

Amandil (2) Letzter Herr von Andúnië, Vater Elendils des Langen. 294.

* *Amdír* König von Lórien, in der Schlacht von Dagorlad erschlagen; Vater von Amroth. 323, 327, 346. Vgl. auch *Malgalad.*

* *Amon Anwar* Sindarin-Name des Halifirien, dem siebten Leuchtfeuer Gondors in den Ered Nimrais. 397, 407, 417. Übersetzt *Berg der Ehrfurcht.* 397, 407. Teilübersetzung *Berg von Anwar.* 405, 408f.; auch einfach *Anwar.* 405. Siehe auch *Eilenaer, Halifirien, Wald von Anwar.*

* *Amon Darthir* Eine Bergspitze im Gebirgszug der Ered Wethrin südlich von Dor-lómin. 96, 205.

Amon Dîn ›Der Schweigende Berg‹, erstes der Leuchtfeuer Gondors in den Ered Nimrais. 398, 415, 420.

Amon Ereb ›Der Einsame Berg‹ in Ost-Beleriand. 108.

Amon Ethir Der große Erdhügel, von Finrod Felagund östlich der Tore von

Hamfast Gamdschie Sam Gamdschies Vater (Der Name *Hamfast* ist angelsächsisch, wörtlich ›heimatgebunden‹). Genannt *Ohm Gamdschie* und *der Alte*. 430, 462.

Handir Herr der Haladin, Sohn Haldirs und Glóredhels. 127. *Sohn Handirs*, Brandir der Lahme. 153, 179, 192, 195.

Harad ›Der Süden‹, unbestimmte Bezeichnung für Länder weit südlich von Gondor und Mordor. 245, 390, 518f. *Nah-Harad*. 412, 517f. *Weit-Harad*. 519f.

Haradrim Menschen der Harad. 519.

Haradwaith ›Südvolk‹, die Harad. 499.

Hareth Tochter Halmirs aus Brethil, heiratete Galdor aus Dor-lómin; Mutter Húrins und Huors. 81

Harfüße Eines der drei Völker, in welche die Hobbits unterteilt waren (siehe auch *Falbhäute*). 379.

Hargtal Tal am Oberlauf des Schneeborn, unterhalb der Mauern von Dunharg. 480.

Harlindon Lindon südlich des Golfs von Lhûn. 338.

* *Hatholdir* Mann aus Númenor, Freund Tar-Meneldurs; Vater Orchaldors. 236.

Haudh-en-Elleth Der Grabhügel in der Nähe der Teiglin-Stege, in dem Finduilas aus Nargothrond bestattet war. (Es ist nicht klar, welche Beziehung zwischen *elleth*, übersetzt ›Elben-Mädchen‹, und *Eledh*, ›Elda‹, besteht, das in Morwens Namen *Eledhwen* erscheint.) 156, 170, 172, 180, 190f., 198. Übersetzt *Grabhügel des Elbenmädchens*. 156.

Haudh-en-Ndengin ›Hügel der Erschlagenen‹ in der Öde von Anfauglith, wo die Leiber der in der Nirnaeth Arnoediad gefallenen Elben und Menschen auf einen Haufen geworfen waren. 29. Der *Große Grabhügel*. 147.

Haudh-en-Nirnaeth ›Hügel der Tränen‹, anderer Name für den *Haudh-en-Ndengin*, s. d. 93, 96, 202.

* *Heiliger Berg* Siehe *Meneltarma*. (Im *Silmarillion* ist Taniquetil der Heilige Berg.)

Helcaraxe Die Meerenge zwischen Araman und Mittelerde. 80. Genannt das *Malm-Eis*. 50.

Helm König Helm Hammerhand, neunter König von Rohan. 478, 486. Siehe auch *Helms Klamm*.

Helm Hadors Siehe *Drachenhelm von Dor-lómin*.

Helms Klamm Eine tiefe Schlucht am nordwestlichen Rand der Ered Nimrais, an deren Eingang die Hornburg (vgl. *Pictures by J. R. R. Tolkien*, 1979, no. 26) erbaut war; benannt nach König Helm, der im Langen Winter des Jahres 2758/59 des Dritten Zeitalters dort vor seinen Feinden Zuflucht suchte. 466, 469, 472, 475, 481, 535.

MEILEN
50
100
150
200
Bucht von Andúnië
Andúnië
ANDUSTAR
Nísimaldar
Nunduiné
Eldalondë
Bucht von Eldanna
Nísinen
MITTA
Emerië
Erendis' Weißes Haus
HYARNUSTAR
NÚN

Hobbit Presse bei Klett-Cotta

Peter S. Beagle:
Das letzte Einhorn
Aus dem Englischen von Jürgen Schweier
261 Seiten, broschiert, ISBN 3-608-87502-6

Peter S. Beagle:
Das Indische Nashorn
Aus dem Englischen von Hans J. Schütz
160 Seiten, broschiert, ISBN 3-608-87518-2

Joy Chant:
Roter Mond und Schwarzer Berg
Aus dem Englischen von Hans J. Schütz
356 Seiten, broschiert, ISBN 3-608-87514-X

William Goldman:
Die Brautprinzessin
S. Morgensterns klassische Erzählung von wahrer Liebe und edlen Abenteuern
Die Ausgabe der »spannenden Teilen«
Aus dem Englischen von Wolfgang Krege
324 Seiten, broschiert, ISBN 3-608-87500-X

William Horwood:
Der Stein von Duncton
Aus dem Englischen von Karin Polz
597 Seiten, broschiert, ISBN 3-608-87503-4

W. H. Hudson:
Das Vogelmädchen
Eine Geschichte aus dem Tropenwald
Aus dem Englischen von Kuno Weber
361 Seiten, broschiert, ISBN 3-608-87510-7

N
ODWAITH
ERED MITHRIN
Dürre Heide
(Graues Gebirge)
EISENBERGE
Erebor der Einsame Berg
Wald-elben
Esgaroth auf dem Langen See
Waldfluß
Die Berge des Düsterwaldes
Carrock
Alte Waldstraße
Alte Furt
Celduin (Fluß Eilend)
Carnen (Rotwasser)
DÜSTERWALD
RHOVANION
RHÛN
Anduin
Ost-Bucht
Meer von Rhûn
Dol Guldur
Der Große Strom
Ebene von Celebrant
Limklar
Nördliche Biegung
Die BRAUNEN LANDE
Ödland
Südliche Biegung
Ost Emnet
Onedló (Entwasser)
EMYN MUIL
Dagorlad (Walstatt)
Toten-sümpfe
Rauros
Morannon
ERED LITHUI (Aschengebirge)
Nindalf (Feenfeld)
Udûn
Isenmünde
Anórien
Cair Andros
Barad-dûr
Schicksals-berg
Ebene von Gorgoroth
Minas Tirith
Minas Morgul
MORDOR
Emyn Arnen
Kinglo
Gilrain
Lebennin
NURN
Pelargir
Dor-en-Ernil
S. Ithilien
Nurnenmeer
Ethir Anduin
Poros
Die Furten des Poros
KHAND
Süd-Gondor
(jetzt ein umstrittenes, verlassenes Land)
Die Harad-Straße
NAH-HARAD
Harnen

DER WESTEN VON
MITTELERDE
AM ENDE DES
DRITTEN ZEITALTERS
CJRT
Meilen
50
100
150
200
Eisbucht von Forochel
Himling
Carn Dûm
Angmar
Hier war einst das Hexerreich von Angmar
Das Verlorene Reich von
ARNOR
ERIADOR
ERED LUIN
Forlindon
Lhûn (Luhn)
Golf von Lhûn
Forlond
Mithlond (Graue Anfurten)
Harlond
Harlindon
(Blaue Berge)
Evendim Berge
EMYN UIAL
Nenuial
(Evendim-oder Lenuial-See)
Annúminas
Nördliche Höhen
Fornost
Wetterberge
Ettenöden
ARTHEDAIN
Turmberge
Weiße Höhen
Weite Höhen
Hobbingen
DAS AUENLAND
Brandywein Brücke
Alter Wald
Bree
Große Oststraße
Mückenwassermoore
Chetwald
Wetterspitze (Amon Sûl)
Die letzte Brücke
RHUDAUR
Trollhöhen
Hügelgräberhöhen
Der Grünweg
Südhöhen
Sarnfurt
CARDOLAN
Mitheithel
Bruinen (Lautwasser)
Eregion (Hulsten)
Moria Tor
Nîn-in-Eilph (Schwanenflut)
Tharbad
Glanduin
Baranduin (Brandywein)
MINHIRIATH
Gwathló (Grauflut)
Eryn Vorn
Lond Daer
ENEDWAITH
Dunland
Nord-Süd-Straße
Furten des Isen
Angren (Isen)
Adorn
Westfold
Helms Klamm
ERED NIMRAIS
Druwaith Iaur
Lefnui
Pinnath Gelin
Anfalas (Langstrand)
Andrast (Ras Morthil)
Morthond

N
Nordkap
Sorontil
OSTAR
ORROSTAR
MAR
Meneltarma
ARANDOR
Armenelos
Noirinan
Rómenna
HYARROSTAR
Nindamos
MENÓRË